돌아온 셜록 홈즈

THE RETURN OF
SHERLOCK HOLMES

아서 코난 도일 지음
승영조 옮김

H
현대문학

| 차례 |

빈집

1894년 봄, 런던 사람들이 너나없이 촉각을 곤두세우고 사교계가 발칵 뒤집힌 사건이 벌어졌다. 너무나 기묘하고 불가사의한 상황에서 아너러블 로널드 아데어가 살해된 것이다. 경찰 조사 결과 범죄의 자초지종이 드러나서 널리 보도는 되었지만, 당시 발표되지 않고 묵살되어버린 사실이 많다. 검찰 측 증거가 워낙 명백해서 모든 사실을 시시콜콜 밝힐 필요가 없었기 때문이다. 거의 10년이 지난 지금에 와서야 나는 주목할 만한 이 사건의 잃어버린 고리를 끼워 맞춰서 그 전모를 밝혀도 좋다는 허락을 받을 수 있었다.

이 사건은 범죄 자체도 흥미진진하지만, 상상을 불허하는 후일담에 비하면 그것은 약과가 아닐 수 없다. 내 모험 가운데 이보다 더 나를 경악케 한 일은 일찍이 없었다. 오랜 세월이 흐른 지금까지도 이 일만 생각하면 사뭇 등골이 오싹해지면서 또다시 기쁘고 놀랍고, 도무지 믿기지 않는 심정이 오롯이 북받쳐 오른다. 범상치 않은 한 남자의 생각과 행동거지를 내가 이따금 회고해서 이야기보따리를 풀곤 했던 것에 얼마간 관심을 보여준 독자들께 먼저 말씀드리고 싶은 것은, 내가 아는 사실들을 진작 털어놓지 않았다고 해서 나를 비난해서는 안 된다는 것이다. 그가 적극적으로 내 입을 막는 일만 없으면, 나는 이야기보따리 풀기를 으뜸가는 의무로 여겨왔기 때문이다. 그런데 그가 마침내 금지를 풀어준 것이 바로 지난달 3일이다.

다들 아시다시피, 나는 셜록 홈즈와 아주 가까이 지내면서 범죄에 큰 관심을 갖게 된 터라, 그가 실종된 후에도 언론에 공개된 여러 사건들을 늘 눈여겨보지 않을 수 없었다. 몇 번은 재미 삼아 그의 방법을 빌어서 사건을 해결해보려고 했지만 성과는 신통치 않았다. 하지만 로널드 아데어의 비극은 강력히 나를 잡아끌었다. 검시 배심에서 나온 증거로 볼 때 이 사건은 불특정 개인을 무차별적이고 악의적으로 살인한 것이라고 볼 수밖에 없었다. 그런 기사를 읽으며 나는 셜록 홈즈의 죽음이 우리 사회에 얼마나 큰 손실이었는지를 더욱 절감하게 되었다. 기묘한 이 사건에는 분명 그의 구미를 당길 만한 각별한 구석이 있었다. 그가 있었다면, 유럽에서 첫손 꼽히는 범죄 탐정의 노련한 관찰력과 예리한 추리력으로 경찰을 도와주었을 것이다. 아니 경찰보다 앞질러 사건을 해결해버렸을 것이다. 나는 마차를 타고 왕진을 다니면서도 종일 이 사건을 곱씹어보았지만, 이거다 싶은 해답은 떠오르지 않았다. 이미 들어본 독자도 계시겠지만, 검시 배심의 결론으로 발표된 사실들을 한번 요약해보겠다.

아너러블 로널드 아데어는 당시 오스트레일리아 식민지 중 한 곳의 총독을 역임한 메이누스 백작의 둘째 아들이다. 그의 모친은 백내장 수술을 받기 위해 오스트레일리아에서 잉글랜드로 돌아와, 아들 로널드와 딸 힐다와 함께 파크 레인 427번지에서 살았다. 젊은 로널드는 최고위층 사교계에 드나들었는데, 알려진 바로는 적이 없고, 특별히 나쁜 버릇도 없었다. 카스테어스의 에디스 우들리 양과 약혼을 했다가 사건 몇 달 전 합의 파혼을 했지만, 그 일로 인해 무슨 앙심을 품은 사람은 없는 것으로 보인다. 그 밖에는 생활 습관이 조용하고 성격도 차가운 편이라 교제 범위가 좁고 판에 박힌 삶을 살았다. 하지만 그처럼 속 편히 사는 젊은 귀족에게, 1894년 3월 30일 밤 10에서 11시 20분 사이에 정말 기묘한 뜻밖의 죽음이 닥쳐왔다.

로널드 아데어는 카드를 좋아해서 줄곧 노름을 했지만 큰 피해가 갈 만큼 도박을 하지는 않았다. 그는 볼드윈과 캐번디시, 바가텔 카드 클럽의 회원이었다. 그는 사망 당일 저녁 식사를 한 후 바가텔에서 휘스트 게임을 한 것으로 보인다. 앞서 오후에도 거기서 게임을 했다. 함께 게임을 한 사람들—머리 씨, 존 하디 경, 모런 대령—의 증언에 따르면 그것은 휘스트 게임이었는데, 크게 잃거나 딴 사람은 없었다. 아데어가 좀 잃었는지는 몰라도 5파운드(요즘 구매력으로 약 60만 원—옮긴이) 이상 잃지는 않았다. 그는 워낙 재산이 많아서 그 정도 잃은 것은 대수롭지 않았다. 그는 한두 클럽에서 거의 날마다 게임을 했지만, 워낙 신중해서 대개는 돈을 좀 따면 자리에서 일어섰다. 몇 주 전에는 모런 대령과 짝을 이루어, 고드프리 밀너와 밸모럴 경에게 한자리에서 420파운드까지 딴 적이 있다는 증언도 나왔다. 검시 배심에서 언급된 그의 당시 사생활 얘기는 이쯤 해두자.

사건 당일 저녁, 그가 클럽에 있다가 집에 돌아온 것은 정확히 10시였다. 어머니와 누이는 친지를 만나러 나갔다. 하녀는 그가 3층 거실로 들어가는 소리를 들었다고 증언했다. 그 전에 하녀는 그곳 벽난로에 불을 지폈는데, 연기가 나서 창문을 열어두었다. 메이누스 부인과 딸이 돌아온 11시 20분까지 거실에서는 아무 소리도 나지 않았다. 부인은 굿나잇 인사를 하려고 아들 방에 들어가려고 했는데, 문이 안에서 잠겨 있었다. 노크를 하고 소리를 질러도 응답이 없었다. 도움을 받아 억지로 문을 열고 보니 젊은이가 탁자 근처에 쓰러져 있었다. 리볼버 팽창 탄환에 맞아 머리가 끔찍하게 으스러졌지만, 방 안에서는 어떤 무기도 발견되지 않았다. 탁자에는 10파운드 지폐 두 장과 10파운드 17실링에 해당하는 금화와 은화가 종류별로 가지런히 쌓여 있었다. 또 종이 한 장에는 무슨 숫자가 적혀 있었고, 그 옆에는 클럽 친구들의 이름이 적혀 있었다. 그걸로 미루어볼 때 그는 죽기 전에 카드 게임 때 잃거나 딴 금액을 계산하려고 한 것 같았다.

사건 정황을 꼼꼼히 조사하면 할수록 더 복잡해 보이기만 했다. 무엇보다도, 젊은이는 안에서 문을 잠글 이유가 없었다. 물론 살인자가 문을 잠근 후 창문으로 달아났을 수도 있다. 하지만 뛰어내려야 할 높이가 최소한 6미터는 되고, 그 아래 화단에 크로커스가 활짝 피어 있었는데 화단 흙이나 꽃 한 송이 밟힌 흔적이 없었다. 그 집과 도로 사이의 좁다란 풀밭에도 아무런 흔적이 없었다. 따라서 그 젊은이가 스스로 문을 잠갔다고 볼 수밖에 없다. 그렇다면 그는 어떻게 죽은 것일까? 흔적을 남기지 않고 창문으로 기어오를 수는 없다. 창밖에서 총을 쏘았을지도 모른다. 멀리서 리볼버로 그런 치명상을 입혔다면 그것은 정말 놀라운 사격 솜씨가 아닐 수 없다. 그런데 파크 레인은 사람이 붐비는 도로이고, 집에서 약 90미터 안짝에 마차 주차장이 있는데, 당시 총소리를 들은 사람이 아무도 없다. 그런데도 사람은 죽었고, 그것도 리볼버 탄환에 맞아 죽었다. 앞부분이 납으로 된 탄환이 다 그렇듯 탄환이 적중하면서 납작해지는 바람에 상처 부위가 확대되어 젊은이는 즉사했을 것이다. 파크 레인 미스터리의 정황은 그와 같은데, 살해 동기를 전혀 파악할 길이 없어서 사건은 더욱 복잡해 보였다. 앞서 말했듯이 젊은 아데어에게는 적이 없는 것으로 알려져 있었고, 그 거실에서 돈이나 귀중품에 손을 댄 흔적도 없었기 때문이다.

이런 사실들을 나는 종일 곱씹으며, 그 모든 것을 일거에 설명할 수 있는 가설을 떠올리려고 고심했다. 내 친구가 모든 조사의 출발점이라고 선언한 최소 저항선(드러난 증거나 사실들의 저항을 최소화한 가설을 뜻함—옮긴이)을 찾으려고 한 것이다. 하지만 솔직히 아무런 성과도 거두지 못했다. 저녁에 공원을 거닐다가 6시 무렵 파크 레인 끝에 있는 옥스퍼드 스트리트로 접어들었다. 보도에서 한 떼거리의 사람들이 일제히 같은 창문을 쳐다보고 있는 것을 보니 내가 찾아온 그 집인 것이 분명했다. 색안경을 쓴 장신의 여윈 남자가 자신의 가설을 늘어놓고 있었는데, 사복을 입은 형사가 아닌가 하는 생각이 불쑥 들었다. 사람들은 그의 말을 들으려고 그를 둥글게 에워싸고 있었다. 나도 바투 다가가서 들어봤지만 말도 안 되는 소리를 늘어놓는 듯해서, 속이 메스꺼워 다시 뒤로 물러섰다. 그러다 내 뒤에 있던 등 굽은 노인과 부딪히는 바람에 노인이 들고 있던 책 여러 권이 땅에 떨어졌다. 책을

주우며 보니 『나무 숭배의 기원』이라는 책이 있었다. 직업으로든 취미로든 난해한 책을 수집하는 애서가가 분명하다는 생각이 뇌리를 스쳤다. 사과를 하려고 했지만, 안타깝게도 나 때문에 땅에 떨어진 책이 너무나 소중한 책이었는지, 노인은 버럭 화를 내고 홱 돌아섰다. 나는 등이 굽고 하얀 구레나룻을 기른 노인이 사람들 사이로 사라지는 것을 멍하니 바라보았다.

나는 파크 레인 427번지를 직접 둘러보았지만 관심을 기울여온 사건을 결코 해결하지 못했다. 그 집과 길 사이에는 가로장을 올린 낮은 담이 세워져 있었다. 높이는 1.5미터가 넘지 않았다. 그러니 누구든 정원으로 들어가기는 식은 죽 먹기였지만, 창문으로는 결코 들어갈 수 없었다. 아무리 날렵한 사람이라도 타고 오를 만한 수도관 따위가 전혀 없었기 때문이다. 나는 의혹만 깊어진 채 켄징턴으로 발길을 돌렸다. 서재에 들어간 지 5분도 되지 않아 하녀가 와서 누가 나를 만나고자 한다고 전했다. 놀랍게도, 찾아온 사람은 바로 늙은 도서 수집가였다. 쭈글쭈글하고 날카로운 얼굴을 흰 머리칼과 구레나룻이 감싸고 있는 모습의 노인은 열 권이 넘어 보이는 귀중한 책을 오른쪽 옆구리에 끼고 있었다.

"나를 보고 놀라셨구려."

노인이 기묘하고 음산한 목소리로 말했다.

나는 놀랐다고 시인했다.

"그러니까, 나한테도 양심이란 게 있어서 말이오, 절뚝거리며 댁을 뒤따라오다가, 이 집으로 들어가는 것을 보고, 저 친절한 신사를 보러 들어가야지 하고 혼자 생각했지. 내 태도가 좀 무뚝뚝했더라도 그건 내 본심이 아니었다고, 책을 집어준 것에 대해 고맙게 생각한다고 꼭 말해야지 하고 말이오."

"사소한 일에 마음을 쓰셨군요." 내가 말했다. "그런데 내가 누군지는 어떻게 아셨습니까?"

"음, 이거 참 주제넘은 얘긴지 모르겠는데 나는 댁의 이웃이라오. 처치 스트리트 모퉁이에 허름한 내 책방이 있으니 말이오. 이렇게 댁을 만나뵙게 되어 반가울 따름이외다. 댁도 혹시 책을 수집하지 않소? 여기 『영국의 조류』와 카툴루스, 『성전聖戰』이 있는데, 모두 싸게 드리리다. 이 다섯 권이면 저 두 번째 선반의 빈자리를 채울 수 있겠구려. 빈자리가 어째 썰렁해 보이지 않소?"

나는 고개를 돌려 내 뒤의 책장을 바라보았다. 다시 앞을 바라보자, 셜록 홈즈가 나를 향해 빙그레 웃고 서 있었다. 나는 화들짝 놀라서 후다닥 일어나 몇 초 동안 그를 뚫어지게 바라보았다. 다음 순간 나는 평생 처음이자 마지막으로 기절을 하고 말았다. 분명 내 안구에 흐린 안개가 핑 돈 듯하다. 안개가 가시고 정신을 차려 보니 내 목깃이 풀어헤쳐졌고, 입술에는 브랜디 맛이 감돌았다. 홈즈가 휴대용 술병을 들고 내 의자 위로 몸을 숙이고 있었다.

"이봐, 왓슨." 기억에도 생생한 목소리가 귀에 울렸다. "자네한테 어떻게 사과해야 할지 모르겠군. 자네가 이토록 충격을 받을 줄은 미처 몰랐어."

나는 그의 팔을 와락 거머쥐었다.

"홈즈!" 내가 외쳤다. "정말 자네 맞아? 정말 살아 있는 거야? 그 지독한 심연에서 어떻게 빠져나올 수 있었지?"

"아, 잠깐만. 자네 상태가 지금 그런 얘기를 해도 되나 모르겠어. 내가 괜히 극적으로 등장하는 바람에 너무 큰 충격을 준 모양인데 말이야."

"난 괜찮아. 그런데 정말이지, 홈즈, 내 눈을 믿을 수가 없어. 이럴 수가! 자네가, 그 누구도 아닌 자네가, 내 서재에 이렇게 서 있다니!" 나는 다시 그의 소매를 거머쥐었다. 소매 아래, 여위었지만 억센 그의 팔이 느껴졌다. "그래, 아무튼 유령은 아니로군." 내가 말했다. "이 친구야, 자네를 보니 정말 너무나 기뻐. 좀 앉아봐. 그 무서운 폭포에서 어떻게 살아났는지 얘기 좀 해줘."

그는 맞은편에 앉아 예의 그 천연덕스러운 태도로 담배에 불을 댕겼다. 그는 서적상의 허름한 프록코트는 그대로 걸친 채, 흰머리 가발과 고서는 책상에 한 무더기 올려놓았다. 홈즈는 지난날보다 훨씬 더 여위고 더 날카로워 보였는데, 독수리 같은 얼굴에 창백한 기색이 역력한 걸로 보아 최근 그의 삶이 녹록지 않았음을 알 수 있었다.

"왓슨, 몸을 쭉 펴니 살 것 같군." 그가 말했다. "키가 작지도 않은 사람이 몇 시간 줄곧 키를 한 자나 줄이고 있어야 한다는 것은 장난이 아냐. 음, 이런 변장을 한 사연에 대해 말하자면, 먼저 자네의 협조를 구할 작정이지만, 우리 앞에 고단하고 위험한 밤일이 기다리고 있기 때문이지. 전체 상황은 일이 끝나고 나서 설명을 듣는 게 좋을 거야."

"난 너무나 궁금해. 지금 어서 들었으면 좋겠어."

"오늘 밤 나와 함께 가겠어?"

"자네가 원하는 시간에 원하는 곳 어디로든 갈 거야."

"정말이지 옛날 그대로군. 가기 전에 배를 좀 채울 시간은 있을 거야. 자, 그럼, 그 폭포에 대해 말해볼까? 거기서 빠져나오느라 곤란을 겪지는 않았어. 폭포에 빠진 적이 없다는 간단한 이유에서 말이야."

"빠지지 않았다고?"

"그래, 왓슨, 빠지지 않았어. 자네에게 남긴 편지 내용은 전적으로 사실이야. 모리아티 교수의 사뭇 재수없는 모습을 보았을 때 나는 마침내 탐정 노릇도 막바지에 이르렀다는 것을 추호도 의심치 않았어. 그는 안전지대로 이어진 좁은 길을 가로막고 있었지. 그의 잿빛 두 눈에서 섬뜩한 의도를 읽을 수 있었어. 그래서 그와 몇 마디 얘기를 주고받고, 그의 깍듯한 허락을 받아 나중에 자네가 받게 된 짧은 편지를 썼지. 그것을 담배 케이스와 지팡이랑 같이 남겨두고, 폭포 쪽으로 걸어갔어. 모리아티가 뒤따라왔지. 길 끝에 이른 나는 더 갈 데가 없었어. 그는 무기를 꺼내지 않고 그대로 내게 돌진해 와서, 긴 두 팔로 나를 감싸 안았지. 이제 게임이 끝난 것을 알고 오로지 내게 복수를 하겠다는 일념으로 그랬던 거야. 우리는 낭떠러지 언저리에서 같이 비틀거렸어. 하지만 나는 바리츠를 좀 익혔지. 일본식 레슬링 말이야. 전에도 몇 번 바리츠를 잘 써먹은 적이 있어. 내가 그의 손아귀에서 빠져나가자, 그가 끔찍한 괴성을 질러대며 몇 초 동안 미친 듯이 버둥거리며 갈고리 같은 두 손을 휘젓더군. 하지만 헛수고만 하다가 균형을 잃고 뒤로 자빠지고 말았지. 나는 낭떠러지 너머로 고개를 내밀고 그가 한참 추락하는 것을 보았어. 그는 결국 바위에 부딪쳐서 튕겨나가 물속에 처박혔지."

나는 홈즈가 담배를 빼끔거리며 풀어놓는 이야기에 넋 놓고 귀를 기울였다.

"하지만 그 발자국!" 내가 외쳤다. "내 눈으로 발자국을 똑똑히 봤어. 두 사람이 폭포 쪽으로 간 자국은 있는데, 돌아 나온 발자국은 없었어."

"그건 이렇게 된 거야. 교수가 사라진 순간 나는 정말 운이 좋았다는 생각이 들더군. 나를 죽이려고 한 것은 모리아티만이 아니라는 걸 알고 있었어. 그들의 두목을 죽였다는 것 때문에라도 복수를 하려는 인간이 적어도 세 명은 되었지. 그들 모두 위험하기 짝이 없는 인간들이었어. 한두 명은 나를 잡으려고 할 게 분명했지. 그런데 말이야, 만일 온 세상이 내가 죽었다고 확신한다면 그 인간들도 마음을 놓지 않겠어? 그래서 그들이 방심을 하면 조만간 내가 나서서 제거할 수 있을 거라고 생각했지. 그렇게만 되면 그때 내가 아직 저세상에 가지 않았다고 선포해도 될 테고. 내가 번개같이 머리를 굴려서, 그 모든 생각을 마친 것은 모리아티 교수가 라이헨바흐 폭포 바닥에 닿기 전이었을 거야, 아마.

나는 벌떡 일어서서 뒤쪽 바위벽을 살펴봤어. 그 점에 관한 자네의 그림 같은 묘사는 나도 몇 달 후 아주 흥미롭게 읽어봤지. 자네는 그게 깎아지른 바위벽이라고 단언했더군. 하지만 말 그대로 깎아지른 건 아니었어. 작으나마 몇 군데 발 디딜 데가 있고, 선반 같이 튀어나온 데도 좀 있었지. 분명 벼랑이 워낙 높아서 끝까지 올라가기는 불가능했어. 하지만 젖은 길을 돌아가면 발자국이 남을 수밖에 없었지. 지난날 비슷한 일이 있었을 때 그랬던 것처럼 신발을 거꾸로 신고 걸을 수도 있었지만, 발자국 세 벌이 찍혀 있어서는 속임수가 들통이 날 게 뻔했지. 통틀어볼 때, 위험을 무릅쓰고 벼랑을 기어 올라가는 게 그나마 최선이었어. 그게 즐거울 리야 없었지. 발밑에서는 폭포가 노호하고 있었어. 귀신을 믿지는 않지만, 나락에 떨어진 모리아티가 나를 향해 절규하는 소리가 들리는 듯했지. 까딱하면 목숨을 잃을 판이었어. 풀을 거머쥐었다가 손이 미끄러지거나, 젖은 바위틈에 넣은 발이 미끄러지는 바람에 하마터면 죽을 뻔한 적이 한두 번이 아니야. 하지만 기를 쓰고 올라가서, 부드러운 초록 이끼가 덮인 평평한 곳에 올라섰어. 거기서 남의 눈에 안 띄게 누워 아주 편안히 쉬었지. 딱하게도 자네와 함께 온 사람들이 내가 죽었다고 생각한 곳을 부질없이 조사하고 있을 때, 나는 거기서 팔다리 쭉 뻗고 있었던 거야.

자네 일행이 어쩔 수 없이 전혀 엉뚱한 결론을 내리고 호텔로 돌아가자, 나는 마침내 혼자 남게 되었지. 이제 모험도 막을 내렸다고 생각했어. 그런데 아주 뜻밖의 일이 일어나서 아직도 놀랄 일이 남아 있다는 것을 알게 되었지. 위에서 떨어진 커다란 바윗덩이가 쿵쾅거리며 내 옆을 지나간 거야. 바위는 길에 부딪친 후 폭포 속으로 곤두박질쳤어. 순간 나는 그게 우연한 사고인 줄 알았는데, 위를 쳐다보았더니 어두워가는 하늘을 배경으로 한 남자의 머리가 보이는 거야. 이어서 내가 누워 있던 바위턱에 또 다른 바위가 떨어졌어. 바로 내 머리맡에 말이야. 물론 그 의미는 명백했지. 모리아티는 혼자가 아니었던 거야. 얼마나 위험한 인물인지 한눈에 알아볼 수 있는 짝패가 따라와서, 교수가 나를 공격하는 동안 망을 보고 있었어. 내 눈에 띄지 않게 멀찍이 숨어서 친구가 죽고 내가 피신한 것을 목격한 거지. 그는 때를 기다리고 있다가, 길을 돌아 벼랑 꼭대기로 올라가서 동지가 못한 일을 하려고 했어.

그런 건 잠깐만 생각해보면 알 수 있는 일이었어, 왓슨. 다시 섬뜩한 그 얼굴이 벼랑 위에 나타난 걸 보니, 그건 또 다른 바위가 떨어질 전조라는 걸 알겠더군. 나는 길이 난 곳으로 기어 내려갔어. 그건 예사로 할 수 있는 일이 아니었지. 올라가는 것보다 100배는 더 어려웠어. 하지만 위험을 따질 겨를이 없었지. 바위턱 가장자리에 매달려 있을 때 또 다른 바윗덩이가 쌩하니 곁을 지나갔거든. 반쯤 미끄러지다시피 해서 다행히 길에 착지했을 때는 살갗이 찢어지고 피가 흘렀어. 나는 어둠 속에서 산 너머로 16킬로미터는 줄달음을 쳤지. 그리고 일주일 후 이탈리아 피렌체에 도착했어. 이제 내가 어떻게 되었는지 아는 사람은 세상에 아무도 없을 거라는 확신이 들더군.

내가 사실을 털어놓은 사람은 마이크로프트 형밖에 없어. 왓슨, 자네한테는 이만저만 미안한 게 아니지만, 반드시 내가 죽은 걸로 여겨져야 할 필요가 있었어. 만일 내가 죽었다고 확신하지 않았다면 자네는 불행한 내 종말 이야기를 그토록 설득력 있게 쓸 수 없었을 거야. 지난 3년 동안 소식을 전하려고 여러 차례 펜을 들었지만, 나를 끔찍이도 생각하는 자네가 혹시라도 내 비밀을 누설하고 싶은 유혹을 받을까봐 염려가 됐어. 오늘 저녁 자네가 내 책을 떨어뜨렸을 때 내가 얼른 등을 돌린 이유도 그 때문이었어. 그때 나는 위험한 상황에 놓여 있었거든. 자네가 놀라거나 감정이 격해진 모습을 보였다가는 사람들이 내가 누군가 하고 쳐다볼 테고, 자칫 돌이킬 수 없는 통탄할 결과를 초래했을지도 몰라. 형에게는 필요한 도피 자금을 얻기 위해 사정을 털어놓을 수밖에 없었어. 런던에서는 내가 바란 것만큼 일이 잘 풀리지 않았더군. 모리아티 일당 가운데 가장 위험한 두 사람, 그러니까 나한테 가장 큰 앙심을 품고 있는 강적 두 명은 재판을 받지도 않았으니까 말이야.

그래서 나는 2년 동안 티베트 여행을 했지. 라싸에 들러 구경을 하고 우두머리 라마와 함께 며칠을 보냈어. 시게르손이라는 노르웨이인의 눈부신 탐험 기사를 읽어봤는지 모르겠는데, 읽어봤어도 그게 바로 내 근황인 줄은 꿈에도 몰랐을 거야. 나는 그 후 페르시아로 가서 메카를 둘러보고, 수단의 수도 하르툼에서 할리파 가문에 들러 짧지만 흥미로운 시간을 보냈지. 그 결과는 외무부에 알려주었어. 프랑스로 돌아온 나는 콜타르 유도체를 연구하며 몇 달을 보냈지. 프랑스 남부의 몽펠리에에서 말이야. 이 일을 만족스럽게 마치고 나서, 유일한 적이 이때 런던에 남아 있다는 것을 알고 그러지 않아도 쫓아가려던 참에, 파크 레인 미스터리라고 불리는 이번 사건 얘기를 듣고 귀가 솔깃해서 더욱 길을 서둘렀지. 이 미스터리는 그 자체만으로도 회가 동했지만, 개인적으로 내게 다시없이 좋은 기회 같았거든. 즉시 런던으로 건너와서 베이커 스트리트에 쳐들어갔더니, 허드슨 부인이 기절초풍을 했지. 내 방과 서류는 전에 있던 그대로 형이 잘 보존해놓았더군. 어이 왓슨, 그래서 오늘 2시에 옛 방의 옛 안락의자에 떡하니 앉았더니, 옛 친구 왓슨이 자주 애용하던 맞은편 의자에 앉아 있는 모습을 애타게 보고 싶지 뭐야."

그해 4월 밤, 내가 넋을 놓고 들었던 놀라운 이야기는 이러했다. 다시는 보지 못할 줄 알았던 그 모습, 키가 크고 여위고, 날카롭고 열띤 얼굴을 실제로 보고 확인하지 않았다면 이런 이야기는 결단코 믿을 수 없었을 것이다. 그는 어떻게 알았는지 내가 가족상을 당했다는 것을 알고, 말보다는 태도로 애석해했다.

"이봐, 왓슨. 슬픔을 치유하는 최고의 약은 일이야." 그가 말했다. "마침 오늘 밤 우리 둘이 할 만한 일이 한 건 있어. 우리가 성공적인 결과를 끌어낼 수 있다면, 그것만으로도 우리는 이 행성에서 살 이유가 있다고 할 수 있지."

나는 좀 더 얘기해달라고 했지만 헛일이었다. "날이 밝기 전에 실컷 보고 듣게 될 거야." 그가 대꾸했다. "지난 3년 세월을 어떻게 당장

다 얘기하겠어? 9시 반까지만 얘기하고, 빈집에서 기막힌 모험을 시작해보자."

시간이 되자 핸섬 마차에 올랐다. 주머니에 권총을 넣은 채 모험의 전율을 느끼며 그의 곁에 앉자 옛날 기분이 고스란히 되살아났다. 홈즈는 차갑고 쌀쌀맞은 얼굴을 한 채 말이 없었다. 어스레한 가로등 불빛이 숙연한 그의 이목구비를 비추었다. 그가 생각에 잠겨 이맛살을 찌푸리고 얇은 입술을 굳게 앙다물고 있는 게 보였다. 우리가 범죄의 어두운 정글에서 사냥하려고 하는 게 어떤 야수인지 알지 못했지만, 사냥의 달인이 짓는 표정을 보니 이것이 호락호락한 모험이 아니라는 것을 알 수 있었다. 그러나 침울한 표정을 깨뜨리고 이따금 그가 싸늘한 웃음을 머금는 것을 보니 사냥감은 무사하지 못할 듯했다.

베이커 스트리트로 향하는 줄 알았는데, 캐번디시 광장 모퉁이에서 홈즈가 마차를 멈추었다. 마차에서 내린 그는 날카롭게 좌우를 두리번거렸다. 미행을 당하지 않았는지, 모든 거리의 모퉁이를 치밀하게 확인해본 것이다. 우리는 얄궂은 길로만 나아갔다. 런던의 샛길을 누구보다 잘 알고 있는 홈즈는 자신만만한 발걸음으로, 내가 전혀 모르는 그물 같은 골목의 마구간들을 민첩하게 지나갔다. 마침내 오래된 집들이 어두컴컴하게 줄지어 서 있는 작은 길로 나온 우리는 맨체스터 스트리트를 지나 블랜퍼드 스트리트로 접어들었다. 거기서 그는 재빨리 좁은 통로로 꺾어지더니, 나무 대문을 지나 황량한 마당으로 들어선 후 어느 집 뒷문을 열쇠로 열었다. 우리가 들어서자 그가 문을 닫았다.

집 안은 칠흑처럼 어두웠지만 빈집이라는 것을 확연히 알 수 있었다. 마루 널빤지가 발밑에서 삐걱거렸다. 앞으로 뻗은 내 손에 벽이 닿았다. 갈가리 찢어진 채 너덜거리는 벽지가 만져졌다. 홈즈의 차갑고 가는 손가락이 내 손목을 감싸더니 나를 이끌고 긴 복도로 한참 나아갔다. 출입문 위의 부채꼴 채광창이 희미하게 보였다. 거기서 홈즈가 오른쪽으로 불쑥 접어들자, 커다란 정사각형의 빈방이 나왔다. 방구석은 아주 캄캄했지만, 한가운데는 바깥 거리의 불빛이 희미하게 스며들고 있었다. 근처에 가로등도 없고 창문에 먼지가 잔뜩 껴 있어서, 우리가 서로의 모습을 간신히 알아볼 수 있는 정도였다. 동행이 내 어깨에 한 손을 올리고 귓전에 속삭였다.

"여기가 어딘지 알겠어?"

"여긴 분명 베이커 스트리트야." 나는 어슴푸레한 창문을 응시하며 대답했다.

"맞았어. 우린 캠던 하우스에 들어왔어. 우리의 옛 숙소 맞은편에 있던 집 말이야."

"그런데 여긴 왜?"

"여기서 저 그림 같은 집이 환히 보이거든. 왓슨, 남의 눈에 띄지 않게 각별히 조심하고, 저 창가로 좀 더 가까이 가서 우리의 옛 방들을 좀 들여다보지 않겠어? 수많은 자네의 동화가 시작된 저 하숙집 말이야. 내가 3년간 자리를 비운 사이에 혹시 자네를 놀라게 하는 내 능력이 감퇴한 거나 아닌지 어디 좀 알아보자구."

나는 살그머니 앞으로 다가가서 낯익은 창문을 건너다보았다. 눈길이 멎은 순간 나는 놀라서 헉 하는 소리를 내뱉었다. 커튼이 쳐진 방에는 불이 환히 밝혀져 있었다. 방 안 의자에 앉은 한 남자의 그림자가 환한 은막 같은 커튼에 검고 뚜렷하게 비쳤다. 고개 숙인 모습, 각진 어깨, 날카로운 이목구비를 보니 그게 누군지 분명했다. 얼굴 옆모습이 마치 우리의 조부모들이 즐겨 액자에 끼운 검은 실루엣의 초상화처럼 보였다. 그것은 영락없는 홈즈의 그림자였다. 너무 놀란 나는 손을 내밀어 곁에 서 있는 사람이 정말 홈즈인지 확인해보려고 했다. 그는 몸을 흔들며 소리 죽여 웃고 있었다.

"어때?" 그가 말했다.

"세상에!" 내가 외쳤다. "정말 놀랍군."

"믿건대 내 무한한 남다름은 세월에 시들지 않고, 습관이 되어도 진부해지지 않는도다." 그가 말했다. 그의 음성에는 예술가가 자기 작품에서 느끼는 기쁨과 긍지가 어려 있었다. "정말 나하고 똑같지?"

"정말 맹세라도 하겠어."

"제작자는 프랑스 그르노블의 오스카르 뫼니에 씨인데, 이걸 만드느라 며칠 걸렸지. 밀랍으로 만든 흉상이야. 오늘 오후 베이커 스트리트에 들렀을 때 내가 설치했지."

"아니 왜?"

"왜냐하면, 실제로는 다른 곳에 있는 내가 그곳에 있다고 누군가 착각하길 바랄 만한 강력한 이유가 있기 때문이지."

"그럼 누가 저 방을 감시하고 있다고 생각한 거야?"

"감시한다고 생각한 게 아니라 '안' 거야."

"감시를 누가 하는데?"

"나의 숙적. 라이헨바흐 폭포에 두목이 누워 있는 그 무리들 말이야. 적어도 그들만큼은 내가 아직 살아 있다는 것을 알고 있어. 그걸 생각해봐. 그들은 조만간 내가 돌아올 거라고 믿었어. 그래서 줄곧 감시를 해왔고, 오늘 아침 내가 도착한 것을 본 거야."

"그런 걸 어떻게 알았지?"

"창밖을 내다보고 감시자가 있다는 걸 알았지. 그는 해로울 게 없는 인간이야. 이름이 파커인 그는 교살 위협 강도 짓을 하는 게 직업인데, 구금을 꽤나 잘 타지. 난 그에게는 전혀 관심이 없어. 하지만 그의 뒤에 있는 아주 소름 끼치는 인간에게는 자못 관심이 있지. 모리아티의 막역한 친구. 벼랑에서 내게 바윗덩이를 떨어뜨린 인간. 런던에서 가장 교활하고 위험한 범죄자. 오늘 밤 나를 잡으려고 하는 것도 바로 그 인간이야, 왓슨. 오히려 우리가 자기를 잡으려고 한다는 것도 모르고 말이야."

친구의 계획이 차츰 모습을 드러냈다. 이처럼 잠복하기 좋은 곳에서는 감시자를 감시하고, 추적자를 추적할 수 있었다. 건너편의 앙상한 그림자는 미끼였고, 우리는 사냥꾼이었다. 우리는 어둠 속에 말없이 서서 바삐 지나가는 행인들을 지켜보았다. 홈즈는 말하지도 움직이지도 않았지만, 나는 그의 신경이 곤두서 있다는 것을 알 수 있었다. 그는 끊임없이 지나가는 행인들을 골똘히 응시했다. 바람이 사납게 부는 쌀쌀한 밤이었다. 바람은 긴 거리를 스산하게 쓸고 지나갔다. 많은 사람들이 이리저리 움직였고, 대부분 옷깃을 세우고 넥타이를 졸라매고 있었다. 전에 한두 번 본 적이 있는 사람이 눈에 띄기도 했는데, 거리에서 좀 떨어진 어느 집 문간에서 바람을 피하고 있는 듯한 두 남자가 특히 눈길을 끌었다. 친구에게 그것을 일러주려고 했지만, 그는 조바심이 나서 툴툴거리며 계속 길거리만 응시했다. 몇 번인가 초조하게 발을 구르며 손가락으로 벽을 토닥거리기도 했다. 불안해하고 있는 게 분명했다. 계획이 뜻대로 풀리고 있지 않은 모양이었다. 마침내 자정이 다 되어가자 거리는 한결 한산해졌다. 그는 안절부절못하며 방 안을 오락가락했다. 나는 그에게 뭔가 말을 하려다가, 불이 켜진 창문에 눈길이 스친 순간 전처럼 화들짝 놀라지 않을 수 없었다. 나는 홈즈의 팔을 잡고 2층을 가리켰다.

"그림자가 움직였어!" 내가 외쳤다.

우리를 향한 그림자가 옆모습이 아니라 뒷모습으로 바뀐 것이다.

3년이 지났어도 그의 신랄한 성격, 곧 자기보다 미련한 것을 참고 보지 못하는 성질머리는 조금도 누그러지지 않은 게 분명했다.

"물론 움직였지." 그가 말했다. "자네는 내가 그렇게 아둔한 줄 아나? 인형인 게 빤한 것을 세워놓고, 유럽에서 가장 예리한 사람 축에 드는 자들이 그것에 속기를 바랄 정도로? 우리가 이 방에 있은 지 두 시간 됐는데, 그사이에 허드슨 부인이 인형의 모습을 여덟 번 바꾸었어. 15분에 한 번씩 자세를 바꿔놓은 거야. 자기 그림자가 비치지 않도록 몸을 숨기고서 말이야. 아!"

그가 흥분해서 소리 나게 숨을 들이켰다. 그는 머리를 앞으로 내민 채, 바짝 긴장해서 몸이 굳어 있었다. 바깥 거리에는 사람 하나 없었다. 예의 두 남자는 아직 문간에 웅크리고 있는지 몰랐지만, 모습이 보이진 않았다. 사방이 고요하고 어두웠다. 다만 중앙에 검은 그림자를 드리우고 우리 앞에 펼쳐진 노란 커튼만이 환했다. 쥐 죽은 듯한 침묵 속에서 다시 가늘게 쌔근거리는 홈즈의 숨소리가 들렸다. 강렬한 흥분을 억누르고 있는 숨소리였다. 다음 순간 실내에서 가장 어두운 구석으로 그가 나를 잡아당겼다. 소리를 내지 말라고 내 입에 얹은 그의 손이 느껴졌다. 내 손을 잡은 그의 손가락이 파르르 떨렸다. 전에는 그가 이렇게 동요하는 것을 본 적이 없었다. 하지만 눈앞의 어두운 거리는 아무런 움직임 없이 괴괴할 뿐이었다.

그러나 문득 나보다 더 예리한 감각으로 홈즈가 먼저 알아차린 것이 무엇인지 나도 비로소 감지했다. 살금살금 걷는 소리가 들려온 것이다. 그건 베이커 스트리트 쪽이 아니라, 우리가 숨어 있는 집 뒤꼍에서 나는 소리였다. 문이 열리고 닫혔다. 곧이어 살그머니 통로를 걸어오는 발소리가 들렸다. 소리 죽여 걷고 있었지만 귀에 거슬리는 소리가 빈집에 울렸다. 홈즈는 벽에 바투 붙어 웅크렸고, 나 역시 그런 자세로 권총을 단단히 움켜쥐었다. 희미한 불빛 사이로 어렴풋한 인영이 보였다. 인영은 열려 있는 어두운 문보다 더 어두웠다. 잠시 멈추어 서 있더니 위협하듯 몸을 도사리고 살금살금 방 안으로 들어왔다. 흉흉한 기세의 이 인물은 우리와 2미터 남짓 떨어진 곳까지 다가왔다. 마음을 굳게 다잡고 그가 달려들 것에 대비했지만, 알고 보니 그는 우리가 거기 있다는 것을 전혀 모르고 있었다. 그는 우리 곁을 지나쳐서 몰래 창가로 다가가더니, 소리 없이 창문을 15센티미터쯤 들

어올렸다. 그가 몸을 낮추자, 더러운 유리창에 걸러지지 않은 거리의 불빛이 그의 얼굴을 고스란히 비추었다. 그는 흥분해서 제정신이 아닌 것 같았다. 두 눈은 별빛처럼 반짝였고, 이목구비는 경련을 일으키듯 떨렸다. 나이는 지긋했는데, 가늘게 솟은 코에 앞머리는 대머리이고 희끗희끗한 콧수염이 무성했다. 그는 오페라 모자를 머리 뒤로 젖혀 쓰고 있었다. 앞이 트인 외투 밖으로 드러난 야회복 셔츠 앞자락이 하얗게 반짝였다. 여위고 가무잡잡한 그의 얼굴에는 깊고 험상궂게 주름살이 패어 있었다.

그는 막대기 같은 것을 손에 들고 있었는데, 그것을 바닥에 내려놓자 쨍하는 금속성 소리가 났다. 이어서 그는 외투 주머니에서 큼직한 물건을 꺼냈다. 바삐 꼼지락거리더니 마침내 찰칵하는 날카로운 소리가 났다. 스프링이나 볼트가 제자리에 끼워지는 소리였다. 그가 바닥에 무릎을 꿇고 앉은 자세 그대로 앞으로 몸을 기우뚱하며 무슨 지렛대 같은 것에 잔뜩 체중을 싣자, 뭔가 한참 돌아가며 마찰하는 소리가 나더니 또다시 크게 찰칵하는 소리가 났다. 그러고서 몸을 편 그는 기형의 개머리판이 달린 엽총을 들고 있었다. 그는 개머리판을 열고 그 안에 뭔가 집어넣고는 미전(尾栓. 총미銃尾 개머리판을 닫는 금속 마개로, 한때 이 개머리판 쪽으로 탄약을 장전했다—옮긴이)을 딸깍 닫았

SIDNEY PAGET

다. 이어서 몸을 웅크린 채, 열려 있는 창문턱에 총신을 얹었다. 그의 긴 콧수염이 개머리판 위에 늘어지더니, 가늠쇠를 바라보는 그의 눈이 반짝였다. 어깨에 개머리를 밀착시키고, 저쪽의 대단한 과녁을 바라보며 만족스러워하는 작은 숨소리가 들렸다. 노란 바탕에 검은 그림자를 드리운 과녁은 그의 가늠쇠에 제대로 걸려 있었다. 한순간 그의 모든 동작이 멈추었다. 이어서 방아쇠가 당겨졌다. 섬뜩한 총소리가 크게 터져 나오고, 유리가 깨지며 쨍그랑하는 맑은 소리가 길게 울렸다. 그 순간 호랑이처럼 도약한 홈즈가 뒤에서 저격수를 덮쳤다. 바닥에 엎어진 저격수가 곧바로 몸을 일으키더니 사력을 다해 홈즈의 목을 거머쥐었다. 그러나 내가 권총 개머리로 머리를 후려치자 그는 다시 바닥에 나동그라졌다. 내가 그를 쓰러뜨려서 붙들고 있는 사이, 홈즈가 날카롭게 휘파람을 불었다. 보도에서 타다닥거리는 발소리가 나더니, 제복을 입은 경찰 두 명과 사복형사 한 명이 정문을 통해 실내로 들이닥쳤다.

"어, 레스트레이드?" 홈즈가 말했다.

"예, 홈즈 씨. 이번 일은 내가 맡았습니다. 런던에서 다시 뵈니 반갑습니다."

"민간인의 도움이 좀 필요할 거라고 생각했습니다. 미제 살인 사건이 1년에 세 건이나 되어선 안 되죠, 레스트레이드. 하지만 몰지 사건은 평소보다 수월하게 처리했더군요. 그러니까 내 말은 꽤 잘 처리했다는 뜻입니다."

우리는 모두 일어섰고, 포로는 건장한 두 순경에게 양팔을 붙들린 채 씩씩거렸다. 거리에는 한가한 구경꾼이 몇 명 모여들기 시작했다. 홈즈가 창가로 걸어가서 창문을 닫고 커튼을 드리웠다. 레스트레이드가 촛불 두 자루를 밝혔고, 경찰들도 각자 랜턴 덮개를 열었다. 마침내 나는 포로를 자세히 볼 수 있었다.

우리 쪽을 향해 있는 포로의 얼굴은 무척이나 남성적이면서도 흉악해 보였다. 철학자의 이마에 호색한의 턱을 보니, 이 남자는 악인으로든 선인으로든 크게 될 소질을 타고난 게 분명했다. 그러나 잔혹한 푸른 눈에 눈꺼풀이 냉소적으로 축 늘어진 것이나, 사납고 공격적으로 보이는 콧날, 험상궂게 깊이 주름이 파인 이마를 보면 조물주의 명백한 위험 신호를 읽지 않을 수 없었다. 그는 우리 중 누구도 아랑곳하지 않고 다만 증오와 경악이 반씩 섞인 표정으로 홈즈의 얼굴만 뚫어지게 바라보았다.

"이 악마!" 그가 계속 중얼거렸다. "영악한, 영악한 악마 같으니!"

"아, 대령!" 홈즈가 구겨진 목깃을 바로잡으며 말했다. "옛 연극 대사 가운데 '여행은 연인들의 만남으로 끝난다'는 말이 있죠. 내가 라이헨바흐 폭포 위의 바위턱에 누워 있을 때 당신이 나를 그렇게나 친절하게 대접해준 이후 이제야 상봉의 즐거움을 맛보는 것 같군요."

대령은 여전히 뭔가에 홀린 사람처럼 내 친구를 빤히 바라보았다. "교활한, 교활한 악마!" 그는 이런 말만 되뇌었다.

"여태 당신을 소개해주지도 않았군." 홈즈가 말했다. "여기, 이 신사는 한때 여왕 폐하의 인도 육군에 복무한 세바스찬 모런 대령입니다. 우리의 동양 제국에서 배출한 최고의 맹수 사냥꾼이기도 하죠. 대령, 여태 당신만큼 호랑이를 많이 잡은 사람이 없다고 해도 과언이 아니죠?"

사나운 노인은 아무 말 없이, 다만 내 친구를 계속 노려보기만 했다. 노인의 야수 같은 두 눈과 억센 콧수염을 보면 놀랄 만큼 호랑이를 닮은 듯했다.

"늙은 시카리(인도 영어로 사냥꾼을 뜻함—옮긴이)가 어째 아주 간단한 책략에 속고 말았을까?" 홈즈가 말했다. "당신에겐 아주 익숙한 책략이었을 텐데. 나무 아래 새끼 염소를 묶어두고 라이플을 가지고 나무 위에 올라가서, 호랑이가 미끼를 물기만 기다려본 적 없나요? 내게는 이 빈집이 나무이고, 당신이 호랑이죠. 호랑이가 여러 마리이거나, 그럴 리가 없겠지만 조준이 빗나갔을 경우에 대비해서 당신은 또 다른 총을 준비했을 겁니다. 이들은," 하고 그가 둘레를 가리키며 말했다. "내가 준비한 또 다른 총이죠. 비유가 딱 들어맞는군요."

모런 대령이 으르렁거리며 덤벼들었다. 그러나 두 순경에게 제지당한 그의 얼굴에는 섬뜩한 분노가 어려 있었다.

"고백컨대 한 가지는 당신이 나를 놀라게 했습니다." 홈즈가 말했다. "당신이 이 빈집에 들어와 이 창문을 이용할 줄은 미처 예상치 못했습니다. 거리에서 손을 쓸 줄 알았죠. 그래서 거리에 내 친구 레스트레이드와 두 순경이 대기 중이었던 거죠. 그것 말고는 모든 게 내 예상대로였습니다."

모런 대령이 형사를 돌아보았다.

"내가 체포당할 이유가 있는지 없는지는 모르겠소." 그가 말했다.

"하지만 적어도 저 인간에게 조롱당할 이유는 없소이다. 내가 법망에 걸렸다면 법대로 하시오."

"그야 체포당할 이유가 충분하지." 레스트레이드가 말했다. "홈즈 씨가 더 이상 할 말이 없으시면 우린 그만 가볼까요?"

홈즈는 바닥에 놓인 강력한 공기총을 집어들고 그 장치를 살펴보고 있었다.

"탄복할 만한, 둘도 없는 무기로군." 그가 말했다. "소음이 없는 막강한 총이야. 독일의 맹인 기계공 폰 헤르터라는 사람을 알고 있는데, 그는 고 모리아티 교수의 지시대로 이런 걸 만들었지. 이런 게 있다는 걸 몇 년 전에 알았는데, 이제껏 만져볼 기회가 없었어. 레스트레이드, 이 총을 특히 잘 간수하시기 바랍니다. 여기 맞는 총알들도."

"그야 물론이죠, 홈즈 씨." 일행이 문으로 다가갈 때 레스트레이드가 말했다. "더 하실 말씀이라도?"

"어떤 죄목으로 기소할 작정인지, 그것만 묻고 싶군요."

"어떤 죄목이라뇨? 그야 물론 셜록 홈즈 씨를 살해하려고 한 죄죠."

"그건 아닙니다, 레스트레이드. 나는 이 사건 전면에 나설 생각이 전혀 없습니다. 거물을 체포한 공은 오로지 당신의 것입니다. 그래요, 레스트레이드, 정말 축하합니다! 교묘한 책략과 대담무쌍한 용기를 잘 엮어서 마침내 그를 잡은 겁니다."

"그를 잡아요? 누구를 말하는 거죠, 홈즈 씨?"

"모든 경찰력을 동원해서 찾아 헤맸지만 헛수고만 했던 그 인물, 아너러블 로널드 아데어를 살해한 세바스찬 모런 대령 말입니다. 그는 지난달 30일에 파크 레인 427번지 3층 거실의 열린 창문으로 공기총 팽창탄환을 쏘았습니다. 바로 그것이 그의 죄목입니다, 레스트레이드. 자, 그럼, 왓슨, 깨진 창문으로 들어오는 바람이 견딜 만하면, 한 30분 내 서재에서 시가를 태우며 유익하면서도 즐거운 시간을 보내지 않겠어?"

우리의 옛 방은 여전했다. 마이크로프트 홈즈가 관리하고 허드슨 부인이 직접 돌본 덕분이었다. 들어가 보니 정말 이례적일 만큼 깨끗했고, 옛 물건들이 고스란히 제자리에 놓여 있었다. 화학실험을 하던 구석 자리가 그대로 있고, 산酸이 묻어 얼룩진 전나무 탁자도 여전했다. 책꽂이 선반에는 우리의 동료 시민 가운데 많은 이들이 태워버리고 싶어 안달할 만한 엄청난 스크랩 자료와 참고서가 줄줄이 꽂혀 있었다. 주위를 둘러보니 각종 도표와 바이올린 케이스, 파이프 걸이, 심지어 담배를 쑤셔 넣은 페르시아 슬리퍼까지 눈에 띄었다.

방에는 두 명이 있었다. 한 명은 우리 둘이 안으로 들어서는 것을 보고 반색을 하는 허드슨 부인이고, 다른 한 명은 오늘 밤 없어서는 안 되는 중역을 맡은 묘한 인형이었다. 내 친구의 모습을 본뜬 밀랍 인형이었는데, 탄복할 만큼 완벽하게 홈즈를 빼닮은 모습이었다. 작은 외다리 탁자 위에 얹힌 인형은 홈즈의 옛 실내복을 걸치고 있어서, 바깥 거리에서 보면 실물 그대로였다.

"허드슨 부인, 주의사항을 잘 지켰겠죠?" 홈즈가 말했다.

"말씀하신 대로 인형에게 기어서 다가갔어요."

"잘하셨습니다. 아주 잘해주셨어요. 총알이 어디에 박혔는지 보았나요?"

"네. 아름다운 흉상이 망가진 것 같아요. 총알이 머리를 똑바로 관통하고 지나가서 벽에 부딪쳐 납작해졌어요. 양탄자에서 주웠는데 바로 이거예요!"

홈즈가 그것을 받아 내게 넘겼다. "알다시피 이건 권총용의 연질 탄환이야, 왓슨. 아주 천재적이잖아? 이런 걸 누가 공기총으로 쐈다고 생각하겠어? 이제 됐습니다, 허드슨 부인. 도와주셔서 정말 고맙습니다. 그럼 이제, 왓슨, 자네가 다시 옛 자리에 앉은 모습을 보고 싶군. 같이 나누고 싶은 얘기가 많으니까 말이야."

허름한 프록코트를 이미 벗어부친 홈즈는 인형이 걸친 쥐색 실내복을 벗겨 입고 예전의 홈즈로 돌아갔다.

"늙은 시카리가 아직도 그렇게 대담무쌍하고 눈썰미도 여전하다니." 홈즈는 부서진 흉상의 이마를 살펴보며 웃음을 머금고 말했다. "총알이 뒤통수에 적중해서 머리를 관통했어. 그는 인도에서 최고의 명사수였지. 런던에도 필적할 자가 거의 없을 거야. 그의 이름은 들어봤지?"

"아니."

"저런, 저런, 명성이란 게 다 그렇지! 그런데 내 기억이 옳다면, 자네는 세기의 두뇌 가운데 한 명이었던 제임스 모리아티 교수의 이름도 처음엔 몰랐잖아. 책꽂이에서 내 인물 색인집 좀 내려줘."

그는 의자에 등을 기대고 앉아 느릿느릿 색인집을 넘기며, 시가 연기를 뭉클뭉클 피워 올렸다.

"M항목 수집 자료는 옹골차지." 그가 말했다. "모리아티만으로도

M항목이 빛나는데, 독살범 모건에, 으스스한 추억의 메리듀, 채링크로스 역 대합실에서 내 왼쪽 어금니를 부러뜨린 매슈스, 마지막으로 오늘 밤의 그 친구도 여기 들어 있어."

그가 넘겨준 색인집을 읽어보았다.

모런, 세바스찬, 대령. 무직. 제1 벵갈로 공병대 복무. 1840년 런던 태생. 페르시아 주재 영국공사를 역임한 C.B. 오거스터스 모런 경의 아들. 이튼 고등학교와 옥스퍼드 대학 졸업. 조아키 전투와 아프간 전투 참전, 차시아브(파견), 셰르푸르, 카불에서 복무. 「서부 히말라야의 맹수 사냥」(1881), 「정글에서 3개월」(1884) 집필. 주소: 콘딧 스트리트. 가입 클럽 : 앵글로-인디언, 탱커빌, 바가텔 카드 클럽.

여백에는 홈즈의 필체로 이렇게 적혀 있었다.

런던에서 두 번째로 위험한 인물.

"놀랍군." 내가 책을 돌려주며 말했다. "군대 경력은 탄복할 만한걸."

"맞아." 홈즈가 답했다. "어느 시점까진가는 올바르게 살았지. 그는 언제나 강심장이었어. 부상당한 식인 호랑이를 추적해서 배수로를 기어간 그의 무용담은 인도에서 지금도 입에 오르내리고 있어. 일정 높이까지는 잘 자라다가 돌연 꼴사납게 변하는 나무가 있는데, 인간도 그러는 경우가 종종 있지. 개인은 성장해가면서 조상이 밟아온 모든 과정을 재연하는데, 그 사람의 혈통에 강한 영향을 미친 뭔가가 있어서 악인이나 선인으로 느닷없이 돌변하게 된다는 이론을 나는 갖고 있어. 사실상 각 개인은 자기 가족사의 축도야."

"꽤나 기발한 이론이군."

"뭐, 꼭 우길 생각은 없어. 이유야 어쨌든 모런 대령은 나쁜 길로 접어들었지. 뾰족한 추문이 돌지는 않았지만, 인도에서 너무 물의를 일으키는 바람에 버티고 살 수 없었어. 은퇴해서 런던으로 돌아온 그는 다시 악명을 떨쳤지. 모리아티 교수에게 발탁된 것도 바로 그때였어. 한동안 교수의 오른팔 노릇을 했지. 모리아티는 그에게 돈을 있는 대로 퍼주었는데, 보통의 범죄자는 엄두를 낼 수 없는 아주 고난도의 임무를 한두 건 맡겼을 뿐이야. 1887년 로더에서 스튜어트 부인이 사망한 것 기억나지? 안 나? 아무튼 나는 모런이 원흉이라고 확신하는데 증거가 없어. 어찌나 영악하게 사실을 은폐했던지, 모리아티 일당을 모조리 잡아들였을 때에도 그의 유죄를 입증할 순 없었지. 내가 자네를 찾아갔던 날을 기억할 거야. 내가 공기총에 겁을 집어먹고 덧문을 닫았잖아. 자네는 내가 망상에 사로잡힌 줄 알았을 거야. 난 그럴 만한 이유가 충분히 있었어. 그런 놀라운 총이 존재한다는 것을 알고 있었고, 세계 최고의 사수로 손꼽히는 자가 그 뒤에 있다는 것을 알고 있었으니까. 우리가 스위스에 있을 때 그가 모리아티와 함께 우리를 따라왔어. 라이헨바흐 벼랑 바위턱에 있던 내게 고약한 5분을 선사한 자도 보나마나 그 인간이야.

나는 프랑스에 머물면서도 그를 잡을 기회만 노리면서 열심히 신문을 훑어보았지. 그가 런던에서 활개를 치고 다녀서야 그간의 내 삶이 덧없어지고 말잖아. 내 인생에는 늘 그늘이 드리워지고, 조만간 그가 기회를 노려서 틀림없이 나를 덮치겠지. 그런데 나는 손을 쓸 도리가 없어. 그를 봐도 총을 쏠 수는 없어. 그랬다가는 내가 재판정에 서야 할 판이니까. 치안판사에게 호소해봐야 무슨 소용이 있겠어? 판사가 내 말을 믿고 나설 수는 없었지. 얼토당토않은 의심을 하는 것으로만 보일 테니까 말이야. 그러니 나로서도 손 놓고 있을 수밖에. 하지만 언젠가는 그를 잡아넣어야 한다는 것을 알고 있었기 때문에, 범죄 소식이 날아오기만 기다렸지. 그때 마침 로널드 아데어 피살 소식이 들려왔어. 마침내 기회가 온 거야! 나만큼 알고 있는 사람이라면, 그게 모런 대령의 짓이라는 것을 단박에 알 수 있지. 모런은 아데어와 카드 노름을 했어. 그 후 클럽에서 집까지 따라가서, 열린 창문으로 저격을 한 거야. 그건 의심의 여지가 없었어. 그 총알만으로도 그를 교수대로 보낼 수 있을 정도야. 나는 바로 런던으로 건너왔어. 그래서 감시자의 눈에 띄었고, 감시자는 내가 나타났다는 것을 바로 대령에게 알렸겠지. 그는 내가 돌아온 것을 자신의 범죄와 연결시키고 가슴이 덜컥 내려앉았겠지. 그가 댓바람에 달려와서 나를 제거하려고 할 게 분명했어. 그 흉악한 무기를 들고 와서 말이야. 나는 창가에 아주 훌륭한 표적을 남겨놓고 경찰에게 미리 알렸지. 왓슨, 자네도 문간에 잠복해 있던 경찰을 알아봤지? 나는 관찰하기 좋은 자리를 골라잡았어. 하지만 그가 설마 나와 같은 자리에서 저격을 할 줄은 꿈에도 몰랐지. 자, 왓슨, 또 알고 싶은 거 있어?"

“그래.” 내가 말했다. “모런이 아너러블 로널드 아데어를 살해한 동기가 무엇인지 밝히지 않았잖아.”

“아, 그거! 우리는 추리의 영역에 접어들었는데, 여기서는 가장 논리적인 사람이라도 실수를 할 수 있어. 눈앞의 증거를 보고 누구나 가설을 세울 수 있는데, 자네의 가설이 내 가설 못지않을 수도 있고 말이야.”

“그럼 가설은 세웠다는 거로군?”

“사실을 설명하는 것쯤이야 어려울 것 없지. 모런 대령과 아데어가 함께 거액을 땄다는 증거가 있어. 그런데 모런은 속임수를 썼을 게 분명해. 그건 내가 오래전부터 알고 있던 사실이야. 살해 당일, 아데어는 모런이 속임수를 쓴다는 걸 알아냈을 거야. 그래서 모런에게 눈치를 주고 아마 위협을 했겠지. 클럽에서 자진 탈퇴를 하고 다시는 카드를 하지 않겠다고 다짐하지 않으면 폭로하겠다고 말이야. 아데어 같은 젊은이가 자기보다 나이가 훨씬 많은 유명인의 흉한 추문을 대뜸 폭로하려고 하진 않았을 테지. 아마 내 말대로 했을 거야. 그 클럽들에서 쫓겨난다는 것은 모런에게 몰락이나 다름없었겠지. 카드 속임수로 먹고 살았으니까. 그래서 아데어를 살해한 거야. 죽기 전에 아데어는 얼마나 돌려줘야 할지 계산에 열중하고 있었어. 파트너의 속임수로 득을 볼 생각은 없었으니까. 그가 방문을 잠근 것은 혹시 숙녀들이 들이닥쳐서 그가 동전과 명단으로 뭘 하고 있는지 캐물을까봐 그랬을 거야. 이만하면 됐어?”

“틀림없이 자네 말대로일 거야.”

“재판정에서 판가름이 나겠지. 어찌 됐든 모런 대령은 더 이상 우리를 괴롭히지 못할 거야. 폰 헤르터의 유명한 공기총은 런던 경찰국 박물관을 장식할 테고, 또다시 셜록 홈즈 씨는 런던의 얽히고설킨 삶이 풍성하게 선사하는 저 흥미로운 사건들을 조사하는 데 전념할 수 있게 됐어."

The Adventure of the Norwood Builder

노우드의 건축업자

"범죄 전문가의 관점에서 볼 때," 하고 홈즈가 말문을 열었다. "런던은 고 모리아티 교수의 죽음 이후 유난히 재미없는 도시가 되고 말았어."

"점잖은 시민치고 자네 말에 맞장구칠 사람은 없을 거야." 내가 응수했다.

"그래그래, 이기적인 소린 하지 말아야지." 그가 아침 식탁에서 뒤로 의자를 물리고 씩 웃으며 말했다. "사회적으로는 물론 잘된 일이야. 일거리를 잃고 실업자가 된 불쌍한 전문 탐정만 빼고는 밑진 사람이 아무도 없으니까. 지난날 그가 활개를 치고 다닐 때는 아침 신문만 봐도 할 일이 즐비하게 눈에 띄었지. 보통 그건 그저 그지없이 사소한 실마리에 지나지 않았어, 왓슨. 아주 실낱같은 징후였거나. 하지만 나는 그것만으로도 아주 사악한 두뇌가 배후에 있다는 것을 알아차릴 수 있었지. 언저리의 거미줄 한 가닥이 아주 살짝 떨리는 것만으로도 그 한복판에 음험한 거미가 도사리고 있다는 것을 너끈히 알아차릴 수 있는 법이니까. 좀도둑질이든, 영문을 알 수 없는 폭행이든, 아무런 목적이 없어 보이는 분노든, 무슨 단서를 잡기만 하면 그 모든 것이 하나로 척척 연결되었지. 고등 범죄계를 파헤치고자 하는 과학도에게는 유럽에서 런던만 한 도시가 없었어. 그랬는데 지금은……." 그는 지금의 런던을 만들기 위해 그토록 애를 썼으면서 이제 와선 그런 상태가 떨떠름하다는 듯이 익살맞게 어깨를 으쓱했다.

내가 지금 이야기보따리를 풀고자 하는 사건은 홈즈가 돌아온 지 몇 달 되었을 때의 일이다. 그의 요청대로 나는 의원을 처분하고 베이커 스트리트의 옛 하숙집에 돌아가서 같이 지냈다. 켄징턴의 의원은 버너라는 이름의 젊은 의사가 인수했는데, 그는 내가 짐짓 높여서 불러본 최고액을 놀랍게도 아무런 이의 없이 선뜻 내놓았다. 몇 년 후 그 사연을 알고 보니, 버너는 홈즈의 먼 친척이었다. 사실상 그 돈을 내놓은 것은 내 친구였던 것이다.

우리가 함께한 여러 달 동안 그의 말처럼 사건이 그렇게 아주 뜸했던 것은 아니다. 내 기록을 훑어보면 이 기간에 전 대통령 무리요의 문서 사건뿐만 아니라, 하마터면 우리 둘 다 목숨을 날릴 뻔한 네덜란드 증기선 '프리슬란트호'의 충격적인 사건도 있었기 때문이다. 그러나 홈즈는 냉정하고 콧대 높은 성격 탓에 대중의 갈채를 받기 위해 하는 일은 뭐든 한사코 마다했다. 그래서 나로 하여금 자기 자신이나, 수사 방법, 활약상에 대해 결코 발설하지 못하도록 했는데, 이 제한은 전에 해명했듯이 이제야 겨우 풀렸다.

셜록 홈즈 씨가 이런 얄궂은 주장을 한 후 의자에 등을 기대고, 느긋하게 조간신문을 펼칠 때였다. 요란한 초인종 소리가 울리더니, 곧

이어 주먹으로 하숙집 대문을 두드리는지 쾅쾅거리는 소리가 들렸다. 대문이 열리자 요란하게 홀로 돌진해서, 빠른 발걸음으로 계단을 타닥거리며 올라오는 소리가 났다. 그리고 곧이어 고뇌에 찬 눈빛에 극도로 흥분한 젊은이가 방문을 와락 열고 들이닥쳤다. 가쁜 숨을 몰아쉬는 젊은이는 얼굴에 핏기가 없고 차림새가 흐트러져 있었다. 그는 우리를 차례로 바라보다가, 호기심 어린 우리의 눈길을 받고는 그제야 무례하게 들이닥친 것을 사과할 필요가 있다는 것을 알아차린 듯했다.

"죄송합니다, 홈즈 씨." 그가 외쳤다. "하지만 저를 나무라진 마세요. 저는 돌아버릴 지경입니다. 홈즈 씨, 존 헥터 맥팔레인이라는 불쌍한 인간이 바로 접니다."

그는 자기 이름만 대면 방문 목적과 태도를 모두 해명한 셈인 양 선언하듯 말했다. 하지만 내 친구의 얼굴에 아무 반응이 나타나지 않은 것으로 보아, 그건 나만이 아니라 홈즈도 처음 듣는 이름인 게 분명했다.

"담배 한 대 태우세요, 맥팔레인 씨." 홈즈가 담배 케이스를 밀어주며 말했다. "증상을 보니, 여기 있는 내 의사 친구 왓슨이 진정제라도 처방해줘야 할 것 같습니다. 요 며칠 날씨가 아주 푹푹 쪘지요. 자, 좀 진정이 되셨다면 저 의자에 앉아서, 대체 무엇을 하시는 분이고 원하는 게 무엇인지 아주 천천히 차분하게 말씀해주세요. 내가 마땅히 알고 있어야 할 것처럼 성함을 말씀하셨지만, 나는 아는 게 없습니다. 그쪽이 독신이고, 사무변호사에 프리메이슨 단원이고, 천식 환자라는 것만 빼고 말입니다."

나는 친구의 방법론을 익히 알고 있어서, 어떻게 그런 추리를 해냈는지는 거뜬히 알아낼 수 있었다. 단정치 못한 옷차림, 법률서류 한 뭉치, 회중시곗줄, 다급히 숨을 몰아쉬는 모습이 바로 그것이었다. 그러나 우리의 의뢰인은 놀라서 눈이 휘둥그레졌다.

"그래요, 그게 바로 접니다, 홈즈 씨. 그리고 덧붙여 말하면, 지금 이 순간 런던에서 가장 불운한 남자라는 겁니다. 제발 저를 내치지 말아주세요, 홈즈 씨! 제가 이야기를 마치기 전에 그들이 나를 체포하러 오거든, 잘 얘기해서 시간을 벌어주세요. 진실을 다 말씀드릴 수 있도록 말입니다. 홈즈 씨가 저를 위해 뛰고 있다는 것만 알면 감옥에 들어가서도 마음이 놓일 거예요."

"체포하러 온다고!" 홈즈가 말했다. "이거 정말 흥겨운, 아니 흥미로운 일이군요. 대체 무슨 혐의로 체포된단 말이죠?"

"로어노우드의 조너스 올데이커 씨 살해 혐의로요."

감정이 풍부한 내 친구의 얼굴에는 즐거워하는지 불쌍해하는지 알 수 없는 표정이 떠올랐다.

"이것 참," 하고 그가 말했다. "아침 식사를 하면서 내 친구 왓슨에게, 요즘 신문에는 도통 떠들썩한 사건이 눈에 띄지 않는다고 말한 게 바로 방금 전이었습니다."

우리의 손님은 떨리는 손을 앞으로 뻗어, 여전히 홈즈의 무릎 위에 놓인《데일리 텔레그래프》지를 집어들었다.

"신문을 보셨다면 오늘 아침 제가 여기 온 목적을 한눈에 알아봤을 겁니다. 모든 사람이 제 이름과 불행에 대해 입방아를 찧고 있는 것만 같은 기분이에요." 그는 신문의 중앙 지면을 펼쳤다. "이겁니다. 허락해주신다면 제가 읽어드릴 테니 들어보세요, 홈즈 씨. 제목은 이래요. '로어노우드의 괴사건. 유명 건축가 실종. 살인 방화 추정. 범인 단서 포착.' 경찰은 이미 이 단서를 쫓고 있는데, 그게 저를 구렁텅이로 떨어뜨리고 말 겁니다, 홈즈 씨. 저는 런던교 기차역에서부터 미행을 당했어요. 경찰은 체포 영장이 나오기만 기다리고 있는 게 분명해요. 어머니가 아시면 얼마나 가슴 아프실까? 억장이 무너지겠죠!" 그는 고뇌에 사로잡혀 두 손을 맞잡고 쥐어짜며, 의자에서 앞뒤로 몸을 흔들었다.

나는 이 남자를 흥미롭게 관찰했다. 폭력범죄자 혐의를 받고 있는 그는 담황갈색의 머리에 얼굴은 잘생겼지만, 안색이 백지장 같았고, 푸른 두 눈은 겁에 질려 있었다. 깔끔하게 면도를 했는데, 입을 보니 유약하고 민감해 보였다. 나이는 스물일곱 살쯤 되었고, 옷차림이나 태도는 신사다웠다. 뒷면에 배서를 한 서류 뭉치가 가벼운 여름 윗도리 주머니 밖으로 비어져 나와 있어서 직업을 한눈에 알아볼 수 있었다.

"시간을 아껴야겠군요." 홈즈가 말했다. "왓슨, 문제의 신문을 좀 읽어주지 않겠어?"

우리 의뢰인이 읽어준 박력 있는 제목 아래에는 다음과 같은 의미심장한 기사가 실려 있었다.

지난밤 늦게나 오늘 새벽, 로어노우드에서 심각한 범죄로 보이는 사건이 발생했다. 지역 유지인 조너스 올데이커 씨는 오랫동안 그곳에서 건축업을 해왔다. 그는 52세의 독신으로, 시드넘 끝자락의 디프딘 거리에 있는 디프딘 하우스라는 저택에서 산다. 그는 비밀스럽고 은둔적인 괴팍한 버릇을 지닌 사람으로 알려져 있었다. 건축업에서 사실상 은퇴한 지 여러 해 되었는데, 건축업으로 상당한 재산을 모았다고 한다. 하지만 작은 목재 야적장이 그의 집 뒤에 아직도 있다. 지난밤 12시경, 그 야적장에서 불이 났다는 신고가 들어와서 소방차가 바로 출동했지만, 마른 나무가 활활 타오르는 바람에 진화할 수가 없어서 목재를 모두 태우고 말았다. 이때까지는 단순 화재 사건으로 보였지만, 곧 이것이 심각한 범죄라는 것을 보여주는 듯한 새로운 사실이 드러났다. 뜻밖에도 그 저택의 주인이 화재 현장에 없었던 것이다. 조사를 해보니 그는 집에서 사라진 것으로 드러났다. 그의 방을 조사해보니 침대에서 잔 흔적이 없고, 침실 금고는 활짝 열려 있고, 중요한 많은 서류가 방 안에 여기저기 흩어져 있었는데, 결정적인 사실은 살인 격투를 벌인 흔적이 있다는 것이다. 방 안에 떨어진 약간의 핏자국을 발견했는데, 떡갈나무 지팡이 손잡이에도 피가 묻어 있었다. 조너스 올데이커 씨는 그날 밤 침실에서 마지막 손님과 만난 것으로 알려져 있다. 예의 그 지팡이는 그 손님의 것으로 확인되었다. 그는 존 헥터 맥팔레인이라는 런던의 젊은 사무변호사인데, 중동부 지구 그레셤 빌딩 426번지에 있는 '그레이엄 & 맥팔레인' 법률회사의 주니어 파트너이다. 경찰은 아주 확실한 범죄 동기를 밝혀주는 증거물을 입수했다고 믿는다. 요컨대 수사가 획기적인 진척을 보일 거라고 확신하고 있다.

속보—인쇄에 들어가기 직전, 존 헥터 맥팔레인 씨가 조너스 올데이커 씨 살해 혐의로 사실상 체포되었다는 소문이 돌았다. 적어도 영장이 발부된 것만은 확실하다. 노우드 수사도 진척을 보이며 불길한 사실이 드러났다. 불운한 건축업자의 침실 격투 흔적 외에도, 침실(1층)의 두 짝 여닫이 창문이 열려 있었던 것으로 알려졌는데, 뭔가 부피가 큰 물체를 야적장까지 끌고 간 흔적이 있었다. 결정적인 사실은, 잿더미 속에서 숯이 된 유해가 발견되었다는 것이다. 경찰은 세상을 놀라게 할 범죄가 발생한 것으로 보고 있다. 희생자는 자기 침실에서 지팡이에 맞아 사망했고, 서류를 훔친 범인은 시신을 목재 야적장까지 끌고 가서, 범행 흔적을 지우기 위해 소각했다는 것이 경찰의 가설이다. 범행 조사는 런던 경찰국의 노련한 레스트레이드 경위가 맡았는데, 그는 언제나처럼 열정과 예리한 두뇌로 단서를 추적하고 있다.

셜록 홈즈는 눈을 감은 채 양손의 손가락 끝을 맞대고, 주목할 만한 이 사건 이야기에 귀를 기울였다.

"이 사건은 분명 흥미로운 데가 있군." 그가 나른하게 말했다. "맥팔레인 씨, 먼저 뭐 좀 물어봐도 될까요? 당신을 체포할 만한 증거가 충분한 것으로 보이는데 왜 아직 체포되지 않은 거죠?"

"저는 블랙히스의 토링턴 로지에서 부모님과 함께 지내고 있습니다. 그런데 지난밤 아주 늦게 조너스 올데이커 씨와 볼일이 있어서 노우드의 호텔에 묵고, 거기서 출근을 했지요. 내가 이 사건에 대해 알게 된 것은 기차를 탄 뒤였습니다. 방금 여러분이 읽은 것을 그때 읽은 거죠. 나는 곧바로 위험에 빠졌다는 것을 알고, 이 일을 홈즈 씨에게 맡기기 위해 달려온 겁니다. 시내 사무실이나 집에 가면 바로 체포될 게 분명해요. 런던교 기차역에서부터 어떤 남자가 내 뒤를 따라왔는데, 맙소사, 그게 무엇 때문인지는 빤한 거 아니겠어요?"

그때 초인종이 울리더니, 곧바로 계단을 올라오는 무거운 발소리가 들렸다. 잠시 후 우리의 옛 친구인 레스트레이드가 문간에 나타났다. 그의 어깨 너머로 제복을 입은 경찰 한두 명이 언뜻 보였다.

"존 헥터 맥팔레인 씨?" 레스트레이드가 말했다.

우리의 불운한 의뢰인은 겁먹은 얼굴로 일어섰다.

"로어노우드의 조너스 올데이커 씨 살해 혐의로 당신을 체포합니다."

맥팔레인은 우리를 돌아보며 절망스러운 몸짓을 하고는 무너지듯 다시 의자에 주저앉았다.

"레스트레이드, 잠깐만." 홈즈가 말했다. "한 30분쯤 미룬다고 해도 문제될 건 없을 겁니다. 아주 흥미로운 이 사건을 이 신사가 막 해명하려던 참이었는데, 들어두면 사건을 해결하는 데 도움이 될 겁니다."

"사건을 해결하는 데 무슨 어려움이 있다고 보지 않습니다." 레스트레이드가 험악하게 말했다.

"그래도 당신이 허락해준다면 그의 이야기를 들어보고 싶군요."

"좋아요, 홈즈 씨. 뭐든 당신의 청을 거절할 순 없죠. 지난날 한두 번 경찰을 도와주셨으니, 우리 런던 경찰국에서 보답을 하겠습니다." 레스트레이드가 말했다. "하지만 그동안 내가 여기서 지키고 있겠습니다. 그리고 그가 하는 말이 그에게 불리한 증거가 될 수 있다는 것을 미리 경고하지 않을 수 없습니다."

"저도 그 이상 바라지 않습니다." 우리의 의뢰인이 말했다. "제가 요청하는 것은 다만 여러분이 진실을 듣고 인정해달라는 것뿐입니다."

레스트레이드가 자기 시계를 바라보았다. "30분 주겠소." 그가 말했다.

"먼저 말씀드리고 싶은 것은," 하고 맥팔레인이 말했다. "조너스 올데이커 씨에 대해 제가 아는 게 없었다는 것입니다. 성함은 알고 있었죠. 부모님이 오래전부터 그분과 아는 사이였으니까요. 하지만 그분들은 사이가 멀어졌댔습니다. 그래서 어제 오후 3시쯤, 그분이 시내의 우리 사무실에 찾아왔을 때 나는 무척 놀랐어요. 그분이 방문 목적을 밝히자 나는 더욱 놀랐죠. 그분은 휘갈겨 쓴 공책 낱장을 몇 장 손에 들고 있었는데, 이게 바로 그겁니다. 그분은 이걸 내 탁자에 내려놓으셨죠.

'이건 내 유언장일세' 하고 그분이 말했어요. '자네가 이것을 합법적인 서류로 적절히 꾸며주길 바라네. 자네가 그러는 동안 난 여기 앉아 있겠네.'

나는 그것을 베껴 쓰기 시작했습니다. 몇 가지 단서는 있었지만, 그게 모든 재산을 나한테 물려준다는 유언장인 것을 알았을 때 내가 얼마나 놀랐을지 짐작이 가실 겁니다. 그분은 속눈썹이 하얘서 흰족제비처럼 좀 이상하게 생기셨죠. 내가 놀라서 쳐다보았더니, 그분은 흥겨운 표정을 짓고서 예리한 회색 눈으로 나를 지켜보고 있더군요. 유언장 조항을 읽어보며 나는 내 눈을 믿을 수가 없었습니다. 그때 그분이 설명을 해주었죠. 그분은 홀몸인데 친척도 없다더군요. 젊을 때 우리 부모님과 알고 지냈는데, 부모님이 늘 내 자랑을 했다는 겁니다. 그래서 재산을 나한테 물려주면 가치 있게 쓸 거라고 확신했다는 거죠. 물론 나는 그저 더듬거리며 감사하다고 말할 수밖에 없었습니다. 유언장은 우리 직원을 증인으로 삼아 정식으로 작성해서 서명까지 했습니다. 파란 종이에 쓴 것이 바로 그것이고, 앞서 말씀드린 것처럼 이 낱장은 그분이 쓴 초안입니다. 그때 조너스 올데이커 씨는 내게 많은 서류가 있다고 하셨죠. 건물 임대 계약서, 부동산 권리증서, 저당권, 차용증서 등이 있는데 내가 그걸 보고 잘 알아둘 필요가 있다는 것이었어요. 그분은 그 모든 일을 마무리 지어야 마음이 편하겠다고 하시더군요. 그래서 나더러 유언장을 가지고 그날 밤 노우드의 집으로 꼭 찾아오라고 신신당부했어요. 그래서 일을 매듭짓자는 것이었죠.

'자네 부모님한테는 아무 말도 하지 말게. 모든 일이 마무리될 때

까지 말이야. 비밀로 했다가 깜짝 놀라게 해주자구.'

그분은 그걸 완강히 고집하면서, 비밀을 지키겠다는 약속을 하게 하셨죠.

홈즈 씨도 짐작하시겠지만, 나는 그분이 요구하는 것을 뭐든 거절할 기분이 아니었어요. 그런 은혜를 베풀어주신다니, 뭐가 되었든 그분이 원하는 대로 하고 싶은 마음뿐이었죠. 그래서 집에 전보를 쳐서, 당장 중요한 볼일이 있어서 언제쯤 집에 들어갈지 모르겠다고 전했습니다. 올데이커 씨는 9시나 되어야 집에 들어갈 거라면서 그때 집에서 같이 저녁 식사를 하자고 하셨어요. 그런데 그분의 집을 찾기가 어려워서, 거의 30분쯤 늦게 도착했죠. 가보았더니……."

"잠깐!" 홈즈가 말했다. "누가 문을 열어주었나요?"

"중년 여자였는데, 가정부였겠죠."

"당신의 이름을 그 여자가 먼저 입에 담았나요?"

"네." 맥팔레인이 말했다.

"말씀 계속하세요."

맥팔레인 씨는 이마의 진땀을 훔치고 이야기를 계속했다.

"그 여자가 나를 거실로 안내했습니다. 조촐하게 저녁 식사를 차려놓았더군요. 식사 후 조너스 올데이커 씨가 나를 침실로 데려갔습니다. 그곳엔 금고가 있었죠. 그분이 금고를 열고 서류를 잔뜩 꺼내서 함께 검토했습니다. 일을 마친 것은 11시에서 12시 사이였어요. 그분은 가정부를 깨우지 말자고 하셨죠. 그래서 나더러 창문으로 나가게 했어요. 그 창문은 줄곧 열려 있었습니다."

"블라인드는 내려져 있었나요?" 홈즈가 물었다.

"확실치는 않은데, 반만 내려져 있었던 것 같아요. 그래요, 이제 생각해보니 그분이 창문을 열어젖히기 위해 블라인드를 당겨 올린 기억이 납니다. 그런데 내 지팡이가 보이지 않았어요. 그분이 말했죠. '걱정하지 말게. 이제 자네를 자주 만나고 싶으니, 자네가 다음에 와서 달라고 할 때까지 내가 잘 보관해두겠네.' 내가 그곳을 떠날 때 금고는 열려 있었고, 서류는 탁자 위에 수북이 쌓여 있었죠. 시간이 너무 늦어서 블랙히스의 집에 갈 수가 없었어요. 그래서 애널리 암스 호텔에서 밤을 보냈습니다. 오늘 아침 이 끔찍한 기사를 읽기 전까지 나는 아무것도 몰랐어요."

"홈즈 씨, 물어볼 게 더 있나요?" 레스트레이드가 말했다. 그는 맥팔레인의 놀랄 만한 이야기를 듣는 동안 한두 차례 눈을 둥그렇게 떴다.

"블랙히스에 다녀온 다음에요."

"노우드겠죠." 레스트레이드가 말했다.

"아, 참, 그렇게 말했어야 하는 걸 그랬군?" 홈즈가 수수께끼 같은 웃음을 머금고 말했다. 레스트레이드는 자기가 이해할 수 없는 것이라도 홈즈라면 면도날 같은 두뇌로 간파할 수 있다는 것을 경험으로 잘 알고 있었다. 인정하고 싶지는 않았겠지만 말이다. 그는 호기심 어린 얼굴로 내 친구를 바라보았다.

"지금 얘기 좀 나누고 싶습니다, 셜록 홈즈 씨." 그가 말했다. "자, 맥팔레인 씨, 문간에 순경 두 명이 있고, 밖에는 사륜마차가 대기 중입니다." 딱한 젊은이는 자리에서 일어났다. 그는 마지막으로 우리에게 간청하는 눈길을 던지고 방에서 나갔다. 순경이 마차까지 그를 호송했고 레스트레이드는 방에 남았다. 홈즈는 유언장 초안을 집어들고 골똘히 바라보고 있었다.

"레스트레이드, 이 서류가 제법 묘하지 않나요?" 홈즈가 서류를 건네며 말했다.

형사는 헷갈린다는 표정으로 서류를 바라보고 말했다.

"처음 몇 줄은 알아보겠군요. 그리고 2쪽 중앙의 여기와 끝부분 한두 군데도 잘 알아볼 수 있어요. 인쇄된 것처럼 또렷하니까요. 그런데 그 사이의 글은 아주 악필이군요. 전혀 알아볼 수가 없는 곳도 세 군데 있습니다."

"그걸 어떻게 생각하십니까?" 홈즈가 물었다.

"글쎄요, 당신은 어떻게 생각하십니까?"

"그건 기차간에서 쓴 겁니다. 필체가 깔끔한 것은 기차역에 멈추었을 때 썼고, 악필은 움직일 때 썼다는 걸 나타내죠. 가장 지독한 악필은 기차가 포인트 위를 지날 때 쓴 겁니다. 과학적 안목이 있는 전문가라면 이것이 교외선 기차간에서 썼다는 것을 단박에 알 수 있을

겁니다. 대도시 인근이 아니라면 이렇게 포인트 위를 잇달아 지나는 일이 없으니까요. 기차간에서 내내 유언장을 쓰고 있었다고 가정한다면, 이 기차는 특급이었고, 노우드와 런던교에서만 정차했습니다."

레스트레이드가 웃음을 터뜨렸다.

"하여간 당신이 추리를 하기 시작하면 혀를 내두르지 않을 수가 없다니까." 그가 말했다. "하지만 홈즈 씨, 그게 대체 이 사건과 무슨 상관이 있다는 겁니까?"

"그러니까 이 유언장은 어제 조너스 올데이커가 써준 거라는 젊은이의 이야기를 뒷받침해줍니다. 그런데 이상하지 않습니까? 이렇게 중요한 서류를 아무렇게나 되는대로 작성했다니 말입니다. 이건 그가 사실상 유언장을 그리 중요하게 보지 않았다는 것을 암시합니다. 효력도 없는 유언장을 쓰려고 했을 때나 그렇게 하지 않겠습니까?"

"그랬다가 파멸을 자초한 거죠." 레스트레이드가 말했다.

"아, 그렇게 생각합니까?"

"당신은 아닙니까?"

"음, 그럴 가능성이 높지만, 아직은 분명치 않군요."

"분명치 않다고요? 아니, 이게 분명치 않다면 세상에 분명한 게 뭐가 있단 말입니까? 웬 늙은이가 죽기만 하면 한재산 물려받는다는 것을 난데없이 알게 된 젊은이가 있습니다. 그가 한 일은 뭐죠? 그는 누구에게 어떤 말도 하지 않았습니다. 그저 그날 밤 의뢰인을 만난다는 구실을 대고 외박할 준비를 합니다. 그리고 그 집에 가서 혼자 사는 사람이 잠들기를 기다렸다가, 적막한 그 침실에서 노인을 죽이고 목재더

미에 불을 붙여 시신을 태운 후, 가까운 호텔로 떠납니다. 방 안과 지팡이의 핏자국은 아주 희미합니다. 그는 살인을 하며 거기에 피가 묻었을 거라고는 생각지 않았을 겁니다. 그래서 시신만 태워버리면 살해 방법을 감쪽같이 숨길 수 있을 거라고 믿었겠지요. 시체에 혹시 자기가 살인범이라는 무슨 흔적이 남아 있을지 모르니까요. 이 모든 것이 분명하지 않습니까?"

"이봐요, 레스트레이드, 그건 어쩐지 너무 빤하다는 생각이 듭니다." 홈즈가 말했다. "다른 자질은 다 뛰어난데 당신은 거기에 상상력을 더하려고 하질 않아요. 잠깐이라도 저 청년의 입장에 서보세요. 당신 같으면 유언장을 쓴 바로 그날 밤 범행을 하겠습니까? 유언장과 범행이 그렇게 밀접하게 관련되어 보이는 짓을 하면 위험하다는 생각이 안 든단 말입니까? 게다가 하인의 안내를 받았으니 자기가 집 안에 있다는 것을 하인이 빤히 아는데도 그런 시간을 골라 범행을 하겠어요? 그리고 결정적으로, 당신 같으면 시신을 없애려고 그렇게 애를 써놓고, 자기가 범인이라는 증거로 지팡이를 떡하니 남겨두겠습니까? 이 모든 일이 있음직하지 않다는 것을 인정하세요, 레스트레이드."

"홈즈 씨, 지팡이에 대해 말하자면, 범죄자들이 흔히 당황해서, 냉정한 사람이라면 결코 하지 않을 그런 실수를 한다는 것은 나도 당신도 잘 알고 있잖소. 그는 방으로 돌아가기가 겁이 났던 겁니다. 어디 그럴 듯한 다른 가설을 대보시오."

"반 다스는 쉽게 댈 수 있지요." 홈즈가 말했다. "가능성도 아주 높고 있음직한 예를 들어볼까요? 이건 공짜 선물로 드리죠. 노인이 분명 가치가 있어 보이는 서류를 보고 있습니다. 지나가던 부랑자가 창문으로 그걸 봅니다. 블라인드는 반만 드리워져 있습니다. 변호사는 창문으로 빠져나가고 부랑자가 들어옵니다! 그는 거기서 눈에 띄는 지팡이를 쥐고 올데이커를 죽이고, 시신을 불태운 후 떠납니다."

"부랑자가 시신을 왜 태웁니까?"

"그 문제라면, 맥팔레인은 왜 시신을 태웁니까?"

"증거를 숨기려고요."

"부랑자는 살인이 일어났다는 사실을 숨기고 싶었겠죠."

"그럼 부랑자는 왜 아무것도 훔쳐가지 않은 겁니까?"

"알고 보니 그건 돈으로 바꿀 수 없는 서류였으니까요."

레스트레이드는 고개를 내둘렀지만, 전만큼 태도가 단호해 보이지는 않았다.

"그럼, 셜록 홈즈 씨, 당신은 부랑자를 찾아보시오. 그러는 동안 우리는 그 청년을 계속 붙잡고 있을 테니까. 누가 옳은지는 시간이 말해주겠지. 이 점은 잊지 마십시오, 홈즈 씨. 우리가 알고 있기로는 서류 가운데 없어진 게 하나도 없는데, 세상에서 그걸 없앨 이유가 전혀 없는 사람이 바로 우리가 체포한 그 청년이라는 겁니다. 그는 법정상속인이어서, 어쨌든 그것을 물려받을 테니까 말이오."

내 친구는 이 말에 문득 무슨 생각이 떠오른 듯했다.

"어느 면에서는 당신의 가설을 지지하는 증거가 아주 강력하다는 것을 부정하는 것은 아닙니다." 그가 말했다. "나는 다만 다른 가설도 가능하다는 것을 지적하고 싶은 것뿐입니다. 당신 말처럼 시간이 말해주겠지. 그럼 또 봅시다! 오늘 중으로 노우드에 들러서 당신의 수사가 척척 풀려가는지 한번 보겠습니다."

형사가 떠나자 내 친구는 자리에서 일어나, 입맛 당기는 일이 생긴 사람처럼 날쌔게 나갈 채비를 했다.

"왓슨, 내가 먼저 가야 할 곳은, 아까 말했듯이 블랙히스 쪽이야." 그가 부산하게 프록코트를 걸치며 말했다.

"아니, 노우드가 아니고? 왜?"

"이번 일은 독특한 사건에 이어 또 다른 독특한 사건이 꼬리를 물고 일어났기 때문이야. 경찰은 두 번째 사건만 주목하는 실수를 하고 있어. 사실상 범죄가 일어난 것은 그 사건이니까. 하지만 내가 보기에 이번 일은 분명 첫 번째 사건부터 먼저 살펴보는 것이 논리적이야. 이상한 유언장이 아주 느닷없이 작성되었고, 아주 뜻밖의 인물이 상속을 받게 돼. 이걸 조사하면 다음 사건은 간단히 풀릴지도 몰라. 아냐, 자네 도움이 필요할 것 같지는 않아. 위험할 일도 없고 말이야. 안 그러면 자네 없이 움직일 생각은 꿈에도 하지 말아야지. 저녁에 다시 만나면, 나를 보호자로 삼은 그 불운한 청년을 위해 내가 뭔가 해줄 게 있다는 보고를 할 수 있을 거야."

내 친구는 늦게야 돌아왔다. 초췌하고 근심 어린 얼굴을 보니, 집을 떠날 때의 부푼 희망

이 물거품이 된 것을 한눈에 알아볼 수 있었다. 그는 한 시간 내내 바이올린을 붙들고 깽깽거리며 구겨진 자존심을 달래려고 했다. 마침내 바이올린을 내던진 그는 이날의 불운을 낱낱이 털어놓기 시작했다.

"영 틀렸어, 왓슨, 완전히 틀어지고 말았어. 레스트레이드 앞에서는 태연한 척했지만, 이번만은 그 친구가 맞고 우리가 헛짚은 것 같아. 내 직감으로는 전혀 그게 아닌데, 드러난 사실들은 레스트레이드가 옳다는 거야. 영국 배심원들이 레스트레이드의 증거보다 내 가설에 손을 들어주었다가는 무식하다는 소리를 들을 거야."

"블랙히스에 가본 거야?"

"그래, 왓슨, 거기 갔었지. 작고한 올데이커가 꽤나 악당이었다는 것을 가자마자 알게 되었어. 그 청년의 아버지는 아들을 면회하러 갔고, 어머니는 집에 있더군. 작은 체구에 어수룩해 보이는 푸른 눈의 여성이었는데, 두려움과 분노에 사로잡혀 있었어. 물론 아들의 죄를 인정하려고 하지 않았지. 하지만 올데이커의 죽음에 대해서는 놀라움도 유감도 나타내지 않는 거야. 오히려 반대로, 올데이커에 대해 모진 소리를 했는데, 그건 자기도 모르게 경찰의 가설을 뒷받침하는 소리였지. 그녀의 아들이 그런 말을 미리 들었다면, 올데이커를 증오해서 폭행도 마다하지 않을 것 같더라니까.

'그자는 인간이라기보다 교활하고 악의적인 원숭이였어요.' 그녀가 말했지. '젊었을 때부터 언제나 그랬다고요.'

'젊었을 때 그를 알았나요?' 내가 물었어.

'그래요, 그를 잘 알았죠. 실은 나한테 청혼까지 했어요. 다행히 나한테 지각이 있어서, 그를 차버리고 가난하지만 더 나은 남자랑 결혼했죠. 원래는 그 인간과 결혼을 약속했는데 충격적인 얘기를 들었어요. 조류 사육장에 고양이를 풀어놓았다는 얘기였죠. 잔인한 성격에 치가 떨려서 더는 그 인간과 상종도 하고 싶지 않았어요.' 그러면서 그녀는 책상 서랍을 뒤지더니 여자 사진 한 장을 바로 꺼내주더군. 칼로 얼굴을 도려낸 망측한 사진이었지. '내 사진이에요.' 그녀가 말했어. '내 결혼식 날 아침에 그가 저주를 하며 이런 사진을 보냈답니다.'

'음, 적어도 지금은 그 사람도 당신을 용서했어요.' 내가 말했지. '그가 댁의 아드님한테 재산을 물려주었으니까요.'

'내 아들도 나도, 조너스 올데이커가 죽었든 살았든, 그 인간한테는 땡전 한 푼 바라지 않아요!' 그녀가 발끈해서 외쳤어. '홈즈 씨, 하늘엔 하느님이 계셔요. 그 사악한 인간을 벌하신 하느님께서는 내 아들이 죄가 없다는 것을 지체 없이 밝혀주실 거예요.'

글쎄, 한두 가지 유도심문을 해보았지만, 우리 가설에 도움이 될 만한 것은 얻을 수 없었어. 오히려 가설이 틀렸다는 것을 암시하는 얘기만 몇 가지 들었지. 마침내 포기를 하고 노우드로 떠났어.

그곳 디프딘 하우스는 요란한 색의 벽돌로 지은 현대식 교외 저택인데, 부지의 뒤쪽에 자리 잡고 있더군. 앞쪽 잔디밭에는 월계수가 잔뜩 심어져 있었지. 오른쪽으로 도로에서 좀 떨어진 곳에 화재가 난 목재 야적장이 있었어. 여기 내 공책에 약도를 그려놓았지. 왼쪽의 이 창문은 올데이커의 침실로 통하는 창문이야. 그러니까 도로에서 침실을 들여다볼 수 있지. 오늘 위안 삼을 만한 것은 이 사실뿐이야. 레스트레이드는 그곳에 없고, 그의 부하인 경장이 주인노릇을 하고 있더군. 그때 경찰은 막 중요한 것을 발견했어. 아침에 불탄 목재 잔해를 수색했는데, 숯이 된 유해 말고도 색이 변한 동그란 금속 여러 개를 발견했더군. 꼼꼼히 살펴봤더니 바지 단추인 게 분명했어. 그중 하나에 '하이엄스'라는 이름이 새겨진 것을 알아볼 수 있었는데, 그건 올데이커의 단골 옷 가게 이름이야. 그 후 나는 발자국이나 흔적을 찾으려고 아주 꼼꼼히 잔디밭을 뒤졌어. 하지만 요즘 날이 가물어서 모든 게 쇠처럼 단단해졌지 뭐야. 야적장 가기 전에 있는 쥐똥나무 생울타리를 뚫고 시체나 무슨 꾸러미를 끌고 간 흔적 말고는 아무것도 찾아볼 수 없었어. 물론 그 모든 게 경찰의 가설과 맞아떨어졌지. 나는 8월의 태양을 고스란히 등에 받으며 잔디밭을 이리저리 기어다녔어. 그러고 한 시간 후에 일어섰지만 전보다 나아진 게 없었지.

이렇게 헛물만 켠 후 침실로 들어가서 조사를 했는데, 핏자국은 아주 희미했어. 얼룩처럼 살짝 묻어서 색도 변했지만 새로 묻은 것은 분명하더군. 지팡이는 경찰이 가져갔지만, 거기도 핏자국이 희미하다고 했어. 물론 그게 우리 의뢰인의 지팡이인 건 분명해. 그가 인정을 했으니까. 양탄자 위에는 두 사람의 발자국이 찍힌 것을 알아볼 수 있었어. 하지만 제3의 발자국은 보이지 않았지. 그것 역시 경찰의 가설에 유리한 패였어. 이렇게 줄곧 경찰만 착착 득점을 올리고, 우리는 제자리걸음만 했어.

그래도 한 가닥 희망의 빛을 발견했는데, 그리 대수로운 건 아냐. 나는 금고 내용물을 검사했어. 대부분 꺼내서 탁자 위에 올려놓았더군. 서류는 봉인된 봉투 속에 들어 있었고, 그중 한두 개만 경찰이 개봉을 해놓았지. 내가 보기에 돈이 될 만한 것은 없었어. 예금 통장을 봐도 올데이커 씨의 형편이 그리 넉넉한 것 같지는 않더군. 아마 좀 더 가치가 있을 어떤 증서들에 대한 언급이 있었는데, 그 증서는 사라지고 없었어. 물론 그것을 명백히 입증할 수만 있다면 레스트레이드의 주장을 뒤엎을 수 있을 거야. 곧 상속받게 된다는 것을 알면서도 그걸 훔칠 사람은 없을 테니까 말이야.

다른 모든 봉투를 개봉해봤지만 아무런 단서도 나오지 않아서, 마지막으로 가정부를 상대로 내 운을 시험해봤지. 가정부 렉싱턴 부인은 체구가 작고 검게 탄 피부에 과묵한 여자였어. 미심쩍어하는 눈길로 자꾸 곁눈질을 하더군. 그녀는 마음만 먹으면 뭔가 우리에게 알려줄 게 있었어. 그건 확실해. 그런데 입에 자물쇠를 채운 거야. 그래, 그녀는 9시 반에 맥팔레인 씨를 안으로 들여보냈어. 차라리 손이 말라 비틀어져서 문을 열어주지 못했더라면 좋았을 거라고 한탄하더군. 그녀가 잠자리에 든 것은 10시 반이었는데, 침실이 다른 쪽 끝에 있어서 아무런 소리도 듣지 못했어. 맥팔레인 씨는 모자를 홀에 남겨두었고, 그녀가 믿기로는 지팡이도 그랬다더군. 그녀는 불이 난 것에 놀라서 잠이 깼어. 딱하게도 그녀의 주인은 살해된 게 분명해 보였어. 그에게 적이라도 있느냐고 물었지. 그야 누구한테나 적이 있지만, 올데이커 씨는 워낙 남과 교제하는 일이 없어서, 사업상으로만 사람을 만났다는 거야. 단추를 이미 본 적이 있는 그녀는 그게 그날 밤 그가 입은 바지 단추가 맞다고 장담했어. 한 달 동안 비가 오지 않아서 야적장 목재는 바싹 말라 있었지. 나무는 맹렬히 타올라서, 그녀가 현장에 가보았을 때는 불길밖에 보이는 게 없었다더군. 그녀와 소방관들 모두 불길 안에서 살이 타는 냄새를 맡았어. 그녀는 문서에 대해 아무것도 몰랐고, 올데이커 씨의 개인적인 일들에 대해서도 아는 게 없었고.

이게 내 실패담이야, 왓슨. 하지만, 하지만," 하면서 그는 불끈 치민 확신에 못 이겨 여윈 두 손을 부르쥐었다. "분명 그게 아니라는 걸 난 알아. 뼛속 깊이 그게 느껴져. 뭔가 드러나지 않은 사실이 있고, 가정부는 그걸 알고 있어. 그녀의 두 눈에는 떳떳하지 못한 사실을 알고 있는 사람에게만 나타나는 뚱한 거부감이 어려 있었거든. 하지만 도움이 될 만한 얘기는 듣지 못했어, 왓슨. 행운이 찾아오지 않으면 노우드 실종 사건은 우리의 성공담에 끼워 넣지 못할 것 같아. 어차피 조만간 독자들은 우리의 성공담을 참을성 있게 기다려야 할 것으로 보이지만 말이야."

"그런 청년의 모습을 보고 어떤 배심원이 살인자라고 생각하겠어?" 내가 말했다.

"이봐, 왓슨, 그건 위험한 주장이야. 1887년 우리에게 혐의를 벗겨 달라고 한 끔찍한 살인자 버트 스티븐스 기억 안 나? 그보다 더 유순한 주일학교 청년 같은 사람도 없었잖아?"

"그건 그래."

"우리가 다른 가설을 세워서 입증하지 못하면 그 청년은 끝장이야. 지금 그에게 혐의를 씌운 경찰의 가설에는 거의 결함을 찾을 수가 없어. 조사를 하면 할수록 더 완벽해졌지. 하지만 그 서류에 사소한 의문점이 하나 있었어. 그걸 우리 조사의 출발점으로 삼을 수 있을 거야. 그건 예금 통장에서 발견한 건데, 잔액이 적은 이유는 주로 작년에 코넬리어스 씨에게 거액의 수표를 끊어주었기 때문이야. 솔직히 이 코넬리어스라는 사람이 누군지 알고 싶어. 은퇴한 건축업자가 그 사람과 그렇게 큰 거래를 했다니 말이야. 그 사람이 이번 사건에 연루됐을 수도 있잖아? 코넬리어스가 중개인일지도 모르지만, 그 거액과 관련된 영수증을 찾을 수 없었어. 다른 증거를 찾지 못했으니, 이제 은행에 가서 그 수표를 돈으로 바꿔 간 신사를 알아보는 쪽으로 조사를 하는 수밖에 없어. 하지만 이 사건은 런던 경찰국이 확실히 개가를 올려서, 불명예스럽게도 레스트레이드가 우리의 의뢰인을 목매다는 것으로 끝날 것 같은 기분이 들어."

이날 밤 셜록 홈즈가 얼마나 눈을 붙였는지 모르겠지만, 내가 아침 식사를 하러 내려가 보니 안색이 창백하고 매우 지친 표정이었다. 눈 그늘이 져서 원래 밝은 그의 두 눈이 더욱 빛나 보였다. 의자 둘레의 양탄자에는 담배꽁초와 조간신문들 초판이 흩어져 있었고, 탁자에는 개봉된 전보가 놓여 있었다.

"왓슨, 자네는 이것을 어떻게 생각해?" 그가 전보를 건네주며 말했다. 노우드에서 온 전보였는데, 이렇게 쓰여 있었다.

중요한 새 증거 입수. 맥팔레인의 유죄를 결정적으로 입증. 사건을 포기하기 바람.

— 레스트레이드

"이거 심각해 보이는걸." 내가 말했다.

"레스트레이드가 승리의 꼬꼬댁 소릴 울렸어." 홈즈가 쓴웃음을 머금고 말했다. "하지만 사건을 포기하기는 이를지도 몰라. 어쨌든 중요한 새 증거라는 건 양날의 칼이어서, 레스트레이드가 상상하는 것과는 전혀 다른 쪽을 벨 수도 있어. 어서 아침 식사를 해, 왓슨. 같이 나가서 우리가 뭘 할 수 있는지 알아보자. 오늘만큼은 자네가 같이 가서 사기를 좀 북돋아주었으면 좋겠어."

내 친구는 아침을 들지 않았다. 그는 더욱 열의를 불태울 때면 언제나 아무것도 입에 대지 않는 별난 버릇이 있었기 때문이다. 그래서 무쇠 같은 힘만 믿다가 영양실조로 기절을 한 적도 있었다. "지금 에너지를 소화를 시키는 데 소모할 수는 없어." 내가 의사로서 충고할 때마다 그가 하는 소리다. 그래서 이날 아침 그가 음식에 전혀 손을 대지 않고 나와 함께 노우드로 떠나는 것을 보고도 나는 놀라지 않았다.

디프딘 하우스 주위에는 병적인 구경꾼 무리가 아직도 모여 있었다. 이 교외 저택은 내가 상상한 모습 그대로였다. 대문 안에서 레스트레이드가 우리를 맞이했다. 그는 승리에 취해 얼굴이 상기된 채 아주 의기양양했다.

"아, 홈즈 씨, 우리가 틀렸다는 것을 아직 입증하지 못하셨습니까?

부랑자는 찾아냈고?" 그가 큰소리쳤다.

"나는 아직 결론을 내리지 않았습니다."

내 친구가 응수했다.

"하지만 우리는 어제 결론을 내렸죠. 이제 그게 옳다는 게 입증되었습니다. 그러니 이번에는 우리가 당신보다 조금 앞섰다는 것을 인정하셔야 할 겁니다, 홈즈 씨."

"태도를 보니 아주 유별난 일이라도 일어난 모양이군요." 홈즈가 말했다.

레스트레이드가 너털웃음을 터뜨렸다.

"당신은 우리 못지않게 지는 걸 싫어하시는군요." 그가 말했다. "하지만 사람이 항상 이기길 바랄 수만은 없잖아요? 안 그렇습니까, 왓슨 박사? 이리 오세요, 신사분들. 이번 범죄가 존 맥팔레인의 짓이라는 것을 이번만큼은 확실하게 보여드릴 수 있을 겁니다."

그는 앞장서서 복도를 지나 어두운 홀로 들어갔다.

"맥팔레인 청년이 범죄를 저지른 후 모자를 가지러 이곳에 온 것이 분명합니다." 그가 말했다. "이걸 보세요." 그는 아주 극적으로 느닷없이 성냥불을 댕겼다. 하얀 회칠을 한 벽에 묻은 핏자국이 불빛에 드러났다. 그가 성냥불을 더 가까이 들이대자, 그것이 핏자국 이상이라는 것을 알 수 있었다. 그것은 아주 또렷하게 찍힌 엄지손가락 지문이었다.

"돋보기로 보시죠, 홈즈 씨."

"그러려던 참입니다."

"사람들의 엄지손가락 지문이 다 다르다는 것을 아시죠?"

"그렇다고들 하더군요."

"음, 그럼, 맥팔레인 청년의 오른손 엄지 지문을 밀랍으로 뜬 이것과 저 지문을 비교해 보시겠습니까? 이 밀랍 지문은 오늘 아침 내가 지시해서 만든 거죠."

그가 밀랍 지문을 핏자국 가까이 대자, 돋보기로 볼 필요도 없이 두 지문이 동일하다는 것을 여실히 알 수 있었다. 우리의 불운한 의뢰인은 이걸로 끝장이 난 게 분명했다.

"이건 결정적이오." 레스트레이드가 말했다.

"그래, 결정적이군." 내가 무심코 말을 받았다.

"결정적이지." 홈즈가 말했다.

그의 어투가 어쩐지 이상하게 들려서 그를 돌아보았다. 그의 얼굴은 완전히 딴판이 되어 있었다. 그건 속으로 즐거워 죽겠다는 표정이었다. 그의 두 눈은 별빛처럼 빛났다. 그는 발작적인 웃음을 터트리지 않으려고 애를 쓰는 기색이 역력했다.

"세상에! 이런 세상에!" 마침내 그가 말했다. "아니, 누가 이걸 생각이나 했겠어? 정말이지, 겉모습에 얼마나 속기 쉬운가 말이야! 겉보기에 그토록 멋진 청년이! 이건 자기 판단을 섣불리 믿지 말라는 교훈입니다, 안 그렇습니까, 레스트레이드?"

"그래요, 홈즈 씨, 우리 가운데 어떤 사람들은 너무 자만하는 경향이 있죠." 레스트레이드가 말했다. 그의 오만함이 하늘을 찌를 듯했지만, 우리는 화를 낼 수가 없었다.

"그 청년이 걸이못에서 모자를 내리면서 오른손 엄지손가락을 벽에 댄 것은 정말 하늘이 도왔어! 생각해보면, 아주 자연스러운 행동이었지만." 홈즈는 겉으로 태연해 보였지만, 그런 말을 하는 동안 흥분을 참느라고 온몸을 꿈지럭거렸다.

"그런데 레스트레이드, 이렇게 놀라운 것을 발견한 사람이 누구죠?"

"가정부 렉싱턴 부인입니다. 불침번 순경에게 이걸 보여주었답니다."

"그는 어디서 불침번을 섰나요?"

"범행이 일어난 침실에 있었습니다. 누가 뭘 건드리지 못하게 하려고요."

"그런데 경찰이 어제는 왜 이 자국을 보지 못했나요?"

"음, 이 홀을 꼼꼼히 검사할 별다른 이유가 없었으니까요. 게다가 보다시피 여긴 그리 눈에 띄는 곳도 아니잖습니까."

"그래요, 그래, 물론 그렇죠. 그런데 어제 이 자국이 여기 있었다는 것은 물론 확실하겠죠?"

레스트레이드는 이 사람이 정신이 있는 사람인가 하고 생각하는 듯이 홈즈를 바라보았다. 고백컨대 나는 홈즈가 들떠 있는 태도 하며 다소 황당한 말에 자못 놀랐다.

"맥팔레인이 자기한테 더욱 불리한 증거를 만들어놓으려고 어제 한밤중에 감옥에서 나오기라도 했다고 생각하는 겁니까?" 레스트레이드가 말했다. "이게 그의 엄지 지문인지 아닌지는 세상의 어떤 전문

가에게 물어봐도 좋소."

"이건 의심할 나위 없이 그의 지문입니다."

"그럼, 그걸로 됐군." 레스트레이드가 말했다. "나는 현실적인 사람이오, 홈즈 씨. 증거가 생기면 바로 결론을 내립니다. 나는 거실에서 보고서를 작성하고 있을 테니 할 말이 있으면 그리 오시오."

홈즈는 평정을 되찾았지만, 그의 표정에는 여전히 흥겨운 기색이 감돌고 있는 듯했다.

"이런, 이것 참 슬픈 일이야, 왓슨, 안 그래?" 그가 말했다. "하지만 우리의 의뢰인이 아직 희망을 품어볼 만한 건더기는 있어."

"그 얘기를 들으니 반갑군." 내가 진심으로 말했다. "나는 이걸로 그가 완전히 끝장난 줄 알았어."

"이봐, 왓슨, 그렇게 심한 말을 하다니. 사실 우리의 친구가 너무나 중시하는 이 증거에는 아주 심각한 결함이 하나 있어."

"정말이야, 홈즈? 그게 뭔데?"

"그게 뭐냐면, 내가 어제 이 홀을 검사했을 때는 이 자국이 없었다는 거지. 그럼, 왓슨, 이제 해바라기하며 좀 거닐까?" 나는 어리둥절하면서도 다시 불씨가 지펴진 희망을 안고 내 친구를 따라 집 주위 정원을 거닐었다. 홈즈는 밖에서 저택의 각 면을 마주 보며 아주 골똘히 살펴보았다. 그런 다음 집 안으로 들어가서, 지하실부터 다락방까지 전체 내부를 둘러보았다. 대부분의 방에는 가구가 없었지만, 그런데도 홈즈는 아주 꼼꼼히 조사했다. 마지막으로 비어 있는 침실 셋이 있는 가장 위층 복도에서 그는 다시 북받쳐 오르는 기쁨을 참지 못했다.

"이번 사건에는 정말 아주 별난 특징이 있어, 왓슨." 그가 말했다. "이제 우리 친구 레스트레이드에게 우리의 비밀을 밝힐 때가 된 것 같아. 그가 아까는 우리에게 한 방 먹이며 즐거워했지만, 이 문제에 대한 내 생각이 옳은 것으로 입증되면 아마 우리가 그에게 한 방 먹일 수 있을 거야. 그래그래, 어떻게 접근해야 할지 알 것 같아."

런던 경찰국의 경위가 거실에서 아직 보고서를 쓰고 있을 때 홈즈가 불쑥 끼어들었다.

"이 사건 보고서를 쓰는 줄 알고 있습니다만."

"그렇습니다."

"좀 이르다는 생각이 들지 않나요? 당신의 증거는 완전하지 않다는 생각을 떨칠 수가 없군요."

레스트레이드는 내 친구를 너무나 잘 알고 있어서 차마 그의 말을 묵살할 수가 없었다. 그는 펜을 내려놓고 호기심 어린 눈길을 던졌다.

"그게 무슨 말씀입니까, 홈즈 씨?"

"당신이 만나보지 못한 중요한 증인이 있다는 것뿐입니다."

"그 증인을 불러올 수 있나요?"

"그럴 수 있을 겁니다."

"그럼 그렇게 합시다."

"최선을 다해보겠습니다. 순경이 몇 명이나 있죠?"

"근처에 세 명 있어요."

"좋아요!" 홈즈가 말했다. "모두 덩치 좋은 일급의 경찰이겠죠? 목청도 우렁차고?"

"그건 맞는데, 목청은 무슨 상관이 있는지 모르겠군요."

"그걸 알려드리겠습니다. 그 밖에 한두 가지 다른 것도 덤으로 알려드리고." 홈즈가 말했다. "순경들을 불러주시면 시작해보겠습니다."

5분 후 경찰 세 명이 홀에 모였다.

"헛간에 가면 짚단이 많이 있을 겁니다." 홈즈가 말했다. "두 묶음만 이리 가져오세요. 그러면 내가 원하는 증인을 불러내는 데 큰 도움이 될 겁니다. 대단히 고맙습니다. 왓슨, 자네 주머니에 성냥 있지? 자, 레스트레이드 씨, 모두들 맨 위층까지 나를 따라오시기 바랍니다."

앞서 말했듯이 거기에는 널따란 복도가 있었다. 세 개의 빈 침실 문이 나 있는 복도였다. 복도 한쪽 끝에서 우리는 셜록 홈즈의 지시대로 늘어섰다. 순경들은 싱글벙글거렸다. 갈피를 못 잡고 내 친구를 빤히 바라보는 레스트레이드의 얼굴에는 놀람과 기대와 냉소가 교차했다. 홈즈는 마술 공연을 하는 마술사 같은 태도로 우리 앞에 섰다.

"순경 한 분을 보내 물 두 양동이를 길어 오시겠습니까? 짚단은 양쪽 벽에서 좀 떨어진 이 바닥에 내려놓으세요. 자, 이제 준비가 다 된 듯하군요."

레스트레이드가 얼굴을 붉히며 화를 내기 시작했다.

"셜록 홈즈 씨, 지금 우리를 데리고 무슨 장난을 하려는 겁니까?" 그가 말했다. "뭔가 알고 있다면 이런 광대 짓을 하지 말고 그냥 말해주면 되지 않습니까?"

"레스트레이드, 장담컨대 내가 하는 모든 일에는 다 그만한 까닭이 있습니다. 불과 몇 시간 전만 해도 당신이 나한테 빈정거렸다는 걸 아직 잊지 않았을 겁니다. 당신한테 별이 든 듯했을 때 말입니다. 그러니 지금 내가 유세를 좀 떤다고 불평해서야 쓰겠습니까? 왓슨, 저 창문 좀 열어놓고, 짚단 가장자리에 불을 붙여주지 않겠어?" 내가 그렇게 하자 거무스름한 연기가 외풍에 밀려 소용돌이치며 복도에 깔렸다. 그 사이에 마른 짚단이 타닥거리며 타올랐다.

"자, 레스트레이드, 이제 당신을 위해 증인을 찾아봅시다. 우리 다 같이 '불이야' 하고 외쳐볼까요? 자, 그럼, 하나, 둘, 셋!"

"불이야!" 우리 모두 고함을 질렀다.

"고맙습니다. 다시 한 번 부탁합니다."

"불이야!"

"신사분들, 한 번만 더, 다 같이."

"불이야!" 고함소리에 노우드가 다 쩌렁쩌렁 울렸을 것이다.

고함소리가 미처 잦아들기 전에 깜짝 놀랄 일이 일어났다. 복도 끝에 단단한 벽처럼 보이던 곳에서 느닷없이 벌컥 문이 열리더니, 왜소한 쭈그렁 노인이 굴속의 토끼마냥 튀어나왔다.

"좋았어!" 홈즈가 태연히 말했다. "왓슨, 짚단에 물 좀 부어줘. 됐어! 레스트레이드, 당신이 놓친 중요한 증인을 출두시키는 바입니다. 조너스 올데이커 씨를."

형사는 아연실색해서 새로 나타난 사람을 멍하니 바라보았다. 그 사람은 복도의 환한 불빛에 눈을 깜박이며, 우리와 연기 나는 짚단을 빤히 바라보았다. 그의 얼굴은 밉상이었다. 교활하고, 사악하고, 음험한 얼굴에 연회색의 두 눈은 의뭉스럽고 속눈썹이 하얬다.

"아니, 이게 무슨 영문이오?" 레스트레이드가 마침내 노인에게 말했다. "여태 무슨 짓을 한 겁니까, 네?"

올데이커는 성이 나서 시뻘건 형사의 얼굴에서 흠칫 물러서며 계면쩍게 웃었다.

"난 아무도 해치지 않았소."

"해치지 않았다고? 순진한 젊은이를 목매달려고 별짓을 다 했으면서? 여기 이 신사분만 아니었다면 당신이 실패하는 일은 없었을 거요."

그러자 야비한 인간이 우는 소리를 했다.

"그건 그냥 장난이었습니다요."

"허! 장난이었다고? 장담컨대 이제 당신이 장난칠 일은 없을 거요. 그를 데려가서 내가 갈 때까지 거실에 묶어놓게."

사람들이 떠나자 그가 말했다. "홈즈 씨, 순경들 앞에서는 차마 입이 떨어지지 않았지만, 왓슨 박사 앞에서야 무슨 상관이겠습니까. 이번 일은 그 어느 때보다 더 멋졌습니다. 하지만 저로서는 어떻게 알아냈는지 알 수가 없군요. 홈즈 씨는 무고한 청년의 목숨을 구해주셨습니다. 하마터면 경찰로서의 내 명성에 먹칠을 할 뻔한 아주 심각한 추문을 막아주시기도 했고요."

홈즈는 씩 웃으며 레스트레이드의 어깨를 두드렸다.

"이번 일로 명성을 더럽히기는커녕 아주 혁혁하게 이름을 날리게 됐습니다. 전에 쓰고 있던 보고서를 조금만 바꾸십시오. 그러면 레스트레이드 경위의 눈을 흐리게 한다는 게 얼마나 어려운가를 악당들은 알게 될 겁니다."

"홈즈 씨 이름이 드러나는 것을 원치 않으시나요?"

"예, 전혀. 일은 그 자체가 보상이죠. 나한테 열광하는 역사가가 또 다시 나를 속속들이 파헤칠 먼 훗날에나 아마 나는 명성을 얻을 겁니다. 그렇겠지, 왓슨? 음, 이제 그 생쥐가 숨어 있던 곳을 둘러봅시다."

복도는 마지막 부분 1.8미터를 막고 외(흙벽 따위를 바르기 위해 나뭇가지나 댓가지, 수수깡, 싸리 잡목 따위를 엮어서 가로세로로 얽어 놓은 것—옮긴이)를 얽어 회칠을 했는데, 문은 보이지 않게 교묘히 위장을 해놓았다. 그곳은 처마 밑의 작은 틈새로 빛이 들어왔다. 몇 가지 가구와 먹을거리와 물이 안에 있었고, 여러 권의 책과 서류도 있었다.

"건축가라는 이점을 살렸군." 다시 밖으로 나왔을 때 홈즈가 말했다. "그는 공범 없이 자그마한 은신처를 손수 마련할 수 있었어. 물론 그의 둘도 없는 가정부는 빼고. 그 여자도 얼른 잡아들이는 게 좋을 겁니다, 레스트레이드."

"말씀대로 하겠습니다. 그런데 홈즈 씨, 이런 곳이 있다는 것은 어떻게 알아냈나요?"

"나는 그 노인네가 이 집 어딘가에 숨어 있다고 생각했습니다. 그런데 이곳을 걷다가 아래층보다 복도가 1.8미터가 짧다는 것을 알게 되었죠. 그가 어디 있는지는 빤했습니다. 나는 불이 났다는 소리를 듣고도 그가 태연하게 누워 있을 배짱은 없을 거라고 봤습니다. 물론 안으로 쳐들어가서 끌어낼 수도 있었지만, 스스로 나타나게 하는 게 묘미가 있었죠. 게다가 당신한테 아침에 폐물 취급을 당한 수모도 좀 갚아줄 필요가 있었고."

"이거야, 원, 그럼 우린 이제 공평해진 겁니다. 그런데 그가 집에 있다는 것은 도대체 어떻게 알아냈습니까?"

"그 엄지 지문. 당신은 그게 결정적이라고 말했는데, 전혀 다른 의미에서 결정적이었습니다. 어제는 그게 없었다는 것을 나는 알고 있었어요. 당신도 알겠지만, 나는 언제나 세부에 많은 주의를 기울이죠. 그래서 홀을 샅샅이 살펴본 터라 벽이 깨끗하다는 것을 알고 있었습니다. 그러니 핏자국은 밤에 새로 생긴 거죠."

"하지만 어떻게?"

"아주 간단해요. 그 서류를 봉할 때, 어쩌다 보니 맥팔레인의 엄지에 말랑한 밀랍이 눌려서 지문이 묻은 겁니다. 그건 워낙 자연스럽게 재빨리 이루어진 일이라서, 그 청년은 그것을 기억조차 하지 못했겠죠. 틀림없이 그랬을 겁니다. 올데이커는 그것을 어디에 써먹겠다는 생각이 없었는데, 굴속에서 곰곰 머리를 굴리다가, 문득 그것을 이용해서 맥팔레인에게 절대적으로 불리한 증거를 만들어놓을 수 있다는 생각을 하게 된 거예요. 봉인 밀랍을 떼어낸 후, 자기 아니면 가정부 손가락을 콕 찔러서 짜낸 피를 살짝 발라서, 그날 밤 벽에 자국을 내놓는 것쯤이야 일도 아니죠. 그가 은신처로 가져간 서류를 살펴보면, 엄지 지문이 묻은 봉인을 찾을 수 있을 겁니다."

"놀랍습니다!" 레스트레이드가 말했다. "정말 놀라워요! 설명을 들으니 모든 게 아주 확연하군요. 그런데 이런 심각한 사기를 친 목적이 뭘까요, 홈즈 씨?"

형사의 거만하던 태도가 졸지에 선생님한테 질문하는 아이 같은 태도로 바뀐 것을 보며 나는 웃음이 나왔다.

"그거야 간단히 설명할 수 있습니다. 지금 아래층에서 우리를 기다리는 그 신사는 너무나 사악하고 속이 좁은 인간입니다. 그가 예전에 맥팔레인의 어머니에게 청혼했다가 퇴짜를 맞은 적이 있다는 거 아시죠? 아니 몰라요? 블랙히스 먼저, 노우드는 나중에 가봐야 한다고 내가 말했건만. 아무튼 짐작할 수 있다시피 그 상처가 사악하고 음흉한 그의 마음에 사무쳐서, 복수를 하려고 평생 별러왔는데 여태 기회를 잡지 못했던 겁니다. 그러다 작년이나 재작년쯤 안 좋은 일들이 일어났습니다. 아마도 은밀히 부동산 투기라도 했다가 물렸을 겁니다. 그는 빚쟁이들을 속이기로 작정하고, 코넬리어스 씨라는 사람에게 거액을 지불했습니다. 내가 보기에 그건 올데이커의 가명입니다. 아직 그 수표를 추적해보지 않았지만, 올데이커는 어느 작은 도시에서 이따금 코넬리어스 행세를 하며 그 이름의 은행 계좌를 만들어둔 것이 분명합니다. 그는 아예 이름을 바꾸고, 그 돈을 찾아서 종적을 감추고 어딘가에서 새 삶을 시작하려고 했을 겁니다."

"음, 아주 그럴듯하군요."

"그는 완전히 추적을 따돌리고 사라지면서 옛 애인에게 통쾌하게 복수를 할 수도 있다는 생각이 떠올랐습니다. 바로 그녀의 외동아들에게 살해된 것처럼 꾸밀 수만 있다면 말입니다. 정말 악랄하기 짝이 없는 생각이었죠. 그는 감쪽같이 해냈습니다. 명백한 범죄 동기를 부여하게 될 유언장, 부모에게 알리지 않은 은밀한 방문, 지팡이 확보, 피, 목재 더미 속의 동물 유해와 단추, 그 모든 것이 탄복할 만했습니다. 그게 얼마나 치밀했던지, 몇 시간 전만 해도 나는 그의 덫에서 빠져나갈 수가 없을 것 같았죠. 하지만 그는 예술적 재능이 떨어졌습니다. 작품에서 언제 손을 떼야 하는가를 몰랐던 겁니다. 그는 이미 완벽한 작품을 더 손보려고 했죠. 불운한 희생자의 목에 건 밧줄을 더 단단히 조이려고 한 거예요. 그래서 모든 것을 망치고 만 겁니다. 내려갑시다, 레스트레이드. 그에게 물어볼 말이 한두 가지 있거든요."

사악한 그 인간은 자기 응접실 의자에 앉아 있었고, 양쪽에서 경찰이 지키고 있었다.

"그건 순전히 장난이었어요, 장난일 뿐이었다고요." 그가 줄곧 우는소리를 했다. "정말이지, 제가 몸을 숨긴 것은 그저 내가 사라지면 어떻게 되나 보려고 한 것뿐이었다고요. 젊은 맥팔레인 씨에게 무슨 해코지를 하려고 한 게 아니라니까요."

"그건 배심원들이 결정할 겁니다." 레스트레이드가 말했다. "아무튼 살인 미수는 아니라 해도 살인 모의 혐의로 체포하겠소."

"그리고 아마 채권자들이 코넬리어스 씨의 은행 잔고를 압수할 겁니다." 홈즈가 말했다.

왜소한 노인은 화들짝 놀라서 악의에 찬 눈으로 내 친구를 돌아보았다.

"퍽이나 고맙군." 노인이 말했다. "이 은혜를 언젠가는 꼭 갚아주지."

홈즈는 너그러운 웃음을 머금었다.

"몇 년 동안은 전혀 그럴 시간을 내지 못할 겁니다." 그가 말했다. "그런데 당신의 낡은 바지 옆에 놓고 태운 게 대체 뭡니까? 죽은 개, 아니면 토끼인가요? 입 다무시겠다? 이런, 불친절하시긴! 그게 그러니까, 내가 보기에는 피를 받기 위해, 그리고 숯덩이를 만들기 위해 토끼를 두서너 마리 잡은 것으로 알고 있겠습니다. 왓슨, 혹시 이번 이야기를 쓰게 되면 그걸 토끼라고 해도 될 거야."

춤추는 사람들

홈즈는 여윈 긴 등을 구부리고 화학 실험 단지를 지켜보며 몇 시간째 말없이 앉아 있었다. 고약한 냄새가 진동하는 뭔가를 양조하는 중이었다. 고개를 푹 숙이고 있는 그의 모습은 마치 칙칙한 회색 깃털에 검은 벼슬이 달린 이상한 말라깽이 새 같아 보였다.

"그러니까, 왓슨." 그가 불쑥 말했다. "남아프리카 증권에 투자할 생각이 없군그래?"

나는 화들짝 놀랐다. 홈즈의 진기한 능력이야 익히 알고 있었지만, 아주 내밀한 나만의 생각 속으로 이렇게 느닷없이 파고드는 그의 능력에는 혀를 내두르지 않을 수 없었다.

"도대체 그건 어떻게 알았어?" 내가 물었다.

그는 움푹한 두 눈을 싱글거리며 김이 나는 시험관을 한 손에 들고, 걸상에 앉은 채 빙글 돌아앉았다.

"어때, 왓슨, 허를 찔렀지?" 그가 말했다.

"그래."

"그걸 문서로 작성해주었으면 좋겠군."

"왜?"

"5분 후엔 보나마나 어처구니없이 간단한 추리라고 말할 테니까."

"결코 그런 말 하지 않을게."

"왓슨, 그러니까 말이야," 하며 그는 선반에 시험관을 기대놓고, 교실에서 학생들을 가르치는 교수처럼 강의를 하기 시작했다. "일련의 추리를 짜 맞추는 것은 사실 어려운 일이 아니야. 하나하나의 추리는 앞의 추리에 의존하는데, 각각의 추리 자체는 아주 간단해. 그런 식으로 하나씩 추리를 한 후, 핵심 추리는 감추고 추리의 출발점과 종점만 제시하면 상대를 깜짝 놀라게 할 수 있지. 좀 저급한 수작이긴 하지만 말이야. 그러니까, 자네의 왼손 검지와 엄지 사이의 오목한 곳을 보고서, 자네가 금광에 조금이라도 투자할 용의가 없다는 것을 알아내는 것은 사실 어려운 일이 아니었어."

"그게 어떻게 연결되는지 모르겠는걸."

"서로 상관이 없는 것 같겠지. 하지만 그게 밀접한 관계가 있다는 것을 쉽게 증명할 수 있어. 아주 간단한 이 추리의 사슬에서 빠진 고리는 바로 이거야. 첫째, 간밤에 자네가 클럽에서 돌아왔을 때 왼손 손가락에 초크가 묻어 있었어. 둘째, 초크가 묻은 것은 당구를 쳤다는 뜻이야. 셋째, 자네가 같이 당구를 치는 사람은 서스턴밖에 없어. 넷째, 그런데 자네는 4주 전에 이런 말을 했지. 한 달 안에 만기가 되는 남아프리카의 증권 옵션을 서스턴이 갖고 있는데, 자네와 공동 투자를 하고 싶어한다고. 다섯째, 자네 수표책은 잠긴 내 서랍 안에 있는데, 나한테 열쇠를 달라고 하지 않았어. 여섯째, 이런 태도를 종합해보면 투자할 용의가 없는 거야."

"어처구니없이 간단하잖아!" 내가 외쳤다.

"그렇게 말할 줄 알았어!" 그가 뚱하니 말했다. "자네한테는 뭐든 설명만 해주면 그게 아주 유치한 게 되고 말아. 그런데 설명해주지 않은 게 하나 있지. 왓슨, 자네가 그걸 어떻게 생각하는지 한번 보겠어." 탁자 위에 있던 종이 한 장을 건네준 그는 다시 화학 분석에 들어갔다.

나는 종이에 적힌 황당한 상형문자를 보고 어리둥절했다.

"아니, 홈즈, 이건 그냥 애들 그림 아냐." 내가 외쳤다.

"아, 그게 자네 생각이야?"

"그게 아니면 뭐겠어?"

"노퍽 주, 리들링 소프 저택의 힐튼 큐빗 씨가 알고 싶어하는 게 바로 그거야. 오늘 첫 번째 우편물로 이 수수께끼가 도착했는데, 큐빗 씨는 다음 열차편으로 오겠다더군. 초인종이 울렸어, 왓슨. 보나마나 그 사람이겠지."

계단을 밟는 육중한 발소리가 들리더니 잠시 후 키 크고 혈색 좋은 신사가 들어왔다. 말끔히 면도한 얼굴에 맑은 두 눈, 불그레한 두 볼을 보니 베이커 스트리트의 혼탁한 안개와는 멀리 떨어진 곳에 산다는 것을 알 수 있었다. 그는 신선하고 상쾌한 동부 해안의 한바탕 강풍을 몰고 오듯 실내로 들어섰다. 우리 둘과 악수를 나눈 후 막 의자에 앉으려고 하던 그는 이상한 그림이 그려진 종이에 눈길을 던졌다. 그건 방금 내가 살펴보고 탁자에 올려놓은 것이었다.

"그래, 홈즈 씨, 이것을 어떻게 생각하십니까?" 그가 외쳤다. "홈즈 씨가 이상한 수수께끼를 좋아한다는 말을 들었는데, 아마 이보다 더 이상한 수수께끼는 본 적이 없을 겁니다. 내가 도착하기 전에 연구할 시간을 드리려고 이 종이를 먼저 보냈습니다."

"이게 꽤나 이상야릇한 물건인 것은 분명합니다." 홈즈가 말했다. "척 보기에는 애들 장난 같습니다. 춤추는 사람들의 여러 가지 얄궂은 모습을 종이에 그저 한 줄로 죽 그려놓은 거죠. 뚱딴지같은 이런 그림이 중요하다고 생각하는 이유가 뭔가요?"

"나는 중요하다고 안 봅니다, 홈즈 씨. 아내가 중요하게 생각하죠. 이걸 보고 아내가 사색이 되었습니다. 아내는 아무 말도 않지만, 두 눈을 보면 겁에 질린 기색이 역력해요. 그래서 이 문제를 알아보고 싶은 겁니다."

햇살이 종이에 비치도록 홈즈가 종이를 들어올렸다. 그것은 공책에서 찢어낸 종이였다. 연필로 그려놓은 그림은 이러했다.

홈즈는 이것을 한동안 살펴보다가 조심스레 접어서 자기 수첩 안에 끼워 넣었다.

"이것은 아주 흥미진진하고 보기 드문 사건인 게 분명합니다." 그가 말했다. "힐튼 큐빗 씨, 편지로 몇 가지 특별한 말씀을 전해주셨는데, 내 친구이자 의사인 왓슨을 위해 다시 한 번 그 얘기를 자세히 들려

주시면 고맙겠습니다."

"저는 말재주가 없습니다." 방문객이 우람하고 튼튼한 두 손을 불안하게 그러쥐었다 폈다 하며 말했다. "혹시 이해가 안 가시거든 뭐든 질문을 하세요. 작년에 결혼한 이야기부터 말씀을 드리죠. 그런데 먼저 말씀드리고 싶은 것은, 제가 부자는 아니지만, 리들링 소프에서 우리 집안이 물경 500년 동안이나 살아왔다는 사실입니다. 노퍽 주에는 우리만큼 유명한 가문도 없지요. 저는 작년에 여왕 즉위 기념 축제를 보러 런던에 올라와서 러셀 광장의 하숙집에 묵었습니다. 우리 교구의 파커 목사님이 그곳에 묵고 있었거든요. 그곳에 젊은 미국인 아가씨가 있었습니다. 이름이 패트릭이었죠. 엘시 패트릭. 어쩌다 보니 우리는 친구가 되었습니다. 그러다 체류 기간이 끝나기 전에 여느 남자처럼 나는 사랑에 빠졌습니다. 우리는 등기소에서 조촐하게 결혼식을 치르고, 신랑 신부가 되어 노퍽으로 돌아갔지요. 뼈대 있는 가문의 남자가 여자의 과거나 집안 내력도 모르고 그런 식으로 결혼을 한다는 게 홈즈 씨에겐 아주 무모한 짓으로 보일지도 모르겠습니다만, 그녀를 직접 만나보면 절로 이해가 되실 겁니다.

그녀는 그 점에 대해 아주 솔직했어요. 엘시 말입니다. 그녀는 내가 원한다면 등을 돌릴 수 있는 기회를 주었습니다. 그러니까 이렇게 말하더군요. '저는 아주 불쾌한 사람들과 얽힌 적이 있어요. 그들에 대해서는 까맣게 잊고 싶어요. 제게는 너무 아픈 과거라서, 아예 말도 하기 싫을 정도랍니다. 힐튼, 당신이 저를 아내로 삼는다면, 당신은 하늘을 우러러 한 점 부끄러울 것 없는 여자를 얻는 거예요. 하지만 당신은 이런 제 말씀을 믿어야 해요. 그리고 제가 당신의 안사람이 되면, 과거에 대해선 일체 묻지 마세요. 이런 조건이 너무 심하다면, 당신이 저를 발견한 곳에 저를 홀로 버려두고 노퍽으로 혼자 돌아가세요.' 이런 말을 한 게 바로 결혼식 전날이었습니다. 나는 그 조건을 기꺼이 받아들이겠다고 말했고, 약속을 지켰습니다.

음, 이제 우리가 결혼한 지도 어느덧 1년이 지났군요. 우리는 아주 행복했습니다. 그런데 한 달 전인 6월 말에, 처음으로 먹구름이 드리워졌어요. 어느 날 아내가 미국에서 온 편지를 받았는데, 나는 미국 우표가 붙은 걸 보았죠. 얼굴이 아주 하얗게 질린 아내가 편지를 읽더니 그걸 불 속에 던져버렸어요. 그 후 아내는 아무런 말도 하지 않았고, 나도 그랬죠. 약속은 약속이니까요. 하지만 아내가 그 후 줄곧 안절부절못하더군요. 얼굴은 언제나 겁에 질려 있었고요. 마치 뭔가 기다리고 있거나 예상하고 있는 듯한 표정이었죠. 차라리 나를 믿고 기댔으면 더 좋았을 텐데 말입니다. 그러면 나만큼 좋은 친구도 없다는 것을 알았을 텐데. 하지만 아내가 입을 열기 전에는 나도 아무런 말을 할 수가 없었어요. 아내가 정직한 여자라는 건 믿어주세요, 홈즈 씨. 아내의 과거에 무슨 문제가 있었든지 간에, 그건 아내를 탓할 일이 아니었습니다. 내가 노퍽의 소박한 시골 지주에 지나지 않지만, 잉글랜드에서 나보다 더 가문의 영예를 소중히 여기는 사람은 없을 겁니다. 아내는 그걸 잘 알아요. 나와 결혼하기 전부터 잘 알았죠. 아내는 우리 가문에 먹칠을 할 여자가 결코 아닙니다. 난 굳게 믿어요.

아무튼 이제 묘한 이야기를 할 때가 되었군요. 일주일 전쯤, 그러니까 지난주 화요일이었습니다. 이 종이에 그려진 것과 같은 춤추는 사람들 그림이 창턱에 그려진 게 눈에 띄었죠. 그건 분필로 그린 것이었어요. 나는 마구간 아이의 짓인 줄 알았죠. 하지만 그 아이는 전혀 모르는 일이라고 하더군요. 아무튼 그림이 거기 그려진 것은 한밤중이었습니다. 나는 그림을 지우라고 했죠. 그리고 그 문제를 나중에 아내에게 말했어요. 그랬더니 놀랍게도 아내가 그걸 아주 심각하게 받아들이면서, 또 그런 게 눈에 띄면 꼭 자기한테 보여달라고 신신당부하더군요. 그 후 일주일 동안 아무런 일도 일어나지 않았습니다. 그러다 어제 아침 이 종이가 정원 해시계 위에 놓여 있는 것을 보았지요. 이것을 엘시에게 보여주었더니 기절을 해버리지 뭡니까. 그 이후 아내는 넋이 나간 여자 같았습니다. 두 눈에는 언제나 공포가 어려 있었죠. 편지와 함께 이 종이를 홈즈 씨에게 보낸 것도 그래서였습니다. 이건 경찰을 부를 일이 아니었어요. 그래봐야 경찰은 나를 비웃기만 할 겁니다. 하지만 홈즈 씨라면 내가 어쩌면 좋을지 말씀해주시겠죠. 내가 부자는 아니지만, 우리 집사람에게 조금이라도 위험이 닥쳐온다면, 집사람을 보호하기 위해 전 재산이라도 내놓겠습니다."

이 잉글랜드 토박이 남자는 썩 괜찮은 인물이었다. 소박하고 솔직하고 신사다운 이 남자의 큼직한 푸른 두 눈은 진지하고, 널따란 얼굴은 잘생긴 편이었는데, 아내에 대한 사랑과 믿음이 얼굴에서 철철 넘쳐흘렀다. 그의 이야기에 골똘히 귀를 기울이고 있던 홈즈는 이제 생각에 잠겨 한동안 묵묵히 앉아 있었다.

"이렇게 생각지는 않으십니까, 큐빗 씨?" 그가 마침내 말했다. "부인에게 직접 호소해서 비밀을 털어놓으라고 하는 게 최선이라고 말입니다."

힐튼 큐빗은 무겁게 고개를 내둘렀다.

"약속은 약속입니다, 홈즈 씨. 엘시가 말하고 싶으면 말하겠지요. 말하기 싫다면, 나로서는 비밀을 털어놓으라고 강요할 수 없어요. 하지만 내 방식대로 알아보는 것은 괜찮겠죠. 난 그렇게 할 겁니다."

"그러시다면 기꺼이 도와드리죠. 그럼 먼저 물어보겠습니다. 혹시 마을에 낯선 사람이 나타났다는 말을 들은 적은 없나요?"

"없습니다."

"그곳은 아주 조용한 마을이겠죠? 낯선 사람이 나타나면 소문이 돌 텐데요."

"가까운 이웃이라면 그럴 겁니다. 하지만 그리 멀지 않은 곳에 작은 습지가 여러 곳 있어서 농부들이 하숙인을 받습니다."

"이 그림은 분명 무슨 의미가 있습니다. 아무렇게나 그린 거라면 그 의미를 파악할 수 없겠죠. 하지만 여기에 무슨 체계가 있다면 낱낱이 알아낼 수 있을 거라고 봅니다. 하지만 이것만으로는 내용이 부족해서 나로서도 알아낼 길이 없군요. 이제까지 들려주신 이야기도 워낙 막연해서 당장 어디서 시작해야 할지 알 수가 없습니다. 그러니 이렇게 제안하고 싶습니다. 일단은 노퍽으로 돌아가서 잘 지켜보세요. 그러다가 춤추는 사람들 그림이 또 나타나면 똑같이 베껴놓으세요. 분필로 창턱에 그려놓았다는 그림을 갖고 있지 않은 게 정말 유감천만입니다. 마을의 낯선 사람들에 대해서도 신중히 조사를 해보세요. 그래서 새로운 증거를 손에 넣거든 다시 들러주세요. 이것이 제가 드릴 수 있는 최선의 조언입니다, 힐튼 큐빗 씨. 새로이 절박한 상황이 펼쳐지면 언제든 바로 노퍽으로 달려가겠습니다."

면담이 끝난 후 셜록 홈즈는 깊은 생각에 잠겼다. 이후 며칠 동안 그가 그림을 살펴보고 있는 것이 여러 번 눈에 띄었다. 그는 종이에 그려진 춤추는 사람들의 이상한 모습을 오랫동안 골똘히 바라보았다. 그러나 보름이 지나도록 사건에 대해 아무 말도 하지 않았다. 어느 날 오후 내가 외출을 하려고 할 때 그가 나를 불렀다.

"나가지 않는 게 좋겠어, 왓슨."

"왜?"

"오늘 아침 힐튼 큐빗이 전보를 보냈거든. 힐튼 큐빗 알지? 그 춤추는 사람들 말이야. 그가 1시 20분에 리버풀 스트리트 역에 도착할 거야. 거기서 여기까지는 금방이지. 그의 전보를 보니 뭔가 중요한 사건이 새로 일어났어."

우리는 오래 기다릴 필요가 없었다. 노퍽의 지주가 역에서 핸섬 마차를 타고 전속력으로 곧장 달려왔기 때문이다. 그는 우울하고 걱정이 많은 듯이 보였다. 두 눈에는 피로한 기색이 역력했고 이마에는 주름이 잡혀 있었다.

"정말 신경 쓰여요, 이번 일 말입니다, 홈즈 씨." 그는 탈진한 사람처럼 안락의자에 주저앉으며 말했다. "보이지 않는 미지의 사람들에게 포위당한 기분입니다. 해코지하려는 사람들 말입니다. 게다가 아내를 서서히 말려 죽이려고 한다는 것을 알고 보니, 이 상황이 피가 마를 지경입니다. 아내는 부쩍 쇠약해졌어요. 내가 보는 앞에서 말입니다."

"아직도 아무 말 않던가요?"

"예, 홈즈 씨. 입을 열지 않아요. 하지만 말을 하고 싶어한 적은 있었습니다. 그런데 차마 입을 떼지 못하더군요. 그래서 도와주려고 했지만 아마도 내가 서툴렀던 것 같습니다. 아내를 오히려 움츠러들게 했으니까요. 아내는 유서 깊은 우리 가문 얘기를 꺼내더군요. 우리 가문이 고장에서 명성도 높고, 오점도 없는 것에 대한 우리의 긍지에 대해서도 말했죠. 그럴 때마다 마침내 입을 여나 보다 했는데, 느닷없이 말머리를 돌리고 말더군요."

"하지만 뭔가 알아내셨죠?"

"많은 것을 알아냈습니다. 춤추는 사람들 그림을 여러 장 새로 손에 넣었어요. 더욱 중요한 것은 그 작자를 보았다는 겁니다."

"아니, 그림을 그린 사람 말입니까?"

"예, 그림을 그리고 있는 남자를 봤어요. 모든 것을 순서대로 말씀드리죠. 이곳에 들렀다가 집에 돌아가서, 이튿날 내가 처음 본 것이 바로 춤추는 사람들 새 그림이었어요. 그건 연장 창고의 검은 나무 문짝에 분필로 그린 것이었습니다. 연장 창고는 거실 유리창이 환히 보이는 잔디밭 옆에 있죠. 그림을 똑같이 베꼈는데, 이게 그겁니다." 그가 종이를 펼쳐서 탁자 위에 올려놓았다. 그림은 이러했다.

"잘하셨습니다!" 홈즈가 말했다. "잘했어요! 계속 말씀해주세요."

"이것을 베낀 후 분필 자국을 지워버렸는데, 이틀 후 아침에 새로운 그림이 또 나타났습니다. 그것을 베낀 게 바로 이것입니다."

홈즈가 두 손을 비비며 신이 나서 나직이 웃었다.

"자료가 신속하게 쌓이고 있군요." 그가 말했다.

"사흘 후 종이에 쓴 전갈이 해시계 위 조약돌에 눌려 있었습니다. 이게 그겁니다. 보시다시피, 바로 전의 것과 그림이 똑같습니다. 그 후 나는 숨어서 기다리기로 작정했죠. 그래서 리볼버를 꺼내놓고 서재에 앉아서 잔디밭과 정원을 감시했습니다. 달빛 말고는 온통 어둠에 잠긴 새벽 2시 무렵, 내가 창가에 앉아 있을 때였어요. 등 뒤에서 발소리가 들렸습니다. 실내복 차림의 아내가 다가온 것이었어요. 아내는 제발 잠자리에 들라고 하소연하더군요. 우리에게 그런 터무니없는 수작을

부리는 자가 누군지 보고 싶다고 나는 솔직히 말했죠. 그녀는 그게 아무 뜻 없는 장난일 뿐이라면서, 전혀 신경 쓸 것 없다고 말하더군요.

'힐튼, 그게 정말 신경 쓰이시면 우리 여행을 떠나요. 우리 둘이서 말예요. 그러면 귀찮은 일을 피할 수 있겠죠.'

'아니, 장난 때문에 우리가 집에서 쫓겨나야 한단 말이오?' 내가 말했죠. '그래서는 온 마을 사람이 우리를 비웃을 거요!'

'아무튼 이제 좀 주무세요.' 그녀가 말했습니다. '그건 아침에 다시 얘기해요.'

그런 말을 할 때 문득 달빛에 비친 아내의 얼굴이 더욱 창백해지는 것을 보았습니다. 그리고 내 어깨에 얹힌 아내의 손이 움찔했어요. 연장 창고 그림자 속에서 뭔가 움직이고 있었던 겁니다. 어두운 인영이 슬슬 기어서 모퉁이를 돌더니 연장 창고 문 앞에 쪼그려 앉는 게 보였습니다. 내가 권총을 움켜쥐고 밖으로 뛰쳐나가려는 순간, 아내가 나를 와락 껴안았어요. 뿌리치려고 했지만, 아내는 거의 필사적으로 나한테 매달리는 거예요. 마침내 아내를 뿌리쳤지만, 내가 연장 창고 앞에 도착했을 때 그 작자는 이미 사라진 뒤였죠. 하지만 흔적은 남아 있었습니다. 앞서 두 번 나타난 춤추는 사람들과 똑같은 그림이 문짝에 그려져 있었죠. 그걸 베껴놓은 게 이겁니다. 땅바닥을 샅샅이 살펴보았지만 다른 흔적은 어디에도 없었어요. 하지만 놀라운 것은, 그가 항상 그곳에 있었던 게 분명하다는 것입니다. 아침에 다시 그 문짝을 조사해보았더니, 밤에 본 그림 아래에 또 약간의 그림이 그려져 있었거든요."

"그 그림도 갖고 계신가요?"

"예, 아주 짧지만, 그것도 베껴두었죠. 여기 있습니다."

그는 다시 종이 한 장을 꺼냈다. 춤추는 새로운 모습은 이러했다.

"그러니까," 하고 말하는 홈즈의 두 눈을 보니 그가 무척 들떠 있는 것을 알 수 있었다. "그건 먼젓번 그림에 덧붙인 건가요, 아니면 전체가 다른 그림인가요?"

"문짝의 다른 판자에 그려져 있었습니다."

"좋아요! 그건 아주 중요한 사실입니다. 덕분에 희망이 부푸는군요. 자, 힐튼 큐빗 씨, 그지없이 흥미로운 말씀을 계속해주세요."

"홈즈 씨, 이제 드릴 말씀은 이것밖에 없습니다. 그러니까 내가 그날 밤 아내에게 화를 냈다는 것 말이죠. 그날 밤 몰래 숨어든 악당을 잡을 수도 있었는데 나를 말린 것 때문에 말입니다. 그녀는 내가 다칠까봐 겁이 났다고 말하더군요. 그 순간 나는 이런 생각이 떠올랐습니다. 실은 '그 작자'가 다칠까봐 겁이 난 것일지도 모른다고 말입니다. 아내는 그가 누군지 알고 있었고, 이런 이상한 그림이 무슨 뜻인지도 알고 있는 게 분명해요. 하지만 아내의 말투나 눈빛을 보면 아내를 의심할 수가 없습니다. 아내는 정말 나를 염려한 게 맞아요. 말씀드릴 것은 이게 전부입니다. 내가 어째야 좋을지 이제 조언을 해주세요. 내가 하고 싶은 건, 우리 농장의 청년들 대여섯 명을 잠복시키는 것입니다. 그래서 그 작자가 다시 나타나면, 아주 혼찌검을 내서 앞으로 다시는 우리의 평화를 깨뜨리지 못하게 말입니다."

"그건 호미로 막을 것을 가래로 막는 격입니다." 홈즈가 말했다. "런던에서는 얼마나 머물 수 있나요?"

"오늘 돌아가야 합니다. 무슨 일이 있어도 아내를 밤에 혼자 놔둘 수 없어요. 아내가 무척 겁을 먹고 나더러 꼭 돌아오라고 간청했거든요."

"마땅히 그래야겠죠. 하지만 하루나 이틀쯤 런던에서 묵을 수 있다면 나와 같이 돌아갈 수 있을 텐데. 아무튼 이 종이는 여기 두고 가세요. 곧 댁으로 찾아뵙고 사건을 해결해드릴 수 있을 듯합니다."

셜록 홈즈는 손님이 떠날 때까지 전문가답게 태연한 태도를 유지했지만, 그를 잘 알고 있는 나로서는 그가 몹시 들떠 있다는 것을 알 수 있었다. 힐튼 큐빗의 널따란 등이 문으로 사라진 순간, 내 동무는 탁자로 돌진해서, 춤추는 사람들이 그려진 종이를 앞에 죽 펼쳐놓고, 끙끙거리며 복잡한 계산에 몰두하기 시작했다. 나는 두 시간이나 그를 지켜보았다. 그는 다른 종이 여러 장에 계속 그림과 문자를 기록하는 일에 완전히 몰두해서 내가 곁에 있다는 것조차 까맣게 잊어버린 게 분명했다. 때로 진척이 이뤄지면 계속 작업을 하며 휘파람을 불고 노래를 해댔다. 때로 미궁에 빠지면 오랫동안 이마를 찌푸리고 눈에 초점도 없이 앉아 있곤 했다. 마침내 그는 흡족한 탄성을 지르며 자리에서 벌떡 일어서더니, 두 손을 마주 비비며 방 안을 오락가락했다.

"이 해답이 내가 바란 대로라면, 자네는 아주 멋진 사건을 수집하게 될 거야, 왓슨." 그가 말했다. "내일이면 노퍽으로 내려갈 수 있겠어. 우리의 의뢰인이 안절부절못하는 비밀에 대한 명쾌한 새 소식을 가지고 말이야."

솔직히 나는 호기심이 치밀어 올랐지만, 홈즈는 자기가 원하는 시간에 원하는 방식으로 사실을 밝히는 걸 좋아한다는 것을 잘 알고 있었다. 나는 그가 비밀을 털어놓을 준비가 될 때까지 기다리기로 했다. 그러나 전보 답장을 받는 데 시간이 걸려서, 초조하게 이틀을 기다려야 했다. 그동안 홈즈는 초인종 소리가 울릴 때마다 귀를 쫑긋 세웠다. 힐튼 큐빗이 보낸 편지가 도착한 것은 이틀째 되는 날 저녁이었다. 그에게는 별일이 없었지만, 그날 아침 해시계 위에 긴 암호문이 나타났다. 그는 그것을 베껴서 편지에 동봉했는데, 그림은 이와 같다.

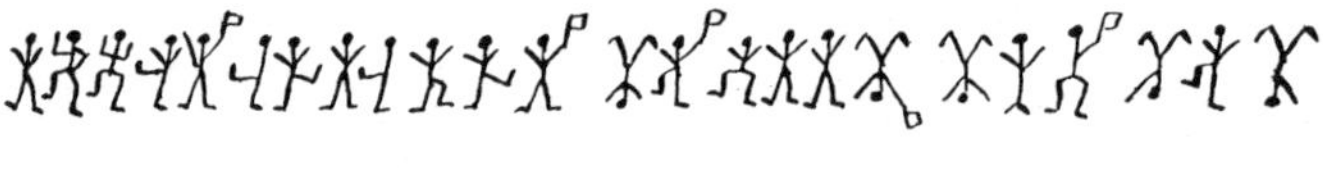

홈즈는 춤추는 사람들의 기괴한 행렬을 몇 분 동안 굽어보았다. 그러다 돌연 놀라고 당황해서 탄성을 지르며 벌떡 일어났다. 그는 걱정으로 얼굴이 핼쑥해졌다.

"우린 이 사건을 너무 오래 방치했어." 그가 말했다. "오늘 밤 노스월섬행 기차가 있을까?"

내가 기차 시각표를 찾아보았다. 막차는 이미 떠난 뒤였다.

"그럼 일찌감치 아침 식사를 하고 첫차를 타도록 하자." 홈즈가 말했다. “한시라도 빨리 가봐야 해. 아! 기다리던 전보가 왔군. 잠깐 만 기다려요, 허드슨 부인. 답장을 보내야 할지도 모르니까요. 아니, 됐습니다. 이건 내가 예상한 대로야. 이 편지를 보니 일이 어떻게 진행되고 있는지를 힐튼 큐빗에게 지체 없이 알려야 한다는 게 더욱 분명해졌어. 노퍽의 순박한 시골 지주가 걸려든 이 거미줄은 아주 독특하고 위험하니까 말이야.”

그것은 사실로 드러났다. 그저 유치하고 기묘해 보이기만 했던 이야기가 이제 슬슬 어두운 결론에 이르고 보니, 당시 내게 밀려들었던 당혹감과 공포가 다시 느껴진다. 독자들에게 더 나은 결말을 전할 수 있다면 얼마나 좋을까. 그러나 이것은 사실의 기록이다. 그러니 며칠 동안 잉글랜드 전역에 리들링 소프 저택이 널리 알려진 기묘한 사건을 그 어두운 고비까지 있는 그대로 전해야 한다.

우리가 노스월셤에 도착해서 행선지를 대자마자 역장이 부랴부랴 달려왔다. “런던에서 온 탐정이시죠?” 그가 말했다.

홈즈의 얼굴에 언짢은 기색이 스쳐 지나갔다.

“어떻게 그런 생각을 하셨죠?”

“노리치 경찰서에서 나온 마틴 경위가 방금 지나갔거든요. 하지만 당신들은 의사인지도 모르겠군요. 그녀는 죽지 않았습니다. 아니 얼마 전까지는 살아 있다고 들었어요. 아직은 그녀를 구할 시간이 있을 겁니다. 그래 봐야 교수대행이겠지만 말입니다."

홈즈가 근심으로 이마를 찌푸렸다.

"우리는 리들링 소프 저택으로 갈 겁니다." 그가 말했다. "그런데 거기서 무슨 일이 일어났단 말입니까?"

"끔찍한 일이 일어났죠." 역장이 말했다. "그들이 총에 맞았습니다. 힐튼 큐빗 씨와 그의 아내 둘 다요. 하인들 말로는 그녀가 그를 쏜 다음 자해를 했다고 합니다. 그는 죽었고, 그녀도 다 죽어가고 있죠. 저런, 쯧쯧, 노퍽에서 가장 오래되고, 가장 명예로운 가문 가운데 하나였는데."

홈즈는 한마디 말없이 서둘러 마차에 탔다. 10여 킬로미터를 달리는 동안 그는 일체 입을 열지 않았다. 나는 그가 그토록 의기소침한 모습을 본 적이 없었다. 그는 런던에서 여기까지 오는 동안에도 내내 안절부절못했고, 초조하게 촉각을 곤두세우고 아침 신문을 훑어보기도 했는데, 이제 가장 염려했던 일이 이처럼 갑자기 현실화되자 그는 멍한 우울 상태에 빠졌다. 그는 좌석에 등을 기대고 우울한 상념에 잠겼다. 하지만 주위에는 눈길을 끄는 것이 많았다. 잉글랜드의 어느 전원 못지않게 빼어난 풍경이 펼쳐지고 있었기 때문이다. 지금은 인적이 드물다는 것을 나타내는 오두막집이 드문드문 흩어져 있었지만, 곳곳에 거대한 사각의 탑을 올린 교회가 평평한 초원마다 우뚝 솟아 있어서, 옛 이스트앵글리아의 영광과 번영을 말해주고 있었다. 노퍽의 녹색 해안선 너머로 마침내 독일 대양의 보랏빛 해수면이 나타났다. 벽돌과 목재로 지은 두 박공지붕이 작은 숲 위로 고개를 내민 낡은 저택을 채찍으로 가리키며 마부가 말했다.

"저게 리들링 소프 저택이올시다."

우리의 마차가 집 앞의 주랑 현관에 다가설 때, 그 앞의 테니스 잔디밭 옆에 우리의 이상한 사건과 관련된 검은 연장 창고와 받침대 위에 놓인 해시계가 보였다. 작은 체구에 몸이 날렵하고 콧수염에 밀랍을 바른 남자가 민첩하게 높다란 도그카트에서 막 내린 뒤였다. 노퍽 경찰대의 마틴 경위라고 자기소개를 한 그는 내 친구의 이름을 듣더니 자못 놀란 표정이었다.

"아니, 홈즈 씨, 범죄가 일어난 것은 방금 전입니다. 오늘 새벽 3시 말입니다! 그런데 런던에서 이 소식을 듣고 나만큼이나 빨리 현장에 오다니, 어떻게 이럴 수가 있죠?"

"이건 예상한 일이기 때문입니다. 나는 이 일을 막으려고 온 것입니다."

"그럼 우리가 모르는 중요한 증거를 갖고 계시겠군요. 이 부부는 참 단란했다는 말을 들었습니다만."

"내가 가진 증거라고는 춤추는 사람들 그림뿐입니다." 홈즈가 말했다. "그건 나중에 설명해드리죠. 그런데 이 비극을 막기에는 너무 늦었으니, 이제는 내가 가진 지식을 이용해서 정의가 이루어질 수 있는지 알아보고 싶습니다. 조사를 할 때 나를 동참시켜 주시겠습니까? 아니면 내가 따로 혼자 조사하기를 바라시는지?"

"같이 조사를 한다면 저로서야 영광이죠, 홈즈 씨." 경위가 열띤 목소리로 말했다.

"그러시다면 더 이상 지체하지 말고 증거에 대한 얘기를 듣고 집 안을 살펴보고 싶군요."

마틴 경위는 눈치가 있는 사람이어서, 내 친구가 자기 방식대로 일을 처리하도록 하고, 그는 그 결과를 조심스레 기록하는 것으로 만족했다. 이 고장의 외과의사인 백발이 성성한 노인이 힐튼 큐빗 씨 부인의 방에서 막 내려와서, 그녀가 중상이지만 치명상은 아니라고 알려주었다. 탄환이 두뇌 앞을 꿰뚫고 들어가서 의식을 되찾으려면 시간이 좀 걸릴 거라는 얘기였다. 그녀가 피격을 받은 것인지 자해를 한 것인지에 대해서는 의사도 단언하지 않았다. 총알이 아주 가까운 거리에서 발사된 것만은 분명했다. 방 안에서 권총이 한 정 발견되었는데, 회전식 탄창에는 두 발이 비어 있었다. 힐튼 큐빗 씨는 심장에 총을 맞았다. 그가 아내에게 총을 쏘고 자살을 했을 수도 있고, 그 반대일 수도 있었다. 리볼버가 두 사람 사이의 마룻바닥에 놓여 있었기 때문이다.

"그를 옮겼나요?" 홈즈가 물었다.

"부인 외에는 아무것도 건드리지 않았습니다. 부상당한 그녀를 마룻바닥에 그대로 놓아둘 수는 없었죠."

"의사 선생님께서는 여기 오신 지 얼마나 됐습니까?"

"4시에 왔습니다."

"다른 사람도요?"

"예, 순경도."

"아무것도 건드리지 않았겠죠?"

"예."

"아주 신중하게 잘하셨습니다. 선생님을 이리 부른 사람은 누구죠?"

"가정부 손더스입니다."

"경찰에 신고를 한 것도 그녀였나요?"

"그녀와 요리사 킹 부인이었죠."

"그들은 지금 어디에 있나요?"

"부엌에 있을 겁니다."

"그럼 우선 그들의 이야기부터 들어보는 게 좋겠군요."

창이 높다랗고 떡갈나무 판자를 두른 낡은 홀은 조사실로 바뀌었다. 홈즈는 매서운 눈빛을 발하며 크고 고풍스러운 의자에 앉아 있었다. 그 눈빛을 통해 나는 그가 목숨을 구하지 못한 의뢰인의 복수를 할 때까지 이 조사에 전력을 다하고자 한다는 것을 알 수 있었다. 그런 홈즈 외에 군살 없는 몸매의 마틴 경위, 늙어서 백발이 성성한 시골 의사, 나, 그리고 신경이 무딘 마을 경찰 한 명이 한데 모여 묘한 무리를 이루었다.

두 여자는 아주 명료하게 자초지종을 이야기했다. 그들이 잠에서 깬 것은 총소리 때문이었다. 1분 후 두 번째 총성이 울렸다. 두 여자의 침실은 나란히 붙어 있어서, 킹 부인이 손더스의 침실로 달려갔다. 그들은 함께 아래층으로 내려갔다. 서재의 문이 열려 있었고, 책상 위에는 초 한 자루가 밝혀져 있었다. 힐튼 큐빗 씨는 서재 한가운데 쓰러져 있었다. 그는 이미 절명한 뒤였다. 그의 아내는 창문 가까이에서 머리를 벽에 기댄 채 웅크리고 있었다. 그녀는 참혹하게 부상을 당해서, 얼굴 옆이 피로 빨갛게 물들어 있었다. 그녀는 힘겹게 숨을 쉬고 있었지만 말은 할 수가 없었다. 서재만이 아니라 복도에도 연기가 자욱했고, 화약 냄새가 났다. 창문은 확실히 닫혀 있었고, 안에서 잠겨 있었다. 그 점에 대해서는 두 여자 모두 확신을 했다. 그들은 즉시 의사를 불렀고, 경찰에 신고를 했다. 그런 다음 마부와 마구간 소년의 도움을 받아, 부상당한 여주인을 그녀의 방으로 옮겼다. 그녀와 남편은 그 전에 둘 다 침대에 누운 흔적이 있었다. 그녀는 드레스를 입고 있었는데, 남편은 잠옷 위에 실내복을 걸친 차림이었다. 서재에서는 아무것도 건드리지 않았다. 두 사람이 아는 한, 이들 부부 사이에는 어떤 말다툼도 없었다. 그들이 보기에는 언제나 부부가 아주 금슬이 좋았다.

이상이 두 여자가 증언한 말의 요점이다. 마틴 경위의 질문에 대해, 그들은 모든 문이 안에서 단단히 잠겨 있어서 집 안에서 누가 밖으로 달아났을 리는 없다고 확신했다. 홈즈의 질문에 대해, 그들은 맨 위층에 있는 침실에서 달려나온 순간 화약 냄새를 맡았다는 것을 기억해냈다.

"이 사실을 꼭 주목하시기 바랍니다." 홈즈가 동업자 형사에게 말했다. "그럼 이제 그 방을 샅샅이 살펴볼 때가 된 것 같군요."

들어가 보니 서재는 자그마했다. 세 벽면이 책으로 채워져 있고, 정원이 내다보이는 평범한 창문 쪽으로 책상이 놓여 있었다. 우리는 불운한 시골 지주의 시신에 먼저 눈길이 쏠렸다. 우람한 체구의 남자가 팔다리를 쭉 뻗고 쓰러져 있었다. 옷매무새가 흐트러진 것을 보니 잠

을 자다가 허둥지둥 뛰어나온 듯했다. 총은 면전에서 발사되어, 심장을 관통한 후 시신 안에 남아 있었다. 그는 고통 없이 거의 즉사한 것이 분명했다. 그의 실내복이나 두 손에는 화약 흔적이 없었다. 의사의 말에 따르면 부인의 얼굴에 화약 자국이 있었지만, 손에는 아무런 흔적이 없었다.

"손에 흔적이 없는 거야 아무 의미도 없습니다. 흔적이 있었다면 전혀 다르지만." 홈즈가 말했다. "탄환이 꽉 끼지 않아서 화약이 뒤로 분사되는 일만 없다면, 사격을 많이 해도 손에 흔적이 남지 않아요. 이제 큐빗 씨의 시신은 옮겨도 될 듯합니다. 의사 선생님, 부인의 상처에서 탄환을 꺼내지 않으셨죠?"

"그러려면 대수술을 해야 할 겁니다. 하지만 리볼버에는 아직 탄환

네 발이 남아 있습니다. 두 발은 발사되었고, 두 명이 총을 맞았으니, 탄환은 그걸로 설명이 된 셈이죠."

"그렇겠군요." 홈즈가 말했다. "그렇다면 눈에 확 띄게 저 창문 가장자리에 맞은 탄환도 설명하실 수 있으시겠군요?"

홈즈가 홱 돌아서서 길고 여윈 손가락으로, 아래쪽 내리닫이 창틀의 밑바닥에서 2-3센티미터쯤 위에 관통한 구멍을 가리켰다.

"이럴 수가!" 경위가 외쳤다.

"이건 어떻게 발견했습니까?"

"찾고 있었으니까요."

"대단하시군요!" 시골 의사가 말했다. "정말 옳으신 지적입니다. 그렇다면 세 발이 발사된 거니까, 제3의 인물이 있었던 게 분명합니다. 하지만 그게 대체 누구란 말입니까? 그리고 어떻게 빠져나갔다는 거죠?"

"이제 우리가 풀어야 할 숙제가 바로 그겁니다." 셜록 홈즈가 말했다. "마틴 경위, 혹시 잊지 않았죠? 두 하녀가 방에서 나오자마자 화약 냄새를 맡았다고 말했을 때, 그 점이 아주 중요하다고 내가 말한 것 말입니다."

"그럼요. 하지만 솔직히 그게 무슨 뜻인지 모르겠습니다."

"그건 총이 발사되었을 때, 방문만이 아니라 창문까지 열려 있었다는 뜻입니다. 그렇지 않았다면 화약 냄새가 그렇게 빨리 온 집 안에 퍼질 수가 없죠. 그러려면 공기가 순환을 해야 하니까 말입니다. 하지만 방문과 창문은 아주 잠깐만 열려 있었습니다."

"증거가 있나요?"

"촛농이 흘러내리지 않았습니다."

"대단하시군요!" 경위가 외쳤다. "대단해요!"

"비극의 순간에 창문이 열려 있었다는 것을 확신하자, 이 사건에는 제3의 인물이 관련되었을 거라는 생각을 하게 되었습니다. 열린 창문 밖에서 집 안으로 총을 쏜 사람 말입니다. 그렇다면 창밖의 사람을 향해 쏜 탄환 가운데 창문틀에 맞은 게 있지 않을까? 하고 나는 둘러보았죠. 과연, 탄환 자국이 나 있었습니다!"

"그런데 어떻게 창문이 닫힌 채 단단히 잠겨 있을 수 있죠?"

"부인이 본능적으로 문을 닫고 잠갔겠지요. 그런데, 아니! 이건 뭐지?"

그건 여자의 핸드백이었는데, 서재 책상 위에 세워져 있었다. 악어가죽에 은장식을 한 아담한 핸드백이었다. 홈즈가 그것을 열더니 내용물을 꺼냈다. 잉글랜드은행 지폐 50파운드짜리 스무 장이 인도 고무줄에 감겨 있는 것이 내용물의 전부였다.

"이것을 잘 간수하세요. 재판 때 쓰일 테니까요." 홈즈가 말하며, 내용물을 핸드백에 담아 경위에게 건네주었다. "이제 이 세 번째 탄환을 조명해볼 필요가 있겠군요. 창문틀 나무가 쪼개진 것으로 볼 때, 이 탄환은 방 안에서 쏜 것이 분명합니다. 다시 요리사 킹 부인을 만나보고 싶군요……. 킹 부인, 부인은 이렇게 말했습니다. '커다란' 총성에 잠이 깼다고. 그러니까, 그 소리가 두 번째 소리보다 더 컸다는 뜻으로 말한 건 아닌가요?"

"아무튼 그 소리에 잠이 깼어요. 그러니까 그건 판단하기 어려워요. 하지만 그 소리는 정말 컸던 것 같아요."

"거의 동시에 두 발의 총성이 울린 건지도 모른다는 생각은 안 드나요?"

"잘 모르겠어요."

"나는 그랬을 거라고 확신합니다. 마틴 경위. 이제 이 방에서 알아낼 건 다 알아냈다는 생각이 드는군요. 나와 함께 정원을 둘러보면서 새로운 증거를 찾을 수 있는지 알아볼까요?"

화단이 서재 창문 앞까지 이어져 있었는데, 우리는 화단에 다가가며 탄성을 질렀다. 꽃이 짓밟혀 있었고, 부드러운 화단 흙에는 발자국이 잔뜩 찍혀 있었다. 큼직한 남자의 발자국이었는데, 구두코가 유난히 길고 끝이 뾰족했다. 홈즈는 총에 맞은 새를 찾는 리트리버처럼 풀밭과 나뭇잎 사이를 샅샅이 뒤졌다. 그러다 외마디 환호성을 올리더니 몸을 숙이고 작은 황동 원통을 집어들었다.

"이럴 줄 알았어." 그가 말했다. "리볼버에는 탄피 배출 장치가 있지. 이게 바로 세 번째 카트리지입니다. 이 사건은 거의 해결된 것 같군요, 마틴 경위."

홈즈의 조사가 아주 신속하고 노련한 데 대해 시골 경위는 자못 놀란 얼굴이었다. 처음에는 자기 지위를 앞세우려는 경향도 좀 보였지만, 이제는 홈즈에게 반복해서 아무런 이의 없이 홈즈가 이끄는 대로 따르려고 했다.

"용의자가 누구죠?" 그가 물었다.

"그건 나중에 말씀드리겠습니다. 이 사건에는 아직 내가 설명할 수 없는 점이 몇 가지 있어요. 내 방식대로 조사를 진행해서 여기까지 왔으니, 설명은 나중에 한꺼번에 해드리는 걸로 합시다."

"홈즈 씨 뜻대로 하십시오. 우리야 범인만 잡으면 되니까."

"이건 내가 뭘 신비화하려는 게 아닙니다. 행동을 해야 할 순간에 길고 복잡한 설명을 늘어놓고 있을 순 없죠. 이제 나는 이 사건의 실마리를 포착했습니다. 부인이 의식을 회복하지 못한다 해도, 우리는 간밤에 일어난 일들을 재구성해서 정의를 실현할 수 있습니다. 우선 이 근처에 '엘리지'라는 객점이 있는지 알고 싶군요."

하인들에게 물어봤지만 아는 사람이 아무도 없었다. 하지만 마구간 소년이 이 문제를 해결했다. 이스트러스턴 쪽으로 몇 킬로미터 떨어진 곳에 그런 이름의 농장이 있다는 사실을 기억해낸 것이다.

"거기가 외딴 곳인가?"

"네, 아주 외딴 곳이에요."

"아마도 거기 사는 사람들은 간밤에 여기서 일어난 일 얘기는 못 들었겠지?"

"그럴 거예요."

홈즈는 잠시 생각에 잠겼다가, 묘한 웃음을 지었다.

"말안장을 얹으렴." 그가 말했다. "네가 엘리지 농장에 편지를 하나 전해주었으면 좋겠어."

그는 주머니에서 춤추는 사람들 그림 여러 장을 꺼냈다. 서재 책상에서 그것을 앞에 펼쳐놓은 홈즈는 한참 끙끙거리더니, 마침내 편지를 써서 소년에게 건네주었다. 그러면서 수신인으로 적힌 사람에게 직접 건네주라는 지시와 함께, 특히 어떤 질문을 받더라도 절대 아무런 대답도 하지 말라고 당부했다. 편지의 겉면을 보았더니, 수신인이 평소 홈즈의 정확한 필체와 달리 괴발개발 쓰여 있었다. 그것은 노퍽 이스트러스턴, 엘리지 농장, 에이브 슬레이니 씨 앞으로 보내는 편지였다.

"내 생각은 이렇습니다, 경위." 홈즈가 말했다. "전보로 경찰 호송대를 부르는 게 좋겠어요. 내 계산이 옳다는 게 입증되면, 아주 위험한 범인을 감옥으로 호송해야 할 테니 말입니다. 이 편지를 보내는 소년 편에 전보를 치면 됩니다. 왓슨, 오후에 런던행 기차가 있으면 우리는 그걸 타는 게 좋겠어. 제법 흥미로운 화학실험을 마무리할 게 있거든. 그리고 이번 조사도 막바지에 이르렀으니까."

소년이 편지를 가지고 출발하자 홈즈는 하인들에게 몇 가지 지시를 했다. 혹시 큐빗 부인을 찾는 손님이 있으면, 부인의 상태에 대한 어떤 정보도 발설하지 말라고. 그 대신 곧바로 거실로 안내하라고. 그 점을 그는 특히 강조했다. 그리고 이제 우리 일행이 할 일은 없다는 말과 함께 그는 거실로 향했다. 장차 무슨 일이 일어날지 알게 될 때까지는 한가하게 시간을 때울 수밖에 없다는 것이었다. 의사는 환자를 찾아갔고, 홈즈 곁에는 경위와 나만 남았다.

"재미나고 유익한 시간을 보낼 수 있게 도와주지." 홈즈가 말하며 탁자에 의자를 바투 끌어당겨 앉고는, 기묘하게 춤추는 사람들 그림 여러 장을 앞에 펼쳐놓았다. "왓슨, 자네가 그동안 궁금해할 수밖에 없었던 것에 대해 너무나 오래 모른 척해왔는데 이제 속 시원히 풀어 줄게. 그리고 경위, 당신에게는 이 모든 사건이 자못 흥미로울 겁니다. 주목할 만한 전문 연구 과제로서 말입니다. 먼저 짚고 넘어갈 게 있는데, 흥미로운 이번 상황은 지난번 힐튼 큐빗 씨가 베이커 스트리트에서 내게 자문을 구한 것과 관계가 있다는 것입니다." 그러더니 홈즈는 내가 앞서 기록한 사실들을 경위에게 간단히 이야기해주었다.

"여기 내 앞에 아주 독특한 그림들이 있는데, 이것이 그토록 끔찍한 비극의 전조였다는 것이 이번에 입증되지 않았다면, 그림은 그저 웃음거리에 지나지 않았을지도 모릅니다. 나는 온갖 형태의 암호에 꽤 익숙합니다. 암호를 주제로 한 작은 논문을 직접 쓰기도 했는데, 거기서 160가지의 암호를 분석했지요. 하지만 솔직히 이런 암호는 생전 처음 보았습니다. 이런 암호 체계를 고안한 사람들의 목적은 분명 이것이 전달하는 내용을 감추고, 그저 애들 낙서로 보이게 하려는 것이죠.

하지만 나는 각 그림이 하나의 문자를 나타낸다는 것을 알아냈습니다. 그리고 어떤 형태의 비밀 글에든 규칙이 있게 마련인데, 그 규칙을 알아내서 적용하자 암호 해독은 식은 죽 먹기였습니다. 내가 건네받은 첫 번째 메시지는 너무 짧아서 그림이 분명 E를 나타낸다는 것밖에는 알아낼 수 없었습니다. 아시다시피 영어에서는 E가 가장 많이 쓰입니다. 짧은 문장 하나에도 E자가 가장 많이 쓰였을 거라고 예상할 수 있을 만큼 많이 쓰이죠. 첫 번째 메시지의 열다섯 개 그림 가운데, 네 개가 같은 그림이었습니다. 그렇다면 이것을 E라고 보는 것이 타당할 것입니다. 그림 중에는 깃발을 들고 있는 게 있는데, 깃발이 드문드문 나타나는 것으로 볼 때, 그것은 하나의 낱말이 완결되었다는 뜻으로 쓰였을 것입니다. 나는 이렇게 가정한 후, 그림이 E를 나타낸다는 것을 알아낸 겁니다.

하지만 이 조사에서 진짜 어려운 대목은 이제부터였습니다. 영문자 가운데 E를 빼고는 특히 많이 쓰이는 문자의 순서가 똑 부러지게 정해져 있지 않습니다. 한 인쇄물에서 특히 사용 빈도수가 높은 문자가 있다 해도, 짧은 문장일 경우에는 빈도수가 뒤집힐 수도 있습니다. 어림잡아 말하면, E 외에 사용 빈도수가 높은 영문자는 T, A, O, I, N, S, H, R, D, L 순입니다. 하지만 T, A, O, I는 사용 빈도수가 막상막하죠. 이런 문자를 짜 맞춰서 암호문의 의미를 파악하려고 했다가는 일이 끝도 없을 겁니다. 그래서 나는 새로운 자료를 기다렸습니다. 힐튼 큐빗 씨와 두 번째 만났을 때, 다른 짧은 문장 두 개와, 깃발이 없기 때문에 하나의 낱말로 보이는 메시지 하나를 얻을 수 있었죠. 이게 바로 그것입니다. 다섯 개의 그림으로 이루어진 하나의 낱말에서, 두 번째와 네 번째는 E라는 것을 나는 이미 알고 있었죠. 그렇다면 그건 'sever'이거나 'lever', 아니면 'never'일 겁니다. 그런데 답변으로서 'never'가 가장 유력하다는 건 의심의 여지가 없습니다. 정황으로 볼 때 그건 부인이 쓴 답변이었으니까요. 그것이 옳다면, 은 각각 N, V, R을 뜻한다고 할 수 있습니다.

아직도 내게는 큰 난관이 놓여 있습니다. 하지만 좋은 생각이 떠올라서 몇 가지 다른 문자를 알아냈죠. 내가 예상한 대로 이 메시지가 예전에 부인과 친했던 사람이 보낸 것이라면, 두 개의 E와 그 사이 세 개의 문자로 이루어진 낱말은 부인의 이름인 'ELSIE(엘시)'일 거라는 생각이 떠오른 겁니다. 검토를 해보니 세 번 똑같이 되풀이해서 나타난 메시지 끝에 이 낱말이 쓰였습니다. 그러니 그건 'ELSIE'가 분명했지요. 그래서 나는 어떤 그림이 L, S, I에 해당하는지 알게 되었습니다. 하지만 이 메시지는 무슨 뜻일까? 'ELSIE' 앞에 있는 문자는 네 개뿐인데, 그것은 E로 끝납니다. 그럼 이것은 'COME'인 게 분명했습니다. E로 끝나는 네 문자 낱말을 모두 생각해보았는데, 'COME' 말고는 이 경우에 딱 맞는 말을 찾을 수 없었거든요. 그래서 이제 C, O, M에 해당하는 그림을 알게 되었습니다. 그래서 첫 번째 메시지를 다시 해독해보았지요. 해독한 그림은 문자로 바꾸고, 아직 해독하지 못한 그림은 점으로 대신했습니다. 그래서 해독한 결과가 바로 이겁니다.

.M .ERE..E SL.NE.

여기서 미지의 첫 번째 문자는 A일 수밖에 없습니다. 이 문자는 아주 많이 쓰이는데, 짧은 문장에서 세 번이나 쓰였어요. 미지의 두 번째 문자는 H인 것이 분명합니다. 이제 해독한 결과는 이렇습니다.

AM HERE A.E SLANE.

이름인 게 분명한 낱말의 빈자리를 채우면 이렇습니다.

AM HERE ABE SLANEY(여기 왔다, 에이브 슬레이니가).

이제 많은 문자를 알고 있으니, 두 번째 메시지도 꽤 자신 있게 해독할 수 있었습니다. 그건 이렇습니다.

A. ELRI.ES

여기서 빈자리에 넣어 의미 있는 말이 될 만한 문자는 T와 G뿐입니다. 이것은 암호문 필자가 머물고 있는 어떤 저택이나 객점 이름일 것입니다."

마틴 경위와 나는 어려운 사건을 어쩌면 이렇게 완벽하게 해결했는지에 대한 내 친구의 명쾌하고 완벽한 설명에 아주 흥미진진하게 귀를 기울였다.

"그래서 다음에는 어떻게 하셨습니까?" 경위가 물었다.

"에이브 슬레이니라는 사람은 어느 모로 보나 미국인이라는 생각이 들었습니다. 에이브라는 게 미국인 이름 에이브러햄의 애칭이니까요. 그리고 미국에서 온 편지가 모든 문제의 발단이었으니까요. 또 어느 모로 보나, 이 사건에는 뭔가 비밀스러운 범죄의 냄새가 풍겼습니다. 그녀의 과거에 대한 암시와 과거를 남편에게 털어놓지 않으려는 것 모두가 그랬죠. 그래서 나는 뉴욕 경찰국의 내 친구 윌슨 하그리브에게 전보를 쳤습니다. 그 친구는 런던 범죄에 대한 내 지식을 몇 차례 잘 써먹은 적이 있지요. 나는 그에게 에이브 슬레이니라는 사람에 대해 들어봤느냐고 물었습니다. 이게 그의 답장입니다. '시카고에서 가장 위험한 악당.' 바로 이 답장을 받은 날 저녁, 힐튼 큐빗이 슬레이니의 마지막 메시지를 내게 보냈습니다. 해독한 문자로 바꿔 넣으면 이런 내용입니다.

ELSIE .RE.ARE TO MEET THY GO.

앞의 빈칸 두 곳에 P를, 마지막에는 D를 넣으면 말이 됩니다. 이건 악당이 설득을 하려다가 겁을 주는 쪽으로 나아가고 있다는 것을 보여주는 메시지입니다. 시카고의 그 악당에 대해 알아낸 것으로 미루어볼 때, 그가 자기 말을 바로 행동으로 옮길 거라는 사실을 알 수 있었습니다. 나는 내 친구이자 동료인 왓슨 박사와 함께 바로 노퍽에 왔지만, 안타깝게도 최악의 일이 이미 일어난 뒤에야 도착했지요."

"홈즈 씨와 같이 이 사건을 다루게 되어 정말 영광입니다." 경위가 열렬히 말했다. "그런데 죄송하지만 솔직한 말씀을 좀 드리고 싶습니다. 홈즈 씨야 수수께끼를 풀기만 하면 그만이지만, 나는 윗사람들을 납득시켜야 합니다. 엘리지에 사는 이 에이브 슬레이니라는 사람이 정말 살인자라면, 그리고 우리가 여기 앉아 있는 동안 그가 혹시 도망이라도 쳐버렸다면, 그럼 저는 아주 난처해지게 됩니다."

"걱정할 필요 없어요. 그는 도망치려고 하지 않을 겁니다."

"그걸 어떻게 아시죠?"

"달아난다는 것은 죄를 자백하는 거니까요."

"그럼 그를 체포하러 가게 해주세요."

"곧 이리 달려올 겁니다."

"아니, 그가 왜 이리 옵니까?"

"내가 편지를 보내서 오라고 했으니까요."

"하지만 홈즈 씨, 그건 말이 안 됩니다! 홈즈 씨가 오란다고 해서 와요? 그래서야 의심만 사서 그가 오히려 달아나지 않겠습니까?"

"편지를 어떻게 쓰는가에 달려 있죠." 셜록 홈즈가 말했다. "사실 내가 잘못 안 게 아니라면, 지금 이리 오고 있는 게 바로 그 신사일 겁니다."

한 남자가 현관으로 이어진 길을 따라 큰 걸음으로 걸어오고 있었다. 키가 크고 잘생긴 얼굴에 피부가 거무스레했는데, 회색 플란넬 정장 차림에 파나마모자를 쓰고 있었다. 검은 턱수염이 꺼칠했고, 큼직한 매부리코는 꽤나 사납게 보였는데, 걸으면서 여봐란 듯이 지팡이를 휘둘러댔다. 그는 자기 집이라도 되는 양 으쓱거리며 걸어왔고, 곧이어 우렁차게 초인종을 울리는 소리가 들려왔다.

"신사 여러분." 홈즈가 나직이 말했다. "우리는 문 뒤쪽에 자리를 잡는 게 좋을 것 같습니다. 저런 친구를 다룰 때는 아주 조심할 필요가 있죠. 경위는 수갑이 필요할 겁니다. 말을 거는 것은 내게 맡기십시오."

우리는 잠시 묵묵히 기다렸다. 잠깐이었지만 그것은 결코 잊을 수 없는 시간이었다. 곧이어 문이 열리고, 그 남자가 걸어 들어왔다. 그 순간 홈즈가 그의 머리에 불쑥 권총을 들이댔고, 마틴이 잽싸게 수갑을 채웠다. 이 일은 너무나 민첩하고 솜씨 좋게 끝나서, 그 남자는 옴짝달싹 못하게 된 다음에야 공격을 당한 사실을 깨달았다. 그는 이글거리는 검은 눈으로 우리를 차례로 노려보았다. 그러고는 한바탕 쓰디쓴 웃음을 터트렸다.

"그래, 신사 여러분, 당신들이 이번에는 선수를 쳤군. 크게 한 방 얻어맞은 기분이야. 하지만 나는 힐튼 큐빗 부인의 편지를 받고 여기에 온 거요. 그녀가 여기 없다고 말하려는 건가? 그녀가 설마 함정을 파는 데 도왔다고 말하려는 건가?"

"힐튼 큐빗 부인은 중상을 입었소. 죽음의 문턱에 가 있지."

그러자 그 남자는 집 안이 쩌렁쩌렁 울리게 탄식 어린 고함을 질렀다.

"헛소리하지 마!" 그가 사납게 외쳤다. "다친 것은 그놈이지, 그녀가 아냐. 우리 엘시를 해치긴 누가 해쳐? 내가 겁을 좀 주었을지는 몰라. 하느님 용서하소서. 하지만 나는 그녀의 아름다운 머리카락 한 올 건드릴 생각이 없었어. 빨리 취소해! 당신! 그녀가 다치지 않았다고 어서 말해!"

"그녀는 사망한 남편 옆에서 중상을 입은 채 발견되었소."

그는 깊은 한숨을 내뱉으며 소파에 털썩 주저앉아, 수갑을 찬 두 손에 얼굴을 묻었다. 한 5분 동안 그는 말이 없었다. 그러다 다시 고개를 쳐든 그는 자포자기하고 침착하게 말했다.

"신사 여러분, 나는 숨길 게 아무것도 없소이다." 그가 말했다. "내가 그 남자에게 총을 쏘긴 했지만, 그는 나를 쏘았습니다. 그러니 그건 살인이 아니오. 내가 그 여자에게 상처를 입혔을 거라고 생각한다면, 그건 여러분이 나나 그녀를 모르기 때문이오. 이 세상에서 내가 사랑한 것보다 더 그녀를 사랑한 남자는 없다고 장담할 수 있어요. 나는 그녀에게 권리가 있단 말이오. 그녀는 몇 년 전에 내게 맹세를 했습니다. 그런데 그 영국인이 대체 뭐기에 우리 사이에 끼어든단 말이오. 장담컨대 그녀에 대한 우선권은 나한테 있어요. 나는 다만 내 권

리를 주장한 것뿐이란 말입니다."

"그녀는 당신의 정체를 알고 당신의 압력을 피해 도망친 겁니다." 홈즈가 준엄하게 말했다. "당신을 피해 미국에서 달아난 거란 말입니다. 그래서 잉글랜드에서 존경할 만한 신사와 결혼을 했습니다. 그런데 당신이 그녀를 끈질기게 뒤쫓아와서, 그녀의 인생을 비참하게 만들었어요. 사랑하고 존경하는 남편을 버리고, 혐오스럽고 두려운 당신과 함께 달아나자고 치근덕거리면서 말입니다. 당신은 결국 고결한 남자를 죽이고, 그의 아내를 자살로 몰아갔습니다. 그게 바로 이번에 당신이 저지른 범죄입니다, 에이브 슬레이니 씨. 당신은 법에 따라 응분의 죗값을 치를 겁니다."

"엘시가 죽으면 내가 어찌 되든 무슨 대수겠소." 미국인이 말했다. 그는 두 손 가운데 하나를 펴고, 구겨 쥐고 있던 편지를 바라보았다. "이것 좀 보세요, 선생." 그가 믿을 수 없다는 듯 눈빛을 번뜩이며 외쳤다. "그런 말로 나를 괜히 겁주려는 거죠? 선생 말대로 그녀가 정말 심하게 다쳤다면, 이 편지는 누가 썼단 말입니까?" 그가 탁자 위에 편지를 내던졌다.

"당신을 불러들이기 위해 내가 썼습니다."

"선생이 썼다고? 춤추는 사람들의 비밀을 아는 사람은 조인트 패거리밖에 없는데. 대체 당신이 어떻게 이것을 썼단 말입니까?"

"사람이 생각해낼 수 있는 거라면 다른 사람이 알아낼 수도 있는 법이지요." 홈즈가 말했다. "슬레이니 씨, 노리치로 당신을 호송하기 위한 마차가 오고 있습니다. 하지만 당신이 사람을 해친 것에 대해 조금이나마 속죄를 할 시간은 있습니다. 힐튼 큐빗 부인이 남편을 살해했다는 강한 혐의를 받고 있다는 것을 아시나요? 내가 여기 없었더라면, 그리고 내가 우연찮게 춤추는 사람들 그림을 해독하지 못했다면, 그녀는 고스란히 살인죄를 뒤집어썼을 겁니다. 당신이 조금이라도 속죄하는 길은, 그녀가 남편의 비극적인 최후에 직접적으로든 간접적으로든 하등 책임이 없다는 것을 온 세상에 밝히는 것입니다."

"내가 그 이상 무엇을 바라겠습니까." 미국인이 말했다. "내가 할 수 있는 최선의 자기변호는 있는 그대로 진실을 털어놓는 것입니다."

"내 의무상, 그 진술이 당신에게 불리하게 이용될 수도 있다는 것을 경고하는 바입니다." 경위가 영국 형법의 격조 높은 페어플레이 정신으로 외쳤다.

슬레이니는 그저 어깨를 으쓱했다.

"그것은 운에 맡기겠습니다." 그가 말했다. "무엇보다 먼저, 신사 여러분께서 알아주시기 바라는 게 있습니다. 그건 그녀가 어렸을 때부터 우리가 서로 알고 지냈다는 사실입니다. 시카고에는 우리 일곱 명으로 이루어진 조인트라는 갱단이 있었는데, 두목이 바로 엘시의 아버지였습니다. 이름이 패트릭이었는데, 머리가 아주 좋았죠. 해독법을 모르면 애들이 낙서한 것으로 보일 암호문을 고안한 것도 그분이었습니다. 아무튼 엘시는 우리가 갱이라는 것을 알고 있었죠. 그런데 그걸 참을 수가 없었던 겁니다. 그녀는 자기가 번 깨끗한 돈을 조금 갖고 있었습니다. 그래서 우리에게 달랑 편지 한 장 남겨놓고 런던으로 떠나버렸어요. 그녀와 나는 약혼을 한 사이였습니다. 내가 다른 직업을 가졌다면 그녀가 나랑 결혼했을 거라고 난 믿어요. 하지만 그녀는 결코 나쁜 일에 연루되고 싶어하지 않았습니다. 그녀가 있는 곳을 알아냈을 때는 이미 영국인과 결혼한 다음이었어요. 그녀에게 편지를 보냈지만 답장이 없었죠. 그 후 나는 잉글랜드로 건너왔습니다. 편지를 보내서는 소용이 없었기 때문에, 그녀가 읽을 수 있을 만한 곳에 내 메시지를 남겨놓았지요.

내가 이곳에 온 지는 한 달이 되었습니다. 나는 그 농장에서 지냈죠. 그곳에 방을 하나 얻어서 밤마다 들락거렸지만 눈치를 챈 사람은 아무도 없었습니다. 나는 엘시를 꾀어서 데려가려고 갖은 애를 다 썼어요. 그녀가 메시지를 읽었다는 것은 알고 있었죠. 한번은 그녀가 답장을 보냈으니까요. 그러다 욱하는 성질머리가 튀어나와 그녀를 위협하기 시작했습니다. 그러자 그녀가 내게 편지를 보내, 제발 떠나달라고 하더군요. 남편에게 안 좋은 소문이라도 나면 자기 가슴이 아플 거라면서 말입니다. 그녀는 새벽 3시에 남편이 잠들면 아래층으로 내려올 테니, 끝에 있는 창문에서 나와 얘기를 나누자고 했습니다. 그 후 그녀를 편히 두고 내가 떠나기만 한다면 그렇게 하겠다는 것이었죠. 그녀는 돈을 가지고 내려와서 나를 돈으로 구슬려 떠나보내려고 하더군요. 발끈한 나는 그녀의 팔을 붙잡아 창밖으로 끌어내려고 했죠. 그 순간 그녀의 남편이 리볼버를 들고 달려들었어요. 엘시가 바닥에 털썩 주저앉자, 우리는 서로 빤히 바라보았습니다. 나 역시 무장을 하고 있었기 때문에, 내 총으로 겁을 주어 쫓아버린 후 그사이에 달아나려고 했죠. 그가 총을 쏘았지만 빗나갔습니다. 거의 같은 순간 나도 한 방 날렸고, 그가 푹 쓰러졌어요. 나는 정원을 가로질러 달아났습니다. 내가 떠날 때 뒤에서 창문 닫는 소리가 들리더군요. 신사 여러분, 이것은 말 그대로 사실입니다. 그리고 나는 소년이 말을 타고 편지를 가져올 때까지 아무 소식도 듣지 못했습니다. 그러다 편지를 보고 얼간이처럼 제 발로 여기까지 걸어와서 여러분에게 붙잡히는 신세가 되고 만 겁니다."

미국인이 이야기를 끝내기 전에 이미 마차가 도착해 있었다. 마차 안에는 제복을 입은 경찰 두 명이 앉아 있었다. 마틴 경위가 자리에서 일어나 범인의 어깨에 손을 얹었다.

"이제 갈 시간입니다."

"먼저 그녀를 좀 볼 수 없을까요?"

"안 됩니다. 그녀는 의식이 없어요. 셜록 홈즈 씨, 제가 다시 중요한 사건을 맡는다면 홈즈 씨를 곁에 모시는 행운을 누리고 싶군요."

우리는 창가에 서서 마차가 떠나는 것을 지켜보았다. 뒤돌아선 나는 범인이 구겨서 탁자에 던져놓은 종이에 눈길이 끌렸다. 그건 홈즈가 그를 꼬여내기 위해 쓴 편지였다.

"그걸 한번 읽어봐, 왓슨." 홈즈가 웃으며 말했다.

"앞서 내가 설명해준 암호를 이용해서 해독하면, 이런 뜻이야." 홈즈가 말했다. " '즉시 이리 오라.' 이런 초대를 그가 거절할 리 없을 거

라고 봤지. 그 부인이 아닌 다른 사람이 썼을 거라고는 상상도 할 수 없을 테니까 말이야. 그래서 왓슨, 우리는 종종 악의 매개체로 쓰인 춤추는 사람들 암호문을 결국 선의 매개체로 만든 셈이야. 그리고 자네가 기록할 만한 진기한 사건을 보여주겠다는 내 약속도 지킨 셈이지. 우리 열차가 3시 40분발이니, 저녁은 베이커 스트리트에 가서 먹어야겠군."

이제 마무리 말만 남았다. 미국인 에이브 슬레이니는 노리치의 겨울 순회재판에서 사형을 선고받았지만, 형의 경감 사유와, 힐튼 큐빗이 먼저 발사한 것이 분명하다는 사실을 고려해서 나중에 징역형으로 바뀌었다.

힐튼 큐빗 부인에 대해서는, 그녀가 완전히 회복되어, 남편의 저택을 관리하고 가난한 사람들을 돌보는 데 평생을 바치며 계속 혼자 살고 있다는 소식을 들은 것밖에는 달리 아는 게 없다.

홀로 자전거 타는 사람

1894년부터 1901년까지 셜록 홈즈 씨는 눈코 뜰 새 없이 바빴다. 이 여덟 해 동안 세상에 알려진 난해한 사건 가운데 홈즈가 나서지 않은 사건은 하나도 없었다고 해도 그리 지나친 말이 아니다. 공개되지 않은 사건도 수백 건을 해결했는데, 그중에서 가장 복잡하고 가장 진기한 여러 사건을 해결하는 데 홈즈는 이름값을 톡톡히 했다. 오랜 기간 일을 계속하며 깜짝 놀랄 만한 많은 성공을 거두었는데, 물론 몇 차례 어쩔 수 없이 실패의 쓴맛을 보기도 했다. 나는 그 모든 사건을 알차게 기록해두었고, 그중 많은 사건에 직접 동참하기까지 했다. 그러니 어떤 이야기보따리를 먼저 풀 것인지 결정하기가 참 난감하리라는 것은 독자도 능히 짐작이 갈 것이다. 그러나 나는 예전의 규칙을 굳게 지켜, 잔인무도한 범죄라서 귀가 솔깃해지는 사건보다, 사건에 대한 해법이 독창적이고 아주 극적이어서 흥미가 끌리는 사건에 우선권을 주었다. 그러한 이유에서 이제 내가 슬슬 펼쳐 보이고자 하는 이야기보따리는, 바이올렛 스미스 양과 찰링턴의 홀로 자전거 타는 사람, 그리고 결국 뜻밖의 비극으로 치닫고 만 우리 수사의 기묘한 결말에 대한 것이다. 이번에는 내 친구가 그 유명한 능력을 유감없이 펼쳐 보이기가 녹록지 않았던 게 사실이지만, 이런 이야기의 원천인 수많은 범죄 기록들 가운데 이번 사건이 특히 눈에 띄는 데에는 그럴 만한 까닭이 있다.

1895년에 내가 기록한 것을 보니, 우리가 바이올렛 스미스 양의 이야기를 처음 들은 것은 4월 23일 토요일(1895년 4월 23일은 화요일이었기 때문에 「홀로 자전거 타는 사람」이 언제 사건인가에 대해 학자들 간에 말이 많다—옮긴이)의 일이었다. 그녀의 방문은 홈즈에게 전혀 달갑지 않은 일이었다. 그때 홈즈는 유명한 담배 재벌 존 빈센트 하든이 얄궂은 괴롭힘을 당하고 있는, 아주 난해하고 복잡한 사건에 매달려 한눈팔 겨를이 없었기 때문이다. 낱낱의 사실에 치밀하게 집중해서 생각하기를 좋아하는 내 친구는 문제를 눈앞에 두고 정신이 분산되는 것에 분개를 했다. 하지만 무정하게 내치지는 못하는 성격 탓에, 젊고 아리따운 여성의 이야기를 듣는 것마저 거부하지는 못했다. 늘씬하고, 우아하고, 여왕 같은 이 여성이 베이커 스트리트에 나타난 것은 저녁 늦게였다. 그녀는 홈즈의 도움과 조언을 애타게 부탁했다. 상담할 겨를이 없다고 아무리 얘기해도 소용이 없었다. 젊은 아가씨는 자기 이야기를 털어놓고 상담을 하고야 말겠다는 결심을 하고 찾아온 터라, 그렇게 하기 전에 그녀를 보내려면 완력을 쓰는 수밖에 없었을 것이다. 결국 체념을 한 홈즈는 다소 떨떠름한 미소를 머금은 채, 아름다운 훼방꾼에게 자리에 앉아 뭐가 문제인지 얘기해보라고 말하기에 이르렀다.

"적어도 건강 문제로 찾아오신 건 아니겠군요." 그가 예리한 눈길로 그녀를 쏘아보며 말했다. "그렇게 열심히 자전거를 타시는 걸로 보아 분명 활력이 넘칠 테니까요."

그녀가 놀라서 자기 발을 굽어보았다. 페달 가장자리에 스쳐서 신발 밑창 옆이 좀 꺼칠꺼칠해진 것이 내 눈에 띄었다.

"예, 저는 자전거를 많이 타요, 홈즈 씨. 오늘 찾아뵌 것도 그것과 관계가 있어요."

내 친구는 장갑을 끼지 않은 숙녀의 손을 잡고 살펴보았다. 그는 마치 과학자가 표본을 살펴보듯 사심 없이 아주 꼼꼼하게 뜯어보았다.

"실례를 용서해주실 거라고 믿습니다. 이건 일이니까요." 그가 손을 내려놓으며 말했다. "하마터면 타이핑 일을 하는 줄 착각할 뻔했군요. 물론 음악을 하시는 게 분명해요. 손끝이 좀 주걱 모양이라는 것을 알아보겠지, 왓슨? 타이핑이나 피아노 연주를 많이 하면 흔히 이렇게 되지. 그런데 얼굴에 영적인 기운이 감돌고 있어." 그는 불빛 쪽으로 살그머니 그녀의 얼굴을 돌렸다. "타이핑하는 사람에게서는 보기 힘들지. 이 여성은 음악가야."

"맞아요, 홈즈 씨. 저는 음악을 가르쳐요."

"안색을 보니 시골에 사시는군요."

"예, 그래요. 서리 주 변경에 있는 파넘

근처에 산답니다."

"아름다운 고장이죠. 아주 흥미로운 많은 추억을 떠올리게 하는 곳이기도 하고. 기억나지, 왓슨? 우리가 위조범 아치 스탬퍼드를 잡은 게 바로 그 부근이잖아. 그래, 바이올렛 양, 서리 주 변경의 파넘 근처에 사신다는 분께 대체 무슨 일이 일어났나요?"

젊은 숙녀는 아주 침착하고 또박또박하게 다음과 같은 기묘한 이야기를 들려주었다.

"우리 아빠는 돌아가셨어요, 홈즈 씨. 성함은 제임스 스미스이신데, 옛 임페리얼 극장에서 오케스트라를 지휘하셨답니다. 엄마랑 나한테 남은 친척이라고는 랠프 스미스 삼촌밖에 없는데, 삼촌은 25년 전에 아프리카로 떠난 후 소식 한 장 없었죠. 아빠가 돌아가시자 우린 빈털터리가 되고 말았어요. 그런데 어느 날 《타임스》지에 우리를 찾는 광고가 났다는 말을 들었죠. 우리가 얼마나 흥분했을지 짐작이 가실 거예요. 누가 우리한테 유산이라도 남긴 줄 알았으니까요. 우리는 곧바로 신문 광고에 적힌 변호사를 찾아갔어요. 거기서 신사 두 분을 만났답니다. 캐러더스 씨랑 우들리 씨였는데, 남아프리카에서 살다가 잠시 귀국했다고 하시더군요. 우리 삼촌이 그분들의 친구였다는데, 삼촌이 요하네스버그에서 몇 달 전 가난하게 돌아가셨다는 거예요. 삼촌이 숨을 거둘 때, 우리들을 찾아서 돌봐 달라고 부탁하셨다더군요. 우리에겐 그게 참 이상하게 들렸어요. 랠프 삼촌은 살아 계실 때 소식 한 장 보내지 않다가, 돌아가실 때가 되어서야 우리를 돌볼 생각을 했다니 말예요. 하지만 캐러더스 씨는 이렇게 해명하더군요. 삼촌이 우리 아버지의 사망 소식을 그때 비로소 듣고, 우리의 장래에 대한 책임감을 느꼈다고 말이죠."

"잠깐만요." 홈즈가 말했다. "두 신사를 만난 게 언제죠?"

"지난 12월이에요. 넉 달 전이죠."

"음, 계속 말씀하세요."

"우들리 씨는 아주 밉살스러워 보였어요. 상스럽고, 얼굴은 살이 팅팅 쪘고, 붉은 콧수염을 기른 젊은 남자였는데, 머리를 이마 양쪽에 기름으로 발라 붙였더군요. 정말 꼴불견이었죠. 시릴은 내가 그런 남자를 안다는 걸 원치 않을 게 분명했어요."

"아! 시릴이 연인이신가 보군요."

홈즈가 빙그레 웃으며 말했다.

젊은 숙녀는 얼굴을 붉히며 활짝 웃었다.

"예, 홈즈 씨, 시릴 모턴은 전기기사랍니다. 우리는 올여름이 가면 결혼하려고 해요. 아니 이런, 내가 어쩌다 그이 얘기를 하게 됐지? 내가 말씀드리고 싶은 것은요, 우들리 씨가 정말 밉살스럽지만, 훨씬 더 나이가 드신 캐러더스 씨는 한결 인상이 좋다는 거예요. 그분은 거무스레한 피부에 안색이 창백하고 깨끗이 면도를 한 과묵한 분인데, 태도가 점잖고 환한 미소를 머금고 계셨어요. 우리 형편을 묻더니, 우리가 아주 가난하다는 것을 알고, 이제 열 살 먹은 외동딸에게 음악을 가르쳐 달라고 제안하시더군요. 나는 어머니 곁을 떠나고 싶지 않다고 말씀드렸죠. 그러자 주말마다 집에 들러도 된다면서, 1년에 100파운드를 주겠다는 것이었어요. 그건 분명 엄청난 보수였어요. 그래서 결국 수락을 하고, 파넘에서 10킬로미터쯤 떨어진 칠턴 농장 저택으로 내려갔어요. 캐러더스 씨는 홀아비였는데, 가정을 꾸려가기 위해 여자 가정부를 두었어요. 그녀는 딕슨 부인인데, 사람이 참 좋고 나이가 지긋해요. 외동딸은 사랑스러운 아이라서 걱정할 게 아무것도 없을 것 같았어요. 캐러더스 씨는 아주 자상하고 퍽이나 음악을 좋아했답니다. 그래서 우리는 저녁이면 함께 아주 즐거운 시간을 보내곤 했죠. 나는 주말마다 어머니가 계신 런던 집에 다녀왔어요.

행복에 금이 간 것은 빨간 콧수염의 우들리 씨가 도착하면서부터였어요. 그가 와서 일주일 동안 묵었는데, 아, 내게는 그게 한 석 달 같더군요. 그는 다른 모든 사람에게도 고약하고 불쾌한 사람이지만, 저에게는 이루 말할 수 없이 더 했어요. 그는 밉살스럽게도 나를 사랑한다면서 재산 자랑을 늘어놓더니, 내가 자기랑 결혼만 하면 런던에서 최고로 좋은 다이아몬드를 갖게 될 거라고 하더군요. 그러다가 마침내 어느 날 저녁 식사를 한 후, 내가 그와 결혼할 일은 없을 거라고 말했더니, 갑자기 나를 확 끌어안는 거예요—그는 소름끼치게 힘이 세요. 그러고는 내가 키스를 해주지 않으면 놓아주지 않겠다는 거예요. 캐러더스 씨가 들어와서 그를 내게서 떼어놓았죠. 그러자 집주인에게 홱 돌아선 그는 캐러더스 씨를 때려눕히고 얼굴에 상처를 내놓았죠. 짐작하시겠지만 그의 방문은 그게 마지막이었어요. 캐러더스 씨는 이튿날 내게 사과를 하고, 다시는 그런 모욕을 당하지 않을 거라고 장담하셨죠. 그 후로는 우들리 씨를 보지 못했어요.

홈즈 씨, 그럼 이제 마침내 오늘 자문을 구하러 온 별난 일을 말씀드릴 때가 되었네요. 먼저 아셔야 할 것은, 내가 토요일 오전마다 12시 22분 런던에 도착하는 열차를 타기 위해 파넘 역까지 자전거를 타고 간다는 거예요. 칠턴 농장 저택에서 역까지 가는 큰길은 외길이랍니다. 한 지점은 특히 샛길도 없어요. 2킬로미터에 이르는 길이 그래요. 길 한쪽은 찰링턴 히스라는 황무지이고, 맞은편은 찰링턴 홀을 감싼 숲이죠. 그보다 더 한적한 길은 찾아보기 어려울 거예요. 크룩스베리 힐 근처의 대로에 이르기 전에는 짐마차 한 대, 농부 한 명 만나기 어렵답니다. 2주일 전 그곳을 지날 때였어요. 우연히 고개를 돌려보았더니, 한 200미터쯤 뒤에서 한 남자가 자전거를 타고 오는 게 보였어요. 중년 남자 같았는데, 짤막하고 검은 턱수염을 길렀더군요. 파넘에 이르기 전에 뒤를 돌아봤는데, 그때는 사라지고 없었어요. 그래서 그 일을 더는 생각지 않았죠. 하지만 홈즈 씨, 월요일에 돌아가면서 같은 길에서 같은 남자를 보았을 때 내가 얼마나 놀랐을지 짐작이 가실 거예요. 다음 토요일과 월요일에도 전과 똑같이 그런 일이 일어나자 더욱 가슴이 떨렸죠. 그는 항상 거리를 유지했어요. 나한테 치근덕거리진 않았지만, 그 일은 분명 너무나 이상했어요. 캐러더스 씨에게 그 얘기를 했더니 염려가 되셨나 봐요. 그래서 앞으로는 한적한 길을 혼자 다니지 않도록, 말과 경마차를 주문했다고 하시더군요.

말과 경마차는 이번 주에 오기로 되어 있었어요. 그런데 무슨 이유에선지 배달이 되지 않아서, 나는 다시 역까지 자전거를 타고 가야 했죠. 바로 오늘 아침의 일이었어요. 짐작하시겠지만 찰링턴 히스에 이르렀을 때 조바심이 났죠. 아니나 다를까, 2주 전에 그랬던 것과 똑같이 그 남자가 있었어요. 그는 항상 멀찍이 떨어져서 따라왔기 때문에 얼굴을 알아볼 수 없었어요. 하지만 내가 아는 사람은 아니었어요. 검은 양복 차림에 천 모자를 쓰고 있었죠. 그의 얼굴에서 내가 분명하게 볼 수 있었던 것은 검은 턱수염뿐이에요. 오늘은 그래도 놀라지 않았답니다. 오히려 호기심이 치밀었어요. 그래서 그가 누군지, 원하는 게 무엇인지 알아내기로 마음먹었죠. 나는 자전거 속도를 늦추었어요. 그런데 그 남자도 속도를 늦추는 거예요. 그래서 아예 자전거를 세웠는데, 그 남자도 멈추어버렸어요. 그래서 나는 덫을 놓았죠. 그 길에는 급하게 꺾인 곳이 있어요. 나는 아주 빠르게 페달을 밟아 모퉁이를 돈 후, 자전거를 세우고 기다렸어요. 그가 모퉁이를 돈 후 멈추지 못하고 그대로 내 곁을 지나가길 기대한 거죠. 그런데 그가 나타나지 않았어요. 그래서 다시 모퉁이를 돌아가서 주위를 살펴보았어요. 멀리까지 바라볼 수 있었는데, 그 남자는 어디에도 없더군요. 그가 사라진 지점에서는 샛길도 없으니 더욱 이상했어요."

홈즈가 나직이 웃으며 두 손을 비볐다.

"분명 이 사건은 독특한 데가 있군요." 그가 말했다. "당신이 모퉁이를 돈 후 기다렸다가, 나중에 아무도 없다는 것을 알게 될 때까지 시간이 얼마나 흘렀나요?"

"한 2-3분."

"그렇다면 그 시간에 돌아갈 수는 없었을 텐데, 옆길도 없었다고요?"

"네."

"그럼 보행자용 오솔길이라도 있었겠군요."

"그 황무지 쪽에는 그런 게 있을 수 없어요. 있다면 내가 보았겠죠."

"그렇다면 배제의 방법에 따라, 그 남자는 찰링턴 홀 쪽으로 갔다는 얘기가 되는군요. 그 길 한쪽에 있다고 한 저택 말입니다. 더 하실 말씀 있나요?"

"없어요, 홈즈 씨. 다만 제가 너무 당혹스러워서 홈즈 씨를 만나뵙고 꼭 조언을 듣기 전에는 마음이 편할 수가 없었다는 것만 빼고요."

홈즈는 잠시 묵묵히 앉아 있었다.

"당신과 결혼을 약속한 신사는 어디에 있나요?" 마침내 그가 물었다.

"그이는 코벤트리에 있는 미들랜드 전기회사에 다녀요."

"그가 느닷없이 당신에게 들른 것은 아닐까요?"

"아이 참, 홈즈 씨도! 그랬으면 내가 그이를 몰라봤겠어요?"

"당신을 흠모한 다른 남자는 없었나요?"

"시릴을 알기 전에는 여러 명 있었죠."

"그럼 그 후에는?"

"끔찍한 우들리밖에 없어요. 그것도 흠모라고 할 수 있다면."

"정말 없나요?"

우리의 아리따운 의뢰인은 좀 당황한 것 같았다.

"그는 누구죠?" 홈즈가 물었다.

"아, 그저 나 혼자만의 생각일 뿐이지만, 고용주인 캐러더스 씨가 나한테 큰 관심을 가지신 것 같다는 생각이 가끔 들었어요. 우린 자주 자리를 같이해요. 저녁에는 그분에게 피아노 반주를 해드린답니다. 그분은 어떤 언질도 주지 않으셨어요. 나무랄 데 없는 신사분이죠. 하지만 여자라면 말하지 않아도 알아요."

"하!" 홈즈가 심각한 표정을 지었다. "그는 생계를 위해 무슨 일을 하나요?"

"그분은 부자예요."

"마차나 말도 없는데?"

"음, 아무튼 꽤 부유하세요. 그런데 일주일에 두어 번은 런던 시내에 나가시죠. 그분은 남아프리카 금광 주식에 관심이 아주 많아요."

"스미스 양, 새로운 일이 생기면 알려주시기 바랍니다. 지금은 내가 무척 바쁘지만, 시간을 내서 조사를 해보겠습니다. 그런데 내게 알리지도 않고 무슨 조치를 취하지는 마세요. 그럼 안녕히 가십시오. 스미스 양에게 나쁜 일이 일어날 거라고는 믿지 않습니다."

"저런 아가씨한테 치근덕거리는 남자들이 따르는 것은 정해진 자연의 이치지." 홈즈가 명상용 파이프를 빨며 말했다. "하지만 그중에서 고른다면, 한적한 시골길에서 자전거를 타고 뒤쫓아오는 남자는 곤란해. 그건 보나마나 무슨 꿍꿍이가 있어서 쫓아오는 것이겠지. 그런데 이 사건에는 뭔가 의미심장하고 의아한 구석이 있어, 왓슨."

"꼭 그 지점에서만 그 남자가 나타났다는 거?"

"그래. 우리는 찰링턴 홀에 누가 사는지를 먼저 알아봐야 해. 그다음에는 캐러더스와 우들리가 어떤 관계인지를 알아봐야겠지. 두 사람이 생판 다른 유형의 인간으로 보이니 말이야. 그런데 그들 '둘 다' 어쩌다가 랠프 스미스의 친척을 그렇게 열심히 찾았을까? 또 하나의 요점은 이거야. 대체 어떤 집안이기에 기차역에서 10킬로미터나 떨어진 곳에서 말 한 필 없이 살면서, 가정교사에게는 시장가의 두 배나 되는 보수를 주는가? 이상하지 않아, 왓슨? 정말 이상해!"

"직접 내려가볼 거야?"

"아니, 내려가볼 사람은 자네야. 이건 그저 하찮은 음모일 수도 있고, 나로선 이 일 때문에 다른 중요한 연구를 중단할 수 없어. 월요일에 자네가 일찌감치 파념에 가봐. 찰링턴 히스 근처에 몸을 숨기고 있다가, 정말 그런 일이 일어나는지 직접 관찰하고, 어떻게 행동할지는 자네가 잘 알아서 해. 그런 다음 찰링턴 홀의 거주자에 대해 알아보고 돌아와서 내게 알려줘. 그럼 이제, 왓슨, 우리가 해답에 이르길 기대할 만한 확고한 징검돌 몇 개를 더 확보하기 전에는 이 사건에 대해 더 할 말이 없어."

그녀가 월요일에 워털루 역에서 9시 50분발 기차를 타고 내려간다는 것을 우리는 미리 알아두었다. 그래서 나는 그보다 일찍 9시 13분발 열차를 탔다. 파념 역에서 찰링턴 히스로 향하는 데는 어려움이 없었다. 젊은 아가씨가 모험을 한 현장은 한눈에 알아볼 수 있었다. 툭 터진 황무지와, 아름드리나무가 우거진 정원을 에워싸고 있는 해묵은 주목 생울타리 사이로 멀리 길이 뻗어 있었기 때문이다. 지의류가 덕지덕지 달라붙은 석조 대문이 세워져 있었는데, 두 기둥을 떠받치고 있는 초석의 글은 삭아서 보이지 않았다. 그런데 중앙의 마차 통로 외에도, 생울타리 곳곳에 사람이 드나들 수 있는 구멍이 숭숭 나 있었다.

도로에서는 저택이 보이지 않았지만, 주변의 모든 것이 저택의 암울한 퇴락을 말해주고 있었다.

황무지는 황금빛 꽃이 핀 골담초로 덮여, 화창한 봄날 햇볕을 받아 장엄하게 빛나고 있었다. 나는 골담초 덤불 뒤에 자리를 잡았다. 거기서는 찰링턴 홀의 정문도 보였고, 길게 뻗은 도로도 환히 보였다. 내가 그 길에서 벗어날 때만 해도 사람이 아무도 없었는데, 이제 자전거를 탄 사람이 보였다. 내가 온 방향과 반대쪽에서 오고 있는 그 남자는 검은 양복을 입었고, 검은 턱수염이 난 것이 보였다. 찰링턴 홀의 정원 끝자락에 이른 그는 자전거에서 풀쩍 내리더니, 자전거를 끌고 생울타리 틈으로 들어가 내 시야에서 사라졌다.

15분이 지나자 자전거를 탄 두 번째 사람이 나타났다. 이번에는 기차역 쪽에서 오고 있는 젊은 아가씨였다. 찰링턴 홀의 생울타리에 이른 그녀가 주위를 두리번거리는 모습이 보였다. 잠시 후 예의 남자가 다시 나타나 자전거에 훌쩍 올라타더니 그녀를 뒤따르기 시작했다. 광활한 시골 풍경을 통틀어 움직이는 사람은 그 둘뿐이었다. 우아한 아가씨는 자전거에 아주 꼿꼿이 앉아 있었고, 그녀를 뒤따르는 남자는 핸들을 잡고 몸을 숙이고 있었다. 그런 모습에서 어딘가 수상쩍은 분위기가 물씬 풍겼다. 그녀는 그를 뒤돌아보고 속도를 늦추었다. 남자 역시 속도를 늦추었다. 그녀가 멈추었다. 즉시 그 남자도 자전거를 멈추었다. 그녀와는 200미터 가까운 거리를 둔 채였다. 그녀의 다음 행동은 뜻밖에도 아주 당돌했다. 느닷없이 자전거를 홱 돌려서 그를 향해 곧장 돌진해간 것이다! 그러나 그 역시 그녀만큼 재빨라서, 필사적으로 쏜살같이 달아났다. 곧 그녀는 다시 자전거를 돌렸다. 그리고 도도하게 고개를 치켜들고 말없는 추종자에게는 황송하게 여겨질 눈길 한 번 주지 않고 멀어져갔다. 그 남자 역시 자전거를 돌리고 일정한 거리를 유지하며 뒤따라갔다. 그러다 두 사람은 도로가 꺾이는 곳에서 내 시야에서 사라졌다.

나는 은신처에 계속 남아 있었다. 그렇게 한 것은 잘한 일이었다. 곧 그 남자가 천천히 자전거를 몰고 다시 나타났기 때문이다. 그는 찰링턴 홀 대문으로 들어서더니 자전거에서 내렸다. 나는 그가 나무 사이에 서 있는 것을 몇 분 동안 바라볼 수 있었다. 그가 두 손을 올리고 넥타이를 바로잡는 듯했다. 그러다 자전거에 올라타고, 찰링턴 홀 저택을 향해 내게서 멀어지더니 결국 시야에서 사라졌다.

나는 헐레벌떡 황무지를 가로질러 가서 나무들 사이로 바라보았다. 튜더 양식의 굴뚝이 쭈뼛 고개를 쳐든 낡은 회색 저택이 멀리 어슴푸레 보였다. 그러나 빽빽한 관목 사이로 길이 뻗어 있어서, 그 남자는 더 이상 보이지 않았다.

그러나 나로서는 아침의 과업을 꽤 잘 해냈다는 느낌이 들었다. 그래서 기분 좋게 파넘으로 걸어서 돌아갔다. 그 고장의 부동산 소개업자는 찰링턴 홀에 대해 아는 게 없다면서, 펠멜의 유명한 부동산 회사만 소개해주었다.

집으로 가는 길에 그 회사에 들렀더니 정중한 직원이 나를 맞이했다. 이번 여름에는 찰링턴 홀을 세낼 수 없다는 말을 들을 수 있었다. 나더러 한 발 늦었다는 것이었다. 한 달 전에 이미 윌리엄슨 씨라는 사람이 세를 들었기 때문이다. 그 사람은 품위 있고 나이 지긋한 신사라며, 그 밖에 더 얘기를 해줄 수는 없다고 정중한 소개소 직원이 말했다. 고객의 신상을 상세히 밝힐 수 없다는 이유에서였다.

셜록 홈즈 씨는 그날 저녁 기나긴 내 보고에 골똘히 귀를 기울였다. 나는 내심 칭찬을 기대했지만, 퉁명스러운 칭찬 한 마디도 듣지 못했다. 그 한 마디가 내게는 정말 값진데 말이다. 오히려 반대로 그는 평소보다 더 매정한 표정을 짓고서, 내가 한 일과 하지 않은 일을 사정없이 꼬집었다.

"이봐, 왓슨, 자네는 숨을 장소를 잘못 골랐어. 생울타리 뒤에 숨었어야지. 그러면 흥미로운 그 인물을 가까이에서 봤을 거 아냐. 사실 너무 멀리 떨어져 있었기 때문에 스미스 양만큼도 내게 들려줄 말이 없어. 그녀는 그 남자가 모르는 사람인 줄 알고 있지. 하지만 아는 남자일 거라고 나는 확신해. 그렇지 않다면 그녀가 가까이 다가와서 자기 모습을 보지 못하도록 그렇게 한사코 거리를 둘 이유가 없거든. 자네는 그가 자세를 구부정하니 자전거 손잡이를 잡고 있었다고 했지. 그것도 모습을 감추려는 거야. 자네는 정말 일을 형편없이 처리했어. 그가 집으로 돌아가자, 자네는 그가 누구인지 알아내려고 했지. 그런데 런던의 부동산 소개소를 찾아가다니, 원!"

"그럼 내가 어째야 했다는 거야?" 내가 발끈해서 외쳤다.

"가장 가까이 있는 술집을 찾아갔어야지. 시골은 술집이 뒷소문의 중심지야. 거기 갔으면 집주인은 물론이고 설거지 하녀까지 죄다 이름을 알아냈을 거야. 윌리엄슨이라! 전혀 떠오르는 게 없군. 그의 나이가 지긋하다면, 운동선수 같은 젊은 아가씨가 뒤쫓아갔을 때 쏜살같이 달아날 만큼 자전거를 잘 타진 못할걸? 아무튼 자네의 원정 덕분에 얻은 게 뭐지? 그 아가씨의 이야기가 사실이었다는 것. 그거야 난 의심하지 않았어. 자전거 탄 남자는 찰링턴 홀과 무슨 관계가 있다는 것. 그것 역시 난 의심치 않았어. 그 홀에 세든 사람이 윌리엄슨이라는 것. 그런 걸 알아서 어디다 쓰지? 이런, 이런, 그렇게 풀죽을 건 없어. 어차피 다음 토요일까지는 손을 쓸 수 없으니까. 내가 직접 한두 가지는 알아볼 수 있을 거야."

이튿날 아침 스미스 양이 보낸 편지가 왔다. 내가 목격한 일이 짤막하고 정확히 적혀 있었는데, 편지의 핵심은 다음과 같은 추신에 담겨 있었다.

홈즈 씨, 이 말씀에 대해서는 비밀을 지켜주실 거라고 믿어요. 그러니까, 고용주가 저에게 청혼을 하는 바람에 제 처지가 난처해졌어요. 그분의 마음은 열정적이고 존중할 만하다고 믿어요. 그런데 저는 이미 약혼을 했잖아요. 그분은 제 거절을 아주 심각하게, 하지만 점잖게 받아들였어요. 그래도 아시다시피, 좀 긴장이 되는 상황이에요.

"우리의 젊은 친구가 곤란한 처지에 놓인 것 같군." 편지를 다 읽은 홈즈가 뭔가 생각하며 말했다. "이 사건은 내가 처음 생각한 것보다 분명 더 흥미로운 데가 있어. 무슨 일이 더 일어날 가능성도 있고. 하루쯤 시골에서 조용하고 평화롭게 지내는 것도 나쁘지 않겠지. 오늘 오후에 바로 내려가서, 내가 생각한 가설 한두 가지를 시험해보고 싶어."

시골에서 보낸 홈즈의 조용한 하루는 결과가 아주 기묘했다. 그가 저녁 늦게 베이커 스트리트에 도착했을 때, 입술은 찢어지고 이마에는 혹이 나 있었던 것이다. 게다가 런던 경찰국의 조사를 받아야 마땅한 난봉꾼 같은 분위기가 물씬 풍겼다. 그는 자기 모험이 재미나서 견딜 수 없다는 듯이, 모험담을 들려주면서도 마냥 낄낄거렸다.

"나는 워낙 운동 부족이라서 이런 일은 언제나 반가워." 그가 말했다. "내가 영국의 고전 스포츠인 권투를 제법 할 줄 안다는 것은 자네도 알지? 때로 그게 요긴한 도움이 돼. 예를 들어 오늘만 해도, 권투를 할 줄 몰랐다면 아주 망신살이 뻗쳤을 거야."

도대체 무슨 일이 일어났는지 얘기해달라고 내가 청했다.

"자네가 들렀어야 한다고 내가 말한 시골 술집을 찾았지. 거기서 신중하게 조사를 했어. 술집에 있는 동안, 내가 원하는 모든 것을 수다스러운 술집 주인이 다 말해주더군. 윌리엄슨은 흰 턱수염을 기른 노인인데, 찰링턴 홀에서 하인 몇 명과 함께 혼자 산다는 거야. 그가 지금 목사거나 전에 목사였다는 소문도 있어. 하지만 그가 그 홀에 산 지 얼마 되지도 않았는데, 그새 거기서 벌어진 사건 한두 가지를 들어보니 목사라는 생각이 안 들어. 성직자 단체에도 몇 가지 조사를 해봤지. 경력이 아주 불미스러운 그런 이름의 목사가 있긴 했다더군. 술집 주인이 알려준 게 또 있어. 항상 주말만 되면 '화끈한 녀석들'이 그 홀에 들른다는 거야. 특히 우들리 씨라는 붉은 콧수염을 기른 신사가 늘 거

기서 지낸다더군. 여기까지 얘기를 들었을 때였어. 바로 그 신사가 불쑥 끼어든 거야. 실은 거기서 맥주를 마시고 있다가 대화를 다 엿들은 거지. 넌 누구냐. 원하는 게 뭐냐. 그런 걸 알아내서 뭘 어쩌려는 거냐. 말이 거침없고, 수식어는 박력이 넘치더군. 독설을 한참 늘어놓더니 돼먹지 못하게 주먹을 날리더군. 난 제대로 피하지 못했어. 다음 몇 분 동안은 제법 묘미가 있었지. 강펀치의 악당 대 왼손 스트레이트의 대결이었어. 보다시피 나는 이렇게 됐고, 우들리 씨는 마차에 실려 집에 갔지. 내 시골 여행은 그렇게 끝났어. 하지만 솔직히 서리 주 변경에서의 하루가 즐겁기는 했지만, 자네보다 더 큰 성과를 거두진 못했어."

목요일에 의뢰인이 다시 편지를 보내왔다.

놀라지 마세요, 홈즈 씨. 저는 캐러더스 씨네 가정교사 일을 그만둘 거예요. 아무리 좋은 보수를 받는다 해도 불안한 마음을 달랠 수가 없거든요. 토요일에 런던에 올라가면 다시 돌아오지 않을 작정이에요. 캐러더스 씨가 경마차를 구했기 때문에, 이제 한적한 길에서 위험한 일이 벌어지진 않을 거예요. 그게 정말 위험했던 건지는 모르지만요.

제가 일을 그만두려는 특별한 이유에 대해 말하자면, 단지 캐러더스 씨와의 일로 상황이 긴장된 탓만은 아니랍니다. 그 밉살스러운 우들리 씨가 다시 나타나서 그래요. 그는 전에도 음흉했지만, 이제는 더욱 끔찍해 보여요. 무슨 사고를 당했는지 얼굴이 꼴사납게 변해서 나타났기 때문이죠. 창밖으로 그를 보았을 뿐, 다행히 마주치지는 않았어요. 그는 캐러더스 씨랑 긴 얘기를 나누더군요. 그 후 캐러더스 씨는 사뭇 흥분하신 것 같아요. 우들리는 이웃에 머물고 있는 게 분명해요. 여기서 잠을 자지 않았거든요. 그런데 오늘 아침 그를 얼핏 다시 보았어요. 관목 주변을 어슬렁거리고 있더라고요. 차라리 그곳에 사나운 맹수가 돌아다니는 편이 더 낫겠어요. 나는 그가 이루 말할 수 없이 혐오스럽고 두려워요. 캐러더스 씨는 어떻게 그런 인간을 잠깐이라도 참아줄 수 있는지 모르겠어요. 아무튼 이제 토요일이면 이 모든 마음고생과도 작별이죠.

"그럴 줄 알았어, 왓슨. 그럴 줄 알았어." 홈즈가 무겁게 말했다. "그 조그만 여성을 둘러싸고 뭔가 심각한 음모가 진행되고 있어. 그녀의 마지막 여행에서 누가 해코지를 하지 못하게 하는 게 우리의 의무야. 왓슨, 내 생각에는 우리가 짬을 내서 토요일 아침에 같이 내려가는 게 좋겠어. 이번 조사가 미심쩍었는데, 혹시 불행한 결말을 맺지 않도록 손을 쓰는 게 좋겠어."

고백컨대 나는 이번 사건을 이제까지 그리 심각하게 생각지 않았다. 내게는 위험하기보다 그저 좀 기괴하고 얄궂은 사건으로만 보였던 것이다. 아주 멋진 여성을 숨어서 기다리다가 뒤를 따라가는 남자 이야기를 처음 듣는 것도 아니었다. 그 남자가 너무 소심해서 여자에게 말을 걸지도 못했을 뿐만 아니라, 여자가 접근하니까 달아날 정도였다면, 그 남자는 그렇게 두려워할 상대가 아니었다. 악당 우들리는 전혀 다른 인간이었지만, 한 번 외에는 우리의 의뢰인을 해코지하지 않았고, 지금 캐러더스 씨네 집에 있으면서도 그녀 앞에 나타나지 않았다. 자전거를 탄 남자는 술집 주인이 말한 그 홀의 주말 파티에 들르는 사람 가운데 한 명인 게 분명했다. 그러나 그가 누구인지, 원하는 게 무엇인지는 여전히 베일에 가려 있었다. 홈즈의 심각한 태도나, 집을 나서기 전에 그가 리볼버를 주머니에 찔러 넣은 사실로 미루어볼 때, 나는 이번의 기묘한 사건 뒤에 비극이 도사리고 있을지도 모른다는 느낌을 받았다.

밤에 비가 오더니 아침에는 날이 활짝 개었다. 히스로 뒤덮인 시골은 노란 골담초 꽃이 화사하게 피어 있어서, 런던의 우중충한 암갈색과 회색에 지친 눈에는 한결 더 아름답게 보였다. 홈즈와 나는 싱그러운 아침 공기를 들이켜며 모래가 깔린 널따란 길을 따라 걸었다. 감미로운 새들의 노래를 음미하며 우리는 상큼한 봄의 숨결을 들이켰다. 크룩스베리 힐의 중턱 오르막길에서 우리는 아름드리 떡갈나무들 사이로 삐죽이 서 있는 우중충한 찰링턴 홀을 볼 수 있었다. 떡갈나무는 해묵었어도, 그 나무들에 둘러싸인 건물에 비하면 오히려 훨씬 어렸다. 갈색 히스 덤불과 숲의 초록빛 새순 사이로 붉고 노란 띠를 두른 듯 감고 돌아가는 긴 도로를 홈즈가 가리켰다. 멀리 검은 점 하나가 보였다. 우리 쪽으로 마차가 다가오고 있었다. 홈즈가 안달을 하며 탄성을 내뱉었다.

"나는 30분 여유 있게 왔어." 그가 말했다. "그런데 저게 그녀의 경마차라면, 그녀는 생각보다 이른 시간에 기차를 탈 모양이야. 왓슨, 우리가 내려가기 전에 그녀가 먼저 찰링턴 홀을 지나갈 것 같아."

우리가 언덕을 내려가자 더 이상 마차가 보이지 않았다. 그러나 우리는 계속 발길을 서둘렀다. 나로서는 평소에 앉아서만 생활해왔다는 게 절실히 느껴질 만큼 빠른 걸음이어서, 나는 뒤로 처질 수밖에 없었다. 그러나 홈즈는 늘 컨디션이 좋았다. 그는 언제나 끌어다 쓸 수 있는 지칠 줄 모르는 정신력을 지니고 있었기 때문이다. 그의 경쾌한 발걸음은 속도가 떨어지지 않았다. 그러다 나를 100미터쯤 앞질러 가고 있을 때 그가 불현듯 걸음을 멈추었다. 그가 비탄과 절망의 몸짓으로 손을 쳐든 것이 보였다. 그와 동시에 텅 빈 도그카트가 길모퉁이를 돌아 모습을 드러내더니 덜컹거리며 우리 앞을 지나갔다. 말은 고삐를 땅에 질질 끌며 느린 구보로 마차를 끌고 갔다.

"너무 늦었어, 왓슨. 너무 늦었어!" 내가 헐떡이며 다가가자 홈즈가 외쳤다. "바보같이, 그녀가 더 빠른 기차를 탈지도 모른다는 것을 고려하지 않다니! 이건 유괴야, 왓슨. 유괴! 살인! 틀림없어! 길을 막아! 마차를 세워봐! 잘했어. 타고 가자. 내 실책을 만회할 수 있는지 알아봐야겠어."

우리는 도그카트에 재빨리 올라탔다. 홈즈는 말을 돌린 후 세차게 채찍을 휘둘러서, 쏜살같이 길을 되돌아갔다. 모퉁이를 돌자 홀과 황무지 사이의 전체 도로가 눈에 들어왔다. 나는 홈즈의 팔을 그러쥐었다.

"그 남자야!" 내가 숨넘어가는 소리로 말했다.

홀로 자전거 타는 사람이 우리를 향해 다가오고 있었다. 그는 머리를 숙이고 새우등을 한 채 전력을 다해 페달을 밟고 있었다. 그는 선수처럼 달려왔다. 갑자기 그는 수염이 난 얼굴을 쳐들고, 가까이 다가선 우리를 바라보더니, 자전거를 세우고 풀쩍 뛰어내렸다. 얼굴이 창백해서 새카만 턱수염이 유난히 두드러져 보였고, 두 눈은 열병에 걸린 것처럼 이글거렸다. 그는 우리와 도그카트를 노려보았다. 그러다가 그의 얼굴에 화들짝 놀란 표정이 떠올랐다.

"이봐요! 멈춰요!" 그가 자전거로 길을 가로막으며 외쳤다. "이 도그카트는 어디서 난 겁니까? 세우라니까!" 그가 옆주머니에서 권총을 꺼내고는 빽 소리를 질렀다. "어서 세우지 않으면, 맹세코, 당신네 말에 총알을 박을 거요."

홈즈가 내 무릎에 고삐를 내던지고 마차에서 뛰어내렸다.

"당신이야말로 우리가 찾던 사람이오. 바이올렛 스미스 양은 어디 있습니까?" 그가 분명한 말투로 빠르게 말했다.

"그건 내가 묻고 싶은 말입니다. 이건 그녀의 도그카트요. 그런데 그녀가 어디 있는지 모른다고?"

"우리는 도로에서 도그카트와 마주쳤습니다. 안에는 아무도 없었어요. 우리는 그 아가씨를 돕기 위해 마차를 돌려서 돌아온 겁니다."

"이럴 수가! 맙소사! 어쩌면 좋지?" 낯선 사람이 절망에 사로잡혀 외쳤다. "놈들이 데려갔어요. 지옥의 개 같은 우들리와 그 불량배 목사 말입니다. 어서요, 어서 갑시다. 여러분이 정말 그녀의 친구라면 나를 좀 도와주세요. 찰링턴 우드에서 내가 죽는 한이 있어도 그녀를 꼭 구해야 합니다."

그는 손에 권총을 쥐고 생울타리 틈으로 미친 듯이 달렸다. 홈즈가 그의 뒤를 따랐고, 나는 말이 길가에서 풀을 뜯도록 해놓고 홈즈 뒤를 따랐다.

"그들이 이곳으로 지나갔습니다." 홈즈가 진흙길에 찍힌 여러 개의 발자국을 가리키며 말했다. "아니! 잠깐 멈춰요! 덤불에 숨어 있는 게 누구지?"

그건 코듀로이 가죽 반바지에 각반을 찬 마부 차림의 열일곱 살쯤 된 청년이었다. 그는 두 무릎을 구부리고 쓰러져 누워 있었는데, 머리에 큰 상처가 나 있었다. 의식을 잃었지만 아직 살아 있었다. 내가 슬쩍 살펴보니 상처가 두개골을 관통한 것은 아니었다.

"마부 피터입니다." 낯선 사람이 외쳤다. "그녀를 태우고 간 애죠. 그 짐승들이 마차를 세우고 애를 때려눕혔군요. 그냥 눕혀놓으세요. 우리가 지금 애한테 뭘 해줄 수는 없지만, 그 여자에게 닥친 최악의 운명에서 구할 수는 있어요."

우리는 나무들 사이로 꾸불꾸불한 길을 따라 미친 듯이 달렸다. 집을 에워싼 관목에 이르렀을 때 홈즈가 발길을 멈추었다.

"그들은 집으로 가지 않았어. 여기 왼쪽, 월계수 관목 옆으로 발자국이 나 있군! 그럼 그렇지."

홈즈가 말할 때 공포에 사로잡힌 여자의 날카로운 비명이 우리 앞의 빽빽한 초록 덤불 사이로 터져 나왔다. 목이 조여 꺽꺽거리는 소리와 함께 고음의 비명이 뚝 그쳤다.

"이쪽! 이쪽입니다! 놈들이 볼링 레인에 있어요." 낯선 남자가 덤불을 뚫고 치달리며 외쳤다. "아, 이 비겁한 똥개들 같으니. 저를 따라오세요, 두 분! 너무 늦었어! 너무 늦었어! 어쩌면 좋아!"

우리는 고목으로 둘러싸인 빈터의 멋진 잔디밭으로 뛰어들었다. 반대쪽의 우람한 떡갈나무 그늘 아래, 기묘한 모습의 세 사람이 서 있었다. 한 명은 우리의 의뢰인 여성이었다. 그녀는 손수건으로 재갈이 물린 채 무기력하게 축 늘어져 있었다. 그녀의 맞은편에는 난폭하고 음산한 얼굴에, 빨간 콧수염을 기른 젊은 남자가 각반을 찬 두 다리를 쩍 벌리고 서 있었다. 한 손을 허리에 얹고, 다른 손에는 승마용 채찍을 든 자세가 마치 승리를 거두어 의기양양해하는 모습으로 보였다. 두 사람 사이에는 늙수그레한 백발의 남자가 밝은색의 트위드 정장 위에 성직자의 짧은 흰옷을 걸치고 있었다. 결혼식 주례를 막 끝낸 게 분명했다. 우리가 나타났을 때 기도서를 주머니에 넣고, 사악한 신랑의 등을 철썩 치며 유쾌한 축하의 말을 건넸기 때문이다.

"결혼을 한 거야?" 내가 아연 놀라서 외쳤다.

"어서요!" 우리의 안내인이 외쳤다. "어서 와요!" 그가 숲속의 빈터를 치달렸고, 홈즈와 내가 뒤를 따랐다. 우리가 다가가자 젊은 여자는 휘청하며 나무줄기에 몸을 기댔다. 전에 성직자였던 윌리엄슨은 짐짓 정중하게 우리에게 고개를 숙여 보였고, 악당 우들리는 의기양양하게 거친 너털웃음을 터트렸다.

"당신은 수염이나 떼지그래, 밥." 그가 말했다. "당신을 척 보니 알아보겠어. 당신과 친구들이 때마침 잘 와주었군. 우들리 부인을 소개할 수 있게끔 말이야."

우리 안내인의 반응은 아주 독특했다. 그는 변장을 하고 있던 검은 수염을 뜯어서 땅바닥에 패대기치고는, 감추고 있던 길고 창백한, 면도한 얼굴을 드러냈다. 그러고는 리볼버를 쳐들고 젊은 악당을 겨누었다. 악당이 위험한 채찍을 건들거리며 다가오고 있었던 것이다.

"그래." 우리 편이 말했다. "네 말대로 나는 밥 캐러더스다. 내가 목을 매는 한이 있어도 이 여성이 권리를 되찾게 하겠어. 네가 그녀를 해코지하면 가만두지 않겠다고 했지? 맹세코, 내 약속을 지키겠어."

"늦으셨군. 이미 내 아내가 됐는걸!"

"천만에, 그녀는 이제 과부야."

그의 리볼버가 작열했다. 우들리의 조끼 앞자락에서 피가 뿜어져 나오는 게 보였다. 그는 비명을 지르며 몸을 홱 돌리고 푹 쓰러졌다. 그의 흉흉한 붉은 얼굴이 돌연 끔찍하게 얼룩덜룩하고 창백하게 변했다. 여전히 성직자의 흰옷을 입고 있던 노인은 내가 일찍이 들어본 적이 없는 추잡한 욕설을 내뱉더니 자기 리볼버를 꺼냈다. 그러나 그는 권총을 들어올리지 못하고 홈즈의 총신을 바라볼 수밖에 없었다.

"이만하면 됐습니다." 내 친구가 냉정하게 말했다. "권총을 버려! 왓슨, 권총을 집어서 그의 머리를 겨누고 있어줘. 고마워. 당신, 캐러더스, 그 리볼버는 내게 주시오. 이제 폭력은 그만둡시다. 어서 건네주시오!"

"그런데 당신은 누구요?"

"나는 셜록 홈즈입니다."

"아아!"

"내 이름을 들어보셨군요. 경찰이 도착할 때까지 내가 경찰을 대신하겠습니다. 거기, 자네!" 그가 겁먹은 마부에게 외쳤다. 마부는 아까부터 잔디밭 언저리에 와 있었다. "이리 오게. 될 수 있는 대로 빨리 말을 몰고 이 편지를 파넘으로 가져가게." 그는 수첩 종이를 찢어 재빨리 몇 자 적었다. "이것을 경찰서장에게 주게. 경찰이 올 때까지 내가 여러분을 억류하고 있겠습니다."

홈즈는 강력한 카리스마로 비극의 현장을 장악해서, 모두가 그의 수중에서 꼼짝하지 못했다. 윌리엄슨과 캐러더스는 부상당한 우들리를 집 안으로 옮겼고, 나는 겁에 질린 아가씨를 부축해주었다. 부상자를 침대에 눕힌 후, 홈즈의 요청대로 내가 진찰을 했다. 낡은 태피스트리가 걸린 식당에서 홈즈가 두 명의 포로와 함께 앉아 있는 곳에 가서 나는 결과 보고를 했다.

"그는 죽지 않을 거야." 내가 말했다.

"뭐라고요!" 캐러더스가 의자에서 벌떡 일어서며 외쳤다. "2층에 가서 그를 마저 끝장내겠습니다. 그 아가씨, 그 천사가, 그러니까 저 사나운 잭 우들리에게 평생 얽매여 살아야 한단 말입니까?"

"그건 염려할 필요 없습니다." 홈즈가 말했다. "그녀가 결코 그의 아내일 수 없는 충분한 이유가 두 가지 있습니다. 첫째는, 윌리엄슨 씨가 결혼을 집전할 자격이 있는가 하는 것입니다."

"나는 성직에 임명된 사람이오." 늙은 악당이 외쳤다.

"그랬다가 성직을 박탈당했죠."

“한번 성직자면 영원한 성직자요.”

“난 그렇게 생각지 않아요. 결혼 인가는 받았나요?”

“물론 받았지. 여기 내 주머니에 인가증이 있소.”

“그렇다면 속여서 받았군. 하지만 어떤 경우에도 강제된 결혼은 결혼이 아닙니다. 그건 아주 심각한 중범죄죠. 그것은 당신이 세상을 뜨기 전에 알게 될 겁니다. 내가 잘못 안 게 아니라면 앞으로 한 10년쯤은 그 점을 곱씹어 생각할 시간이 있을 테니 말입니다. 캐러더스, 당신에 대해 말하자면, 마음을 다잡고 주머니에 권총을 그대로 담고 있었어야죠.”

“그런 생각이 들기 시작합니다, 홈즈 씨. 하지만 우리 아가씨를 보호하기 위해 내가 취한 모든 조치를 생각해볼 때, 홈즈 씨, 그것은 물론 내가 그녀를 사랑하고, 사랑이 무엇인가를 내가 처음으로 알게 되었기 때문입니다. 남아프리카에서 가장 악랄한 불량배에게 그녀가 붙잡혔다고 생각하니 아주 미칠 것만 같았습니다. 킴벌리에서 요하네스버그까지 모든 사람이 그의 이름만 들어도 공포에 떨죠. 아, 홈즈 씨, 당신은 믿기 힘드시겠지만, 그녀를 고용한 이후 나는 그녀가 홀로 이 집 앞을 지나게 한 적이 없습니다. 이곳에 악당들이 숨어 있는 것을 알고 있었으니까요. 내가 자전거를 타고 그녀 뒤를 따른 것은 다만 그녀가 해코지를 당하지나 않는지 확인하기 위해서였어요. 나는 거리를 두고 뒤를 따랐습니다. 턱수염을 달아서 그녀가 나를 알아보지 못하게 했죠. 그녀는 착하고 당찬 아가씨라서, 내가 시골길에서 뒤따라갔다는 것을 알면 일자리를 바로 때려치울 테니까 변장을 한 겁니다.”

"그녀에게 위험하다는 얘기는 왜 해주지 않았습니까?"

"그것 역시 그녀가 내 곁을 떠나버릴까봐 그런 거죠. 그건 견딜 수가 없었으니까요. 그녀가 나를 사랑하지 않는다 해도, 집에서 그녀의 아리따운 모습을 보고, 목소리를 듣는 것만 해도 나는 너무나 좋았습니다."

"음, 당신은 그것을 사랑이라고 생각하는군요, 캐러더스 씨. 하지만 내가 보기에 그건 이기심일 뿐입니다." 내가 말했다.

"두 가지 다일 수도 있겠죠. 아무튼 그녀를 보낼 수 없었습니다. 게다가 주변에 이 악당들이 있어서, 누군가 가까이에서 그녀를 돌봐주어야 했어요. 그래서 전보가 왔을 때, 나는 그들이 기어이 사고를 치고야 말 거라는 사실을 알아차렸습니다."

"무슨 전보 말입니까?"

캐러더스가 주머니에서 전보를 꺼냈다.

"이것입니다." 그가 말했다.

전보는 짧고 간결했다.

노인이 죽었다.

"흠!" 홈즈가 말했다. "일이 어떻게 된 영문인지 알 만하군. 이 전보를 보고 그들이 어째서 당신 말처럼 사고를 치려고 했는지 알겠습니다. 하지만 경찰을 기다리는 동안 내게 얘기를 해보십시오."

성직자의 흰옷을 입은 늙은 악당이 한바탕 욕지거리를 해댔다.

"밥 캐러더스, 그걸 일러바쳤다가는, 네가 잭 우들리에게 그랬던 것처럼 내가 가만두지 않겠다, 맹세코!" 그가 말했다. "네가 그 계집애한테 반해서 알랑방귀를 뀌는 건 네 마음이지만, 이 평복을 입은 경찰 나부랭이에게 네 친구들을 팔았다가는 평생 후회하게 될 거야."

"목사님은 흥분하실 필요 없습니다." 홈즈가 담배에 불을 댕기며 말했다. "사건이 당신에게 불리하다는 것은 명백하고, 내가 묻는 것은 개인적으로 자세한 사연이 궁금하기 때문입니다. 하지만 말하기가 곤혹스럽다면 내가 대신 말하겠습니다. 그러면 당신이 비밀을 감추려야 감출 게 없다는 것을 알게 될 겁니다. 먼저, 당신들 세 명은 이 게임을 하러 남아프리카에서 왔습니다. 당신 윌리엄슨, 당신 캐러더스, 그리고 우들리 말입니다."

"나는 아니오." 노인이 말했다. "나는 두 달 전만 해도 두 사람을 본 적도 없었소. 내 평생 아프리카에는 가본 적도 없고. 그러니 잘 생각해 보시오, 공사다망하신 홈즈 씨!"

"그건 사실입니다." 캐러더스가 말했다.

"좋아요, 좋아, 두 사람은 남아프리카에서 건너왔고, 목사님은 잉글랜드 토종이시군그래. 두 사람은 남아프리카에서 랠프 스미스를 알게 됐습니다. 그런데 오래 살지 못할 게 분명했습니다. 유산은 그의 질녀가 물려받게 된다는 걸 알았지요. 어때요, 맞죠?"

캐러더스가 고개를 끄덕이자, 윌리엄슨이 욕을 내뱉었다.

"분명 그녀가 가장 가까운 친척이었는데, 노인이 유언을 하지 않을 거라는 사실도 당신들은 알았죠."

"읽고 쓸 줄도 몰랐죠." 캐러더스가 말했다.

"그래서 두 사람은 잉글랜드로 건너와서 그녀를 찾았습니다. 둘 중 한 명이 그녀와 결혼을 할 생각이었죠. 나머지 한 명도 몫을 나눠 갖기로 하고 말입니다. 무슨 이유에선지 우들리가 남편으로 선택되었습니다. 그건 왜죠?"

"항해 중에 그녀를 걸고 카드를 쳤습니다. 그가 이겼어요."

"그랬군요. 당신은 그녀를 고용했고, 저 우들리는 구애를 하려고 했군. 그녀는 술 취한 짐승 같은 그의 정체를 알아차리고, 상종을 하고 싶어하지 않았습니다. 한편 당신이 그 아가씨와 사랑에 빠지면서 두 사람의 약속은 깨지고 말았습니다. 당신은 저 악당이 그녀를 차지한다는 것을 참을 수가 없었어요."

"그래요, 맹세코, 그럴 순 없어요!"

"당신들은 서로 싸웠습니다. 그는 격분해서 당신에게 등을 돌리고, 자기만의 계획을 따로 세우기 시작했습니다."

"문득 이런 생각이 듭니다, 윌리엄슨. 우리가 이 신사분에게 얘기할 말이 별로 없다는 생각 말입니다." 캐러더스가 씁쓸하게 웃으며 말했다. "그래요, 우리는 싸웠습니다. 그가 나를 때려눕혔죠. 아무튼 그런 점에서는 나도 그와 막상막하입니다. 그 후 그를 볼 수 없었어요. 그가 파문당한 이 성직자와 우연히 만나 친해진 것도 바로 그때였습니다. 그녀가 기차역으로 가는 길에 위치한 이 저택에서 그들이 함께 지낸다는 것을 나는 알게 되었습니다. 그 후 그녀에게서 눈을 떼지 않았죠. 흉악한 일이 일어나려고 한다는 것을 알았으니까요. 나는 종종 그들을 보러 갔습니다. 무슨 짓을 벌이려고 하는지 알고 싶었거든요. 그러다 이틀 전 우들리가 우리 집에 전보를 들고 왔습니다. 랠프 스미스가 사망했다는 전보였죠. 그가 약속한 대로 하겠느냐고 묻더군요. 나는 싫다고 했습니다. 그러자 내가 그녀랑 결혼하면 자기 몫을 떼어주겠느냐고 묻더군요. 나는 기꺼이 그렇게 하겠지만, 그녀가 나와 결혼하려고 하지 않는다고 말했죠. 그러자 그가 말하더군요. '결혼을 밀어붙이자. 그러면 한두 주일 후 그녀의 마음이 바뀔 거야.' 하지만 나는 폭력을 쓰지 않겠다고 말했죠. 그러자 그가 욕을 하며 떠났습니다. 입이 더러운 불량배답게 말입니다. 그러면서 자기가 그녀를 차지하겠다는 것이었어요. 그녀는 이번 주말에 내 곁을 떠날 예정이어서, 그녀를 역까지 데려갈 마차를 준비해두었죠. 하지만 마음이 편치 않아서 자전거를 타고 뒤를 따라왔습니다. 하지만 앞서 출발한 그녀는 내가 따라잡기 전에 화를 당한 거죠. 두 신사분이 그녀의 도그카트를 몰고 돌아오는 것을 보고 비로소 그걸 알았습니다."

자리에서 일어난 홈즈가 벽난로 안에 꽁초를 던져 넣었다. "난 정말 바보였어, 왓슨." 그가 말했다. "자전거를 탄 사람이 나무 사이에서 넥타이를 바로잡는 듯한 모습을 보았다고 자네가 일러주었을 때, 그것만으로도 사태를 간파했어야 하는

데. 하지만 우린 자축을 해도 되겠어. 어느 면에서는 아주 독특하고 이상한 이번 사건을 아무튼 해결했으니 말이야. 시골 경찰 세 명이 현관 앞에 도착한 소리가 들리는군. 마부 청년이 경찰과 보조를 맞추어 걸을 수 있다니 다행이야. 그 청년도, 흥미로운 신랑도, 오늘 오전의 모험으로 큰 상처를 입지는 않은 모양이야. 왓슨, 의사인 자네가 스미스 양에게 가서, 충분히 회복이 되었다면 그녀의 어머니 댁까지 우리가 데려다 주겠다고 말 좀 해줘. 그녀가 아직 차도를 보이지 않으면, 미들랜드의 젊은 전기기사에게 우리가 전보를 치려고 한다는 암시라도 주면 아마 벌떡 일어설 거야. 캐러더스 씨, 당신에 대해 말하자면, 내가 보기에 당신은 사악한 음모에 가담한 잘못을 바로잡기 위해 최선을 다했습니다. 여기 내 명함이 있습니다. 재판 때 내 증언이 도움 될 것 같다면 나를 부르세요."

독자께서도 아마 눈치를 챘겠지만, 우리가 어지러울 정도로 쉴 새 없이 활동을 하다 보니, 나로서는 이야기를 세련되게 다듬어놓을 여유가 없었다. 호기심 많은 이들이 궁금해할 후일담을 챙길 겨를도 없었다. 하나의 사건은 또 다른 사건의 전주곡이었다. 일단 위기를 넘긴 후에는 배우들이 저마다 우리의 바쁜 생활에서 영원히 사라졌다. 하지만 이번 사건을 다룬 내 원고의 끝에는 짧은 후일담이 적혀 있다. 바이올렛 양은 정말이지 막대한 재산을 물려받았고, 지금은 시릴 모턴의 아내로 살고 있다. 이제 모턴은 유명한 웨스트민스터 전기회사인 '모턴과 케네디'사의 공동 경영자이다. 윌리엄슨과 우들리는 유괴와 폭행죄로 재판을 받아, 윌리엄슨은 7년형을 우들리는 10년형을 선고받았다. 캐러더스의 운명에 대해서는 기록이 없다. 우들리가 워낙 위험하기 짝이 없는 악당이라는 소문이 자자했기 때문에 캐러더스의 폭행은 그리 대수로워 보이지 않았다. 내가 보기에 캐러더스에 대한 정의의 심판은 몇 개월 형으로 충분했을 것이다.

The Adventure of the Priory School

프라이어리 스쿨

베이커 스트리트에 있는 우리의 작은 무대에서는 극적인 등장과 퇴장이 여러 차례 있었지만, 닥터 소니크로프트 헉스터블, 인문학 석사, 인문학 박사……가 처음 등장했을 때보다 더 느닷없고 더 놀라웠던 적은 없었던 것 같다. 학계의 최고봉이 지니고 다니기에는 너무 작아 보이는 명함을 들여보낸 후 몇 초 만에 몸소 등장한 그는 덩치가 크고 당당한 데다 워낙 위엄이 있어서 냉정함과 꿋꿋함의 화신 같았다. 하지만 방문을 닫자마자 그가 처음 보인 행동은 달랐다. 우람한 체구가 휘청하며 탁자를 짚고 스르르 미끄러지더니, 의식을 잃고 벽난로 앞의 곰 가죽 깔개 위에 너부러져버린 것이다.

우리는 벌떡 일어나서, 맥없이 무너진 거구를 바라보며 잠시 할 말을 잃고 아연 놀랄 수밖에 없었다. 그의 모습은 머나먼 삶의 한바다에서 느닷없이 치명적인 폭풍을 만나 난파한 듯한 모습이었다. 홈즈는 곧바로 그의 머리에 방석을 받쳐주고, 나는 서둘러 그의 입에 브랜디를 흘려 넣었다. 그의 처연하고 창백한 얼굴은 괴로움으로 일그러져 있었다. 감은 두 눈 밑의 처진 살은 납빛이었고, 벌어진 입가의 살이

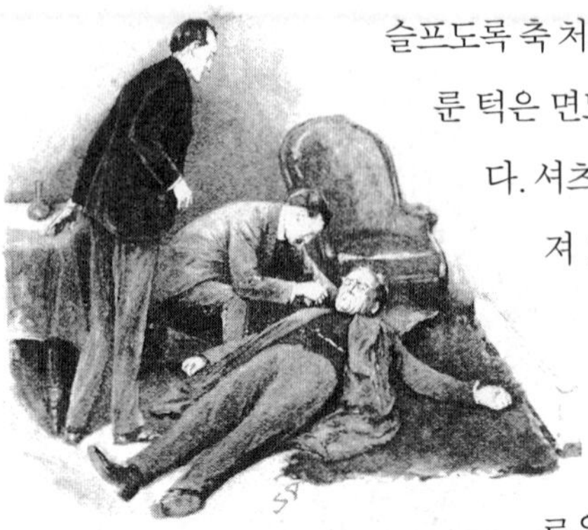

슬프도록 축 처져 있었고, 완만하게 기복을 이룬 턱은 면도를 하지 않아 수염이 꺼칠했다. 셔츠와 칼라는 긴 여행으로 더러워져 있었고, 머리 형태는 잘생겼지만 빗질을 하지 않아 머리칼이 곤두선 상태였다. 우리 앞에 쓰러져 있는 남자는 몹시 괴로운 게 분명했다.

"어때, 왓슨?" 홈즈가 물었다.

"탈진이야. 어쩌면 그저 배가 고프고 피로한 건지도 몰라." 손가락으로 그의 실낱같은 맥박을 짚은 채 내가 말했다. 그의 생명의 흐름은 가늘고 여렸다.

"잉글랜드 북부의 매클턴에서 끊은 왕복 기차표군." 홈즈가 그 남자의 회중시계 주머니에서 그것을 찾아서 말했다. "아직 12시가 안 됐으니까, 분명 새벽같이 길을 떠난 거야."

주름진 눈꺼풀이 잘게 떨리기 시작하더니, 이제 회색의 멍한 두 눈이 우리를 쳐다보았다. 잠시 후 그 남자는 허둥지둥 일어나더니 부끄러워서 얼굴을 잔뜩 붉혔다.

"이렇게 약해빠진 것을 용서하십시오, 홈즈 씨. 좀 과로한 탓입니다. 고맙습니다. 우유 한 잔과 비스킷 하나만 먹으면 한결 나아질 겁니다. 홈즈 씨, 내가 직접 찾아온 것은, 당신을 꼭 좀 모셔가기 위해서입니다. 이번 일이 너무나 다급하다는 것을 전보로는 납득시킬 수가 없을 것 같아서요."

"좀 회복이 되시면……."

"이제 괜찮아요. 내가 어쩌다 이렇게 약해졌는지 모르겠습니다. 홈즈 씨, 바라건대 다음 기차 편으로 나와 함께 매클턴으로 가주세요."

내 친구는 고개를 내둘렀다.

"내 동료인 왓슨 박사가 보증하겠지만, 우리는 지금 너무 바쁩니다. 나는 이번 퍼러스 씨네 문서 사건에 고용되어 있고, 애버게이브니 살인사건 재판 일자도 다가오고 있습니다. 아주 중요한 문제가 아니면 지금 런던을 떠날 수 없어요."

"중요하다마다요!" 우리의 방문객이 두 손을 쳐들었다. "홀더니스 공작의 외아들이 유괴되었다는 소식을 듣지 못하셨나요?"

"아니! 얼마 전까지 장관이었던 분 말입니까?"

"그렇습니다. 언론에는 이것을 비밀에 부치려고 애를 썼습니다만, 간밤《글로브》지에 실리고 말았습니다. 그래서 당신의 귀에도 소식이 들어갔을 거라고 본 겁니다."

홈즈는 길고 여윈 팔을 뻗어, 그의 백과사전 가운데 'H' 항목의 책을 꺼냈다.

" '홀더니스, 6대 공작, K.G., P.C.'(K.G.는 가터 훈장을 받은 기사 Knight Garter를 뜻하고, P.G.는 추밀 고문관 Privy Councillor를 뜻한다—옮긴이) 반은 두문자로군! '비벌리 남작, 카스턴 백작.' 참, 경력도 대단하시고! '1900년 이후 핼럼셔 주지사. 1888년 찰스 애플도어 경의 딸 에디스와 결혼. 상속인이자 외아들 이름은 솔타이어 경. 25만

에이커 소유. 랭커셔와 웨일스에 광산 소유. 주소 : 칼턴 하우스 테라스, 또는 핼럼셔 주 홀더니스 홀, 또는 웨일스, 뱅거 시, 카스턴 캐슬. 1872년 해군 대신. 내무 장관…… 역임.' 이런, 이런, 여왕님의 최고 신하 가운데 한 분이신 게 분명하군!"

"최고일 뿐만 아니라 아마 가장 부유하실 겁니다. 홈즈 씨, 당신은 탐정 일에 대단한 고견을 지녔고, 순수하게 일을 위한 일을 하고자 하시는 것으로 알고 있습니다. 하지만 공작께서는 아드님의 소재를 알려주는 분께 5,000파운드(오늘날의 구매력으로 약 5억 7,500만 원—옮긴이)를 주고, 아드님을 데려간 자가 누군지를 알려주는 분께는 따로 1,000파운드를 주겠다고 하셨습니다."

"과연 대단하시군요." 홈즈가 말했다. "왓슨, 헉스터블 박사님을 따라 잉글랜드 북부로 가보자. 그럼 이제, 헉스터블 박사님, 우유를 다 드시고 나서, 대체 무슨 일이 일어났는지, 언제 어떻게 그랬는지 소상하게 말씀해주세요. 그리고 나아가서 프라이어리 스쿨의 소니크로프트 헉스터블 박사님은 이 사건과 무슨 관계가 있으신지, 왜 사건이 일어난지 사흘이 지나서야 보잘것없는 저의 도움을 청하러 찾아오셨는지 말씀해주십시오. 사흘이 지난 것은 박사님의 턱을 보고 알았습니다."

우리의 방문객은 우유와 비스킷을 먹었다. 그의 두 눈이 다시 빛나고, 두 볼에 화색이 돌면서 마침내 그는 상황을 설명하는 데 필요한 기력과 정신을 회복했다.

"먼저 말씀드릴 것은, 프라이어리 스쿨이 사립 상급 초등학교인데, 내가 설립자이자 교장이라는 것입니다. 『헉스터블의 호라티우스 소고』라는 저서를 말씀드리면 내 이름이 생각날지 모르겠군요. 프라이어리 스쿨은 두말할 나위 없이 잉글랜드 최고의 초등학교입니다. 레버스톡 경, 블랙워터 백작, 캐스카트 솜스 경 등이 모두 나한테 자녀를 맡겼지요. 하지만 우리 학교가 바야흐로 전성기에 이르렀다고 생각한 것은, 3주 전 홀더니스 공작이 비서인 제임스 와일더 씨를 보내, 열 살이 된 외아들 솔타이어 경을 내게 맡기겠다는 통지를 보내왔을 때입니다. 이것이 설마 내 인생에서 가장 참혹한 불운의 서곡일 줄이야 꿈에도 생각지 못했죠.

5월 1일 소년이 도착했습니다. 그때 여름 학기가 시작되었지요. 무척 호감이 가는 아이였습니다. 아이는 바로 적응을 했지요. 내가 경망스러워서가 아니라, 이런 사건의 경우 조금이라도 뭘 숨겨서는 안 될 거라고 믿기에 드리는 말씀입니다만, 그 아이는 집에서 행복하지만은 않았습니다. 공작의 결혼 생활이 그리 순탄치 않았다는 것은 공공연한 비밀이지요. 결국 합의 아래 별거를 하기로 하고, 공작부인은 프랑스 남부의 저택에서 지내게 되었습니다. 이런 일이 일어난 것은 얼마 전입니다. 소년은 어머니를 무척이나 따랐다고 합니다. 모친이 홀더니스 홀을 떠난 뒤 소년은 침울해졌습니다. 공작이 우리 학교에 아이를 보내고자 한 것도 그것 때문이었지요. 2주 동안 소년은 우리와 아주 잘 지냈습니다. 분명 여간 행복해하지 않았어요.

그를 마지막으로 본 것은 5월 13일 밤이었습니다. 지난 월요일 밤 말입니다. 그의 방은 3층에 있었는데, 더 큰 다른 방을 거쳐야 그 방에 들어갈 수 있습니다. 더 큰 방에는 소년 두 명이 자고 있었는데,

그들은 아무것도 보지 못했고 듣지도 못했습니다. 그러니 어린 솔타이어가 큰 방으로 빠져나가지 않은 것은 분명합니다. 그의 방 창문이 열려 있었는데, 지상까지 타고 내려갈 수 있는 억센 담쟁이덩굴이 뻗어 있습니다. 땅바닥에 발자국은 없었지만, 빠져나갈 길은 분명 그곳밖에 없어요.

화요일 아침 7시가 되어서야 그가 없어졌다는 것을 알게 되었습니다. 침대에는 잠을 잔 흔적이 있었죠. 옷을 다 차려입고 나갔어요. 교복인 검은색의 이튼 재킷과 진회색의 바지 말입니다. 방에 누가 들어온 흔적은 없었습니다. 비명이나 몸싸움을 하는 소리가 났다면 못 들었을 리가 없어요. 몇 살 더 많은 콘터라는 아이가 큰 방에서 자는데, 잠귀가 밝거든요.

솔타이어 경의 실종 사실을 알았을 때 나는 즉시 학교 전체 인원을 점검했습니다. 소년들, 선생들, 하인들 모두 말입니다. 그래서 솔타이어 경이 혼자 떠난 게 아니라는 사실을 확인할 수 있었습니다. 하이데거라는 독일인 선생이 사라진 겁니다. 그의 방은 3층 맨 끝에 있고, 솔타이어 경의 방과 같은 방향에 있죠. 그의 침실 역시 잠을 잔 흔적이 있었지만, 옷을 제대로 차려입지 않고 사라진 게 분명합니다. 셔츠와 양말이 바닥에 떨어져 있었으니까요. 그가 담쟁이덩굴을 타고 내려간 것은 의심의 여지가 없습니다. 잔디밭에 내려선 발자국이 나 있었으니까요. 그의 자전거는 잔디밭 옆의 작은 헛간에 항상 있었는데, 그것 역시 사라졌더군요.

그는 나와 함께 지낸 지 2년이 되었습니다. 그는 최고의 신원 증명서를 갖고 왔죠. 하지만 과묵하고 침울해서 선생들이나 학생들에게 그리 인기가 없었어요. 사라진 사람들의 흔적은 전혀 찾아내지 못해서, 오늘 목요일 아침까지도 화요일만큼이나 아는 게 없습니다. 물론 홀더니스 홀에도 바로 물어보았습니다. 그곳은 불과 몇 킬로미터밖에 떨어져 있지 않거든요. 느닷없이 향수병이라도 생겨서 부친한테 돌아갔을지도 모른다고 생각했지만 그게 아니었어요. 공작은 걱정이 이만저만이 아니죠. 나 또한 보시다시피 걱정과 책임감 때문에 신경쇠약 상태입니다. 홈즈 씨, 만일 이 사건에 전력을 다하실 생각이라면, 지금 당장 그렇게 해주시길 간곡히 부탁드립니다. 이보다 더 전력을 다할 가치가 있는 사건은 평생 두 번 다시 없을 테니까요."

셜록 홈즈는 불운한 교장의 이야기에 골똘히 귀를 기울였다. 찡그린 미간이나, 미간의 깊은 고랑을 보니 그의 간곡한 부탁이 없더라도 홈즈가 이 문제에 전력을 다할 게 분명했다. 엄청난 보수는 둘째 치고, 이것은 분명 복잡하고 진기한 사건을 좋아하는 그의 취향에 딱 맞아떨어졌다. 이제 그는 수첩을 꺼내 한두 가지 메모를 했다.

"좀 더 일찍 나를 찾아오지 않다니 정말 태만하셨습니다." 그가 모질게 말했다. "그 때문에 아주 불리한 조건에서 조사를 시작해야 하니 말입니다. 예를 들어 아무리 전문가라도 이제는 담쟁이덩굴과 잔디밭에서 아무것도 찾아내지 못할 겁니다."

"내 탓이 아닙니다, 홈즈 씨. 공작께서 일체 소문이 나지 않기를 간절히 바라셔서 그런 겁니다. 가족의 불행이 세상 사람들 앞에 드러날까봐 걱정하시는 거죠. 그분은 그런 일을 몹시 싫어하십니다."

"그런데 공식적인 조사는 하셨습니까?"

"조사는 했지만 여간 실망스럽지 않았습니다. 곧바로 명백한 단서 하나를 얻기는 했지요. 아침 일찍 기차 편으로 인근의 역을 떠나는 소년과 젊은 남자를 본 사람이 있다는 것이었어요. 그리고 바로 간밤에 두 사람을 리버풀에서 잡았다는 소식이 들려왔습니다. 하지만 그들은 우리가 찾던 사람이 아니었어요. 그래서 절망과 실망감으로 밤을 꼬박 새운 후, 이렇게 이른 기차 편으로 곧장 이리 달려온 겁니다."

"거짓 단서를 뒤쫓느라고 막상 그 지역은 조사를 하지 않았겠군요?"

"완전히 중단했죠."

"그래서 사흘을 허비하고 말았군. 정말 사건을 한심하게 다루었어요."

"그런 것 같군요. 인정합니다."

"하지만 사건을 기필코 해결해야겠죠. 기꺼이 맡아서 조사하도록 하겠습니다. 실종된 소년과 독일인 선생이 어떤 사이였는지는 알아내셨습니까?"

"전혀요."

"소년은 그 선생의 수업을 들었습니까?"

"아니요. 내가 아는 한 서로 말 한마디 나눈 적이 없는 사이입니다."

"정말 독특한 사건이군요. 소년에게 자전거가 있었나요?"

"아니요."

"없어진 자전거는 없나요?"

"없습니다."

"확실한가요?"

"그럼요."

"음, 그러니까 바로 그날 밤, 그 독일인이 소년을 품에 안고 자전거를 타고 떠났다고 생각하는 건 아니겠죠?"

"물론입니다."

"그렇다면 어쨌다고 생각하십니까?"

"자전거는 눈속임이었을 겁니다. 어딘가 숨겨놓았겠죠. 그리고 둘이 걸어서 떠났을 겁니다."

"그래요. 하지만 거기엔 맹점이 있는 것 같지 않나요? 헛간에는 다른 자전거가 또 있었죠?"

"여러 대 있었습니다."

"그렇다면 왜 '두 대'를 숨겨놓지 않았을까요? 자전거를 타고 떠난 것처럼 꾸미고 싶었다면 말입니다."

"그랬겠군요."

"물론 그랬을 겁니다. 눈속임 가설은 옳지 않아요. 하지만 그 문제는 이번 조사의 훌륭한 출발점입니다. 아무튼 자전거는 감추거나 없애기가 쉽지 않으니까요. 질문이 또 있습니다. 소년이 사라지기 전날 소년을 보러

온 사람이 없었나요?"

"없었습니다."

"혹시 편지를 받았나요?"

"예, 한 통 받았습니다."

"누가 보낸 거죠?"

"그의 부친이오."

"학생들의 편지를 읽어보십니까?"

"아니요."

"그러면 그게 그의 부친 편지라는 건 어떻게 아십니까?"

"봉투에 가문의 문장이 찍혀 있었습니다. 공작 특유의 딱딱한 필체로 주소가 쓰여 있었고. 게다가 공작께서도 그 편지를 쓰셨다는 것을 기억하고 계시죠."

"그 전에 소년이 편지를 받은 건 언제인가요?"

"일주일도 넘었죠."

"프랑스에서 보낸 편지를 받은 적도 있나요?"

"아니요. 없습니다."

"물론 제 질문의 요점을 아실 겁니다. 소년이 완력으로 끌려간 게 아니라면 자유 의지로 떠난 것입니다. 후자일 경우, 어린이가 그런 일을 하는 데에는 외부의 유혹이 필요했을 겁니다. 소년을 찾아온 사람이 없었다면, 틀림없이 편지를 통해 유혹을 받았겠지요. 따라서 누가 편지를 보냈는지 알아보려는 겁니다."

"그리 도움을 드릴 수가 없군요. 편지를 보낸 유일한 사람은, 내가 아는 한 그의 부친뿐이니까요."

"소년이 실종된 바로 그날 편지를 보낸 사람이 부친이다? 부자지간에 다정했나요?"

"공작께서는 누구한테도 그리 다정하지 않습니다. 막중한 공무에 몰두하고 계시니까요. 일반적인 감정과는 담을 쌓고 계시죠. 하지만 아들에게는 나름대로 항상 자상했습니다."

"하지만 소년의 마음은 어머니한테 가 있었죠?"

"예."

"소년이 그렇다고 말했나요?"

"그건 아닙니다."

"그럼 공작께서?"

"원 천만에요!"

"그럼 그런 사실을 어떻게 아십니까?"

"공작의 비서인 제임스 와일더 씨와 비밀 대화를 좀 나누었죠. 솔타이어 경의 마음에 대해 알려준 게 바로 그 사람입니다."

"그랬군요. 그런데 공작의 마지막 편지 말입니다. 소년이 사라진 후 편지가 방에 있었나요?"

"아니요. 편지를 가져갔습니다. 홈즈 씨, 내 생각으로는 이제 슬슬 유스턴 역으로 떠날 시간입니다만."

"사륜마차를 부르겠습니다. 15분 후면 우리가 당신을 모시고 갈 수 있을 겁니다. 헉스터블 씨, 댁에 전보를 치는 게 어떨까요. 이 조사가 여전히 리버풀에서 진행 중이라고 이웃 사람들이 생각하게끔 하는 게 좋겠습니다. 리버풀 아니면 어딘가 그럴 듯한 곳으로 말입니다. 그래 놓고 나는 바로 당신의 문간에서 조용히 조사를 하겠습니다. 왓슨과 나 같은 노련한 사냥개가 냄새를 맡지 못할 정도로 단서가 다 지워지진 않았을 겁니다."

⁂

그날 저녁, 헉스터블 박사의 유명한 학교가 위치한 북부 고원지대의 차고 상쾌한 시골 공기가 우리를 반겼다. 우리는 날이 저문 다음에야 도착했다. 명함 한 장이 홀 탁자에 놓여 있었는데, 집사가 박사에게 뭐라고 소곤거리자, 박사가 중후한 이목구비에 잔뜩 흥분한 기색을 띠고 우리를 돌아보았다.

"공작께서 와 계신답니다." 그가 말했다. "공작과 와일더 씨가 서재에 계시다니, 갑시다, 신사분들. 내가 소개를 해드리리다."

나는 물론 유명한 그 정치가를 사진으로는 많이 봤다. 그러나 실물은 사진과 사뭇 달랐다. 그는 키가 크고 위풍당당한 사람이었다. 옷은 잘 차려입었는데, 여윈 얼굴을 찡그리고 있었고, 코가 기괴할 만큼 길게 굽어 있었다. 안색은 백지장처럼 창백해서, 끝이 가늘어지며 길게 뻗어 내린 시뻘건 수염과 대비되어 더욱 창백해 보였다. 하얀 조끼에 늘어진 회중시곗줄이 수염 사이로 반짝이는 게 보였다. 위풍당당한 이 인물은 헉스터블 박사의 벽난로 깔개 중앙에 서서 우리를 냉엄하게 바라보았다. 아마도 비서 와일더인 듯한 새파랗게 젊은 청년이 그의 옆에 서 있었다. 그는 키가 작고, 활발하고 기민해 보였는데, 지적인 연

푸른 눈에 얼굴 표정이 풍부했다. 날카롭고 당찬 목소리로 바로 말문을 연 사람이 바로 그였다.

"헉스터블 박사님, 오늘 아침에 전화를 드렸는데 런던으로 떠나시는 걸 막기에는 좀 늦고 말았습니다. 셜록 홈즈 씨를 초대해서 이번 사건 조사를 맡기려는 게 박사님의 목적인 줄로 알고 있습니다. 공작님께서는 깜짝 놀라셨습니다, 헉스터블 박사님. 공작님께 여쭤보지도 않고 그런 조치를 취하신 것에 대해 말입니다."

"경찰이 실패했다는 것을 알고……."

"공작님께서는 경찰이 결코 실패했다고 생각지 않으십니다."

"하지만 와일더 씨, 분명……."

"헉스터블 박사님, 공작님께서는 소문이 절대 퍼지지 않기를 바라신다는 것을 잘 아시지 않습니까. 가능한 한 이 사실을 아는 사람이 적기를 바라신다는 것 말입니다."

"그 문제라면 쉽게 바로잡을 수 있습니다." 추궁을 당한 박사가 말했다. "셜록 홈즈 씨는 아침 열차 편으로 런던으로 돌아가면 됩니다."

"그건 어렵겠습니다, 박사님. 그건 곤란해요." 홈즈가 아주 부드럽게 말했다. "이곳 북부의 공기는 아주 상쾌하고 기운을 북돋아주는군요. 그래서 박사님의 황무지에서 이삼일 묵으면서 한껏 즐기고 싶습니다. 박사님의 지붕 아래 묵을 것인지 마을 객점에서 묵을 것인지는 물론 박사님이 정하십시오."

불운한 박사가 뭐라고 결정을 하지 못하고 전전긍긍하고 있을 때, 빨간 수염 공작의 웅숭깊고 낭랑한 목소리가 그를 구해주었다. 그 목소리는 저녁 식사 시간을 알리는 징소리처럼 우렁찼다.

"헉스터블 박사, 당신이 내게 먼저 물어보는 것이 현명한 처사였다는 와일더 씨의 말에 나도 동의합니다. 그러나 홈즈 씨에게 이미 비밀을 털어놓고 말았으니, 이제 와서 그의 도움을 받지 않는다는 것도 이상한 일이오. 홈즈 씨, 멀리 객점으로 갈 것 없이, 홀더니스 홀에 가서 나와 함께 지내는 게 어떻겠습니까."

"감사합니다, 공작님. 하지만 이번 조사를 하기 위해서는, 수수께끼의 현장에 머무는 것이 더 현명한 일이라고 봅니다."

"좋으실 대로 하시오, 홈즈 씨. 와일더 씨나 내가 당신에게 무슨 정보를 줄 게 있다면 언제든 물어보시오."

"아마도 홀더니스 홀에서 만나뵐 필요가 있을 듯합니다." 홈즈가 말했다. "지금 여쭙고 싶은 것은 이겁니다. 아드님의 수수께끼 같은 실종에 대해 공작님께서는 짐작 가는 데가 없으신가요?"

"없소. 나는 모르겠소."

"공작님께서 마음 아프실지 모르지만 어쩔 도리가 없으니 실례를 무릅쓰고 말씀드리겠습니다. 공작부인께서 이 사건과 관계가 있다고 생각하십니까?"

대정치가는 눈에 띄게 대답을 망설였다.

"그렇게 생각지 않습니다." 마침내 그가 말했다.

"가장 명백한 다른 가설은 몸값을 노리고 유괴를 했다는 것입니다. 몸값 요구를 받으신 적이 있습니까?"

"없소."

"하나만 더 묻겠습니다, 공작님. 이번 사건이 일어난 날 아드님에게 편지를 보내셨다고 들었습니다만."

"아니요, 그 전날 보냈소."

"그렇군요. 그런데 받은 것은 사건 당일이었죠."

"그렇소."

"아드님이 그런 행동을 할 자극을 받거나 마음이 흔들릴 얘기가 편지에 적혀 있었나요?"

"아니요. 그건 확실히 아닙니다."

"편지를 직접 부치셨나요?"

비서가 귀족의 답변을 가로챘다. 발끈해서 끼어든 것이다.

"공작께서 편지를 직접 부치시는 일은 없습니다." 그가 말했다. "그 편지가 서재 책상에 다른 편지와 함께 있어서, 내가 그것들을 우편낭에 넣었습니다."

"그 편지가 거기 섞여 있었다는 게 확실합니까?"

"그래요. 내가 봤어요."

"그날 공작님께서는 편지를 몇 통이나 쓰셨습니까?"

"20에서 30통? 나는 서신 교환을 아주 많이 합니다. 하지만 그게 무슨 관계가 있다는 것이오?"

"전혀 관계가 없지는 않습니다." 홈즈가 말했다.

"나로서는," 하고 공작이 말을 계속했다. "프랑스 남부에 주목하라고 경찰에 조언했소. 공작부인이 그런 터무니없는 짓을 사주했을 거라고 생각지는 않는다고 앞서 말했지만, 그 아이는 아주 그릇된 생각을 가지고 있습니다. 아이가 그녀에게 달아났을 가능성이 있는 겁니다. 그 독일인이 부추기고 도왔겠지요. 헉스터블 박사, 우리는 이제 홀로 돌아가야겠소."

홈즈에게는 더 묻고 싶은 말이 있다는 것을 나는 알 수 있었다. 그러나 귀족의 갑작스러운 태도는 더 이상 질문을 받지 않겠다는 뜻이었다. 매우 귀족적인 그의 성격에 비추어볼 때, 자기 집안일에 대해 이런 얘기를 하는 것 자체가 분명 아주 혐오스러웠을 것이다. 게다가 더 질문을 받았다가는 공작으로서의 삶에 드리워진 그늘이 통렬하게 까발려질까봐 두려웠는지도 모른다.

귀족과 비서가 떠나자 내 친구는 즉시 특유의 열정으로 사건 조사에 뛰어들었다.

소년의 방을 꼼꼼히 조사했는데, 빠져나갈 곳은 창문밖에 없다는 완전한 확신 외에는 건진 게 없었다. 독일인 교사의 방과 물건들에서도 단서는 나오지 않았다. 그의 경우 담쟁이덩굴이 몸무게를 이기지 못하고 덩굴 하나가 뜯겨져 나갔고, 아래쪽 잔디밭에 그의 두 발꿈치 자국이 찍힌 것을 등불로 확인할 수 있었다. 불가해한 야간도주의 물적 증거라고는 자그마한 초록 잔디에 파인 이 자국밖에 없었다.

셜록 홈즈는 혼자 밖으로 나갔다가, 11시가 지나서야 돌아왔다. 그는 커다란 육지측량부의 마을 지도를 얻어왔다. 이것을 내 방으로 가져온 그는 침대에 펼쳐놓고, 한복판에 등불을 잘 세워놓고는 지도를 굽어보며 담배를 피우기 시작했다. 그는 연기가 피어오르는 파이프의 호박 물부리로 이따금 지도를 가리키곤 했다.

"이 사건이 점점 마음에 들어, 왓슨." 그가 말했다. "이 사건과 관련해서 몇 가지 결정적으로 흥미로운 데가 있어. 지금 초기 단계에서, 우리 조사와 자못 큰 관계가 있을 듯한 이곳 지리를 자네도 알아두는 게 좋을 거야.

이 지도를 봐. 빗금 친 이 네모가 프라이어리 스쿨이야. 여기에 핀을 하나 꽂도록 하지. 자, 이 선이 큰 길이야. 동서로 뻗은 이 길이 학교 앞을 지나가지. 2킬로미터 가까이 다른 옆길이 없어. 두 사람이 도로를 이용했다면 바로 이 길밖에 없어."

"그렇군."

"묘하게도 아주 운이 좋아서, 문제의 밤중에 이 길을 통과한 사람들을 웬만큼 알아낼 수 있었어. 여기, 내 파이프가 지금 놓여 있는 곳에서, 시골 순경 한 명이 12시부터 6시까지 불침번을 서고 있었지. 보다시피 동쪽의 첫 갈림길에서 말이야. 순경은 한순간도 제자리에서 벗어난 적이 없다더군. 그래서 소년이든 어른 남자든 이 길을 지났다면 자기가 못 보았을 리가 없다는 거야. 순경과는 좀 전에 얘기를 나누었는데, 내가 보기에 충분히 믿을 만한 사람이야. 이쪽 길은 그렇게 막혀 있어. 그럼 이제 다른 쪽 길을 볼까? 이곳에는 객점이 하나 있어. '붉은 수소'라는 객점인데 여주인이 아팠다더군. 그녀는 매클턴의 의사를 불렀어. 의사는 다른 환자에게 왕진을 가 있어서 아침에야 들렀지. 객점 식구들은 밤새 잠을 못 잤어. 의사를 기다리느라고 말이야. 그중에 한두 명은 줄곧 도로를 지켜본 모양이야. 그들은 행인이 아무도 없었다고 단언했지. 그들의 증언이 옳다면, 우리는 다행히 서쪽 길도 제외할 수 있어. 결국 도망자들은 도로를 이용하지 않았다고 할 수 있지."

"하지만 자전거는?" 내가 이의를 제기했다.

"그래, 곧 자전거 얘기를 하게 될 거야. 추리를 계속해보면 이래. 두 사람이 도로를 이용하지 않았다면, 집에서 남쪽이나 북쪽의 들판을 가로질러 갔을 거야. 틀림없어. 남쪽과 북쪽 가운데 어딜까? 집에서 남쪽은, 보다시피 아주 널따란 경작지인데, 작은 밭으로 나뉘어 있고 밭 사이에 돌담이 세워져 있어서 자전거를 몰고 가기엔 불가능해. 남쪽은 이제 제외할 수 있지. 이제 북쪽 들판을 돌아볼까? 여기 '래기드쇼'라는 작은 숲이 있고, 그 너머에는 황무지가 너울처럼 펼쳐져 있지. 이 로어 길 황무지는 16킬로미터에 걸쳐 완만하게 지대가 높아지고 있어. 황무지 이쪽에 홀더니스 홀이 있는데, 도로로는 여기서 거기까지 16킬로미터이고, 황무지를 가로지르면 10킬로미터쯤 돼. 이곳은 유난히 황량한 들판이야. 황무지 땅을 조금 가진 농부 몇 명이 양 따위 가축을 기르고 있지. 그곳을 빼면 체스터필드 대로까지 물떼새와 마도요만 살고 있어. 보다시피 여기 교회가 하나 있고, 농가주택 몇 채, 그리고 객점이 하나 있어. 그 뒤의 언덕은 급경사를 이루고 있지. 분명 우리가 조사해야 할 곳은 바로 이 북쪽이야."

"하지만 자전거는?" 내가 물고 늘어졌다.

"그래그래!" 홈즈가 성급히 말을 받았다. "자전거를 잘 타는 사람이라면 꼭 큰길로 달릴 필요가 없지. 황무지에도 작은 길들이 교차하고 있어. 게다가 보름달도 떴고. 아니! 무슨 일이지?"

다급하게 노크하는 소리가 들리더니, 곧이어 헉스터블 박사가 방으로 들어섰다. 그는 파란 크리켓 모자를 쥐고 있었다. 위쪽에 흰 갈매기 무늬가 있는 모자였다.

"마침내 단서를 잡았습니다!" 그가 외쳤다. "다행히도! 마침내 우리 소년의 자취를 찾았어요! 이게 그의 모자입니다."

"어디서 찾았나요?"

"황무지에서 야영하는 집시들의 마차에서요. 그들은 화요일에 떠났습니다. 그들을 추적한 경찰이 오늘 포장마차를 조사해서 찾아낸 겁니다."

"집시들은 뭐라고 했죠?"

"말을 얼버무리며 거짓말을 했습니다. 화요일에 황무지에서 이걸 주웠다는 겁니다. 그 악당들! 그들은 아이가 어디 있는지 아는 게 분명해요. 천만다행하게도 두 사람 다 안전하게 어딘가에 갇혀 있겠죠. 그들이 혹시 법을 두려워하지 않는다 해도, 공작의 지갑만 있으면 실토를 받아낼 수 있을 겁니다."

"지금까진 그런대로 좋았어." 이윽고 박사가 떠나자 홈즈가 말했다. "우리가 결과적으로 기대를 걸 곳은 로어길 황무지 쪽이라는 가설만큼은 이제 확인이 됐어. 경찰은 이 지역에서 집시들을 체포한 것 말고는 사실상 아무것도 한 일이 없어. 여길 봐, 왓슨! 황무지를 가로지르는 물길이 있어. 여기 지도에 표기된 게 보이지? 물길이 일부는 널따란 늪을 이루고 있어. 홀더니스 홀과 학교 중간 지점이 특히 그렇지. 이렇게 건조한 날에는 다른 곳에서 발자국을 찾아봐야 헛일이지만, 바로 이곳이라면 분명 뭔가 흔적이 남아 있을 거야. 내일 아침 일찍 깨울 테니, 같이 가서 수수께끼의 실마리가 잡힐지 알아보자."

막 날이 밝은 뒤 잠에서 깨어나 보니 내 침대 옆에 여위고 늘씬한 홈즈의 모습이 보였다. 그는 옷을 다 차려입었는데, 벌써 나갔다 온 것이 분명했다.

"잔디밭과 자전거 헛간을 조사했어." 그가 말했다. "또 래기드쇼 숲속을 좀 거닐었지. 자, 왓슨, 옆방에 코코아를 준비해두었어. 좀 서둘러줘. 할 일이 태산 같으니까."

눈앞에 일거리가 놓인 것을 바라보며 신명이 난 장인처럼, 그의 두 눈은 반짝반짝 빛이 났고, 볼은 상기되어 있었다. 베이커 스트리트의 내면 성찰적인 창백한 몽상가와는 판이하게 다른 이 홈즈는 적극적이고 활기가 넘쳤다. 그렇게 팔팔한 정신력을 지닌 인물로 돌변한 홈즈를 바라보니, 정말 진땀나게 뛰어야 할 하루가 우리를 기다리고 있다는 생각이 들었다.

하지만 처음부터 실망만 맛보았다. 우리는 잔뜩 희망을 품고 토탄질의 황갈색 황무지를 가로질러 갔다. 수많은 양떼가 다져놓은 갈림길들을 지나 우리는 마침내 널따란 연초록 띠 모양의 늪지대에 이르렀다. 홀더니스 홀과 학교 사이에 놓인 늪지대였다. 소년이 집으로 갔다면 틀림없이 이곳으로 지나갔을 것이다. 그러자면 흔적이 남지 않을 수 없었다. 하지만 소년이나 독일인의 흔적은 전혀 눈에 띄지 않았다. 안색이 어두워진 홈즈는 가장자리를 따라 걸으며, 이끼 낀 표면에 묻은 진흙을 골똘히 관찰했다. 양의 흔적이었는데, 1.6킬로미터쯤 떨어진 어느 한 곳에는 소 발자국이 나 있었다. 그것이 전부였다.

"1순위 점검 끝." 홈즈가 너울 같은 광활한 황무지를 우울하게 바라보며 말했다. "저쪽에 다른 늪지대가 또 있어. 그곳은 폭이 좁지. 어라! 어라! 어라! 여기 이게 뭐지?"

우리가 작고 검은 리본 같은 길에 이르렀을 때였다. 길 한복판에 자전거 자국이 눅눅한 흙에 또렷이 찍혀 있었다.

"만세!" 내가 외쳤다. "찾았어."

하지만 홈즈는 고개를 내둘렀다. 그의 얼굴에는 기쁨보다 아리송하다는 듯 관망하는 표정이 떠올랐다.

"자전거인 건 맞지만, 그 자전거가 아니야." 그가 말했다. "나는 서로 다른 마흔두 개의 타이어 자국을 구별할 수 있어. 이건 보다시피 던롭 타이어 자국이야. 타이어 바깥 면에 자잘한 홈이 많이 파여 있지. 독일인 하이데거의 자전거는 파머 타이어를 썼어. 그건 세로로 길게 홈이 나 있지. 수학 교사인 아벨링이 그걸 확인해줬어. 그래서 이건 하이데거의 자전거 자국이 아니야."

"그럼 소년의 자전거일까?"

"그럴 수도 있지. 그 애한테 자전거가 있었다는 것만 입증할 수 있다면 말이야. 하지만 우리는 그것을 결코 입증하지 못했어. 자네가 알다시피, 이 자국은 학교에서부터 난 거야."

"학교로 향한 것일 수도 있잖아?"

"아니, 아니야, 왓슨. 좀 더 깊이 파인 자국이 뒷바퀴 자국이야. 몸무게가 실리니까. 좀 더 얕게 파인 앞바퀴 자국을 지우며 뒷바퀴가 지나간 곳이 여러 군데 보이지? 그걸 보면 학교에서 멀어져 간 게 분명해. 이건 우리의 조사와 관계가 있을 수도 있고 없을 수도 있어. 하지만 더 멀리 가보기 전에 이 자국을 따라 뒤로 돌아가 보자."

우리는 그렇게 했다. 몇백 미터 돌아가서 황무지 늪지에서 벗어나자 자국이 보이지 않았다. 계속 길을 되돌아가다가 우리는 샘물이 졸졸 흐르는 곳을 발견했다. 그곳에 다시 자전거 자국이 나 있었다. 하지만 소 발자국에 거의 지워진 상태였다. 그 후에는 아무런 자국이 없었지만, 그 길은 학교 쪽 래기드쇼 숲으로 곧장 뻗어 있었다. 이 숲에서 자전거가 나타난 게 분명했다. 홈즈는 둥그렇게 풍화된 바위에 앉아 두 손으로 턱을 괴었다. 내가 담배 두 대를 다 피운 후에야 그가 움직였다.

"음, 그래." 마침내 그가 말했다. "물론 교활한 인간이라면 엉뚱한 자국을 남기기 위해 자기 자전거 타이어를 바꿀 수도 있어. 그런 생각까지 할 수 있는 범죄자라면 내가 자랑스럽게 상대해줄 만한 인물이지. 이 문제는 단정 짓지 말고 잠시 뒤로 미뤄두고 다시 늪지대로 돌아가 보자. 탐험하지 않은 곳이 아직 많으니까."

우리는 늪지대의 눅눅한 가장자리를 계속 체계적으로 조사했다. 우리의 인내는 곧 눈부신 보상을 받았다. 저지대 늪을 건너자마자 진창길이 있었는데, 홈즈가 그곳에 이르러 환호성을 올렸다. 진창길 중앙에 전신줄 다발 같은 자국이 나 있었다. 그것은 파머 타이어 자국이었다.

"하이데거 선생이야, 분명해!" 홈즈가 기뻐서 외쳤다. "내 추리가

맞아떨어진 것 같아, 왓슨."

"축하해."

"하지만 우린 아직 갈 길이 멀어. 저 길은 밟지 말고 걷자. 자 이제 자국을 따라가 볼까? 그리 멀리 가지 않아도 될 거야."

그러나 앞으로 나아가며 우리는 이쪽 황무지가 부드러운 땅과 딱딱한 땅이 교차하고 있다는 것을 알게 되었다. 그래서 곧잘 자국을 잃어버렸지만, 언제나 다시 자국을 발견할 수 있었다.

"틀림없이 여기서 속도를 높였다는 거 알겠지?" 홈즈가 말했다. "그건 의심의 여지가 없어. 이 자국 좀 봐. 앞뒤 타이어 자국이 모두 또렷한 이곳 말이야. 두 바퀴의 깊이가 같아. 그건 자전거 핸들에 몸무게를 실었다는 뜻이야. 전력 질주를 할 때처럼 말이야. 아니 이런! 쓰러졌어."

사람이 뒹군 것처럼 몇 미터의 길바닥이 어지럽게 뭉개져 있었다. 그 후 발자국 몇 개가 찍혀 있었고, 이어서 다시 타이어 자국이 나타났다.

"옆으로 쓰러졌나봐." 내가 넌지시 말했다.

홈즈는 꽃이 핀 골담초 가지가 부러진 것을 집어들었다. 섬뜩하게도, 노란 꽃에 온통 시뻘건 피가 묻어 있었다. 길에도, 히스 덤불에도 검은 피가 엉겨 있었다.

"심상치 않아!" 홈즈가 말했다. "심상찮아! 왓슨, 물러서! 불필요한 발자국을 남기지 말고! 이 흔적은 무슨 뜻일까? 그는 부상당해 쓰러졌어. 일어났지. 다시 자전거에 올라탔어. 달려갔지. 그런데 그 밖에 다른 흔적은 없어. 이쪽 길에는 가축 발자국뿐이야. 설마 소가 그를 들이받은 건 아니겠지? 그건 말도 안 돼! 하지만 다른 사람의 흔적은 없어. 더 가보자, 왓슨. 핏자국만이 아니라 길바닥의 자국까지 있으니 이제 그는 우리를 따돌릴 수 없어."

우리의 탐색은 그리 오래가지 않았다. 타이어 자국은 젖어서 번들거리는 길에서 미친 듯이 비틀거리기 시작했다. 앞을 바라보았더니 무성한 골담초 덤불에서 불현듯 금속이 반짝이는 게 내 눈길을 끌었다. 우리는 덤불 속에서 자전거 하나를 끄집어냈다. 파머 타이어를 끼운 이 자전거는 페달이 구부러졌고, 앞부분이 피범벅이었다. 덤불 맞은편에 신발 하나가 비어져 나와 있었다. 우리는 덤불을 빙 돌아 달려갔다. 그곳에 자전거 주인이 쓰러져 있었다. 키가 크고, 수염이 텁수룩하고, 안경을 꼈는데 안경알 하나가 빠져나가고 없었다. 머리를 강타당해서 두개골 일부가 부서진 게 사망 원인이었다. 그런 상처를 입고도 계속 자전거를 타고 갈 수 있었다는 것은 그만큼 이 남자의 힘과 용기가 대단했다는 뜻이다. 그는 신발을 신고 있었지만 양말은 신지 않았고, 앞섶이 트인 코트 아래 긴 잠옷을 입고 있는 게 드러나 보였다. 독일인 교사인 게 분명했다.

홈즈는 시신을 경건하게 돌려놓고, 아주 꼼꼼하게 살펴보았다. 그러고는

한참 깊은 생각에 잠겨 앉아 있었다. 그가 미간을 찌푸린 것을 보고 나는 그의 속내가 짐작이 갔다. 이런 섬뜩한 발견을 했어도 우리의 조사는 그리 진전되지 않은 게 분명했다.

"어째야 좋을지 모르겠어, 왓슨." 그가 마침내 말했다. "내 생각으로는 이번 조사를 서둘러야 해. 우리는 이미 너무 많은 시간을 잃었기 때문에 더 이상 꾸물거릴 시간이 없어. 다른 한편으로는 이번에 발견한 것을 경찰에 알려야 해. 그리고 불쌍한 이 친구의 시신을 수습하도록 조치를 취해야겠지."

"내가 알릴게."

"하지만 자네는 곁에서 나를 도와줘야 해. 잠깐! 저기 누가 토탄을 캐고 있어. 그를 좀 데려와 줘. 경찰을 부르라고 하게 말이야."

내가 그 농부를 데려오자, 홈즈는 소스라치게 놀란 농부에게 간단한 메모를 써주고 헉스터블 박사에게 급히 보냈다.

"자, 왓슨." 그가 말했다. "오늘 아침 우리는 두 개의 단서를 포착했어. 하나는 파머 타이어 자전거인데, 그걸 따라 여기까지 왔지. 다른 하나는 작은 홈이 파인 던롭 타이어 자전거야. 그것을 조사하기 전에, 우리가 진정 무엇을 알고 있는가를 짚어봐야 해. 그것을 최대한 활용하기 위해서, 그리고 부수적인 것과 본질적인 것을 가려내기 위해서 말이야.

먼저 그 소년이 자유의사로 길을 떠난 게 분명하다는 것을 자네가 알아두길 바라. 소년은 창밖으로 내려가서 떠났어. 혼자서든 누구와 함께든 말이야. 그건 확실해."

나는 동의했다.

"그럼, 이제 고인이 된 독일인 선생을 다시 생각해볼까? 소년은 달아날 때 옷을 제대로 차려입었어. 따라서 소년은 장차 일어날 일을 예상한 거야. 하지만 독일인 선생은 양말도 신지 않고 나갔어. 그는 분명 무슨 얘기를 듣자마자 행동에 나선 거야."

"맞아."

"왜 그랬을까? 침실 창문으로 소년이 달아나는 것을 보았기 때문에? 소년을 쫓아가서 다시 붙잡아 데려오려고? 그는 자기 자전거를 타고 소년을 뒤쫓아갔고, 그러다 죽고 말았어."

"그래, 그게 맞을 거야."

"자, 이제 논의의 핵심에 이르렀어. 꼬마를 뒤쫓는 남자가 자연스레 하는 행동은 붙잡기 위해 달려가는 거지. 따라잡을 수 있다는 것도 알아. 하지만 독일인 선생은 그러지 않았어. 그는 자전거가 있는 곳으로 향했어. 그는 자전거를 썩 잘 탔다더군. 그는 소년이 아주 빠른 도주 수단을 갖고 있다는 것을 보지 않았다면 자전거를 타지 않았을 거야."

"그래, 다른 자전거."

"사건을 재구성해보자. 그가 죽임을 당한 것은 학교에서 8킬로미터 떨어진 곳이야. 그런데 그게 소년이라도 쏠 수 있는 총알에 맞은 게 아니라, 누군가 억센 팔로 무지막지하게 가한 일격에 당한 거야. 그렇다면 소년은 그렇게 도주할 때 분명 동행이 있었어. 아주 민첩하게 도주했지. 자전거를 썩 잘 타는 사람이 8킬로미터나 달려가서 따라잡았으니까. 그런데 우리는 비극의 현장을 두루 조사했어. 뭘 발견했지? 몇 가지 가축 발자국뿐이야. 주위를 멀리 둘러보니, 40여 미터 안쪽에는 다른 길이 없어. 자전거를 탄 채 누가 살인을 했을 리는 없는데, 사람 발자국도 전혀 없다니."

"홈즈." 내가 외쳤다. "그러긴 불가능해."

"말 잘했어!" 그가 말했다. "아주 좋은 지적이야. 내가 말한 대로라면, 그건 정말 불가능해. 따라서 나는 뭔가 말을 잘못한 게 틀림없어. 하지만 자네도 짚이는 게 있지? 내 말에 무슨 허점이 있는지 말해봐."

"쓰러지는 바람에 두개골이 부서진 건 아닐까?"

"늪지대에서?"

"난 도무지 모르겠어."

"쯧쯧, 우리는 이보다 더 어려운 사건도 해결했어. 적어도 지금 우리에게 정보는 많아. 사용할 수만 있다면 말이야. 그럼 가볼까? 파머 타이어 자전거는 조사를 끝냈으니, 던롭 타이어 자전거가 우리에게 뭘 가르쳐줄지 알아보자."

우리는 자국을 따라 한참 앞으로 나아갔다. 하지만 곧 황무지가 융기하면서 히스로 덮인 긴 언덕배기가 나타났다. 우리는 늪지를 떠났다. 바퀴 자국의 도움은 더 이상 기대할 수 없었다. 던롭 타이어 자국을 마지막으로 본 지점에서 보면 자전거는, 우리 왼쪽 몇 킬로미터 지점에 우뚝 서 있는 홀더니스 홀로 갔을 수도 있었고, 우리 앞쪽의 나지막한 회색 마을로 갔을 수도 있다. 마을은 체스터필드 대로를 끼고 있었다.

문 위에 싸움닭 표시가 있는, 음산하고 누추한 객점을 향해 갈 때, 홈즈가 문득 신음소리를 내며 휘청하며 쓰러지려다가 내 어깨를 붙들었다. 느닷없이 발목을 접질린 모양이었다. 그는 절뚝거리며 어렵사리 객점까지 걸어갔다. 입구에는 땅딸막하고 검은 피부에 나이가 지긋한 남자가 검정 사기 파이프로 담배를 피우고 있었다.

"안녕하십니까, 루번 헤이스 씨?" 홈즈가 말했다.

"댁은 뉘슈? 누군데 내 이름을 그렇게 잘 알아?" 시골 남자가 의심의 눈초리를 교활하게 희번덕거리며 말했다.

"머리 위 간판에 쓰여 있군요. 집 주인을 알아보는 거야 쉬운 일이죠. 마구간에 혹시 마차 같은 거 없습니까?"

"없소."

"발을 내디딜 수가 없어서 그럽니다."

"그럼 내딛지 마시오."

"그래서야 걸을 수가 없죠."

"음, 그럼 한 발로 폴짝폴짝 뛰시오."

루번 헤이스 씨의 태도는 퉁명스럽기 짝이 없었지만, 홈즈는 탄복할 만큼 사근사근하게 굴었다.

"여기 좀 보세요, 주인장." 그가 말했다. "이건 꽤나 난처한 일입니다. 나야 어찌 되든 상관이 없지만 말입니다."

"나도 그렇소." 주인이 뚱하니 말했다.

"이건 중요한 문제입니다. 자전거를 빌려 주시면 1소버린을 드리겠습니다."

집주인이 귀를 쫑긋 세웠다.

"어딜 가시게?"

"홀더니스 홀이오."

"공작의 친구들이오?" 진흙이 튄 우리의 옷을 같잖다는 듯이 바라보며 집주인이 말했다.

홈즈가 호탕하게 웃었다.

"아무튼 공작이 우리를 보면 반길 겁니다."

"왜?"

"실종된 아들 소식을 갖고 왔으니까."

집주인이 눈에 띄게 화들짝 놀랐다.

"아니, 그 아이를 찾았소?"

"그 아이는 리버풀에 있다고 합니다. 경찰이 곧 찾아낼 모양입니다."

면도를 하지 않은 험상궂은 얼굴에 언뜻 다른 표정이 떠올랐다. 그의 태도가 문득 나긋해졌다.

"나는 공작이라고 해서 딴 사람보다 잘 되길 바랄 이유가 없는 사람이오." 그가 말했다. "전에 그의 우두머리 마부였는데, 그는 나를 박대했소. 거짓말쟁이 곡물상의 말만 믿고는 추천장 하나 써주지 않고 나를 해고한 게 바로 공작이오. 하지만 어린 귀족이 리버풀에 있다는 말을 들으니 반갑군. 당신이 그 소식을 홀더니스 홀에 전하도록 도와주겠소."

"고맙습니다." 홈즈가 말했다. "먼저 요기를 좀 해야겠습니다. 그런 다음 자전거를 좀 빌려주십시오."

"나한테는 자전거가 없소."

홈즈가 1소버린을 들어 보였다.

"자전거는 없다니까. 홀더니스 홀까지 말 두 마리를 빌려주리다."

"자, 자" 하고 홈즈가 말했다. "그건 뭐든 좀 먹으면서 얘기합시다."

바닥에 돌을 깐 주방에 우리 둘만 남았을 때, 삐었던 홈즈의 발목은 놀랄 만큼 삽시간에 회복되었다. 거의 날이 저물 무렵이었는데, 우리는 이른 아침 이후 아무것도 먹지 못한 터라, 식사를 하며 한동안 시간을 보냈다. 홈즈는 생각에 잠겨 있다가, 한두 번 창가로 가서 골똘히 바깥을 내다보았다. 창문은 초라한 안뜰을 향해 있었다. 멀리 모퉁이에는 대장간이 있었는데, 때가 덕지덕지 낀 청년이 일을 하고 있었다. 맞은편에는 마구간이 있었다. 차례로 둘러보고 다시 자리에 앉은 홈즈는 느닷없이 환호성을 올리며 자리에서 벌떡 일어났다.

"그거야, 왓슨. 마침내 알아낸 것 같아!" 그가 외쳤다. "그래그래, 그게 틀림없어. 왓슨, 오늘 소 발자국을 본 것 기억하지?"

"그래, 여러 마리 자국을 봤지."

"어디서?"

"그야 사방에서지. 늪지대에서도, 길에서도, 하이데거가 사망한 곳 근처에서도."

"맞아. 음, 그럼, 왓슨, 황무지에서 소를 몇 마리나 봤지?"

"한 마리도 본 기억이 없는걸."

"이상해, 왓슨. 우리가 지나간 곳에 온통 소 발자국이 나 있는 걸 봤는데, 황무지 어디에도 소는 없었어. 왓슨, 아주 이상하잖아, 응?"

"그래, 이상하군."

"자, 왓슨, 어디 한번 기억을 되돌려봐. 길에 난 흔적들을 떠올릴 수 있지?"

"그래."

"발자국이 때로는 이렇게 생겼다가," 하면서 그는 수북한 빵 부스러기를 이렇게 배열했다—: : : : : —"그리고 때로는 이랬고,"— : . : . : . : . —"때로는 또 이랬어."— · . · . · . "기억나지?"

"글쎄, 모르겠는걸."

"난 기억할 수 있어. 맹세를 해도 좋아. 하지만 한가할 때 돌아가서 확인을 해보자. 그걸 보고도 결론을 이끌어내지 못하다니 난 눈먼 딱정벌레였어."

"그래서 결론이 뭔데?"

"걷고, 천천히 달리고, 질주하는 것은 여간 놀라운 소가 아니라는 거지. 그게 전부야. 맙소사, 왓슨, 그런 속임수가 시골 술집 주인의 머리에서 나왔을 리가 없어. 대장간의 청년 말고는 밖에 인기척이 없는 것 같아. 슬그머니 나가서 한번 살펴보자."

곧 무너질 듯한 마구간에는 털을 빗겨주지 않은 너저분한 말 두 필이 있었다. 홈즈는 두 마리의 뒷발을 차례로 들어보고 크게 웃음을 터트렸다.

"낡은 편자를 새로 박았어. 낡은 편자에 새 못을 박은 거야. 이번 사건은 고전 명작이래도 되겠어. 대장간으로 가보자."

청년은 우리를 아랑곳하지 않고 일을 계속했다. 홈즈의 눈길이 오른쪽 왼쪽으로 재빨리 돌아가며 바닥에 흩어진 쇠붙이와 나무들을 살폈다. 그런데 갑자기 우리 뒤에서 발소리가 들렸다. 집주인이 험상궂게 미간을 찌푸리며 눈알을 부라리고 있었다. 그의 가무잡잡한 이목구비가 분노로 실룩거렸다. 그는 손잡이에 쇠를 박은 짧은 지팡이를 들고 있었다. 그가 어찌나 위협적으로 성큼 다가서든지, 나는 주머니에 든 묵직한 권총이 여간 반갑지 않았다.

"이런 망할 염탐꾼들 같으니!" 그 남자가 외쳤다. "여기서 뭐 하는 거지?"

"아니, 루번 헤이스 씨." 홈즈가 냉정하게 말했다. "그러시면 당신이 뭔가 들통날까봐 겁을 내는 줄 알 겁니다."

그 남자는 사력을 다해서 자신을 진정시키고는, 험상궂은 입가에 거짓 웃음을 흘렸다. 그 모습은 미간을 찌푸린 것보다 더 위협적이었다.

"내 대장간을 맘껏 뒤져 보슈." 그가 말했다. "하지만 이보시오, 선생. 허락도 없이 내 집 안을 뒤지고 다니는 사람을 난 좋아하지 않소. 그러니 어서 셈을 치르고 여길 빨리 떠날수록 내가 반가워할 거요."

"알겠습니다, 헤이스 씨. 무슨 해코지를 하려던 게 아니었습니다." 홈즈가 말했다. "우리는 주인장의 말을 좀 둘러본 겁니다. 하지만 이제는 걸어갈까 합니다. 별로 멀지도 않은 모양이니까요."

"홀의 대문까지는 3킬로미터쯤 될 거요. 왼쪽의 저 길로 가시오." 그는 우리가 떠날 때까지 마땅찮다는 눈으로 내내 지켜보았다.

우리는 그 길로 그리 멀리 가지 않았다. 길이 휘어지면서 객점 주인의 눈길이 미치지 않는 곳에 이른 순간 홈즈가 걸음을 멈추었다.

"애들이 숨바꼭질할 때 하는 말처럼, 그 객점에서 머리카락이 보였어." 그가 말했다. "저기서 멀어질수록 사냥감 냄새가 희미해지는 것 같아. 그래그래, 저길 떠날 수는 없어."

"루번 헤이스라는 사람이 죄다 알고 있는 게 분명해." 내가 말했다. "그렇게 속이 뻔히 드러나는 악당은 처음 봤어."

"아, 그가 자네한테 그런 인상을 주었어? 거기엔 말이 있고, 대장간이 있지. 그래, 거긴 참 흥미로운 곳이야. '싸움닭' 객점 말이야. 눈에 안 띄게 다시 둘러봐야겠어."

둥그렇게 풍화된 회색의 석회암이 점점이 흩어진 긴 언덕배기가 우리 뒤에 펼쳐져 있었다. 우리가 길에서 벗어나 언덕 위로 올라갈 때였다. 홀더니스 홀 쪽을 바라보니 자전거 한 대가 빠르게 달려오고 있는 게 보였다.

"몸을 낮춰, 왓슨!" 홈즈가 무거운 손으로 내 어깨를 누르며 외쳤다. 우리가 몸을 숨기자마자 자전거를 탄 남자가 길을 따라 쏜살같이 우리를 지나쳐 갔다. 뭉클 피어오른 먼지 사이로 그의 얼굴이 얼핏 보였다. 흥분한 듯한 창백한 얼굴에 입을 벌리고 잔뜩 겁먹은 표정을 지은 채, 두 눈을 홉뜨고 앞을 쏘아보고 있었다. 우리가 전날 밤 보았던 날렵한 제임스 와일더였는데, 기묘한 모습이 꽤나 우스꽝스러웠다.

"공작의 비서!" 홈즈가 외쳤다. "가자, 왓슨, 그가 뭘 하는지 가보자."

우리는 몸을 낮추고 바위 사이로 엉금엉금 걸어가서, 잠시 후 객점의 정문이 보이는 지점에 이르렀다. 와일더의 자전거는 문 옆의 벽에 기대어 세워져 있었다. 집 주변에서 얼씬거리는 사람은 아무도 없었고, 집 안 창문에도 누구 하나 보이지 않았다. 홀더니스 홀의 높다란 탑 뒤로 해가 지면서 서서히 저녁노을이 깔렸다. 그때 어둠 속에서 우리는 객점 마구간에서 경마차의 측등 두 개가 켜지는 것을 보았다. 그 직후 말발굽 소리가 들리더니 마차가 도로로 나와 체스터필드 쪽으로 질주했다.

"어떻게 생각해, 왓슨?" 홈즈가 소곤거렸다.

"도주하는 것 같군."

"내가 아는 한 도그카트에는 한 사람만 탔어. 그런데 그게 제임스 와일더 씨가 아니었어. 그는 문간에 있었거든."

어둠 속에서 네모난 빨간 등이 불쑥 나타났다. 불빛 한가운데 비서의 검은 모습이 보였다. 그는 머리를 내밀고 어두운 바깥을 내다보고 있었다. 누군가를 기다리고 있는 게 분명했다. 그 후 마침내 길에서 발소리가 들리고, 두 번째 인물이 불빛에 잠깐 비치더니, 문이 닫히고 다시 사방이 어두워졌다. 5분 후 2층의 한 방에 불이 켜졌다.

"싸움닭 객점은 정말 이상한 계층의 손님을 다 접대하는군그래." 홈즈가 말했다.

"술집은 맞은편에 있는데."

"그래. 이들은 비밀 손님들이라고 할 수 있겠지. 음, 제임스 와일더가 도대체 이런 밤중에 저 소굴에서 뭘 하는 걸까? 그를 만나러 온 사

람은 대체 누굴까? 자, 왓슨, 위험을 무릅쓰고 좀 더 가까이 가서 조사해보자."

우리는 함께 큰길로 살금살금 내려가서, 객점 문으로 슬그머니 들어갔다. 자전거는 여전히 벽에 기대어 세워져 있었다. 홈즈가 성냥불을 켜서 뒷바퀴를 비추었다. 불빛에 던롭 타이어가 드러나자 그가 나직이 웃는 소리가 들렸다. 우리 위쪽의 2층 창문에서는 불빛이 흘러나오고 있었다.

"창문으로 좀 들여다봐야겠어, 왓슨. 자네가 허리를 숙이고 벽에 기대면 될 것 같아."

곧바로 그가 내 어깨를 딛고 올라섰다. 그러나 그는 올라서자마자 다시 내려왔다.

"됐어, 친구." 그가 말했다. "이만하면 오늘 하루 참 많은 일을 했어. 우리가 알아낼 수 있는 건 다 알아낸 셈이야. 학교까지 돌아갈 길이 멀군. 어서 떠나는 게 좋겠어."

지친 발걸음을 이끌고 황무지를 가로질러 가는 동안 그는 거의 입을 열지 않았다. 학교에 다 왔는데 그는 안으로 들어가지 않고 매클턴역으로 계속 걷더니, 거기서 전보를 쳤다. 그리고 독일인 선생의 죽음으로 침통해진 헉스터블 박사를 밤늦도록 위로했다. 그 후 내 방으로 들어온 그는 아침에 집을 나섰을 때보다 더 활기차고 힘이 넘쳤다.

"다 잘되고 있어." 그가 말했다. "내 장담하는데, 내일 저녁이 되기 전에 수수께끼의 답을 얻게 될 거야."

이튿날 오전 11시에 내 친구와 나는 홀더니스 홀의 그 유명한 주목 가로수 길을 걸었다. 우리는 안내를 받아 장엄한 엘리자베스 시대풍의 현관을 지나 공작의 서재로 들어갔다. 그곳에는 제임스 와일더 씨가 있었다. 그의 모습은 침착하고 점잖았지만, 간밤의 겁먹은 표정이 그의 교활한 두 눈과 씰룩거리는 이목구비에 고스란히 배어 있었다.

"공작님을 뵈러 오셨다고요? 죄송합니다만, 공작님께서는 몹시 편찮으십니다. 안 좋은 소식을 들으시고 크게 상심을 하셨어요. 우리는 어제 오후 헉스터블 박사의 전보를 받았습니다. 당신들이 발견한 것에 대한 소식 말입니다."

"공작님을 꼭 뵈어야겠소, 와일더 씨."

"하지만 공작님은 내실에 계십니다."

"그럼 내실로 가야겠군."

"침실에 계실 겁니다."

"침실에서 뵙겠소."

홈즈는 비서에게 입씨름을 해봐야 소용이 없다는 것을 싸늘하고 확고부동한 태도로 보여주었다.

"좋아요, 홈즈 씨. 당신이 왔다는 것을 공작님께 전하겠습니다."

30분쯤 지나 공작이 모습을 드러냈다. 얼굴이 전보다 더 수척해졌고, 어깨가 구부정해서 전날 오전보다 한결 더 늙어 보였다. 그는 의젓하게 예의를 갖춰 우리를 환영한 후 자기 책상에 앉아 빨간 수염을 책상 위에 늘어뜨렸다.

"그래, 뭡니까, 홈즈 씨." 그가 말했다.

하지만 내 친구는 공작이 앉은 의자 옆에 서 있는 비서에게서 눈을 떼지 않았다.

"공작님, 와일더 씨가 자리를 비켜주면 좀 더 자유롭게 말할 수 있을 것 같습니다."

비서는 얼굴이 살짝 창백해지더니 홈즈에게 악의에 찬 눈길을 던졌다.

"공작님께서 원하신다면……."

"그래그래, 자네는 나가 있는 게 좋겠어. 자, 홈즈 씨, 할 말이 무엇이오?"

내 친구는 비서가 나가서 문을 닫을 때까지 기다렸다.

"공작님, 사실," 하고 그가 말문을 열었다. "동료인 왓슨 박사와 저는 헉스터블 박사에게 확답을 들은 바 있습니다. 이번 사건에는 보상금이 걸려 있다는 것 말입니다. 그것을 공작님께서 직접 확인해주셨으면 합니다."

"그건 사실이오, 홈즈 씨."

"제가 잘못 안 게 아니라면, 공작님의 아드님이 계신 곳을 알려주는 사람에게 5,000파운드를 주신다고요?"

"그렇소."

"게다가 아드님을 억류하고 있는 사람의 이름을 알려드리면 1,000파운드를 따로 주신다고요?"

"그렇소."

"그 이름에는 아드님을 데려간 사람만이 아니라 데려가도록 공모한 사람도 포함되겠죠?"

"그래요, 그래." 공작이 참지 못하고 외쳤다. "셜록 홈즈 씨, 당신이 일을 제대로만 해주면, 대접이 인색하다는 불평은 결코 나오지 않을 겁니다."

내 친구는 탐욕스러운 모습으로 여윈 두 손을 비벼대서 나를 놀라게 했다. 그가 돈을 탐내지 않는다는 것을 잘 알고 있었기 때문이다.

"책상에 공작님의 수표책이 놓인 게 보이는 듯합니다." 그가 말했다. "그럼 6,000파운드짜리 수표를 끊어주시기 바랍니다. 거기에 횡선(수표 표면에 두 줄로 긋는 평행선. 횡선을 그으면 해당 은행의 거래자만이 수표를 현금으로 바꿀 수 있다—옮긴이)도 그어주시면 좋겠군요. 제 거래 은행은 캐피탈 앤드 카운티스 은행, 옥스퍼드 스트리트 지점입니다."

공작은 아주 위엄 있게 꼿꼿이 자리에 앉아 내 친구를 차갑게 바라보았다.

"지금 농담하는 거요, 홈즈 씨? 이건 농담할 일이 아니오."

"물론입니다, 공작님. 저는 평생 이보다 더 진지한 적이 없습니다."

"그럼 그게 무슨 뜻이오?"

"보수를 받겠다는 뜻입니다. 저는 아드님이 어디 있는지 알고 있습니다. 그리고 최소한, 누가 아드님을 데리고 있는지 정도는 알고 있습니다."

공작의 얼굴이 지독하게 창백해지자 수염이 더욱 공격적으로 빨갛게 변했다.

"아이가 어디 있소?" 공작이 숨넘어가는 소리로 말했다.

"아드님이 있는 곳은, 아니 간밤에 있었던 곳은, 싸움닭 객점입니다. 이곳 정문에서 3킬로미터쯤 떨어진 곳 말입니다."

공작이 의자에 털썩 기댔다.

"그럼 범인이 누구라는 거요."

셜록 홈즈의 대답은 나를 놀라게 했다. 그는 재빨리 앞으로 다가가서 공작의 어깨에 손을 얹었다.

"바로 당신입니다." 그가 말했다. "그러니, 공작님, 수고스럽겠지만 이제 수표를 끊어주십시오."

공작이 자리에서 벌떡 일어나 마치 물에 빠져 지푸라기라도 잡으려는 사람처럼 손을 허우적거리는 모습을 나는 결코 잊지 못할 것이다. 그러고 나서 귀족은 사력을 다해 자제력을 발휘해서, 자리에 앉아 두 손에 얼굴을 묻었다.

그가 입을 연 것은 몇 분 뒤였다.

"당신은 얼마나 알고 있소?" 그가 마침내 물었다. 그러나 고개를 들지는 않았다.

"간밤에 공작님과 일행을 보았습니다."

"당신의 친구 말고 또 누가 알고 있소?"

"아무에게도 말하지 않았습니다."

공작은 떨리는 손으로 펜을 쥐고 수표책을 펼쳤다.

"약속을 지키겠소, 홈즈 씨. 당신이 알아낸 게 아무리 언짢다 해도 수표를 끊어주겠소. 처음 그런 제안을 했을 때 나는 일이 이렇게 될 줄은 전혀 몰랐소이다. 그런데 당신과 친구 되시는 분은 사려가 깊을 거라고 믿습니다. 어떻소, 홈즈 씨?"

"무슨 말씀이신지?"

"홈즈 씨, 쉽게 설명하리다. 두 분만 이 사건을 알고 계신다면 일을 확대할 이유가 뭐가 있겠소. 내가 드려야 할 금액은 1만 2,000파운드인 걸로 압니다. 안 그렇소?"

하지만 홈즈는 미소를 머금고 고개를 저었다.

"공작님, 제가 보기에는 문제가 그리 쉽게 무마될 것 같지 않습니다. 학교 선생이 사망한 것에 대한 책임 문제가 있으니까요."

"하지만 제임스는 그것을 몰랐소. 그에게 책임을 물을 수는 없습니다. 그건 그 못된 악당의 짓이오. 불행하게도 그런 자를 고용했다니."

"누군가 범죄를 저질렀다면, 그 범죄에서 파생된 다른 범죄에 대해서도 도덕적 책임이 있다는 게 제 견해입니다, 공작님."

"도덕적으로는 맞습니다. 홈즈 씨의 말이 옳아요. 하지만 법의 눈으로 보면 다릅니다. 현장에 있지도 않은 사람에게 살인죄를 물을 수는 없어요. 게다가 그는 당신만큼이나 살인을 혐오합니다. 그 얘기를 듣는 순간 그는 내게 사실을 다 털어놓았습니다. 그는 양심의 가책과 두려움에 사로잡혀 있어요. 그는 당장 살인자와 결별을 했습니다. 아, 홈즈 씨, 당신이 그를 구해주어야 합니다. 그를 구해야 해요! 정말이지 당신이 꼭 그를 구해줘야 합니다!" 그는 자제하려고 안간힘을 다하다 포기하고 얼굴을 씰룩거리고 부르쥔 두 주먹을 공중에 휘둘러대며 방 안을 오락가락했다. 그러다 마침내 자제를 하고 다시 책상에 앉았다. "다른 사람에게 말하지 않고 바로 이곳으로 와주셔서 고맙습니다." 그가 말했다. "최소한 흉한 소문을 얼마나 줄일 수 있을지 의논할 수 있을 테니 말이오."

"그건 그렇습니다." 홈즈가 말했다. "공작님, 제가 보기에 그건 우리가 솔직하게 흉금을 털어놓을 때만 가능합니다. 내 힘이 닿는 한 공작님을 도와드리겠습니다. 그러나 그러기 위해서 제가 먼저 상황을 낱낱이 알아야 합니다. 공작님께서는 제임스 와일더 씨 얘기를 하셨는데, 그는 살인자가 아니다 이거죠?"

"그렇습니다. 살인자는 달아났소."

셜록 홈즈는 점잖게 미소를 지었다.

"공작님께서는 저의 소박한 명성에 대해 전혀 들어보지 못하신 듯하군요. 그렇지 않다면 얼렁뚱땅 넘어갈 생각은 결코 하지 않으셨을 텐데 말입니다. 내가 준 정보에 따라 경찰은 엊저녁 11시에 루번 헤이스 씨를 체포했습니다. 오늘 아침 학교에서 나오기 전에 지역 경찰서장의 전보를 받았지요."

공작은 의자에 털썩 기대며 깜짝 놀란 눈길로 내 친구를 바라보았다.

"당신은 인간이라고 할 수 없는 능력을 지닌 것 같소." 그가 말했다. "그래 루번 헤이스가 잡혔단 말이오? 그 말을 들으니 정말 반갑소이다. 제임스의 운명에 악영향만 안 미친다면 말이오."

"비서 말입니까?"

"아니, 내 아들 얘기올시다."

이번에는 홈즈가 놀랄 차례였다.

"솔직히 공작님의 그 말씀은 아주 뜻밖이군요. 좀 더 설명을 해주지 않으시겠습니까?"

"아무것도 숨기지 않겠소. 이런 절망적인 상황에서는 아무리 고통스러워도 솔직하게 털어놓는 게 최선의 방책이라는 당신의 말에 동의합니다. 이 상황은 제임스의 어리석음과 질투 때문에 빚어진 것입니다. 홈즈 씨, 내가 아주 젊었을 때, 평생에 단 한 번만 가능한 그런 사랑이 찾아왔습니다. 나는 그 아가씨에게 청혼을 했지요. 하지만 그녀는 거절했습니다. 자기와 결혼하면 내 경력에 흠이 된다는 이유에서 말입니다. 그녀가 살아만 있었다만 나는 다른 누구와도 결혼하지 않았을 것이오. 그녀는 죽었소. 아이 하나를 남겨놓고. 그녀를 위해 내가 그 아이를 맡아서 돌보았습니다. 세상 사람들에게 내가 그 아이 아버지라는 것을 인정할 수는 없었지만 최고의 교육을 시켰고, 아이가 장성한 후에는 내 곁에 두었소. 그는 내 비밀을 알아채고, 그 후 줄곧 아들의 권리를 주장하면서 내가 끔찍이 싫어하는 추문을 퍼뜨릴 수 있는 힘을 악용하기 시작했습니다. 내 결혼 생활이 원만치 못했던 것도 그 애와 관계가 있지요. 무엇보다도 그는 합법적인 내 상속인을 증오했소. 처음부터 아주 끈질기게 말이오. 사정이 그런데도 제임스를 왜 계속 한지붕 아래 두었는지 궁금할 겁니다. 내 대답은 이렇소. 그의 얼굴을 보면 아이 엄마의 얼굴을 볼 수 있었기 때문이라고. 사랑하는 그녀를 위한 일이라면 내 인내에 끝이 없었다고. 또한 그 아이를 보고 있으면 그녀의 아리따운 모든 행동거지, 그 모든 기억이 새록새록 떠올랐습니다. 결코 그 아이를 내보낼 수가 없었어요. 하지만 아서를, 그러니까 솔타이어 경을 해코지하지나 않을까 하는 걱정이 이만저만이 아니었습니다. 그래서 헉스터블 박사의 학교에 안전하게 맡겨두려고 한 게 불행의 원인이었지요.

제임스는 헤이스라는 작자와 잘 아는 사이였죠. 헤이스는 내 소작인이었는데, 제임스가 나를 대리해서 소작인들을 만났으니까요. 그 자는 원래 악당이었습니다. 그런데 참 별나게도 제임스는 그와 친해졌습니다. 제임스는 항상 하층민들과 어울리길 좋아했지요. 그가 솔타이어 경을 유괴하기로 마음먹었을 때 이용한 게 바로 그 작자입니다. 내가 일전에 아서에게 편지를 썼다는 걸 기억하실 겁니다. 그런데 제임스가 편지를 개봉해서, 아서에게 학교 근처에 있는 래기드쇼라는 작은 숲에서 만나자는 짧은 편지를 넣었습니다. 공작부인을 들먹여서 아이를 그곳으로 유인한 거지요. 그날 저녁 제임스는 자전거로 그곳에 갔습니다. 지금 나는 그 아이가 내게 직접 고백한 말을 들려드리고 있는 겁니다. 그는 숲에서 아서를 만나, 어머니가 몹시 만나고 싶어한다고 말했습니다. 그녀가 황무지에서 기다릴 테니, 자정에 다시 숲에 나오라고 한 겁니다. 그러면 말을 끌고 온 남자가 그녀에게 데려다줄 거라고 말입니다. 가련한 아서는 덫에 걸렸지요. 자정에 약속 장소에 나가자 헤이스라는 자가 조랑말을 끌고 나와 있었습니다. 아서가 올라타자 그들은 함께 떠났습니다. 제임스도 어제서야 들은 말이지만, 그들을 뒤쫓아온 사람이 나타나자 헤이스가 추적자를 지팡이로 후려쳤고, 그 남자는 부상을 당해 죽은 모양입니다. 헤이스는 아서를 싸움닭이라는 자기 술집으로 끌고 가서 윗방에 가두었습니다. 헤이스 부인에게 돌보게 했는데, 그 여자는 친절하긴 했지만 잔인한 남편에게 꽉 쥐여살았지요.

그러니까, 홈즈 씨, 내가 이틀 전 당신을 처음 만났을 때의 상황이 그러했습니다. 하지만 당시 나는 당신보다 더 아는 게 없었어요. 제임스가 그런 행동을 한 동기가 뭐냐고 묻고 싶을 겁니다. 내 대답은 이렇습니다. 그가 내 상속인에게 품은 증오는 터무니없는 광기라고. 그는 내 모든 재산을 자기가 물려받아야 한다고 생각하는 겁니다. 그런데 그것을 불가능하게 하는 이 사회의 법에 분개했지요. 하지만 명확한 동기도 있었습니다. 그는 한사상속(상속인을 한정하여 상속하는 제도—옮긴이)에 관한 법을 철폐해야 한다고 믿었는데, 내가 그럴 힘이 있다고 생각했지요. 그는 나와 흥정을 하려고 했습니다. 내가 한사상속법을 철폐해서, 유언으로 자기에게 재산을 물려주는 것이 가능해지면, 그때 아서를 돌려주겠다는 것이었지요. 그는 내가 경찰의 도움을 받지는 않을 거라는 사실을 잘 알고 있었습니다. 그러면 그 아이가 다치니까 말입니다. 그가 흥정을 하려고 했다고 방금 말씀드렸지만, 실제로 흥정을 한 것은 아닙니다. 사건이 급진전되는 바람에 자기 계획을 실행에 옮길 겨를도 없었으니까요.

그 아이의 사악한 계획이 물거품이 되고 만 것은 당신이 하이데거라는 남자의 시신을 발견한 뒤였습니다. 그 소식을 듣고 제임스는 겁에 질렸습니다. 그 소식은 우리가 어제 이 서재에 함께 있을 때 들었지요. 헉스터블 박사가 전보를 친 겁니다. 제임스가 슬퍼하면서도 어찌나 흥분을 하던지, 그렇지 않아도 의심스럽던 것이 바로 확신으로 바뀌었습니다. 그래서 아이를 꾸짖었지요. 그는 자발적으로 이실직고를 했습니다. 그런 다음 사흘만 비밀을 지켜달라고 하소연하더군요. 가증스러운 공범에게 살 기회를 주기 위해서 말입니다. 내가 졌지요. 그가 하소연을 하면 나는 항상 집니다. 그러자 제임스는 헤이스에게 알려주고 도피 자금을 건네주려고 곧장 싸움닭 객점으로 달려갔습니다. 남들의 이목 때문에 내가 대낮에 거길 갈 수는 없었습니다. 그래서 밤이 되자마자 서둘러 사랑하는 아서를 보러 갔지요. 아이가 안전하게 잘 있는 것을 보았지만, 제 눈으로 본 끔찍한 일 때문에 이루 말할 수 없이 겁에 질려 있더군요. 그런데도 내 약속을 존중해서, 이번에도 나는 하고 싶은 대로 하지 못하고, 아이를 사흘 동안 그곳에 남겨두고 헤이스 부인더러 돌보게 하는 데 동의했지요. 아이가 그동안 어디에 있었는지 경찰에 말하게 되면 살인자가 누군지도 말할 수밖에 없을 테니까요. 나로서는 살인자가 처벌을 받으면 불쌍한 제임스도 파멸할 거라는 생각밖에 들지 않았습니다. 홈즈 씨, 당신이 솔직하게 말해달라고 했고, 나는 그 말을 받아들였습니다. 그래서 조금이라도 감추거나 얼버무리려 하지 않고 모든 것을 있는 그대로 털어놓았습니다. 이제는 당신이 내게 솔직하게 말할 차례입니다."

"그러죠." 홈즈가 말했다. "공작님, 먼저 말씀드리지 않을 수 없는 것은, 법의 눈으로 볼 때 공작님은 아주 심각한 처지에 놓였다는 것입니다. 공작님은 중범죄를 묵인했고, 살인자가 달아나도록 도왔습니다. 제임스 와일더가 공범자의 도피를 돕기 위해 건넨 자금이 공작님의 지갑에서 나왔다는 것은 의심의 여지가 없기 때문입니다."

공작이 동의의 표시로 고개를 숙여 보였다.

"정말이지 이것은 아주 심각한 문제입니다. 제가 보기에 더욱 비난받을 만한 일은, 어린 아드님에 대한 공작님의 태도입니다. 사흘 동안 그런 소굴에 남겨두시다니요."

"엄숙한 약속에 따라……."

"그런 인간들에게 약속이 다 무엇입니까? 공작님은 그가 다시 아이를 유괴하지 않을 거라고 장담할 수 있나요? 죄를 지은 큰아드님의 기분을 맞춰주기 위해 공작님은 무고한 어린 아드님을 불필요하고 급박한 위험에 노출시켰습니다. 그것은 결코 옳다고 할 수 없는 행동이었습니다."

홀더니스의 당당한 이 귀족은 자신의 처소에서 그런 평가를 받는 것에 익숙지 않았다. 그의 훤한 이마가 확 붉어졌지만, 양심에 걸리는 일이라서 묵묵히 입을 다물고 있을 수밖에 없었다.

"제가 도와드리겠습니다만, 딱 한 가지 조건이 있습니다. 그건 지금 하인을 불러서, 제 뜻대로 하인에게 지시를 하게 해주시는 것입니다."

공작은 말없이 전기 벨을 눌렀다. 하인이 들어왔다.

"당신의 어린 주인이 발견되었다는 소식을 들으면 반가울 것입니다." 홈즈가 하인에게 말했다. "공작님께서는 당신이 지금 즉시 마차를 몰고 싸움닭 객점으로 가서 솔타이어 경을 집으로 데려오기를 바라십니다."

제복을 입은 하인이 즐거운 얼굴로 사라지자 홈즈가 이어서 말했다.

"이제 미래의 안전을 확보했으니, 과거의 일은 좀 더 너그럽게 다룰 수 있겠습니다. 저는 공직에 있는 것도 아니니까, 정의의 목적이 달성되는 한, 내가 아는 사실을 굳이 폭로할 이유가 없습니다. 헤이스에 대해서는 할 말이 없습니다. 교수대가 그를 기다리고 있지만 그를 구하기 위해 손을 쓰지는 않을 겁니다. 그가 무슨 폭로를 할지도 모르지만, 침묵을 하는 게 그에게도 이롭다는 것을 공작님께서 깨닫게 해주실 거라고 봅니다. 경찰의 관점에서는 그가 몸값을 노리고 소년을 유괴한 것으로 보이겠죠. 경찰이 스스로 진실을 알아내지 못한다면, 사건을 좀 더 폭넓게 보라고 내가 경찰을 깨우쳐줄 이유는 없다고 봅니다. 하지만 공작님께 당부 드리고 싶은 게 있습니다. 제임스 와일더 씨를 계속 집에 두시면 불행만 불러올 거라고 봅니다."

"그건 잘 알겠소, 홈즈 씨. 그가 영원히 내 곁을 떠나기로 이미 얘기가 되었습니다. 행운을 찾아 오스트레일리아로 가겠다더군요."

"그렇다면, 와일더 씨 때문에 공작님의 결혼 생활이 원만치 못했다고 말씀하신 바도 있으니, 공작부인과의 문제도 바로잡아서, 불행하게 중단된 관계를 돈독히 하실 수 있을 듯합니다."

"그것 또한 이미 해결했습니다, 홈즈 씨. 오늘 아침 공작부인에게 편지를 띄웠지요."

"그렇다면," 하고 말하며 홈즈가 일어섰다. "이제 저는 친구와 함께 자축을 해도 되겠군요. 북쪽 지방에 잠깐 와서 여러 가지 아주 행복한 결실을 거둔 것에 대해 말입니다. 그런데 한 가지 알고 싶은 사소한 일이 있습니다. 헤이스라는 자는 자기 말에 편자를 박았는데, 그건 암소의 발자국으로 가장하기 위한 것이었습니다. 그렇게 기발한 장치가 있다는 것을 헤이스가 알게 된 것은 와일더 씨를 통해서겠죠?"

공작이 선 채로 잠시 생각에 잠겼다. 그의 얼굴에는 매우 놀란 표정이 떠올랐다. 그러다 방문 하나를 열고서, 우리에게 박물관처럼 꾸며진 커다란 실내를 보여주었다. 구석의 유리 진열장으로 간 그는 거기 붙어 있는 설명문을 가리켰다.

거기에는 이렇게 쓰여 있었다.

"이 편자는 홀더니스 홀의 해자에서 발굴된 것이다. 말편자인데, 추적자를 따돌리기 위해 쇠로 된 편자가 소 발굽처럼 앞이 갈라져 있다. 이것은 중세에 약탈을 일삼은 홀더니스 남작들의 소유물로 보인다."

홈즈는 진열장을 열고, 손가락에 침을 발라 편자를 쓱 훑었다. 최근에 묻은 진흙이 그의 손가락에 살짝 묻어났다.

"고맙습니다." 그가 진열장을 닫으며 말했다. "북쪽 지방에서 본 것 가운데 이게 두 번째로 흥미로운 물건이군요."

"그렇다면 첫 번째는 무엇입니까?"

홈즈가 수표를 들어 보이고는, 조심스레 수첩에 끼워 넣었다. "저는 가난한 사람입니다." 그렇게 말하며 그는 그것을 정겹게 토닥이고 안주머니에 깊이 찔러 넣었다.

블랙 피터

내 친구는 정신적으로나 육체적으로 1895년이 최고의 해가 아니었나 싶다. 명성은 갈수록 높아져서 일거리가 억수로 밀려들었다. 베이커 스트리트의 우리 비천한 문지방을 건너온 유명 의뢰인들 가운데 몇 명의 신원을 내가 혹시 암시라도 했다면 그것은 다 내가 경솔한 탓이다. 그러나 홈즈는 위대한 예술가가 다 그렇듯 여전히 자신의 예술을 위해 살았다. 홀더니스 공작의 사건을 빼고는, 값을 따질 수 없는 그의 노력에 대해 큰 보수를 요구한 적이 없는 것으로 나는 알고 있다. 그는 워낙 탈속한 사람이거나, 혹은 워낙 기분파라서, 아무리 권력과 재력이 막강한 사람이 의뢰를 해와도 마음이 내키지 않으면 사건을 맡지 않았다. 그러나 상상력을 자극하고 자기 능력을 시험할 수 있는 기묘하고 극적인 특성을 지닌 사건이라면, 아무리 가난한 사람이 의뢰를 해도 내리 몇 주씩 전력을 다하곤 했다.

1895년이라는 잊을 수 없는 이 해에, 그는 호기심이 동하는 아주 다채로운 일련의 사건을 해결했다. 토스카 추기경의 돌연사에 대한 그의 유명한 조사—교황 성하의 긴급한 바람에 따라 홈즈가 수행한 조사—를 비롯해서, 악명 높은 카나리아 조련사 윌슨을 체포해서 런던 이스트엔드의 악의 뿌리를 뽑은 일에 이르기까지 각각의 사건이 아주 독특했다. 이 유명한 두 사건의 뒤를 이어 우드먼스 리의 비극이 이어졌다. 전혀 이해할 수 없는 상황에서 피터 캐리 선장이 사망한 것이다. 좀처럼 보기 드문 이 사건에 대해 이야기보따리를 풀어놓지 않고서야 셜록 홈즈 씨의 활약상을 제대로 이야기했다고 할 수는 없을 것이다.

7월 첫 주에 내 친구는 우리 하숙집을 자주 비우고 오래 떠나 있어서, 나는 그가 무슨 일인가 맡았다는 것을 알 수 있었다. 그동안 험상궂은 남자들 여러 명이 찾아와 배질 선장에 대해 물었다. 그런 사실로 미루어볼 때, 홈즈가 자신의 가공할 정체를 숨기기 위해 전에 수없이 그랬듯이 변장을 하고 가명을 쓰면서 무슨 일인가 벌이고 있는 모양이었다. 그에게는 런던 곳곳에 최소한 다섯 군데의 은신처가 있었다. 그는 그곳에서 신분을 바꾸고 지낼 수 있었다. 자기 일에 대해 그는 내게 아무런 말도 하지 않았는데, 나는 얘기를 털어놓으라고 다그치는 법이 없었다. 이번에 그가 조사하고 있는 방향에 대해 내게 처음으로 언질을 준 과정은 평소와 사뭇 달랐다. 그가 아침 식사 전에 집을 나가는 바람에 나 혼자 식탁에 앉아 있을 때였다. 불쑥 실내로 들어온 그는 모자를 쓴 채 겨드랑이에 우산처럼 작살을 끼고 있었다.

"맙소사, 홈즈!" 내가 외쳤다. "설마 그런 것을 들고 런던 거리를 활보하고 다닌 것은 아니겠지?"

"마차를 타고 푸줏간에 좀 다녀왔어."

"푸줏간?"

“돌아오니 엄청 식욕이 동하는군. 이봐, 왓슨, 아침 식전의 운동이 값진 것은 정말 의심할 여지가 없어. 하지만 내가 어떤 운동을 했는지는 결코 못 알아맞힐걸?”

“어련하겠어?”

그는 커피를 따르며 나직이 웃었다.

“자네가 앨라다이스 푸줏간 뒤쪽을 둘러보았다면 거기 천장 갈고리에 죽은 돼지 한 마리가 매달려 있고, 겉옷을 벗어부친 셔츠 차림의 신사가 이 작살로 그걸 사납게 찔러대는 걸 볼 수 있었을 거야. 원기 왕성한 그 신사가 바로 나였지. 전력을 다했는데도 일격에 돼지를 관통할 수 없다는 것을 확실히 알게 됐어. 자네도 한번 해보고 싶지 않아?”

"전혀. 그런데 왜 그런 걸 해봤지?"

"그게 우드먼스 리의 수수께끼와 간접적인 관계가 있는 것 같거든. 아, 홉킨스, 어젯밤에 당신의 전보를 받았습니다. 오실 줄 알았지요. 어서 들어오세요."

우리의 손님은 유난히 민첩한 사람이었다. 서른 살의 나이에 수수한 트위드 정장을 입고 있었지만, 정식 제복을 입는 것에 익숙한 사람의 경직된 태도를 지니고 있었다. 나는 그가 스탠리 홉킨스 경위라는 것을 한눈에 알아보았다. 홈즈는 그의 미래가 촉망된다고 믿었는데, 홉킨스는 화답을 하듯 유명한 탐정의 과학적 방법을 보고 배우는 학생다운 찬탄과 존경심을 여실히 드러내곤 했다. 홉킨스는 이마를 찌푸린 채 완전히 낙담한 태도로 자리에 앉았다.

"아니, 됐습니다. 저는 여기 오기 전에 아침 식사를 했습니다. 상부에 보고를 하러 어제 올라와서 시내에서 밤을 보냈죠."

"무슨 보고를 했나요?"

"실패요. 완전히 실패했다는 것을요."

"진전이 없었군요."

"전혀."

"이런! 그 사건을 내가 좀 알아봐야겠군."

"제발 그래 주세요, 홈즈 씨. 이건 저에게 처음 온 큰 기회인데, 어째야 좋을지 모르겠어요. 제발 내려가서 저를 좀 도와주세요."

"음, 그래요. 이미 관심을 가지고 이용 가능한 모든 자료를 읽어보았습니다. 조사 보고서까지. 그런데 범죄 현장에서 발견된 그 담배쌈지에 대해서는 어떻게 생각하십니까? 거기에 단서가 없던가요?"

홉킨스가 놀란 표정을 지었다.

"아, 그건 피살자의 쌈지입니다. 피살자의 이름 머리글자가 그 안에 쓰여 있었죠. 그건 물개 가죽이었습니다. 그는 물개를 잡던 사람이었어요."

"하지만 그에게는 파이프가 없었습니다."

"그건 그래요. 파이프가 안 보였어요. 사실 그는 거의 담배를 피우지 않았죠. 남들을 위해 담배를 갖고 다녔는지도 몰라요."

"그랬겠군요. 이 얘기를 꺼낸 것은, 내가 그 사건을 다룬다면 그것을 조사의 출발점으로 삼고 싶기 때문입니다. 그런데 내 친구 왓슨 박사는 이 사건에 대해 전혀 모릅니다. 일련의 사건에 대해 나도 한 번 더 들어두어서 나쁠 건 없겠죠. 사건의 핵심을 간단히 스케치해주세요."

스탠리 홉킨스는 주머니에서 종이 한 장을 꺼냈다.

"여기 피살자 피터 캐리 선장의 경력이 몇 가지 적혀 있습니다. 1845년에 태어났으니까 지금 50세가 됐군요. 물개잡이와 고래잡이 선원으로 누구보다 용감했고 성공도 거두었습니다. 1883년에 던디의 물개잡이 증기선 일각돌고래호의 선장이 됐습니다. 그 후 여러 차례 잇달아 성공적인 항해를 했고, 이듬해 1884년에 은퇴했습니다. 그 후 몇 년 동안 여행을 한 후, 마침내는 서식스 주 포리스트 로 근처의 우드먼스 리라는 작은 고장의 부동산을 사서 6년 동안 살았죠. 거기서 바로 일주일 전 오늘 사망했습니다.

그 남자에겐 아주 독특한 점이 몇 가지 있었습니다. 보통 때는 엄격한 청교도였어요. 과묵하고 우울한 남자였죠. 그의 식구로는 아내와 스무 살 난 딸, 그리고 하녀 두 명이 전부였습니다. 하녀들은 늘 바뀌었어요. 집안 분위기가 영 탐탁지 않았는데, 때로는 숨이 막힐 정도였거든요.

그는 이따금 술주정을 했어요. 한번 주정을 했다 하면 아주 악마가 되었답니다. 오밤중에 아내와 딸을 집 밖으로 몰아내고 매질을 하며 공원으로 몰고 가는 바람에, 공원 입구에 사는 모든 마을 사람이 그들의 비명소리에 잠이 깬 적도 있다고 합니다.

한번은 교구 목사님을 폭행해서 법정에 불려간 적도 있죠. 목사님이 그의 집에 들러서 못된 소행을 꾸짖자 주먹을 휘두른 겁니다. 홈즈 씨, 한마디로 말씀드려서 피터 캐리보다 더 위험한 남자는 찾아보기 힘들 겁니다. 선장 시절에도 성격이 그랬다고 합니다. 그 바닥에서는 블랙 피터라고 알려져 있었죠. 그런 별명이 붙은 것은, 얼굴이 검게 탔고 시커먼 수염이 무성할 뿐만 아니라, 주변의 모든 사람을 공포에 떨게 한 그 성질머리 때문이었죠. 이웃 사람들이 하나같이 그를 혐오하고 기피했다는 건 두말할 나위가 없답니다. 그가 비참한 종말을 맞았다고 해서 누가 슬퍼하는 말 한마디 하는 걸 들어보지 못했어요.

그 남자의 오두막에 대한 조사 보고서는 홈즈 씨도 읽어보셨겠지만, 여기 친구 되시는 분께서는 들어보지 못하셨을 겁니다. 그는 집에서 몇백 미터 떨어진 곳에 나무로 손수 오두막 하나를 짓고 그것을 언제나 선실이라고 불렀습니다. 언제나 거기서 잠을 잤죠. 자그마한 방

한 칸짜리 오두막이었는데, 너비 4.8미터에 길이는 3미터였어요. 열쇠는 늘 주머니에 넣고 다니면서 침대도 직접 만들고, 청소도 직접 하고, 다른 사람은 결코 문지방을 넘지 못하게 했답니다.

집에는 양쪽에 작은 창문이 나 있는데, 늘 커튼이 쳐져 있었고 열린 적이 없습니다. 창문 가운데 하나는 한길 쪽으로 나 있어서, 밤에 집에서 불을 켜면 사람들이 서로 그것을 가리키면서 블랙 피터가 저기서 도대체 뭘 하는지 궁금해했다고 합니다. 검시 배심 때 나온 몇 가지 증거 가운데 하나도 바로 그 창문에 대한 것이었습니다, 홈즈 씨.

살해되기 이틀 전, 새벽 1시 무렵이었습니다. 포리스트 로에서 걸어오고 있던 슬레이터라는 석공이 오두막 근처를 지나가다가 발길을 멈추고, 그때까지 환히 밝혀진 창문의 불빛을 나무 사이로 바라보았습니다. 그는 옆으로 돌아선 한 남자의 머리 모습이 커튼에 또렷이 비친 것을 보았다고 증언했습니다. 그건 분명 그가 잘 아는 피터 캐리의 머리 모습이 아니었다고 합니다. 턱수염을 기른 남자였는데, 수염이 짧고 빳빳하게 앞으로 삐친 모습이 선장의 수염과는 사뭇 달랐다는 거죠. 말은 그렇게 했지만, 그는 술집에서 족히 두 시간은 술을 마셨고, 한길에서 그 창문까지는 거리가 제법 떨어져 있습니다. 게다가 그건 월요일의 일인데, 범행이 일어난 것은 수요일이죠.

화요일에 피터 캐리는 기분이 최악의 상태였습니다. 불쾌하게 취했고, 위험한 야수처럼 사나웠죠. 그는 집 주위를 배회했는데, 여자들은 그가 다가오는 소리만 들으면 급히 달아났습니다. 그는 저녁 늦게 자기 오두막으로 내려갔어요. 그리고 새벽 2시경, 창문을 열어놓고 잠든 그의 딸이 그쪽에서 난 소름끼치는 고함소리를 들었습니다. 하지만 그가 술에 취하면 왕왕 고함을 지르곤 했기 때문에 그리 신경을 쓰지 않은 모양입니다. 하녀 한 명이 7시에 일어나서 오두막 문이 열려 있는 것을 보았습니다. 하지만 그 남자가 워낙 공포를 자아낸 탓에, 한낮이 될 때까지는 그가 어떻게 되었는지 아무도 보러 가려고 하지 않았어요. 나중에 문틈으로 들여다본 그들은 아연실색을 하고 허둥지둥 마을로 달려갔습니다. 한 시간 안에 제가 현장에 도착해서 사건을 조사했죠.

홈즈 씨도 아시다시피 저는 꽤 강심장인데도, 오두막 안으로 고개를 들이민 순간 모골이 송연했습니다. 집파리와 금파리가 풍금처럼 붕붕거렸고, 마루와 벽은 도살장 같았습니다. 그는 그곳을 선실이라고 불렀는데, 과연 선실이라고 할 만했어요. 누구나 그 안에 들어가 보면 꼭 배 안에 있는 것 같을 테니까요. 한쪽 끝에 선실 침대가 있고, 선원의 사물함, 지도와 해도, 일각돌고래호 사진 한 장이 있고, 선반에는 항해일지가 줄줄이 꽂혀 있었습니다. 선장실 안에 있음직한 것들이 다 놓여 있었죠. 그리고 중앙에 그 남자가 있었습니다. 얼굴은 고문으로 넋이 나간 사람처럼 뒤틀렸고, 얼마나 고통스러웠는지 검은색이 섞인 황갈색의 무성한 턱수염이 위로 곤두서 있었습니다. 떡 벌어진 가슴에는 강철 작살이 관통해 있었어요. 그의 뒤쪽 나무 벽에까지 아주 깊이 박혀 있었죠. 마치 카드에 핀으로 꽂아놓은 딱정벌레 같았습니다. 물론 그는 절명했는데, 소름끼치는 최후의 고함을 지르고 바로 사망한 모양입니다.

저는 홈즈 씨의 방법을 알고 있어요. 그래서 그걸 적용했죠. 어떤 것도 건들지 않은 상태에서 집 둘레의 땅바닥을 아주 꼼꼼하게 살폈습니다. 물론 방바닥도 보았죠. 발자국은 없었습니다."

"전혀 없었다고요?"

"확실합니다. 전혀 없었어요."

"이봐요, 홉킨스, 나는 많은 범죄 사건을 조사했는데, 날아다니는 생물체가 저지른 범죄는 한 건도 보지 못했습니다. 범인에게 두 발이 붙어 있는 한, 뭔가 남기게 마련이죠. 움푹 들어간 자국이나 벗겨진 자국, 과학적인 탐색을 해보면 간파할 수 있는 뭔가 사소한 자리 이동 같은 것 말입니다. 피가 튄 실내에 실마리가 될 흔적이 전혀 없었다는 것은 믿을 수 없어요. 그런데 검시 보고서를 보니, 경위가 빠뜨리고 보지 않은 물건이 몇 가지 있었다고요?"

젊은 경위는 내 친구의 배배 꼬인 말에 인상을 찡그렸다.

"그때 홈즈 씨를 모시지 않은 건 제 불찰입니다. 하지만 이제 와서 돌이킬 순 없죠. 그래요, 실내에는 각별히 주의를 끄는 물건이 몇 개 있었어요. 하나는 범행 도구인 작살입니다. 그건 벽에 있는 작살걸이에 걸려 있던 겁니다. 다른 두 개는 그대로 남아 있는데, 세 번째 작살걸이만 비어 있었어요. 작살 자루에는 'SS. 일각돌고래, 던디'라고 새겨져 있더군요. 범행은 분노가 치밀어서 우발적으로 일어난 듯합니다. 살인자가 가까이 있는 첫 번째 무기를 손에 든 거죠. 범행이 새벽 2시에 일어났는데, 그때 피터 캐리가 옷을 다 차려입고 있었다는 사실로 미루어볼 때 살인자와 약속이 있었다는 것을 알 수 있습니다. 그건 탁자에 럼주 한

병과 사용한 유리잔 두 개가 놓여 있었다는 사실로 입증이 됩니다."

"그렇군요." 홈즈가 말했다. "두 가지 추리 모두 인정할 만합니다. 방에는 럼주 외에 다른 술은 없었나요?"

"아니요, 선원 사물함 위에 브랜디와 위스키가 든 탠틀러스가 하나 있었습니다. 하지만 그건 우리에게 중요하지 않아요. 술병이 가득 차 있어서, 전에 한 번도 마신 적이 없는 거라서요."

"그래도 그런 게 있었다는 건 의미가 있습니다." 홈즈가 말했다. "하지만 경위가 사건과 관계가 있다고 생각하는 물건에 대해 좀 더 들어봅시다."

"탁자 위에는 이 담배쌈지가 있었습니다."

"탁자 어느 부분에 있었나요?"

"중앙에 놓여 있더군요. 그건 싸구려 물개가죽입니다. 그러니까 직모 가죽인데, 졸라매는 가죽 끈이 있어요. 덮개 안쪽에는 'P.C.'라고 쓰여 있죠. 안에는 독한 십스 담배가 15그램쯤 들어 있습니다."

"좋아요! 또 뭐가 있었나요?"

스탠리 홉킨스가 주머니에서 칙칙한 표지의 수첩을 꺼냈다. 겉부분은 너덜거렸고, 속지는 빛이 바래 있었다. 첫 쪽에는 머리글자 'J. H. N.'과 '1883'이라는 연도가 쓰여 있었다. 그것을 탁자에 올려놓은 홈즈는 특유의 꼼꼼한 방식으로 살펴보았다. 그동안 홉킨스와 나는 어깨 너머로 바라보았다. 두 번째 쪽에는 'C. P. R.'이라고 쓰여 있었고, 그다음에는 여러 장에 걸쳐 숫자가 쓰여 있었다. 다른 제목으로는 '아르헨티나', '코스타리카', '상파울루' 등이 적혀 있었고, 각 제목마다

여러 쪽에 걸쳐 기호와 숫자가 쓰여 있었다.

"이걸 어떻게 생각하십니까?" 홈즈가 물었다.

"증권거래소 종목 같은데요? 'J. H. N.'은 중개인 이름 머리글자이고, 'C. P. R.'은 고객이 아닐까요?"

"캐나다 퍼시픽 철도회사는 어떻습니까?" 홈즈가 말했다.

스탠리 홉킨스는 이빨 사이로 신음을 내뱉으며, 부르쥔 주먹으로 자기 허벅지를 내리쳤다.

"바보처럼 그 생각을 못 하다니!" 그가 외쳤다. "물론 말씀하신 대로입니다. 그럼 'J. H. N.'이 뭔지만 알면 되겠군요. 증권거래소는 이미 알아봤습니다. 1883년에는 하우스에도, 다른 변두리 거래소에도 그런 이름의 중개인은 없었어요. 하지만 내가 가진 단서 가운데 그게 가장 중요하다는 생각이 듭니다. 그러니까 그게 현장에 있던 또 한 명의 인물, 그러니까 살인자의 이름 머리글자일 가능성이 있다는 것을 홈즈 씨도 인정하실 겁니다. 또한 저는 이 사건에서 대량의 고가 증권과 관련된 자료를 추적해보면 다른 어떤 조사를 하는 것보다 먼저 범행 동기를 알아낼 수 있다고 주장하고 싶습니다."

셜록 홈즈의 얼굴에는 그런 새로운 진전에 아주 놀란 빛이 역력했다.

"당신의 두 가지 견해를 모두 인정할 수밖에 없군요." 그가 말했다. "솔직히 말하면, 검시배심 때 등장하지 않은 그 수첩은 내가 잘못 생각했을지도 모르는 것들을 바로잡아 주는군요. 나는 사실 이 증거와 동떨어진 가설을 세웠댔습니다. 여기 적힌 증권들을 추적해본 적 있나요?"

"지금 경찰서에서 조사가 진행 중입니다. 하지만 이 남아메리카 회사의 증권 소유자들에 관한 명부는 남아메리카에 있어요. 그래서 그들을 추적하려면 몇 주가 걸릴 겁니다."

홈즈는 돋보기 렌즈로 수첩 표지를 살펴보고 있었다.

"여기 얼룩이 묻었군요." 그가 말했다.

"예, 그건 핏자국입니다. 수첩을 마룻바닥에서 주웠다고 말씀드렸던가요?"

"핏자국이 묻은 게 수첩 위였나요, 아래였나요?"

"바닥 쪽입니다."

"그렇다면 범행이 일어난 후 수첩이 떨어졌다는 뜻이군요."

"그렇습니다, 홈즈 씨. 저도 그 점을 알아차리고, 살인자가 부랴부랴 달아나면서 떨어뜨린 거라고 생각했습니다. 문 가까이에 떨어져 있었죠."

"피살자의 물건 중에서 이 증권들이 발견되지는 않았겠죠?"

"그렇습니다."

"도난당한 건 아닐까요?"

"아닙니다. 물건에 손을 댄 흔적이 없습니다."

"이런, 이건 참 흥미로운 사건이로군. 그런데 현장에 칼이 있었나요, 없었나요?"

"칼집에 넣은 나이프가 하나 있었습니다. 그게 피살자의 발치에 놓여 있었죠. 캐리 부인이 남편의 것이라고 확인해주었습니다."

홈즈는 한동안 생각에 잠겼다.

"그래요," 하고 마침내 그가 말했다. "내려가서 한번 둘러봐야겠습니다."

스탠리 홉킨스가 환성을 올렸다.

"고맙습니다, 홈즈 씨. 정말이지 마음이 푹 놓입니다."

홈즈가 경위에게 손사래를 쳤다.

"일주일 전이라면 일이 쉬웠을 겁니다." 그가 말했다. "하지만 지금이라도 가보면 소득이 없지는 않겠죠. 왓슨, 자네도 시간을 좀 내서 같이 가주면 좋겠어. 홉킨스, 사륜마차를 불러주세요. 그사이에 우리는 준비를 해서 15분 후 포리스트 로로 출발합시다."

⁂

우리는 길가의 작은 역에서 내려, 마차를 타고 울창한 숲속 길을 몇 킬로미터나 달렸다. 이 숲은 한때 색슨족 침략자들의 접근을 차단한 대삼림—결코 돌파할 수 없는 '윌드'—지역의 일부로, 60년 동안 영국의 보루 구실을 했다. 막대한 지역이 벌채가 되었는데, 그건 여기에 최초로 제철소가 들어서면서 광석을 녹이기 위해 나무를 연료로 땠기 때문이다. 지금은 철광석이 풍부한 북부의 들판으로 제철소가 옮겨가서, 파괴된 숲과 거대한 땅 구덩이만이 지난날의 일들을 말해주고 있었다. 휘어져 돌아가는 들판 길을 마차로 달려가자, 비탈진 초록 언덕을 평평하게 다진 후 지은 길고 낮은 석조 주택 한 채가 눈앞에 나타났다. 도로 가까이에는 삼면이 관목으로 둘러싸인 작은 오두막이 하나 있었는데, 우리 쪽으로 창문이 나 있었다. 그것이 살인 현장이었다.

스탠리 홉킨스는 먼저 우리를 석조 주택으로 안내했다. 그는 초췌하고 머리가 하얗게 센 여성에게 우리를 소개했다. 피살자의 아내인 그녀는 몹시 여위고 주름이 깊게 파인 얼굴에, 눈시울이 붉은 두 눈에는 은연중 공포의 빛이 어려 있었다. 그 두 눈에는 학대를 당하며 참고 살아온 세월의 고단함이 고스란히 담겨 있었다. 그녀와 함께 있던 딸은 창백한 금발의 아가씨였는데, 우리에게 덤벼들듯이 두 눈을 이글거리며 말했다. 아버지가 죽어서 차라리 기쁘다고, 그를 죽인 사람에게 감사하고 싶다고. 블랙 피터 캐리가 일군 가정은 그렇게 끔찍했다. 우리가 다시 햇살 비추는 바깥으로 나오자 안도감이 들었다. 우리는 피살자가 생전에 밟아서 다져놓은 길을 따라갔다.

오두막은 아주 단순한 살림집이었다. 나무로 벽을 세우고 지붕널을 얹었는데, 문 옆에 창이 하나 나 있고, 맞은편에도 창이 나 있었다. 스탠리 홉킨스가 주머니에서 열쇠를 꺼내, 열쇠구멍 위로 몸을 구부정하게 숙였을 때였다. 그는 멈칫하고서 뭔가 주목하더니 얼굴에 놀란 빛을 띠었다.

"누가 이 문을 건드렸어요." 그가 말했다. 의심의 여지가 없었다. 문짝에 칼자국이 나 있고, 페인트가 긁혀서 속이 하얗게 드러나 보였는데, 동시에 생긴 자국 같았다. 홈즈는 창문을 살펴보고 있었다.

"누군가 이곳으로도 들어가려고 했어. 누군지 몰라도 들어가진 못했군. 영 서투른 좀도둑이었던 모양이야."

"이건 아주 별난 일입니다." 경위가 말했다. "맹세컨대 엊저녁까지만 해도 이런 자국이 없었거든요."

"누군가 호기심 많은 마을 사람이겠지." 내가 제안했다.

"아닐 겁니다. 그들은 이곳에 감히 발을 들여놓으려 하질 않아요. 오두막 쪽으로는 발길을 향하려고 하지도 않죠. 홈즈 씨는 어떻게 생각하십니까?"

"우리가 아주 운이 좋았다고 생각합니다."

"그 사람이 다시 올 거라는 뜻인가요?"

"그럴 겁니다. 그는 문이 열려 있을 줄 알고 왔습니다. 아주 작은 주머니칼로 문을 열려고 했군요. 하지만 열지 못했습니다. 그러면 다음에는 어떻게 할까요?"

"다음 날 저녁에 좀 더 강력한 도구를 들고 오겠죠."

"내 생각도 그렇습니다. 그렇다면 기다렸다가 잡지 않을 수 없겠죠. 그건 그렇고, 오두막 안을 좀 봅시다."

비극의 흔적은 제거된 상태였다. 그러나 작은 방의 가구들은 범행 당시의 밤과 똑같이 그대로 놓여 있었다. 두 시간 동안 홈즈는 아주 골똘히 모든 물건을 차례로 살펴보았다. 그러나 그의 얼굴을 보니 조사가 성공적이지 못한 모양이었다. 끈질기게 조사를 하다가 멈칫한 것은 딱 한 번뿐이었다.

"홉킨스, 이 선반에서 가져간 게 있습니까?"

"없습니다. 저는 아무것도 건드리지 않았어요."

"무엇인가 없어졌습니다. 선반 이쪽 구석이 다른 쪽보다 먼지가 적어요. 여기에 책 한 권이 있었을지도 모릅니다. 상자일지도 모르죠. 음, 여기선 더 이상 할 게 없군. 왓슨, 아름다운 숲속을 좀 거닐면서 한두 시간 새와 꽃을 감상할까? 홉킨스, 당신은 이따가 여기서 다시 만나서 간밤에 이곳에 들른 신사와 상봉하게 될지 알아봅시다."

우리가 매복을 한 것은 7시가 지나서였다. 홉킨스는 오두막 문을 열어두자고 했지만, 그래서는 의심만 살 거라고 홈즈는 생각했다. 잠금장치는 아주 단순한 것이어서, 튼튼한 칼날을 문틈에 찔러 넣기만 하면 열리게 되어 있었다. 홈즈는 또 우리가 오두막 안이 아니라 밖에서, 그것도 반대쪽 창문을 에워싸고 자란 덤불 뒤에 숨어 기다리자고 했다. 그러면 문제의 인물이 불을 켤 경우 그를 지켜볼 수 있고, 이렇게 몰래 야간 방문을 한 목적이 무엇인지 알 수 있다는 것이었다.

이것은 울적하고 지루할 수밖에 없는 매복이었지만, 사냥꾼이 웅덩이 옆에 누워서 사냥감이 목마를 때를 하염없이 기다리고 있을 때와 같은 전율 비슷한 것을 느낄 수 있었다. 대체 어떤 야수가 어둠을 틈타 우리를 향해 몰래 다가올 것인가? 번뜩이는 송곳니와 발톱을 가지고 있어서 힘든 격투를 해야만 잡을 수 있는 범죄계의 사나운 호랑일까? 아니면 숨어 다니기를 좋아하는 재칼 같아서, 호신책이 없이 약한 사람에게만 위험한 야수일까?

덤불 뒤에 웅크린 채, 우리는 장차 무슨 일이 닥칠지 숨을 죽이고 기다렸다. 처음에는 귀가가 늦은 마을 사람 몇 명의 발소리나 마을에서 들리는 말소리에 경각심을 높이곤 했지만, 그러한 방해물은 차례로 사라지고 완전한 적막감만 감돌았다. 다만 먼 교회의 종소리가 밤의 진행을 우리에게 알려줄 뿐이었다. 그리고는 빗소리만 들렸다. 추적추적 부슬비가 내리면서 머리 위 나뭇잎사귀들에 부딪는 빗소리가 소슬했다.

2시 반 종소리가 울렸다. 새벽을 향해 가는 가장 어두운 시간이었다. 이때 나지막하지만 날카롭게 딸그락거리는 소리가 문 쪽에서 들려왔다. 우리는 퍼뜩 정신이 들었다. 누가 진입로에 들어선 것이다. 그리고 다시 긴 침묵만 감돌았다. 그게 잘못 들은 소리려니 하는 생각이 들 무렵, 살그머니 걷는 발소리가 오두막 맞은편에서 들려왔다. 잠시 후 금속이 긁히며 찰카닥하는 소리가 났다. 억지로 문을 열고 있었던 것이다. 이번에는 기술이 좋았거나 도구가 더 좋았는지, 갑작스레 딸깍하는 소리에 이어 돌쩌귀가 삐거덕거리는 소리가 났다. 그 후 성냥불이 켜지고, 다음 순간 촛불 빛이 오두막 내부를 채웠다. 우리는 눈길을 고정한 채 망사 커튼을 통해 실내에서 벌어지는 일을 지켜보았다.

심야 방문객은 젊은이였다. 약하고 여윈 체격에 검은 콧수염을 길렀는데, 수염 때문에 창백한 얼굴이 더욱 두드러져 보였다. 나이는 스무 살 안팎으로 보였다. 나는 그렇게 불쌍할 만큼 겁에 질린 사람을 본 적이 없었다. 눈에 띄게 이빨을 딱딱 부딪치며 팔다리를 덜덜 떨고 있

었던 것이다. 그는 신사 차림으로 노퍽재킷(허리띠가 있는 헐렁한 주름 코트—옮긴이)에 니커보커(무릎까지 내려오는 바지로, 주로 운동할 때 입었다—옮긴이)를 입었고, 머리에는 천모자를 썼다. 우리는 그가 겁먹은 눈길로 주위를 두리번거리는 것을 지켜보았다. 그 후 그는 불 밝힌 양초 동강을 탁자 위에 올려놓고 우리 눈에 안 띄는 구석으로 사라지더니, 선반에 줄지어 세워져 있던 항해일지와 커다란 책을 가지고 돌아왔다. 탁자에 기댄 채 그는 두꺼운 책장을 재빠르게 넘겼다. 원하는 항목을 찾는 모양이었다. 그러다 주먹을 부르쥐고 화난 몸짓을 하며 책을 탁 덮더니, 그것을 다시 구석에 놓아두고 촛불을 껐다. 그가 오두막을 떠나기 위해 돌아서는 순간 홉킨스의 손이 그의 멱살을 잡았다. 그가 붙잡힌 것을 알고 겁에 질려 내지른 소리가 들려왔다. 촛불이 다시 켜졌고, 처량한 포로는 경위의 손에 붙들려 겁을 집어먹은 채 덜덜 떨고 있었다. 그는 사물함 위에 털썩 주저앉아 절망적인 눈빛으로 우리를 차례로 바라보았다.

"이봐요." 스탠리 홉킨스가 말했다. "당신은 누구고, 여기서 무엇을 찾으려고 한 겁니까?"

사내는 마음을 다잡고 애써 침착해지려고 하며 우리를 마주 보았다.

"형사들이신가요?" 그가 말했다. "피터 캐리 선장의 죽음과 내가 관련이 있다고 생각하시겠군요. 분명히 말씀드리는데 저는 결백합니다."

"그거야 두고 봐야지." 홉킨스가 말했다. "먼저, 이름이 뭡니까?"

"존 호플리 넬리건입니다."

홈즈와 홉킨스가 서로 눈길을 주고받았다.

"여기서 뭘 하고 있었습니까?"

"비밀을 지켜줄 건가요?"

"아니요, 그건 안 됩니다."

"그럼 내가 왜 말을 해야 합니까?"

"대답을 하지 않으면, 재판 때 당신이 매우 불리해질 수 있습니다."

젊은 남자가 인상을 찡그렸다.

"좋아요, 말씀드리죠." 그가 말했다. "내가 말 못할 게 뭐가 있겠습니까? 하지만 옛 스캔들이 되살아나는 것은 생각하기도 싫습니다. 도슨과 넬리건이라는 이름을 들어본 적 있나요?"

홉킨스의 얼굴을 보니 그는 들어본 적이 없는 것 같았다. 하지만 홈즈는 솔깃해했다.

"웨스트 컨트리 은행의 설립자 말입니까?" 홈즈가 말했다. "그들은 100만 파운드의 빚을 지고 파산해서, 콘월 지방의 가문 절반을 결딴냈고, 넬리건은 실종되었지요."

"맞습니다. 넬리건은 우리 아버지이십니다."

마침내 실마리가 풀리기 시작했지만, 종적을 감춘 은행가와 자기 작살에 찔려 벽에 꽂힌 피터 캐리 선장 사이에는 여전히 건널 수 없는 심연이 가로놓인 듯했다. 우리 모두 젊은이의 말에 골똘히 귀를 기울였다.

"사실상 관련자는 아버지 혼자였어요. 도슨은 이미 은퇴를 한 뒤였으니까요. 그때 나는 고작 열 살이었습니다. 하지만 그 모든 일에 대해

수치심과 두려움을 느낄 만한 나이는 되었습니다. 나는 아버지가 모든 증권을 훔쳐 달아났다는 말을 늘 들어야 했습니다. 그건 사실이 아닙니다. 아버지는 시간만 있었다면 모든 일이 잘 풀려서 빚을 다 갚을 수 있었다고 믿으셨어요. 아버지는 체포 영장이 발부되기 직전에 작은 배를 타고 노르웨이로 향했습니다. 마지막 날 밤, 아버지가 어머니와 작별을 하던 때가 기억납니다. 아버지는 우리에게 보유 증권 목록을 주셨어요. 그리고 맹세하셨죠. 돌아와서 꼭 명예를 회복하겠다고. 아버지를 믿어준 사람들에게 결코 고통을 안겨주지 않겠다고. 그리고 다시는 소식을 듣지 못했습니다. 배도 아버지도 완전히 종적을 감추어버렸어요. 우리, 그러니까 어머니와 저는 이렇게 생각했습니다. 아버지와 배, 그리고 가지고 가신 증권이 바다에 가라앉고 말았을 거라고 말입니다. 그런데 우리를 각별히 돌봐주던 분이 계셨습니다. 사업을 하는 분이었는데, 아버지가 갖고 계셨던 증권의 일부가 런던 시장에 나타났다는 것을 그분이 얼마 전에 알아내셨어요. 우리가 얼마나 놀랐을지 짐작이 가실 겁니다. 저는 몇 달에 걸쳐 그 증권을 추적했습니다. 그래서 많은 고초를 겪은 끝에 원래의 판매자가 이 오두막의 주인인 피터 캐리 선장이라는 것을 마침내 알아냈습니다.

당연히 저는 선장에 대해 조사를 했지요. 그래서 그가 고래잡이 배 선장이었다는 것을 알아냈습니다. 그 배는 우리 아버지가 노르웨이로 항해할 때 북극해에서 돌아온 걸로 되어 있었습니다. 그해 가을에 폭풍이 불었고, 잇달아 세찬 남풍이 불었어요. 아버지의 배는 북쪽으로 밀려갔을 겁니다. 그래서 피터 캐리 선장의 배와 만났겠죠. 만일 그랬다면 아버지는 어떻게 되셨을까요? 아무튼 증권이 런던 시장에 어떻게 나타났는가에 대해 피터 캐리의 증언을 확보할 필요가 있었어요. 그러면 아버지가 그것을 팔지 않았고, 빼돌릴 생각도 없었다는 것을 증명할 수 있을 거라고 봤으니까요.

저는 선장을 만나볼 요량으로 서식스에 내려왔지만, 이미 그가 처참하게 죽은 직후였어요. 나는 그의 오두막을 언급한 검시 보고서를 읽었습니다. 오두막에 그의 해묵은 항해일지가 보관되어 있다는 말이 나오더군요. 그래서 1883년 8월에 일각돌고래호에서 무슨 일이 일어났는지 알 수 있다면, 아버지께서 실종된 수수께끼를 풀 수 있을 거라는 생각이 문득 떠올랐습니다. 지난밤에 이 항해일지를 손에 넣으려고 했지만 문을 열 수가 없었어요. 오늘 밤 다시 시도를 해서 성공했죠. 하지만 그 달에 해당하는 페이지가 찢겨나가고 없다는 것을 알게 됐습니다. 바로 그 순간 여러분에게 붙들리고 말았어요."

"그게 전부입니까?" 홉킨스가 물었다.

"예, 그게 전부입니다." 눈길을 피하며 그가 말했다.

"우리에게 더 할 말이 없습니까?"

그가 잠깐 머뭇거렸다.

"예, 없습니다."

"지난밤 이전에는 여기 온 적이 없습니까?"

"없어요."

"그렇다면 '이것'은 어떻게 설명할 겁니까?" 홉킨스가 외치며, 결정적인 수첩을 쳐들어 보였다. 표지에 핏자국이 묻었고, 바로 첫 장에 우리 포로의 이름 머리글자가 적힌 수첩을.

가련한 젊은이는 고꾸라지듯 몸을 숙였다. 그는 두 손에 얼굴을 묻고 전신을 부들부들 떨었다.

"그게 어디서 났습니까?" 그가 신음소리를 냈다. "나는 몰랐습니다. 호텔에서 잃어버린 줄만 알았어요."

"이걸로 충분합니다." 홉킨스가 준엄하게 말했다. "당신이 더 할 말이 있다면 법정에서 말하십시오. 이제 같이 경찰서로 갑시다. 아, 홈즈 씨와 친구 되시는 분께서 여기까지 내려오셔서 저를 도와준 것에 대해 정말 감사드립니다. 이제 드러난 바와 같이 홈즈 씨의 도움은 필요가 없게 되었군요. 홈즈 씨가 안 계셨어도 이 사건을 성공적으로 해결할 수 있었을 겁니다. 그렇기는 하지만 아무튼 고맙습니다. 두 분을 위해 브램블타이 호텔에 방을 예약해두었습니다. 그러니 함께 마을까지 걸어가기로 합시다."

"음, 왓슨, 자네 생각은 어때?" 이튿날 아침 런던으로 돌아가며 홈즈가 물었다.

"자네는 만족하지 않은 모양이군?"

"아니, 천만에, 나는 대만족이야. 그런데 다만 스탠리 홉킨스의 방법이 영 신통치 않았어. 스탠리 홉킨스에게 실망했지. 그는 좀 나을 거라고 기대했는데 말이야. 우리는 항상 다른 가능성이 있는지 찾아보고 그것에 대비해야 해. 그것이 범죄 수사의 제1 규칙이야."

"그렇다면, 다른 가능성이란 게 뭔데?"

"그건 내가 직접 조사하고 있어. 아무런 소득이 없을지도 몰라. 그

거야 알 수 없지. 그래도 끝까지 조사를 해볼 거야."

베이커 스트리트에는 홈즈를 기다리는 편지가 여러 통 와 있었다. 그는 그중 하나를 낚아채더니 개봉해서 읽어보고 나직이 환호성을 올렸다.

"잘됐어, 왓슨. 다른 가능성이 진전을 보였어. 전보용지 갖고 있지? 나 대신 몇 자 적어줘. '래트클리프 하이웨이, 섬너 해운업 중개소 앞. 내일 아침 10시까지 세 명 보낼 것.— 배질.' 배질은 그 바닥에서 통하는 내 이름이야. 또 다른 전보에는 이렇게 써줘. '브릭스턴, 로드 스트리트 46번지, 스탠리 홉킨스 경위 앞. 내일 9시 30분까지 아침 식사를 하러 오기 바람. 올 수 없으면 전보 칠 것.— 셜록 홈즈.' 그러고 보니 이 끔찍한 사건에 열흘이나 시달렸어, 왓슨. 이제 깨끗이 해결을 해야지. 이 사건은 내일 최후를 장식하게 될 거야."

정한 시간에 정확하게 스탠리 홉킨스 경위가 나타났다. 우리는 함께 앉아서, 허드슨 부인이 차려준 훌륭한 아침 식사를 했다. 젊은 형사는 자신의 성공에 의기양양해 있었다.

"경위는 이 사건을 정말 제대로 해결했다고 생각합니까?" 홈즈가 물었다.

"더 이상 완벽할 수는 없다고 봅니다."

"내가 보기에는 확실치가 않은 것 같은데요?"

"저를 놀라게 하시는군요, 홈즈 씨. 더 이상 무엇을 바란단 말입니까?"

"모든 것을 설명할 수 있나요?"

"물론이죠. 젊은 넬리건은 범죄 당일 브램블타이 호텔에 도착했습니다. 골프를 치러 온 척했죠. 그의 방은 1층이어서, 언제든 원할 때 밖에 나갈 수 있었습니다. 사건 당일 그는 우드먼스 리에 가서, 오두막에 있는 피터 캐리를 만나 싸움이 붙었고, 작살로 그를 살해했습니다. 그런 다음 자기가 한 짓에 겁을 집어먹고, 오두막 밖으로 달아나다 수첩을 떨어뜨렸습니다. 그건 각종 증권에 대해 피터 캐리에게 질문을 하려고 가져온 거죠. 수첩에는 체크 표시를 한 데가 있는데, 대부분은 표시가 되어 있지 않은 걸 보셨을 겁니다. 체크가 된 것은 런던 시장에 나온 것들이죠. 그런데 나머지는 아마 아직도 캐리가 가지고 있었을 겁니다. 젊은 넬리건은, 본인 해명에 따르면, 그걸 되찾아서 아버지의 빚을 갚으려고 했습니다. 그는 달아난 후 한동안 감히 오두막에 접근하지 못했습니다. 그러다 마침내 필요한 정보를 얻기 위해 오두막으로 돌아오지 않을 수 없었죠. 분명 모든 것이 간단명료하지 않습니까?"

홈즈가 히죽 웃으며 고개를 내둘렀다.

"내가 보기에 거기엔 딱 한 가지 결함이 있는 것 같군요, 홉킨스. 그게 근본적으로 불가능하다는 사실이 그겁니다. 작살로 신체를 관통시켜본 적 있습니까? 없죠? 쯧쯧, 이봐요 경위, 주목해야 할 것은 바로 그런 세부 사항입니다. 내 친구 왓슨에게 물어보면 알겠지만, 나는 오전 내내 그런 운동을 해본 적이 있습니다. 그건 만만한 일이 아닙니다. 억세고 숙달된 팔 힘이 필요해요. 그런데 문제의 그 작살질은 어찌나 강력했는지, 작살의 날이 벽에 깊이 파고들 정도였습니다. 빈혈에 걸린 듯한 그 청년이 그런 무시무시한 작살질을 할 수 있었을까요? 바로 그날 밤 블랙 피터와 함께 사이좋게 럼주를 마신 사람이 그 청년일까요? 이틀 전 커튼에 비친 사람이 그 청년이었을까요? 아닙니다. 아니에요, 홉킨스. 우리가 찾아야 할 사람은 더 잔인한 다른 사람입니다."

홈즈의 말을 듣는 동안 형사의 얼굴이 시무룩해졌다. 그의 기대와 야심은 허망하게 무너지고 말았다. 그러나 그는 말대꾸 한번 못 해보고 고분고분 물러설 생각은 없었다.

"넬리건이 그날 밤 현장에 있었다는 건 부정할 수 없습니다, 홈즈 씨. 수첩이 그 증거입니다. 나한테는 배심원을 만족시킬 충분한 증거가 있어요. 그 증거에 허점이 좀 있을 수는 있겠지만 말입니다. 게다가 홈즈 씨, 나는 용의자를 잡아들였는데, 홈즈 씨의 잔인한 용의자는 어디 있습니까?"

"지금 계단을 올라오고 있는 것 같군요." 홈즈가 차분하게 말했다. "왓슨, 리볼버를 챙겨두는 게 좋겠어." 그는 일어나서 미리 작성된 서류 한 장을 보조 탁자에 올려놓았다. "자, 준비가 됐군." 그가 말했다.

밖에서 괄괄한 음성으로 뭐라고 말하는 소리가 들리더니, 배질 선장을 찾는 세 남자가 찾아왔다고 허드슨 부인이 방문을 열고 말했다.

"한 명씩 들여보내 주세요." 홈즈가 말했다.

들어온 첫 번째 남자는 작은 립스턴피핀(껍질이 빨간 겨울 사과의 일종—옮긴이) 같은 남자였다. 두 볼이 빨갛고 흰 구레나룻을 복슬복슬하게 기르고 있었다. 홈즈가 주머니에서 편지를 꺼냈다.

"이름은?" 그가 물었다.

"제임스 랭캐스터요."

"죄송합니다만 일자리가 채워졌습니다. 수고비로 반 소버린을 드리겠습니다. 저 방으로 들어가서 몇 분만 기다려 주십시오."

두 번째 남자는 빼빼하고 키가 후리후리했는데, 길고 부드러운 머리칼에 두 볼은 핼쑥했다. 그의 이름은 휴 패틴스였다. 그 남자 역시 퇴짜를 당하고, 반 소버린을 갖고 기다리라는 지시를 받았다.

세 번째 신청자는 외모가 범상치 않았다. 뒤얽힌 머리카락과 턱수염이 사나운 불도그 같은 얼굴을 감싸고 있었는데, 두툼하고 무성하게 웃자라 아래로 늘어진 눈썹 아래서 검은 두 눈이 이글거렸다. 그는 선원처럼 경례를 하고 우뚝 서서 손에 든 모자를 뱅뱅 돌렸다.

"이름은?" 홈즈가 물었다.

"패트릭 케언스."

"작살잡이인가요?"

"그렇소. 항해 경력 26년이오."

"던디에서죠, 아마?"

"그렇소."

"탐사선과 함께 떠날 준비가 되어 있나요?"

"예."

"임금은?"

"한 달에 8파운드."

"당장 떠날 수 있나요?"

"소지품만 챙기면 바로."

"서류는 갖고 있겠죠."

"예." 그는 주머니에서 낡고 손때 묻은 서류 한 뭉치를 꺼냈다. 홈즈는 그것을 대충 살펴보고 돌려주었다.

"내가 원하는 사람 맞군요." 그가 말했다. "여기 보조 탁자에 계약서가 있습니다. 서명을 하면 결정이 됩니다."

뱃사람은 허리를 구부정하니 숙이고 펜을 집어들었다.

"여기에 서명합니까?" 그가 탁자 위로 허리를 숙인 채 물었다.

홈즈가 그의 어깨 위로 상체를 숙이더니 두 손을 그의 목 위로 넘겼다.

"됐어." 그가 말했다.

찰그랑하는 소리에 이어 격분한 황소가 내지르는 듯한 고함소리가 났다. 다음 순간 홈즈와 뱃사람이 방바닥을 굴렀다. 홈즈가 뱃사람의 두 손목에 솜씨 좋게 수갑을 채운 뒤였다. 그런데도 그는 괴력을 지니고 있어서, 홉킨스와 내가 달려들지 않았다면 내 친구를 바로 때려눕혔을 것이다. 내가 차가운 리볼버 총구를 그의 관자놀이에 들이대자 비로소 저항해봐야 헛일이라는 것을 알아차렸다. 우리는 그의 발목을 밧줄로 묶은 후 숨을 헐떡이며 일어섰다.

"미안합니다, 홉킨스." 셜록 홈즈가 말했다. "스크램블드에그가 식어버린 것 같군요. 하지만 사건을 성공적으로 해결했다는 것을 생각하면, 남은 식사를 더 맛있게 들 수 있을 겁니다."

스탠리 홉킨스는 놀라서 얼른 말문을 열지 못했다.

"무슨 말씀을 드려야 할지 모르겠습니다, 홈즈 씨." 마침내 그가 얼굴을 붉힌 채 불쑥 말했다. "제가 처음부터 바보처럼 군 것 같군요. 제가 잊지 말아야 했던 것을 이제야 깨달았습니다. 저는 학생이고 홈즈 씨가 선생님이시라는 것 말입니다. 지금도 홈즈 씨가 뭘 하셨는지 보았지만, 어떻게 한 건지, 이게 무슨 의미인지 통 모르겠습니다."

"자, 자." 홈즈가 쾌활하게 말했다. "누구나 경험을 통해 배웁니다. 이번에 경위가 배운 것은 다른 가능성을 외면하지 말아야 한다는 것입니다. 경위는 젊은 넬리건에게 너무 집착한 나머지 피터 캐리의 진짜 살해자인 패트릭 케언스는 미처 생각지 못했어요."

뱃사람의 거친 음성이 우리의 대화에 끼어들었다.

"나 좀 봅시다, 형씨." 그가 말했다. "내가 이런 식으로 학대를 당하는 거야 불만거리도 못 되지만, 말은 바르게 합시다. 내가 피터 캐리를 살해했다고들 하는데, 그게 아니오. 나는 피터 캐리를 살해한 게 아니라 죽인 거요. 그건 천지차이란 말이오. 내 말을 안 믿겠지. 내가 무슨 흰소리를 하는 줄 알고 말이야."

"천만에요." 홈즈가 말했다. "할 말이 있으면 해보십시오."

"하고말고. 맹세코 모든 말이 사실이오. 나는 블랙 피터를 잘 아는 사람이오. 그래서 그가 칼을 들자마자 바로 작살을 꽂아버렸지. 죽기 아니면 살기라는 걸 알고 있었으니까. 그렇게 그는 죽은 거요. 형씨들은 그걸 살해라고 하겠지. 아무튼 블랙 피터의 칼을 가슴에 맞고 죽든,

머잖아 목에 밧줄을 걸고 죽든 피장파장이오."

"거기는 어떻게 찾아갔습니까?" 홈즈가 물었다.

"처음부터 얘기해주겠소. 나를 좀 똑바로 앉혀 주시오. 말 좀 편하게 합시다. 그 일이 일어난 것은 1883년이었지. 그해 8월, 피터 캐리는 일각돌고래호의 선장이었고, 나는 작살잡이였소. 우리가 북해의 유빙을 빠져나와, 맞바람과 세찬 남풍을 헤치고 고국으로 향하고 있을 때였지. 우리는 북쪽으로 바람에 밀려온 작은 배를 발견했소. 거기엔 한 남자가 타고 있었는데, 뱃사람이 아니라 뭍사람이더군. 그 배에 물이 들어차서 침몰할 줄 알고 다른 뱃사람들은 구명보트를 타고 노르웨이 해안으로 향했다고 합디다. 아마 죄다 물에 빠져 죽었을 거요. 아무튼 우리는 그를 우리 배에 태웠소. 그 남자와 선장은 선장실에서 꽤나 긴 얘기를 나누었지. 그가 가진 짐이라고는 달랑 양철통 하나뿐이었소. 내가 아는 한 그 남자의 이름은 입에 오른 적이 없소이다. 둘째날 밤, 그는 존재하지도 않았던 것처럼 감쪽같이 사라져 버렸소. 그때 바람이 세차게 불어서 배 밖으로 추락을 했거나 투신자살을 했을 거라는 발표가 났지. 그에게 무슨 일이 일어났는지 아는 사람은 한 사람밖에 없었는데, 그게 바로 나올시다. 한밤중 당직을 서다가 선장이 몰래 그 남자를 난간 밖으로 내던지는 것을 내 두 눈으로 똑똑히 보았지. 그건 우리가 셰틀랜드 등대를 보기 이틀 전이었소.

나는 그걸 혼자만 알고 있었소. 일이 어떻게 돌아가나 보려고 기다리면서 말이오. 우리가 스코틀랜드로 돌아갔을 때, 그 일은 다들 쉬쉬해버렸고, 아무도 묻는 사람이 없었소. 낯선 사람이 사고로 죽었으니 누가 왈가왈부할 일도 아니었지. 그 직후 피터 캐리는 바다를 떠났소. 나는 여러 해가 걸려서야 비로소 그가 어디 있는지 알아낼 수 있었소이다. 내가 보기에 그는 양철통 속에 든 것을 노리고 그런 짓을 한 게 분명했소. 그렇다면 내 입막음을 하기 위해 한몫 떼어줄 만하지 않겠소?

나는 런던에서 그를 만났다는 뱃사람을 통해 그가 어디 있는지 알아낼 수 있었소. 그래서 그를 쥐어짜려고 바로 내려갔지. 첫날 밤 그는 아주 이성적이었소. 내가 평생 바다에 나가지 않아도 좋을 만큼 한몫 크게 떼어줄 자세였지. 우리는 이틀 후 밤에 일을 마무리 짓기로 했소. 그때 가보니 그는 벌써 거나하게 취해서 성깔이 사나워졌더군. 우리는 자리에 앉아 술을 마시며 옛이야기를 늘어놓았지. 하지만 그가 취할수록 나는 그 상판대기를 더욱 보기가 싫어졌소. 벽에 작살이 걸려 있는 걸 보고, 여차하면 필요할지도 모르겠다는 생각이 들더군. 그러다 마침내 그가 침을 튀기며 내게 욕을 해대기 시작했소. 두 눈에는 살기가 감돌았고, 손에는 큼직한 접칼을 쥐고 있었지. 놈이 칼집에서 칼을 뽑기 전에 내가 작살을 꽂아버렸소. 이런 젠장! 돼지면서 질러대는 그 비명소리라니. 그 놈의 상판이 나타나서 잠을 못 이룰 지경이오! 그의 피가 철철 흐르는 곳에서 나는 우두커니 서 있었소. 잠시 기다렸지만 사방이 조용하기에 다시 용기를 냈지. 주위를 둘러보니 선반에 양철통이 있었소. 나도 피터 캐리만큼은 그것에 대한 권리가 있으니, 아무튼 그것을 집어들고 오두막을 떠났소. 멍청이처럼 내 담배쌈지를 탁자에 놓아두고 말이오.

이제 이야기가 아주 묘한 대목에 이르렀소이다. 오두막을 벗어나자마자 누군가 다가오는 소리가 들렸소. 나는 덤불 속에 숨었지. 한 남자가 몰래 다가오더니 오두막으로 들어갔소. 그리고 유령이라도 본 것처럼 비명을 지르더니 걸음아 나 살려라 하고, 내 눈에 안 보일 때까지 달아나더군. 그게 누구였는지, 원하는 게 무엇이었는지야 내가 어찌 알겠소. 나는 한 16킬로미터 걸어서 턴브리지웰스에서 기차를 타고서, 아무한테도 들키지 않고 감쪽같이 런던에 도착했지.

그런데 막상 양철통을 뒤져보니 돈은 들어 있지 않고, 내가 팔아먹지도 못할 종이 쪼가리만 들어 있었소. 블랙 피터를 우려먹을 수도 없는 판에 땡전 한 푼 없이 런던에서 오도 가도 못하게 된 거요. 남은 건 내 천직밖에 없었소. 고임금의 작살잡이를 구한다는 이 광고를 보고 해운업 중개소에 찾아갔고, 그들이 나를 이리 보낸 거요. 내가 아는 것은 이게 전부올시다. 다시 말하지만 내가 블랙 피터를 죽였다 해도, 법이 내게 고마워해야 할 거요. 교수대 밧줄 값을 아끼게 되었으니 말이오."

"아주 명쾌한 진술이었습니다." 홈즈가 말하며 자리에서 일어나 파이프에 불을 댕겼다. "홉킨스, 당신은 지체 말고 용의자를 안전한 곳으로 이송하는 것이 좋겠습니다. 이 방은 감옥으로 적당치 않으니 말입니다. 게다가 패트릭 케언스 씨가 우리 양탄자를 너무 많이 차지하니까."

"홈즈 씨." 홉킨스가 말했다. "어떻게 감사를 드려야 할지 모르겠습니다. 그런데 이런 결과를 어떻게 얻어내셨는지 지금도 도통 모르겠어요."

"처음에 올바른 단서를 포착할 행운만 있으면 됩니다. 이 수첩에 대해 미리 알았다면 내 생각이 빗나갔을지도 몰라요. 경위처럼 말입니다. 하지만 내가 들은 얘기는 모두 하나의 방향만 가리켰습니다. 엄청난 괴력을 지녔고, 작살을 잘 쓸 줄 알고, 럼주를 즐기고, 쓴 담배가 담긴 물개가죽 담배쌈지를 가졌다는 것, 이 모든 것은 뱃사람을 가리킵니다. 고래잡이 뱃사람 말입니다. 나는 쌈지에 적힌 머리글자 'P. C.'가 피터 캐리와 일치하지만 그게 아니라고 확신했습니다. 캐리는 담배를 피우지 않으니까요. 그의 오두막에는 파이프도 없었습니다. 오두막에 다른 술이 있었느냐고 내가 물은 것을 기억할 겁니다. 경위는 있다고 대답했죠. 위스키와 브랜디가 있는데도 럼주를 마실 뭍사람이 얼마나 되겠습니까? 그래서 나는 범인이 뱃사람이라고 확신했어요."

"그럼 어떻게 그를 찾아내셨습니까?"

"이봐요, 경위. 그거야 아주 간단해요. 그게 뱃사람이라면, 일각돌고래호에 탔던 선원일 수밖에 없습니다. 내가 아는 한 피터 캐리는 다른 배를 몬 적이 없어요. 던디까지 전보가 오가는 데 사흘이 걸렸죠. 그래서 나는 1883년 일각돌고래호의 선원들 이름을 확보했습니다. 작살잡이 중에 패트릭 케언스라는 사람이 있다는 것을 알게 되자, 내 연구는 막바지에 이르렀죠. 그는 아마 런던에 있을 테고, 한동안 멀리 떠나 있고 싶어할 거라고 추리했습니다. 그래서 이스트엔드에서 며칠을 보내며 북극 탐험대를 조직한다는 명분 아래, 아주 유혹적인 조건을 내걸고 배질 선장 아래서 일할 작살잡이를 모집했습니다. 결과는 보는 바와 같습니다!"

"놀랍군요!" 홉킨스가 외쳤다. "놀라워요!"

"넬리건은 가능한 한 빨리 석방시키도록 하세요." 홈즈가 말했다. "솔직히 말하면, 경위는 그에게 사과를 해야 할 겁니다. 양철통은 그에게 돌려줘야겠지만, 물론 피터 캐리가 팔아버린 증권은 영영 되찾을 길이 없겠지요. 마차가 왔습니다, 홉킨스. 용의자를 데려가세요. 재판 때 내가 필요할지 모르겠는데, 그때 나와 왓슨은 노르웨이 어딘가에 가 있을 겁니다. 주소는 나중에 보내드리죠."

찰스 오거스터스 밀버턴

이제 이야기보따리를 풀고자 하는 사건은 일어난 지 벌써 여러 해가 지났는데, 지금도 선뜻 말문을 열기가 망설여진다. 원래는 아무리 신중하게 말을 가려서 한다 해도, 기나긴 세월이 흐르지 않고서는 이 사건을 공개하기가 불가능했을 것이다. 그러나 이제는 주요 관련자가 인간의 법이 미치지 못하는 곳에 있어서, 당연히 삼가야 할 말만 삼간다면 아무에게도 피해를 주지 않고 이야기보따리를 풀어놓을 수 있게 되었다. 이 사건은 셜록 홈즈 씨나 나 자신에게도 한평생 두 번 다시 겪을 수 없는 독특한 경험이었다. 이것이 실제로 어떤 사건인가를 추적할 수 있는 날짜 따위의 몇 가지 사실을 감추더라도 독자께서는 너그럽게 이해하시기 바란다.

홈즈와 나, 둘이서 서리가 내린 추운 겨울날 저녁 산책을 하고 집에 돌아온 것은 저녁 6시 무렵이었다. 홈즈가 램프를 켜자 탁자에 놓인 명함이 불에 비쳤다. 그는 힐끔 명함을 바라보고 꼴도 보기 싫다는 듯이 방바닥에 패대기쳤다. 내가 집어들고 읽어보았다.

찰스 오거스터스 밀버턴
햄스테드, 애플도어 타워스.
중개인

"누구지?" 내가 물었다.

"런던에서 가장 못된 인간이야." 홈즈가 의자에 앉으며 답했다. 그는 벽난로 불가에서 두 다리를 쭉 뻗었다. "명함 뒤에 뭐라고 쓰였어?"

내가 뒤집어 보고 소리 내어 읽었다.

"6시 30분에 들르겠음. C. A. M."

"흥! 올 때가 됐군. 왓슨, 동물원에서 뱀 앞에 서 있을 때면 왠지 섬뜩하고 오싹하지? 소름끼치는 두 눈과 흉측하게 납작한 상판대기를 하고 미끄러지듯 움직이는 미끈미끈한 맹독성 생명체를 바라볼 때 말이야. 밀버턴의 인상이 바로 그래. 내 평생 쉰 명의 살인자를 다루어봤지만, 그 가운데 최악의 인물도 그만큼 혐오스럽지는 않았어. 그런데 그 인간에게 볼일이 좀 있으니 어쩌겠어. 실은 이리 오라고 내가 초대한 거야."

"대체 어떤 사람인데?"

"말해주지. 그는 공갈 협박범들의 왕이야. 비밀과 명예를 밀버턴에게 저당 잡힌 남자와, 그런 남자들보다 더 많은 수의 여자들을, 신이어 보우하소서. 웃는 얼굴에 가슴은 얼음장 같은 그 인간은 제물들이 빈털터리가 될 때까지 쥐어짜고 또 쥐어짜지. 나름대로 천재여서, 좋은 일을 했으면 꽤 이름을 날렸을 거야. 그의 수법은 이런 식이야. 재산이나 지위가 있는 사람들의 명예를 먹칠할 만한 편지를 보내주면 고액을 준다는 소문을 퍼뜨리지. 배신을 일삼는 시종이나 하녀만이 아니라, 순박한 여성이 믿고 사랑한 상류층 한량 중에도 그런 편지를 보내는 사람이 많아. 그는 결코 쩨쩨하게 구는 법이 없어. 두 줄의 편지를 보낸 마부에게 700파운드(요즘 구매력으로 약 1억 원—옮긴이)를 준 일도 있다더군. 그 결과 귀족 가문 하나가 거덜이 났지. 상품이 될 만한 시장의 모든 편지가 밀버턴에게 흘러가서, 이 대도시에는 그의 이름만 들어도 초긴장을 하는 사람이 수백 명은 돼. 누가 그의 먹이가 될지는 아무도 몰라. 그는 워낙 부자인 데다 말할 수 없이 교활해서, 하루 벌어 하루 먹는 식으로 일을 하지 않거든. 그는 판돈을 가장 크게 불려서 긁어올 때를 기다리며 몇 년이라도 패를 숨기고 있을 인간이야. 그가 런던에서 가장 못된 인간이라고 했지만 한번 생각해봐. 발끈해서 동료에게 주먹질을 좀 한 사람과, 그렇지 않아도 두둑한 돈주머니를 더욱 불리기 위해 틈만 나면 교묘하게 사람을 다그치며 피를 말리는 이런 자를 어떻게 똑같이 취급할 수가 있겠어?"

나는 친구가 이렇게 격한 감정으로 말하는 것을 들어본 적이 없었다.

"하지만 그건 분명 법을 어기는 짓이잖아?"

"법적으로야 분명 그렇지. 하지만 실제로는 그게 아냐. 예를 들어 어떤 여성이 그를 몇 달 감옥에 처넣을 수는 있지만, 그랬다가 그녀가 패가망신을 한다면 그게 무슨 득이 있겠어? 그의 희생자들은 감히 반격을 못 해. 그가 무고한 사람을 협박이라도 했다면야 당연히 잡아들였겠지. 하지만 그는 사탄만큼 교활해. 그를 무작정 잡아들일 수는 없어. 우리는 그와 맞설 다른 방법을 찾아야 해."

"그런데 왜 부른 거야?"

"어느 유명한 의뢰인이 자신의 딱한 사건을 내게 맡겼거든. 그녀는 레이디 에바 브랙웰이야. 지난 초여름 사교 시즌에 데뷔한 여성 가운데 가장 아름다운 숙녀지. 보름 후 도버코트 백작과 결혼할 예정이야. 그런데 이 숙녀가 시골의 가난한 젊은 지주에게 쓴 경솔한 편지를 악마가 여러 통 갖고 있는 거야. 그저 경솔할 뿐, 그 이상은 아니야. 하지만 그것만으로도 결혼을 결딴내기 충분할걸? 밀버턴은 거액을 챙기지 않으면 그 편지를 분명 백작에게 보낼 거야. 나는 그를 만나서 가장 좋은 조건으로 타협을 하는 임무를 맡았어."

바로 그 순간 아래 거리에서 따그닥거리고 덜크럭거리는 소리가 났다. 아래를 굽어보니 위풍당당한 쌍두 사륜마차가 보였다. 화려한 램프가 우람한 밤색 말의 반지르르한 궁둥이를 비추고 있었다. 마부가 문을 열자 털이 복슬복슬한 아스트라한 모피 오버코트를 걸친 작고 뚱뚱한 남자가 내렸다. 잠시 후 그가 우리 방에 들어섰다.

찰스 오거스터스 밀버턴은 쉰 줄에 접어든 남자였다. 지적인 큼직한 두개골에, 살이 푸짐하고 수염이 없는 둥근 얼굴에, 얼어붙은 미소를 머금고 있었는데, 예리한 회색의 두 눈이 커다란 금테 안경 뒤에서 이글거렸다. 그의 외모에는 피크위크 씨(찰스 디킨스의 소설 『피크위크 클럽의 기록』에 나오는 주인공 이름—옮긴이)처럼 자애로운 데가 있었다. 미소가 굳어 있어서 위선적으로 보이는 것과, 꿰뚫어 볼 듯이 이글거리며 이리저리 움직이는 두 눈만이 옥에 티였다. 목소리도 외모만큼이나 부드럽고 나긋했다. 그는 포동포동한 작은 손을 내밀고 다가오며, 유감스럽게도 얼마 전에 들렀다가 우리를 만나지 못했다고 나직이 말했다. 홈즈는 내민 손을 무시하고 화강암 같은 얼굴로 그를 바라보았다. 밀버턴은 더욱 크게 웃음을 머금고 어깨를 으쓱하더니, 오버코트를 벗어서 아주 정성스레 의자 등받이에 걸쳐놓고 자리에 앉았다.

"이 신사는?" 그가 나를 향해 손짓을 하며 말했다. "믿을 만한가요? 그래요?"

"왓슨 박사는 내 친구이자 동료입니다."

"좋아요, 홈즈 씨. 그걸 물어본 것은 오로지 당신의 의뢰인을 위해서입니다. 그게 워낙 민감한 문제인지라……."

"왓슨 박사는 이미 들어서 알고 있습니다."

"그렇다면 사업 얘기를 해도 되겠군요. 선생은 레이디 에바를 위해 일한다고 하셨습니다. 그녀는 당신에게 내 조건을 받아들일 권한을 부여했나요?"

"조건이 무엇입니까?"

"7,000파운드입니다."

"그게 어렵다면?"

"선생, 나로서는 이런 말씀을 드리는 것이 괴롭습니다만, 14일까지 돈이 지급되지 않으면 분명 18일의 결혼이 성사되지 않을 겁니다." 밉살스러운 미소가 더욱 의기양양하게 그의 얼굴에 떠올랐다.

홈즈는 잠시 생각에 잠겼다.

"내가 보기에 당신은," 하고 홈즈가 마침내 말문을 열었다. "그 일을 너무나 당연하게 여기는 듯하군요. 물론 편지 내용은 나도 잘 압니다. 내 의뢰인은 분명 내 조언에 따를 텐데, 나는 이렇게 조언할 겁니다. 미래의 남편이 대범하다는 것을 믿고 모든 사실을 털어놓으라고 말입니다."

밀버턴이 낄낄거렸다.

"백작에 대해 아는 게 없으신 모양이군요." 그가 말했다.

얼굴에 당혹한 표정이 떠오른 것을 보니 정말 홈즈는 모르는 모양이었다.

"그 편지에 문제될 게 뭐가 있단 말입니까?" 그가 물었다.

"편지가 참 발랄해요. 암, 아주 발랄하지." 밀버턴이 응수했다. "그 숙녀는 편지를 여간 맛깔스럽게 쓰지 않아요. 하지만 장담컨대 도버코트 백작은 그 진가를 알아보지 못할 겁니다. 하지만 선생은 생각이 다르다니, 얘기는 그만둡시다. 이건 순전히 사업 문제입니다. 그 편지가 백작의 손에 들어가는 것이 선생의 의뢰인에게 가장 이익이 되는 길이라고 생각하신다면, 거금을 들여 그걸 되찾는다는 건 참으로 바보짓이겠지요." 그는 자리에서 일어나 아스트라한 모피 코트를 집어들었다.

홈즈는 분노와 굴욕감으로 안색이 창백해졌다.

"잠깐." 그가 말했다. "너무 빨리 일어나시는군요. 우리는 그처럼 민감한 소문이 퍼지는 것을 막으려고 모든 노력을 기울일 겁니다."

밀버턴이 다시 의자에 엉덩이를 걸쳤다.

"잘 이해하실 줄 알았습니다." 그가 흡족하게 가르랑거렸다.

"그런데," 하고 홈즈가 말을 이었다. "레이디 에바는 부유한 여성이 아닙니다. 장담컨대 2,000파운드만 줘도 그녀는 빈털터리가 될 겁니다. 당신이 말한 금액은 그녀에게 무리입니다. 그러니 부탁드립니다만, 요구액을 낮춰주시기 바랍니다. 당신이 받을 수 있는 최고액은 정말이지 방금 내가 말한 금액 정도이니, 그것을 받고 편지를 돌려주십시오."

밀버턴의 미소가 커지면서 두 눈이 짓궂게 반짝였다.

"그 숙녀의 재산에 대한 선생의 말씀이 옳다는 것을 압니다." 그가 말했다. "그런데 선생이 인정하셔야 할 게 있습니다. 결혼식까지는 그녀의 친구나 일가붙이가 그녀를 위해 약간의 노력을 할 시간이 꽤 남아 있다는 것 말입니다. 무난한 결혼 선물이 뭔가를 생각할 시간이 있죠. 이 편지 한 다발이면 런던의 어떤 버터 접시보다, 어떤 촛대보다 더 큰 기쁨을 안겨줄 것입니다."

"그건 불가능합니다."

"저런, 저런, 딱하기도 하지." 밀버턴이 아주 두툼한 수첩을 꺼내며 외쳤다. "숙녀들은 노력을 하지 말라는 나쁜 충고를 받는다는 생각이 자꾸 드는군요. 이것 좀 보세요!" 그는 겉에 문장이 찍힌 작은 편지봉투를 들어 보였다. "이게 누구 것이냐 하면, 아, 내일 아침까지는 이름을 말해선 곤란하겠군요. 하지만 그때가 되면 이것은 그 숙녀의 남편 손에 들어갈 겁니다. 그런데 그게 모두 그녀가 푼돈을 마련하지 않으려고 했기 때문입니다. 다이아몬드만 모조품으로 바꾸면 당장이라도 마련할 수 있는 푼돈을 말입니다. 그것 참 딱한 노릇이죠. 음, 아너러블 마일스 양과 도킹 대령이 갑자기 파혼한 것을 혹시 아십니까? 모든 것이 취소되었다는 한 줄짜리 기사가 《모닝 포스트》지에 난 게 불과 결혼 이틀 전이었지요. 왜일까요? 그게 참 믿기지 않지만, 1,200파운드라는 푼돈만 있었으면 모든 문제를 해결할 수 있었다니까요. 참 딱하지 않습니까? 그런데 지금 지각이 있으신 선생께서 그만한 조건에 펄쩍 뛰시다니요. 선생네 의뢰인의 미래와 명예가 달린 일인데 말입니다. 내가 다 놀랍소이다, 홈즈 씨."

"내 말은 사실입니다." 홈즈가 응수했다. "그만한 돈을 구할 길이 없습니다. 당신은 내가 제시한 금액을 받는 것이 이 여성의 장래를 망치는 것보다 낫지 않겠습니까? 그래봐야 당신에게 득이 될 게 없으니 말입니다."

"뭘 모르시는군요, 홈즈 씨. 폭로는 나에게 간접적으로 아주 큰 득이 될 것입니다. 지금 무르익고 있는 사업 건이 여덟에서 열 건 있습니다. 내가 레이디 에바에게 본보기를 보여주었다는 소문이 짜하게 나면, 나머지 사람들이 훨씬 더 이성적으로 마음을 열 것입니다. 아시겠습니까?"

홈즈가 자리에서 벌떡 일어났다.

"뒤를 맡아, 왓슨! 나가지 못하게 해! 자, 이제 그 수첩의 내용 좀 들여다봅시다."

밀버턴은 방 한쪽으로 생쥐처럼 쪼르르 미끄러져서 벽에 등을 대고 섰다.

"홈즈 씨, 홈즈 씨!" 그가 코트 앞자락을 열어젖히고, 안주머니에서 비어져 나온 큼직한 리볼버 개머리를 보여주며 말했다. "이럴 줄 알았습니다. 이건 걸핏하면 일어나는 일이죠. 하지만 이래봐야 무슨 소용이 있습니까? 확실히 말씀드리지만 나는 빈틈없이 무장을 했고, 무기를 사용할 만반의 준비가 되어 있습니다. 이 경우 법이 내 편이라는 것을 나는 압니다. 게다가 내가 이 수첩에 그 편지들을 담아가지고 왔을 거라는 선생의 가정은 완전히 빗나갔습니다. 내가 왜 그런 바보 짓을 하겠습니까. 그리고 신사분들, 나는 오늘 저녁 한두 건 면담 약속이 있어서, 햄스테드까지 먼 길을 달려가야 합니다." 그는 앞으로 성큼 나서더니 코트를 집어들고, 리볼버에 손을 얹은 채 문으로 향했다. 내가 의자를 집어들었지만 홈즈는 고개를 내둘렀다. 밀버턴이 고개를 꾸벽해 보이고 미소를 지은 채 눈을 반짝이며 방에서 나갔고, 잠시 후 마차 문이 닫히는 소리와 바퀴 굴러가는 소리가 들렸다.

홈즈는 미동도 없이 불가에 앉아 바지 주머니에 두 손을 찔러 넣은 채, 고개를 푹 숙이고 두 눈은 벌건 깜부기불만 굽어보았다. 30분 동안 그는 입을 다문 채 꼼짝하지 않고 있었다. 그러다 무슨 결단을 내렸는지, 벌떡 일어나 침실로 들어갔다. 잠시 후 염소수염을 기른 날씬한 젊은 노동자가 거드럭거리며 나타나, 거리로 나서기 전에 램프 불로 사기 파이프에 불을 댕겼다. "한참 있다가 돌아올 거야, 왓슨." 그 말과 함께 그는 어둠 속으로 사라졌다. 그가 찰스 오거스터스 밀버턴과의 전투에 들어갔다는 것을 나는 알아차렸다. 그러나 그렇게 이상한 형태의 전투를 벌일 거라고는 꿈에도 생각지 못했다.

며칠 동안 홈즈는 내내 그런 차림새로 들락날락했다. 그러나 그가 햄스테드에서 시간을 보냈고, 그게 시간 낭비가 아니었다고 말해준 것 외에, 무엇을 하고 있는지는 알 수 없었다. 그러나 바람이 울부짖으며 창문을 뒤흔들던 어느 날 밤 마침내 그가 마지막 탐험을 마치고 돌아와 변장을 지우고, 벽난로 앞에 앉더니 소리 내지 않고 속으로 한참 웃었다.

"왓슨, 내가 결혼할 남자처럼 보이지 않나?"

"아니, 결코!"

"내가 결혼을 약속했다는 소리를 들으면 귀가 솔깃하겠군."

"그럴 수가! 축……."

"밀버턴의 가정부와 말이지."

"맙소사, 홈즈!"

"정보가 필요했어, 왓슨."

"너무 지나친 것 아냐?"

"어쩔 수 없었어. 나는 잘나가는 가게를 꾸려가는 에스코트라는 배관공이야. 저녁마다 그녀와 산책을 했지. 대화를 나누면서 말이야. 맙소사, 대화라니! 하지만 원하던 것을 얻었어. 밀버턴의 집을 손바닥 보듯 환히 알게 되었지."

"하지만 홈즈, 여자는?"

그는 어깨를 으쓱했다.

"이봐 왓슨, 그건 어쩔 수 없어. 그만한 판돈이 걸린 게임에서 최선을 다하지 않을 수 없잖아. 하지만 내가 등을 돌리는 순간, 나를 혐오하는 연적이 내 자리를 차지할 게 분명하니, 그런 연적이 있다는 게 즐거워. 정말 멋진 밤이야!"

"이런 날씨를 좋아해?"

"내 볼일을 보기엔 제격이지. 왓슨, 오늘 밤 밀버턴의 집을 털 작정이야."

홈즈가 단호한 결의를 다지는 어조로 천천히 뱉어낸 그 말을 들으며 나는 숨이 턱 막히면서 오싹 소름이 돋았다. 밤중의 한차례 번개가 들판의 모든 풍경을 일순간 눈앞에 펼쳐 보여주듯, 그런 행동이 불러일으킬 수 있는 모든 결과가 한눈에 보이는 듯했다. 발각당하고 체포되어, 명예로웠던 경력을 결코 만회할 수 없는 실패와 치욕으로 마감한 채, 가증스러운 밀버턴에게 머리를 조아려야 하는 신세로 전락하는 것 말이다.

"맙소사, 홈즈. 다시 생각하도록 해." 내가 외쳤다.

"이봐 친구, 이건 충분히 생각하고 결정한 거야. 나는 무턱대고 행동하는 사람이 아냐. 다른 수가 있는데도 그렇게 힘들고 위험한 짓을 하진 않아. 우리는 문제를 있는 그대로 투명하게 바라볼 필요가 있어. 그러면 자네도 그런 행동이 도덕적으로 정당화될 수 있다는 것을 인정하게 될 거야. 이론적으로야 범법 행위지만 말이야. 그의 집을 터는 것은 그의 수첩을 강제로 빼앗는 것과 다를 게 없어. 자네가 나를 도우려 했던 그 일 말이야."

나는 생각을 바꾸었다.

"그래." 내가 말했다. "불법적으로 사용될 것만을 터는 게 우리의 목적이라면 도덕적으로 정당화할 수 있겠지."

"바로 그거야. 이 일은 도덕적으로 정당하기 때문에, 나는 당장의 위험을 피하는 문제만 고려하면 돼. 한 숙녀가 절실히 도움을 필요로 하고 있는 이때, 신사라는 사람이 위험하다고 몸을 사려서야 되겠어?"

"궁지에 빠질 수도 있어."

"그래, 그럴 위험성도 있지. 하지만 편지를 회수하려면 다른 방법이 없어. 불운한 숙녀에게는 돈이 없고, 털어놓고 상의할 만한 일가붙이도 없지. 유예 기한이 내일까지니까, 오늘 밤 편지를 회수하지 못하면 그 악당이 공언한 대로 그녀를 파멸시킬 거야. 그러니 내 의뢰인을 그냥 운명에 맡겨놓지 않으려면 마지막 카드를 쓰는 수밖에 없어. 우리끼리니까 하는 말이지만, 이건 밀버턴이란 자와 나의 치열한 대결이야. 자네가 보았다시피, 첫 번째 공방전에서는 그가 이겼어. 이제 내 자존심과 위신 때문에라도 끝까지 싸우지 않을 수가 없게 됐지."

"그래, 나야 그걸 원치 않지만 그럴 수밖에 없겠어." 내가 말했다. "우린 언제 시작하지?"

"자네는 안 가도 돼."

"그럼 자네도 못 가." 내가 말했다. "이건 진심이야. 나는 평생 실언을 한 적이 없어. 이번 모험에 나를 끼워주지 않으면 나는 당장 마차를 타고 경찰서로 달려갈 거야."

"자네는 도움이 안 돼."

"그걸 어떻게 알지? 무슨 일이 일어날지 누가 알겠어? 아무튼 내 결심은 단호해. 자네만 자존심이 있고 위신이 있는 건 아냐."

홈즈는 화난 표정을 지었지만, 찡그린 얼굴을 펴고 내 어깨를 두드렸다.

"그래그래, 그러자. 몇 년 동안 같은 방을 썼으니, 감방을 같이 쓰는 것도 나쁘지 않겠지. 왓슨, 자네니까 고백하는 말인데, 나는 대단한 범죄자가 될 수도 있었다는 생각을 항상 했어. 이번이 바로 그쪽 인생을 펼쳐볼 절호의 기회야. 이걸 좀 봐!" 그가 서랍에서 작고 산뜻한 가죽 가방을 꺼내더니, 그것을 열어서 반짝이는 연장들을 보여주었다. "이것은 최상급의 최신 도둑질 도구야. 니켈 도금을 한 조립식 쇠 지렛대, 다이아몬드 유리 절단기, 만능열쇠, 문명의 진보에 발맞춰 개량한 모든 현대 장비들. 이건 다크랜턴이야. 모든 게 갖춰져 있지. 혹시 소리

안 나는 신발 갖고 있어?"

"고무 밑창을 댄 테니스화가 있어."

"좋았어! 그럼 마스크는?"

"검은 비단으로 만들 수 있어."

"자네도 이런 일에 타고난 소양이 만만치 않은 듯하군. 아주 좋아. 자네는 마스크를 만들도록 해. 출발하기 전에 찬밥이라도 좀 먹어둬야겠군. 지금 9시 반이야. 11시에 처치 로까지 마차를 타고 가자. 거기서 15분 걸어가면 애플도어 타워스가 나오지. 자정 전에 작업에 들어가게 될 거야. 밀버턴은 심한 잠보라서 정확히 10시 반이면 잠자리에 들지. 운이 좋으면 레이디 에바의 편지를 주머니에 담고 2시까지는 돌아올 수 있을 거야."

홈즈와 나는 극장에 갔다가 집에 돌아가는 사람처럼 보이도록 야회복을 차려입었다. 옥스퍼드 스트리트에서 핸섬 마차를 타고 햄스테드까지 갔다. 거기서 마차 삯을 내고, 날이 워낙 추운 데다 맞바람까지 불어서 큼직한 외투를 꼭꼭 여미고, 황야의 가장자리를 따라 걸어갔다.

"이건 조심스럽게 처리해야 할 일이야." 홈즈가 말했다. "편지는 그 자의 서재 금고 안에 들어 있는데, 서재에서 바로 침실로 들어가게 되어 있어. 그런데 작고 뚱뚱한 데다 잘사는 남자가 대개 그렇듯이 그 자 역시 다혈증 잠보야. 내 약혼녀인 애거서의 말에 따르면, 주인을 깨우기는 불가능하다는 게 하인들의 농담거리라더군. 그에게는 헌신적인 비서가 있는데, 종일 서재에서 꼼짝도 하지 않아. 우리가 밤에 가는 것도 그래서야. 그리고 정원을 배회하는 사나운 개가 한 마리 있어. 지난 이틀 동안 저녁 늦게 애거서를 만났는데, 내가 조용히 빠져나가도록 그 짐승을 그녀가 가두어놓았지. 저게 그 집이야. 저 정원의 큰 집 말이야. 대문을 지나서, 자, 월계수 덤불 사이의 오른쪽 길로. 여기서 마스크를 쓰는 게 좋겠어. 보다시피 불 켜진 창문이 하나도 없어. 모든 게 아주 잘 돌아가고 있군."

검은 비단 복면을 쓰고, 런던에서 가장 무서운 인물로 변한 우리 두 사람은 살그머니 조용하고 음울한 집으로 향했다. 건물 한쪽은 타일을 깐 일종의 베란다가 있어서, 그쪽으로 여러 개의 창문과 두 개의 문이 나 있었다.

"저게 그의 침실이야." 홈즈가 소곤거렸다. "이 문이 곧장 서재로 통해 있지. 이리 가면 가장 좋은데, 자물쇠를 채우고 빗장까지 질러놓아서 조용히 들어갈 방법이 없어. 이리 돌아가자. 거실로 통하는 온실이 있어."

그곳은 잠겨 있었지만, 홈즈가 동그랗게 유리를 잘라내고 안쪽의 열쇠를 돌렸다. 우리가 들어간 후 그는 바로 문을 잠갔다. 이제 법의 눈으로 보면 우리는 흉악범이었다. 후덥지근한 온실 공기와 이국 식물들의 진한 향기에 숨이 턱 막혔다. 홈즈는 어둠 속에서 내 손을 잡더니 재빨리 줄 지어 늘어놓은 관목들 옆으로 지나갔다. 나뭇가지가 얼굴을 스쳤다. 홈즈는 놀랍도록 밤눈이 밝았는데, 더욱 시력을 높이기 위해 훈련을 하기까지 했다. 그는 여전히 내 손을 잡은 채 어떤 문을 열었다. 나는 커다란 방에 들어섰다는 것을 어렴풋이 알아차릴 수 있었다.

얼마 전까지 누가 담배를 피우고 있던 방이었다. 홈즈는 가구들을 더듬으며 앞으로 나아가서, 다른 문을 열고 들어간 후 다시 문을 닫았다. 내가 한 손을 뻗어보니 벽에 걸린 여러 벌의 코트가 만져지는 것으로 보아, 통로에 와 있다는 것을 알 수 있었다. 통로를 지난 후 홈즈는 오른쪽에 있는 문을 아주 살그머니 열었다. 뭔가 우리 쪽으로 와락 뛰쳐나와서 나는 간이 떨어질 뻔했지만, 그게 고양이라는 것을 알고 헛웃음이 나왔다. 새 방에는 벽난로가 지펴져 있었고, 이곳 공기도 담배 연기로 텁텁했다. 홈즈가 까치발로 안으로 들어서서 내가 따라오기를 기다렸다가, 다시 살그머니 문을 닫았다. 우리는 밀버턴의 서재에 와 있었다. 맞은편에 칸막이 커튼이 쳐진 것을 보아 그곳이 침실 입구인 모양이었다.

벽난로 불이 잘 타고 있어서 실내는 환했다. 문 가까이에 전기 스위치가 반짝이는 것을 보았지만, 그것을 켜는 것이 안전하다고 해도 굳이 다른 불빛은 필요치 않았다. 벽난로 한쪽 옆에는 무겁게 커튼이 드리워져서, 우리가 밖에서 본 퇴창을 가리고 있었다. 다른 쪽에는 베란다로 통하는 문이 나 있었다. 중앙에는 반짝이는 빨간 가죽을 씌운 회전의자와 함께 책상이 놓여 있었다. 맞은편에는 커다란 책장이 있었는데, 맨 위에 아테네 여신의 대리석 흉상이 놓여 있었다. 책장과 벽 모서리에는 높직한 초록 금고가 놓여 있었고, 앞면의 황동 손잡이가 불빛에 반짝였다. 홈즈가 살그머니 방을 가로질러 가서 금고를 바라보았다. 그러고는 침실 문까지 살금살금 다가가서 머리를 갸웃하고 서서 골똘히 귀를 기울였다. 안에서는 아무런 소리도 들려오지 않았다. 나

는 바깥문으로 통하는 퇴로를 확보하는 게 좋겠다는 생각이 문득 떠올라서 그 문을 살펴보았다. 놀랍게도 자물쇠도 빗장도 없었다. 내가 홈즈의 팔을 슬쩍 건드리자, 그가 복면을 한 얼굴을 문 쪽으로 돌렸다. 나는 그가 놀란 모습을 보았다. 나만큼이나 놀란 게 분명했다.

"석연치 않아." 그가 내 귀에 바투 입을 대고 소곤거렸다. "이해가 안 돼. 아무튼 이러고 있을 시간이 없어."

"내가 할 일이라도 있어?"

"그래. 그 문 옆에 서 있어. 누가 다가오는 소리가 들리면 안에서 빗장을 채워. 그리고 우리는 왔을 때처럼 빠져나가면 돼. 누가 다른 길로 오면, 일을 마쳤을 경우 그 문으로 빠져나가고, 아니면 이 창문 커튼 뒤에 숨도록 하자. 알겠지?"

나는 고개를 끄덕이고 문 옆에 섰다. 처음 느꼈던 공포는 어느덧 사라지고, 이제 법의 도전자가 아니라 수호자였을 때 느꼈던 것보다 더욱 강렬한 열정이 등골을 타고 흘렀다. 우리 임무의 고상한 목적, 이것은 이기적인 게 아니라 기사도적인 행위라는 의식, 우리의 적이 악당이라는 것, 그 모든 사실이 이 위험한 모험의 감흥을 한껏 북돋아주었다. 나는 죄의식을 느끼기는커녕, 위험이 즐겁고 흥분되기만 했다. 나는 찬탄의 눈빛으로 홈즈를 지켜보았다. 홈즈는 도구 가방을 펼쳐놓고, 섬세한 수술을 하는 외과 의사처럼 과학적으로 정밀하고 침착하게 도구를 선택했다. 금고를 여는 것이 그의 특별한 취미라는 것을 나는 잘 알고 있어서, 초록빛과 황금빛의 괴물과 대결하는 것이 홈즈에게 얼마나 신나는 일인지 이해할 수 있었다. 이 금고는 수많은 아리따운 숙녀들의 명성을 삼켜버린 악룡이나 다름없었다. 오버코트를 의자에 올려놓고 야회복 코트의 소매를 둥둥 걷어붙인 홈즈는 드릴 두 개와 쇠 지렛대, 여러 개의 곁쇠(자물쇠를 여는 데 대신 쓰는 열쇠지만 원래의 열쇠는 아닌 것—옮긴이)를 꺼내놓았다.

나는 비상시를 대비해서 다른 문들을 주시하며 중앙의 문간에 서 있었다. 하지만 막상 누군가 다가오면 어째야 좋을지 뾰족한 생각이 떠오르진 않았다. 30분쯤 홈즈는 맹렬히 작업을 했다. 그는 하나의 도구를 내려놓고 다른 도구를 집어들며, 숙달된 기계공처럼 섬세하고 거침없이 도구를 다루었다. 마침내 딸깍 하는 소리가 들리더니 널따란 초록 문이 활짝 열렸다. 수많은 문서 꾸러미가 안에 들어 있는 게 얼핏 보였다. 문서는 한 묶음씩 봉인된 채 이름표가 달려 있었다. 홈즈가 한 묶음을 꺼냈지만, 가물거리는 불빛으로는 글을 읽을 수가 없어서, 작은 다크랜턴을 꺼냈다. 옆방에 밀버턴이 있어서 전등을 켜는 것은 너무 위험했기 때문이다. 문득 그가 멈칫하며 바짝 귀를 기울이는 모습이 보였다. 그러다 그는 번개같이 금고 문을 닫고 코트를 집어들더니, 도구를 주머니에 찔러 넣고 창문 커튼 뒤로 달려가며 내게도 숨으라는 신호를 보냈다.

그의 곁으로 간 후 비로소 그가 먼저 알아차린 소리를 나도 들을 수 있었다. 집 안 어디선가 소리가 났다. 멀리서 문이 닫혔다. 그리고 빠르게 접근해오는 무거운 발소리가 일정한 간격으로 울렸다. 모호하게 중얼거리는 말소리가 발소리에 섞여서 들려왔다. 그들은 방 밖의 통로에 있었다. 문간에서 잠시 멈추더니 문이 열렸다. 딸깍하는 소리와 함께 전등이 켜졌다. 다시 문이 닫히고, 독한 시가의 얼얼한 냄새가 우리의 코로 파고들었다. 그 후 불과 몇 미터 앞에서 앞뒤로 계속 오락가락하는 발소리가 들렸다. 마침내 의자가 삐걱거리더니 발소리가 멈추었다. 그 후 자물쇠를 따는 열쇠 소리가 나고, 문서가 부스럭거리는 소리가 들렸다.

그때까지 나는 감히 내다볼 생각을 하지 못했다가, 이제 비로소 내 앞에 여며진 커튼을 살짝 벌리고 그 틈으로 바라보았다. 내 어깨에 홈즈의 어깨가 밀착된 것으로 미루어 홈즈 역시 훔쳐보고 있다는 것을 알 수 있었다. 우리의 바로 앞에, 팔을 뻗으면 거의 닿을 수 있는 거리에 밀버턴의 널따랗고 둥근 등이 보였다. 우리는 그의 동태를 잘못 파악한 게 분명했다. 그는 침실에 있었던 것이 아니었다. 우리가 바라본 건물 뒤편으로 창문이 난 흡연실이나 당구실에 있었던 것이다. 대머리 부분이 반짝이는 큼직한 반백의 머리가 바로 우리 앞에 보였다. 그는 빨간 가죽의자에 기대앉아 두 다리를 쭉 뻗은 채, 길고 검은 시가를 삐딱하니 입에 물고 있었다. 그는 검은 벨벳 깃을 단, 군복 비슷한 진홍색의 편안한 실내복 상의를 입고 있었다. 그는 손에 기다란 법률 문서를 들고 담배 연기로 도넛을 만들어 날리며 나른하게 문서를 읽고 있었다. 느긋한 태도와 편안한 자세를 보니 쉽사리 자리를 뜰 것 같지가 않았다.

홈즈가 슬그머니 내 손을 잡고 안심하라는 듯 흔들어주었다. 그런 상황쯤은 장악할 수 있으니 불안해할 것 없다는 뜻인 듯했다. 내 위치에서는 너무나 환히 보이는 것을 홈즈 역시 보았을까? 금고의 문이 다 닫히지 않았다는 것 말이다. 밀버턴은 그것을 언제 알아차릴지 알 수 없었다. 나는 내심 이렇게 작정했다. 그가 그것을 보았다는 확신이 드는 순간, 즉시 뛰쳐나가서 큼직한 내 외투를 그에게 뒤집어씌워 꼼짝하지 못하게 한 다음 나머지는 홈즈에게 맡기겠다고. 하지만 밀버턴은 고개를 들지 않았다. 그는 손에 든 문서만 께느른하게 바라보며, 변호사의 변론을 눈으로 따라가듯 한 장씩 넘기고 있었다. 그가 그것을 다 읽고 시가도 다 피우면 그때는 침실에 들겠지 하고 나는 생각했다. 그러나 그가 그 어느 일도 마치기 전에 눈길을 끄는 다른 상황이 전개되어, 우리의 생각은 전혀 다른 방향으로 뻗어갔다.

나는 밀버턴이 시계를 바라보는 모습을 여러 차례 목격했는데, 한 번은 자리에서 일어났다가 초조해하며 다시 자리에 앉았다. 그러나 그가 이렇게 엉뚱한 시간에 누구와 만날 약속을 했을 줄은 짐작도 못했는데, 바깥 베란다에서 희미한 발소리가 들렸다. 밀버턴이 문서를 내려놓고 자리에 꼿꼿이 앉았다. 발소리가 이어지더니 가만히 문을 두드리는 소리가 났다. 밀버턴이 일어나서 문을 열었다.

"이것 참," 하고 그가 퉁명스레 말했다. "거의 30분이나 늦었잖아."

문을 잠그지 않고 밀버턴이 밤늦도록 깨어 있었던 이유가 바로 이것이었다. 여성의 드레스가 나직이 바스락거리는 소리가 났다. 조금 전에 밀버턴이 우리 쪽으로 돌아설 때 나는 커튼을 여몄는데, 이제 다시 아주 조심스레 커튼 자락을 벌렸다. 그는 다시 자리에 앉아 있었고,

입가에는 여전히 삐딱하게 시가가 물려 있었다. 그의 앞에는 환한 전등 불빛 아래 키가 크고 날씬한 검은 머리의 여성이 얼굴에 베일을 쓰고, 망토를 끌어당겨 턱을 가리고 서 있었다. 그녀는 숨을 헐떡거렸는데, 격한 감정으로 날씬한 체구를 파들파들 떨고 있었다.

"이것 참," 하고 밀버턴이 말했다. "댁 때문에 한밤의 휴식을 날렸어. 그럴 만한 가치가 있었다는 걸 보여주었으면 좋겠군. 다른 시간에 올 수는 없었나, 응?"

여자가 고개를 내둘렀다.

"이것 참, 댁이 그럴 수 없었다면야 그게 맞겠지. 공작부인이 그렇게 독한 주인이라면, 댁은 이제 복수를 할 기회가 생긴 거야. 저런, 왜 그렇게 떨고 있어? 그렇지! 정신을 차려야지! 자, 이제 사업 얘기를 해볼까?" 그가 책상 서랍에서 수첩을 꺼냈다. "드 앨버트 공작부인의 명예를 땅에 떨어뜨릴 편지 다섯 통을 갖고 있다고? 댁은 그걸 팔고 싶고, 나는 사고 싶지. 여기까지는 아주 좋아. 남은 것은 가격을 정하는 거지. 물론 나는 편지부터 살펴봐야겠어. 견본이 썩 좋다면, 아니 맙소사, 이게 누구야?"

여자는 말 한마디 없이 베일을 들어올리고 턱의 망토를 내렸다. 밀버턴과 대면한 여자는 피부가 거무스름하고 윤곽이 뚜렷한 미모의 여성이었다. 곡선을 이룬 코, 반짝이는 두 눈에 짙은 그늘을 드리운 강렬한 검은 눈썹, 그리고 일직선의 얇은 입술에는 섬뜩한 미소가 물려 있었다.

"나예요." 그녀가 말했다. "당신 때문에 인생을 망친 여자."

밀버턴은 웃음을 터트렸지만, 그의 목소리에서는 은근히 두려움이 배어 있었다. "당신은 너무 완고했소." 그가 말했다. "나를 막다른 길로 몰고 갈 것까진 없었잖소. 맹세컨대 나는 자의로는 파리 한 마리 못 죽이는 위인이오. 하지만 남자한테는 사업이라는 게 있는 법이니 내가 달리 어쩌겠소. 당신의 능력에 맞게 가격을 정했는데, 그걸 내려고 하지 않다니."

"그래서 남편에게 편지를 보냈다고? 그이는 내가 신발 끈도 매드릴 자격이 없을 만큼, 생전에 그 누구보다 고상하셨던 신사였어요. 그렇게 당당하시던 분이 편지를 보고 그만 상심해서 돌아가시고 말았어요. 간밤에 내가 저 문으로 들어왔을 때를 기억할 거예요. 당신에게 자비를 빌고 또 빌었어요. 그러데 당신은 내 면전에서 코웃음쳤죠. 지금도 그러고는 싶은데 겁이 나서 차마 이죽거릴 수가 없나요? 그래요, 당신은 여기서 다시 나를 볼 줄 몰랐겠죠. 하지만 어떻게 하면 단둘이

대면할 수 있는지 배운 것도 간밤이었어요. 그래, 찰스 밀버턴, 더 할 말이 있나요?"

"나를 괴롭힐 수 있을 거라고 생각지 마시오." 그가 자리에서 일어서며 말했다. "내가 목소리만 높이면, 하인들이 달려와서 당신을 붙잡을 거요. 하지만 당연히 화가 날 만도 하다는 것을 참작해주겠소. 여기 왔던 것처럼 즉시 떠나시오. 더 이상 말 않겠소."

여자는 가슴에 한 손을 넣은 채 가만히 서 있다가 얇은 입술에 예의 섬뜩한 미소를 머금었다.

"당신은 나를 망친 것처럼 다른 사람의 삶을 더 이상 망치지 못할 거야. 내 가슴을 찢어놓은 것처럼 다른 이의 가슴을 더는 찢어놓지 못할 거야. 나는 이 세상의 독소를 제거해버리겠어. 이것을 받아라, 인간 말종아. 이것도! 그리고 이것도! 이것도! 이것도!"

번들거리는 작은 리볼버를 꺼내든 여자가 밀버턴을 향해 잇달아 총알을 날렸다. 총구에서 그의 셔츠 앞자락까지는 거리가 두 자도 되지 않았다. 뒤로 움찔 물러선 그는 책상 위에 고꾸라지더니, 격렬하게 기침을 해대며 문서들을 움켜쥐었다. 그러다 비틀거리며 일어서더니 다시 총을 맞고 방바닥에 나뒹굴었다. "이럴 수가!" 그가 외치고는 쓰러져 꼼짝하지 않았다. 여자는 골똘히 그를 바라보다가, 위를 향한 그의 얼굴을 발뒤꿈치로 짓이겼다. 그녀가 다시 굽어보았지만, 아무런 소리도 움직임도 없었다. 날카롭게 옷자락 스치는 소리가 나고 후끈한 실내로 밤공기가 밀려들더니 복수를 한 사람이 사라졌다.

우리가 막았어도 밀버턴의 목숨을 구할 수는 없었을 것이다. 그러

나 그녀가 버둥거리는 밀버턴에게 잇달아 총알 세례를 퍼부을 때 나는 냉큼 뛰쳐나가려고 했다. 하지만 그때 홈즈가 차갑고 강인한 손으로 내 손목을 틀어쥐고 있었다. 나를 제지하는 확고한 그의 손길이 무슨 뜻인지 나는 고스란히 이해했다. 우리가 나설 일이 아니라는 것, 정의가 악당을 심판했다는 것, 우리에게는 잊지 말아야 할 의무와 목적이 있다는 것을 말이다. 그러나 일단 여자가 방에서 빠져나가자마자 홈즈는 소리 없이 민첩하게 다른 쪽 문으로 다가갔다. 그는 열쇠를 돌려 문을 잠갔다. 그와 동시에 집 안에서 웅성거리는 소리가 나고 허둥거리는 발소리가 들렸다. 총성이 사람들을 깨운 것이다. 홈즈는 아주 냉정하게 금고로 다가가서, 두 손으로 편지를 한 뭉텅이 집어들고 그것을 벽난로에 넣어버렸다. 그러기를 몇 차례 되풀이하자 금고가 텅 비었다. 누군가 밖에서 문손잡이를 돌리며 문을 두드렸다. 홈즈는 재빨리 주위를 둘러보았다. 밀버턴의 죽음을 몰고 온 편지가 피범벅이 된 채 책상 위에 놓여 있었다. 홈즈는 그것을 타오르는 다른 편지들 속에 던져 넣었다. 그리고 베란다 문 열쇠를 뽑아든 그는 나를 따라 밖으로 나온 후, 밖에서 문을 잠갔다.

"이쪽이야, 왓슨." 그가 말했다. "이쪽 정원의 벽을 넘어가면 돼."

사고 소식은 믿기지 않을 만큼 빨리 퍼졌다. 뒤를 돌아보니, 커다란 집이 불바다를 이루고 있었다. 정문은 열려 있었고, 몇 사람이 마차를 몰고 나갔다. 온 정원에 사람들 발길이 부산했다. 우리가 베란다로 나갔을 때 누군가 우리를 보고 소리를 지르더니 맹렬히 우리를 쫓아왔다. 홈즈는 저택 구내를 완벽하게 알고 있는 듯했다. 그는 작은 나무들 사이로

요리조리 재빨리 빠져나갔다. 나는 그의 뒤를 바짝 따랐다. 가장 앞서서 우리를 쫓아오는 사람이 뒤에서 헐떡이며 쫓아왔다. 1.8미터 높이의 담벼락이 길을 가로막았지만, 홈즈는 위로 풀쩍 뛰어 담을 넘어갔다. 나도 그렇게 넘어가려는 순간 누군가 내 발목을 잡았다. 그러나 발길질을 해서 뿌리치고 유리조각을 꽂아놓은 담장 꼭대기로 기어 올라갔다. 나는 덤불 속에 얼굴을 박았지만, 홈즈가 바로 일으켜 세워주었다. 우리는 함께 광막한 햄스테드 황야를 줄달음질쳤다. 4킬로미터 가까이 달렸다 싶었을 때, 홈즈가 마침내 달리기를 멈추더니 한참 귀를 기울였다. 우리 뒤쪽의 황야는 쥐 죽은 듯 고요했다. 추적자를 따돌린 것이다.

❧

이제까지 이야기한 놀라운 경험을 한 다음 날, 우리가 아침 식사를 마치고 파이프를 피우고 있을 때였다. 런던 경찰국의 레스트레이드 씨가 아주 진지하고 인상적인 표정으로 우리의 수수한 거실로 들어섰다.

"안녕하십니까, 홈즈 씨." 그가 말했다. "안녕하세요? 지금 바쁘신가요?"

"이야기를 못 들을 만큼 바쁘지는 않습니다."

"특별히 하시는 일이 없으시면, 우리를 좀 도와주지 않으시겠습니까? 바로 간밤에 아주 주목할 만한 사건이 햄스테드에서 일어났습니다."

"저런!" 홈즈가 말했다. "무슨 사건입니까?"

"살인사건입니다. 아주 극적이고 주목할 만한 살인사건이에요. 홈즈 씨가 이런 일을 얼마나 좋아하는지 알아서 드리는 말씀인데, 애플도어 타워스에 내려가셔서 조언을 좀 해주시면 정말 고맙겠습니다. 이건 평범한 범죄가 아닙니다. 우리는 오랫동안 밀버턴 씨를 주목해왔습니다. 우리끼리니까 하는 말인데, 그는 꽤 악당입니다. 그는 문서를 이용해서 공갈 협박을 해왔던 것으로 알려져 있어요. 그 문서는 살인자들이 모두 불태워 버렸습니다. 도난당한 귀중품은 없습니다. 그 문서가 세상에 폭로되는 것을 막겠다는 목적뿐이었어요. 범인들은 아마 신분이 높은 사람들일 겁니다."

"범인들!" 홈즈가 말했다. "한 명이 아니고!"

"그렇습니다. 두 명이었어요. 그들을 거의 현행범으로 잡을 뻔했죠. 발자국도 남아 있고, 인상착의도 아니까, 십중팔구 잡아들일 수 있을 겁니다. 한 명은 아주 민첩했습니다. 다른 한 명은 정원사 보조에게 잡혔는데 몸부림을 쳐서 빠져나갔죠. 그는 중간키에 체격이 튼튼하고, 네모난 턱에 목은 굵은데, 콧수염을 길렀고 눈에 마스크를 했습니다."

"그건 좀 모호하군요." 셜록 홈즈가 말했다. "아니, 그건 왓슨의 모습 아닙니까!"

"맞습니다." 경위가 흥겨워하며 말했다. "왓슨 씨라고 할 수도 있겠어요."

"그런데 도와드릴 수가 없습니다, 레스트레이드." 홈즈가 말했다. "실은 나도 밀버턴이라는 자를 잘 아는데, 그는 런던에서 가장 위험한 인간 중 한 명이라고 생각해왔습니다. 어떤 범죄는 법으로도 어쩔 수가 없어서, 어느 정도는 사사로이 복수를 하는 것이 정당화되는 그런 범죄가 있다고 봅니다. 아니, 그거야 입씨름을 해봐야 소용없습니다. 나는 이미 결심했어요. 내가 보기에는 희생자보다 범죄자가 더 불쌍하니, 그 사건은 맡지 않겠습니다."

⁂

홈즈는 우리가 목격한 비극에 대해 내게 한마디도 하지 않고, 아침 내내 아주 깊은 생각에 잠겨 있었다. 초점 없는 눈과 축 늘어진 자세를 보니, 무슨 기억을 떠올리려고 애를 쓰는 듯했다. 한창 점심 식사를 하고 있을 때였다. 그가 갑자기 벌떡 일어나더니 이렇게 외쳤다.

"그거야, 왓슨, 마침내 알아냈어! 모자를 써! 같이 가자!"

그는 최대한 빠른 걸음으로 베이커 스트리트를 내려가 옥스퍼드 스트리트를 따라 리전트 서커스 근처에 이르렀다. 거리 왼쪽의 가게 진열장에는 당시의 유명 인물과 미녀들의 사진이 잔뜩 걸려 있었다. 홈즈는 그 가운데 하나를 뚫어지게 바라보았다. 그의 눈길을 따라가 보니 궁중 예복을 입은 위풍당당한 여성 사진이 보였다. 고고한 머리에는 다이아몬드가 박힌 높다란 보관을 쓰고 있었다. 섬세하게 곡선을 이룬 코, 뚜렷한 눈썹, 일직선의 입술, 그 아래 강인한 작은 턱을 바라보다가, 그녀가 유서 깊은 가문의 대단한 귀족이자 정치가의 아내였다는 안내문을 보고 숨이 턱 막혔다. 나는 홈즈와 눈을 맞추었다. 그는 입술에 손가락을 얹었고, 우리는 돌아서서 말없이 떠났다.

여섯 개의 나폴레옹 석고상

런던 경찰국의 레스트레이드 씨는 걸핏하면 저녁에 우리를 찾아왔는데, 셜록 홈즈는 언제나 반가이 맞이했다. 그가 들를 때마다 경찰 본부가 어떻게 돌아가고 있는가를 귀동냥할 수 있었기 때문이다. 레스트레이드가 뉴스를 날라다준 대가로 홈즈는 경위가 맡은 사건 이야기를 꼼꼼히 들어주고, 적극적으로 개입하지는 않더라도 이따금 자신의 방대한 지식과 경험을 바탕으로 힌트를 주거나 제안을 하곤 했다.

어느 날 저녁, 레스트레이드는 날씨와 신문 얘기를 하다가 여느 때와 달리 입을 꾹 다물고, 생각에 잠겨 시가만 뻑뻑 피워댔다. 홈즈가 예리하게 그를 바라보았다.

"큰 사건을 맡았나 보군요." 그가 물었다.

"아, 아닙니다, 홈즈 씨. 별로 특별한 것도 아니에요."

"그럼 얘기나 해보세요."

레스트레이드가 웃음을 터트렸다.

"음, 홈즈 씨한테는 내 속내를 숨겨봐야 소용이 없다니까요. 하지만 워낙 터무니없는 일이라서 말씀드리길 주저한 겁니다. 별일 아니긴 해도 한편으로 진기한 일인 것만은 분명해요. 홈즈 씨가 평범하지 않은 사건을 좋아한다는 거 잘 압니다. 하지만 내가 보기에, 이건 우리보다 왓슨 박사에게 더 걸맞은 사건입니다."

"병인가요?" 내가 물었다.

"아무래도 정신병 같습니다. 미쳐도 아주 이상하게 미쳤어요! 나폴레옹 1세를 어찌나 미워하는지 석고상이 눈에 띄기만 하면 죄다 박살을 내지 않고는 성이 차지 않는 사람이 이 시대에 살고 있을 줄은 설마 몰랐을 겁니다."

홈즈가 의자에 등을 기댔다.

"그건 내가 상관할 일이 아니군요." 그가 말했다.

"그래요. 내 말이 그 말입니다. 하지만 말이죠, 그런 남자가 자기 것도 아닌 석고상을 깨뜨리려고 주거침입을 했을 때는 의사가 아니라 경찰에게 넘어오죠."

"주거침입이라! 그 말을 들으니 흥미가 동하는군요. 자세히 말해 보세요."

레스트레이드가 경찰수첩을 꺼내 보고 기억을 되살렸다.

"첫 사건이 보고된 것은 나흘 전이었습니다." 그가 말했다. "모스 허드슨의 가게에서였죠. 케닝턴 로드에 그림과 석고상 따위를 파는 그의 가게가 있습니다. 점원이 잠깐 가게를 비운 사이에 쨍그랑하는 소리가 나서 달려가 보니, 진열대에 다른 여러 작품과 함께 놓인 나폴레옹 석고 흉상이 박살이 나 있는 것이었어요. 점원이 거리로 나가 보았죠. 가게 밖으로 한 남자가 뛰쳐나왔다고 증언한 행인들이 여러 명 있기는 했지만, 그 밖에는 거리에 아무도 없었고 악당이라고 할 만한 사람을 알아볼 수가 없었습니다. 그건 이따금 일어나는 훌리건의 난동인 듯했지요. 이 사건은 순찰 중이던 순경이 신고를 받았습니다. 석고 흉상은 가격이 몇 실링밖에 되지 않아서, 특별히 조사를 하기에는 좀 유치해 보였죠.

하지만 두 번째 사건은 더 심각하고 더 독특해요. 바로 간밤에 일어난 사건 말입니다.

케닝턴 로드에, 그러니까 모스 허드슨의 가게에서 200-300미터 안쪽에, 바니콧 박사라는 아주 유명한 의사가 삽니다. 템스 강 남쪽에서 가장 큰 것으로 손꼽히는 의원을 열고 있지요. 하지만 생활 근거지와 주요 진료실은 케닝턴 로드에 있습니다. 한 3킬로미터 떨어진 로어브릭스턴 로드에 외과와 진료실 분점을 두고 있죠. 바니콧 박사는 열렬한 나폴레옹 찬미자입니다. 집에는 그 프랑스 황제에 관한 책과 그림, 유물로 가득하죠. 얼마 전에 그는 모스 허드슨 가게에서 유명한 나폴레옹 석고 흉상 복제품 두 개를 샀습니다. 프랑스 조각가 디바인이 주형을 만든 거죠. 그중 하나는 케닝턴 로드에 있는 그의 집 홀에 놓아두었고, 다른 하나는 로어브닉스턴의 외과 의원 벽난로 위에 놓아두었습니다. 아무튼 오늘 아침 홀로 내려간 바니콧 박사는 간밤에 도둑이 들었다는 것을 알고 깜짝 놀랐어요. 그런데 홀에 있던 석고 흉상 외에는 없어진 게 없었습니다. 그건 누가 밖으로 들고 나가서 정원 벽에 던져 박살을 내놓았어요. 산산조각이 난 채 담벼락 아래서 발견된 거죠."

홈즈가 두 손을 비볐다.

"이건 분명 아주 참신한 사건이군요." 그가 말했다.

"재미있어하실 줄 알았습니다. 그런데 아직 얘기가 끝나지 않았습니다. 바니콧 박사는 12시에 외과 의원에 출근하기로 되어 있었어요. 그런데 거기 도착하자마자, 창문이 열려 있고 두 번째 흉상 조각이 실내에 잔뜩 흩어져 있는 것을 보고 얼마나 놀랐을지 짐작이 가실 겁니다. 세워놓았던 곳에 아주 산산조각이 나 있었죠. 그런 장난을 친 미치광이 범인의 단서가 될 만한 흔적은 역시 어디에도 없었습니다. 자, 홈즈 씨, 이야기는 이것이 전부입니다."

"아주 독특하군요. 기괴한 것은 말할 것도 없고요." 홈즈가 말했다. "뭐 좀 물어봅시다. 바니콧 박사의 집에서 부서진 두 흉상은 모스 허드슨 가게에서 파괴된 것과 똑같은 복제품인가요?"

"같은 주형으로 만든 것입니다."

"그런 사실은 그 사람이 나폴레옹에 대한 막연한 증오 때문에 석고상을 깼다는 가설과 맞아떨어지지 않습니다. 런던에는 그 황제의 상이 수없이 많다는 것을 생각해보세요. 그런데 마구잡이 우상파괴자가 하필이면 똑같은 흉상 세 개부터 부수기 시작했다는 게 우연의 일치라고 보기는 어렵지 않을까요?"

"음, 그건 그렇습니다." 레스트레이드가 말했다. "다른 한편으로, 이 모스 허드슨이라는 사람은 런던에서 알아주는 흉상 판매상입니다. 그런데 그의 가게에서 최근 몇 년 동안 만든 나폴레옹 흉상은 그 종류밖에 없었습니다. 그래서 홈즈 씨 말마따나 런던에는 수많은 흉상이 있지만, 그 지역에 있는 것은 그 세 개뿐이었는지도 모릅니다. 따라서 그 지역 미치광이가 그것부터 시작했겠지요. 왓슨 박사가 보기엔 어떻습니까?"

"편집광이 무슨 짓을 할 것인지, 그 가능성에는 한계가 없습니다." 내가 대답했다. "현대 프랑스 심리학자들이 '이데 픽스'(idée fixe. 편집광을 뜻하는 프랑스어—옮긴이)라고 부르는 상태가 있습니다. 증상이 대수롭지 않을 수도 있는데, 그 밖의 다른 면에서는 전적으로 정상이죠. 나폴레옹에 대해 지나치게 파고들었거나, 전쟁 통에 입은 가문의 피해가 대물림해서 그런 '이데 픽스'가 생길 수 있고, 그런 상태에서 별난 형태로 분노가 폭발할 수 있습니다."

"그게 아니야, 왓슨." 홈즈가 고개를 내두르며 말했다. "'이데 픽스'가 아무리 강하다 해도 자네가 말한 흥미로운 편집광은 그런 흉상이 어디 있는지 알아낼 수 없어."

"그럼, 자네는 그걸 어떻게 설명할 거지?"

"나는 설명할 생각 없어. 그저 그 신사의 괴팍한 행위에는 어떤 조리가 있다는 것만 지적하고 싶어. 예를 들어, 바니콧 박사의 홀에서는 소리가 나면 가족이 깨어나니까, 흉상을 밖으로 가져가서 깨뜨렸어.

그런데 외과에서는 들킬 위험이 없어서 현장에서 바로 박살을 냈어. 이 사건은 아주 사소해 보이지만, 내가 다룬 가장 고전적인 사건들 상당수가 처음에는 시시하게 시작되었다는 것을 돌이켜보면, 그 어떤 것도 하찮게 볼 수가 없어. 자네도 기억할 거야, 왓슨. 무더운 날 파슬리가 버터 속에 가라앉은 깊이를 보고 내가 애버네티 집안의 끔찍한 일을 주목하게 된 것 말이야. 그러니 흉상 세 개가 깨진 것도 나는 웃어넘길 수 없어요, 레스트레이드. 이 독특한 사건이 새롭게 전개되면 꼭 알려주시기 바랍니다."

내 친구가 궁금해한 이 사건은 생각보다 더 빨리, 비할 바 없이 비극적으로 전개되었다. 이튿날 아침 내가 침실에서 막 옷을 차려입고 있을 때, 문을 두드리는 소리가 나더니 홈즈가 손에 전보를 들고 들어왔다. 그가 소리 내어 읽어주었다.

즉시 오시기 바람. 켄징턴 피트 스트리트 131번지.

— 레스트레이드

"무슨 일일까?" 내가 물었다.

"모르겠어. 무슨 일이 생겼겠지. 내 짐작으로는 석고상 이야기의 후편이 아닐까 싶어. 그렇다면 우리의 우상파괴자가 런던의 또 다른 구역에서 작업을 시작했다는 뜻이지. 왓슨, 커피는 탁자에 있어. 나는 문간에서 마차를 잡을게."

30분 후 우리는 피트 스트리트에 도착했다. 그곳은 런던 번화가에서 살짝 비켜서 있는 한적한 동네였다. 131번지의 저택은 한 줄로 밋밋하게, 보기 흉하지는 않지만 무미건조하게 지은 집이었다. 마차를 타고 다가가며 우리는 집 앞의 난간에 호기심 많은 구경꾼들이 몰려 있는 것을 보았다. 홈즈가 휘파람을 불었다.

"저런! 최소한 살인 미수는 일어난 모양이군. 그 정도가 아니라면 런던의 심부름꾼들을 붙잡아둘 수가 없지. 그들이 새우등을 하고 목을 쭉 뽑아 올리고 있는 것을 보면 폭력 사건인 게 분명해. 저게 뭐지, 왓슨? 맨 위 계단을 물로 씻어냈는데, 나머지 계단은 말라 있잖아. 아무튼 발자국이 많군! 아하, 그래, 레스트레이드가 거실 창문에 보이는군. 자초지종을 곧 알게 되겠지."

경위는 아주 심각한 얼굴로 우리를 맞이해서 거실로 안내했다. 그곳에는 플란넬 실내복을 걸친 노인이 몸치장도 전혀 하지 않고 안절부절 방 안을 오락가락하고 있었다. 경위는 집 주인인, 중앙 신문연합의 호레이스 하커 씨와 인사를 시켰다.

"또다시 나폴레옹 흉상 사건입니다." 레스트레이드가 말했다. "엊저녁 홈즈 씨가 관심이 있으신 듯해서, 사건이 아주 심각하게 변한 이때라면 현장에 꼭 와보고 싶어할 거라고 생각했습니다."

"그래, 어떻게 변했다는 겁니까?"

"살인 사건으로요. 하커 씨, 두 신사분께 정확히 무슨 일이 일어났는지 말씀해주시겠습니까?"

실내복을 입은 노인이 그지없이 우울한 얼굴로 우리를 돌아보았다.

"정말 별일입니다." 그가 말했다. "나는 평생 다른 사람들의 뉴스를 수집해왔습니다. 그런데 막상 진짜 뉴스가 바로 내 눈앞에서 벌어졌는데도 너무 혼란스럽고 머리가 지끈거려서 기사를 한 줄도 쓸 수가 없어요. 내가 기자로 여기 왔다면 인터뷰를 해서 모든 석간신문에 2단 기사를 실었을 겁니다. 그런데 실제로는 귀중한 기삿감을 양보하고 다른 사람들에게 내 이야기를 몇 번이고 들려주면서 막상 나 자신은 그걸 쓰지 못하고 있어요. 하지만 셜록 홈즈 씨의 명성은 익히 들어봤습니다. 얄궂은 이번 일을 설명해주시기만 한다면야 내 이야기를 들려드리는 수고를 마다하지 않겠습니다."

홈즈는 자리에 앉아 귀를 기울였다.

"모든 것이 나폴레옹 흉상을 둘러싸고 일어난 일인 듯합니다. 그건 넉 달 전쯤 바로 이 방을 장식하기 위해 사들인 겁니다. 하이스트리트 역 가까이 있는 하딩 브라더스 가게에서 싼값에 손에 넣었죠. 기자로서의 내 일은 대부분 한밤중에 이루어지다보니 나는 종종 이른 아침까지 글을 씁니다. 오늘도 그랬어요. 3시 무렵, 내가 이 집 맨 위 뒤쪽에 있는 서재에 앉아 있을 때였습니다. 아래층에서 분명 무슨 소리가 들렸어요. 귀를 기울여봤지만 다시 들리지는 않더군요. 그래서 밖에서 난 소리인가 보다 했습니다. 그런데 5분 후쯤 느닷없이 아주 끔찍한 비명이 들리는 것이었어요. 나는 그렇게 끔찍한 소리를 들어본 적이 없습니다, 홈즈 씨. 내가 숨이 붙어 있는 한 그 소리는 내 귓전을 떠나지 않을 겁니다. 나는 1-2분쯤 겁에 질려서 얼어붙어 있었습니다. 그 후 부지깽이를 움켜쥐고 내려갔죠. 이 방에 들어선 나는 창문이 활짝 열려 있는 것을 보았습니다. 벽난로에서 흉상이 사라진 것을 즉시 알아보았죠. 무슨 도둑이 그런 걸 다 훔쳐 가는지 이해가 안 되더군요. 석고 흉상에 지나지 않아서 사실상 전혀 돈 되는 게 아니었으니까요.

열린 저 창문으로 나갈 경우 누구든 발을 쭉 뻗으면 바로 현관 계단에 내려설 수 있다는 걸 보면 아실 겁니다. 도둑이 바로 그랬던 게 분명해요. 그래서 나는 현관으로 돌아가서 문을 열고 나갔죠. 어둠 속으로 발을 내딛다가 그만 거기 쓰러져 있는 시체에 걸려 넘어질 뻔했어요. 나는 얼른 돌아가서 등불을 가져왔죠. 녀석이 죽어 있었습니다. 목에 큰 상처가 나 있고 온통 피바다였어요. 똑바로 누운 채 무릎을 끌어올리고 입은 쩍 벌린 상태였습니다. 그 모습을 꿈에 볼까 두렵군요. 나는 가까스로 경찰을 부르는 호각을 불고 기절을 해버린 모양입니다. 홀에서 경찰이 나를 굽어보고 있다는 사실을 알게 될 때까지 기억이 없으니까 말입니다."

"그런데 살해된 사람은 누굽니까?" 홈즈가 물었다.

"신원을 확인할 만한 게 아무것도 없습니다." 레스트레이드가 말했다. "영안실에 가면 시신은 볼 수 있습니다만, 지금까지 신원에 대해 알아낸 게 없습니다. 키가 크고, 볕에 그을렸고, 아주 건장하고, 서른 살이 넘지 않았습니다. 옷차림은 허름하지만 막노동자로 보이지는 않습니다. 뿔 손잡이가 달린 접는 칼이 시신 옆의 피 웅덩이 안에 놓여 있었습니다. 살인 무기였는지, 피살자가 갖고 있던 것인지는 모르겠습니다. 옷에는 이름이 없었고, 주머니에는 사과 하나와 약간의 끈, 1실링짜리 런던 지도, 그리고 사진 한 장밖에 없었어요. 그게 이겁니다."

그것은 작은 사진기로 찍은 스냅 사진이 분명했다. 조심성이 많고 이목구비 선이 날카로운 원숭이 같은 남자였는데, 눈썹이 짙고, 개코원숭이 주둥이처럼 얼굴 아래쪽이 아주 특이하게 돌출해 있었다.

"그런데 흉상은 어떻게 되었습니까?" 홈즈가 사진을 골똘히 뜯어본 후 물었다.

"우리도 홈즈 씨가 오기 직전에야 알았습니다. 캠던 하우스 로드의 빈집 앞뜰에서 발견되었다고 합니다. 산산조각이 났죠. 이제 그걸 보러 갈 작정인데, 같이 가시겠습니까?"

"물론입니다. 잠깐 이곳부터 둘러봐야겠습니다." 홈즈는 양탄자와 창문을 살펴보았다. "피살자는 다리가 아주 길거나 아주 활동적인 남자였군요." 그가 말했다. "아래 지면을 보니 계단에서 창턱까지 팔을 뻗어서 창문을 여는 것은 결코 만만치 않은 일이었습니다. 창턱에서 계단으로 뛰는 것은 비교적 쉬운 일이군요. 하커 씨, 같이 가서 흉상 조각을 보시겠습니까?"

수심에 잠긴 기자는 집필용 책상에 앉아 있었다.

"나는 어떻게든 기사를 써야 합니다." 그가 말했다. "자세한 이야기가 실린 저녁 신문 초판이 벌써 깔렸겠지만 말입니다. 나도 참 박복하지! 동커스터에서 경마장 관람석이 무너진 것을 기억하십니까? 그러니까, 그때 나는 관람석에 있던 유일한 기자였는데, 우리 신문만 유일하게 그 기사를 싣지 못했어요. 내가 너무 떨어서 기사를 쓰지 못한 겁니다. 그런데 우리집 문간에서 살인 사건이 벌어졌는데 나는 또 뒷북이나 치고 말 것 같습니다."

우리가 거실을 떠날 때, 하커 씨가 풀스캡 지에 미친 듯이 펜대를 놀리는 소리가 들려왔다.

흉상 조각이 발견된 지점은 그 집에서 고작 200-300미터 떨어진 곳이었다. 누군가의 마음속에 광적이고 파괴적인 증오심을 불러일으킨 듯한 그 위대한 황제의 흉상에 대뜸 눈길이 끌렸다. 흉상은 산산이 부서져서 잔디밭에 흩어져 있었다. 홈즈는 조각 여러 개를 집어들고 꼼꼼히 살펴보았다. 골똘히 집중한 그의 얼굴과 단호한 태도를 보니 마침내 단서를 잡았다는 것을 나는 확신할 수 있었다.

"어떻습니까?" 레스트레이드가 물었다.

홈즈는 어깨를 으쓱했다.

"아직 갈 길이 멉니다." 그가 말했다. "하지만, 음, 하지만, 파헤쳐 볼 만한 의미심장한 사실 몇 가지는 알아냈습니다. 이 범죄자에게는 별 볼 일 없는 이 흉상이 한 인간의 목숨보다 더 가치가 있었습니다. 그게 핵심이죠. 그리고 그가 이것을 집 안에서, 아니면 집에서 나오자마자 바로 깨뜨리지 않았다는 사실도 특이합니다. 깨뜨리는 것이 유일한 목적이었다면 말입니다."

"다른 사람과 맞닥뜨리자 당황한 나머지 부리나케 달아난 거죠. 그래서 할 일을 잊은 게 아니겠어요?"

"음, 그럴 수도 있겠죠. 하지만 흉상이 파괴된 뜰이 있는 이 집의 위치를 각별히 주목해 보시기 바랍니다."

레스트레이드가 주위를 둘러보았다.

"여긴 빈집입니다. 그러니 뜰에서 제 맘대로 할 수 있다는 걸 알았겠지요."

"그래요, 하지만 그가 여기까지 오기 전에 지나친 길에도 다른 빈집이 있습니다. 그런데 왜 거기서 깨뜨리지 않았을까요? 흉상을 들고서는 멀리 갈수록 사람들 눈에 띌 위험만 높아질 게 분명한데 말입니다."

"전혀 감이 안 잡힙니다." 레스트레이드가 말했다.

홈즈가 우리 머리 위의 가로등을 가리켰다.

"여기서라면 자기가 무슨 짓을 하는지 볼 수 있습니다. 저쪽에서는 그럴 수 없었어요. 그게 이유입니다."

"세상에! 과연 그렇군요." 경위가 말했다. "이제 생각해보니, 바니콧 박사의 흉상도 병원의 빨간 등 가까이에서 깨졌습니다. 그래요, 홈즈 씨, 사실을 알았으니 이제 우리는 어째야 합니까?"

"그걸 잊지 말고 늘 염두에 두어야죠. 그런 사실과 관계된 정보를 나중에 손에 넣게 될 테니까요. 레스트레이드, 이제 어떤 조치를 취할 생각입니까?"

"내가 보기에 사건을 해결하기 위한 가장 현실적인 방법은 피살자의 신원을 확인하는 것입니다. 그건 어렵지 않을 겁니다. 그의 신원과 주변 사람들을 알아내기만 하면, 그가 간밤에 피트 스트리트에서 무엇을 하려고 했는지, 호레이스 하커 씨의 문간에서 누구를 만나 누구한테 죽었는지 알아낼 수 있을 겁니다. 그렇겠죠?"

"아무렴요. 하지만 나라면 이 사건을 그런 식으로 다루지 않을 겁니다."

"그럼 어째야 합니까?"

"아, 어떤 식으로든 내가 경위의 등을 떠밀어선 안 되죠. 당신은 당신 방식으로 하고, 나는 내 방식대로 하는 게 좋겠습니다. 나중에 정보를 교환하면 서로 보완이 될 겁니다."

"그게 좋겠군요." 레스트레이드가 말했다.

"피트 스트리트로 돌아가면 호레이스 하커 씨를 만나겠군요. 내가 확고히 이런 결론을 내렸다고 좀 전해주십시오. 나폴레옹 망상을 지닌 위험한 살인광이 간밤에 그의 집 안에 있었던 게 확실하다고 말입니다. 그러면 신문기사를 쓰는 데 도움이 될 겁니다."

레스트레이드가 눈을 동그랗게 떴다.

"정말 그렇게 생각하는 건 아니죠?"

홈즈가 씩 웃었다.

"아닐까요? 글쎄, 아마 아니겠죠. 하지만 호레이스 하커 씨와 중앙 신문연합의 구독자들은 그 얘기에 귀가 솔깃할 겁니다. 자, 왓슨, 우리 앞에는 제법 험난하고 골치 아픈 하루가 기다리고 있는 것 같군. 레스트레이드, 오늘 저녁 6시에 베이커 스트리트로 찾아와 준다면 반갑겠습니다. 그때까지 나는 피살자의 주머니에서 나온 이 사진의 주인공을 찾아볼 생각입니다. 오늘 밤 작은 원정을 해야 할 듯한데, 그때 같이 나서서 도와달라고 내가 부탁할 가능성이 높습니다. 내 추리가 옳은 것으로 밝혀지면 말입니다. 그럼 그때 봅시다.

행운을 빕니다."

셜록 홈즈와 나는 하이 스트리트까지 함께 걸었다. 우리는 흉상을 팔았다는 하딩 브라더스 가게에서 걸음을 멈추었다. 하딩 씨는 오후에나 나온다고 젊은 점원이 알려주었다. 그리고 점원은 이제 갓 들어와서 아는 게 없다고 말했다. 홈즈는 기대에 어긋나서 언짢은 표정을 지었다.

"그래, 왓슨, 뭐든 우리 마음대로 되기를 기대할 수는 없지." 마침내 그가 말했다. "하딩 씨가 오후에나 나온다면 그때 다시 와야겠군. 자네도 짐작했겠지만, 나는 그 흉상의 출처를 추적할 작정이야. 흉상들의 참 별난 운명을 설명해줄 수 있는 특별한 정보를 얻을 수 있지 않을까 싶어서 말이지. 케닝턴 로드의 모스 허드슨 씨한테 가서, 도움이 될 만한 정보가 있는지 알아보자."

마차를 타고 그 미술품 거래상의 집에 가는 데는 한 시간이 걸렸다. 그는 키가 작고 뚱뚱한 체구에 얼굴이 붉고 태도가 신랄한 인물이었다.

"그래요. 바로 내 가게 진열대에서 그랬소이다." 그가 말했다. "우리가 세금은 대체 왜 내는지 모르겠소. 어떤 불한당이 쳐들어와서 물건을 마구 부수는데 말이오. 그래요, 내가 바니콧 박사한테 흉상 두 개를 팔았습니다. 정말 몰상식한 짓입니다! 내가 보기에 그건 무정부주의자의 짓이오. 무정부주의자가 아니라면 누가 흉상을 부순단 말입니까. 빨간 공화주의자(프랑스 혁명의 과격파 지도자들을 일컫는 말로, 이들이 공화주의를 지지한다는 것을 뜻하는 빨간 '자유의 모자'를 쓰고 다닌 데서 비롯한 것—옮긴이), 난 그들을 그렇게 불러요. 내가 그 흉상들을 누구한테 샀냐고요? 그게 그 일과 무슨 상관인지 모르겠소. 아, 정히 알고 싶다면야. 그건 스테프니의 처치 스트리트에 있는 겔더사에서 떼 온 거요. 거긴 그 방면에서 꽤 알려진 회사인데, 역사가 20년이나 됩니다. 몇 개나 떼 왔냐고요? 세 개요. 둘 더하기 하나는 세 개지. 바니콧 박사의 것 두 개와 내 가게에서 백주 대낮에 박살이 난 거 하나 말이오. 그 사진 속의 인물을 아느냐고요? 아니, 모릅니다. 아니, 알아요. 이거, 베포 아냐! 이탈리아인인데, 일종의 품팔이 일꾼입니다. 우리 가게에서 잠깐 일했죠. 그는 조각도 할 줄 알고, 주형으로 석고상 만들기와 도금도 하고, 임시로 여러 잡일도 했습니다. 그 친구는 지난 주 떠났어요. 그 후로는 소식을 듣지 못했습니다. 아니요, 그가 어디 출신인지, 어디로 갔는지는 모릅니다. 그가 여기 있는 동안 흠잡을 데는 없었어요. 그는 흉상이 박살 나기 이틀 전에 떠났죠."

가게를 나선 후 홈즈가 말했다.

"그래, 모스 허드슨에게서 그 이상 얻기를 기대할 수는 없지. 베포라는 사람이 케닝턴에서도, 켄징턴에서도 모두 공통분모로 등장했으니 16킬로미터를 달려온 보람이 있었어. 자, 왓슨, 이제 스테프니의 겔더사로 가보자. 그 흉상의 출처로. 거기서 뭔가 얻지 못하면 내 손에 장을 지지겠어."

바로 이어서 우리는 런던 사교가 주변을 지나 호텔가, 극장가, 문예가, 상가, 그리고 마지막으로 해운가를 잇달아 지나갔다. 결국 우리는 십만 명이 사는 강변 도시에 이르렀다. 유럽의 떨거지들이 사는 그곳

싸구려 셋집에는 땀 냄새와 퀴퀴한 냄새가 진동했다. 한때는 부유한 런던 상인들이 묵어간 이곳의 널따란 한길 가에 우리가 찾던 조각품 공방이 있었다. 바깥의 꽤 널따란 마당에는 비석이 즐비했다. 내부의 커다란 작업장에는 쉰 명의 일꾼들이 조각을 하거나 주형을 뜨고 있었다. 매니저인 거구의 금발머리 독일인이 우리를 공손하게 맞이해서, 홈즈의 모든 질문에 똑 부러지게 대답해주었다. 그의 장부를 보니 디바인의 나폴레옹 대리석 흉상으로 만든 석고상은 수백 개에 이르렀다. 그러나 1년쯤 전에 모스 허드슨에게 넘긴 흉상 세 개는 한 벌로 제작된 여섯 개 가운데 절반이고, 나머지 세 개는 켄징턴의 하딩 브라더스로 넘겼다. 이 여섯 개는 다른 석고상과 하등 다를 게 없었다. 매니저는 누군가 그것을 깨뜨리고 싶어할 만한 이유를 대지 못했다. 오히려 그는 그런 이야기에 웃음을 터트렸다. 석고상은 도매가가 6실링(요즘 구매력으로 약 4만 원쯤 된다—옮긴이)이었는데, 소매가로는 12실링 남짓에 불과하다는 것이었다. 얼굴 양쪽 두 개의 주형에서 소석고를 떠서, 그것을 합치면 흉상이 완성된다. 그 일은 우리가 들어온 작업장에 있던 이탈리아인들이 한다. 일을 마치면 흉상은 통로의 탁자에 올려놓고 마르길 기다렸다가 나중에 창고에 넣는다. 매니저가 해줄 수 있는 얘기는 그게 전부였다.

그러나 사진을 꺼내 보이자 매니저의 표정이 확 달라졌다. 분노로 얼굴이 붉어졌고, 게르만족 특유의 푸른 눈 위의 눈살을 잔뜩 찌푸렸다.

"아, 이 악당!" 그가 외쳤다. "아무렴, 잘 알고말고요. 이곳에서는 남부끄러운 일이 한 번도 일어난 적이 없었는데, 딱 한 번 바로 이 녀석 때문에 경찰이 이곳에 발을 들여놓았습니다. 그게 1년여 전이군요. 녀석이 거리에서 다른 이탈리아인을 칼로 찔렀습니다. 그러고는 우리 공방에 돌아왔는데 경찰이 들이닥쳐서 그를 잡아갔죠. 그 녀석 이름이 베포였습니다. 성씨는 나도 몰라요. 상판대기가 이런 인간을 고용했으니 내가 벌을 받아도 싸지. 하지만 일은 잘했어요. 최고였죠."

"그는 몇 년 형을 선고받았나요?"

"그 남자가 죽지 않아서 가벼운 1년형을 받았죠. 분명 지금쯤 풀려났을 겁니다. 하지만 감히 이곳엔 코빼기도 못 내밀죠. 이곳에 그의 사촌이 있는데, 그가 베포의 소재지를 말해줄 수 있을 겁니다."

"아니, 아닙니다." 홈즈가 외쳤다. "사촌에게는 한마디도 하지 마세요. 단 한 마디도. 부탁드립니다. 이건 중요한 문제입니다. 생각하면 할수록 더욱 중요해 보이는군요. 아까 장부를 보고 석고상을 넘긴 이야기를 하실 때 내가 보니 그게 작년 6월 3일이더군요. 베포가 체포된 것은 언제인지 알 수 있을까요?"

"급여대장을 보면 대충 알 수 있을 겁니다." 매니저가 대답했다. "그래요." 그가 장부를 들춰본 후 이어서 말했다. "마지막 급여를 5월 20일에 받았군요."

"고맙습니다." 홈즈가 말했다. "이제 더 이상 시간을 빼앗지 않겠습니다." 우리가 탐문하러 왔다는 사실은 발설하지 말아달라고 마지막으로 당부한 후, 우리는 다시 서쪽으로 향했다.

오후가 한참 지나서야 우리는 식당에서 서둘러 점심 식사를 할 수 있었다. 입구에 붙은 뉴스 전단지에 '켄징턴 참극. 살인범은 정신병자'라고 인쇄되어 있었다. 신문 내용을 보니 호레이스 하커 씨가 결국 기사를 쓴 모양이었다. 아주 자극적이고 화려한 문체의 2단 기사였다. 홈즈는 그것을 양념 병 케이스에 기대놓고 식사를 하며 읽었다. 그는 한두 번 낄낄거렸다.

"좋았어, 왓슨." 그가 말했다. "한번 들어봐. '이 사건에 대해서는 견해 차이가 있을 수 없다는 사실을 알게 되어 다행이다. 가장 노련한 형사 가운데 한 명인 레스트레이드 씨와, 유명한 자문 탐정인 셜록 홈즈 씨가 이번에 일어난 일련의 사건에 대해 같은 결론에 이르렀기 때문인데, 이토록 비극적인 결과에 이른 이 사건은 고의적인 범죄라기보다 미치광이가 저지른 것이다. 정신이상자가 저지른 것이 아니라면 이번 사건을 설명할 수가 없다.' 왓슨, 언론 기관은 더없이 소중해. 이용할 줄만 안다면 말이야. 이제 식사를 마쳤다면, 켄징턴으로 돌아가서 하딩 브라더스의 매니저가 이 사건에 대해 뭐라고 하는지 들어볼까?"

커다란 가게의 설립자는 알고 보니 활달하고 시원시원한 사람이었다. 몸집이 작고 날렵하며 머리는 명석하고 달변이었다.

"그렇습니다. 석간신문에 난 그 기사는 이미 읽어봤어요. 호레이스 하커 씨는 우리 고객이죠. 그분에게 몇 달 전 흉상들을 공급해드렸습니다. 우리는 스테프니의 겔더사에 그런 흉상을 주문했죠. 지금은 모두 팔았습니다. 누구에게? 그야, 장부를 보면 금방 알 수 있죠. 그래요, 여기 있군요. 하나는 하커 씨에게, 그리고 하나는 치스윅, 러버넘 베일, 러버넘 로지의 조시아 브라운 씨에게, 나머지 하나는 로어그로브 로드의 샌드퍼드 씨에게 판 걸로 되어 있군요. 아니요, 이 사진 속의 인물은 본 적이 없습니다. 이런 얼굴을 잊을 수는 없죠. 이렇게 못생긴 얼굴은 본 적이 없으니까요. 우리 직원 가운데 이탈리아인이 있냐고요? 그럼요, 일꾼과 청소부 여러 명이 있습니다. 물론 그들이 마음만 먹으면 판매 장부를 훔쳐볼 수 있지요. 판매 장부를 은밀히 간수할 이유가 없으니까요. 음, 아무튼 그건 참 이상한 사건입니다. 조사를 해서 뭔가 나오면 저에게도 알려주시기 바랍니다."

홈즈는 하딩 씨가 증언을 하는 동안 여러 가지 메모를 했다. 일이 잘 풀려가는 것에 대해 그가 아주 흐뭇해한다는 것을 알 수 있었다. 하지만 그는 우리가 서둘지 않으면 레스트레이드와의 약속 시간에 늦겠다는 말밖에는 아무런 말도 하지 않았다. 과연 그랬다. 우리가 베이커 스트리트에 도착해보니, 형사가 이미 와 있었다. 그는 참지 못하고 오락가락하고 있었다. 그의 표정이 득의양양한 것을 보니 그날 허탕을 치지 않은 게 분명했다.

"어때요?" 그가 물었다. "운이 따르던가요, 홈즈 씨?"

"아주 바쁜 하루를 보냈는데, 완전히 공친 것은 아닙니다." 내 친구가 말했다. "우리는 소매상인과 도매상 제조업자를 모두 만나봤습니다. 각 흉상들이 어디서 어디로 갔는지 알아냈지요."

"흉상이라뇨!" 레스트레이드가 외쳤다. "저런, 저런, 아무튼 셜록 홈즈 씨에게는 자기 방식이 있으니 그걸 왈가왈부하고 싶지는 않지만, 아무래도 내가 더 나은 하루를 보낸 듯합니다그려. 나는 피살자의 신원을 알아냈습니다."

"정말입니까?"

"그리고 범행 동기도 알아냈소."

"대단하군요!"

"경찰 가운데 새프런 힐과 이탈리아인 구역을 전담하는 경위가 한 명 있습니다. 피살자는 가톨릭 신도라는 것을 보여주는 목걸이를 하고 있었고, 피부색을 보니 남쪽 출신일 것 같았죠. 힐 경위는 시신을 보자마자 알아보더군요. 피살자는 나폴리 출신으로 이름이 피에트로 베누치입니다. 런던 최고의 흉악범 가운데 한 명이죠. 마피아, 그러니까 아시다시피, 말을 안 들으면 살인을 불사하는 비밀 정치 조직과도 끈을 대고 있다고 합니다. 이만하면 이제 실마리가 술술 풀리기 시작했다는 것을 아시겠죠? 다른 녀석 역시 아마도 이탈리아인일 겁니다. 마피아 단원이겠죠. 그는 뭔가 규칙을 어겼습니다. 그래서 피에트로가 뒤를 밟은 거죠. 우리가 그의 주머니에서 발견한 사진은 아마도 바로 그 남자일 겁니다. 혹시 엉뚱한 사람한테 칼을 휘두르지 않으려고 갖고 있었던 거죠. 그래서 뒤를 밟았고, 녀석이 어느 집에 들어가는 것을 보았습니다. 밖에서 기다리고 있었는데, 난투 끝에 그만 자기가 당하고 말았습니다. 셜록 홈즈 씨, 어떻습니까?"

홈즈가 선뜻 박수를 쳤다.

"훌륭합니다, 레스트레이드, 훌륭해요!" 그가 외쳤다. "그런데 흉상을 부순 것에 대한 당신의 설명은 석연치 않아요."

"또 흉상! 머릿속에서 그 흉상 생각 좀 지워버릴 수 없습니까? 어차피 그건 아무것도 아닙니다. 그런 경절도죄는 기껏해야 6개월 형이죠. 우리가 정작 조사해야 할 것은 살인이란 말입니다. 장담컨대 내 머릿속에 그에 대한 모든 단서가 착착 쌓이고 있습니다."

"그럼 다음 단계는 뭡니까?"

"아주 간단해요. 힐과 함께 이탈리아인 구역으로 가서, 우리가 입수한 사진 속의 인물을 찾아서 살인죄로 체포하는 겁니다. 함께 가시겠습니까?"

"아니요. 우리는 더 간단한 방식으로 목적을 달성할 수 있다고 봅니다. 장담할 수는 없어요. 그 모든 게, 그러니까 그 모든 게 우리가 전혀 통제할 수 없는 요인에 달려 있으니까요. 하지만 가능성은 높아요. 사실 성공할 확률은 정확히 둘 중 하나입니다. 오늘 밤 당신이 우리와 함께 간다면 당신은 그를 체포할 수 있을 겁니다."

"이탈리아인 구역에서?"

"아니요. 그를 찾아낼 가능성이 더 높은 곳은 치스윅입니다. 레스트레이드, 오늘 밤 우리와 함께 치스윅에 가면, 내가 내일 당신과 함께 이탈리아인 구역에 가겠다고 약속하겠습니다. 그건 뒤로 좀 미루어도 하등 손해 볼 게 없을 겁니다. 그럼 이제 우리 모두 두어 시간 눈을 붙이는 게 좋겠습니다. 11시 전에는 떠나지 않을 거니까요. 하지만 아침이 되어서야 돌아올 겁니다. 레스트레이드, 우리와 함께 저녁 식사를 한 다음 집을 나설 때까지 소파에서 푹 쉬세요. 그런데 왓슨, 자네는 특급 배달부를 좀 불러주었으면 좋겠어. 보낼 편지가 한 통 있는데, 이게 아주 중요해서 즉시 부쳐야 하거든."

홈즈는 묵은 일간지가 쌓인 허드렛방을 샅샅이 뒤지며 저녁 시간을 보냈다. 마침내 내려온 그는 의기양양했지만, 탐구 결과에 대해서는 아무런 말도 하지 않았다. 하지만 나는 그가 복잡한 이 사건의 굽이굽이를 추적해온 방식을 차분히 지켜보았기 때문에 말하지 않아도 알 수 있었다. 목적은 분명치 않았지만 이 얄궂은 범죄자가 남은 두 개의 흉상 가운데 하나, 그러니까 치스윅에 있는 흉상을 덮칠 거라고 홈즈는 예상하고 있었던 것이다. 우리의 원정 목적은 분명 그를 현장에서 잡는 것이었다. 내 친구가 석간신문에 엉터리 단서를 흘려서, 범인이 자기 계획을 계속 밀어붙여도 되겠다는 생각을 하도록 한 교활함에 나는 탄복하지 않을 수 없었다. 홈즈가 리볼버를 챙기라고 말했을 때 나는 놀라지 않았다. 그는 가장 좋아하는 무기인 장전된 사냥용 말채찍(곧은 손잡이에 가죽고리가 달린 채찍으로, '장전' 되었다는 것은 손잡이에 쇠막대를 끼워 넣었다는 뜻—옮긴이)을 챙겼다.

11시에 사륜마차가 문간에 대기하고 있었다. 우리는 그것을 타고 해머스미스 다리 건너편의 한 지점으로 갔다. 마부에게는 그곳에서 기다리고 있도록 했다. 잠시 걷자 외딴 도로가 나왔다. 도로 양쪽에는 정원이 딸린 멋진 집들이 있었다. 그중 한 집의 대문 기둥에 '래버넘 빌라' 라고 쓰인 게 가로등 불빛에 보였다. 주인은 잠자리에 든 것이 분명했다. 정원의 길 쪽으로 둥그렇게 희미한 빛을 흘리고 있는 현관문 위의 부채꼴 채광창을 빼고는 불이 모두 꺼져 있었기 때문이다. 정원과 도로를 가르는 나무 울타리가 정원 쪽으로 짙은 그림자를 드리우고 있었다. 우리는 어둠 속에 몸을 숨겼다.

"오래 기다려야 할 것 같군." 홈즈가 소곤거렸다. "비가 오지 않는 것을 하늘에 감사해야겠어. 시간을 때우기 위해 담배를 피워서는 안

될 것 같아. 하지만 고생한 보람이 있을지, 가능성은 반반이야."

그러나 홈즈의 생각만큼 오래 불침번을 설 필요가 없었다. 불침번은 갑작스레 이상스럽게 끝이 났다. 어느 순간, 누가 다가오는 기척도 없이 정원 문이 와락 열리더니, 호리호리하고 검은 인영이 원숭이처럼 민첩하고 활기차게 정원 길로 쏜살같이 올라간 것이다. 우리는 그 인영이 문 위의 채광창에서 흘러나오는 불빛을 휙 지나쳐서, 건물의 어두운 그림자 속으로 사라지는 것을 보았다. 한참 동안 우리는 숨을 죽이고 있었다. 그 후 아주 나직하게 삐걱거리는 소리가 들려왔다. 창문이 열리는 소리였다. 삐걱거리는 소리가 그치고, 다시 한참 침묵이 감돌았다. 녀석이 집 안에 들어가고 있는 모양이었다. 그러다 실내에서 다크랜턴의 빛이 언뜻 비쳤다. 그가 찾는 것이 거기 없는 게 분명했다. 그 불빛이 다른 창문으로, 또 다른 창문으로 옮겨가는 것이 보였기 때문이다.

"열린 창문으로 가봅시다. 놈이 기어나오면 붙잡게 말입니다." 레스트레이드가 소곤거렸다.

그러나 우리가 움직이기 전에 그 남자가 다시 나타났다. 그가 희미한 불빛 아래 나타났을 때, 우리는 그가 뭔가 하얀 것을 겨드랑이에 끼고 있는 것을 보았다. 그는 슬그머니 주위를 두리번거렸다. 그는 인적 없는 거리의 침묵에 마음을 놓고, 우리에게 등을 돌린 채 겨드랑이의 짐을 내려놓았다. 다음 순간 뭔가를 날카롭게 타격하는 소리가 나고 파삭 깨지는 소리가 이어졌다. 그는 자기가 하고 있는 일에 워낙 열중해서, 우리가 잔디밭으로 살금살금 다가가는 발소리를 듣지 못했다.

비호처럼 홈즈가 뒤에서 그를 덮쳤다. 곧이어 레스트레이드와 내가 그의 양쪽 손목을 붙잡아 수갑을 채웠다. 그를 돌려놓고 바라보니 얼굴이 음산하고 창백한 남자였다. 그는 화가 치밀어 잔뜩 찌푸린 얼굴로 우리를 노려보았다. 우리가 입수한 사진 속의 남자가 맞았다.

하지만 홈즈는 우리의 포로에 관심도 없었다. 그는 문간에 쪼그리고 앉아 그 남자가 집 안에서 가지고 나온 물건을 골똘히 살펴보았다. 우리가 그날 아침에 본 것과 똑같은 나폴레옹 흉상이었다. 이것 역시 산산이 깨져 있었다. 홈즈는 파편들을 하나씩 주의 깊게 불빛에 비춰보았다. 그러나 석고상 조각 가운데 색다른 것은 없었다. 홈즈가 막 검사를 마쳤을 때, 현관의 불빛이 확 밝아지면서 문이 열리더니 집주인이 나타났다. 셔츠와 바지 차림의, 살집이 좋고 유쾌해 보이는 남자였다.

"조시아 브라운 씨죠?" 홈즈가 말했다.

"그렇습니다. 당신은 보나마나 셜록 홈즈 씨로군요? 당신이 특급 우편으로 보낸 편지를 받았습니다. 정확히 당신 말대로 했어요. 안에서 모든 문을 잠그고 일이 어떻게 돌아가는지 지켜보며 기다렸죠. 아무튼 악당을 붙잡은 걸 보니 기쁩니다. 신사분들, 안으로 들어와서 다과라도 좀 드시죠."

하지만 레스트레이드는 범인을 어

서 안전하게 가두어두려고 안달을 해서, 몇 분 안에 우리는 마차를 불러 넷이서 런던으로 향했다. 우리의 포로는 한마디도 하지 않으려고 했다. 그는 헝클어진 머리칼 그늘 속의 두 눈으로 우리를 노려보았다. 내 손이 만만해 보였는지 한번은 굶주린 늑대처럼 물어뜯으려고 했다. 우리는 경찰서에 한참 머물며, 그를 몸수색한 결과 몇 실링의 돈과 칼집이 있는 긴 칼밖에 나오지 않았다는 것을 알게 되었다. 칼 손잡이에는 최근에 피가 잔뜩 묻은 흔적이 있었다.

"잘됐습니다." 우리가 떠날 때 레스트레이드가 말했다. "힐이 이 패거리를 잘 알고 있으니 이름도 알고 있을 겁니다. 내 마피아 이론이 주효했다는 것을 아시게 될 겁니다. 하지만 오늘 일은 대단히 감사합니다, 홈즈 씨. 능수능란한 솜씨로 범인이 있는 곳을 찾아내 주셨으니 말입니다. 나로선 통 이해가 안 갑니다."

"그것을 설명해주기에는 시간이 너무 늦은 것 같군요." 홈즈가 말했다. "게다가 마무리 짓지 못한 사소한 일이 한두 가지 있습니다. 이런 사건은 끝까지 아주 속속들이 파헤칠 가치가 있는 사건이죠. 내일 6시에 다시 우리 집에 들러주시면, 이번 사건에 대해 아직 당신이 파악하지 못한 전모를 일러줄 수 있을 겁니다. 이 사건은 범죄 역사상 아주 독창적인 면을 지니고 있습니다. 왓슨, 내가 자네에게 좀 더 많은 사건을 기록하도록 허락해준다면, 이번 나폴레옹 흉상에 관한 독창적인 모험 이야기 덕분에 자네 글이 아주 생동감 넘치게 될 거야.

⊱✧⊰

우리가 이튿날 저녁 다시 만났을 때, 레스트레이드는 용의자에 대한 정보를 많이 알아낸 상태였다. 그의 이름은 역시 베포인 모양이었고, 성은 알 수 없었다. 그는 이탈리아인 지역에서 유명한 건달이었다. 한때는 솜씨 좋은 조각가로 제 밥벌이를 했지만, 나쁜 길에 들어선 후 한 번은 사소한 절도로, 한 번은 우리가 이미 들은 대로, 동포 이탈리아인을 칼로 찌른 죄로, 두 번이나 감옥에 다녀왔다. 그는 영어를 완벽하게 구사할 줄 알았다. 흉상을 파괴한 이유는 아직도 알 수 없었다. 그 문제에 대해서는 일체 대답을 거부했기 때문이다. 그러나 경찰은 동일한 그 흉상들이 그가 손수 만든 것인지도 모른다는 사실을 알아냈다. 겔더사 공방에서 바로 그런 일을 했기 때문이다. 우리가 대부분 알고 있는 사실이었지만, 그래도 이 모든 정보에 대해 홈즈는 정중하게 귀를 기울었다. 그러나 그를 잘 알고 있는 나로서는 그가 딴생각을 하고 있다는 것을 분명히 알 수 있었다. 그가 버릇처럼 쓰는 그 가면 뒤에는 불안과 기대가 뒤섞여 있다는 느낌이 든 것이다.

초인종 소리가 들리자, 그가 의자에서 벌떡 일어나더니 두 눈을 반짝였다. 잠시 후 계단을 올라오는 소리가 나더니, 나이가 지긋하고 얼굴이 빨갛고 하얀 구레나룻을 기른 남자가 안내를 받고 방으로 들어섰다. 오른손에 구식 융단 손가방을 들고 있었다. 그는 그것을 탁자 위에 올려놓았다.

"셜록 홈즈 씨가 여기 계신가요?"

내 친구가 고개를 주억거리고 반갑게 웃었다. "리딩에서 오신 샌드퍼드 씨죠?" 그가 말했다.

"그렇습니다. 내가 좀 늦은 것 같군요. 기차 시간이 맞지 않아서요. 내가 가진 흉상에 대해 편지를 보내셨죠?"

"그렇습니다."

"여기 당신의 편지를 가져왔습니다. 이렇게 썼군요. '디바인의 나폴레옹 흉상 복제품을 갖고 싶습니다. 귀하가 소유하신 것을 10파운드(요즘 구매력으로 약 130만 원—옮긴이)에 사겠습니다.' 이게 진담입니까?"

"그럼요."

"이 편지를 보고 꽤나 놀랐습니다. 내가 이런 것을 갖고 있다는 사실을 선생이 어떻게 아는지 짐작도 가지 않아서 말이오."

"놀라실 만합니다만, 설명하자면 간단합니다. 하딩 브라더스의 하딩 씨가 말해주었죠. 하나 남은 것을 누구한테 팔았고, 그 주소가 어딘지 말입니다."

"아, 그랬군요. 내가 얼마에 샀는지도 들었소?"

"아니요, 못 들었습니다."

"음, 나는 부자가 아니지만 그래도 정직한 사람이오. 이 흉상은 고작 15실링을 주고 산 겁니다. 내가 10파운드를 받기 전에 선생이 이 사실을 알아야 한다고 봅니다."

"참으로 양심적이시군요, 샌드퍼드 씨. 아무튼 이미 가격을 불렀으니, 그 가격대로 사고 싶습니다."

"음, 당신도 참 멋진 분이오, 홈즈 씨. 요청하신 대로 흉상을 가져왔습니다. 여기 있습니다!"

그가 가방을 열자, 우리는 마침내 전에 산산조각이 난 것만 몇 번 보았던 흉상의 온전한 모습을 볼 수 있었다.

홈즈가 주머니에서 서류 한 장을 꺼내놓고, 10파운드짜리 지폐를 탁자 위에 같이 올려놓았다.

"여기 증인들이 보는 앞에서 이 서류에 서명을 해주십시오, 샌드퍼드 씨. 이 흉상과 관련된 모든 권리를 내게 양도한다고 쓰시면 됩니다. 내가 좀 격식을 따지는 사람이라서요. 일이 나중에 어떻게 변할지 모르는 법이죠. 감사합니다, 샌드퍼드 씨. 돈은 여기 있습니다. 멋진 저녁을 보내시기 바랍니다."

손님이 떠난 뒤 셜록 홈즈의 행동은 우리의 주의를 끌기에 충분했다. 그는 깨끗한 흰 천을 옷장에서 꺼내 탁자 위에 깔았다. 그런 후 새로 구한 흉상을 한가운데 얹어놓았다. 마지막으로 그는 사냥용 채찍을 집어들고 나폴레옹 흉상의 정수리를 세차게 내리쳤다. 흉상이 산산조각이 나자, 홈즈는 허리를 구부정하니 숙이고 조각을 열심히 뒤졌다. 다음 순간 커다란 환호성과 함께 그가 조각 하나를 들어올렸다. 그 안에는 둥글고 검은 물체가 푸딩 속의 건포도처럼 박혀 있었다.

"신사 여러분." 그가 외쳤다. "그 유명한 보르자의 흑진주를 소개합니다."

레스트레이드와 나는 잠시 할 말을 잃고 앉아 있다가, 연극에서 위기를 잘 해결했을 때처럼, 무의적인 충동으로 박수를 쳤다. 홈즈는 창백한 두 볼에 홍조가 떠오르더니, 관객의 경의에 답하는 대극작가처럼 우리에게 고개를 숙여 보였다. 그러한 순간에는 홈즈도 잠시 완벽한 추리의 기계이기를 멈추고, 존경과 갈채를 바라는 인간의 마음에 냉소하지도 않았다. 남다르게 자존심이 강하고 내성적인 천성이라 세간의 평가를 경멸하고 아랑곳하지 않으면서도, 한 친구의 자발적인 경탄과 찬사에는 깊이 감동할 줄도 알았던 것이다.

"그렇습니다, 신사 여러분." 그가 말했다. "이것은 오늘날 세계에 존재하는 진주 가운데 가장 유명한 것입니다. 그리고 이건 일련의 귀납적 추리에 따른 내 행운이기도 합니다. 콜로나 왕자가 이것을 데이커 호텔 침실에서 잃어버렸고, 겔더사가 제작한 나폴레옹 흉상 여섯 개 가운데 이 마지막 흉상 안에 이것이 감춰졌는데, 그 침실에서 흉상까지 내가 진주를 추적할 수 있었다는 건 행운이 아닐 수 없죠. 기억하고 계실 겁니다, 레스트레이드. 값진 이 보석이 사라져서 세상이 한참 떠들썩했는데, 이것을 찾으려던 런던 경찰이 헛수고만 한 것 말입니다. 나도 그 사건 의뢰를 맡았지만 아무런 실마리도 찾을 수 없었죠. 당시 이탈리아인이었던 왕자비의 하녀가 의심을 받았어요. 그녀의 오빠가 런던에 있다는 것을 알았지만, 두 사람이 무엇을 주고받았다는 것을 추적하는 데는 실패하고 말았습니다. 하녀의 이름은 루크레샤 베누치인데, 이틀 전 밤중에 살해당한 피에트로 베누치가 바로 그녀의 오빠였다고 나는 확신합니다. 해묵은 신문철을 뒤져서, 그 진주가 사라진 시점이 정확히 베포가 체포되기 이틀 전이라는 사실을 알아냈습니다. 겔더사 공방에서 체포되던 바로 그때이 흉상들이 만들어지고 있었습니다. 이제 사건의 자초지종을 알 만할 겁니다. 나와 달리 사건을 역순으로 알게 되긴 했지만 말입니다. 아무튼 베포는 진주를 갖고 있었습니다. 피에트로에게서 훔쳤을 수도 있고, 두 사람이 공모를 했을 수도 있고, 베포가 피에트로와 누이간에 연락책 노릇을 했을 수도 있습니다. 그거야 우리에겐 중요할 게 없죠.

중요한 사실은 베포가 정말 진주를 갖고 있었다는 겁니다. 그걸 몸에 지니고 있을 때 경찰에게 쫓겼습니다. 그는 일하고 있던 공방으로 향했죠. 값이 엄청난 전리품을 숨길 시간이 몇 분밖에 없다는 것을 그는 알고 있었습니다. 숨기지 않으면 몸수색을 당할 때 들통이 날 테니까요. 통로에 놓여 있던 나폴레옹 석고 흉상 여섯 개가 말라가고 있었습니다. 그중 아직 말랑말랑한 게 있었죠. 솜씨 좋은 기술자였던 베포는 즉시 촉촉한 석고상에 작은 구멍을 내고, 진주를 집어넣은 후 몇 번 문질러서 구멍을 없앴습니다. 진주를 감추기엔 안성맞춤이었죠. 그걸 누가 찾아내겠습니까. 하지만 베포는 1년형을 선고받았고, 그사이에 흉상 여섯 개는 런던 각지로 흩어졌습니다. 그는 어느 흉상에 진주가 들어갔는지 알 수 없었습니다. 그걸 알아내려면 깨뜨려보는 수밖에 없었죠. 흔들어보는 것으로는 알아낼 수가 없었습니다. 석고상이 덜 마른 상태라서 진주가 달라붙었을 테고, 사실이 그랬습니다. 베포는 낙담하지 않았습니다. 그는 아주 현명하고 끈질기게 조사를 했습니다. 겔더사에서 일하는 사촌을 시켜서 흉상을 판 소매상들을 알아냈죠. 그는 용케도 모스 허드슨 가게에 일자리를 얻었습니다. 그런 식으로 흉상 세 개의 소재를 파악했죠. 그중에 진주는 없었습니다. 그 후 이탈리아인 종업원의 도움으로 나머지 세 개의 소재도 파악할 수 있었습니다. 하나는 하커 씨가 사갔죠. 거기서 그는 베포 때문에 진주를 잃었다고 생각한 과거의 공범에게 미행을 당했습니다. 격투 끝에 피에트로를 칼로 해치웠죠."

"그가 공범이었다면 사진은 왜 갖고 다녔지?" 내가 물었다.

"뒤를 밟으면서 제3자한테 물어보기 위해서지. 그거야 충분히 그럴 만하잖아. 아무튼 살인을 한 후 베포는 아마 일을 미루기보다는 오히려 서두를 거라고 나는 추리했어. 그는 경찰이 자기 비밀을 알아낼까봐 걱정이 되었을 거야. 그래서 경찰이 미리 손을 쓰기 전에 일을 서둘렀던 거지. 물론 하커의 흉상에서 그가 진주를 찾아내지 못했는지는 알 수 없었어. 그것이 정말 진주인지도 확실히 결론을 내리지 못했지.

하지만 그가 뭔가를 찾고 있다는 것만은 분명했어. 다른 집에서도 흉상을 밖으로 가지고 나가서, 등불에 비춰볼 수 있는 정원에서 그걸 깨뜨렸으니까 말이야. 하커의 흉상은 세 개 중에 하나였으니까, 전에 내가 말한 대로 나머지 흉상 가운데 진주가 안에 들어 있을 확률은 둘 중 하나였어. 남은 두 개 가운데 베포가 런던에 있는 흉상 쪽으로 갈 게 분명했지. 나는 그 집주인에게 미리 알렸어. 또다시 비극이 일어나지 않도록 말이야. 그리고 우리가 찾아가서 아주 다행스러운 결과를 얻었지. 물론 그 무렵 나는 그게 우리가 찾던 보르자의 진주라는 것을 확실히 알게 되었어. 피살자의 이름이 다른 사건과 연관이 있었으니까. 이제 남은 흉상은 리딩에 있는 것 하나밖에 없었고, 진주는 거기 있을 수밖에 없었지. 나는 두 분이 계시는 가운데 그걸 소유주에게 샀고, 거기 진주가 있었어."

우리는 잠시 말없이 앉아 있었다.

"음, 홈즈 씨가 많은 사건을 다루는 것을 보아왔습니다만, 이번보다 더 장인다운 솜씨를 보인 적이 없는 것 같습니다." 레스트레이드가 말했다. "우리 런던 경찰국에서는 당신을 시샘하지 않아요. 아무렴, 우리는 당신을 자랑스러워합니다. 내일이라도 들러주시면, 가장 고참인 경위부터 가장 신참인 순경에 이르기까지, 너나없이 당신과 반가이 악수를 나누려고 할 겁니다."

"감사합니다!" 홈즈가 말했다. "감사합니다!" 그러면서 돌아서는 홈즈는 내가 지켜본 그 어느 때보다 더 부드러운 인간적인 감정으로 사뭇 가슴이 뭉클한 듯했다. 잠시 후 그는 다시 냉정하고 현실적인 사색가로 돌아왔다.

"왓슨, 진주를 금고에 넣어줘." 그가 말했다. "그리고 콩크 싱글턴 위조사건 서류 좀 꺼내줘. 안녕히 가십시오, 레스트레이드. 또 사건이 있으면 언제든 들르세요. 사건 해결을 위한 한두 가지 힌트를 줄 수 있다면 나도 기쁠 겁니다."

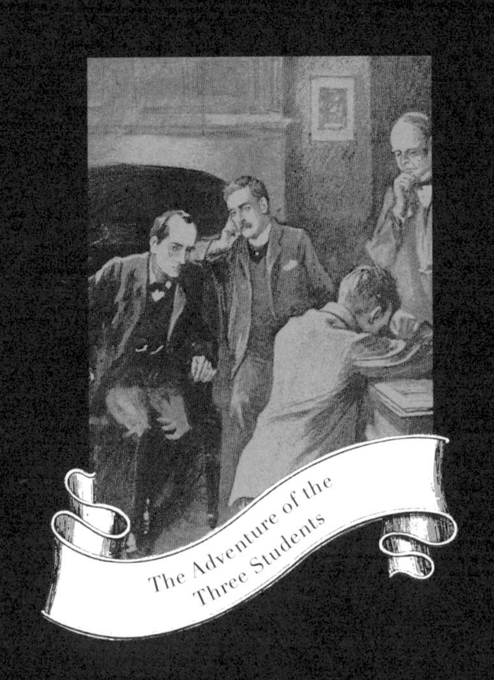

세 학생

때는 1895년이었다. 여기서 다룰 필요가 없는 한바탕의 사건 때문에 셜록 홈즈와 나는 커다란 대학촌 가운데 한 곳에서 몇 주를 보냈다. 지금 이야기보따리를 풀고자 하는, 사소하지만 배울 점이 많은 모험이 펼쳐진 것이 바로 이때였다. 독자께서 그게 어느 대학이고 범인이 누구인가를 알아차리는 데 꼬투리가 될 만한 사실을 털어놓는다는 것은 지각없고 뜨악한 일일 것이다. 너무 고통스러운 스캔들은 그만 잊히도록 덮어두는 것이 상책이다. 그러나 그 사건 자체는 아주 신중하게 다루기만 한다면 여기서 이야기하는 것도 무방할 것이다. 그럼으로써 내 친구의 괄목할 만한 능력을 다소나마 선보이는 데 도움이 될 테니까 말이다. 이야기보따리를 풀면서 나는 사건의 특정 장소를 지정하거나, 관련자의 신원을 알아낼 단서가 될 만한 말이 튀어나오지 않도록 노력할 것이다.

당시 우리는 가구가 딸린 하숙집에서 지내고 있었는데, 셜록 홈즈는 가까운 어느 도서관에서 초기 영국 헌장에 관한 힘겨운 연구를 하고 있었다. 이 연구는 주목할 만한 성과를 거두고 있어서, 훗날 이것을 주제로 한 이야기보따리를 풀게 될지도 모르겠다. 어느 날 저녁 바로 이 하숙집으로 우리의 지인 힐턴 솜즈 씨가 찾아왔다. 그는 세인트루크 대학의 지도교수이자 강사였다. 키가 크고 여윈 체격에, 곧잘 불안해하거나 흥분을 잘 하는 성격이었다. 그의 태도가 불안정하다는 거야 전부터 잘 알고 있었지만, 이번에는 걷잡을 수 없이 흥분한 것을 보니 뭔가 특별한 일이 일어난 게 분명했다.

"소중한 시간을 몇 시간만 내주십시오, 홈즈 씨. 우리 세인트루크 대학에 정말 고통스러운 사건이 일어났습니다. 정말이지 홈즈 씨가 우리 대학에 와주시지 않으면 나로선 어째야 할지 난감합니다."

"지금 당장은 제가 아주 바쁩니다. 주의를 분산시키고 싶지 않아요." 내 친구가 답했다. "경찰에 도움을 요청하시는 편이 나을 겁니다."

"아니요, 그건 안 됩니다, 홈즈 씨. 그건 절대로 불가능해요. 일단 법에 호소를 했다가는 다시 돌이킬 수 없게 되는데, 이건 우리 대학의 명예가 걸린 일이라서 결코 스캔들이 퍼져서는 안 되는 사건입니다. 홈즈 씨의 입이 무겁다는 것은 능력이 탁월하다는 것만큼이나 유명합니다. 이 세상에서 우리를 도와줄 수 있는 분은 홈즈 씨밖에 없어요. 제발 도와주시길 부탁드립니다."

내 친구는 베이커 스트리트의 푸근한 둥지를 떠난 이후 심기가 영 편치 않았다. 스크랩북도, 화학실험도 없는 공간, 편하게 어질러놓은 공간이 아니면 홈즈는 마음이 편치 못했다. 그는 마땅치 않으면서도 어쩔 수 없이 동의한다는 표시로 어깨를 으쓱했다. 그러자 우리 손님은 아주 흥분해서 손짓 몸짓을 해가며 서둘러 이야기를 늘어놓았다.

"홈즈 씨, 먼저 말씀드리지 않을 수 없는 것은, 내일이 바로 포테스큐 장학생 선발 시험을 보는 첫날이라는 겁니다. 나는 출제위원이죠. 내 과목은 그리스어인데, 수험생들이 읽어본 적이 없는 장문의 그리스어를 번역하는 것이 바로 첫 번째 시험입니다. 그 문장은 시험지에 인쇄되는데, 수험생이 미리 이것을 보고 준비한다면 당연히 막대한 득이 될 겁니다. 그래서 각별히 조심해서 시험지를 잘 간수하죠.

오늘 3시 무렵 인쇄소에서 이 시험지 교정쇄가 도착했습니다. 출제된 문장은 투키디데스(고대 그리스의 역사가—옮긴이)의 책에서 한 장章의 반을 발췌한 것입니다. 나는 교정쇄를 아주 꼼꼼히 읽어봐야 했죠. 절대 틀린 데가 있으면 안 되니까요. 4시 반에도 나는 일을 다 끝내지 못했습니다. 그런데 한 친구의 방에서 차를 마시기로 약속이 되어 있어서, 교정쇄를 책상 위에 놓아두고, 한 시간 남짓 자리를 비웠어요.

홈즈 씨도 아시다시피, 우리 대학의 방문은 이중으로 되어 있습니다. 초록색 베이즈 천(올이 거친 모직 천으로, 커튼이나 문 가리개, 식탁보 등으로 쓰인다—옮긴이)으로 된 안쪽 문과 무거운 떡갈나무로 된 바깥문이 있죠. 돌아와서 바깥문 앞에 선 나는 열쇠가 꽂혀 있는 것을 보고 깜짝 놀랐습니다. 순간 내가 열쇠를 그렇게 꽂아놓았나 싶었지만, 주머니를 더듬어보니 열쇠가 있었습니다. 내가 아는 한 복제 열쇠는 하나뿐인데, 그건 내 하인인 배니스터가 갖고 있습니다. 그는 10년 동안 내 방을 관리했죠. 그가 정직하다는 것은 결코 의심의 여지가 없습니다. 나중에 알고 보니 그 열쇠는 정말 하인이 가지고 있던 것이었어요. 나한테 차를 갖다 주러 왔다가, 나오면서 깜빡 잊고 열쇠를 꽂아 둔 것이었습니다. 그가 내 방에 들어간 것은 내가 나간 지 몇 분밖에 되지 않았을 때였어요. 다른 때였다면 그가 모르고 열쇠를 꽂아둔 게 문제될 게 없지만, 오늘은 통탄할 결과를 빚고 말았습니다.

내 책상을 바라본 순간, 누군가 문제지에 손을 댔다는 것을 알아차렸습니다. 교정지는 긴 종이 세 장입니다. 나는 그것을 한데 모아두었어요. 그런데 그중 하나는 바닥에 떨어져 있고, 하나는 창가의 보조 탁자에 놓여 있고, 나머지 하나만 제자리에 있었습니다."

홈즈가 처음으로 몸을 움직였다.

"첫 쪽이 바닥에, 둘째 쪽이 창가에, 셋째 쪽이 제자리에 있었겠죠." 홈즈가 말했다.

"맞습니다, 홈즈 씨. 저를 놀라게 하시는군요. 그런 걸 어떻게 아셨습니까?"

"이야기가 재미있습니다. 계속 말씀해주세요."

"잠시 저는 이런 생각을 했습니다. 배니스터가 감히 멋대로 시험지를 살펴봤다고 말입니다. 그런데 그는 극구 부인했어요. 나는 그가 거짓말을 한 게 아니라고 믿습니다. 그렇다면 누군가 지나가다가 문에 열쇠가 꽂힌 것을 보았는지도 모릅니다. 내가 없다는 것을 알고 시험지를 보려고 들어온 거죠. 장학금이 상당해서 아주 큰돈이 걸려 있는 셈입니다. 비양심적인 사람이라면 경쟁자를 따돌리기 위해 위험을 무릅쓸 거예요.

배니스터는 이 사건으로 크게 충격을 받았습니다. 시험지가 손을 탔다는 것을 아는 순간 그는 거의 실신을 할 정도였어요. 그에게 브랜디를 좀 먹이고 의자에 앉혀놓은 후, 나는 아주 꼼꼼히 방 안을 조사했습니다. 침입자가 구겨진 시험지 옆에 남겨놓은 또 다른 흔적을 곧 발견했죠. 창가 탁자 위에 연필을 깎은 부스러기가 떨어져 있었습니다. 부러진 연필심 끄트머리도 있었어요. 분명 그 악당은 아주 다급하게 시험문제를 베낀 겁니다. 그러다 심이 부러져서 연필을 깎아야 했던 거죠."

"훌륭합니다! 운이 따랐군요." 이 사건에 한결 마음이 끌려서 기분이 좋아진 홈즈가 말했다.

"그게 전부가 아닙니다. 그 방에는 붉은색의 멋진 가죽을 씌운 새 필기용 책상이 있습니다. 표면이 매끄럽고 흠 하나 없었다는 건 나도, 배니스터도 맹세할 수 있습니다. 그런데 7-8센티미터쯤 베어져 있었어요. 단순하게 긁힌 게 아니라 칼로 베인 겁니다. 그뿐만 아니라, 책상에는 자그마한 검은 흙이 한 점 묻어 있었습니다. 흙에는 톱밥 같은 것이 섞여 있더군요. 나는 그게 시험지에 손을 댄 자가 남긴 흔적이라고 확신합니다. 그 밖에는 그의 정체를 알아낼 만한 발자국 등의 흔적이 없었어요. 나는 어째야 좋을지 난감했는데, 우리 대학촌에 다행히 홈즈 씨가 와 계시다는 생각이 문득 들었습니다. 그래서 이 사건을 의뢰하러 곧장 찾아온 겁니다. 꼭 도와주십시오, 홈즈 씨! 내가 진퇴양난인 것 아시죠? 범인을 찾아내지 못하면 새 문제지를 만들 때까지 시험을 연기해야 합니다. 그러자면 연기 사유를 해명해야 하니까 흉흉한 소문이 돌겠죠. 그러면 우리 대학 전체에 먹구름이 드리워질 겁니다. 무엇보다도 나는 이 문제를 아주 조용하고 신중하게 해결하고 싶습니다."

"좋습니다. 이 사건을 조사해서 내 능력껏 조언을 해드리겠습니다." 이렇게 말하며 홈즈는 일어서서 외투를 걸쳤다. "사건이 사뭇 흥미롭습니다. 시험지가 도착한 후 선생의 방에 찾아온 사람은 없었나요?"

"있습니다. 다울라트 라스라는 인도 학생인데, 나와는 같은 층에서 삽니다. 그가 특히 시험에 대해 몇 가지 물어볼 게 있어서 찾아왔지요."

"그 학생도 시험을 보나요?"

"예."

"그때 시험지는 선생의 책상에 있었고요?"

"내 기억으로는 돌돌 말려 있었습니다."

"하지만 교정쇄라는 것을 알아볼 수 있었겠죠?"

"그랬겠죠."

"그 밖에 또 들어온 사람은 없나요?"

"없습니다."

"교정쇄가 거기 있을 거라는 사실을 아는 사람은 없나요?"

"인쇄업자 말고는 없습니다."

"배니스터라는 사람은 알았겠죠?"

"아니요, 분명 몰랐습니다. 아무도 몰랐어요."

"배니스터는 지금 어디에 있나요?"

"그는 무척 상심했습니다. 딱한 녀석! 그를 의자에 그대로 앉혀두고 서둘러 홈즈 씨에게 찾아왔습니다."

"문은 열어두고 오셨나요?"

"시험지는 잘 간수해두었습니다."

"솜즈 씨, 인도 학생이 그게 교정쇄라는 것을 몰랐다면, 그게 거기 있다는 것을 모르고 누가 우연히 손을 댔다는 얘기가 되겠군요."

"그렇겠죠."

홈즈가 수수께끼 같은 미소를 지었다.

"자, 한번 둘러볼까요?" 그가 말했다. "왓슨, 자네가 나설 일은 아니야. 몸이 아니라 머리만 쓰면 되니까. 그래, 좋아. 원한다면 같이 가지 뭐. 자, 솜즈 씨, 앞장서시죠!"

우리 의뢰인의 거실은 옛 대학의 이끼 낀 안뜰 쪽으로 길고 낮은 격자창이 나 있었다. 중세풍의 홍예문으로 들어가면 발길에 닳은 돌계단이 나왔다. 지도교수의 방은 지층에 있었다. 그 위로는 한 층에 한 명씩 세 명의 학생이 살았다. 우리가 문제의 현장에 도착한 것은 어느덧 해거름 때가 되어서였다. 홈즈는 발길을 멈추고 유심히 창문을 바라보았다. 그 후 가까이 다가간 그는 목을 길게 뽑고 까치발로 방 안을 들여다보았다.

"그는 문으로 들어간 게 분명해요. 창살 사이로 들어갈 수는 없으니까요." 우리의 박식한 안내자가 말했다.

"아하!" 하더니 홈즈는 우리의 동행을 힐끔 쳐다보고 특유의 미소를 머금었다. "여기서 얻을 게 없다면 안으로 들어가는 게 좋겠군요."

교수는 바깥문을 열쇠로 열고 우리를 안으로 안내했다. 우리가 입구에 서 있을 때 홈즈는 양탄자를 검사했다.

"여기는 아무런 흔적이 없는 것 같군요." 그가 말했다. "이렇게 건조한 날에는 흔적을 기대하기 어렵죠. 하인은 완전히 회복된 듯하군요. 그를 의자에 앉혀두었다고 하셨는데, 어느 의자였죠?"

"저기 창가의 의자입니다."

"알겠습니다. 작은 저 탁자 가까이 있는 것 말이죠. 이제 들어오셔도 됩니다. 양탄자는 조사를 다 했으니까요. 먼저 작은 탁자를 살펴봅시다. 물론 무슨 일이 일어났는지는 명백하군요. 범인이 들어와서 중앙 책상에 있는 시험지를 한 장씩 차례로 창가 탁자로 가져갔습니다. 창가에서는 선생이 안뜰을 가로질러 오는 걸 보고, 적시에 달아날 수 있으니까요."

"실은 그럴 수 없었습니다." 솜즈가 말했다. "나는 옆문으로 들어왔거든요."

"아, 그것 참 잘하셨군요! 음, 아무튼 그는 그게 신경이 쓰였습니다. 교정지 좀 보여주세요. 지문은 없군요. 없어요! 음, 범인은 이것을 먼저 집어가서 베꼈군. 속기로 베꼈다 치고 시간이 얼마나 걸렸을까? 15분? 그 이하는 아닐 겁니다. 그 후 이것을 집어던지고 다른 시험지를 집었습니다. 한창 베끼고 있는데 선생이 돌아오는 바람에 허둥지둥 피했죠. 아주 허둥지둥. 그가 손을 댔다는 것이 들통 날 텐데도 시험지를 제자리에 돌려놓지 못했으니까 말입니다. 그런데 바깥 출입문으로 들어올 때 계단을 부리나케 달려가는 소리를 듣지 못했나요?"

"예, 못 들었습니다."

"음, 그는 아주 불이 나게 베끼느라 연필이 다 부러졌습니다. 그래서 선생 말씀대로 다시 연필을 깎았죠. 왓슨, 이것 참 흥미로운걸. 이건 흔히 쓰는 연필이 아냐. 보통의 연필보다 크기가 크고, 심이 부드러워. 부스러기를 보니 이 연필 겉부분은 색깔이 진한 청색인데, 제조회사 이름이 은색으로 찍혀 있고, 남은 길이는 4센티미터 정도밖에 안 되는군. 솜즈 씨, 그런 연필을 찾으시면 범인을 잡은 셈입니다. 날이 아주 무딘 큰 칼을 범인이 갖고 있다는 것도 말씀드리면 도움이 되겠군요."

솜즈 씨는 이런 정보의 홍수에 자못 놀란 표정이었다. "다른 것은 다 이해가 됩니다." 그가 말했다. "하지만 연필의 남은 길이는……."

홈즈는 NN이라는 문자가 새겨진 작은 부스러기 하나를 내밀었다. NN 다음에는 여백이 있었다.

"알겠습니까?"

"아니요, 나는 통……."

"왓슨, 내가 곧잘 자네를 타박하곤 했는데, 자네 같은 사람이 또 있군. NN이 뭘까요? 이건 한 낱말의 끄트머리입니다. 선생은 요한 파버가 가장 대표적인 연필 제작사라는 것을 아실 겁니다. '요한 Johann'이라는 글자 다음에 남은 연필의 길이가 얼마나 될지는 빤하지 않겠습니까?" 홈즈는 작은 탁자를 전등불 쪽으로 기울였다. "범인이 사용한 종이가 얇다면 윤을 낸 이 탁자 표면에 흔적이 남았을 겁니다. 아니, 아무것도 안 보이는군요. 여기서는 더 이상 얻을 게 없는 것 같습니다. 이제 중앙의 책상을 좀 볼까요? 작은 이 흙덩이는 전에 말씀하신 검은 반죽이군요. 도려낸 것처럼 생긴 모양이 거의 피라미드 꼴입니다. 말씀하신 대로 톱밥이 섞여 있군요. 아하, 이것 참 흥미롭군. 그리고 베인 자국. 보아하니 일부러 벴군요. 처음에는 살짝 긁힌 자국이 나 있고, 마지막에는 쿡 찔러 넣어 구멍이 나 있습니다. 이 사건을 조사하게 해주셔서 정말 감사합니다, 솜즈 씨. 저 문은 어디로 통하나요?"

"내 침실로요."

"이번 일이 있은 이후 안에 들어가 보신 적 있나요?"

"아니요. 바로 홈즈 씨를 찾아갔죠."

"한번 둘러보고 싶습니다. 아, 고풍스럽고 멋진 방이군요! 바닥을 살펴볼 때까지 잠깐만 기다려주십시오. 이런, 아무 흔적도 없군. 커튼을 좀 볼까? 뒤에다 옷을 걸어놓으시는군요. 이 방에서 누가 몸을 숨겨야 할 경우 틀림없이 여기 숨겠지. 침대는 너무 낮고, 옷장은 너무 좁으니까. 커튼 뒤에 지금 누가 숨어 있진 않겠지?"

홈즈가 커튼을 젖히면서 살짝 긴장하는 것을 보고 나는 그가 비상사태에 대비하고 있다는 것을 알았다. 사실 젖혀진 커튼 뒤에는 아무도 없었고, 다만 나무못에 서너 벌의 양복이 걸려 있을 뿐이었다. 홈즈는 돌아서서 갑자기 몸을 숙이며 마루를 바라보았다.

"어라, 이게 뭐지?" 그가 말했다.

그것은 서재의 책상 위에 있던 흙덩이와 똑같은 작은 피라미드 꼴의 검은색 퍼티(산화주석이나 탄산칼슘을 12-18%의 건성유로 반죽한 물질로, 유리창 틀을 붙이거나 철관을 잇는 데 쓴다—옮긴이)같은 물체였다. 홈즈는 손바닥에 그것을 얹고 환한 전등불에 비춰보았다.

"방문객이 거실만이 아니라 침실에도 흔적을 남긴 듯하군요, 솜즈 씨."

"침실에 뭘 하러 들어갔을까요?"

"그거야 알 만합니다. 선생이 생각지 못한 통로로 갑자기 돌아왔습니다. 그래서 그는 선생이 바로 문 앞에 왔을 때 비로소 알아차렸던 겁니다. 그가 어째야 했을까요? 자기 신분이 드러날 만한 물건들을 모두 챙겨서, 침실로 뛰어 들어가서 숨었죠."

"맙소사, 홈즈 씨, 그럼 내가 이 방에서 배니스터와 얘기를 나누는 동안, 우리가 눈치만 챘다면 범인을 붙잡았을 거라는 말입니까?"

"그랬겠죠."

"하지만 그게 아닐 수도 있지 않을까요, 홈즈 씨? 내 침실에 창이 나 있다는 것을 아시죠?"

"격자를 단 유리창인데 창틀은 납으로 되어 있고, 문틀이 세 개에다, 문틀마다 경첩이 달려 있고, 사람이 드나들 수 있을 만큼 문틀이 큽니다."

"맞아요. 창문은 안뜰 모퉁이 쪽으로 나 있어서 안뜰이 다 내다보이진 않습니다. 범인은 그쪽으로 침입해서, 침실을 지나다가 흔적을 남긴 후, 방문이 열려 있는 것을 알고, 그리 달아났을 수도 있습니다."

홈즈가 참지 못하고 고개를 내둘렀다.

"현실적으로 생각해봅시다." 그가 말했다. "이 계단을 이용하는 학생이 세 명인데, 모두 선생의 방문 앞을 지나간다고 하셨죠?"

"예, 그렇습니다."

"그들 모두 이번 시험을 보나요?"

"예."

"그들 가운데 특히 의심이 가는 학생이 있나요?"

솜즈가 망설였다.

"그건 아주 미묘한 질문입니다." 그가 말했다. "증거도 없이 의심을 하고 싶지는 않아요."

"그 의심이 무엇인지나 들어봅시다. 증거는 내가 찾을 테니까요."

"그렇다면 이곳에서 지내는 세 학생의 특징을 간단히 말씀드리죠. 셋 가운데 2층에 사는 학생은 길크리스트인데, 공부도 운동도 잘합니다. 우리 대학의 럭비와 크리켓 팀에서 활약하고, 장애물 경주와 멀리뛰기 대표선수죠. 아주 훌륭하고 남성다운 친구입니다. 그의 부친은 악명 높은 자베스 길크리스트 경인데, 경마로 패가망신을 했죠. 덕분에 우리 학생이 아주 가난해지고 말았지만, 공부를 열심히 하고 근면합니다. 그는 장차 잘살 겁니다.

3층에는 인도 학생 다울라트 라스가 있죠. 그는 대부분의 인도인이 그렇듯 말이 없어서 속을 알 수 없는 친구입니다. 공부는 잘하는데, 그리스어에는 약해요. 그는 끈기가 있고 꼼꼼한 학생입니다.

맨 꼭대기 층에는 마일즈 맥라렌이 있습니다. 그는 공부하려고만 하면 아주 잘하는 학생입니다. 우리 대학에서 가장 똑똑한 학생 축에 들죠. 하지만 제멋대로이고 방탕하고 소신이 없어요. 1학년 때 카드 도박을 해서 퇴학당할 뻔했죠. 그는 이번 학기에 통 공부를 하지 않았습니다. 아마 시험 걱정이 이만저만이 아닐 겁니다."

"그럼 선생이 의심하는 것은 그 학생이군요."

"함부로 의심할 정도는 아닙니다. 하지만 셋 중에서 꼽으라면 그 학생이죠."

"좋아요. 솜즈 씨, 이제 선생의 하인 배니스터를 좀 봅시다."

그는 체구가 작고 면도를 말끔하게 한 하얀 얼굴에 머리칼이 회색인 쉰 살의 남자였다. 그는 조용한 일상생활이 갑자기 방해를 받아 아직도 고통스러워하고 있었다. 살찐 얼굴이 불안으로 일그러져 있었고, 손가락이 주체할 수 없이 떨렸다.

"우리는 불행한 이번 일을 조사하고 있다네, 배니스터." 주인이 말했다.

"아, 예, 교수님."

"내가 듣기로는," 하고 홈즈가 말했다. "당신이 이 방 열쇠를 문에 꽂아두었다고요?"

"그렇습니다."

"그런 일이 자주 있나요? 시험지가 있는 이런 날에도?"

"정말 안타까운 일입니다만, 저는 다른 때도 가끔 그래요."

"이 방에는 언제 들어왔습니까?"

"4시 30분쯤이었습니다. 솜즈 씨가 차를 드시는 시간이죠."

"얼마 동안이나 있었나요?"

"교수님이 안 계시는 것을 보고 바로 나갔습니다."

"책상에 시험지가 있는 것을 보았나요?"

"아니요. 전혀 몰랐습니다."

"어쩌다가 열쇠를 그냥 꽂아두었나요?"

"저는 손에 차 쟁반을 들고 있었습니다. 나중에 열쇠를 챙길 생각이었는데, 깜빡 잊고 말았어요."

"방문이 용수철 자물쇠(문을 닫으면 용수철에 의해 자동으로 잠기는 자물쇠—옮긴이)로 되어 있나요?"

"아닙니다."

"그럼 문이 계속 열려 있었겠군요?"

"예, 그렇습니다."

"방에 있는 사람이 나갈 수도 있겠죠?"

"예, 그렇습니다."

"솜즈 씨가 돌아와서 당신을 불렀을 때, 크게 충격을 받았다고요?"

"예. 제가 여기서 지낸 지 여러 해가 되었는데 그런 일은 한 번도 없었거든요. 저는 거의 까무러쳤습니다."

"그랬다고 들었습니다. 처음 충격을 받았을 때 어디에 있었나요?"

"제가 어디에 있었냐고요? 그야, 여기 문 가까이 있었죠."

"그것 참 별나군요. 당신은 구석 가까이 있는 저쪽 의자에 앉았으니까요. 다른 의자들은 왜 그냥 지나치고 거기 앉았나요?"

"그건 저도 모르겠습니다. 어디에 앉든 저에겐 중요하지 않았어요."

"홈즈 씨, 그는 아무 생각이 없었을 겁니다. 그때 안색이 몹시 안 좋았어요. 새파랗게 질려 있었죠."

"교수님이 떠난 후 여기 남아 있었나요?"

"한 1분 정도요. 그 후 문을 잠그고 제 방으로 갔습니다."

"당신은 범인이 누구라고 봅니까?"

"아, 그건 제가 감히 말씀드릴 수 없어요. 이 대학의 신사분들 가운데 그런 짓을 해서 득을 보려는 분은 있을 수 없다고 생각합니다. 그럼요. 저는 그렇게 믿어요."

"고맙습니다. 이걸로 됐어요." 홈즈가 말했다. "아, 한 가지만 더. 당신이 시중을 드는 세 신사들에게 무슨 사고가 났다는 애기를 하지 않았겠죠?"

"예, 한마디도 하지 않았습니다."

"그중에 누굴 만난 적 있나요?"

"아니요, 없습니다."

"좋아요. 솜즈 씨, 괜찮으시다면 이제 안뜰을 좀 거닐까요?"

노란 사각의 불빛 셋이 점점 짙어가는 어둠 속에 우리 머리 위에서 빛나고 있었다.

"선생의 세 마리 새가 모두 둥지에 있군요." 홈즈가 고개를 쳐들고 말했다. "어라, 저게 뭐지? 한 명은 잠을 못 이루는 모양이군."

그것은 인도인 학생이었다. 그의 검은 실루엣이 갑자기 커튼에 비쳤다. 그는 빠르게 방 안을 오락가락하고 있었다.

"세 명 모두 한번 엿보고 싶군." 홈즈가 말했다. "그게 가능할까요?"

"불가능할 게 뭐 있겠습니까?" 솜즈가 답했다. "이쪽 방들은 우리 대학에서 가장 유서가 깊지요. 그래서 방문객들이 구경을 하는 게 드문 일이 아니랍니다. 따라오세요, 내가 직접 안내해드리죠."

"부디, 이름은 밝히지 마십시오!" 우리가 길크리스트의 방문을 두드릴 때 홈즈가 말했다. 키가 크고 납작하게 눌린 머리칼에 호리호리한 젊은이가 문을 열었다. 그는 우리가 구경 좀 하겠다고 하자 흔쾌히 받아들였다. 실제로 실내에는 관심이 동하는 중세 가구가 몇 점 있었다. 그중 하나에 매료된 홈즈는 수첩에 그것을 꼭 그려놓아야겠다고 고집했다. 그러다 연필이 똑 부러져서 주인에게 한 자루 빌려야 했는

데, 이윽고는 자기 연필을 깎아서 쓰겠다고 칼도 빌렸다. 얄궂게도 인도 학생의 방에서도 똑같은 일이 일어났다. 작은 체구에 코가 갈고리처럼 생긴 데다 말이 없는 이 학생은 우리를 삐딱하게 바라보다가, 홈즈의 가구 연구가 끝나자 분명 반가운 눈치였다. 두 번 다 나는 홈즈가 찾고 있던 단서를 손에 넣기 위해 그런다는 것을 알아차리지 못했다. 세 번째는 우리의 방문이 좌절되었다. 노크를 해도 문을 열어주려고 하지 않았던 것이다. 방 안에서 욕설이나 다름없는 말이 한 바가지 쏟아져 나왔다.

"당신들이 누군지 알 바 없어요. 불구덩이에나 떨어지라지!" 학생은 성난 목소리로 앙앙거렸다. "내일 시험을 본단 말예요. 지금은 아무도 나를 끌어낼 수 없어요."

"이런 무례한 녀석." 우리가 계단을 내려갈 때 화가 난 안내자가 얼굴을 붉히며 말했다. "물론 노크를 한 게 나인 줄 몰랐겠지만, 그래도 소행이 아주 괘씸하군요. 정말이지 이런 상황에선 꽤 수상쩍군요."

홈즈의 반응은 수수께끼 같았다.

"그의 정확한 키를 알 수 있을까요?" 그가 물었다.

"홈즈 씨, 정확히는 말할 수 없군요. 그는 인도 학생보다 큰데, 길크리스트만큼 크진 않아요. 아마 165센티미터쯤 될 겁니다."

"이건 아주 중요합니다." 홈즈가 말했다. "그럼 이제, 솜즈 씨, 안녕히 주무시기 바랍니다."

우리 안내자가 놀라고 당황해서 소리를 질렀다.

"맙소사, 홈즈 씨, 설마 이렇게 느닷없이 돌아가시겠다는 건 아니죠? 상황을 이해하지 못하셨나 보군요. 내일이 시험 치는 날이란 말입니다. 나는 오늘 밤 결정적인 조치를 취해야 해요. 시험지가 손을 탔는데도 시험을 치를 수는 없어요. 이 상황을 회피할 수는 없어요."

"이대로 두셔야 합니다. 내일 아침 일찍 들를 테니, 이 문제는 그때 얘기하기로 합시다. 그때라면 어떤 조치를 취해야 하는지 알 수 있을 겁니다. 그러니 아무것도 바꾸지 마세요. 아무것도."

"좋습니다, 홈즈 씨."

"마음 푹 놓으셔도 좋습니다. 우리는 이 난관을 돌파할 방법을 확실히 찾아낼 겁니다. 검은 흙덩이는 내가 가져가겠습니다. 연필 부스러기도. 그럼 안녕히 주무십시오."

어두운 안뜰로 나온 우리는 다시 창문을 쳐다보았다. 인도 학생은 아직도 서성거리고 있었다. 다른 학생들은 보이지 않았다.

"그래, 왓슨, 자네는 어떻게 생각해?" 우리가 큰길로 나왔을 때 홈즈가 물었다. "이건 실내 게임을 닮았어. 일종의 세 카드 묘기(특정 카드 한 장을 보여준 후, 탁자에 카드 세 장을 엎어놓고 마술사가 카드를 섞으면 관객이 특정 카드를 찾아내는 마술—옮긴이) 같지 않아? 세 명이 있는데 그중 한 명은 분명 범인이야. 그중 하나를 찾아야 하지.

자네는 누굴 찍을 거야?"

"꼭대기 층의 입이 험한 녀석. 이력도 최악이잖아. 하지만 인도 학생도 음흉해 보였어. 그 학생은 왜 줄곧 방 안을 서성거렸을까?"

"그거야 별일 아냐. 암기를 하려고 할 때 다들 그러잖아."

"우리를 바라보던 눈길도 심상치 않았어."

"그거야 이튿날 치를 시험 준비를 하고 있는데, 금쪽같은 시간에 낯선 사람들이 들이닥치면 자네라도 그럴걸? 그래, 그건 이상할 것 없다고 봐. 연필도 칼도 이상이 없었어. 하지만 그 친구는 나를 정말 곤혹스럽게 했지."

"누가?"

"아, 배니스터라는 하인 말이야. 그의 속셈이 뭘까?"

"그는 아주 충직한 하인 같던데?"

"내가 봐도 그랬지. 바로 그 점이 수수께끼 같단 말이야. 아주 충직한 하인이 대체 왜—아, 참, 저기 큰 문방구가 있군. 저기서 조사를 시작해보자."

대학가에는 큰 문방구가 네 곳밖에 없었다. 문방구에 들를 때마다 홈즈는 연필 부스러기를 보여주고 같은 연필을 비싸게 사겠다고 했다. 모든 문방구에서 주문을 해줄 수 있다고는 했지만, 크기가 보통의 연필과는 달라서 재고품이 있는 가게는 없었다. 내 친구는 실망하는 기색이 전혀 없이, 오히려 흔쾌히 체념하듯 어깨를 으쓱해 보였다.

"헛일이군. 이것은 결정적인 최고의 단서인데, 물거품으로 돌아갔어. 하지만 실은 이 단서 없이도 충분히 사건을 풀어갈 수 있어. 아니 이런! 9시가 다 되어가잖아. 주인아주머니가 7시 반에 완두콩 요리를 차려준다고 했는데. 왓슨, 자네는 줄담배를 피워대는 데다가 식사까지 불규칙하게 해서는 방 빼라는 소리를 듣고야 말 거야. 나도 덩달아 쫓겨나고 말이야. 하지만 그러기 전에 우리는 불안해하는 교수와 부주의한 하인, 그리고 모험심 많은 세 학생의 문제를 해결할 거야."

홈즈는 그날 그 사건에 대해 더 이상의 암시는 주지 않았다. 때늦은 저녁 식사를 마친 후 그는 오랫동안 묵묵히 생각에 잠겨 앉아 있었다. 이튿날 아침 8시에 그가 내 방에 들어왔을 때 나는 막 옷을 차려입은 상태였다.

"자, 왓슨." 그가 말했다. "세인트루크 대학으로 가봐야 할 때야. 아침 식사를 하지 않아도 괜찮겠지?"

"응."

"솜즈는 안절부절못하고 있을 거야. 우리가 도움이 될 얘기를 해주기 전에는 말이야."

"도움이 될 얘기를 해줄 게 있어?"

"있지."

"결론을 내린 거야?"

"그래, 왓슨. 수수께끼를 풀었어."

"아니 언제 새로운 증거를 확보한 거야?"

"아, 뜬금없이 6시에 일어난 게 헛일이 아니었어. 두 시간 동안 고생을 좀 했지. 줄잡아 8킬로미터를 걸어서 증거가 될 만한 것을 가져왔어. 이걸 좀 봐!"

그가 손을 내밀었다. 손바닥 위에 세 개의 작은 피라미드 꼴 검은 흙덩이가 있었다.

"아니, 홈즈, 어제는 두 개뿐이었잖아."

"오늘 아침 하나 더 생겼지. 세 번째 것의 출처가 처음과 두 번째 것의 출처와 같다는 것은 명백해. 그렇지, 왓슨? 자, 어서 가서 솜즈 씨의 고민을 덜어주자."

⁂

우리가 실내에 들어서면서 바라보니, 불운한 지도교수는 가련할 만큼 안절부절못하고 있는 게 분명했다. 몇 시간 후 시험이 시작될 텐데, 그 사실을 발표할 것인지, 범죄자에게 장학생 선발 시험을 치게 할 것인지를 두고 그는 아직도 고민하고 있었다. 그의 고민이 얼마나 심각했는지, 가만히 서서 기다리지 못하고 두 팔을 활짝 벌리고 홈즈를 향해 달려왔다.

"와주셔서 정말 고맙습니다! 홈즈 씨가 포기해버린 줄 알았지 뭡니까. 이제 어째야 하죠? 시험을 치게 할까요?"

"암, 그러셔야죠."

"하지만 그 악당은……."

"그는 시험을 보지 않을 겁니다."

"누군지 아십니까?"

"알 만합니다. 이 사건이 발표되지 말아야 한다면, 우리가 심판관이 되어 작은 사설 법정을 열도록 합시다. 솜즈 선생은 거기 계십시오! 왓슨, 자네는 여기! 나는 중앙에 안락의자를 놓고 앉겠습니다. 이만하면 죄책감을 느끼는 범인에게 충분히 두려움을 안겨줄 만할 겁니다."

배니스터가 들어왔다. 그는 재판관 같은 우리의 모습에 화들짝 놀라서 움찔 뒤로 물러섰다.

"문을 닫아주시기 바랍니다." 홈즈가 말했다. "자, 배니스터, 어제 사건에 대한 진실을 말해주시겠습니까?"

그 남자는 머리끝까지 창백해졌다.

"이미 모든 것을 말씀드렸는데요."

"더 할 말이 없으시다?"

"전혀 없습니다."

"음, 그럼, 기억을 떠올릴 만한 암시를 해주지 않을 수 없군요. 어제 저 의자에 앉았을 때, 당신은 이 방에 누가 들어왔는지를 증명하는 물건을 숨기려고 그렇게 했죠?"

배니스터의 얼굴이 납빛이 되었다.

"아니요, 절대 아닙니다."

"이건 암시일 뿐입니다." 홈즈가 나긋하게 말했다. "솔직히 내가 그걸 증명할 수는 없습니다. 하지만 그건 충분히 그랬음직한 일이죠. 솜즈 씨가 등을 돌린 순간 당신은 침실에 숨어 있던 사람을 빠져나가게 해주었습니다."

배니스터가 마른 입술을 핥았다.

"여긴 아무도 없었어요."

"아, 그것 참 딱하군, 배니스터. 전에는 진실을 말했는지 몰라도, 지금은 거짓말을 하고 있다는 것을 나는 알고 있습니다."

남자가 발끈하는 표정을 지었다.

"아무도 없었다니까요."

"어허, 배니스터!"

"정말 아무도 없었어요."

"그렇다면 더 이상 털어놓을 수 없다 이거군요. 그래도 잠시 이곳에 남아주십시오. 저기 침실 문 가까이 서 있도록 하세요. 자, 솜즈 씨, 부탁컨대 길크리스트 군의 방에 올라가서, 이리 좀 내려오라고 해주시기 바랍니다."

잠시 후 교수가 학생을 데리고 돌아왔다. 그 학생은 잘생기고 큰 키에 체격이 호리호리하고 민첩했는데, 경쾌한 발걸음에 활달하고 즐거운 표정을 짓고 있었다. 그는 당황한 눈빛으로 우리를 바라보더니, 마침내 뒤쪽 구석에 있는 배니스터를 멍한 표정으로 바라보았다.

"문을 닫아주십시오." 홈즈가 말했다. "자, 길크리스트 씨, 이곳에는 우리뿐입니다. 우리 사이에 오가는 얘기를 다른 사람이 알 필요는 없지요. 툭 털어놓고 얘기를 해봅시다. 길크리스트, 우리가 알고 싶은 것은, 자네 같은 훌륭한 젊은이가 어째서 어제 그런 행동을 하게 됐는가 하는 것일세."

불운한 젊은이는 뒤로 넘어질 듯 휘청하더니, 배니스터에게 섬뜩

하게 꾸짖는 눈길을 던졌다.

"아니요, 아니에요, 길크리스트 씨. 나는 아무 말도 안 했어요. 한 마디도 안 했다고요!" 하인이 외쳤다.

"안 했지. 하지만 방금 털어놓고 말았군." 홈즈가 말했다. "자, 배니스터가 털어놓았으니, 자네는 이제 어쩔 수 없이 솔직하게 고백하는 길밖에 없다는 것을 알겠군."

길크리스트는 잠시 일그러진 표정을 펴려고 애를 썼다. 그러다 책상 옆에서 무릎을 털썩 꿇더니, 두 손에 얼굴을 묻고 격렬히 흐느끼기 시작했다.

"자, 진정하게." 홈즈가 자상하게 말했다. "인간은 실수를 하게 마련이지. 자네를 상습 범죄자라고 손가락질할 사람은 없어. 무슨 일이 있었는지 내가 솜즈 씨에게 직접 말하는 게 자네한테도 좋을지 모르겠군. 내 말이 틀린 데가 있거든 그때 자네가 바로잡게. 그래도 되겠지? 아, 애써 대답할 필요는 없어. 내가 부당한 소리를 하지는 않는지 잘 들어보게.

솜즈 씨, 시험지가 선생의 방에 있다는 것을 그 누구도, 배니스터조차도 몰랐다는 말을 들은 순간부터, 내 머릿속에서는 이 사건이 명백한 틀을 갖추기 시작했습니다. 물론 인쇄공은 제외해도 됩니다. 인쇄공이야 자기 작업장에서도 시험지를 볼 수 있으니까요. 인도인 학생 또한 관계가 없다고 생각했습니다. 교정쇄가 둘둘 말려 있었다면, 그게 무엇인지 알 수 없었을 테니까요. 또한 누군가 함부로 방에 들어왔는데, 하필이면 그날 우연히 시험지가 책상에 놓여 있었다는 그런 우연의 일치도 생각할 가치가 없습니다. 나는 그것도 제외시켰습니다. 그런데 방에 들어온 사람은 시험지가 거기 있다는 것을 알고 있었습니다. 어떻게 알았을까요?

처음 선생의 방에 가까이 다가간 나는 창문을 살펴보았습니다. 누군가 대낮에, 맞은편 방에서 다들 쳐다보는데도 창문으로 출입했을 가능성을 내가 생각한 줄 오해하기에 속으로 웃음을 지었죠. 얼토당토않은 생각이라서요. 그곳을 지나가면서 중앙 책상에 시험지가 놓여 있다는 것을 볼 수 있으려면 키가 얼마나 돼야 하는가를 재본 것입니다. 내 키는 180센티미터인데, 까치발로 서니 그걸 볼 수 있었습니다. 그보다 작아서는 들여다볼 수 없죠. 선생은 내가 이런 생각을 한 이유를 이제 아실 겁니다. 세 명의 학생 가운데 유난히 키가 큰 학생이 있다면, 그 학생을 가장 주목해야 하는 겁니다.

나는 안으로 들어가서 창가의 보조 탁자에 대해 선생에게 얘기했습니다. 중앙의 책상에서 발견한 것은 뭔지 모르겠더군요. 그건 길크리스트가 멀리뛰기 선수라는 선생의 말씀을 듣고서야 알았습니다. 그 후 모든 것이 확연해졌죠. 다만 확증만 있으면 됐는데, 그건 곧바로 확보했습니다.

무슨 일이 있었느냐 하면 이렇습니다. 이 젊은 친구는 오후에 운동장에서 멀리뛰기 연습을 했습니다. 그리고 운동화를 들고 돌아왔는데, 아시다시피 운동화 바닥에는 날카로운 스파이크가 여러 개 박혀 있습니다. 그는 창가를 지나가다가 키가 워낙 큰 덕분에 선생의 책상에 놓인 교정쇄를 보고, 그게 무엇인지 어림짐작을 했죠. 선생의 방문 앞을 지나가다가 하인의 부주의로 열쇠가 꽂혀 있는 것을 보게 되었습니다. 열쇠만 아니었으면 불미스러운 일도 일어나지 않았겠지요. 그게 정말 교정쇄인지 들어가서 알아보고 싶은 충동이 불쑥 치밀었습니다. 그건 그리 위험한 일도 아니었습니다. 언제나처럼 그저 질문이 있어서 들른 척하면 되니까요.

아무튼 그게 정말 교정쇄인 것을 알게 되자, 유혹을 이길 수 없었습니다. 그는 책상에 신발을 올려놓았습니다. 그런데 창가의 의자에는 뭘 올려놓았지?"

"장갑요." 젊은이가 대답했다.

홈즈가 의기양양하게 배니스터를 바라보았다. "의자에 장갑을 올려놓고, 교정쇄를 한 장씩 집어들고 베꼈습니다. 지도교수가 틀림없이 정문으로 돌아올 테니까, 미리 발견할 수 있을 줄 알았지요. 그런데 우리가 알다시피, 교수는 옆문으로 돌아왔죠. 교수가 느닷없이 문으로 들어오는 소리가 났습니다. 달아날 곳이 없었죠. 장갑을 깜빡 잊어버렸지만, 신발을 집어들고 침실로 뛰어들었습니다. 책상에 할퀸 자국이 한쪽은 얕은데, 침실 쪽은 깊게 파였습니다. 그것만 봐도 신발을 어느 방향으로 잡아당겼는지, 범인이 어디로 달아났는지 알 수 있죠. 신발 스파이크 둘레에 붙어 있던 흙이 책상에 떨어졌습니다. 느슨하게 달라붙은 흙덩이가 침실에서 다시 떨어졌습니다. 덧붙여 말하자면, 오늘 아침 운동장에 나가서 걷다가 멀리뛰기 착지 지역에서 검은 찰흙을 사용한 것을 알고, 견본을 좀 가져왔지요. 선수가 미끄러지는 것을 방지하기 위해 뿌려놓은 톱밥인지 탠 껍질(가죽을 무두질할 때 쓰는 이 참나무 껍질은 도로나 마당에 깔기도 한다—옮긴이)인지도 좀 가져왔고요. 길크리스트, 이제까지 내가 한 말이 맞나?"

학생이 자세를 바로잡았다.

"예, 맞습니다."

"맙소사! 자네는 덧붙일 말이 없나?" 솜즈가 외쳤다.

"있습니다, 교수님. 하지만 불미스러운 이번 일이 밝혀진 충격 때문에 곤혹스럽습니다. 여기 편지가 있습니다, 교수님. 밤을 꼬박 지새우고 오늘 아침 교수님께 쓴 것입니다. 그러니까 내 죄상이 밝혀지기 전에 쓴 거예요. 바로 이것입니다, 교수님. 보면 아시겠지만 이렇게 썼습니다. '저는 이번 시험을 치지 않기로 결심했습니다. 저는 로디지아 경찰관 임관 제의를 받아서, 곧바로 남아프리카로 떠날 예정입니다.'"

"자네가 부당한 이득을 보려 하지 않았다는 말을 들으니 참으로 기쁘군." 솜즈가 말했다. "그런데 어째서 그렇게 생각을 바꾸었나?"

길크리스트가 배니스터를 가리켰다.

"바로 저 분이 나를 바른 길로 이끌어주었습니다." 그가 말했다.

"자, 배니스터." 홈즈가 입을 열었다. "이제까지 내가 한 말을 듣고 당신은 분명히 알았을 겁니다. 당신만이 이 젊은이를 방에서 내보낼 수 있었다는 것을 말입니다. 당신이 혼자 이 방에 남아 있었고, 나중에는 나가면서 방문을 잠갔으니까요. 창문으로 빠져나갔다고 볼 수는 없습니다. 이 수수께끼의 마지막 대목을 밝히고, 그렇게 행동한 이유를 말씀해주시죠."

"알고 보면 너무나 간단합니다. 그런데 홈즈 선생님이 그렇게 현명하신데도 그것은 알아차리지 못하셨군요. 저는 한때 이 청년의 부친 되시는 자베스 길크리스트 경의 집사였습니다. 그분이 몰락한 후 이 대학에 하인으로 들어온 겁니다. 하지만 몰락한 옛 주인을 잊을 수 없었죠. 저는 옛 시절을 생각해서 늘 그분의 아드님을 지켜보았습니다. 그러니까 제가 어제 다급한 부름을 받고 이 방에 들어왔을 때, 의자에 놓여 있던 길크리스트 도련님의 장갑이 제일 먼저 눈에 띄었습니다. 나는 그 장갑을 잘 알고 있어서, 어찌된 영문인지 금방 알아차렸죠. 솜즈 교수님이 장갑을 보게 되면 일은 끝장이 납니다. 나는 대뜸 의자에 쓰러졌습니다. 교수님이 홈즈 씨를 부르러 갈 때까지 나는 꼼짝하지 않았습니다. 그 후 도련님이 나타났습니다. 어릴 때 곧잘 제 무릎에서 놀았던 도련님은 제게 모든 것을 털어놓았습니다. 제가 도련님을 구해드리는 것은 당연한 일이 아니겠습니까? 작고하신 그의 부친이 했음직한 말을 도련님에게 들려드리는 것도 그렇고, 그런 행동으로 득을 볼 수는 없다는 것을 납득시켜드리는 것 역시 제가 당연히 해야 할 일이죠. 제가 무슨 잘못을 했다고 보십니까?"

"결코 잘못한 게 아닙니다!" 홈즈가 벌떡 일어서며 진심으로 말했다. "아, 솜즈 씨, 보아하니 선생의 문제를 우리가 해결해드린 듯합니다. 아침 식사가 집에서 우리를 기다리고 있습니다. 가자, 왓슨! 길크리스트 씨에게는 로디지아에서 밝은 미래가 기다리고 있을 거라고 믿습니다. 이번에는 잠깐 전락했지만, 장차 높이 날아오르는 모습을 보여주기 바랍니다."

금테 코안경

1894년에 우리가 다룬 사건을 기록한 세 권의 두툼한 원고를 바라보고 있자니 새삼 고백을 하지 않을 수 없다. 그 많은 이야깃거리 가운데서, 가장 흥미로우면서 동시에 내 친구만이 지닌 그 유명한 능력을 가장 잘 선보일 수 있는 이야기를 골라낸다는 것이 얼마나 어려운가를 말이다. 원고를 넘겨보니 이런저런 기록이 눈에 띈다. 흉물스러운 붉은 거머리 이야기와 은행원 크로스비의 처참한 죽음. 애들턴 씨네 비극 이야기와 고대 영국 무덤에 묻혀 있던 특이한 내용물 이야기도 있다. 그 유명한 스미스-모티머 상속 사건도 이 시기의 일이었고, 대로 암살자 휴렛을 추적해서 체포한 것도 마찬가지이다. 이 공로로 홈즈는 프랑스 대통령의 친필 감사 편지와 레지옹 도뇌르 훈장을 받았다. 어느 사건이라도 이야깃감으로는 손색이 없지만, 그중 어느 사건도 욕슬리 고택 사건만큼 다채롭고 독특한 재미를 선사하는 사건은 없다는 것이 내 생각이다. 젊은 윌로비 스미스가 애석하게 사망함으로써 비롯한 이 사건은, 이상한 사건들이 속속 일어남으로써 별난 범행 동기가 드러나게 되었다.

11월이 다 저물어갈 무렵, 사나운 비바람이 몰아치는 어느 날 밤이었다. 홈즈와 나는 저녁 내내 말없이 함께 앉아 있었다. 홈즈는 팰림프세스트(쓰여 있던 글자를 지우고 그 위에 다시 글을 쓴 양피지—옮긴이)에 고배율의 돋보기를 들이대고 지워진 글자를 판독하는 일에 몰두하고 있었다. 나는 외과수술에 관한 최근 논문을 탐독했다. 바깥에서는 바람이 울부짖으며 베이커 스트리트를 쓸고 지나갔고, 빗줄기가 사납게 창문을 때렸다. 반경 16킬로미터 안에 인공의 건물이 가득 들어찬 대도시의 한복판에서 대자연의 강철 손아귀를 느끼면서, 막강한 대자연의 힘 앞에서는 런던 전체가 그저 들판에 군데군데 파헤쳐진 두더지의 흙 두둑에 불과하다는 생각을 하니 기분이 참 묘했다. 나는 창가로 걸어가서 인적 없는 거리를 내다보았다. 드문드문한 가로등이 널따란 흙탕길과 번들거리는 보도를 비추고 있었다. 그때 마차 한 대가 옥스퍼드 스트리트 끝에서 흙탕물을 튀기며 달려왔다.

"음, 왓슨, 오늘 밤은 바깥나들이를 하지 않는 게 좋겠어." 홈즈가 돋보기를 옆에 내려놓고 팰림프세스트를 돌돌 말며 말했다. "오늘은 이만해야겠군. 이건 눈을 혹사시키는 일이야. 알고 보니 이건 15세기 후반 어느 대성당에서 쓴 흥미로운 기록일 뿐이야. 어라! 어라! 어라! 뭐지?"

윙윙거리는 바람 소리 사이로 말발굽 소리가 들리더니, 마차바퀴가 연석에 쓸리면서 끼기긱거리는 소리가 한참 들렸다. 아까 내가 바라본 마차가 우리 집 앞에 멈춘 것이다.

"무슨 일일까?" 한 남자가 마차에서 내리는 것을 보며 내가 불쑥 말했다.

"무슨 일이라니! 우리의 도움이 필요한 거지. 그렇다면 우리는 외투와 넥타이와 장화, 그리고 인간이 악천후와 맞서기 위해 고안한 그밖의 모든 게 필요하겠어. 아, 잠깐 기다려봐! 마차가 다시 떠나잖아! 아직 희망은 있어. 저 남자가 우리와 같이 가고 싶어했다면 마차를 세워두었을 거야. 이봐, 왓슨, 뛰어 내려가서 문 좀 열어줘. 정숙한 사람들은 벌써 잠자리에 들었을 시간이니까 말이야."

현관 등불이 한밤중의 방문객을 비추자, 그가 누군지 금세 알아볼 수 있었다. 그는 장래가 촉망되는 젊은 형사, 스탠리 홉킨스였다. 홈즈는 이 청년의 수사에 여러 차례 관심을 보인 적이 있었다.

"홈즈 씨 계신가요?" 그가 열띤 음성으로 물었다.

"어서 올라오세요." 홈즈가 위층에서 말했다. "이런 밤중에 설마 우리를 죽이려고 온 건 아니겠죠?"

형사가 계단을 올라왔다. 곧이어 등불 빛에 그의 비옷이 번들거리는 게 보였다. 그가 비옷을 벗도록 내가 도와주는 동안, 홈즈는 벽난로의 장작을 들추어 불길을 돋우었다.

"자, 홉킨스, 가까이 와서 발을 녹이세요." 홈즈가 말했다. "여기 시가 있습니다. 이런 밤에 약이 되는 따뜻한 물에 레몬을 의사 양반이 처방해줄 겁니다. 이런 강풍을 뚫고 온 것을 보니 예삿일이 아닌가 보군요."

"그렇습니다, 홈즈 씨. 오늘 오후에 제법 바빴죠. 신문에 난 욕슬리 사건 기사를 보셨나요?"

"15세기 이후의 기사는 오늘 한 줄도 보지 못했습니다."

"아, 그건 짤막한 기사였는데, 순 엉터리로 썼으니까 사실 보나마나죠. 나는 현장으로 득달같이 달려갔습니다. 그곳은 채텀에서 11킬로미터, 기찻길에서 5킬로미터쯤 떨어진 켄트 주 남부였어요. 3시 15분에 전보를 받고, 5시에 욕슬리 고택에 도착해서 조사에 들어갔습니다. 그리고 막차를 타고 채링 크로스 역으로 돌아와서 마차 편으로 바로 이곳에 온 겁니다."

"이번 사건이 석연치가 않다 이 말씀이죠?"

"도무지 종잡을 수가 없어요. 이 사건은 내가 전에 한 번 다루어본 사건만큼 복잡한데, 처음 보기에는 워낙 단순해서 쉽게 해결할 수 있을 것 같았습니다. 그런데 동기가 없어요, 홈즈 씨. 골치 아픈 게 바로 그것입니다. 동기를 알 수가 없다는 것 말입니다. 한 남자가 죽었고, 그것은 부정할 수 없는 사실인데, 내가 아는 한, 세상의 그 누구도 그를 해코지하고자 할 이유가 없다는 것입니다."

홈즈가 시가에 불을 붙이고 의자에 등을 기댔다.

"얘기를 들어봅시다." 그가 말했다.

"사실에 대해서는 꽤 상세히 알고 있죠." 스탠리 홉킨스가 말했다. "지금 제가 알고 싶은 것은 그 모든 사실들의 의미가 무엇인가 하는 겁니다. 내가 아는 바로는 일이 이렇게 되었습니다. 그러니까 몇 년 전, 그 고장의 욕슬리 고택에 코람 교수라는 노인이 입주했습니다. 그는 병약해서 반은 침대에서 지냈고, 나머지 반은 지팡이를 짚고 집을 둘러보거나, 정원사가 밀어주는 배스 의자(바퀴가 세 개 달린 의자로, 빅토리아 시대에 흔히 해변 리조트 등에서 숙녀나 환자를 태우기 위해 쓰였다—옮긴이)를 타고 정원을 둘러보는 게 일이었습니다. 몇몇 이웃 사람이 그를 좋아해서 곧잘 찾아오곤 했는데, 그는 거기서 아주 박식한 사람으로 통했습니다. 집안일은 나이 지긋한 가정부 마커 부인과 하녀 수잔 탈턴이 맡아서 했습니다. 두 사람 모두 그가 입주했을 때부터 같이 지냈죠. 그들은 꽤이나 마음씨 좋은 여자들인 듯합니다. 교수는 학구적인 책을 집필하고 있는데, 한 1년 전쯤 비서를 두어야겠다는 생각을 했습니다. 처음 고용한 두 비서는 마땅치 않았지만, 세 번째 비서인 윌로비 스미스 씨는 대학을 갓 나온 청년인데 고용주가 찾던 바로 그 사람인 듯했습니다. 그가 하는 일은 오전 내내 교수의 말을 받아쓰는 것이었습니다. 저녁에는 대개 이튿날 할 일과 관련된 참고문헌이나 문장을 찾으며 시간을 보냈죠. 어핑엄 중학교를 나온 것을 보나, 케임브리지 대학을 나온 것을 보나, 이 윌로비 스미스는 나무랄 데가 없는 청년이죠. 그의 추천서를 읽어보았는데, 원래 점잖고 조용하고 성실해서 단점이라고는 찾아볼 수 없는 청년이었습니다. 그런데 바로 이 청년이 오늘 아침 교수의 서재에서 사망했는데, 그 상황이 살인이라고 볼 수밖에 없어요."

창밖에서 바람이 울부짖었다. 홈즈와 나는 벽난로에 더 가까이

다가앉았다. 젊은 경위는 특이한 이야기를 천천히 조목조목 들려주었다.

"잉글랜드를 다 뒤져봐도," 하고 그가 말했다. "그 고택보다 더 외부 영향을 받지 않고 자유롭고 자족한 생활을 하는 집은 찾아볼 수 없을 겁니다. 일주일 내내 아무도 대문 밖으로 나갈 일이 없어요. 교수는 오로지 일에만 파묻혀 지냈죠. 젊은 스미스는 이웃 사람을 아무도 몰랐습니다. 고용주처럼 그 역시 집 안에 처박혀 살았죠. 두 여자는 집에서 나갈 일이 없었습니다. 배스 의자를 밀어주는 정원사 모티머는 육군 연금을 받는데, 크리미아 전쟁에 참전한 성격 좋은 노인이죠. 그는 집 안에 살지 않고, 정원의 한쪽 끝에 있는 방 세 칸짜리 오두막에 삽니다. 욕슬리 고택에 사는 사람은 그들이 전부입니다. 그런데 정원 입구의 대문은 런던에서 채텀까지 뻗은 도로에서 90미터쯤 떨어져 있습니다. 빗장이 열려 있어서, 누구든 안으로 걸어 들어갈 수 있지요.

이제 수잔 탈턴이 증언한 것을 말씀드리겠습니다. 이 사건에 대해 증언할 게 있는 사람은 그녀뿐이죠. 때는 11시부터 12시 사이의 오전이었습니다. 그때 그녀는 2층 앞쪽 침실에서 커튼을 달고 있었습니다. 코람 교수는 여전히 침대에 누워 있었죠. 날씨가 안 좋은 날은 정오 전에 일어나는 법이 없었거든요. 가정부는 집 뒤에서 무슨 일을 하느라 바빴습니다. 윌로비 스미스는 평소에 거실로 사용하는 자기 침실에 있었습니다. 그런데 그때 하녀는 그가 복도를 지나 그녀의 바로 아래쪽 방에 있는 서재로 내려가는 소리를 들었습니다. 그를 보지는 못했지만, 빠르고 당찬 발소리만으로도 스미스인 것을 확실히 알 수 있었다고 말하더군요. 서재 문이 닫히는 소리는 들리지 않았는데, 1분쯤 후 서재에서 끔찍한 비명이 들렸습니다. 거칠고 목쉰 비명소리는 남자인지 여자인지 종잡을 수 없을 만큼 아주 기이하고 부자연스러웠습니다. 그 소리와 동시에 쿵 하는 소리가 나며 온 집 안이 흔들렸습니다. 그러고는 쥐 죽은 듯 조용해졌죠. 하녀는 잠시 망연자실했습니다. 그러다 용기를 내서 아래층으로 달려가서, 닫혀 있는 서재 문을 열었습니다. 안에는 젊은 윌로비 스미스 씨가 바닥에 널브러져 있었습니다. 처음에는 아무런 상처도 보이지 않았죠. 그런데 일으켜 세우려다가 보니 목 아래쪽에서 피가 흐르고 있었습니다. 아주 작지만 깊은 관통상을 입어서 경동맥이 끊어진 것이었어요. 그런 상처를 입힌 흉기는 시신 옆의 양탄자 위에 떨어져 있었습니다. 그건 흔히 고풍의 책상에서 찾아볼 수 있는 작은 봉랍 나이프 가운데 하나였어요. 상아 손잡이에 칼날이 단단했죠. 그건 교수의 책상에 있던 물건이었습니다.

처음에 하녀는 스미스가 이미 죽은 줄만 알았습니다. 하지만 유리 물병에 든 물을 이마에 좀 붓자 그가 잠깐 눈을 떴습니다. 그리고 중얼거렸죠. "교수님, 그건 그녀였어요." 정확히 그렇게 말했다고 하녀는 맹세했습니다. 그는 필사적으로 다른 무슨 말을 하려고 하면서 오른손을 공중으로 쳐들었어요. 그러고는 맥없이 사망했죠.

그사이에 가정부도 현장에 도착했습니다. 하지만 너무 늦게 와서 청년이 죽어가며 하는 말을 듣지는 못했어요. 그녀는 수잔을 시신과 함께 남겨두고 서둘러 교수의 방으로 갔습니다. 교수는 침실에 앉아 있었는데, 뭔가 끔찍한 일이 일어났다고 확신할 수밖에 없는 소리를 들은 탓에 안절부절 어쩔 줄을 몰랐죠. 마커 부인은 교수가 여전히 잠옷 차림이었다고 확언했습니다. 사실 그는 모티머의 도움 없이는 옷을 입지도 못 한답니다. 그런데 모티머는 12시에 오라는 지시를 받았죠. 교수는 멀리서 비명소리가 들려왔다고 단언했지만, 그 이상은 아는 게 없었습니다. "교수님, 그건 그녀였어요"라는 청년의 마지막 말이 무슨 뜻인지도 모르더군요. 그저 정신착란 상태에서 한 말일 거라고 생각했죠. 그는 윌로비 스미스에게 적이 있다고는 생각지 않았습니다. 살해당할 이유가 없다는 거죠. 그가 맨 먼저 한 일은 정원사 모티머를 지역 경찰서에 보낸 것이었습니다. 얼마 후 경장이 나를 불렀죠. 내가 도착했을 때 현장은 전혀 훼손되지 않은 상태였습니다. 집 안으로 이어진 길을 밟지도 말라는 지시를 내렸죠. 이거야말로 홈즈 씨의 이론을 적용할 절호의 기회였습니다. 정말이지 더 바랄 나위가 없었죠."

"셜록 홈즈 씨가 없다는 것만 빼고!" 내 친구가 다소 씁쓸한 미소를 머금고 말했다. "아무튼 얘기를 들어봅시다. 경위는 어떤 조사를 했나요?"

"우선 이 약도를 먼저 보세요, 홈즈 씨. 교수의 서재 위치 등 여러 지점이 나와 있습니다. 이걸 보면 내 얘기를 알아듣기가 쉬울 거예요."

그가 대충 그린 지도를 펼쳤다. 여기 내가 그려놓은 그림이 바로 그것인데, 그는 이것을 홈즈의 무릎 위에 올려놓았다. 나는 일어서서 홈즈 뒤에 서서 어깨 너머로 살펴보았다.

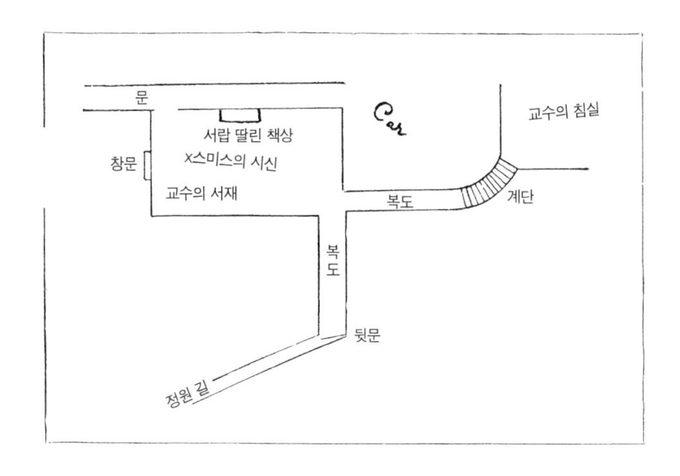

"물론 이것은 대충 그린 것입니다. 내가 보기에 중요한 지점만 그린 거죠. 나머지 부분은 나중에 직접 보시면 될 겁니다. 자, 무엇보다 먼저, 암살자가 집 안으로 들어갔다고 가정했을 때, 대체 어떻게 들어갔을까요? 보나마나 정원 길을 거쳐 뒷문으로 들어갔을 겁니다. 거기서는 곧장 서재로 통하죠. 다른 곳으로 들어가려면 여간 골치 아프지 않을 겁니다. 또한 같은 길로 달아난 게 틀림없어요. 방에서 나가는 다른 두 통로 가운데 하나는 계단을 달려 내려오던 수잔 때문에 막혀 있었고, 다른 통로는 교수의 침실로 통하니까요. 따라서 나는 즉시 정원 길을 주목했습니다. 그 길은 최근 비가 내려서 흠뻑 젖어 있기 때문에, 발자국이 찍혀 있을 게 분명했죠.

검사를 해본 결과 아주 조심성이 많은 전문 범죄자의 짓이라는 것을 알 수 있었습니다. 정원 길에 발자국이 하나도 없었거든요. 그러니까 그 길가의 풀을 밟고 지나간 게 분명했습니다. 흔적을 남기지 않으려고 그런 거죠. 발자국 비슷한 것을 전혀 발견할 수 없었어요. 하지만 풀이 눌려 있어서, 누군가 밟고 지나간 게 분명했습니다. 그건 살인자의 흔적일 수밖에 없었어요. 그날 아침에는 정원사를 비롯한 그 누구도 거길 지나가지 않았거든요. 비는 밤부터 내리기 시작했고요."

"잠깐." 홈즈가 말했다. "그 길은 어디로 이어지나요?"

"도로로요."

"거리는 얼마나 되죠?"

"90미터쯤 됩니다."

"대문 주위의 길에서는 발자국을 발견했겠죠?"

"안타깝게도 그 지점에는 타일이 깔려 있습니다."

"그럼 도로는 어떻습니까?"

"그건 발자국투성이의 진창길이죠."

"쯧쯧! 음, 그렇다면 풀을 밟은 흔적이 어느 쪽으로 나 있었나요?"

"그건 알 수 없습니다. 윤곽이 드러나 있지 않아서요."

"발이 큰가요, 작은가요?"

"알 수 없습니다."

홈즈가 참지 못하고 대뜸 말했다. "그 후 줄곧 비가 퍼붓고 돌풍이 불었습니다. 이제는 팰림프세스트보다 더 판독하기 어려울 겁니다. 음, 아무튼 그건 어쩔 수 없지. 홉킨스, 알아낼 게 아무것도 없다는 것을 알아낸 후, 또 무슨 조사를 했나요?"

"많은 것을 알아냈다고 생각합니다, 홈즈 씨. 외부에서 누군가 조심스럽게 그 집에 들어갔다는 걸 알아냈잖아요. 다음에는 복도를 조사했습니다. 코코넛 매트를 나란히 깔아놓은 복도에는 아무런 흔적이 없었어요. 나는 복도를 통해 서재로 들어갔죠. 서재는 거의 가구가 없습니다. 눈에 띄는 것은 붙박이 서랍이 딸린 큰 책상이에요. 서랍은 두 줄로 되어 있고, 그 사이 중앙에 작은 여닫이 장이 있습니다. 서랍은 잠기지 않았는데, 여닫이 장은 잠겨 있었어요. 서랍은 늘 잠그지 않는 모양이었습니다. 그 안에는 귀중품이 없었죠. 여닫이 장에는 중요한 문서가 몇 가지 있었지만, 누가 손을 댄 흔적은 없었어요. 교수는 도둑맞은 게 없다고 장담했습니다. 그러니 도둑이 든 게 아닌 것은 확실합니다.

나는 젊은이의 시신 쪽으로 다가갔습니다. 시신은 책상 가까이, 약도에 표시된 대로 책상 왼쪽에 있었죠. 오른쪽 목을 칼에 찔렸는데, 뒤에서 앞으로 칼자국이 나 있어서 자해를 했다고는 볼 수가 없습니다."

"칼 위에 쓰러진 게 아니라면." 홈즈가 말했다.

"그래요. 나도 문득 그런 생각이 들었습니다. 하지만 칼은 시신에서 몇 자 떨어진 곳에서 발견되었기 때문에, 그건 불가능해 보입니다. 게다가 그가 남긴 말도 있고요. 그리고 마지막으로 아주 중요한 증거가 하나 있는데, 죽은 남자의 오른손에 이게 쥐어져 있었습니다."

스탠리 홉킨스는 주머니에서 작은 종이봉투를 꺼냈다. 그는 봉투에서 금테 코안경을 꺼냈다. 끝에 달려 있는 검은 비단 끈이 끊어져 있었다.

"윌로비 스미스는 시력이 썩 좋았습니다." 그가 덧붙여 말했다. "이것은 암살자의 얼굴이나 다른 신체 부위에서 낚아챈 것이 분명합니다."

셜록 홈즈는 안경을 손에 들고 아주 골똘히 흥미진진하게 살펴보고는, 안경을 코에 걸치고 책을 읽어보려고 했다. 창가로 가서 안경을 쓰고 거리를 내다보기도 하고, 등불 가까이 대고 아주 꼼꼼히 안경을 살펴보더니, 마침내 나직이 웃으며 탁자에 앉아 종이에 몇 줄 적어서 스탠리 홉킨스에게 건네주었다.

"이것이 내가 경위에게 해줄 수 있는 최선의 조언입니다." 그가 말했다. "아마 제법 쓸모가 있을 겁니다."

놀란 형사가 메모를 소리 내어 읽었다. 내용은 이러했다.

수배. 숙녀 차림에 세련된 여성. 코가 두툼하고, 두 눈이 코 가까이 붙어 있음. 이마에 주름이 잡혔고, 응시하는 듯한 표정에 아마도 어깨가 구부정함. 최근 몇 달 동안 적어도 두 번은 안경점에 들른 것으로 보임. 안경 도수가 매우 높고 안경점이 그리 많지 않으므로, 추적하기가 어렵지 않을 것임.

홈즈는 홉킨스의 놀란 표정을 보며 히죽 웃었다. 분명 내 표정도 그랬을 것이다.

"내 추리 자체는 아주 간단합니다." 그가 말했다. "안경처럼, 특히 이렇게 눈에 띄는 안경처럼 섬세한 추리를 가능케 하는 물건도 그리 없지요. 이것을 여성이 썼다는 것은 안경이 우아하기 때문입니다. 게다가 고인의 마지막 말도 있고요. 그 여자가 옷을 잘 입고 세련되었다는 것은, 보다시피 멋진 순금 장식의 안경이기 때문입니다. 이런 안경을 쓰는 사람이 단정치 못하다고는 생각할 수 없죠. 그리고 경위의 코에 걸치기엔 코걸이가 아주 넓다는 것을 알 수 있을 겁니다. 그건 그 숙녀의 코가 두툼하다는 뜻이죠. 그런 코는 대체로 길이가 짧고 굵은데, 그 점에 대해서는 꼭 그렇다고 단정 지을 수 없는 예외가 많기는 합니다. 내 얼굴은 좁다란데, 이 안경의 중앙에, 혹은 중앙 가까이라도 내 두 눈을 맞출 수가 없습니다. 따라서 그 숙녀의 두 눈 사이가 좁다는 뜻이 됩니다. 왓슨, 자네도 알겠지만, 이것은 오목 렌즈이고, 도수가 매우 높아. 평생 시력이 매우 약한 여성이라면 그게 신체 특성으로도 나타날 게 분명해서, 이마와 눈꺼풀, 어깨에 표가 나게 되지."

"그래." 내가 말했다. "자네의 추리에 다 수긍이 가. 하지만 안경점에 두 번 들렀다는 추리가 또 어떻게 가능한지는 통 이해가 안 돼."

홈즈가 안경을 집어들었다.

"이거 보이지?" 그가 말했다. "코가 눌리는 코걸이를 부드럽게 하기 위해 작은 코르크를 댔어. 그중 하나는 색이 변했고 살짝 낡았지. 하지만 하나는 새것이야. 분명 하나가 떨어져 나가서 새로 단 거지. 잘 보면 낡은 것도 새로 단 지 석 달이 넘지 않았어. 그런데 코르크가 둘

다 똑같은 제품이야. 그래서 그 숙녀가 같은 안경점에 두 번 갔다고 추리한 거지."

"세상에, 정말 놀랍군요!" 홉킨스가 탄복해 마지않으며 외쳤다. "생각해보니 그 모든 증거를 손에 쥐고 있으면서도 나는 그걸 전혀 몰랐습니다! 하지만 런던 안경점들을 둘러볼 생각은 했죠."

"물론 그랬겠지요. 그런데 그 사건에 대해 더 들려줄 말은 없나요?"

"없습니다, 홈즈 씨. 제가 아는 것은 이제 홈즈 씨도 다 알게 되셨습니다. 아마 저보다 더 많이 아시겠죠. 그 고장의 도로나 기차역에서 낯선 사람이 서성거렸는지에 대해서도 조사를 했습니다. 본 사람이 없다더군요. 골치가 아픈 것은 이 범행의 목적을 통 모르겠다는 것입니다. 아무도 그 동기를 짐작도 못 해요."

"아! 그건 나로서도 짐작이 안 가는군요. 그런데 내일 우리가 들러주길 바라죠?"

"무리한 부탁만 아니라면요. 채링 크로스 역에서 채텀까지 가는 아침 6시 기차가 있습니다. 8시에서 9시 사이에는 욕슬리 고택에 도착할 겁니다."

"그럼 그렇게 합시다. 이번 사건은 분명 아주 흥미진진한 데가 있군요. 흔쾌히 조사를 한번 해보겠습니다. 음, 새벽 1시가 다 됐군요. 몇 시간 눈을 붙이는 게 좋겠습니다. 경위는 이 벽난로 앞의 소파에서 주무셔도 좋습니다. 아침에는 알코올램프에 커피 한 잔 끓여드릴 테니, 그걸 마시고 출발합시다."

이튿날 거친 바람은 잦아들었지만, 여행을 하기에는 쌀쌀한 아침이었다. 우리는 템스 강의 황량한 초지와, 길고 음울한 강물 위로 차가운 겨울 해가 떠오르는 것을 보았다. 그걸 보니 탐정 생활 초기에 안다만 제도 출신의 사람을 추적하던 일이 떠올랐다. 오래도록 지루한 여행을 한 끝에 우리는 채텀에서 몇 킬로미터 떨어진 작은 기차역에 도착했다. 객점에서 경마차에 말을 비끄러매는 동안 급히 아침 식사를 해둔 덕분에, 마침내 욕슬리 고택에 도착했을 때 우리는 곧바로 조사에 들어갈 수 있었다. 순경이 대문에서 우리를 맞이했다.

"아, 윌슨, 새로운 소식은?"

"없습니다, 경위님. 전혀."

"낯선 사람을 보았다는 신고는?"

"역시 없습니다. 어제 기차역에서는 낯선 사람이 도착하지도 떠나지도 않은 게 확실합니다."

"객점이나 하숙집도 조사했나?"

"예. 신원 미상의 인물은 없었습니다."

"음, 채텀까지는 딱 걸어갈 만한 거리지. 채텀이라면 아무한테도 들키지 않고 머물다가 기차를 탈 수 있겠지. 여기가 바로 내가 얘기한 정원 길입니다, 홈즈 씨. 어제 저기에 발자국이 없었다는 건 맹세할 수 있습니다."

"자국이 풀밭 어느 쪽에 나 있었나요?"

"이쪽입니다. 길과 화단 사이의 좁다란 이 가장자리 풀밭인데, 지금은 흔적이 보이지 않는군요. 하지만 그때는 분명히 보였습니다."

"그래요, 그래. 누군가 이리 지나갔군요." 홈즈가 몸을 숙이고 가장자리 풀밭을 바라보며 말했다. "우리의 숙녀는 아주 조심스럽게 걸음을 뗀 게 분명하군요. 길 위로 걸었으면 발자국이 남았을 테고, 땅이 부드러운 화단이라면 더욱 분명한 발자국이 남았을 테니까요."

"그렇습니다. 그 여자는 여간내기가 아닙니다."

나는 홈즈의 눈에 강렬한 빛이 스쳐 지나가는 것을 보았다.

"그 여자가 이 길로 다시 돌아간 게 분명하다는 건가요?"

"아무렴요. 다른 길은 없어요."

"바로 이 풀밭을 딛고?"

"확실합니다, 홈즈 씨."

"흠! 그것 참 놀라운 솜씨로군요. 아주 놀라워요. 음, 정원 길은 이만하면 됐습니다. 이제 앞으로 더 가봅시다. 이 정원 문은 늘 열려 있겠죠? 그렇다면 방문객이 걸어 들어가는 데 거치적거리는 게 없겠군. 그녀는 살인을 할 생각이 없었을 겁니다. 안 그랬으면 책상에서 칼을 집어들 필요 없이 흉기를 지참했을 테니까. 그 여자가 이 복도를 따라 걸어가면서 코코넛 매트에 아무런 흔적도 남기지 않았다 이거죠? 그 후 이 서재에 들어섰습니다. 서재에는 얼마 동안이나 있었을까요? 그건 알 길이 없군."

"몇 분이 되지 않습니다. 그 말씀을 드리는 걸 잊었네요. 가정부 마커 부인이 그 얼마 전에, 그러니까 한 15분 전에 청소를 하느라 서재에 있었다고 하더군요."

"음, 그렇다면 시간대가 좁혀지는군요. 우리의 숙녀가 이 방에 들어온다. 이제 뭘 할까? 책상으로 다가간다. 뭐 하러? 열려 있는 서랍에서 뭘 찾으려던 것은 아닐 테고. 그 여자가 가져갈 만한 것이 있다면, 거기엔 분명 자물쇠가 채워져 있었겠지. 그래, 잠겨 있는 책상 여닫이 장에 든 뭔가를 노렸어. 어라! 여닫이 문짝 표면에 긁힌 이 자국은 뭐지? 왓슨, 성냥불 좀 켜봐. 홉킨스, 왜 이 얘기는 하지 않았죠?"

홈즈가 살펴보고 있는 자국을 보니 열쇠구멍 오른쪽의 황동 장식 표면의 칠이 10센티미터쯤 벗겨져 있었다.

"나도 봤습니다, 홈즈 씨. 하지만 열쇠구멍 주변에는 언제나 흠집이 나 있잖아요?"

"이건 최근에 생긴 겁니다. 아주 최근에. 긁힌 부분의 황동이 얼마나 반짝이는지 좀 보세요. 오래된 자국은 빛깔이 표면과 같습니다. 내 돋보기로 한번 보세요. 게다가 고랑 양쪽에 흙처럼 니스가 붙어 있어요. 마커 부인 계신가요?"

슬픈 얼굴의 나이 지긋한 여자가 서재로 들어왔다.

"어제 아침에 이 책상 먼지를 털었죠?"

"예."

"그때 이 흠집을 보았나요?"

"아뇨. 못 봤어요."

"그랬을 겁니다. 먼지떨이로 털었으면 니스 파편이 떨어져 나갔겠죠. 이 책상 열쇠는 누가 갖고 있나요?"

"교수님이 회중시곗줄에 달고 계세요."

"단순하게 생긴 열쇠죠?"

"아니요. 그건 처브 열쇠(텀블러 장치를 개선시킨 자물쇠로, 당시에는 열쇠 없이 결코 열지 못하는 것으로 여겨졌다—옮긴이)예요."

"됐습니다, 마커 부인. 가셔도 됩니다. 이제 조금 진전이 있군요. 우리의 숙녀는 서재로 들어와서, 서랍 딸린 책상으로 다가와, 안쪽을 열어봅니다. 혹은 열려고 합니다. 그러고 있을 때, 젊은 윌로비 스미스가 서재로 들어옵니다. 그녀는 급히 열쇠를 회수하면서 주위에 흠집을 남깁니다. 그가 그녀를 붙잡고, 그녀는 가장 가까이 있는 물건을 잡아챘는데, 그게 공교롭게도 칼이었습니다. 그녀는 그의 손아귀에서 빠져나가려고 그를 찌릅니다. 그는 치명상을 입고 쓰러집니다. 그녀는 찾던 물건을 챙겨 가지고, 혹은 빈손으로 달아납니다. 하녀 수잔을 좀 만나볼까요? 수잔, 비명 소리가 들린 이후 저 문으로 누가 나갈 수 있었을까요?"

"아니요, 그건 불가능해요. 그랬다면 제가 계단을 내려서기 전에 누군가 복도에 있는 것을 보았을 테니까요. 게다가 저 문은 열리지 않았어요. 열렸으면 소리가 났겠죠."

"그것으로 이쪽 출구 문제는 해결되었군요. 그렇다면 그 여자는 왔던 길로 나간 게 분명합니다. 이쪽의 다른 복도는 교수의 방으로 통하는 걸로 알고 있습니다. 그쪽은 출구가 없죠?"

"예."

"가서 교수와 인사를 나누어야겠군. 어라, 홉킨스! 이건 아주 중요해요, 정말 아주 중요합니다. 교수의 복도 역시 코코넛 매트를 깔았다는 것 말입니다."

"아니, 그게 어째서요?"

"그 의미를 모르겠어요? 음, 그 얘긴 그만둡시다. 내가 잘못 생각했는지도 모르지. 하지만 이것이 내게는 의미심장해 보입니다. 같이 가서 교수에게 나를 소개해주세요."

우리는 정원으로 나가는 복도와 길이가 똑같은 복도를 지났다. 복도 끝에는 문으로 이어진 짧은 계단이 있었다. 우리의 안내인이 노크를 하고 교수의 침실로 우리를 안내했다.

그것은 아주 커다란 방이었다. 수많은 책이 책장을 빽빽이 채우고 남아서 구석마다 무더기로 쌓여 있고, 책장 아래에도 빙 둘러서 책이 쌓여 있었다. 침대는 방 한가운데 있었는데, 침대 안에 집주인이 베개로 등을 받치고 앉아 있었다. 창백한 독수리 같은 얼굴이 우리를 향했다. 꿰뚫어 보는 듯한 검은 두 눈은 축 늘어진 진한 눈썹 아래 움푹한 구덩이에 도사리고 있었다. 머리칼과 수염이 하얬는데, 입 주위의 수염만 이상하게 노랗게 물들어 있었다. 헝클어진 흰 수염 한복판에서 담배가 타고 있었고, 탁한 담배 연기로 실내 공기가 메케했다. 그가 홈즈에게 손을 내밀 때, 그 손 역시 니코틴에 노랗게 절어 있는 게 보였다.

"홈즈 씨, 담배 피우시오?" 그는 묘하게 살짝 점잔 빼는 억양으로, 아주 적절한 낱말을 구사해서 말했다. "궐련 한 대 하시오. 그쪽 선생도? 이것을 권하는 것은 알렉산드리아의 이오니데스가 특별히 만들어준 궐련이기 때문입니다. 그는 한 번에 1,000개비씩만 보내줘서, 보름마다 새로 주문을 해야 한다는 것이 좀 애석하지요. 담배는 안 좋아요, 암, 몸에 안 좋지만 그래도 노인에게 무슨 낙이 있겠소. 담배와 일, 그게 나한테 남은 전부지."

홈즈는 궐련에 불을 붙이고 화살 같은 시선으로 방을 두루 쏘아보았다.

"담배와 일, 그런데 지금은 담배뿐이오." 노인이 탄식했다. "아아! 이렇게 결딴이 나고 말다니! 이 끔찍한 재앙을 누가 상상이나 했겠소! 정말이지 두어 달 훈련을 받은 후 그는 탄복할 만한 조수가 되었다오. 이 사건을 어찌 생각하시오, 홈즈 씨?"

"아직 생각을 굳히지 않았습니다."

"모든 것이 캄캄하기만 한 이 사건에 당신이 빛을 던져만 준다면 정말 고맙겠소. 나같이 불쌍한 환자이자 책벌레한테 이런 일은 엄청난 타격입니다. 나는 사고 기능을 잃어버린 것만 같아요. 하지만 당신은 활동가이자 실무가이니, 이런 일이야 날마다 겪는 일일 것이오. 어떤 비상사태에서도 균형을 잃지 않겠지요. 당신이 우리를 돕다니 정말 다행이오."

노교수가 말을 하는 동안 홈즈는 방 한쪽에서 오락가락하고 있었다. 그가 유난히 담배를 빨리 피우고 있는 모습이 눈에 띄었다. 그가 새로 맛보는 알렉산드리아 궐련을 집주인만큼이나 좋아하는 게 분명했다.

"그래요, 이건 정말 커다란 충격입니다." 노인이 말했다. "이건 내 대사업입니다. 저 보조탁자 위에 있는 논문 더미 좀 보시오. 시리아와 이집트의 콥트 수도원에서 발견된 서류를 내가 분석한 겁니다. 계시 종교의 참된 뿌리를 파헤치고자 한 것이오. 몸이 허약해서 그걸 완성할 수 있으려나 모르겠는데, 그나마 조수마저 잃었으니. 아니 이런! 홈즈 씨, 댁이 나보다 더 골초구려."

홈즈가 씨익 웃었다.

"저는 이 방면의 전문가입니다." 홈즈가 말했다. 그는 다시 상자에서 네 번째로 궐련을 집어들고 방금 다 피운 담배로 불을 붙였다. "긴 반대심문으로 교수님을 괴롭힐 생각은 없습니다. 범행 시간에 교수님은 침대에 계셔서 아는 게 없을 테니까요. 묻고 싶은 건 이것입니다. 불운한 고인의 마지막 말, 그러니까 '교수님, 그건 그녀였어요'라는 게 대체 무슨 뜻이라고 생각하십니까?"

교수는 고개를 내둘렀다.

"수잔은 시골 여자입니다." 그가 말했다. "그 계층 사람이 얼마나 멍청한지 아실 겁니다. 그 청년이 정신착란 상태에서 아무 소리나 중얼거린 것을 그녀가 멋대로 주워섬겼을 겁니다."

"알겠습니다. 이번 비극에 대해서는 짐작 가시는 게 없으시죠?"

"사고였을 거요, 아마. 우리끼리니까 하는 말인데, 어쩌면 자살인지도 모르지. 젊은이들은 저마다 남모르는 고민이 있잖소. 우리가 모르는 사랑 문제 같은 거 말이오. 그게 살인보다는 더 그럴 듯한 가설이지."

"하지만 안경은요?"

"아! 난 그저 학자일 뿐이오. 몽상가지. 나로선 실생활의 일들을 설

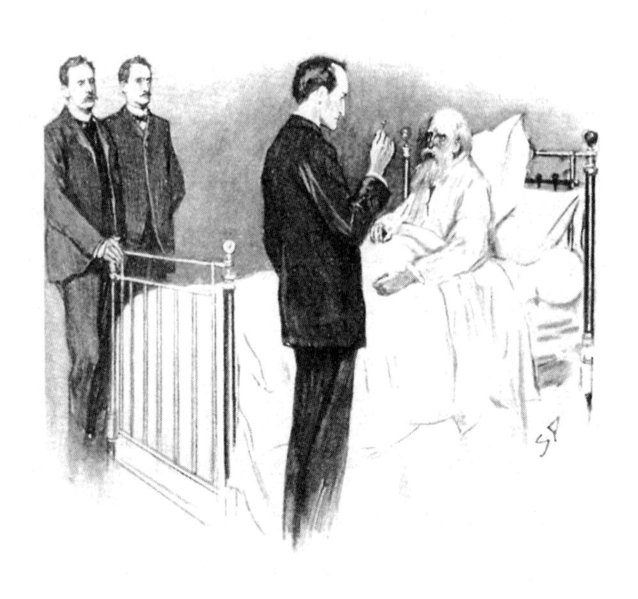

명할 재간이 없어요. 하지만 이보시오, 알다시피 사랑의 증표란 참 가지각색이잖소. 그건 그렇고 담배 하나 더 하시오. 이 담배를 좋아하는 모습을 보니 즐겁군. 부채든, 장갑이든, 안경이든, 목숨을 끊는 남자가 대체 무엇을 소중한 사랑의 증표로 간직하고 있을지 누가 알겠소? 이쪽 신사분은 풀밭의 발자국 얘기를 했지만, 그런 것이야 오해하기 쉽지. 칼에 대해 말하자면, 그건 그 청년이 쓰러지면서 몸에서 멀리 떨어졌겠지. 이런 얘기가 유치해 보일지 모르지만, 내가 보기에 윌로비 스미스는 제 손으로 목숨을 끊은 것 같소."

홈즈는 이런 이론에 사뭇 강한 인상을 받은 모양이었다. 그는 한참 동안 생각에 잠겨 줄담배를 피워대며 계속 방 안을 오락가락했다.

"그런데, 코람 교수님." 마침내 그가 말했다. "책상에 딸린 여닫이장 안에는 뭐가 들어 있습니까?"

"도둑이 탐낼 만한 것은 아니오. 집안 문서, 작고한 아내의 편지, 대학에서 내가 받은 학위, 뭐 그런 거지. 열쇠 여기 있으니 직접 살펴보시오."

홈즈는 열쇠를 집어들고 잠깐 살펴보았다. 그러고는 다시 돌려주었다.

"아닙니다. 그게 도움이 될 것 같지는 않군요." 그가 말했다. "차라리 조용히 정원으로 나가서 이 모든 문제를 곰곰 생각해보는 게 낫겠습니다. 교수님께서 말씀하신 자살 가설도 일리가 있으니 말입니다. 이렇게 불쑥 찾아온 것에 대해 사과드립니다, 코람 교수님. 점심 식사 이전에는 다시 방해하지 않겠습니다. 2시에 다시 와서, 그사이에 무슨 일이 있었는지 보고를 드리겠습니다."

홈즈는 이상하게도 멍한 상태였다. 우리는 한동안 말없이 정원 길을 오락가락했다.

"단서를 잡았어?" 마침내 내가 물었다.

"내가 피운 저 궐련에 달려 있지." 그가 말했다. "내가 완전히 오해하고 있는 것일 수도 있어. 그건 장차 담배가 증명해줄 거야."

"아니, 홈즈." 내가 외쳤다. "대체 무슨……."

"아, 곧 직접 보게 될 거야. 아니라고 해도 잘못될 건 없어. 물론 언제든 그 안경이라는 단서로 돌아갈 수 있으니까 말이야. 하지만 나는 가능하면 지름길을 택하지. 아, 저기 마커 부인이 오는군! 한 5분쯤 그녀와 교훈적인 대화를 나눠볼까?"

홈즈가 마음만 먹으면 여성들의 비위를 잘 맞춰주고 기꺼이 돈독한 관계를 맺기도 한다는 말을 전에도 한 적이 있는 것 같다. 자신이 말한 시간의 반도 안 되어 벌써 가정부의 환심을 산 그는 여러 해 사귄 친구처럼 얘기를 주고받았다.

"예, 홈즈 씨 말씀이 딱 맞아요. 그분은 담배를 엄청 피우신답니다. 온종일 피우고, 때로는 밤새 피우시죠. 아침에 방을 본 적이 있는데, 아, 홈즈 씨라면 그걸 런던 안개라고 생각하셨을 거예요. 딱한 스미스 씨도 애연가였어요. 하지만 교수님만큼은 아니었답니다. 교수님의 건강은, 글쎄요, 담배 때문에 나빠진 게 아니라 오히려 더 좋아졌는지도 몰라요."

"아!" 홈즈가 말했다. "하지만 담배를 피우면 식욕이 떨어지는데."

"글쎄요, 그건 모르겠네요."

"아마 교수님은 거의 식사를 하지 않으시죠?"

"글쎄요, 이랬다저랬다 해요. 정말 변덕스럽다니까요."

"오늘 아침엔 식사를 하지 않으신 게 분명해요. 담배 태우시는 것을 보니 아마 점심 식사도 하지 않으실 겁니다."

"그건 틀리셨어요. 공교롭게도 오늘 아침에는 아주 엄청난 양을 드셨답니다. 그보다 잘 드신 게 또 언제였나 몰라요. 오늘 점심으로는 소고기를 얇게 저민 커틀릿을 잔뜩 주문하셨어요. 저는 깜짝 놀랐죠. 어제 서재에 들어갔다가 스미스 씨가 바닥에 쓰러져 있는 것을 본 뒤라서 음식은 쳐다보기도 싫었거든요. 아무튼 세상에는 별의별 사람이 다 있어요. 교수님은 식욕을 전혀 잃지 않으셨지 뭐예요."

우리는 정원에서 어슬렁거리며 오전을 보냈다. 스탠리 홉킨스는 어제 아침 채텀 로드에서 애들 몇 명이 보았다는 낯선 여자에 대해 알아보려고 마을로 내려갔다. 내 친구에 대해 말하자면, 평소의 왕성한 에너지가 썰물처럼 빠져나간 모양이었다. 나는 그가 이렇게 사건을 건성으로 다루는 것을 전에는 본 적이 없었다. 애들을 찾아간 홉킨스는 홈즈가 묘사한 것과 일치하는 여자를 애들이 보았다는 소식을 가지고 돌아왔지만, 그것마저도 홈즈의 관심을 전혀 끌지 못했다. 홈즈는 우리의 점심 식사 시중을 든 수잔이 우연히 한 얘기에 더 관심을 보였다. 그녀가 알기로는 스미스 씨가 어제 아침 산책을 하러 나갔는데, 돌아온 지 30분 만에 그런 비극적인 사건이 일어났다는 것이었다. 나로서는 그것이 이 사건과 무슨 관계가 있는지 알 수 없었지만, 홈즈는 머리에 그리고 있는 큰 그림 속에 그 얘기를 엮어 넣고 있는 것이 분명했다. 그는 불현듯 자리에서 벌떡 일어나더니 회중시계를 보았다.

"2시로군요, 신사 여러분." 그가 말했다. "이제 올라가서 우리의 교수님과 토론을 해서 결판을 지읍시다."

노인은 이제 막 점심 식사를 마친 뒤였다. 가정부가 말한 대로 식욕이 왕성했다는 증거가 빈 접시에 고스란히 드러나 있었다. 갈기 같은 흰 머리털을 돌리고 이글거리는 눈길로 우리를 바라보는 노인은 정말이지 불가사의한 인물이었다. 늘 입에 물린 담배에서 연기가 피어올랐다. 그는 옷을 차려입고 벽난로 가의 안락의자에 앉아 있었다.

"아, 홈즈 씨, 벌써 수수께끼를 풀었소?" 그는 옆에 있는 탁자에 세워진 커다란 양철 담배통을 내 친구에게 밀어주었다. 홈즈는 곧바로 손을 뻗었다. 그러다 두 사람의 손이 엇갈려 상자가 뒤집어져버렸다. 1-2분 동안 우리는 줄곧 무릎을 꿇고 어지럽게 흩어진 담배를 주워 모았다. 우리가 다시 일어섰을 때 홈즈의 두 눈이 반짝이고 볼은 상기되어 있었다. 결정적인 순간이 아니면 그런 전투 신호등이 켜진 적이 없었다.

"그렇습니다." 그가 말했다. "수수께끼를 풀었습니다."

스탠리 홉킨스와 나는 눈이 휘둥그레졌다. 노교수의 창백한 이목구비에 조소와도 같은 표정이 파르르 떠올랐다.

"그럴 리가! 정원에서?"

"아니요. 바로 여기서."

"여기서? 아니 언제?"

"바로 지금."

"농담하지 마시오, 셜록 홈즈 씨. 이 사건은 워낙 심각해서 그런 식으로 다루면 안 된다는 것을 당부하지 않을 수 없군."

"코람 교수님, 나는 모든 연결고리를 단단히 담금질하고 시험해보기까지 했습니다. 그래서 틀림없다는 것을 확신하고 있습니다. 얄궂은 이번 사건에서 교수님이 정확히 무슨 구실을 했는지, 그 동기가 무엇인지는 아직 확실치 않습니다. 아마 잠시 후 교수님께 직접 들을 수 있겠죠. 우선은 교수님을 위해 지나간 일들을 먼저 말씀드리죠. 그러면 교수님은 제가 뭘 모르는지를 아시게 될 겁니다.

어제 한 숙녀가 교수님의 서재에 들어왔습니다. 그녀는 교수님의 책상에 있는 어떤 문서를 가지러 왔지요. 그녀에게는 열쇠가 있었습니다. 교수님의 열쇠를 살펴볼 기회가 있었는데, 니스 칠이 벗겨질 때 열쇠가 긁혀서 색이 변한 흔적은 찾아볼 수 없었습니다. 따라서 교수님은 종범이 아닙니다. 내가 살펴본 증거에 따르면 그녀가 왔을 때 교수님은 그녀가 뭘 훔치려고 했다는 사실을 몰랐습니다."

교수가 담배 연기를 뿜어내고 말했다. "그것 참 흥미롭고 유익한 얘기로군. 덧붙일 말은 없소? 그만큼 그 숙녀의 꼬리를 밟았다면, 그녀가 어떻게 되었는지도 말할 수 있겠군."

"그러려고 노력할 겁니다. 먼저 그녀는 교수님의 비서에게 붙잡혔습니다. 달아나기 위해 칼로 찔렀죠. 이 재앙은 아무래도 우연히 일어난 듯합니다. 그 숙녀는 분명 그렇게 심한 상처를 줄 생각이 없었을 테니까요. 암살자라면 무장하지 않고 왔을 리가 없지요. 자기가 저지른 일에 놀란 숙녀는 비극의 현장에서 허둥지둥 달아났습니다. 그런데 안타깝게도 난투 끝에 안경을 잃어버렸죠. 지독한 근시였던 그녀에게 안경이 없다는 것은 정말 절망적인 일이었죠. 그녀는 복도를 달려갔는데, 그 복도가 처음에 들어왔던 복도인 줄 알았습니다. 두 복도에 모두 코코넛 매트가 깔려 있죠. 복도를 잘못 들어섰다는 것을 안 것은 이미 때가 늦은 뒤였습니다. 돌아갈 길이 막히고 말았던 겁니다. 그녀는 어떻게 했을까요? 뒤돌아 갈 수는 없었습니다. 제자리에 있을 수도 없었습니다. 계속 가는 수밖에 없었죠. 그녀는 계속 나아갔습니다. 계단을 올라가서 문을 열고 교수님의 방에 들어선 것입니다."

노인은 자리에 앉아 입을 떡 벌린 채, 홈즈를 사납게 노려보았다. 표정이 풍부한 노인의 이목구비에 놀라움과 두려움이 여실히 드러나 있었다. 그러다 이제 한차례 용을 쓰고 어깨를 으쓱하더니 거짓 웃음을 터트렸다.

"아주 훌륭해요, 홈즈 씨." 그가 말했다. "그런데 댁의 놀라운 이론에는 한 가지 작은 결함이 있군. 나는 방에 있었소. 그날 내내 방에서 떠나지 않았단 말이오."

"알고 있습니다, 교수님."

"그럼 내가 침대에 누워 있었는데도, 어떤 여자가 내 방에 들어온 걸 몰랐단 말이오?"

"나는 그런 말을 한 적이 없습니다. 교수님은 당연히 알았죠. 그녀와 얘기도 나누었어요. 잘 아는 여자였으니까 말입니다. 교수님은 그녀가 달아나도록 도와주었습니다."

다시 교수는 너털웃음을 터트렸다. 그는 자리에서 일어서더니 잉걸불처럼 두 눈을 이글거렸다.

"미쳤군!" 그가 외쳤다. "헛소리 작작하게. 달아나도록 내가 도왔다고? 그 여자가 지금 어디 있는데?"

"여기 있습니다." 홈즈가 방구석의 높다란 책장을 가리켰다.

나는 노인이 두 팔을 번쩍 쳐드는 것을 보았다. 험악한 얼굴을 씰룩거리던 노인은 자리에 털썩 주저앉았다. 그와 동시에 홈즈가 가리킨 책장이 돌쩌귀를 중심으로 빙 돌더니, 웬 여자가 방 안으로 뛰쳐나왔다.

"그 말이 맞아요!" 그녀가 생소한 외국인 어투로 외쳤다. "그래요, 나는 여기 있어요."

숨어 있던 벽 사이의 갈색 먼지와 거미줄이 그녀의 몸에 잔뜩 묻어 있었다. 얼굴에도 줄무늬의 검댕이 묻어 있었는데, 아무리 잘 봐줘도 결코 곱상한 얼굴은 아니었다. 신체 특성이 홈즈가 예상한 그대로였을 뿐만 아니라, 더 나아가 기다란 턱이 고집스러워 보였기 때문이다. 타고난 심한 약시에다, 어둠 속에 있다가 불빛으로 나온 탓에, 그녀는 눈이 부셔서 어떤 사람들이 어디 있는지 보려고 두리번거리며 눈을 껌벅거렸다. 하지만 여자의 태도에는 그런 모든 약점을 덮을 만한 고상함이 깃들어 있었다. 도전적인 턱과 고개를 쳐든 당찬 모습은 존경과 찬탄을 자아낼 정도였다.

스탠리 홉킨스가 그녀의 팔을 잡고 체포하겠다고 말했지만, 그녀는 부드러우면서도 복종을 강요하듯 아주 기품 있게 그의 팔을 뿌리쳤다. 노인은 얼굴을 일그러뜨린 채 의자에 등을 기대고, 생각에 잠긴 눈길로 그녀를 응시했다.

"그래요, 체포하세요." 그녀가 말했다. "아까 서 있던 곳에서 모든 얘기를 들을 수 있었어요. 여러분이 진실을 알아냈다는 걸 알아요. 다 자백하겠어요. 그 젊은이는 내가 죽였어요. 하지만 그게 우연한 사고였다는 말이 맞아요. 나는 집어든 것이 칼인 줄도 몰랐어요. 필사적으로 탁자에서 아무것이나 집어들고, 그를 뿌리치려고 그것으로 그를 쳤을 뿐이에요. 이건 진실입니다."

"부인." 홈즈가 말했다. "그게 진실이라고 확신합니다. 부인은 지금 꽤 편찮으신 듯하군요."

줄무늬 검댕이 묻은 그녀의 얼굴이 그새 더욱 창백하게 변해 있었다. 침대 가에 걸터앉은 그녀는 다시 말을 계속했다.

"지금 나한테는 시간이 없어요." 그녀가 말했다. "하지만 모든 비밀을 털어놓겠어요. 나는 저 남자의 아내입니다. 저이는 영국인이 아니에요. 러시아인이죠. 이름은 말하지 않겠어요."

노인이 불현듯 몸을 꿈틀했다. "아아, 맙소사, 안나!" 그가 외쳤다. "맙소사!"

그녀는 노인을 바라보며 야멸차고 경멸스러운 눈길을 던졌다. "당신은 왜 그렇게 망가진 인생에 아등바등 매달려 사는 거죠, 세르기우스?" 그녀가 말했다. "그건 많은 사람에게 해만 끼치고, 아무에게도 도움이 안 돼요. 당신 자신에게도요. 하지만 천명을 다하기 전에 당신의 연약한 생명줄을 내가 손수 끊을 생각은 없어요. 저주받은 이 집 문지방을 넘은 이후 내 영혼은 이미 큰 죄를 지었으니까요. 하지만 다 털어놓아야겠어요. 너무 늦기 전에 말이에요.

신사 여러분, 나는 이 남자의 아내라고 앞서 말씀드렸어요. 우리가 결혼했을 때 저이는 쉰 살이었고 나는 스무 살의 어리석은 여자였죠. 러시아의 어느 도시에서 결혼했답니다. 어느 대학인데, 그 이름을 말하진 않겠어요."

"맙소사, 안나!" 노인이 다시 중얼거렸다.

"우리는 개혁자였죠. 혁명가, 그러니까 니힐리스트였어요. 저이와 나, 그리고 많은 사람이 그랬는데, 고난의 날이 닥쳐왔어요. 경찰이 피살당하고 많은 이들이 체포되었지만, 뚜렷한 증거는 없었어요. 그런데 남편이라는 인간이 목숨을 부지하고 거액의 현상금을 받기 위해 아내와 동료를 헌신짝처럼 배신했죠. 그래요, 우리는 저이의 자백 때문에 모두 체포되었어요. 일부는 교수형을 당했고, 일부는 시베리아로 유형을 갔죠. 나는 후자였어요. 하지만 종신형이 아니었죠. 남편은 부정하게 얻은 재물을 가지고 잉글랜드로 떠나 은둔 생활을 했어요. 자기 소재가 밝혀지면 형제들이 일주일도 되지 않아서 정의의 심판을 내릴 거라는 사실을 알고 있었을 테니까요."

노인은 떨리는 손을 뻗어 담배를 집었다. "안나, 내 목숨은 당신에게 달려 있소." 그가 말했다. "당신은 언제나 내게 잘해주었잖소."

"당신의 가장 극악한 행위에 대해선 아직 입도 떼지 않았어요." 그녀가 말했다. "우리 동료 가운데 내가 사랑하는 친구가 한 명 있었어요. 그는 고상하고, 이타적이고, 사랑이 넘쳤죠. 남편과는 딴판이었어요. 그는 폭력을 싫어했답니다. 폭력 행위가 죄라면 우리는 모두 죄인이지만, 그는 아니에요. 그는 폭력 행위를 단념케 하려고 줄곧 우리를 설득하는 편지를 써 보냈죠. 그 편지만 있었다면 그는 목숨을 구했을 거예요. 제 일기만 있었어도 그랬을 거고요. 저는 날마다 그 친구를 향한 내 마음만이 아니라 우리 각자의 생각에 대해서도 일기에 써두었답니다. 그런데 일기와 편지를 발견한 남편이 그걸 챙겨서 숨겨버렸어요. 내 친구를 없애려고 작정을 한 거죠. 그건 실패했지만, 알렉시스는 시베리아 유형 선고를 받았어요. 지금 이 순간에도 그는 소금 광산에서 일하고 있어요. 그걸 생각해봐요, 이 악당! 당신은 악당이야! 지금, 지금, 바로 이 순간에도 알렉시스는, 당신은 감히 그 이름을 입에 담을 수도 없는 그 사람은, 노예처럼 일하며 지내고 있어요."

"당신은 언제나 고상한 여자였소, 안나." 노인이 담배 연기를 내뿜으며 말했다.

그녀는 자리에서 일어섰다가 아파서 살짝 비명을 지르며 다시 주저앉았다.

"이야기를 끝내야겠어요." 그녀가 말했다. "내 형기가 끝나자, 나는 일기와 편지를 찾으려고 갖은 애를 썼어요. 그것만 러시아 정부에 보내면 내 친구가 석방될 테니까요. 나는 남편이 잉글랜드로 떠났다는 것을 알고 있었죠. 몇 달 동안 수소문한 끝에 마침내 소재지를 알아냈어요. 아직 일기를 갖고 있다는 것도 알고 있었죠. 내가 시베리아에 있을 때 저이의 편지를 한 번 받았는데, 나를 꾸짖으면서 일기의 몇 대목을 인용했거든요. 하지만 복수심이 강한 이 인간이 고분고분 그걸 내줄 리가 없었죠. 그건 손수 되찾는 수밖에 없었어요. 그러기 위해 사립탐정 회사에서 사람을 사서, 남편의 집에 비서로 들어가게 했죠. 그게 바로 두 번째 비서였어요, 세르기우스. 금세 그만둬 버린 비서 말예요. 그는 내가 찾는 게 책장에 보관되어 있다는 것을 알아내고, 열쇠를 복제했어요. 그러고는 더 이상 개입하려고 하지 않았죠. 그는 내게 약도를 그려주었어요. 그리고 오전에는 비서가 이 방에서 일하니까 언제나 서재가 비어 있다고 하더군요. 그래서 마침내 나는 용기를 내서 직접 서류를 챙기려고 이리 왔어요. 성공은 했는데, 크나큰 희생을 치르고 말았죠.

내가 막 서류를 챙기고 책장을 잠그려고 할 때 그 젊은이가 나를 붙들었어요. 그날 아침 나는 그를 본 적이 있답니다. 길에서 마주쳐서 코람 교수가 어디 사느냐고 물었는데, 설마 그가 비서인 줄은 몰랐죠."

"맞았어! 그랬군요!" 홈즈가 말했다. "비서가 돌아와서 어떤 여자를 만났다고 고용주한테 말했죠. 그래서 나중에 숨을 거두기 전에 그게 그녀였다는 말을 하려고 한 겁니다. 전에 얘기한 그 여자였다고."

"제가 얘기 좀 하게 해주세요." 여자가 절박하게 말하면서 어디가 아픈 것처럼 얼굴을 찡그렸다. "그가 쓰러지자 방에서 뛰쳐나갔는데, 출구를 잘못 찾아서 남편 방에 들어오고 말았죠. 저이는 나를 경찰에 넘기겠다고 하더군요. 그랬다가는 당신 목숨도 온전치 못할 거라고 말해주었죠. 나를 경찰에 넘기면 당신을 형제들에게 넘겨주겠

다고. 그건 내가 살고 싶어서 그런 게 아니라, 내 목적을 달성하려고 그런 거예요. 내가 한 번 한 말은 꼭 지킨다는 것을 이 사람은 알고 있었죠. 우리가 한배를 탄 운명이라는 것도 알았고요. 오로지 그것 때문에, 다른 이유 없이 나를 지켜주었어요. 저 어두운 은신처로 나를 밀어 넣은 거죠. 저곳은 구시대의 유물인데, 다른 사람은 아무도 모른다면서 말예요. 저이는 자기 방에서 식사를 했기 때문에, 자기 음식 일부를 나한테 줄 수 있었어요. 경찰이 집을 떠나면 나는 밤중에 몰래 빠져나가서 다시 돌아오지 않기로 약속했죠. 하지만 어떻게인지 몰라도, 홈즈 씨가 우리 계획을 알아차리고 말았어요." 그녀는 드레스 앞섶에서 작은 꾸러미 하나를 꺼냈다. "마지막으로 드릴 말씀은 이거예요." 그녀가 말했다. "알렉시스를 구할 수 있는 물건이 여기 있어요. 귀하의 명예와 정의에 대한 사랑을 믿고 이것을 맡기겠어요. 이걸 받으세요! 러시아 대사관에 좀 전해줘요. 이제 저는 의무를 다했으니, 그럼……."

"말려요!" 홈즈가 외쳤다. 그는 한달음에 방을 가로질러가서 그녀가 손에 들고 있던 작은 약병을 빼앗았다.

"늦었어요!" 그녀가 침대에 쓰러지며 말했다. "너무 늦었어요! 저 은신처에서 나오기 전에 이미 독약을 마셨어요. 머리가 어지러워요! 죽을 것 같아요! 그 꾸러미를 잊지 마세요."

"간단한 사건이었지만, 어느 면에서는 배울 게 많았습니다." 런던으로 돌아가는 길에 홈즈가 말했다. "해결의 관건은 처음부터 코안경에 달려 있었어요. 죽어가는 남자가 천행으로 안경을 움켜쥐지 못했어도 우리가 사건을 해결할 수 있었을지는 의문입니다. 안경 덕분에 분명히 알 수 있었던 것은, 그 임자가 몹시 눈이 나빠서 안경 없이는 아무것도 할 수 없다는 것이었지요. 그 여자가 발을 헛딛지도 않고 좁다란 풀밭을 걸어갔다는 것을 믿으라고 당신이 말할 때, 그게 주목할 만한 일이라고 내가 말한 것을 경위도 기억할 겁니다. 내가 보기에 그건 불가능한 일이었어요. 안경이 하나 더 있지 않았다면 말입니다. 따라서 그녀가 집 안에 남아 있다는 가설을 진지하게 고려할 수밖에 없었죠. 두 복도가 똑같이 생긴 것을 보자, 그녀가 아차 하면 착각을 할 수 있겠더군요. 그랬다면 그녀는 교수의 방으로 들어간 게 분명합니다. 그래서 나는 신경을 곤두세우고 그런 가설을 뒷받침할 만한 게 뭐가 있는지 살펴보았죠. 그 방에 숨을 만한 곳이 있나 샅샅이 살펴본 겁니다. 양탄자는 움직인 흔적 없이 단단히 고정되어 있었습니다. 그 밑에 비밀 공간이 있을 수는 없었어요. 책장 뒤 벽에 움푹 들어간 곳이 있을 수도 있었죠. 경위도 알다시피, 옛 서재에는 종종 그런 시설이 되어 있으니까요. 다른 곳은 바닥에 책이 쌓여 있었는데, 한쪽 책장 앞에만 그러지 않았어요. 그렇다면 그게 문일 수도 있었죠. 뚜렷이 눈에 띄는 흔적은 없었지만, 양탄자 색깔이 칙칙해서 검사를 해보기는 아주 제격이었습니다. 그래서 그 훌륭한 궐련을 딥다 피워대면서, 의심스러운 책장 앞에 재를 잔뜩 떨어뜨렸죠. 그건 아주 간단하지만 효과 만점이었어요.

그 후 그 방에서 나와, 왓슨 자네가 보는 앞에서 몇 가지를 확인했지. 자네는 내가 웬 잡담을 하나 했겠지만, 코람 교수의 식사량이 크게 늘었다는 것을 알아냈어. 그건 교수가 제3의 인물에게 식사를 제공할 때나 있음직한 일이지. 그 후 우리가 다시 그 방으로 올라갔을 때, 나는 담배상자를 엎질러놓고 바닥을 아주 잘 살펴볼 수 있었어. 아주 분명히 알 수 있겠더군. 담뱃재에 남은 자국을 말이야. 우리가 없는 사이에 범인이 은신처에서 나온 자국이었지. 아, 홉킨스, 채링 크로스 역에 도착했군요. 사건을 성공적으로 해결한 것을 축하합니다. 당신은 물론 경찰국에 들르겠군요. 왓슨, 우리는 마차를 타고 러시아 대사관으로 가자."

실종된 스리쿼터백

베이커 스트리트에서 우리는 이상야릇한 전보를 받기 일쑤였지만, 한 7-8년 전 음울한 2월의 어느 날 아침에 도착한 전보가 유독 기억에 남는다. 전보를 보고 셜록 홈즈 씨는 한 15분 동안 고개를 갸웃했다. 그의 앞으로 온 전보의 내용은 이러했다.

> 곧 가겠음. 끔찍한 불행. 라이트윙(럭비에서 센터의 오른쪽에 서는 공격수—옮긴이) 스리쿼터백 실종. 내일 꼭 필요함.
>
> — 오버턴

"스트랜드가 우체국 소인에 10시 36분 발송이라." 홈즈가 몇 번씩 읽어보며 말했다. "오버턴 씨는 이것을 보낼 때 꽤 흥분한 게 분명해. 내용이 조리가 없거든. 음, 아무튼 《타임스》지를 다 보고 나면 그때쯤 여기 오겠군. 그때 다 알게 되겠지. 요즘같이 따분할 때는 아무리 하찮은 사건이라도 좋아."

정말 하루하루가 너무나 지루했다. 나는 그렇게 무료한 나날을 보내는 것이 두려웠다. 내 친구의 두뇌가 워낙 비정상적으로 활동적이어서, 할 일 없이 지낸다는 것은 위험하기 짝이 없는 일이라는 것을 경험으로 잘 알고 있었기 때문이다. 몇 년 동안 나는 그가 서서히 마약을 끊도록 했다. 주목할 만한 그의 탐정 일에 걸림돌이 될 것만 같았던 마약 말이다. 이제 보통 때는 더 이상 그런 인위적인 자극을 열망하지 않았다. 그러나 그 악마는 죽지 않고 잠들어 있다는 것을 나는 잘 알고 있었다. 그 잠은 깊지 않았다. 할 일이 없는 시기에 홈즈가 금욕적인 얼굴을 찡그리고, 헤아릴 수 없는 깊숙한 두 눈에 수심이 어린 것을 볼 때면 그 잠은 거의 깨어난 상태였다. 그래서 나는 오버턴 씨가 누가 되었든 여간 반갑지 않았다. 내 친구에게는 인생의 세찬 폭풍설보다 더 위험한 고요함을 깨뜨릴 수수께끼 같은 메시지를 가지고 왔기 때문이다.

기대한 대로 전보에 이어 발신자가 곧 나타났다. 케임브리지 트리니티 대학의 시릴 오버턴 씨라는 명함에 이어 등장한 거구의 젊은이는 102킬로그램에 달하는 탄탄한 뼈대와 근육질에, 어깨가 떡 벌어져서 문틀에 꽉 찰 정도였다. 고민으로 초췌해진 잘생긴 얼굴로 그는 우리를 차례로 바라보았다.

"셜록 홈즈 씨?"

내 친구가 고개를 숙여 보였다.

"런던 경찰국에 다녀왔습니다, 홈즈 씨. 스탠리 홉킨스 경위를 만나봤죠. 그가 홈즈 씨에게 가보라고 조언을 해주었습니다. 그가 보기에 이 사건은 정규 경찰보다는 홈즈 씨에게 더 걸맞은 사건이라더군요."

"앉으셔서 무엇이 문제인지 말씀해주세요."

"큰일입니다, 홈즈 씨, 큰일났어요! 머리가 하얗게 셀 지경이에요. 고드프리 스톤턴이라고 들어보셨죠? 그는 우리 팀의 핵이랍니다. 팀 전체가 그를 축으로 해서 돌아가죠. 스리쿼터 라인에서 그를 빼느니 차라리 다른 두 선수를 빼고 경기를 할 정도입니다. 패스든 태클이든 드리블이든 그를 따라올 선수가 없어요. 게다가 머리도 좋아서 팀 전체를 똘똘 뭉치게 한답니다. 이제 저는 어쩌면 좋죠? 묻고 싶은 게 그겁니다, 홈즈 씨. 예비선수인 무어하우스가 있지만, 그는 하프백 훈련을 받아서인지, 늘 스크럼에 바짝 붙으려고만 하고 터치라인 돌파에는 무신경해요. 플래이스킥(공을 세워놓고 차는 것—옮긴이)을 잘하는 것은 맞는데, 판단력과 전력 질주 능력이 영 떨어져요. 에휴, 그러니 옥스퍼드의 윙인 모턴과 존슨에게 당할 수가 없죠. 스티븐슨은 발이 빠르지만 22미터 라인에서 드롭킥을 못해요. 드롭킥도 펀트(공을 떨어뜨려서 땅에 닿기 전에 차는 것—옮긴이)도 못하는 스리쿼터백은 아무짝에도 쓸모가 없죠. 그래요, 홈즈 씨, 고드프리 스톤턴을 찾아주시지 않으면 우리는 끝장입니다."

내 친구가 자못 놀라면서도 흥겨워하며 이 긴 이야기에 귀를 기울이는 동안, 방문객은 퍽이나 열정적으로 이야기를 쏟아내며 중요한 대목마다 거무튀튀한 손으로 무릎을 쳤다. 이윽고 우리의 방문객이 입을 다물자 홈즈는 손을 뻗어 S항목의 색인집을 꺼내들었다. 그는 한차례 다채로운 정보의 광산을 파헤쳤지만 헛일이었다.

"아서 H. 스톤턴이라는 신진 위조범이 있군요." 그가 말했다. "헨리 스톤턴이라는 자도 있었는데, 교수대로 보내는 데 내가 한몫했죠.

그런데 고드프리 스톤턴은 내가 모르는 사람이군요."

이번에는 우리 방문객이 놀랄 차례였다.

"아니, 나는 홈즈 씨가 다 아시는 줄만 알았습니다." 그가 말했다. "고드프리 스톤턴이라는 이름을 들어보지 못했다면, 시릴 오버턴도 모르시겠군요?"

홈즈가 넉살좋게 고개를 내둘렀다.

"이런 세상에!" 운동선수가 외쳤다. "나는 잉글랜드 대 웨일스 전의 예비선수였고, 금년 우리 대학의 주장을 맡고 있습니다. 하지만 그거야 몰라도 좋아요! 하지만 잉글랜드에 설마 고드프리 스톤턴을 모르는 사람이 있을 줄은 몰랐습니다. 케임브리지, 블랙히스, 5개 인터내셔널 경기 최고의 스리쿼터백을 모르다니요! 세상에! 홈즈 씨는 대체 어디서 살다 오셨습니까?"

홈즈는 거구의 청년이 놀라는 것을 보고 그저 껄껄 웃었다.

"오버턴 씨가 나와는 딴 세상에 살고 있는 겁니다. 더 달콤하고 더 건전한 세상에 살고 있는 거죠. 나는 다채로운 세상에 발을 뻗고 있는데, 아마추어 스포츠로는 미처 발을 뻗지 못했군요. 잉글랜드에서 가장 훌륭하고 가장 건전한 분야인데 말입니다. 하지만 오늘 아침 이렇게 뜻밖의 방문을 받고 보니, 신선한 공기와 페어플레이의 세계에서도 내가 할 일이 있는 듯하군요. 그럼 자, 오버턴 씨, 부디 편안히 앉아서 차근차근 얘기를 들려주세요. 정확히 무슨 일이 일어났는지, 그리고 내가 어떻게 도와주기를 바라는지 말입니다."

젊은 오버턴의 얼굴에는 위트보다 근육을 사용하는 데 익숙한 남자다운 난처한 표정이 떠올랐다. 그러나 차츰 우리 앞에 별난 이야기를 펼쳐놓았는데, 중언부언하거나 알아들을 수가 없어서 내가 옮겨 적지 않은 것도 있다.

❧

"그게 이렇게 된 일입니다, 홈즈 씨. 앞서 말했다시피, 나는 케임브리지 대학 럭비팀 주장이고, 고드프리 스톤턴은 최고의 선수죠. 내일 우리는 옥스퍼드 대학팀과 경기를 합니다. 어제 우리 모두 런던에 올라와서, 벤틀리 프라이빗 호텔(프라이빗 호텔은 예약 손님만 받는 소규모 숙박업소로 대개 민박 형태의 고급 하숙이다—옮긴이)에 짐을 풀었습니다. 10시에 애들을 둘러보면서, 다들 잠자리에 든 것을 확인했죠. 팀이 최상의 컨디션을 유지하려면 열심히 훈련하고 충분히 잠을 자야 한다는 게 내 생각이거든요. 고드프리와는 잠자리에 들기 전에 한두 마디 얘기를 나누었죠. 그는 좀 창백하고 심드렁해 보였습니다. 무슨 문제가 있느냐고 물었더니 괜찮다고, 그냥 두통 기미가 좀 있다고 하더군요. 나는 잘 자라고 말해주고 떠났죠. 30분 후 얼굴이 험상궂고 수염을 기른 어떤 남자가 고드프리에게 보내는 쪽지를 가져왔다고 수위가 말하더군요. 고드프리는 잠자리에 들지 않아서 그의 방으로 수위가 쪽지를 갖다 주었다는데, 고드프리가 그걸 읽더니 도끼질이라도 당한 듯 의자에 털썩 쓰러졌다지 뭡니까. 수위는 화들짝 놀라서 나를 부르러 가려고 했는데 고드프리가 말렸습니다. 그는 물을 한 잔 마시고 정신을 차렸다더군요. 그 후 아래층으로 내려가서, 홀에서 기다리고 있는 그 남자에게 무슨 말인가를 하고 둘이서 같이 나갔습니다. 수위는 그들이 거의 줄달음치듯 스트랜드가 쪽으로 거리를 달려가는 것을 마지막으로 보았다고 합니다. 오늘 아침 고드프리의 방은 비어 있었어요. 침대에서 잠을 잔 흔적도 없었죠. 낯선 그 남자와 함께 곧바로 떠난 겁니다. 그 후 아무런 기별이 없어요. 그는 돌아올 것 같지가 않습니다. 그는 머리끝부터 발끝까지 골수 운동선수예요. 고드프리는 그렇죠. 아주 뚜렷한 이유가 없는 한 훈련에 빠지거나 나를 속이는 일이 없어요. 그래요, 그는 영영 떠나버린 것만 같습니다. 다시는 그를 못 볼 것만 같아요."

⁂

셜록 홈즈는 이런 독특한 이야기에 골똘히 귀를 기울였다.

"그래서 어떻게 했나요?" 그가 물었다.

"케임브리지에 전보를 쳐서 거기서 무슨 소식을 들은 게 있는지 알아보았죠."

"그가 케임브리지에 돌아갈 수 있었나요?"

"예, 막차가 있어요. 11시 15분 기차죠."

"하지만 그가 그 기차를 타지는 않았다는 걸 확인했겠죠?"

"예, 목격자가 없어요."

"다음에는 어쨌나요?"

"마운트 제임스 경에게 전보를 쳤습니다."

"마운트 제임스 경에게는 왜요?"

"고드프리는 고아입니다. 마운트 제임스 경이 가장 가까운 친척이죠. 삼촌인 것으로 알고 있어요."

"아하. 그건 이 사건에 새로운 빛을 던져주는군요. 마운트 제임스 경은 잉글랜드에서 손꼽히는 부자죠."

"고드프리도 그렇다고 말하더군요."

"그런데 가까운 친척이라 이거죠?"

"예, 상속자랍니다. 그 노인네는 여든 살이 다 된 데다 통풍으로 노상 골골거리죠. 그의 손가락 관절로 당구 큐대에 초크칠을 할 수 있을 정도라지 뭡니까. 노인네가 얼마나 노랭이인지 고드프리한테 평생 땡전 한 푼 준 적이 없답니다. 하지만 모든 재산이 그 친구에게 돌아갈 겁니다."

"그런 말은 마운트 제임스 경한테 들었나요?"

"아니요."

"당신의 친구가 마운트 제임스 경에게 갈 만한 무슨 동기라도 있나요?"

"그러니까 전날 밤 그에게 뭔가 걱정이 있었어요. 그게 돈과 관계된 일이라면, 가장 가깝고 돈도 많은 친척한테 달려갔을 가능성이 있죠. 내가 듣기로는 무슨 돈을 받은 적이 없다고는 하지만 말입니다. 고드프리는 그 노인네를 좋아하지 않았어요. 다른 길이 있다면 찾아가지 않았겠죠."

"음, 그거야 곧 알 수 있을 겁니다. 당신의 친구가 친척인 마운트 제임스 경에게 가려고 했다면, 험상궂은 남자가 그렇게 늦은 시간에 찾아오고, 그것 때문에 털썩 쓰러지기까지 한 것은 어떻게 설명할 겁니까?"

시릴 오버턴은 두 손으로 머리를 틀어쥐었다. "저는 갈피를 못 잡겠어요." 그가 말했다.

"음, 오늘은 마침 여유가 있으니, 기꺼이 이 사건을 조사하겠습니다." 홈즈가 말했다. "그 젊은 신사는 없는 것으로 생각하고 경기 준비를 하라고 강력히 조언하는 바입니다. 그가 그런 식으로 박차고 떠난 데에는 반드시 그럴 만한 이유가 있었을 겁니다. 돌아오지 않는 것도 같은 이유겠지요. 같이 그 호텔에 가서, 수위가 뭔가 새로운 실마리를 던져줄지 알아봅시다."

셜록 홈즈는 하층민 증인들의 마음을 편안하게 해주는 재주가 뛰어난 사람이어서, 고드프리 스톤턴이 박차고 떠난 방에서 수위는 모든 것을 시시콜콜 털어놓았다. 전날 밤의 방문객은 신사가 아니었고, 노동자도 아니었다. 수위는 그를 그저 "심부름꾼으로 보이는 녀석"이라고 말했다. 쉰 살쯤 먹어서 수염이 희끗희끗했고, 창백한 얼굴에 옷차림은 수수했다. 그는 불안해하는 것 같았다. 수위는 그가 쪽지를 건네줄 때 손이 떨리는 것을 보았다. 고드프리 스톤턴은 쪽지를 주머니에 쑤셔 넣었다. 스톤턴은 홀에서 그 남자와 악수를 하지 않았다. 그들은 몇 마디 주고받았는데, 수위의 귀에 들려온 것은 "시간"이라는 말 한마디뿐이었다. 그 후 그들은 앞서 말한 대로 부리나케 떠났다. 그때 홀 시계는 10시 반을 가리키고 있었다.

"그러니까 그날 당신이 주간 근무를 한 거죠?" 홈즈가 스톤턴의 침대에 앉으며 말했다.

"예. 11시까지 근무했습니다."

"그럼 야간 수위는 아무것도 못 봤겠군요?"

"예. 밤늦게 극단 사람들 한 무리가 들어온 것 빼고는 아무도 오지 않았습니다."

"어제 종일 주간 근무를 하신 거죠?"

"예."

"스톤턴 씨가 무슨 전갈을 받지는 않았나요?"

"전보가 한 통 왔습니다."

"아! 그것 참 흥미롭군요. 그게 몇 시였나요?"

"6시쯤요."

"스톤턴 씨는 그것을 어디서 받았나요?"

"여기, 자기 방에서요."

"전보를 뜯어볼 때 지켜봤나요?"

"예. 답신을 보낼지 몰라서 기다렸죠."

"그래, 답신을 보냈나요?"

"예, 한 통 보냈습니다."

"당신이 전보를 쳤나요?"

"아니요, 그가 직접 했어요."

"하지만 당신이 보고 있는 동안 전문을 썼죠?"

"예. 나는 문간에 서 있었습니다. 그는 탁자 쪽으로 등을 돌리고 있었죠. 전문을 다 쓴 후 이렇게 말하더군요. '됐어요, 수위 아저씨, 이건 내가 직접 부칠게요.'"

"뭘 가지고 썼나요?"

"펜이요."

"이 탁자 위에 있던 전보용지를 썼겠죠?"

"예. 맨 위에 있는 것을 썼습니다."

홈즈가 일어섰다. 전보용지를 집어든 그는 창가로 가져가서 맨 위에 있는 용지를 꼼꼼히 살펴보았다.

"연필로 쓰지 않은 게 유감이로군." 그가 실망스럽다는 듯 어깨를 으쓱하고는 용지를 제자리에 던졌다. "왓슨, 자네도 자주 본 것처럼, 뒷장에 대개 자국이 남아서 그것 때문에 행복한 가정이 숱하게 깨졌지. 그런데 여기엔 아무런 자국이 없어. 하지만 다행히 촉이 굵은 깃펜으로 썼어. 잉크를 빨아들인 압지에 분명 자국이 남았을 거야. 아, 그래, 이게 바로 그거야!"

그가 압지 한 장을 뜯어내더니, 상형문자 같은 이런 글을 우리에게 보여주었다.

시릴 오버턴은 사뭇 흥분했다. "거울에 비춰 봐요!" 그가 외쳤다.

"그럴 필요 없습니다." 홈즈가 말했다. "종이가 얇으니까 뒤집어서 보면 됩니다. 자, 보세요." 그가 종이를 뒤집자 우리는 같이 읽어보았다.

"그러니까 이것은 고드프리 스톤턴이 실종되기 몇 시간 전에 부친 전보의 끝부분입니다. 그래도 이 끝부분만은 알게 되었군요. '부디 우리 곁에 있어 주십시오(stand by us for God's sake).' 이건 뭔가 안 좋은 일이 생겼는데, 다른 누군가가 자기를 도와줄 수 있다는 것을 그 청년이 알고 있었다는 뜻입니다. '우리'라는 말에 주목하세요! 또 다른 사람이 관련되어 있습니다. 아마도 불안해했다는 수염 기른 그 창백한 남자가 바로 그 사람이겠죠. 그렇다면 고드프리 스톤턴과 수염 기른 남자는 어떤 사이였을까? 안 좋은 일로부터 그들이 도움을 얻고자 한 제3의 인물은 어떤 사람일까? 우리의 조사 범위는 이렇게 좁혀졌습니다."

"누구에게 전보를 쳤는지만 알아내면 되겠군." 내가 말했다.

"맞았어, 왓슨. 그건 나도 이미 생각해봤지. 좋은 생각이긴 한데, 우체국에 가서 다른 사람이 친 전보 부본을 보자고 하면 우체국 직원이 냉큼 보여줄 리가 없을걸? 관료라는 게 워낙 고지식하잖아! 하지만 교묘히 솜씨를 좀 발휘하면 그 정도는 알아낼 수 있을 거야. 그건 그렇고, 오버턴 씨, 당신이 지켜보는 가운데 여기 탁자 위에 있는 문서들을 좀 훑어보고 싶군요."

탁자에는 여러 통의 편지와 청구서, 수첩이 놓여 있었다. 홈즈는 떨리는 손가락으로 재빨리 넘기며 꿰뚫어 보는 듯한 눈길로 살펴보았다. "여긴 없군." 마침내 그가 말했다. "그런데 당신의 친구는 건강에 무슨 문제가 없겠죠? 탈이 난 데가 있다거나."

"전혀 없습니다."

"아픈 적도 없나요?"

"한 번도 없습니다. 정강이가 까져서 쓰러진 적이 있고, 한번은 무릎이 삐기도 했지만, 그 정도야 대수로운 게 아니죠."

"어쩌면 생각만큼 튼튼하지 않은지도 모릅니다. 내가 보기에 뭔가 남모르는 문제가 있었을 겁니다. 허락해준다면, 이 문서 가운데 한두 개를 내가 보관하고 있겠습니다. 조사를 하는 데 도움이 될지 모르니까요."

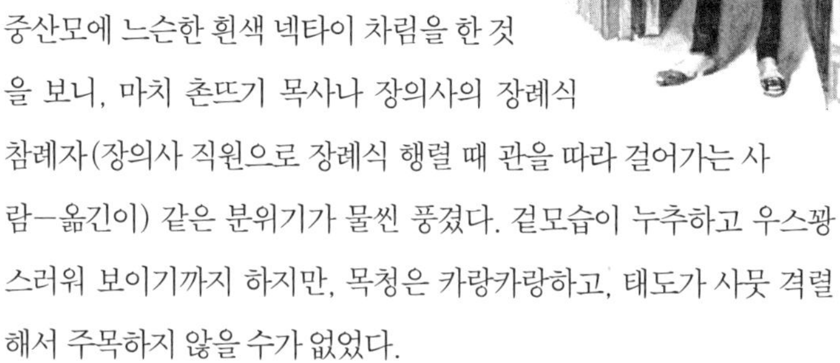

"잠깐, 잠깐 기다리시오!" 누군가 버럭 소리를 질렀다. 돌아보니 작은 체구의 이상한 노인이 문간에서 씩씩거리고 있었다. 빛바랜 검정색 옷을 입고, 챙이 넓고 높다란 중산모에 느슨한 흰색 넥타이 차림을 한 것을 보니, 마치 촌뜨기 목사나 장의사의 장례식 참례자(장의사 직원으로 장례식 행렬 때 관을 따라 걸어가는 사람—옮긴이) 같은 분위기가 물씬 풍겼다. 겉모습이 누추하고 우스꽝스러워 보이기까지 하지만, 목청은 카랑카랑하고, 태도가 사뭇 격렬해서 주목하지 않을 수가 없었다.

"당신들은 누구요? 무슨 권리로 그 신사의 문서를 만지는 것이오?" 노인이 물었다.

"저는 사립탐정입니다. 그의 실종 사건을 밝히려고 하는 중입니다."

"아, 당신이? 대체 누가 의뢰한 거요?"

"스톤턴 씨의 친구인 이 신사가 런던 경찰국의 소개로 나를 찾아왔습니다."

"댁은 뉘슈?"

"저는 시릴 오버턴입니다."

"이제 보니 나한테 전보를 보낸 사람이군. 나는 마운트 제임스 경이오. 베이스워터 승합마차를 타고 부랴부랴 찾아왔소. 그래, 자네가 탐정을 고용했다고?"

"그렇습니다."

"그럼 의뢰비는 있소?"

"내 친구 고드프리를 찾아내기만 하면 의뢰비는 그가 마련해줄 거라고 봅니다."

"하지만 찾아내지 못하면? 답해보시오, 엉?"

"그럴 경우에는 분명 그의 가족이……."

"당찮은 소리!" 작은 체구의 노인이 빽 소리를 질렀다. "나한테 땡전 한 푼 받을 생각일랑 하지 마시오. 땡전 한 푼! 그런 줄 아시오, 탐정 씨! 그 젊은 것한테 가족이라고는 나뿐인데, 나한테는 아무 책임도 없다 이 말이오. 그 녀석한테 돌아갈 유산이 있다면 그건 내가 결코 허투루 돈을 낭비하지 않은 덕분이오. 그러니 이제 와서 낭비를 할 생각은 없소. 그리고 그 문서를 마음대로 가져가려고 하는데, 내 말해두겠소. 그 가운데 뭔가 쓸모 있는 게 있다면, 그것으로 뭘 하려고 하는지 반드시 설명을 하고 가져가도록 하시오."

"그러겠습니다." 셜록 홈즈가 말했다. "그런데 노인장께서는 그 청년의 실종에 대해 짐작 가는 데가 없으신지 여쭙고 싶습니다."

"없소. 나는 몰라. 그 녀석은 스스로를 돌볼 수 있을 만큼 덩치도 크고 나이도 먹을 만큼 먹었어. 녀석이 자기를 잃어버릴 정도로 어리석다면 나로서도 그런 녀석을 찾아내야 할 책임일랑은 결코 떠맡지 않을 거요."

"무슨 생각이신지 잘 알겠습니다." 홈즈가 악동처럼 두 눈을 반짝이며 말했다. "그런데 제가 무슨 생각을 하는지는 모르시는 듯하군요. 고드프리 스톤턴은 돈에 쪼들렸던 것으로 보입니다. 그가 유괴를 당했다면 그건 그에게 무슨 재산이 있어서가 아닐 겁니다. 마운트 제임스 경이 부자라는 것은 널리 알려진 사실입니다. 그래서 도둑들이 조카를 붙잡아서, 경의 저택과 일상의 습관, 보물 따위에 대한 정보를 얻으려고 했을 가능성이 높습니다."

언짢은 기색의 키 작은 방문객 얼굴이 넥타이만큼 하얘졌다.

"맙소사, 그럴 리가! 그렇게 악랄한 짓은 상상도 해본 적이 없어! 세상에, 그런 비인간적인 악당이 다 있다니! 하지만 고드프리는 착한 녀석이오. 아주 올곧은 녀석이지. 그 무엇도 그 녀석을 꼬드겨서 늙은 삼촌을 배신하게 할 순 없을 거요. 오늘 저녁 금은 식기를 은행으로 옮겨야겠군. 그건 그렇고 탐정 씨, 수고를 아끼지 말아주시오. 그 녀석을 안전하게 되찾을 수 있도록 백방으로 노력해주시기 바랍니다. 에, 돈에 대해 말하자면, 5파운드쯤? 아니 10파운드(요즘 구매력으로 약 120만 원—옮긴이)까지는 기꺼이 내주리다."

꼬장꼬장한 마음이 좀 풀어진 뒤에도 수전노 귀족은 우리에게 도움이 될 정보는 아무것도 알려주지 않았다. 조카의 사생활에 대해 아는 게 거의 없었기 때문이다. 우리의 단서라고는 전보의 끝부분 말이 전부였다. 홈즈는 전문을 베낀 글을 손에 쥐고 두 번째 추리의 사슬을 찾아 출발했다. 우리는 마운트 제임스 경과 작별을 했고, 오버턴은 그들에게 닥친 불운을 극복하기 위해 다른 선수들과 상의를 하러 갔다.

숙소에서 얼마 떨어지지 않은 곳에 우체국이 있었다. 우리는 밖에서 잠시 걸음을 멈추었다.

"이건 시도해볼 가치가 있어, 왓슨." 홈즈가 말했다. "물론 영장을 가져와서 부본을 보여달라고 할 수도 있겠지만, 아직 그렇게까지 할 단계는 아냐. 이렇게 바쁜 곳에서는 손님 얼굴을 기억할 리가 없어. 그걸 이용해보자."

"번거롭게 해서 죄송합니다." 창살문 뒤의 젊은 여직원에게 홈즈가 그지없이 나긋하게 말했다. "어제 내가 전보를 치면서 깜빡 실수를 했는지 답신이 오지 않아요. 아마도 끝에 내 이름을 빠뜨린 것 같습니다. 그것을 좀 확인해볼 수 없을까요?"

젊은 여직원이 부본을 들추었다.

"몇 시였죠?" 그녀가 물었다.

"6시 남짓입니다."

"누구에게 부친 거죠?"

홈즈가 입술에 손가락을 대고 나를 슬쩍 바라보았다. "부디 우리 곁에 있어 달라는 내용의 전보입니다." 그가 비밀을 말하듯 소곤거렸다. "그런데 답신을 받지 못해서 여간 불안하지 않아요."

젊은 여직원이 용지 한 장을 뽑아냈다.

"이거군요. 이름을 쓰지 않았어요." 그녀는 그 부본을 카운터 위에 올려놓고 보여주었다.

"답신을 받지 못한 것이 정말 그것 때문이었군요." 홈즈가 말했다. "맙소사, 어쩌다 이런 멍청한 짓을 했담! 그럼 안녕히 계십시오. 내 걱정을 덜어주셔서 감사합니다." 다시 거리로 나섰을 때 홈즈는 나직이 웃으며 두 손을 비볐다.

"어때?" 내가 물었다.

"진전이 있었어, 왓슨, 진전이. 나는 그 전문을 훔쳐볼 일곱 가지 계략을 미리 짜두었어. 하지만 단숨에 성공할 줄은 몰랐지."

"그래 소득이 뭔데?"

"조사의 출발점을 잡았어." 그가 큰 소리로 마차를 불렀다. "킹스 크로스 역." 그가 말했다.

"그리 갈 거야?"

"그래. 케임브리지 대학에도 가봐야겠어. 내가 보기에 모든 신호가 그쪽을 가리키고 있어."

"말해봐." 마차가 그레이인 로드를 달려갈 때 내가 말했다. "실종 원인이 대체 뭐라고 생각해? 이제까지의 사건 가운데 이보다 더 동기가 모호한 사건은 없었던 것 같아. 정말 그의 부자 삼촌에 대한 정보를 얻기 위해 누가 납치를 했다고 생각하는 건 아니지?"

"왓슨, 솔직히 그랬을 리는 없다고 생각해. 하지만 그런 동기라면 영 불쾌한 그 노인네가 가장 뜨끔해할 거라고 생각했지."

"확실히 그랬어. 그럼 자네가 생각하는 다른 동기는 뭐야?"

"여러 가지를 꼽을 수 있지. 이 사건이 아주 중요한 경기를 코앞에 두고 벌어졌다는 것, 그리고 그 경기에서 승리를 거두려면 없어서는 안 되는 유일한 사람이 관련되었다는 것이 자못 흥미롭고 의미심장해. 물론 우연의 일치일 수도 있지만 아무튼 재밌잖아? 아마추어 스포츠는 공식적인 도박이 벌어지진 않지만, 일반인들 사이에 장외 도박이 사뭇 성행하고 있어. 그러니 악당들이 경마에서처럼 선수에게 부정행위를 할 여지가 늘 있지. 이게 첫 번째 가설이야. 아주 명백한 두 번째 가설은 이거야. 그 청년이 지금은 아무리 가난하다고 해도 실은 머잖아 거액을 물려받게 되어 있어. 그러니 몸값을 노리고 유괴를 했을 가능성도 없지는 않지."

"그런 가설로는 전보를 친 이유를 설명할 수 없잖아."

"그래, 왓슨. 우리가 조사해야 할 것 가운데 확실한 것은 아직 전보밖에 없어. 그것을 도외시해서는 결코 안 되지. 우리가 지금 케임브리지 대학으로 가는 것도 바로 이 전보를 친 목적을 알아보려는 거야. 그걸 조사해서 어떤 결과를 얻게 될지는 아직 몰라. 하지만 장담컨대 저녁 전까지는 사건을 깨끗이 해결하거나, 적어도 해결 직전에 이를 수는 있을 거야."

우리가 오래된 대학촌에 이른 것은 어느덧 날이 저문 뒤였다. 역에서 마차에 올라탄 홈즈는 레슬리 암스트롱 의사의 저택으로 말을 몰도록 마부에게 일렀다. 몇 분 후 우리는 가장 붐비는 도로변에 자리 잡은 커다란 저택 앞에 멈추었다. 우리는 안내를 받고 들어가서 한참 기다린 후 마침내 진찰실로 들어갔다. 의사는 책상에 앉아 있었다.

내가 레슬리 암스트롱이라는 의사 이름을 몰랐다는 것은 그만큼 내가 의학계에서 멀어졌다는 뜻이다. 알고 보니 그는 케임브리지 의과대학의 학장이었을 뿐만 아니라, 다른 과학 분야에서도 유럽에 두루 이름이 알려진 사상가였다. 하지만 그의 화려한 이력을 모른다 해도, 각이 진 듬직한 얼굴과 숱이 많은 눈썹 아래 생각에 잠긴 눈, 화강암으로 빚은 듯한 강인한 턱만 보아도 강렬한 인상을 받지 않을 수 없었다. 그는 아주 개성적이고, 예민한 정신력에, 냉혹하고 금욕적이고 과묵하고 무서운 사람이라는 인상을 풍겼다. 내 친구의 명함을 손에 든 그는 음울한 얼굴에 마뜩찮다는 표정을 짓고 우리를 쳐다보았다.

"댁의 이름은 들어본 적이 있소이다, 셜록 홈즈 씨. 그래서 댁의 직업을 알고 있는데, 그건 내가 과히 좋게 보지 않는 직종이오."

"박사님, 그 점에 있어서는 이 나라의 모든 범죄자가 그렇게 생각한다는 것을 알아주십시오." 내 친구가 조용히 말했다.

"댁이 범죄를 막기 위한 쪽으로 노력을 한다면야 이 사회의 구성원치고 누가 지지를 하지 않겠소. 그런 취지로는 경찰 기구만으로도 충분하다는 것을 의심치 않지만 말이오. 하지만 개인의 비밀을 염탐이나 하고, 덮어두는 게 나은 가족 문제를 파헤치고, 거기에 덧붙여 댁보다 바쁜 사람의 아까운 시간을 낭비한다면, 댁의 천직은 사회의 지탄을 면할 수 없을 것이오. 예를 들어 지금도 나는 댁과 대화를 나누고 있는 이 시간에 논문을 쓰고 있어야 한단 말이오."

"옳으신 말씀입니다, 박사님. 하지만 이 대화는 논문보다 더 중요할지도 모릅니다. 우연찮게도 우리는 지금 박사님 말씀처럼 비난받아 마땅한 일과는 반대되는 일을 하고 있다고 말씀드릴 수 있습니다. 일단 사건이 경찰 손에 넘어가면 필연적으로 개인의 문제가 노출될 수밖에 없는데, 우리는 그걸 막기 위해 노력하고 있습니다. 이 나라의 정규 경찰력보다 앞서서 나아가는, 그저 비정규 선봉쯤으로 봐주셔도 좋겠습니다. 여기 온 것은 고드프리 스톤턴 씨에 대해 물어보기 위해서입니다."

"그에 대해서 무엇을?"

"물론 그를 아시겠죠?"

"친하게 지내는 사이올시다."

"그가 실종되었다는 것을 아시나요?"

"아니, 그럴 리가!" 의사의 근엄한 이목구비에는 표정의 변화가 없었다.

"간밤에 숙소를 떠났는데, 그 후 소식이 없습니다."

"당연히 돌아오겠지."

"내일 대학 풋볼 경기가 열립니다."

"그런 유치한 경기에는 관심 없소. 그 청년이 어떻게 되었는지 궁금한 것은 내가 그를 잘 알고, 또 좋아하기 때문이오. 풋볼 경기 같은 것은 내 안중에도 없소이다."

"그렇다면 스톤턴 씨가 어떻게 되었는가에 대한 내 조사에 관심을 기울여주시기를 바랍니다. 그가 어디 있는지 아십니까?"

"모르오."

"어제 이후에 그를 본 적이 있으십니까?"

"보지 못했소."

"스톤턴 씨는 건강했습니까?"

"아무렴."

"그가 아픈 것을 보신 적이 있나요?"

"없소."

홈즈는 의사의 눈앞에 종이 한 장을 들이댔다. "그렇다면 이 13기니(요즘 구매력으로 약 150만 원 남짓 된다—옮긴이)짜리 영수증에 대해 설명해주시겠습니까? 이건 고드프리 씨가 지난 달 케임브리지의 레슬리 암스트롱 박사에게 지불한 금액입니다. 그의 책상 위에 놓여 있었죠."

의사가 얼굴을 붉히며 화를 냈다.

"그건 댁한테 설명해야 할 이유가 없소이다, 홈즈 씨."

홈즈는 영수증을 수첩에 다시 끼워 넣었다. "공개적으로 해명을 하는 게 더 좋으시다면 조만간 기회가 올 겁니다." 그가 말했다. "경찰이 나설 경우 공개하지 않을 수 없는 것을 나는 비밀에 부칠 수 있다고 이미 말씀드렸습니다. 사실 나한테 비밀을 털어놓으시는 것이 더 현명한 일일 것입니다."

"나는 아는 게 없소."

"런던에서 스톤턴 씨가 무슨 연락을 하지 않았나요?"

"하지 않았소."

"이런, 이런! 다시 우체국에 가봐야겠군!" 홈즈가 처량하게 한숨을 내쉬었다. "런던에서 고드프리 스톤턴이 어제 저녁 6시 15분에 박사님한테 급전을 쳤습니다. 명백히 그의 실종과 관련된 전보였죠. 한데 박사님은 그걸 못 받으셨군요. 이건 정말 괘씸한 노릇입니다. 이곳 우체국으로 가서 단단히 항의를 해야겠습니다."

레슬리 암스트롱 박사가 자리에서 벌떡 일어서더니, 어두운 얼굴이 분노로 시뻘겋게 변했다.

"내 집에서 나갈 테면 어서 나가시오." 그가 말했다. "댁을 고용한 마운트 제임스 경에게 말하겠소. 그는 물론이고 그의 대리인과도 상종하지 않겠다고 말이오. 그렇소, 더 이상 말도 하기 싫소이다!" 그가 사납게 초인종을 울렸다. "존, 이 신사들을 내보내게." 거만한 집사가 우리를 문밖으로 호되게 내쳐서, 우리는 거리로 쫓겨났다. 홈즈가 갑자기 너털웃음을 터트렸다.

"레슬리 암스트롱 박사는 정말 원기 왕성하고 아주 독특한 사람이로군." 그가 말했다. "재능을 계속 이렇게 사용한다면, 그 유명한 모리아티가 남긴 빈틈을 이 사람만큼 잘 메울 수 있는 사람이 없겠어. 자, 그럼, 왓슨, 우리는 이 야박한 대학촌에서 친구도 없이 궁지에 몰리고 말았는데, 그렇다고 지금 떠나면 사건을 포기해야 할 판이야. 암스트롱 저택 맞은편에 있는 저 작은 객점에 들 수밖에 없겠어. 자네가 앞쪽 방을 잡아놓고, 하룻밤 묵는 데 필요한 물건을 좀 사줘. 나는 그사이에 몇 가지 조사를 할게."

하지만 몇 가지 조사를 하는 데에는 홈즈가 생각한 것보다 훨씬 더 긴 시간이 걸렸다. 그는 9시가 거의 다 되어서야 객점으로 돌아왔다. 창백한 안색에 풀이 죽은 채 먼지를 뒤집어쓰고, 허기와 피로로 기진맥진한 상태였다. 식탁의 저녁밥은 차갑게 식어 있었다. 허기를 채우고 파이프에 불을 댕긴 그는 비로소 반쯤 실소를 흘리며 온전히 사색적인 관점에서 지난 일을 돌아보았다. 일이 틀어질 때면 자연스레 취하던 태도였다. 마차 바퀴소리가 들리자 그는 자리에서 일어나 창밖을 내다보았다. 브루엄 마차와 잿빛 말 두 필이 의사의 집 앞 밝은 가스등 아래 서 있었다.

"세 시간 동안 외출을 했군." 홈즈가 말했다. "6시 반에 나가서 이제 돌아왔으니 말이야. 그렇다면 반경 16 내지 19킬로미터를 돈 거지. 의사는 하루에 한 번, 때로는 두 번 저렇게 외출을 해."

"의사로서 그 정도 왕진은 보통이지."

"하지만 암스트롱은 일반 개업의사가 아니야. 교수 겸 자문의사지. 일반 진료를 하는 것은 달가워하지 않아. 집필을 할 수 없으니까. 그런데 왜 저렇게 긴 나들이를 하는 것일까? 그에게는 분명 아주 지루한 나들이일 텐데, 대체 누구를 찾아가는 것일까?"

"그의 마부라면……."

"이봐 왓슨, 내가 처음 접근한 게 바로 마부 아니면 누구였겠어? 그런데 타고난 악당인지, 주인이 시켰는지 모르겠지만, 악랄하게도 나한테 개를 풀어놓지 뭐야. 물론 개든 사람이든 내 지팡이를 좋아하지 않지. 하지만 일은 헛수고로 돌아가고 말았어. 그 후 긴장만 고조되는 바람에 더 이상의 조사는 불가능해지고 만 거야. 내가 알아낸 것은 모두 이 객점 안뜰에 있던 친절한 주민이 말해준 거야. 의사의 습관과 날마다 나들이하는 것에 대해 말해준 것도 그 사람이지. 바로 그때, 아니나 다를까 마차가 나타났지."

"그래서 뒤따라간 거야?"

"훌륭해, 왓슨! 오늘 저녁에는 재치가 번뜩이는군. 나도 그 생각을 했지. 자네가 봤는지 모르겠는데, 이 객점 옆에는 자전거 가게가 있어. 나는 그 곳으로 달려가서 자전거를 빌렸지. 마차가 시야에서 사라지기 전에 뒤따라갈 수 있었어. 재빨리 따라잡은 다음, 안전하게 90미터쯤 거리를 두고 불빛을 보고 뒤따라간 거야. 이윽고 우리는 마을을 벗어났어. 그런데 그가 시골길로 접어들었을 때 분통 터지는 일이 생기고 말았어. 마차가 멈추고 의사가 내리더니, 재빨리 걸어오는 거야. 내가 멈추어 있는 곳으로 말이지. 그러고는 빈정대듯이 말하더군. 길이 좁은 것 같은데, 자전거가 갈 길을 혹시 자기 마차가 가로막은 것은 아니냐고 말이야. 알미운 말솜씨는 정말 탄복하지 않을 수 없더군. 나는 하는 수 없이 마차를 지나갔지. 그리고 큰길을 따라 몇 킬로미터 달린 다음, 마차가 지나가는지 알아보기 좋은 곳에 멈추었어. 그런데 마차는 코빼기도 안 보이는 거야. 가다가 본 여러 샛길 가운데 한 곳으로 빠진 게 분명했어. 자전거를 돌렸지만, 여전히 마차는 보이지 않더군. 그리고 아까 자네가 본 것처럼 마차가 뒤늦게 돌아왔지. 물론 이 마차 나들이가 고드프리 스톤턴의 실종과 관련이 있다고 말할 만한 특별한 근거는 없어. 그저 현재로서는 암스트롱 박사와 관련된 모든 것이 우리에겐 관심의 대상이라는 막연한 이유에서 이 나들이를 조사해보고 싶었을 뿐이야. 하지만 이 나들이를 뒤쫓는 듯한 사람을 몹시 경계한다는 것을 알고 보니, 이 일이 더욱 의미심장해 보여. 이걸 기어이 밝혀내고 말 거야."

"내일 우리가 뒤따라가 보면 되잖아."

"그게 될까? 그건 자네가 생각하는 것만큼 쉬운 게 아냐. 자네는 케임브리지셔의 지리를 잘 모르잖아. 이곳에는 뭘 숨기기가 쉽지 않아. 오늘 밤 내가 둘러본 지역은 자네 손바닥처럼 평평하고 사방이 트여 있어. 그리고 우리가 뒤쫓으려는 사람도 오늘 확실히 보여준 것처럼 결코 바보가 아니야. 나는 오버턴한테 전보를 쳐서 런던에서 무슨 일이 있으면 바로 이 주소로 알려달라고 했어. 그러니 우리는 암스트롱 박사만 잘 지켜보고 있으면 돼. 우체국의 친절한 젊은 숙녀가 보여준 스톤턴의 전보 부본에 적힌 수신인이 바로 암스트롱 박사였어. 그는 스톤턴이 어디 있는지 알고 있을 거야. 그건 분명해. 그가 알고 있는데, 그걸 우리가 알아내지 못하면 그건 우리 잘못이지. 지금은 그가 결정적인 패를 쥐고 있지만, 왓슨 자네도 알다시피, 내가 이런 판국이라고 해서 게임을 그만둘 사람은 아니지."

하지만 이튿날도 우리는 수수께끼의 해답에 더 가까이 다가가지 못했다. 아침 식사 후 편지가 한 통 왔는데, 홈즈는 씩 웃으며 그것을 내게 건네주었다.

귀하

장담컨대 내 뒤를 졸졸 따라다니는 것은 시간 낭비올시다. 엊저녁에 알아차렸겠지만, 내 브루엄 마차에는 뒷창문이 있소. 30킬로미터를 달려서 출발 지점으로 돌아오고 싶다면야 물론 나를 따라다녀도 좋겠지. 그건 그렇고, 나를 염탐하는 짓은 고드프리 스톤턴 씨에게 아무런 도움도 되지 않는다는 것을 알아두시오. 댁이 그 신사를 위해 해줄 수 있는 최선의 행동은 즉시 런던으로 돌아가서 그를 찾을 수 없다고 고용주에게 보고하는 것이오. 보나마나 케임브리지에서는 시간만 낭비할 테니까.

— 레슬리 암스트롱

"솔직하고 정직한 의사 양반이로군." 홈즈가 말했다. "음, 아무튼 그는 내가 호기심을 보이는 것에 흥분했어. 정말이지 떠나기 전에 기어이 알아내고 말 거야."

"그의 마차가 지금 문간에 있어." 내가 말했다. "그가 마차에 타고 있군. 그러면서 우리 방 창문을 쳐다보았어. 내가 자전거를 타고 운을 시험해볼까?"

"아니야, 됐어, 왓슨! 자네가 타고난 재능이 아무리 훌륭하더라도 저 영악한 의사와 필적할 수는 없을 거야. 내가 따로 답사를 해보면 너끈히 알아낼 수 있을 거라고 봐. 자네를 또 혼자 두고 떠나야겠어. 나른한 시골길에 수상쩍은 이방인이 둘이나 나타나면 원치 않는 소문이 날 테니까. 유서 깊은 이 도시에는 분명 자네가 볼 만한 구경거리가 있을 거야. 저녁이 되기 전에 돌아와서 좀 더 멋진 보고를 해줄게."

하지만 또다시 내 친구는 쓰라린 실패를 맛보았다. 그는 아무 성과 없이 다만 지쳐서 밤중에 돌아왔다.

"하루를 공쳤어, 왓슨. 그 의사가 간 방향을 어렴풋이 아니까 케임브리지에서 그쪽 방향의 마을을 죄다 돌아보고, 선술집 주인과 신문판매인들을 만나 정보를 얻으며 하루를 보냈어. 한참 돌아다녔지. 체스터턴, 히스턴, 워터비치, 오킹턴까지 답사했는데 도무지 소득이 없었어. 이렇게 한적한 마을에서 브루엄 쌍두마차가 날마다 나타나면 눈에 띄지 않을 수가 없는데 말이야. 그 의사한테 또 한 방 먹은 셈이지. 나한테 전보 왔지?"

"그래, 내가 뜯어 봤어. 자, 이거야. '트리니티 칼리지의 제레미 딕슨에게 폼피를 달라고 하세요.' 나는 무슨 말인지 모르겠어."

"아, 알겠어. 그건 오버턴이 보낸 거야. 내가 보낸 질문에 대한 답이지. 제레미 딕슨 씨에게 바로 연락을 해야겠군. 다음에는 틀림없이 운이 따를 거야. 그런데 경기 소식 들었어?"

"응. 이 지역 석간 최종판에 잘 실려 있더군. 옥스퍼드가 2트라이 1득점 차로 이겼어. 마지막 대목을 읽어줄게.

> 케임브리지 팀의 패배는 전적으로 국가 대표선수 고드프리 스톤턴이 결장한 탓이다. 경기를 하는 매순간 그의 빈자리가 커 보였다. 스리쿼터 라인의 손발이 맞지 않고 공격과 수비가 모두 허술해서 팀 전체의 분발이 빛을 보지 못했다."

"그렇다면 오버턴의 육감이 맞았군." 홈즈가 말했다. "개인적으로 나는 암스트롱 박사와 같은 생각이야. 풋볼에는 나도 관심이 없어. 왓슨, 일찍 자는 게 좋겠어. 내일은 눈코 뜰 새 없을 것 같으니까 말이야."

⁂

이튿날 아침 나는 홈즈를 보자마자 화들짝 놀랐다. 그가 작은 피하주사기를 들고 벽난로 가에 앉아 있었던 것이다. 그런 도구를 보면 나는 그의 유일한 약점이 연상된다. 그래서 그의 손에서 반짝이는 도구를 보며 나는 최악의 경우를 떠올렸다. 홈즈는 내가 당혹스러워하는 것을 보고 껄껄 웃더니 주사기를 탁자에 내려놓았다.

"아니야, 그게 아냐. 놀랄 것 없어. 이번에는 이게 악의 도구가 아니라, 우리 수수께끼를 풀어줄 열쇠가 될 거야. 나는 이 주사기에 모든 희망을 걸었어. 방금 살짝 정찰을 하고 왔는데, 모든 여건이 안성맞춤이야. 아침을 든든히 먹어둬, 왓슨. 오늘 암스트롱 박사의 꼬리를 밟을 작정이니까. 일단 출발하면 그를 굴속으로 몰아넣을 때까지 쉬지도 먹지도 않을 거야."

"그렇다면 아침 식사를 가져가는 게 좋겠어." 내가 말했다. "그가 일찍 떠날 모양이니까 말이야. 그의 마차가 입구에 서 있어."

"걱정하지 마. 먼저 가라고 해. 자네가 식사를 마치면 같이 아래층으로 내려가서, 우리 앞에 놓인 과제를 해결해줄 아주 유명한 전문가 탐정을 소개해줄게."

우리가 1층으로 내려간 후 나는 홈즈를 따라 마구간으로 갔다. 문을 연 홈즈는 땅딸막하고 귀가 축 늘어진 개를 한 마리 꺼냈다. 황갈색

점이 있는 이 흰 개는 비글과 폭스하운드 교잡종인 것 같았다.

"폼피를 소개하지." 그가 말했다. "폼피는 이 지역 드래그하운드(미리 정해둔 코스를 따라 '드래그'라는 것으로 흘려놓은 냄새를 추적하게 하는 훈련을 받은 사냥개—옮긴이) 가운데 최고야. 체구를 보면 알겠지만 발이 빠르지는 않아도 냄새는 기가 막히게 잘 맡지. 자, 폼피, 네가 빠르지 않다고는 하지만, 중년의 런던 신사 두 명에 비하면야 발이 썩 빠른 편일 거야. 그러니 미안하지만 네 목걸이에 이 가죽 끈을 매야겠어. 자, 얘야, 가자. 네 능력을 보여주렴."

홈즈는 개를 데리고 의사의 저택 입구로 갔다. 개는 잠시 코를 킁킁거리며 맴돌더니, 흥분해서 한바탕 짖어대다 거리로 내달렸다. 개가 더 빨리 가려고 하는 바람에 목줄이 팽팽해졌다. 30분 후 시내를 벗어난 우리는 서둘러 시골길로 접어들었다.

"어떻게 한 거야, 홈즈?" 내가 물었다.

"진부하고 고전적이지만, 이 경우에는 쓸모가 있는 방법을 썼지. 오늘 아침 그 의사의 안뜰로 가서 마차 뒷바퀴에 주사기로 아니스 향료를 잔뜩 발라두었어. 드래그하운드라면 여기서 존오그로츠까지라도 추적할 거야. 암스트롱이 캠 강 밑으로 지나가지 않는 한 폼피의 추적을 따돌릴 순 없을 거야. 아, 교활한 악당 같으니! 지난밤에 이쪽으로 가서 나를 따돌렸군."

개가 갑자기 큰길에서 벗어나 풀이 자란 오솔길로 들어섰다. 800미터쯤 가자 다시 널따란 길이 나왔다. 바퀴자국은 오른쪽으로 홱 꺾이며 우리가 방금 떠난 시내 쪽으로 향했다. 길은 마을 남쪽으로 우회해서,

반대쪽에서 우리가 출발한 곳으로 이어졌다.

"정말 우리를 골탕 먹이기 딱 좋은 우회로야." 홈즈가 말했다. "이러니 마을 사람들에게 그렇게 물어봐도 헛일이었지. 그 의사는 분명 전력을 다해 속임수를 썼어. 그렇게 공들여 사기 행각을 벌이는 이유가 과연 뭘까? 우리 오른쪽에 있는 것은 트럼핑턴 마을일 거야. 아니, 맙소사! 브루엄 마차가 모퉁이를 돌아오고 있어. 빨리, 왓슨, 빨리 숨어, 들키겠어!"

그는 꾸물거리는 폼피를 끌고 문을 지나 밭으로 뛰어 들어갔다. 우리가 생울타리 뒤에 숨자마자 마차가 덜컹거리며 지나갔다. 마차 안의 암스트롱 박사가 얼핏 보였다. 무슨 고민에 빠진 것처럼 어깨를 구부정하게 숙이고 머리를 두 손에 파묻고 있었다. 내 동행의 얼굴이 한층 심각해진 것을 보니 그 역시 암스트롱의 모습을 본 게 분명했다.

"우리 원정의 결말이 밝지 않을 것 같군." 그가 말했다. "그건 곧 알게 되겠지. 가자, 폼피! 아, 저기 들판에 오두막집이 있군!"

우리의 원정은 막바지에 이른 게 분명했다. 폼피가 문밖에서 이리저리 뛰면서 열렬히 코를 킁킁거렸다. 문간에는 브루엄 마차 바퀴자국이 아직 남아 있었고, 호젓한 오두막 쪽으로 길이 이어져 있었다. 홈즈가 개를 생울타리에 묶어놓은 후, 우리는 재빨리 집으로 다가갔다. 내 친구가 다소 엉성한 문을 똑똑 두드리고 또 두드렸지만 안에서는 반응이 없었다. 하지만 집 안에 사람이 없는 것은 아니었다. 나지막한 소리가 들려왔던 것이다. 절망에 빠져서 나지막이 탄식하는 그 소리는 이루 말할 수 없이 우울하게 들렸다. 홈즈는 잠시 결단을 내리지 못하고 우물쭈물하다가 방금 지나온 길을 힐끔 돌아보았다. 브루엄 마차가 다가오고 있었다. 회색 말 두 필이 끄는 박사의 마차인 것이 분명했다.

"맙소사! 박사가 돌아오고 있어!" 홈즈가 외쳤다. "어쩔 수 없군. 그가 오기 전에 무슨 까닭인지 알아봐야겠어."

그가 문을 열었다. 우리는 홀 안으로 들어섰다. 나직한 소리가 점점 더 크게 들리더니 한차례 길고 깊은 울부짖음으로 변했다. 소리가 난 곳은 2층이었다. 홈즈가 먼저 뛰어 올라갔고 내가 뒤따라갔다. 반쯤 열린 문을 밀고 홈즈가 안으로 들어섰다. 우리는 앞에 펼쳐진 광경에 깜짝 놀라서 우뚝 멈춰 섰다.

젊고 아리따운 한 여성이 침대에 누워 죽어 있었다. 금발 머리가 마구 뒤엉킨 채, 초점 잃은 푸른 두 눈을 부릅뜨고, 고요하고 창백한 얼굴을 위로 향한 채였다. 침대 발치에는 반쯤 무릎을 꿇고 거의 주저앉은 자세로 젊은 남자가 이불에 얼굴을 파묻고 격렬하게 흐느끼고 있었다. 그는 얼마나 비통했는지 홈즈가 그의 어깨에 손을 얹을 때까지 고개를 들지 않았다.

"당신이 고드프리 스톤턴 씨인가요?"

"예, 그래요. 하지만 너무 늦었어요. 죽고 말았다구요."

그 남자는 넋이 나간 나머지 우리가 그를 돕기 위해 온 의사가 아니라는 것도 알아차리지 못했다. 홈즈가 애써 몇 마디 위로의 말을 하고, 갑작스러운 그의 실종 때문에 친구들이 얼마나 놀랐는지 얘기할 때, 계단에서 발소리가 들렸다. 암스트롱 박사의 심각하고 엄한 얼굴이 입구에 나타나 잠시 어리둥절한 표정을 지었다.

"그래, 신사 여러분." 그가 말했다. "끝내 목적을 이루었군요. 그것도 아주 절묘한 순간을 골라서 침입을 하다니. 죽음의 면전에서 큰소리를 내진 않겠소만, 내가 조금만 더 젊었다면 댁들의 황당한 소행을 묵과하지 않았을 것이오."

"암스트롱 박사님, 죄송하지만 우리는 서로 오해를 하고 있는 듯하군요." 내 친구가 엄숙하게 말했다. "같이 아래층으로 내려가서 이 비극적인 사건에 대한 오해를 푸는 것이 어떨까요?"

잠시 후 얼음장 같은 표정의 의사와 우리는 1층 거실에 마주 앉았다.

"그래서요?" 그가 말했다.

"먼저 우리가 마운트 제임스 경에게 고용된 것이 아니라는 것을 알아주시기 바랍니다. 이 문제에 대해 나는 오히려 그 귀족에게 전적으로 반감을 지니고 있습니다. 누군가 실종되면 어떻게 되었는지 알아내는 것이 내 의무입니다만, 그 문제에 관한 한 이미 목적은 달성되었습니다. 범죄가 일어난 것이 아닌 한, 나는 사건을 공개하기보다 숨기기 위해 더 노력합니다. 내 생각대로 이번 사건에 불법 행위가 없었다면, 이것이 신문에 공개되지 않도록 내가 성심껏 도와드릴 테니 전적으로 믿으셔도 됩니다."

암스트롱 박사는 재빨리 한 걸음 다가서더니 홈즈의 손을 힘주어 거머쥐었다.

"이제 보니 좋은 분이군요." 그가 말했다. "내가 당신을 잘못 생각했소. 불쌍한 스톤턴을 혼자 남겨두는 것이 안쓰러워 마차를 돌린 게 정말 잘한 일이로군요. 이렇게 당신을 알게 되다니 말이오. 이미 많은 것을 알고 계시니 자초지종을 설명하는 것도 아주 쉽겠습니다. 1년 전 고드프리 스톤턴이 런던에서 잠시 하숙할 때, 하숙집 딸한테 반하고 말았답니다. 그래서 결혼을 했지요. 그녀는 아리따운 데다 착하고, 착한 데다 지적이기까지 했어요. 그런 아내를 두었다는 것이 부끄러울 게 뭐가 있겠소. 하지만 고드프리는 성질이 고약한 늙은 귀족의 상속인이어서, 결혼 소식이 전해지면 상속을 받지 못할 게 분명했지요. 나는 이 청년을 잘 알고 있었는데, 두루 자질이 뛰어나서 내가 아끼는 청년이었소. 그래서 일을 그르치지 않도록 내가 두 팔을 걷어붙였지요. 우리는 결혼 사실을 아무도 알지 못하게끔 최선을 다했어요. 조금만 말이 새어나가도 삽시간에 소문이 퍼지고 마니까 말이오. 이 청년의 신중한 성격과 호젓한 이 오두막 덕분에, 이제까지 아무 탈이 없었소. 비밀을 아는 것은, 지금 트럼핑턴으로 도움을 구하러 간 믿음직한 하인 한 명과 나뿐입니다. 그런데 기어이 고난이 닥치고야 말았소. 그의 아내가 중병에 걸리고 만 것이오. 악성 폐결핵이었소. 딱한 이 청년은 비통해서 미칠 것만 같았지만, 그래도 이번 경기를 하러 런던으로 가야 했소. 비밀을 털어놓지 않고는 경기에서 빠질 수가 없었으니 말이오. 내가 격려를 해주려고 전보를 쳤더니, 곁에서 도와달라는 간곡한 답신을 보냈더군요. 당신이 귀신같은 솜씨로 내용을 알아낸 전보가 바로 그것입니다. 이 청년에게는 아내가 위험하다는 사실을 알리지 않았소. 그가 여기 와봐야 도움이 되지 않는다는 것을 알고 있었으니까 말이오. 하지만 친정아버지에게 사실을 알렸더니, 그가 지각없이 대뜸 고드프리에게 알리고 만 겁니다. 결국 그가 넋이 나가서 곧장 이리 왔지요. 그러고는 침대 발치에 무릎을 꿇고 앉아서 여태 저러고 있었던 겁니다. 오늘 아침 죽음이 그녀의 고통을 없애줄 때까지 내내 말이오. 이게 전부입니다, 홈즈 씨. 홈즈 씨와 친구분이 꼭 비밀을 지켜주실 거라고 믿습니다."

홈즈는 의사의 손을 그러쥐었다.

"가자, 왓슨." 그가 말했다. 우리는 슬픔에 잠긴 집에서 나와 창백한 겨울날의 햇살 속으로 들어섰다.

애비 농장 저택

1897년의 겨울이 저물어가는 어느 날, 혹독하게 추운 밤이 지나고 서리 낀 아침에 누군가 어깨를 흔들어 잠이 깼다. 홈즈였다. 몸을 숙인 그의 열띤 얼굴이 손에 들린 양초 불빛에 환히 비치자, 무엇인가 잘못되었다는 것을 나는 한눈에 알아차릴 수 있었다.

"어서, 왓슨, 어서 일어나!" 그가 외쳤다. "게임이 시작됐어. 말하지 마! 어서 옷을 입고 따라와!"

10분 후 우리는 마차를 타고 덜커덕거리며 채링크로스 역을 향해 조용한 거리를 달렸다. 어렴풋이 겨울날의 먼동이 트기 시작하자, 이른 시간에 우리 곁을 지나가는 노동자의 어슴푸레한 모습이 간간이 보였다. 유백색의 런던 안개에 묻힌 그 모습은 워낙 흐릿해서 제대로 알아볼 수가 없었다. 홈즈는 묵직한 코트를 걸치고 묵묵히 앉아 있었고, 나 역시 그러고 있는 것이 오히려 다행스러웠다. 날씨가 워낙 추운 데다가 둘 다 아침 식사도 하지 않았기 때문이다.

역에서 뜨거운 차를 좀 마시고 켄트행 열차에 몸을 실은 후에야 비로소 언 몸이 녹자, 그가 말문을 열었고 나는 귀를 기울였다. 홈즈는 주머니에서 수첩을 꺼내 읽었다.

켄트 주, 마샴, 애비 농장 저택, 오전 3:30.

친애하는 홈즈 씨—아주 주목할 만한 사건이 일어났는데 즉시 도와주셨으면 좋겠습니다. 선생의 입맛에 딱 맞는 사건입니다. 숙녀를 풀어준 것 말고는 내가 본 그대로 현장을 보존하려고 합니다만, 유스터스 경을 그곳에 오래 두기가 곤란하니 바로 와주시길 바랍니다.

— 스탠리 홉킨스

"홉킨스가 모두 일곱 번 나를 불렀는데, 전부 다 나를 부를 만한 사건들이었어." 홈즈가 말했다. "그 사건들 모두 자네가 기록한 것으로 알고 있는데, 자네가 기록할 이야기를 고르는 솜씨가 참 대단하다는 것을 인정하지 않을 수 없어. 그래서 자네의 이야기 솜씨가 영 불만스러운데도 상당 부분 그걸로 보완이 되지. 자네는 모든 것을 과학적인 훈련의 관점이 아닌 이야기의 관점에서 보려고 하는 악습이 있어서, 교육적이고 고전적이라고까지 할 수 있는 일련의 논증을 아주 버려놓았어. 독자를 즐겁게 할 수는 있어도 교육적일 수는 없는 감각적인 세부 묘사에 너무 치중하고 있단 말이야. 내가 얼마나 정교하고 우아하게 문제를 해결하는가는 간과하고 말이지."

"그럼 직접 써보시지그래?" 내가 심통이 나서 말했다.

"그럴 거야, 왓슨, 그럴 거라고. 알다시피 지금은 너무 바쁘지만, 한가한 말년에 전적으로 탐정의 기예에 초점을 맞춘 한 권의 교재를 집필할 거야. 우리가 지금 조사하려는 사건은 살인 사건인 것 같아."

"그럼 자네는 유스터스 경이 죽었다고 생각해?"

"그래. 홉킨스의 편지를 보면 상당히 흥분한 듯한데, 그는 그렇게 흥분하는 사람이 아니야. 그래, 누군가 폭력을 썼고, 우리가 조사할 수 있도록 시신을 남겨두었겠지. 단순한 자살이라면 나를 불렀을 리가 없어. 숙녀를 풀어주었다는 것은 비극이 일어났을 때 그녀가 방 안에 갇혀 있었다는 뜻이 아닐까? 우리는 상류사회를 향해 가는 중이야, 왓슨. 고급 종이, 'E. B.'라는 모노그램, 가문의 문장, 경치가 그림 같은 저택으로 이루어진 세상 말이지. 홉킨스라면 이름값을 할 테니까, 우리는 흥미진진한 아침을 맞이하게 될 거야. 범죄는 지난밤 12시 이전에 일어났어."

"그건 어떻게 알았지?"

"기차 편과 시간을 헤아려보고 알았어. 먼저 지역 경찰이 신고를 받았을 테고, 그들이 런던 경찰국에 연락해서 홉킨스가 불려갔겠지. 그는 다시 내게 연락을 했어. 그 모든 일을 하는 데에는 하룻밤 꼬박 걸렸겠지. 아, 치즐허스트 역에 다 왔군. 의문이야 곧 풀리겠지."

마차로 좁은 시골길을 몇 킬로미터 달려서 어느 저택의 정원 입구에 이르렀다. 늙은 청지기가 대문을 열어주었다. 노인의 초췌한 얼굴에는 크나큰 변고의 흔적이 역력히 나타나 있었다. 고상한 정원의 해묵은 느릅나무 사이로 이어진 길은 낮고 널찍한 저택 앞에서 끝이 났다. 팔라디오(안드레아 팔라디오. 르네상스 시대 왕궁과 저택 작품으로 유명한 이탈리아 건축가—옮긴이) 양식에 따라 저택 전면에는 작은 기둥들이 세워져 있었다. 중앙의 건물은 오래 해묵은 게 분명해서 담쟁이덩굴로 뒤덮여 있었지만, 커다란 창이 난 것을 보니 현대식으로 개조했고, 한쪽 부속건물은 새로 지은 듯했다. 젊은 스탠리 홉킨스 경위가 야무지고 열띤 얼굴로 열린 현관에서 우리를 맞이했다.

"이렇게 와주셔서 반갑습니다, 홈즈 씨. 그리고 왓슨 박사님도요. 그런데 실은 시간을 되돌릴 수만 있다면 두 분께 폐를 끼치지 않았을 겁니다. 그 숙녀가 정신을 차려서 자초지종을 낱낱이 얘기해주었거든요. 우리로서는 더 할 일이 없을 정도입니다. 홈즈 씨도 루이셤의 강도들을 기억하시죠?"

"랜들 씨네 3인조 말인가요?"

"맞습니다. 아버지와 두 아들. 이 사건이 바로 그들의 짓입니다. 틀림없어요. 놈들이 2주일 전에 시드넘에서 한탕을 했는데 목격자 진술까지 있답니다. 그런데 얼마 되지도 않아서 또 이렇게 가까운 곳에서 사고를 치다니 참 어처구니가 없지만, 그들 짓이라는 것은 분명해요. 이번에는 교수형감이죠."

"그럼 유스터스 경은 사망했나요?"

"예. 집 안의 부지깽이에 머리를 맞았습니다."

"마부에게 들었는데, 유스터스 브래큰스톨 경이라고요?"

"맞습니다. 켄트 주에서 손꼽히는 부자죠. 레이디 브래큰스톨은 거실에 있습니다. 딱하게도 참 무서운 경험을 했어요. 내가 처음 보았을 때는 다 죽어가는 줄만 알았습니다. 홈즈 씨가 직접 만나서 그녀에게 자초지종을 듣는 게 좋겠습니다. 그 후 식당에 가서 같이 조사해보죠."

레이디 브래큰스톨은 평범한 여자가 아니었다. 그토록 우아하고 그토록 여성적이고, 그토록 얼굴이 아름다운 여자를 나는 전에 본 적이 없었다. 이번 일로 얼굴이 상하고 초췌해지지만 않았다면, 금발머리에 푸른 눈이 잘 어우러진 용모는 어디 하나 흠잡을 데 없었을 것이다. 그녀는 정신적으로만이 아니라 육체적으로도 고통을 받고 있었다. 한쪽 눈 위가 자둣빛으로 섬뜩하게 부어 있었던 것이다. 키가 크고 마른 하녀가 식초와 물로 열심히 상처를 닦아주고 있었다. 숙녀는 탈진한 채 소파에 누워 있었지만, 우리가 방 안으로 들어서자 우리를 관찰하듯 재빨리 쏘아보며, 아름다운 이목구비에 경계하는 표정을 지었다. 그것을 보니 그녀가 무서운 경험을 했는데도 기지와 용기가 꺾이지 않은 것을 알 수 있었다. 그녀는 푸른색과 은색의 헐렁한 실내복으로 몸을 감싸고 있었는데, 검은 세퀸(옷을 장식하는 작고 둥근 금속 반짝이—옮긴이) 장식으로 덮인 야회복이 그녀 옆의 소파 등받이에 걸쳐져 있었다.

"무슨 일이 있었는지 다 말씀드렸잖아요, 홉킨스 씨." 그녀가 지친 음성으로 말했다. "나 대신 이야기를 해주실 순 없어요? 아, 그래도 꼭 필요하다면 제가 이 신사분들께 자초지종을 말씀드리죠. 식당에는 먼저 다녀오셨나요?"

"이야기를 먼저 듣는 게 좋을 것 같았습니다."

"여러분이 사건을 해결해주실 수만 있다면 저도 기쁠 거예요. 그이가 여전히 거기 쓰러져 있다는 것을 생각만 해도 가슴이 떨려요." 그녀는 몸을 부르르 떨더니 잠시 얼굴을 두 손에 묻었다. 그때 헐렁한 실내

복이 흘러내려 팔뚝이 드러났다. 홈즈가 탄성을 내뱉었다.

"아니, 상처가 또 있군요, 부인! 이건 무슨 상처죠?" 하얗고 둥근 팔뚝 한 곳에 생생한 빨간 반점 두 개가 눈에 확 띄었다. 그녀는 얼른 팔뚝을 가렸다.

"별것 아니에요. 지난밤의 섬뜩한 일과는 아무런 관계가 없어요. 일단 앉으세요, 그러고 나서 얘기를 다 들려드릴게요.

나는 유스터스 브래큰스톨 경의 아내랍니다. 결혼한 지는 한 1년 되었어요. 우리의 결혼 생활이 행복하지 않았다는 것은 감추려고 해봐야 소용없을 것 같군요. 내가 아무리 부인해도 모든 이웃 사람들이 그걸 쑤군댈 테니까요. 부분적으로는 내 잘못도 있을 거예요. 나는 자유분방하게 커왔어요. 비교적 보수적이지 않은 오스트레일리아 남부에서 말예요. 교양 있는 요조숙녀인 척하는 이곳 잉글랜드에서의 삶이 저에게는 참 뜨악했죠. 하지만 그보다 더 뜨악한 게 있었어요. 누구나 잘 아는 사실인데, 바로 유스터스 경이 모주꾼이라는 거예요. 한 시간이라도 그런 술꾼과 같이 있는 것은 고역이더군요. 감수성이 풍부하고 활달한 여성이 밤낮없이 그런 남자에게 얽매여 산다는 것이 무슨 의미인지 아시겠죠? 그런 결혼 생활을 의무라고 주장하는 것은 신성모독이고, 범죄고, 악행이에요. 장담컨대 그렇게 소름끼치는 당신네 법(1857년의 이혼과 결혼 사유법을 말함—옮긴이)은 이 땅에 저주를 불러올 거예요. 그런 사악한 일이 지속되도록 하늘이 가만두지 않을 거라고요."

갑자기 벌떡 일어난 그녀는 눈썹 위의 끔찍한 멍 자국 아래서 두 눈이 이글거렸고 볼이 달아올랐다. 몸이 마른 하녀가 억센 손으로 위로하듯 그녀의 머리를 쿠션에 누이자, 사나운 분노가 가라앉으며 격렬한 흐느낌으로 바뀌었다. 마침내 그녀가 이어서 말했다.

"지난밤에 일어난 일을 말씀드리죠. 아마 아시겠지만, 이 집의 하인들은 모두 현대식 부속건물에서 잠을 자요. 중앙의 이 건물에는 거실이 있고, 뒤에는 부엌이, 2층에는 우리 침실이 있어요. 내 하녀 테레사는 내 방 위층에서 자죠. 그 밖에는 아무도 없어서, 여기서 아무리 소리를 질러도 저쪽 부속건물에서 자는 사람은 듣지 못해요. 강도들은 이런 사실을 잘 알고 있는 게 분명해요. 아니면 그렇게 행동했을 리가 없으니까요.

유스터스 경은 10시 반쯤 잠자리에 들어요. 하인들은 이미 자기네 숙소로 돌아간 뒤죠. 내 하녀만 잠자지 않고, 이 집 꼭대기 층에 있는 자기 방에 있었어요. 내가 부를 때까지 말예요. 나는 11시까지 이 방에 앉아서 열심히 책을 읽고 있었죠. 그러다 2층으로 올라가기 전에 별일이 없는지 둘러보았어요. 몸소 확인을 하는 게 내 버릇이랍니다. 앞서 말씀드렸듯이, 유스터스 경이 미덥지 않았으니까요. 나는 부엌이랑, 식기실, 총기고, 당구실, 응접실, 그리고 마지막으로 식당에 가봤어요. 두꺼운 커튼이 쳐진 창문 쪽으로 다가갈 때, 문득 얼굴에 바람이 스치는 것을 느끼고 창문이 열려 있다는 것을 알았죠. 커튼을 젖혀 봤어요. 순간 어깨가 떡 벌어진 초로의 남자와 얼굴이 딱 마주친 거예요. 그는 창문으로 막 들어오던 참이었어요. 창문은 기다란 프렌치윈도(정원이나 베란다로 출입할 수 있도록 방바닥까지 내려오는 두 짝의 여닫이 창문—옮긴이)예요. 창문이 사실상 잔디밭으로 이어진 출입문이랍니다. 나는 침실 촛불을 손에 들고 있었어요. 처음 맞닥뜨린 남자 뒤에 두 사람이 더 있는 게 촛불 빛에 비쳐 보이더군요. 그들은 막 들어오려고 하는 중이었어요. 나는 흠칫 뒤로 물러섰지만, 그자가 순식간에 나를 붙잡았죠. 처음엔 내 손목을 잡고는 이어서 내 목을 거머쥐었어요. 나는 비명을 지르려고 했지만, 그가 주먹으로 내 눈 위를 사납게 후려쳐서 바닥에 나동그라지고 말았어요. 몇 분 동안 정신을 잃었던 것 같아요. 정신을 차리고 보니 그들이 설렁줄을 끊어서 식탁의 상석에 놓인 참나무 의자에 나를 묶어놓았더군요. 어찌나 꽁꽁 묶였던지 꼼짝을 할 수 없었어요. 손수건으로 입을 막아놓아서 소리도 지를 수 없었고요. 바로 그때 불운한 남편이 식당에 들어왔어요. 수상쩍은 소리를 듣고서 이런 일이 있을 줄 알고 대비를 하고 왔더군요. 그이는 잠옷 셔츠와 바지를 입고 있었는데, 그이가 좋아하는 블랙손(장미과에 속하는 가시 달린 관목—옮긴이) 곤봉을 들고 있었어요. 그이는 강도 가운데 한 명에게 달려들었지만, 다른 강도, 그러니까 초로의 남자가 허리를 숙이더니, 벽난로에서 부지깽이를 집어들고 남편을 무섭게 후려쳤어요. 남편은 신음소리도 없이 쓰러지더니 다시는 움직이지 않았어요.

나는 또 기절을 하고 말았죠. 하지만 이번에도 의식을 잃은 것은 2-3분에 지나지 않았어요. 눈을 떠보니 그자들은 찬장에서 은그릇을 꺼내 쌓아놓고, 거기 있던 와인도 한 병 꺼냈더군요. 각자 잔을 하나씩 들고 있었고요. 한 명은 수염을 기른 초로의 남자이고, 다른 두 명은 젊고 수염이 없다는 것은 앞서 말씀드렸죠? 그들은 아버지와 두 아들인 것 같았어요. 서로 소곤소곤 얘기를 하더군요. 그러더니 내게 다가와서 잘 묶여 있는지 확인을 했어요. 그리고 마침내 떠나면서 창문을 닫고 갔어요. 거의 15분이 지나서야 나는 입에 물린 재갈을 풀 수 있었어요. 그래서 내가 외친 소리를 듣고 하녀가 도우러 왔죠. 곧 다른 하인들도 놀라서 달려왔고, 지역 경찰을 부르자 그들이 바로 런던으로 연락했어요. 내가 여러분께 드릴 말씀은 이게 전부예요. 고통스러운 이 얘기를 또다시 입에 담을 일이 없었으면 좋겠어요."

"물어보실 게 있습니까, 홈즈 씨?" 홉킨스가 물었다.

"더 이상 레이디 브래큰스톨을 힘들게 하고 싶지 않습니다." 홈즈가 말했다. "식당에 가보기 전에 당신이 겪은 일을 듣고 싶군요." 그가 하녀에게 말했다.

"저는 그자들이 집 안에 들어오기 전에 봤어요." 그녀가 말했다. "침실 창가에 앉아 있었는데, 세 남자가 저쪽 대문 옆에 서 있는 게 달빛에 보였어요. 하지만 그때는 그게 별일 아니라고 생각했죠. 마님이 비명을 지른 것은 한 시간도 더 지나서였어요. 달려가서 마님을 발견했죠. 아까 마님이 말씀하신 대로였어요. 주인어른은 방바닥에 쓰러져 머리에서 피를 흘리고 계셨어요. 여자라면 정신을 잃을 만하죠. 마님은 거기 묶인 채 드레스에 주인어른의 피가 묻어 있었어요. 하지만 마님은 용기를 잃지 않으셨죠. 애들레이드(오스트레일리아, 사우스오스트레일리아 주의 주도—옮긴이)의 미스 메리 프레이저, 애비 농장 저택의 레이디 브래큰스톨은 원래 그런 분이랍니다. 신사분들께서는 이미 오래 질문을 하셨으니, 마님은 이제 이 늙은 테레사와 함께 침실로 가서 반드시 휴식을 취하셔야만 해요."

수척한 그 여자는 어머니처럼 부드럽게 여주인을 부축하고 침실로 데려갔다.

"그녀는 주인 여자와 평생 같이 지냈답니다." 홉킨스가 말했다. "아기 때부터 유모로 있다가 18개월 전 처음 오스트레일리아를 떠나면서 둘이 같이 잉글랜드로 왔지요. 이름이 테레사 라이트인데, 요즘에는 저런 하녀를 구할 수가 없죠. 이쪽입니다, 홈즈 씨, 이리 오세요."

표정이 풍부한 홈즈의 얼굴에서 열렬한 관심의 빛이 문득 사라졌다. 수수께끼와 함께 이 사건의 모든 매력이 사라졌다는 것을 나는 알 수 있었다. 아직 범인을 체포해야 할 일이 남아 있었지만, 그런 흔한 악당을 체포하는 일로 홈즈의 손을 더럽힐 일이 뭐가 있겠는가? 학식이 깊은 전문가가 불려왔는데 고작 홍역이라는 것을 알게 되었을 때처럼 언짢은 기색이 내 친구의 눈에 어린 것을 볼 수 있었다. 하지만 애비 농장 저택의 식당 풍경은 그의 주의를 끌어서 사위어가던 관심의 불꽃을 되살릴 만큼 아주 묘한 데가 있었다.

식당은 아주 커다랗고 천장이 높았다. 천장은 무늬를 새긴 떡갈나무로 장식했고, 떡갈나무 벽널을 두른 벽 둘레에는 멋지게 줄지어 사슴 머리 박제와 고대 무기들이 매달려 있었다. 입구 반대쪽에는 앞서 들은 대로 높다란 프렌치윈도가 있었다. 오른쪽에 있는 작은 세 개의 창문으로는 차가운 겨울 햇살이 밀려들었다. 왼쪽에는 커다랗고 깊숙한 벽난로가 있었는데, 떡갈나무로 만든 벽난로 선반이 육중하게 설치되어 있었다. 벽난로 옆에는 팔걸이가 있는 묵직한 떡갈나무 의자가 하나 있었다. 의자에는 진홍색 끈이 매여 있었고, 양끝이 아래쪽 가로대에 단단히 묶여 있었다. 여주인을 풀어주면서 매듭은 풀지 않고 몸만 빼낸 것이다. 이런 사실들은 나중에야 알게 되었는데, 그것은 호랑이 가죽으로 만든 벽난로 앞 깔개 위에 쓰러져 있는 사람의 참혹한 몰골에 온통 우리 생각이 쏠렸기 때문이다.

그것은 40세쯤의 키가 크고 늘씬한 남자의 시신이었다. 얼굴을 천장으로 향한 채 쓰러진 그는 짧고 검은 수염 사이로 하얀 이를 드러내고 있었다. 부르쥔 채 머리 위로 쳐든 두 손에는 육중한 블랙손 곤봉이 가로놓여 있었다. 검게 그을리고 잘생긴 독수리 같은 이목구비는 앙심과 증오로 일그러진 채 굳어 있어서, 고인의 얼굴에는 끔찍한 악마 같은 표정이 어려 있었다. 침입자의 소리를 들었을 때 그는 침대에 누워

있었던 게 분명했다. 맵시 있는 수가 놓인 잠옷을 입은 데다 맨발이었기 때문이다. 머리에는 심한 상처가 나서, 그를 쓰러뜨린 일격이 얼마나 야만스러웠는가를 나타내는 증거가 식당 전체에 즐비하게 뿌려져 있었다. 그의 옆에는 묵직한 부지깽이가 구부러진 채 놓여 있었다. 홈즈는 부지깽이와 그것으로 인해 생긴 이루 형언할 수 없이 처참한 시신을 살펴보았다.

"힘이 여간 세지 않았던 게 분명하군요. 그 초로의 랜들이라는 자 말입니다." 홈즈가 말했다.

"그래요." 홉킨스가 말했다. "그 자에 대한 기록이 나한테 있습니다. 거친 놈이죠."

"잡아들이는 게 어렵진 않겠죠?"

"그럼요. 그렇지 않아도 그는 요주의 인물이었는데, 미국으로 달아났다는 말이 있었어요. 하지만 이제 그 악당이 여기 있다는 것을 알게 되었으니, 결코 빼소니를 놓을 순 없을 겁니다. 이미 모든 항구에 소식을 전했으니 저녁이 되기 전에 누군가 현상금을 타 갈 겁니다. 그런데 대체 그 작자들이 어떻게 이런 미친 짓을 했는지 모르겠어요. 부인이 그들의 인상착의를 말해줄 수 있고, 그러면 우리 경찰이 그들을 몰라볼 리가 없다는 것을 빤히 알 텐데 이런 짓을 하다니."

"그래요. 레이디 브래큰스톨 역시 입을 열지 못하게 하지 않은 것은 뜻밖이군요."

"그녀가 기절했다가 깨어난 줄을 몰랐을 수도 있잖아." 내가 말했다.

“그럴 수도 있겠지. 그녀가 의식이 없는 것처럼 보였다면, 목숨을 빼앗을 필요는 없었을 테니까. 피살자는 어떤 사람이었습니까, 홉킨스? 얄궂은 이야기를 들은 것 같은데 말입니다.”

“술에 취하지 않았을 때는 가슴이 따뜻한 남자였습니다. 하지만 취하기만 하면 완전히 마귀로 돌변했어요. 아니 술을 입에 댔다 하면 그랬죠. 실은 술에 잔뜩 취한 적은 없으니까요. 술만 들어가면 마귀에 씌었는지 별의별 짓을 다 했다고 합니다. 내가 듣기로는, 그렇게 부자이고 귀족인데도 한두 번은 하마터면 철창신세를 질 뻔했어요. 개한테 기름을 끼얹고 불을 붙였다는 소문도 있습니다. 하필이면 부인의 개한테 그랬는데, 가까스로 무마를 한 모양입니다. 그 후 저 하녀, 테레사 라이트한테 식탁의 유리병을 냅다 던져서 문제가 됐죠. 우리끼리니까 하는 말인데, 이런저런 걸 생각해보면 이제 그가 사라져서 집안 분위기는 오히려 한결 밝아질 겁니다. 지금 뭘 보고 계십니까?”

홈즈가 무릎을 꿇고, 부인이 묶여 있었다는 빨간 설렁줄 매듭을 아주 골똘히 살펴보고 있었다. 그러다 그는 범인들이 잡아당겨 뜯어낸 탓에 올이 풀린 설렁줄 끄트머리를 꼼꼼히 살펴보았다.

“이 줄을 잡아당길 때 부엌의 초인종이 요란하게 울렸을 겁니다.” 그가 말했다.

“그 소리는 아무도 듣지 못했어요. 부엌은 건물 바로 뒤쪽에 있죠.”

“소리를 들을 사람이 아무도 없다는 것을 강도들이 어떻게 알았을까요? 그처럼 무모하게 설렁줄을 마구 잡아당겼다니 이상하지 않습니까?”

“그래요, 홈즈 씨, 정말 그래요. 나도 몇 번이나 고개를 갸우뚱했죠. 그 작자는 이 집과 일상생활에 대해 잘 알고 있는 게 분명해요. 꽤 이른 시각에 하인들이 모두 잠자리에 드니까, 부엌에서 초인종이 울려도 들을 사람이 없다는 것을 확실히 알고 있었어요. 그러니 틀림없이 하인들 가운데 내통을 한 자가 있을 겁니다. 분명해요. 그런데 하인 여덟 명이 모두 착한 사람들입니다.”

“착하지 않다고 해도 결론은 마찬가지입니다.” 홈즈가 말했다. “주인이 던진 유리병을 머리에 맞은 여자라면 의심해볼 만하죠. 하지만 그 여자는 여주인에게 헌신적인 듯한데, 여주인을 배신하고 내통했을 리가 있을까요? 음, 아무튼 그게 누군지는 중요하지 않습니다. 랜들만 잡아들이면 공모자를 알아내는 거야 어렵지 않을 테니까요. 우리 눈앞에 펼쳐진 것들을 보면 부인의 이야기가 사실이라는 것이 입증된 듯하군요. 입증이 필요하다면 말입니다.” 그는 프렌치윈도로 다가가서 문을 열어젖혔다. “이곳에는 아무런 흔적이 없군. 땅바닥이 아주 딱딱해서 무슨 발자국을 기대할 순 없겠어. 벽난로 선반 위의 이 양초들에 불이 밝혀져 있었나 보군요.”

“예. 강도들은 이 양초 불빛과 부인의 침실 촛불을 보고 이쪽으로 왔어요.”

“그런데 훔쳐간 게 뭐죠?”

“아, 많은 걸 훔쳐가진 않았어요. 찬장의 식기 대여섯 점뿐이죠. 유스터스 경이 죽는 바람에 당황한 놈들이 집을 송두리째 털려다 말았다고 레이디 브래큰스톨은 생각하더군요.”

"그랬겠군요. 하지만 그들이 와인을 마셨다고 들었습니다만."

"용기를 내려고 그랬겠지요."

"그렇군. 찬장 위에 있는 이 유리잔 세 개에 누가 손을 대지 않았겠죠?"

"예. 술병도 그들이 놓아둔 그대로입니다."

"어디 좀 볼까? 어, 어라, 이게 뭐지?"

유리잔은 세 개가 한데 모여 있었는데, 모두 와인이 묻은 흔적이 보였고, 하나에는 포도주 더껑이(오래된 와인, 특히 병에 담은 지 여러 해 되는 포트와인에 나타나는, 표면의 얇고 투명한 막—옮긴이) 흔적이 약간 남아 있었다. 술병은 잔 가까이 세워져 있었다. 3분의 2쯤 남은 술병 옆에는 오랫동안 포도주에 젖어 있었던 길쭉한 코르크가 놓여 있었다. 병 모양과 그 위에 내려앉은 먼지를 보니 살인자들이 마신 포도주는 그리 흔치 않은 것이었다.

홈즈의 태도가 달라지면서 심드렁한 표정이 사라졌다. 깊이 자리 잡은 그의 강렬한 두 눈에 기민한 관심의 불꽃이 타오르는 게 보였다. 그는 코르크 마개를 들고 세심하게 살펴보았다.

"이걸 어떻게 뽑았죠?" 그가 물었다.

홉킨스가 반쯤 열린 서랍을 가리켰다. 그 안에 코르크 마개를 따는 큼직한 타래송곳과 식탁보가 들어 있었다.

"레이디 브래큰스톨은 타래송곳이 사용되었다고 말했나요?"

"아니요. 병을 딸 때 그녀는 의식이 없었죠."

"그렇군. 사실 저 타래송곳은 사용되지 않았습니다. 이 병마개는 휴대용 타래송곳으로 땄어요. 아마 칼에 덧붙어 있는 타래송곳이겠죠. 길이는 4센티미터를 넘지 않아요. 코르크 위쪽을 살펴보면 세 차례나 타래송곳을 박아서 뽑아냈다는 것을 알 수 있어요. 코르크가 관통되지 않았어요. 이 긴 타래송곳을 썼다면 관통을 해서 단번에 뽑았겠죠. 그자를 잡으면 다용도 칼을 갖고 있을 겁니다."

"대단하시군요!" 홉킨스가 말했다.

"하지만 솔직히 이 술잔들은 곤혹스러워요. 레이디 브래큰스톨은 세 남자가 마시는 것을 실제로 '보았다'고 했죠?"

"예. 분명 그렇게 말했습니다."

"그렇다면 그걸로 끝이군. 더 할 말이 없어요. 하지만 유리잔은 아주 주목할 만하다는 것을 알아야 합니다, 홉킨스. 응? 모르겠다고요? 아, 그럼, 그냥 넘어갑시다. 아마도 나처럼 전문적인 지식과 특별한 능력을 지닌 사람이라면 가까이 있는 간단한 설명보다는 오히려 멀리 있는 복잡한 설명에 더 끌릴 것 같군요. 물론 이 유리잔의 경우는 그저 가능성에서 그칠 수도 있지요. 그럼, 여기서 헤어집시다, 홉킨스. 내가 경위에게 무슨 도움이 될 것 같지 않군요. 경위의 사건은 아주 명백히 해결될 듯합니다. 랜들이 체포되거나, 다른 진전이 있으면 알려주세요. 곧 경위가 사건을 성공적으로 해결한 것을 축하할 수 있을 거라고

믿습니다. 자, 왓슨, 우리는 이제 집에 돌아가는 게 낫겠어."

집에 가는 동안 홈즈의 얼굴을 보니 그가 본 무엇인가를 이해하지 못해 곤혹스러워하고 있다는 것을 알 수 있었다. 그는 이따금 애써서 그런 생각을 떨쳐버리고, 사건이 해결된 것처럼 이야기했지만, 이내 다시 의혹이 고개를 쳐들곤 했다. 그때마다 미간을 찡그리고 눈에 초점이 없는 것을 보면, 그의 생각이 다시 애비 농장 저택의 커다란 식당으로 달려간 것을 알 수 있었다. 한밤의 비극이 일어난 현장 말이다. 그러다 마침내 우리 기차가 교외의 한 역을 서서히 빠져나가는 순간, 그가 아주 느닷없이 나를 잡아끌고 기차에서 뛰어내렸다.

"미안해, 왓슨." 모퉁이를 돌면서 사라져가는 기차의 후미를 바라보며 그가 말했다. "내가 잘못 생각한 것인지도 모르는데 자네를 고생시켜서 미안해. 하지만 왓슨, 결단코 나는 이대로 두고 볼 수가 없어. 진실은 다른 데 있다고 내 모든 본능이 외치고 있거든. 그건 아냐. 결코 아니야. 하지만 부인의 이야기는 완벽했고, 하녀의 보강 진술도 확실했고, 모든 사실이 정확히 맞아떨어졌어. 그것을 뒤집을 수 있는 게 뭐가 있을까? 세 개의 와인 유리잔, 그게 전부야. 하지만 이것을 빤한 사건으로 생각지 않았다면, 모든 것을 눈에 보이는 대로 면밀히 조사했다면 다르지 않았을까? 그러면 사건을 새롭게 접근해서, 미리 지어낸 이야기에 현혹되지 않고, 조사의 출발점이 될 더욱 명확한 단서를 포착하지 않았을까? 물론 그랬을 거야. 이 벤치에 좀 앉자, 왓슨. 치즐허스트 행 기차가 올 때까지 말이야. 그 하녀와 여주인의 이야기가 반드시 사실이라는 생각을 자네가 떨쳐버리도록 내가 증거를 제시할 테니 한번 들어봐. 그 부인의 매력 때문에 판단력이 흔들려서는 안 돼.

냉정히 생각해보면, 그녀의 이야기에는 분명 의심을 살 만한 구석이 있어. 그 강도들은 보름 전 시드넘에서 크게 한탕 했어. 그때 그들에 대한 이야기와 인상착의가 신문에 났지. 그걸 본 사람이라면 가상의 강도가 침입한 이야기를 꾸며내고 싶은 생각이 자연스레 들었을 거야. 사실 한탕 크게 한 강도는 대체로 아주 신이 나서, 벌어들인 것을 흥청망청 쓰느라고 한동안 강도짓을 하지 않아. 강도들이 그렇게 빨리 다시 한탕을 했다는 것은 이상한 일이야. 여자가 비명을 지르지 못하게 후려쳤다는 것도 이상해. 생각해보면 그건 오히려 비명을 지르게 만드는 확실한 방법이잖아? 남자 하나쯤이야 셋이서 충분히 제압할 수 있는데도 살인을 했다는 것 역시 이상한 일이야. 팔만 뻗으면 훔칠 게 쌓여 있는데도 그중 몇 개만 훔쳐 갔다는 것도 이상하지. 그리고 마지막으로, 그런 남자들이 포도주 반 병을 남겨두었다는 것도 아주 이상해. 이 모든 이상한 일들에 대해 어떻게 생각해, 왓슨?"

"이상한 일이 많아서 수상쩍긴 한데, 하나씩 놓고 보면 다 가능한 일이잖아. 내가 보기에 가장 이상한 것은 부인이 의자에 묶여 있었다는 거야."

"글쎄, 그건 어떤지 모르겠군. 그들은 그녀를 죽이거나 묶어놓아야 했을 거야. 그들이 도망갈 때 바로 소리를 지르지 못하도록 말이야. 아무튼 부인의 이야기가 분명 수상쩍다는 것만큼은 내가 증명한 셈이지? 거기에 결정타가 바로 와인 잔 사건이야."

"와인 잔이 어때서?"

"잔을 상상해볼 수 있겠어?"

"아무렴, 눈에 선한걸."

"우리가 듣기론 세 남자가 와인을 마셨어. 정말 그랬다고 생각해?"

"아니 왜? 세 잔에 모두 와인이 묻어 있었잖아."

"맞아. 하지만 한 잔에만 더껑이가 묻어 있었어. 그 사실을 주목해야 해. 뭐 떠오르는 것 없어?"

"더껑이는 마지막 잔에 담길 가능성이 높지."

"천만에. 술병의 더껑이가 깨져 있었으니까, 두 잔에는 담기지 않고 세 번째 잔에만 가득 담길 수가 없어. 그럴 경우 두 가지 설명만 가능하지. 딱 두 가지야. 하나는 두 잔을 따른 후 병을 심하게 흔들어서 더껑이를 깨뜨린 후 세 잔째에 술을 따른 경우. 하지만 그랬을 것 같지 않아. 그래, 그러지 않았다고 난 확신해."

"그럼 어떻게 생각하는데?"

"두 개의 잔만 사용한 거지. 그리고 두 잔에 남은 찌꺼기를 세 번째 잔에 따른 거야. 세 명이 마신 것처럼 보이게 하기 위해서. 그래서 모든 더껑이가 마지막 잔에 담겼을 거야. 그래, 그랬을 거라고 난 확신해. 하지만 미묘한 이 일에 대한 내 설명이 맞다면, 이 사건은 진부한 게 아니라 놀랍도록 주목할 만한 사건으로 바로 탈바꿈하게 돼. 그럴 경우 레이디 브래큰스톨과 하녀가 일부러 우리에게 거짓말을 했다는 뜻이 되니까. 그렇다면 그들의 이야기는 한 마디도 믿을 수 없고, 그들은 진범을 숨길 강력한 이유를 갖고 있는 거야. 그건 우리가 그들의 도움이 전혀 없이 독자적으로 사건을 해결해야 한다는 뜻이 되지. 지금 우리 앞에 주어진 임무가 바로 그것이야. 왓슨, 저기 치즐허스트 행 기차가 오는군."

애비 농장 저택의 가정부는 우리가 돌아온 것을 보고 놀랐다. 그러나 셜록 홈즈는 스탠리 홉킨스가 보고를 하러 본부로 떠난 것을 알고 식당을 점거한 채 안에서 문을 잠갔다. 그리고 그는 찬란한 추리를 세운 굳건한 토대를 다지기 위해 섬세하고 힘겨운 조사에 몰두한 채 두 시간을 보냈다. 나는 교수의 시범을 보고 있는 흥미진진한 학생처럼 구석에 앉아, 주목할 만한 조사의 매 단계를 눈으로 뒤쫓았다. 창문, 커튼, 융단, 의자, 끈, 이것들을 차례로 샅샅이 살펴보며 충분히 생각했다. 불운한 준남작의 시신은 치워졌지만, 다른 것은 모두 아침에 본 그대로였다. 그 후 놀랍게도 홈즈는 육중한 벽난로 위로 올라갔다. 그의 머리 위 멀찍이 몇 센티미터의 빨간 끈이 여전히 철사에 매달려 있었다. 그는 한참 동안 그것을 쳐다보다가, 더 가까이 다가가기 위해 벽에 설치된 나무 선반에 무릎을 걸쳤다. 몇 센티미터만 더 팔을 뻗으면 끊어진 설렁줄 끄트머리를 잡을 수 있었지만, 그의 주목을 끈 것은 설렁줄이 아니라 선반인 듯했다. 마침내 그는 만족스러운 탄성을 지르며 풀쩍 뛰어내렸다.

"됐어, 왓슨." 그가 말했다. "사건을 해결했어. 이건 우리의 사건 가운데 아주 주목할 만한 사건이야. 하지만 내가 얼마나 멍청했는지, 원, 하마터면 일생일대의 실수를 할 뻔했어! 이제 몇 가지만 빼고는 내 추리의 고리가 완성된 것 같아."

"범인들이 누군지 알아낸 거야?"

"여러 명이 아니라 한 명이야, 왓슨. 딱 한 명. 하지만 아주 무서운 녀석이지. 사자처럼 강하다는 것은 일격에 부지깽이가 휘어졌다는 것만 봐도 알 수 있어! 키는 190센티미터쯤 되고, 다람쥐처럼 민첩한 데다 손재주가 뛰어난데, 머리까지 비상한 자야. 이 모든 교묘한 얘기를 그가 날조했으니 말이야. 그래, 왓슨, 여기 있는 것들은 아주 주목할 만한 인간의 수공예품인 셈이야. 하지만 그는 저 설렁줄에 단서를 남겨놓고 말았지. 저게 없었으면 의심을 사지 않았을 텐데."

"단서가 어디 있는데?"

"음, 설렁줄을 잡아당기면 어디가 끊어질 것 같아? 철사와 연결된 부위겠지? 그런데 이 설렁줄처럼 왜 맨 위에 몇 센티미터를 남겨놓고 끊어졌을까?"

"거기가 올이 풀려 있었나 보지."

"맞았어. 지금 보다시피 끄트머리 올이 풀려 있어. 그는 아주 교활해서, 칼로 그렇게 해놓은 거야. 하지만 다른 쪽 끝은 올이 풀려 있지 않아. 여기서는 눈에 띄지 않지만, 저 벽난로 위에 올라가면, 어디에도 올이 풀린 흔적이 없이 깔끔하게 잘라진 것을 볼 수 있어. 이제 무슨 일이 일어났는지 알 수 있겠지? 그 남자는 끈이 필요했어. 그는 초인종이 울리면 들킬까봐 설렁줄을 잡아 뜯지 않았어. 그럼 어떻게 했을까? 벽난로 위로 뛰어 올라갔지. 손이 닿지 않아서 선반 위에 무릎을 걸쳤어. 그 흔적이 먼지에 남아 있어. 그러고서 칼로 줄을 끊은 거야. 내가 그렇게 팔을 뻗어서는 8센티미터쯤 모자란 것으로 미루어볼 때, 그는 나보다 적어도 8센티미터는 더 키가 크다는 얘기가 돼. 떡갈나무 의자 좀 봐. 걸터앉는 부분에 무슨 흔적이 남아 있어! 그게 뭐겠어?"

"핏자국이야."

"분명 핏자국이지. 그것만 보아도 부인의 이야기는 일고의 가치도 없어. 범행이 일어날 때 그녀가 의자에 앉아 있었다면 어떻게 그런 흔적이 남았겠어? 그래그래, 그녀는 남편이 사망한 후 의자에 앉았던 거야. 그녀의 검은 야회복에 이것과 일치하는 흔적이 묻었다는 것에 내기를 해도 좋아. 우리는 아직 지지 않았어, 왓슨. 이것은 워털루가 아니라 마렝고 전투야. 패배로 시작해서 승리로 끝날 테니까. 이제 유모 테레사와 몇 마디 나눠봐야겠어. 우리는 잠깐이라도 방심하면 안 돼. 원하는 정보를 얻으려면 말이야."

그녀는 흥미로운 인물이었다. 엄격한 성격의 오스트레일리아 유모는 말이 없고, 의심이 많고 무뚝뚝해서, 그녀의 마음을 여는 데는 꽤 시간이 걸렸다. 그녀가 말하는 모든 것을 홈즈가 흔쾌한 태도로 솔직히 받아들이자 비로소 마음을 열었던 것이다. 그녀는 사망한 고용주에 대한 증오를 굳이 숨기려고 하지 않았다.

"그래요, 그가 내게 유리병을 던진 건 사실이에요. 마님에게 욕하는 것을 듣고, 마님의 오라버니가 있었으면 감히 그러지 못할 거라고 내가 한마디 했죠. 그러자 내게 그걸 던진 거예요. 어여쁜 우리 마님이 없었다면 열 개라도 던졌겠죠. 그는 늘 마님을 학대했는데, 마님은 워낙 자존심이 세서 아무한테도 그걸 말하지 않았어요. 그가 한 짓을 나한테도 털어놓지 않으셨죠. 오늘 아침 여러분이 보신 그 팔에 난 상처에 대해서도 나는 듣지 못했어요. 하지만 그건 모자 핀으로 찔러서 생긴 상처인 게 뻔해요. 교활한 악마 같으니. 아, 죽은 자에게 이런 말을 하는 저를 용서하세요, 하느님. 하지만 이 땅에 악마가 하나라도 있었다면 바로 그가 악마였어요. 우리가 처음 그를 만났을 땐 아주 상냥한 남자였죠. 그게 18개월 전인데 마치 18년이나 된 것만 같아요. 그건 마님이 막 런던에 도착했을 때였어요. 그래요, 첫 해외여행이었죠. 전에 마님은 집을 떠난 적이 없어요. 그는 작위와 돈으로, 그리고 점잖은 런던 사람인 양 속여서 마님의 마음을 사로잡았죠. 마님이 실수를 한 거라면 톡톡히 대가를 치른 셈이죠. 그것도 대가라면 말예요. 그를 만난 게 몇 월이었냐고요? 음, 우리가 도착한 직후 만났다고 했잖아요. 6월에 도착했으니, 만난 것은 7월이군요. 결혼한 것은 작년 1월이에요. 그래요, 마님은 다시 거실에 내려와 계세요. 물론 여러분을 만나주실 거예요. 하지만 너무 많은 것을 질문하시면 안 돼요. 인간으로서 못 볼 꼴을 보셨으니까 말예요."

레이디 브래큰스톨은 예의 소파에 누워 있었지만, 전보다 표정이 밝아 보였다. 하녀가 우리와 함께 들어가서 여주인의 이마에 생긴 멍에 다시 찜질을 하기 시작했다.

"다시 반대 심문을 하러 오지 않기를 바랐어요." 부인이 말했다.

"불필요한 고통을 안겨드리진 않을 겁니다, 레이디 브래큰스톨." 홈즈가 그지없이 나긋한 음성으로 말했다. "다만 내가 바라는 것은 부인을 위해 일을 원만히 처리하는 것입니다. 부인이 험한 일을 겪었다는 것을 잘 아니까요. 나를 믿고 친구로 대해준다면, 그러길 잘했다고 생각하게 될 것입니다."

"내가 뭘 해주기를 바라는 거죠?"

"진실을 말해주십시오."

"홈즈 씨!"

"아니요, 레이디 브래큰스톨, 그래봐야 소용없어요. 내가 조금은 이름을 날리고 있다는 것을 들어보셨을 겁니다. 부인의 이야기는 완전 날조되었다는 데 내 이름을 걸겠습니다."

여주인과 하녀는 얼굴이 창백해져서 화들짝 놀란 눈으로 홈즈를 멍하니 바라보았다.

"정말 무례한 분이로군요!" 테레사가 외쳤다. "우리 마님이 거짓말을 했단 말예요?"

홈즈가 자리에서 일어났다.

"할 말이 없습니까?"

"이미 모든 것을 말씀드렸어요."

"다시 생각해보세요, 레이디 브래큰스톨. 솔직하게 털어놓는 게 나을 테니까요."

그녀의 아름다운 얼굴에 잠시 망설이는 기색이 어렸다. 그러다 뭔가 단호한 결심을 하고는 가면 같은 표정을 지었다.

"내가 아는 것은 이미 다 말씀드렸어요."

홈즈가 모자를 집어들고 어깨를 으쓱했다. "유감이군요." 그가 말했다. 우리는 더는 말없이 방을 나와 집 밖으로 나섰다. 정원에는 연못이 있었다. 내 친구가 발길을 돌린 곳이 그곳이었다. 연못은 꽁꽁 얼어 있었지만, 백조 한 마리를 위해 빙판을 약간 걷어낸 상태였다. 홈즈는 연못을 물끄러미 바라보았다. 그러다 정문으로 가서, 스탠리 홉킨스에게 보내는 짧은 편지를 재빨리 써서 늙은 청지기에게 건네주었다.

"성패는 운에 맡겨야겠지만, 기껏 다시 찾아왔으니 홉킨스에게 뭘 좀 해주지 않을 수 없지." 그가 말했다. "아직 진실을 가르쳐주진 않을 거야. 이제 우리는 애들레이드-사우샘프턴 항로의 선박 사무실에 들러봐야겠어. 그건 펠멜가 끝에 있을 거야. 오스트레일리아 남부와 잉글랜드를 연결하는 증기선 항로도 있지만, 가능성이 높은 곳부터 덮치자."

홈즈가 책임자에게 명함을 보내자 바로 환대를 받아서, 필요한 모든 정보를 얻는 데에는 그리 시간이 걸리지 않았다. 1895년 6월에 입항한 그 노선의 배는 한 척밖에 없었다. 그것은 가장 크고 가장 좋은 '지브롤터의 반석'호였다. 승객 명단을 보니 애들레이드의 프레이저 양이 하녀와 함께 타고 왔다는 것을 알 수 있었다. 그 배가 지금은 오스트레일리아를 향해 수에즈 운하 남쪽 어딘가를 항해하고 있었다. 승무원은 한 명만 빼고 1895년 그때와 같았다. 일등 항해사 잭 크로커 씨가 새로운 증기선 '배스 반석'호의 선장이 되어 이틀 후 사우샘프턴에서 출항할 예정이었다. 그는 시드넘에 살았지만, 몇 가지 지시를 받기 위해 오전에 이곳에 오기로 되어 있어서 기다리면 만날 수 있었다.

그러나 홈즈는 그를 만나고 싶어하지 않고, 다만 그의 기록과 성격에 대해서만 알고 싶어했다.

그의 기록은 대단했다. 선단의 고급 선원 가운데 그를 필적할 사람이 없었다. 성격에 대해 말하자면, 일단 배를 타면 믿을 만했는데, 배에서 내리기만 하면 과격하고 무모해졌다. 성격이 급하고 곧잘 흥분했지만, 충실하고 정직하고 정이 많은 성격이었다. 홈즈가 애들레이드-사우샘프턴 증기회사의 사무실에서 얻은 정보의 핵심은 그것이었다.

거기서 마차를 타고 런던 경찰국으로 간 홈즈는 안으로 들어가지 않고, 미간을 찡그린 채 하염없이 생각에 잠겨 마차 안에 앉아 있었다. 그러다 채링크로스 전신국으로 마차를 돌려 전보를 친 후, 마침내 우리는 다시 베이커 스트리트로 향했다.

"그래, 나는 그럴 수가 없어, 왓슨." 방으로 들어서며 그가 말했다. "일단 영장이 발부되면 영영 그를 구할 길이 없게 돼. 내 탐정 경력 가운데 한두 번은 범죄자가 한 짓보다 내가 범죄자를 알아낸 것이 오히려 더 몹쓸 짓이었다는 것을 느낀 적이 있어. 그래서 신중해야 한다는 것을 배운 후, 내 양심을 속이기보다는 영국 법을 속이는 쪽을 택했지. 아무튼 행동에 나서기 전에 좀 더 알아보자."

날이 저물기 전에 스탠리 홉킨스가 찾아왔다. 그는 일이 잘 풀리지 않는 모양이었다.

"홈즈 씨는 정말 귀신같아요. 때때로 초인적인 힘을 지녔다는 생각까지 듭니다. 도대체 훔친 은그릇이 연못 밑바닥에 있는 줄은 어떻게 아셨습니까?"

"나는 몰랐습니다."

"하지만 거기서 찾아보라고 하셨잖습니까?"

"그래서 찾아냈나요?"

"예, 거기 있었습니다."

"내가 도움이 되었다니 기쁘군요."

"하지만 그건 도움이 안 돼요. 일을 더 어렵게 만들었을 뿐이라고요. 무슨 강도가 은그릇을 훔쳤다가 근처 연못에 내버린단 말입니까?"

"그건 분명 꽤 괴팍한 행동이죠. 난 그저 이런 생각을 했어요. 은그릇을 원치 않는 사람이 가져갔다면, 그러니까 눈가림으로 그걸 가져갔다면, 당연히 어떻게든 그것을 없애려고 할 거라고 말입니다."

"왜 그런 생각이 다 떠오른 거죠?"

"아, 그럴 수도 있겠다고 생각했어요. 그들이 프렌치윈도로 나갔을 때, 바로 연못이 있었습니다. 바로 코앞의 빙판이 유혹하듯 깨져 있었죠. 그곳보다 숨기기 좋은 곳이 어디 있겠습니까?"

"아, 숨겨놓는다! 그게 낫겠군요!" 스탠리 홉킨스가 외쳤다. "그래요, 그래, 이제 알겠어요! 이른 시간이라 길에 나다니는 사람이 있었겠죠. 은그릇을 들고 가다가 들킬까봐, 연못에 가라앉혀두고, 아무도 없을 때 와서 찾아갈 생각이었다 이거죠? 훌륭합니다, 홈즈 씨. 그게 눈가림이라는 생각보다 낫군요."

"그건 그렇군요. 경위는 탄복할 만한 가설을 세웠군요. 내 생각이 투박하긴 하지만, 덕분에 은그릇을 찾아냈다는 것을 인정해야 합니다."

"아, 그럼요. 그건 모두 홈즈 씨 덕분입니다. 하지만 저는 좌절하고 말았습니다."

"좌절?"

"예, 홈즈 씨. 랜들 부자가 오늘 아침 뉴욕에서 체포되었다지 뭡니까."

"아니, 이런. 그렇다면 간밤에 켄트 주에서 그들이 살인을 했다는 경위의 가설은 빗나가고 말았군요."

"헛짚었어요. 완전히 헛짚고 만 거죠. 하지만 랜들 부자 외에도 다른 3인조 강도가 있습니다. 한 번도 신고가 되지 않은 새로운 강도인지도 모르고요."

"물론 충분히 그럴 수 있죠. 아니, 벌써 가려고요?"

"예, 홈즈 씨. 끝장을 보기 전에 쉰다는 건 있을 수 없습니다. 저에게 다른 암시를 줄 게 없으신가요?"

"이미 주었습니다."

"그게 뭐죠?"

"눈가림 말입니다."

"하지만 왜요? 왜?"

"아, 물론 그게 문제죠. 아무튼 그걸 잘 생각해보기 바랍니다. 그러면 아마도 거기에 뭔가 있다는 것을 알게 될 겁니다. 저녁 식사를 하러 들르지 않겠습니까? 그럼, 살펴 가세요. 진전이 있으면 알려주시고."

홈즈가 다시 그 문제를 입에 올린 것은 저녁 식사가 끝나고, 식탁을 치운 후였다. 그는 파이프에 불을 댕기고 슬리퍼 신은 발을 활활 타는 벽난로 불 쪽으로 뻗더니, 불현듯 시계를 보았다.

"진전이 있을 거야, 왓슨."

"언제?"

"지금, 5분 안에. 이제까지 내가 스탠리 홉킨스에게 야박하게 굴었다고 생각하지?"

"생각이 있어서 그랬겠지."

"아주 현명한 대답이야, 왓슨. 이렇게 생각하는 게 좋아. 그러니까, 내가 아는 것은 비공식적인 건데, 그가 알게 되면 공식적인 게 되지. 나는 사사로이 결정할 권리가 있지만, 그에게는 그런 권리가 없어. 그는 모든 것을 밝혀야 해. 안 그러면 배임죄가 되지. 미심쩍은 사건일 경우 나는 그를 고민에 빠뜨리고 싶지 않아. 그래서 사건에 대해 내가 확실한 결정을 내리기 전에는 정보를 알려주지 않는 거지."

"하지만 언제 결정을 내릴 건데?"

"때가 됐어. 주목할 만한 드라마 한 편의 마지막 장면을 자네는 곧 보게 될 거야."

계단에서 발소리가 나더니, 방문이 열리면서 지난날 그 문을 통과한 그 누구에게도 뒤지지 않는 멋진 남성의 표본이 들어왔다. 키가 늘씬한 이 청년은 금빛 콧수염에 푸른 눈, 열대의 태양에 그을린 피

부를 지니고 있었다. 탄력적인 걸음걸이를 보니 거대한 체구가 튼튼한 것 못지않게 활동적이라는 것을 알 수 있었다. 문을 닫은 그는 들끓는 감정을 가라앉히는 듯 두 손을 부르쥐고 가슴을 들먹이며 우뚝 서 있었다.

"앉으세요, 크로커 선장, 내 전보를 받으셨죠?"

우리의 손님은 안락의자에 걸터앉아 질문하는 듯한 눈길로 우리를 차례로 바라보았다.

"전보를 받고 말씀하신 시간에 왔습니다. 회사 사무실에 들렀다고 들었습니다. 선생을 피할 길이 없더군요. 어디 최악의 얘기를 들어봅시다. 나를 어쩔 겁니까? 체포할 거요? 까놓고 말해보시오! 거기 그렇게 앉아서 쥐를 가지고 노는 고양이처럼 굴지는 마시오."

"손님에게 시가 하나 줘, 왓슨." 홈즈가 말했다. "태우시오, 크로커 선장. 불안해할 것 없어요. 선장이 보통의 범죄자라고 생각했다면 이렇게 같이 앉아서 담배를 피우지 않았을 겁니다. 안심해도 좋아요. 사실을 솔직히 밝히기만 하면 우리가 도와주겠습니다. 나를 속이려고 하면 묵과하지 않을 겁니다."

"내가 어쩌길 바라는 겁니까?"

"간밤에 애비 농장 저택에서 일어난 모든 일을 사실대로 얘기해주십시오. 더하지도 빼지도 말고 사실 그대로 말입니다. 나는 이미 많은 것을 알고 있습니다. 당신이 진실에서 한 치만 벗어나도 바로 경찰을 부를 작정인데, 그러면 이 일은 영원히 내 손에서 벗어날 겁니다."

선장은 잠시 생각에 잠겼다. 그러고는 햇볕에 그을린 커다란 손으로 다리를 철썩 쳤다.

"한번 운에 맡겨보겠습니다." 그가 외쳤다. "선생이 약속을 지키는 분이고, 백인(a white man. 미국 속어에서 유래한 인종주의적 발언으로, '정직한 사람'이라는 뜻이다—옮긴이)이라는 것을 믿습니다. 모든 이야기를 털어놓겠습니다. 하지만 먼저 말해두고 싶은 게 있어요. 나로서는 아무것도 후회하는 것이 없고 두려워하는 것도 없습니다. 과거로 돌아가도 다시 그럴 테고, 그것을 자랑스러워할 겁니다. 그 짐승을 저주해요. 고양이처럼 목숨이 여러 개라면 그는 그걸 나한테 다 갚아야 한다고요! 하지만 문제는 레이디, 아니 메리, 메리 프레이저입니다. 나는 결코 그 저주받을 레이디라는 호칭으로 그녀를 부르지 않을 겁니다. 그녀가 고통을 받는다는 생각만 하면, 나는 목숨이라도 바치고 싶습니다. 사랑스러운 그녀의 얼굴에 한 자락 웃음을 안겨줄 수만 있다면요. 내 영혼이 괴로운 것은 그것 때문입니다. 하지만, 하지만 달리 내가 어쩔 수 있죠? 신사분들에게 내 이야기를 들려드리겠어요. 그리고 사나이 대 사나이로 묻겠습니다. 대체 내가 달리 어쩔 수 있겠느냐고 말입니다.

지난 일을 먼저 얘기하지 않을 수 없군요. 선생은 모든 것을 아시는 듯하니, 그녀가 '지브롤터의 반석'호 승객이고 내가 1등 항해사였을 때 우리가 만났다는 것도 아실 겁니다. 그녀를 만난 첫날부터 그녀는 내게 하나뿐인 여자가 되었습니다. 항해가 계속될수록 나는 더욱 그녀를 사랑하게 되었죠. 그 후 나는 야간 경비를 돌 때면 어둠 속에서 넙죽 엎드려 수도 없이 갑판에 입을 맞추었습니다. 사랑스러운 그녀의 발이 디딘 갑판을 말입니다. 하지만 그녀는 내게 어떤 언질도 주지 않았어요. 여느 여자가 남자에게 대하듯 그렇게 나를 대했죠. 그래도 나는 야속하게 생각지 않았습니다. 나는 한없이 사랑했지만, 그녀는 나를 그저 좋은 친구로 여길 뿐이었죠. 우리가 헤어질 때 그녀는 새처럼 자유로웠지만, 나는 결코 다시는 자유로울 수 없었습니다.

다음 항해를 하고 돌아온 나는 그녀가 결혼했다는 소식을 들었습니다. 그녀가 좋아하는 사람과 결혼하지 말란 법은 없죠. 작위와 돈, 그것이 그녀보다 더 잘 어울리는 사람도 없어요. 그녀는 아름답고 우아한 모든 것을 갖기 위해 태어난 사람입니다. 나는 그녀가 결혼한 것을 슬퍼하지 않았어요. 나는 그렇게 이기적인 놈이 아닙니다. 나는 그녀에게 행운이 찾아온 것을 그저 기뻐했어요. 그녀가 가난뱅이 선원에게 자신을 내던지지 않은 것은 잘한 일이었죠. 그게 내가 메리 프레이저를 사랑하는 방식이었어요.

아무튼 나는 그녀를 다시 볼 줄 몰랐습니다. 지난번 항해를 마치고 승진을 했는데, 새 배가 아직 진수되기 전이라 시드넘에서 선원들과 두 달 동안 기다려야 했어요. 어느 날 시골길에서 그녀의 늙은 유모 테레사 라이트를 만났습니다. 그녀가 메리에 대한 모든 얘기를 해주었죠. 남편과 다른 모든 것에 대해서도요. 신사 여러분, 그 얘기를 듣고 나는 거의 돌아버렸습니다. 그녀의 신발을 핥을 자격도 없는 주정뱅이 녀석이 감히 손찌검을 하다니요! 나는 다시 테레사를 만났습니다. 그 후 메리를 직접 만났어요. 그리고 또 만났죠. 그 후 그녀는 다시 나를 만나지 않으려고 했어요. 하지만 그 전날 일주일 안에 출항해야 한다는 통지를 받은 터라, 떠나기 전에 한번 만나보기로 결심했어요. 테레사는 언제나 내 편이었죠. 그녀는 메리를 사랑했고, 그 악당을 나만큼이나 미워했으니까요. 그녀에게서 집안 이야기를 들었습니다. 메리는 1층의 작은 방에 앉아 책을 읽는 습관이 있었죠. 나는 간밤에 몰래 그곳에 가서 창문을 긁어 소리를 냈습니다. 처음에는 문을 열어주려고 하지 않더군요. 하지만 이제 그녀는 나를 진심으로 사랑하고 있어서, 추운 밤중에 나를 밖에 둘 수 없었습니다. 커다란 앞창문으로 돌아오라고 속삭이더군요. 그 창문이 열려 있어서 식당으로 들어갔죠. 다시 나는 분통 터지는 얘기를 그녀에게 직접 들었습니다. 내가 사랑하는 여자를 학대하는 그 짐승을 나는 저주했어요. 그때 나는 창문 바로 안쪽에 그녀와 함께 서 있었고, 맹세코 전혀 딴 짓을 하지 않았습니다. 그런데 그때 그 작자가 미친놈처럼 식당으로 뛰어들더니, 남자가 여자에게 쓰는 욕 가운데 가장 사악한 욕을 퍼부으며, 손에 들고 있던 막대기로 그녀의 얼굴을 후려쳤습니다. 나는 얼른 부지깽이를 집어들고 둘이 한참 싸웠죠. 여기 내 팔뚝에 그가 먼저 일격을 가한 상처를 좀 보세요. 그다음엔 내 차례였죠. 나는 녀석을 썩은 호박처럼 깨부숴버렸습니다. 내가 잘못했다고 생각하시나요? 천만에요! 그건 내가 죽느냐 그가 죽느냐의 문제였어요. 하지만 그뿐만 아니라 그가 죽느냐 그녀가 죽느냐의 문제이기도 했죠. 그런 미치광이의 손에 그녀를 남겨두고 내가 어떻게 떠날 수가 있겠습니까? 나는 그렇게 그를 죽였습니다. 내가 잘못한 겁니까? 그러니까 여러분이 나와 같은 처지였다면 달리 어쩌실 거냐고요.

그가 그녀를 후려칠 때 그녀가 비명을 질러서, 테레사가 위층에서 내려왔습니다. 찬장에 와인이 있어서, 그것을 따서 메리의 입에 조금 흘려 넣었죠. 충격을 받아 실신을 했거든요. 그 후 나도 한 모금 마셨습니다. 테레사는 아주 냉정했어요. 우리 둘이서 이야기를 꾸며냈죠. 우리는 강도가 한 짓처럼 보이게 해야 했어요. 테레사는 우리가 꾸며낸 이야기를 여주인에게 되풀이해서 들려주었습니다. 그사이에 나는 위로 올라가서 설렁줄을 잘랐죠. 그 후 그녀를 의자에 묶고, 설렁줄이 자연스럽게 보이도록 끄트머리 올을 풀었습니다. 무슨 강도가 벽난로 위에 올라가서 줄을 끊어서 사용하느냐고 생각할 테니까요. 그다음 나는 도둑이 든 것처럼 보이도록 은 접시와 은 냄비를 몇 개 챙겨서 그곳을 떠났습니다. 15분 후에 소리를 지르라고 말해두었죠. 나는 은그릇을 연못에 빠뜨리고 시드넘으로 떠났습니다. 내 평생 그렇게 유익한 밤을 보낸 적은 없다는 기분이 들더군요. 내 목을 걸고 이렇게 진실을 다 털어놓았습니다, 홈즈 씨."

홈즈는 한동안 말없이 담배만 피웠다. 그러다가 선장에게 다가가서 악수를 했다.

"내 생각도 그렇습니다." 그가 말했다. "모든 이야기가 사실이라는 것을 잘 압니다. 내가 모르는 내용은 거의 없었으니까요. 곡예사나 선원이 아니고서야 그런 선반을 짚고 설렁줄을 끊을 사람을 없을 겁니다. 선원이 아니고서는 의자에 그렇게 끈을 묶을 수도 없을 겁니다. 그 부인이 선원과 접촉한 것은 단 한 번뿐이었는데, 그건 바로 항해할 때였고, 그건 그녀와 같은 계층의 사람이었고, 그녀가 그를 보호해주려고 애를 쓴 것으로 볼 때, 그녀는 그를 사랑했습니다. 알다시피 내가 일단 정확히 꼬리를 밟은 순간 당신을 찾아내는 것은 식은 죽 먹기였습니다."

"나는 경찰이 속임수를 간파하지 못할 줄 알았습니다."

"경찰은 그랬죠. 앞으로도 그럴 거라고 봅니다. 자, 보세요, 크로커 선장, 당신이 여느 남자라도 비껴가기 힘든 아주 극단적인 도발을 당해서 그런 행동을 했다는 것을 물론 인정합니다만, 이건 아주 심각한 사건입니다. 자기 목숨을 지키기 위한 행동이었으니 정당방위라고 못 할 것도 없다고 봅니다. 하지만 그것을 판결하는 것은 영국의 배심원들입니다. 나로서는 당신의 처지에 공감하기 때문에, 앞으로 24시간 안에 사라지기만 한다면 가로막는 사람이 없을 거라는 점을 약속드리겠습니다."

"그다음에 자초지종이 공개되나요?"

"물론 그럴 겁니다."

선원은 분노로 얼굴이 붉으락푸르락했다.

"나를 무엇으로 보고 그런 제안을 하는 겁니까? 나는 메리가 공범으로 체포될 거라는 정도의 법은 아는 사람입니다. 책임을 뒤집어쓰라고 그녀만 남겨두고 떠날 사람 같습니까? 천만에요. 경찰더러 나를 맘대로 하라고 하세요. 하지만 홈즈 씨, 제발 불쌍한 메리가 재판을 받지 않을 수 있는 방법을 찾아주세요."

홈즈는 다시 선장에게 악수를 청했다.

"그저 당신을 떠본 말이었습니다. 당신이 언제나 진솔하다는 것을 알겠습니다. 음, 내가 큰 책임을 떠맡게 되었군요. 하지만 홉킨스에게는 이미 충분한 암시를 주었으니, 그가 그것을 살려 쓰지 못한다면 나로선 더 이상 어쩔 수 없겠지. 이봐요, 크로커 선장, 우리는 이 일을 적법하게 처리할 겁니다. 지금 당신은 피고인이고, 왓슨, 자네는 영국 배심원이야. 자네만큼 배심원으로 적격인 사람을 나는 만나본 적이 없어. 나는 판사야. 자, 배심원께서는 증언을 들으셨습니다. 피고는 유죄입니까, 무죄입니까?"

"무죄입니다, 판사님." 내가 말했다.

"복스 포풀리, 복스 데이(Vox populi, vox Dei. '백성의 소리가 곧 신의 소리'라는 뜻—옮긴이). 크로커 선장, 당신은 무죄 석방되었습니다. 다른 희생자가 없는 한 당신은 안전합니다. 1년 뒤에 그녀에게 돌아가십시오. 앞으로 두 분이 잘 삶으로써 오늘 밤 우리의 판결이 옳았음을 증명해주기 바랍니다."

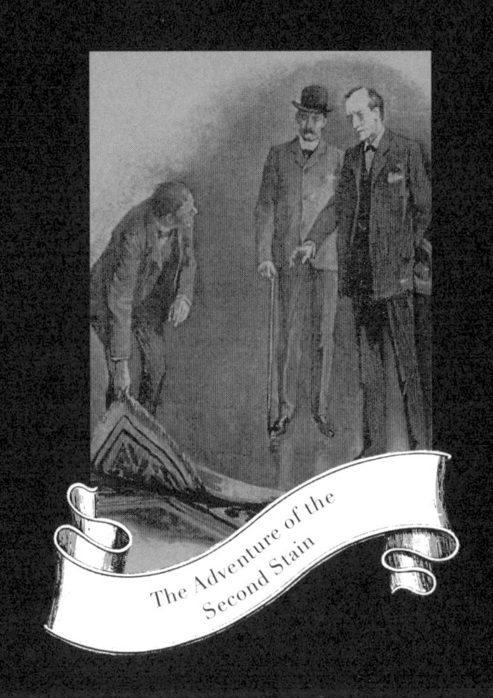

제2의 얼룩

내가 오랫동안 이야기보따리를 풀어온 내 친구 셜록 홈즈 씨의 사건 중 마지막으로 선보이고자 한 것이 바로 「애비 농장 저택」이었다. 이런 결심을 한 것은 소재 부족 때문이 아니었다. 이야기 보따리를 풀지 않은 수백 건의 사건 기록을 가지고 있기 때문이다. 또한 주목할 만한 특정인과 그의 독특한 수사 방법에 대한 독자 여러분의 관심이 시들해져서도 아니었다. 진짜 이유는 홈즈 씨가 자신의 경험을 계속 글로 발표하는 것을 꺼린다는 데 있다. 그가 탐정 활동에 여전히 몸담고 있는 한, 그가 성공한 기록들은 그에게도 제법 실용적인 가치가 있었다. 그러나 이제 그는 런던에서 완전히 물러나 서식스 다운스에서 연구와 양봉에 몰두하게 되었다. 그래서 명성을 날린다는 것이 싫어진 그는 이 문제에 대해 엄격히 그가 바라는 대로 해주기를 단호히 요청했다. 그러나 때가 무르익으면 「제2의 얼룩」을 발표해야 한다고 내가 다짐했던 것을 그에게 잘 설명하고, 이제까지 오래도록 사건 기록을 발표해왔는데, 그가 의뢰받은 사건 가운데 가장 중요한 국제 사건으로 대미를 장식해야 마땅하지 않느냐고 내가 지적함으로써,

마침내 이를 공개해도 좋다는 동의를 얻어내는 데 성공할 수 있었다. 그는 다만 조심스레 말을 삼가도록 했다. 이야기에 다소 모호한 구석이 좀 있더라도, 독자께서는 내가 말을 삼갈 만한 이유가 충분히 있다는 것을 이해해주시기 바란다.

❧

가을날 어느 화요일 아침, 베이커 스트리트의 허름한 우리 집으로 유럽에서 이름이 짜한 두 사람이 찾아왔다. 당시 그 일은 1년이 지나서도, 아니 10년이 지나서도 세상에 밝힐 수 없을 것 같았다. 준엄한 인상에 콧대가 높고 부리부리한 눈에 남을 압도하는 듯한 방문객은 바로 그 유명한 벨린저 경으로, 두 차례에 걸쳐 영국 총리에 오른 인물이었다. 아직 중년이랄 수는 없는 우아한 자태의 다른 남자는 피부가 거뭇하고, 얼굴 윤곽이 뚜렷했는데, 육체와 정신의 모든 아름다움을 갖춘 듯했다. 영국에서 가장 촉망받는 정치가인 그는 바로 유럽 담당 장관인 트렐로니 호프 경이었다. 등널이 있는 긴 의자에 신문이 흩어져 있었는데, 그들은 그 의자에 나란히 걸터앉았다. 지치고 초조해하는 얼굴을 보니 더없이 긴박하고 중요한 일로 찾아왔다는 것을 쉽게 알 수 있었다. 총리는 푸른 정맥이 드러난 가녀린 두 손으로 우산의 상아 손잡이를 힘껏 움켜쥐고 있었다. 그는 수척하고 금욕적인 얼굴로 홈즈와 나를 우울하게 바라보았다. 유럽 담당 장관은 초조하게 콧수염을 잡아당기며 회중시곗줄에 매달린 도장을 만지작거렸다.

"홈즈 씨, 내가 서류를 잃어버렸다는 것을 알았을 때, 그건 오늘 아

침 8시였는데, 나는 바로 보고를 했습니다. 총리께서는 당신을 찾아가 보자고 말씀하셨지요."

"경찰에 알렸나요?"

"아니요." 민첩하고 단호하기로 유명한 그의 태도 그대로 총리가 말했다.

"그러지 않았지만, 그럴 수도 없습니다. 경찰에 알린다는 것은 결국 국민에게 알린다는 뜻이 됩니다. 그것만은 각별히 피하고 싶습니다."

"아니 왜요?"

"왜냐하면 문제의 서류가 너무나 중요해서, 그 내용이 널리 알려질 경우 곧바로 유럽이 분쟁에 휘말릴 가능성이 매우 높기 때문입니다. 아마 거의 그렇게 될 겁니다. 평화냐 전쟁이냐가 바로 그것에 달려 있다고 해도 지나친 말이 아닙니다. 극비리에 회수하지 않으면 차라리 회수하지 않느니만 못합니다. 그것을 훔쳐간 자들이 노리는 게 바로 서류의 내용이 널리 알려지는 것이니까요."

"알겠습니다. 그럼, 트렐로니 호프 씨, 그 서류가 사라진 정확한 상황에 대해 말씀해주시죠."

"상황은 복잡하지 않습니다, 홈즈 씨. 어느 외국 군주가 보낸 편지 한 통을 받은 것은 엿새 전이었습니다. 워낙 중요한 편지라서 내 금고에 보관해두지 않고, 날마다 퇴근할 때 화이트홀 테라스에 있는 우리 집으로 가지고 가서, 침실 서류함에 넣고 자물쇠를 채웠습니다. 어젯밤까지만 해도 거기 있었죠. 그건 분명해요. 저녁 식사를 하기 전에 옷을 갈아입으며 상자를 열어보았을 때도 안에 들어 있는 것을 보았으니까요. 그런데 오늘 아침에 보니 사라졌어요. 서류함은 밤새 내 화장대 거울 옆에 있었습니다. 나는 잠귀가 밝고 아내도 그래요. 밤중에 누가 침실에 들어왔을 리가 없다는 것은 우리 둘 다 장담할 수 있어요. 그런데 서류가 사라졌어요."

"저녁 식사는 몇 시에 하셨나요?"

"7시 반에요."

"얼마 후에 침실로 돌아가셨나요?"

"아내가 극장에 가서, 돌아오길 기다렸죠. 11시 반이 되어서야 침실에 들었습니다."

"그럼 네 시간 동안 서류함이 방치되어 있었군요."

"아침에는 청소를 하는 가정부, 낮에는 내 시종과 아내의 하녀만 침실에 들어가는 것이 허용되어 있습니다. 그들은 우리와 오래도록 같이 지낸 믿을 만한 하인들입니다. 게다가 내 서류함에 평소의 문서보다 더 귀중한 것이 들어 있다는 것을 그들이 알 리도 없습니다."

"그 편지의 존재를 아는 사람이 없었나요?"

"집에는 아무도 없었습니다."

"부인께서는 알았겠죠?"

"아닙니다. 오늘 아침에 잃어버리기 전까지는 아내에게 아무 말도 하지 않았습니다."

총리가 만족스러운 듯 고개를 끄덕였다.

"호프 장관의 책임감이 매우 강하다는 것은 내가 오래전부터 알고 있던 사실입니다." 총리가 말했다. "그처럼 중요한 문건인 경우, 가장 친한 가족 간의 유대보다도 비밀을 지키는 게 더 중요하다고 나는 확신합니다."

유럽 담당 장관이 고개를 숙여 보였다.

"각하께서 저를 제대로 보신 겁니다. 오늘 아침까지 이 문제에 대해 아내에게 단 한 마디도 발설하지 않았습니다."

"부인이 짐작도 못했을까요?"

"그렇습니다, 홈즈 씨. 아내도, 하인들도 전혀 짐작도 할 수 없었습니다."

"장관께서는 전에 다른 서류를 잃은 적이 있나요?"

"없습니다."

"잉글랜드에서 그 편지의 존재를 아는 사람이 누가 있나요?"

"어제 장관들에게 알렸습니다. 하지만 각료 회의를 할 때는 항상 비밀 서약을 하는데, 이번에는 추가로 총리께서 엄숙한 경고까지 했습니다. 그런데 몇 시간도 되지 않아 내가 그것을 잃어버리다니!" 그는 잘생긴 얼굴을 절망으로 일그러뜨리며 두 손으로 머리를 쥐어뜯었다. 우리는 충동적이고 격렬하고 매우 예민한 자연인의 내면을 잠깐 엿보았다. 다음 순간 귀족적인 가면이 다시 제자리를 찾으면서 부드러운 목소리가 돌아왔다. "장관들 외에 부서 공무원 서너 명이 그 편지에 대해 알고 있습니다. 그 밖에 잉글랜드에는 아무도 아는 사람이 없다고 장담할 수 있습니다, 홈즈 씨."

"그럼 외국에는?"

"편지를 쓴 사람을 빼고는 아무도 본 사람이 없을 거라고 생각합니다. 장관들도, 그러니까 평소의 공식 경로도 통하지 않고 작성된 편지인 것으로 알고 있어요."

홈즈가 잠시 생각에 잠겼다.

"이제 좀 더 자세히 알아야겠습니다. 그것은 무슨 편지입니까? 그리고 그 편지가 사라졌다는 것이 왜 그토록 큰 의미를 지니고 있나요?"

두 정치가가 재빨리 눈길을 마주쳤고, 총리가 무성한 눈썹을 찡그렸다.

"홈즈 씨, 봉투는 연푸른색으로 기다랗고 얇습니다. 붉은 밀랍으로 봉인을 했고, 웅크린 사자 문양의 도장을 찍었죠. 주소는 크고 굵은 필체로……."

"아, 그러한 사실도 흥미롭고 정말 필요하다고 봅니다만, 나는 좀 더 근본적인 것을 묻고 있습니다. 그건 대관절 무슨 편지였습니까?"

"그것은 그지없이 중요한 국가 기밀입니다. 무슨 편지였는지는 말

씀드릴 수 없고, 그럴 필요도 없다고 봅니다. 홈즈 씨의 능력이 뛰어나다던데, 능력을 발휘해서 내가 말한 봉투를 내용물과 함께 찾아내면 국가에 지대한 공헌을 하게 되고, 우리가 힘닿는 데까지 최대한 보상을 해드리게 될 것입니다."

셜록 홈즈가 미소를 머금고 일어섰다.

"두 분은 이 나라에서 가장 바쁘시죠." 그가 말했다. "그리고 나름대로 나도 꽤 많은 부름을 받고 있습니다. 이 문제는 도와드릴 수 없다는 것이 극히 유감스럽습니다. 면담을 더 이상 계속하는 것은 시간 낭비일 뿐입니다."

총리가 벌떡 일어섰다. 면전의 장관들을 겁에 질리게 한 그의 깊숙한 두 눈에서 사나운 빛이 작열했다. "어떻게 그런 말을……." 그가 말문을 열었지만, 분노를 삭이고 다시 자리에 앉았다. 잠깐 동안 우리는 모두 묵묵히 앉아 있었다. 그러다 늙은 정치가는 어깨를 으쓱해 보였다.

"당신의 조건을 받아들이지 않을 수가 없군요, 홈즈 씨. 물론 그 말이 맞습니다. 우리가 당신을 전적으로 신뢰하지도 않으면서 뭔가 해주길 바란다는 것은 부당한 노릇이죠."

"저도 동감입니다." 젊은 정치가가 말했다.

“그럼 당신과 동료이신 왓슨 박사가 신의를 지킬 것을 굳게 믿고 말씀을 드리리다. 또한 당신의 애국심에도 호소하고 싶습니다. 이 나라에서 이 일이 공개되는 것보다 더 크나큰 불행은 없을 테니까 말입니다.”

“우리를 믿고 안심하셔도 됩니다.”

“그러니까 그 편지는 최근 영국의 식민지가 확대되는 것에 신경이 곤두선 외국의 한 군주가 보낸 것입니다. 그가 독단적으로 황급히 써 보낸 거죠. 조사를 해보니 장관들은 그것을 전혀 몰랐습니다. 그런데 편지의 어투가 워낙 유감스럽고 어떤 구절은 아주 도발적이어서, 그것이 공개되면 이 나라의 국민감정이 폭발할 위험이 있어요. 보나마나 대소동이 일어나서, 편지가 공개된 지 일주일 안에 이 나라가 전란에 휩쓸릴 겁니다.”

홈즈가 쪽지에 이름을 써서 총리에게 건네주었다.

“맞습니다. 이 사람이에요. 그의 편지를 잃어버렸어요. 막대한 비용을 지출하고, 헤아릴 수 없는 인명이 희생될지도 모르는 그런 편지를 이상하게 잃어버리고 만 겁니다.”

“편지를 보낸 분한테 알렸습니까?”

“예. 암호 전문을 띄웠습니다.”

“혹시 그가 편지의 공개를 바라는 건 아닌가요?”

“아닙니다. 우리는 그가 무분별하고 성급하게 행동했다는 것을 이미 깨달았다는 증거를 갖고 있습니다. 편지가 공개되면 우리보다 그의 나라와 그가 더 큰 타격을 받게 될 것입니다.”

“그렇다면 편지가 공개될 때 누가 이익을 보게 되나요? 누군지 모를 사람이 편지를 훔치거나 공개하고 싶어할 이유가 뭐죠?"

"그건, 홈즈 씨, 복잡한 국제 정치와 관련되어 있습니다. 하지만 유럽의 상황을 생각해보면 동기를 쉽게 이해할 수 있을 것입니다. 유럽은 전체가 하나의 병영입니다. 군사력의 균형이 잘 잡힌 이중 동맹을 맺고 있지요. 무게 중심을 잡고 있는 것은 대영제국입니다. 영국이 동맹국과 전쟁을 벌이게 되면, 다른 쪽 동맹국이 어부지리를 얻게 될 것입니다. 그 나라가 참전을 하든 않든 말입니다. 이해가 되십니까?"

"잘 알겠습니다. 그렇다면 편지를 입수해서 공개하려고 하는 것은 그 군주의 적들에게 득이 된다 이거죠? 영국과 독일을 분열시킴으로써 말입니다."

"그렇습니다."

"편지가 적의 수중에 들어갔다면 그것이 누구에게 전달될까요?"

"유럽의 총리라면 누구라도 가능합니다. 아마 지금 이 순간 물살처럼 빠르게 전달하는 중일 것입니다."

트렐로니 호프 씨는 의자에 앉아 고개를 푹 숙이고 크게 신음을 내뱉었다. 총리가 자상하게 그의 어깨에 한 손을 얹고 말했다.

"이보게, 이건 운이 없었을 뿐이야. 아무도 자네를 탓하진 않아. 자네가 서류를 소홀히 취급했다고 비난하는 사람도 없을 걸세. 자, 홈즈 씨, 이제 충분히 아셨을 겁니다. 이제 어째야 좋겠습니까?"

홈즈가 우울하게 고개를 내둘렀다.

"편지를 회수하지 못하면 정말 전쟁이 일어날 거라고 보시나요?"

"그럴 거라고 봅니다."

"그렇다면 전쟁 준비를 하시죠."

"그럴 수는 없소, 홈즈 씨."

"현실을 직시하십시오. 밤 11시 반 이후에 편지를 훔쳐갔다고 볼 수는 없습니다. 그 시간 이후 편지가 없어졌다는 것을 알게 될 때까지 호프 씨 내외가 그 방에 같이 있었으니까요. 그렇다면 그건 어제 저녁 7시 반부터 11시 반 사이에 일어난 일입니다. 아마도 7시 반에 가까울 겁니다. 누가 훔쳐갔든, 그것이 거기 있다는 것을 잘 알고 있었으니 당연히 가능한 한 빨리 손에 넣으려고 했을 테니까요. 그러니 중요한 그 서류가 그 시간에 도난당했다면, 지금 그건 어디 있을까요? 그것을 가지고 망설이고 있을 이유가 없으니, 필요로 하는 사람에게 신속하게 전달되었겠죠. 그러니 잡는다거나 추적을 할 가망이 없어요. 그건 우리의 능력 밖입니다."

총리가 자리에서 일어섰다.

"당신의 말이 참으로 논리적입니다, 홈즈 씨. 이 문제는 정말 우리 손을 떠난 것 같군요."

"만일의 경우, 그 서류를 하녀나 시종이 가져갔다고 가정하면……."

"그들은 전적으로 믿을 만한 하인들입니다."

"침실이 2층에 있어서 외부에서 들어갈 수는 없다고 하셨습니다. 내부에서는 몰래 2층으로 올라갈 수 없고요. 그렇다면 편지를 빼돌린 것은 집 안에 있던 사람인 게 분명합니다. 도둑은 그것을 누구에게 가져갈까요? 여러 국제 스파이나 비밀요원 가운데 한 명이겠죠. 그들의 이름은 내가 많이 알고 있습니다. 그 바닥의 우두머리라고 할 수 있는 사람이 세 명 있죠. 바로 조사에 착수해서 그들의 동태를 알아보겠습니다. 그들 가운데 한 명이라도 안 보이면, 특히 지난밤 이후에 사라졌다면, 편지가 어디로 갔는지 단서를 잡게 될 것입니다."

"그가 왜 사라지죠?" 유럽 담당 장관이 물었다. "편지를 런던 대사관에 넘겨주면 그만 아닙니까?"

"그렇지 않습니다. 독자적으로 활동하는 그 요원들은 대사관과의 관계가 그리 원만치 않습니다."

총리는 동의한다는 듯이 고개를 주억거렸다.

"그 말이 옳다고 봅니다, 홈즈 씨. 그것은 워낙 값진 전리품이라서 자기 손으로 직접 전달하려고 할 것입니다. 홈즈 씨의 행동 방침은 아주 훌륭하다고 봅니다. 그런데 호프, 이런 불운한 일이 있다고 해서 우리가 다른 의무에 소홀할 수는 없지. 장차 새로운 진전이 있으면 바로 홈즈 씨에게 연락을 드리겠습니다. 조사를 하시다가 성과가 있다면 꼭 알려주십시오."

두 정치가는 고개를 숙여 보이고 무거운 발걸음을 돌렸다.

유명한 방문객들이 떠나자, 홈즈는 파이프에 불을 댕기고, 생각에 잠긴 채 한참을 말없이 앉아 있었다. 나는 아침 신문을 펼치고 간밤에 런던에서 일어난 큰 범죄사건을 열심히 찾아 읽었다. 그때 내 친구가 탄성을 지르고 벌떡 일어서더니 벽난로 위에 파이프를 내려놓았다.

"그래." 그가 말했다. "접근해보는 것보다 더 좋은 방법은 없어. 절망적인 상황이지만 희망이 전혀 없는 것은 아니야. 지금이라도 그들 가운데 누가 훔쳐갔는지 알아낼 수 있다면 말이야. 아직 그가 편지를 가지고 있을 가능성이 있어. 결국 이게 그들에겐 돈의 문제야. 그런데 내 뒤에는 영국 재무부가 있지. 그게 시장에 나왔다면 내가 사겠어. 그것 때문에 소득세가 1페니 더 오르는 한이 있어도 말이야. 그는 적국에 가서 운을 시험하기 전에 우리 쪽에서 얼마나 낼지 알아보기 위해 편지를 가지고 있을 수도 있어. 그토록 대담하게 판을 벌일 수 있는 자들은 셋밖에 없지. 오버스타인과 라 로티에르, 에두아르도 루카스가 그들이야. 그들을 만나봐야겠어."

나는 아침 신문을 힐끔 쳐다보며 말했다.

"그게 고돌핀 스트리트의 에두아르도 루카스야?"

"그래."

"그를 만날 수는 없을 거야."

"아니 왜?"

"그는 엊저녁에 집에서 살해되었어."

우리가 모험에 나설 때마다 내 친구는 종종 나를 너무나 놀라게 했다. 그런데 이번에는 내가 그를 화들짝 놀라게 했다는 것을 알고 나는 우쭐한 기분이 들었다. 그는 놀라서 멍하니 나를 바라보다가, 내 손에서 신문을 낚아챘다. 그가 자리에서 일어설 때까지 내가 읽은 신문 내용은 이러했다.

웨스트민스터 살인 사건

간밤에 고돌핀 스트리트 16번지에서 수수께끼 같은 살인 사건이 발생했다. 그곳은 템스 강과 웨스트민스터 대수도원 사이의 외진 거리에 있는 18세기의 고풍스러운 집으로, 국회의사당의 커다란 시계탑 그늘에 거의 가려 있다. 작지만 고급한 이 주택에는 몇 년째 에두아르도 루카스 씨가 세 들어 살고 있었는데, 그는 인품이 뛰어나고 아마추어 테너 가수로서도 명성이 높아서 사교계에서 잘 알려진 인물이다. 34세의 독신남인 루카스의 식구로는 초로의 가정부 프링글 부인과 시종 미튼이 있다. 가정부는 언제나 일찍 일을 마치고 주택의 꼭대기에 있는 침실에서 잔다. 시종은 해머스미스에 있는 친구를 만나러 가기 위해 저녁에 외출을 했다. 10시부터 루카스 씨는 혼자 집을 지켰다. 그 시간에 무슨 일이 있었는지는 아직 밝혀지지 않았지만, 12시 15분 전에 배레트 순경이 고돌핀 스트리트를 지나다가, 16번지의 대문이 살짝 열려 있는 것을 보았다. 그가 문을 두드렸지만 응답이 없었다. 거실에 불빛이 켜진 것을 본 그는 복도로 들어가 다시 노크를 했지만 역시 응답이 없었다. 그러자 문을 열고 들어갔다. 실내는 잔뜩 어질러진 상태였는데, 가구가 모두 한쪽으로 밀쳐졌고, 방 한가운데에는 의자 하나가 뒤로 쓰러져 있었다. 의자 옆에는 불운한 세입자가 의자 다리를 꽉 붙들고 죽어 있었다. 그는 심장에 칼을 찔려 즉사한 것이 분명했다. 범행에 사용된 칼은 날이 곡선으로 된 인도 단검이었는데, 벽을 장식하고 있던 동양 전리품 무기 가운데 하나였다. 범인은 강도짓을 하려던 게 아닌 것으로 보인다. 실내의 값진 물건을 훔치려고 하지 않았기 때문이다. 유명하고 인기 있던 에두아르도 루카스 씨가 이유를 알 수 없는 폭행을 당해 사망했으니, 많은 친구들이 가슴 아파하며 깊은 애도를 표하게 될 것이다.

"아, 왓슨, 자네는 이걸 어떻게 생각해?" 홈즈가 한참 후에 물었다.

"놀라운 우연의 일치로군."

"우연이라고! 그는 이번 드라마의 유력한 배우 후보인 세 명 가운데 하나인데, 공교롭게도 드라마가 상연된 것으로 보이는 바로 그 시간에 폭행을 당해 사망했어. 우연의 일치가 아닐 가능성이 매우 높아. 가능성을 수치로 나타낼 순 없지만. 그래, 왓슨, 두 사건은 연관이 있어. 틀림없어. 우리가 그 연관성을 찾아내야 해."

"하지만 지금은 경찰도 다 알았을걸?"

"천만에. 그들이 고돌핀 스트리트에서 본 거야 알겠지. 하지만 화이트홀 테라스에 대해서는 전혀 몰라. 모를 거야. 두 사건을 다 알고, 그 관계를 추적할 수 있는 것은 우리뿐이야. 아무튼 루카스는 명백히 의심할 만한 데가 있어. 웨스트민스터의 고돌핀 스트리트는 화이트홀 테라스에서 걸어서 몇 분 거리밖에 안 돼. 내가 언급한 다른 비밀요원들은 웨스트엔드 끝에 살지. 그러니 유럽 담당 장관네 사람들과 관계를 맺거나 무슨 소식을 전달받기는 다른 두 사람보다 루카스가 더 쉬워. 사소한 요인 같기는 하지만 거기서 몇 시간 사이에 줄줄이 사건이 터진 것으로 볼 때 이건 핵심 요인일 수도 있지. 어라! 이

게 웬일이지?"

허드슨 부인이 쟁반에 한 숙녀의 명함을 얹고 나타난 것이다. 명함을 힐끔 쳐다본 홈즈가 눈썹을 추켜올리더니, 그것을 내게 건네주었다.

"힐다 트렐로니 호프 부인을 위로 모셔주세요." 그가 말했다.

이날 아침 그 유명한 두 사람에 이어, 런던에서 가장 아리따운 여성이 들어오자 허름한 우리의 숙소는 더욱 빛났다. 벨민스터 공작의 막내딸이 아름답다는 소문은 종종 들었지만, 용모에 대한 그 어떤 얘기를 듣고, 그 어떤 흑백 사진을 보았어도 실물의 아름다운 색상과 미묘하고 오묘한 매력은 아연 놀랍기만 했다. 하지만 가을날 아침 우리의 눈길을 잡아끈 것은 그녀의 미모가 아니었다. 그녀의 두 뺨은 아름다웠지만 감정의 동요로 창백했고, 두 눈은 빛났지만 그것은 열병으로 인한 빛이었다. 민감한 입술은 자제하려는 마음으로 굳게 다문 채 일그러져 있었다. 우리의 아리따운 방문객이 열린 문간에 잠시 서 있을 때 맨 먼저 눈에 띈 것은 아름다움이 아니라 공포였던 것이다.

"홈즈 씨, 제 남편이 여기 왔었죠?"

"그렇습니다, 부인. 여길 다녀가셨습니다."

"홈즈 씨, 부디 제가 여기 왔다는 말을 남편에게는 하지 말아주세요." 홈즈가 냉정하게 고개를 숙여 보이고, 부인에게 의자를 권했다.

"내 처지를 난처하게 하시는군요. 부디 자리에 앉으셔서 원하는 것이 무엇인지 말씀해보세요. 무조건 약속부터 할 수는 없으니까요."

방을 가로질러 간 그녀는 창문을 등지고 앉았다. 늘씬한 키에 우아하고 여성다운 매력이 물씬 풍기는 그녀의 자태는 마치 여왕 같았다.

"홈즈 씨." 흰 장갑을 낀 손을 쥐었다 폈다 하며 그녀가 말했다. "솔직히 말씀드릴 테니 부디 저에게도 솔직히 말씀해주시기 바라요. 우리 부부 사이엔 전혀 비밀이 없지만 한 가지만은 예외랍니다. 정치 문제가 그거예요. 정치 문제라면 남편은 입을 꾹 다물고 말아요. 아무런 말도 하지 않죠. 그런데 간밤에 우리 집에서 아주 크나큰 일이 일어났어요. 서류가 없어진 거예요. 하지만 그게 정치적인 문제라서 남편이 사실을 털어놓지 않아요. 하지만 어떻게 된 일인지 제가 꼭 알아야 해요. 꼭 말예요. 정치가들 말고는 이 사실을 아는 사람이 홈즈 씨밖에 없어요. 홈즈 씨, 정확히 어떻게 된 일인지, 앞으로 어떻게 될 것인지 제발 말씀 좀 해주세요. 빠짐없이 말예요. 의뢰인을 위해 함구해야 한다는 말씀은 하지 마세요. 분명히 말씀드리지만, 저에게 솔직히 얘기해주시는 것이야말로 진정으로 그이를 위하는 길이에요. 없어진 서류가 대체 뭐죠?"

"부인, 그것은 결코 말씀드릴 수 없습니다."

그녀는 신음소리를 내며 두 손에 얼굴을 묻었다.

"그럴 수밖에 없다는 것을 아셔야 합니다, 부인. 장관께서 부인에게 이 문제를 알리지 말아야 한다고 생각한다면, 직업상 비밀을 지키겠다고 맹세한 다음에야 얘기를 들은 나로서는 장관이 말하지 않은 것을 말할 수가 없습니다. 그러한 요청은 온당치 않아요. 꼭 알고 싶다면 장관께 물어보셔야죠."

"그이에게는 이미 물어봤어요. 마지막 수단으로 여길 찾아온 거라고요. 홈즈 씨, 구체적으로 말해주진 못하더라도 한 가지만 분명히 말씀해주시면 정말 큰 도움이 될 거예요."

"그게 뭐죠?"

"이 사건 때문에 그이가 정치적으로 큰 타격을 받을까요?"

"음, 문제가 해결되지 않는다면 분명 아주 불행한 결과를 낳을 것입니다."

"아!" 그녀는 의혹이 풀린 사람처럼 크게 숨을 들이켰다.

"홈즈 씨, 하나만 더요. 서류가 없어졌다는 것을 알고 충격을 받은 남편이 얼결에 한 말을 듣고, 이 사건 때문에 세상에 끔찍한 일이 일어날지도 모른다는 것을 알게 되었어요."

"장관께서 그리 말씀하셨다면 내가 부정할 수야 없죠."

"끔찍한 일이라는 게 뭐죠?"

"아, 부인, 내가 대답할 수 없는 것을 또 물으시는군요."

"그렇다면 더는 시간을 빼앗지 않겠어요. 홈즈 씨가 좀 더 자유롭게 얘기해주지 않았다고 해서 탓할 수야 없죠. 홈즈 씨도 내가 남편의 뜻을 거스르면서까지 남편의 근심을 덜어주려고 했다고 나를 나쁘게 생각지는 않으실 거라고 믿어요. 다시 한 번 부탁드리는데, 제가 다녀갔다는 얘기는 하지 말아주세요."

그녀는 문간에서 우리를 돌아보았다. 고뇌에 찬 아리따운 얼굴과 놀란 두 눈, 일그러진 입술이 두드러져 보였다. 그리고 그녀는 떠났다.

"그런데, 왓슨, 여자는 자네의 분야잖아." 홈즈가 미소를 머금고 말했다. 치맛자락 스치는 소리가 멀어지더니 현관문이 쾅 닫혔다. "아름

다운 저 부인의 속셈이 뭐지? 정작 원하는 게 뭘까?"

"그거야 본인이 분명하게 말했잖아. 그녀가 걱정하는 것도 당연하고."

"흥! 왓슨, 그녀의 모습과 태도를 생각해봐. 흥분을 억누르고, 안절부절못하면서, 끈질기게 질문을 했어. 그녀는 속내를 쉽게 드러내지 않는 계층의 사람이라는 것을 잊지 말아야 해."

"꽤나 흔들리고 있었던 것은 분명해."

"게다가 자기한테 모든 것을 얘기해 주는 것이 남편을 위하는 길이라고 우리를 설득시키려는 태도가 이상할 정도로 열렬했다는 것도 잊지 마. 그건 무슨 뜻일까? 그리고 왓슨, 부인이 일부러 햇빛에 등지고 앉으려 한 것도 주목해야 해. 그녀는 자기 표정을 들키고 싶지 않았던 거야."

"그래, 하필이면 창가의 의자에 앉았지."

"한데 여자들의 심리는 워낙 불가사의해. 내가 똑같은 이유로 의심을 한 적이 있는 마게이트의 여자 기억나지? 그녀는 코에 분가루를 바르지 않은 덕분에 올바른 해법을 찾을 수 있었지. 자네라면 그처럼 변화무쌍한 존재를 어떻게 파악할 거야? 여자는 아주 사소한 행동이라도 크나큰 의미를 지닐 수 있고, 머리핀이나 머리 인두(불에 달구어 머리 모양을 다듬는 집게 모양의 기구—옮긴이) 때문에 아주 이상한 행동을 하기도 하니까 말이야. 아무튼 나는 가볼게, 왓슨."

"간다고?"

"응. 고돌핀 스트리트에 사는 친구들과 같이 아침 시간을 보낼 거야. 이번 사건의 열쇠는 에두아르도 루카스한테 달려 있는데, 솔직히 그게 어떤 열쇠일지 모르겠어. 사실을 알기 전에 가설을 세우는 것은 크게 실수하는 거야. 왓슨, 자네는 집을 보면서 새로 찾아오는 손님을 좀 맞이해줘. 가능하면 점심때 돌아올게."

⁂

그날과 다음 날, 다음다음 날에도 종일 홈즈는 말이 없었다. 어찌 보면 침울한 듯도 했다. 그는 뛰다시피 나갔다 들어왔다 했고, 줄담배를 피워댔고, 잠깐씩 바이올린을 연주했다. 그러다 깊은 생각에 잠겼고, 때늦게 들어와 허겁지겁 샌드위치를 먹었고, 무슨 질문을 해도 대답이 없었다. 일이 술술 풀리지 않는 게 분명했다. 그가 사건에 대해 입을 꾹 다물어버린 탓에, 내가 수사 과정에 대해 알아낸 것은 모두 신문을 통해서였다. 그사이 고인의 시종 존 미튼이 구속되었다가 무죄로 풀려났다. 검시 배심은 명백한 '고의 살인' 평결을 내렸지만, 범인의 윤곽은 여전히 오리무중이었다. 동기도 알 수 없었다. 실내에는 귀중품이 즐비했지만 아무것도 없어지지 않았다. 피살자의 서류도 손을 타지 않았다. 서류를 면밀히 살펴본 결과 고인은 국제 정치에 관심이 많았고, 지칠 줄 모르고 소문을 수집했으며, 외국어에 능통했고, 줄기차게 편지를 썼다는 사실을 알 수 있었다. 그는 여러 나라의 중요 정치인들과 친분이 두터웠다. 그러나 서랍을 가득 채운 문서 가운데 세상에 물의를 일으킬 만한 것은 없었다.

여자들과의 관계는 문란했지만 가벼운 관계인 듯했다. 많은 여자들과 사귀었지만 친구는 드물었고, 사랑한 여자는 한 명도 없었다. 생활 습관은 규칙적이었고 악행을 저지른 적이 없었다. 그의 죽음은 완전히 수수께끼여서 앞으로도 해결될 기미가 보이지 않았다.

시종 존 미튼을 체포한 것은 아무런 손을 쓸 수 없는 상황에서 나온 궁여지책이었다. 그러나 공소 유지가 불가능했다. 그날 밤 해머스미스에 있는 친구들을 만나러 간 그의 알리바이는 완벽했다. 범행 사실이 발견되기 전에 현장에 도착할 수 있는 시간에 그가 친구 집을 나선 것은 사실이었다. 그러나 그는 도중에 얼마간 걸었다고 해명했다. 그날 밤은 날씨가 좋았다는 것으로 미루어볼 때 충분히 그럴 수도 있었다. 그는 사실 자정에 집에 도착했는데 뜻밖의 비극에 망연자실한 듯했다. 그는 주인과 언제나 관계가 좋았다.

고인의 물건 몇 가지, 특히 작은 면도날 한 곽이 시종의 상자에서 나왔지만, 그는 고인이 준 선물이라고 해명했고, 그것이 사실이라고 가정부가 증언했다. 미튼은 3년 동안 루카스의 집에서 일했다. 루카스가 유럽에 가면서 미튼을 데려가지 않은 것은 눈여겨볼 만한 사실이었다. 가끔 루카스는 파리에 가서 3개월씩이나 묵었는데, 미튼은 고돌핀 스트리트의 집을 지켰다. 가정부는 범행이 일어난 날 밤에 아무 소리도 듣지 못했다. 손님이 찾아왔다면 주인이 손수 문을 열어준 것이다.

그래서 사흘 동안 사건이 수수께끼로 남아 있다는 것이 내가 신문을 통해 알아낸 것이었다. 홈즈는 더 많은 것을 알고 있었을지 모르지만 사실을 털어놓지 않았다. 하지만 레스트레이드 경위가 그에게 수사 상황을 알려주고 있다는 말은 해주었다. 그래서 그가 수사 진행 상황을 파악하고 있다는 것만큼은 알 수 있었다. 나흘째 되는 날, 파리에서 장문의 전보가 날아왔다. 이것으로 모든 의문이 말끔히 해결된 듯했다. 《데일리 텔레그래프》지에는 이렇게 실렸다.

파리 경찰은 지난 월요일 밤, 웨스트민스터의 고돌핀 스트리트에서 폭행 치사한 에두아르도 루카스 씨 사건을 둘러싼 베일을 걷어낼 수 있는 발견을 했다. 루카스 씨는 자기 방에서 칼에 찔려 살해되었는데, 혐의를 받은 시종이 알리바이가 증명되어 풀려난 일을 독자들은 기억할 것이다. 어제 파리 오스테를리츠 거리의 작은 집에 사는 앙리 푸르네라는 부인을 하인들이 정신병자로 당국에 신고했다. 조사 결과 그녀는 위험한 항구적 정신 질환에 걸린 것으로 드러났다. 앙리 푸르네 부인이 지난 화요일 런던에서 돌아왔다는 사실을 알아낸 경찰은 그녀가 웨스트민스터 사건과 관련이 있다는 증거를 발견했다. 사진 대조 결과 앙리 푸르네 부인의 남편과 에두아르도 루카스가 동일 인물인 것으로 드러났는데, 무슨 이유에서인지 고인은 런던과 파리에서 이중생활을 해왔다. 남미 출신의 푸르네 부인은 아주 쉽게 흥분하는 성격의 여성으로, 예전부터 거의 광적인 질투심 발작을 일으키곤 했다. 그녀가 런던을 떠들썩하게 만든 끔찍한 범행을 저지른 것도 그러한 질투심 때문이었던 것으로 추정된다. 월요일 밤의 행적은 아직 밝혀지지 않았지만, 화요일 아침 채링크로스 역에서 난폭한 모습과 과격한 행동으로 사람들의 눈길을 끈 여성이 푸르네 부인과 인상착의가 일치했다. 따라서 불행한 이 여성은 정신 질환으로 범행을 저질렀거나, 아니면 범행 충격으로 즉각 정신이 나갔을 가능성이 높다. 현재 그녀는 과거에 대한 진술이 오락가락하고 있는데, 의사들은 그녀가 제정신을 되찾을 가망이 없는 것으로 보고 있다. 또한 푸르네 부인으로 보이는 여성이 월요일 밤 고돌핀 스트리트의 집을 몇 시간이나 지켜본 것을 목격한 사람이 있다.

"홈즈, 자네 생각은 어때?" 그가 아침 식사를 하는 동안, 나는 큰 소리로 기사를 읽어주었다.

"이봐, 왓슨." 홈즈가 식탁에서 일어나 방 안을 오락가락하며 말했다. "자네가 참 오래 참아주었는데, 지난 사흘 동안 내가 아무 말도 하지 않은 것은 할 말이 없었기 때문이야. 지금도 파리에서 날아온 이 소식은 그리 도움이 되지 않아."

"하지만 그 남자의 사망 수수께끼는 풀렸잖아."

"그가 죽은 것은 그저 부수적인 사건일 뿐이야. 도난당한 편지를 찾아서 유럽을 재앙에서 구해내야 하는 우리의 진짜 과업에 비하면 사소한 일화일 뿐이지. 지난 사흘간 일어난 중요한 일은 딱 하나뿐인데, 그건 아무런 일도 일어나지 않았다는 거야. 나는 거의 매시간 정부의 보고를 받고 있는데, 유럽 어디에서도 분쟁이 일어날 징후가 없는 것이 분명해. 만일 편지 내용이 누설되었다면, 아니 그랬을 리가 없지.

그래, 누설되지 않았다면, 대체 지금 어디 있는 걸까? 누가 갖고 있을까? 왜 그걸 움켜쥐고 있는 걸까? 이런 질문이 내 머릿속에서 망치질 소리처럼 울려대고 있어. 편지가 사라진 날 밤 루카스가 살해된 것이 정말 우연의 일치였을까? 편지가 그의 수중에 들어가긴 간 걸까? 그랬다면 왜 루카스의 서류 가운데 그 편지가 없었을까? 그의 미친 아내가 가지고 간 것일까? 그랬다면 편지는 파리의 그 여자 집에 있을까? 프랑스 경찰의 의심을 사지 않고 어떻게 편지를 되찾지? 이봐, 왓슨, 그렇다면 우리에게는 법이 범죄자만큼이나 위험한 존재인 셈이야. 모든 사람이 우리의 적인 거야. 하지만 여기엔 국가의 운명이 걸려 있어. 이 사건을 성공적으로 해결하기만 한다면 내 평생 최고의 업적이 되겠지. 아, 전선에서 최신 소식이 왔군!" 그는 편지를 건네받고 다급히 펼쳐들었다. "어라! 레스트레이드가 흥미로운 걸 발견한 모양이야. 왓슨, 모자 써. 웨스트민스터까지 같이 슬슬 걸어가 보자."

나는 처음으로 범죄 현장을 둘러보게 되었다. 높다랗고 거무튀튀하고 폭이 좁은 이 집은, 처음 지어졌을 때와 마찬가지로 단정하고 견고했다. 레스트레이드는 불도그 같은 얼굴로 거실에서 창밖을 내다보고 있다가, 거구의 순경에게 안내를 받아 방으로 들어선 우리를 따뜻하게 맞아주었다. 우리가 들어간 방에서 범죄가 일어났는데, 지금은 양탄자 위에 흉하고 어지럽게 얼룩진 핏자국을 빼고는 아무런 범행 흔적이 남아 있지 않았다. 자그맣고 거친 사각의 인도산 양탄자가 방 한가운데 깔려 있었고, 바닥은 반들반들한 직사각형의 널을 깐 아름다운 고풍의 목제 마루로 되어 있었다. 벽난로 위에는 위풍당당한 무기 수

집품이 걸려 있었는데, 비극의 밤에 사용된 게 바로 그중 하나였다. 창가에는 호화로운 책상이 놓였고, 방 안의 모든 가구와 그림, 깔개, 벽걸이 장식들은 한결같이 여성적인 취향이 물씬 느껴질 만큼 화려해 보였다.

"파리 소식 들으셨습니까?" 레스트레이드가 물었다.

홈즈가 고개를 끄덕였다.

"프랑스 친구들이 이번에는 한 건 한 모양입니다. 분명 그들 얘기가 맞을 겁니다. 남편이 그렇게 은밀히 딴살림을 차렸으니 여자가 느닷없이 들이닥쳤겠죠. 남자는 아내를 길가에 세워둘 수가 없어서 문을 열어주었을 겁니다. 여자는 어떻게 꼬리를 밟았는지 밝히고 다그쳤겠죠. 티격태격하다가 마침 가까이에 단검이 걸려 있어서 바로 결딴이 난 겁니다. 하지만 일이 순식간에 끝난 것은 아니었어요. 이 의자들이 모두 저쪽에 한데 모여 있었고, 남자가 의자로 여자를 막으려고 한 것처럼 의자 다리를 붙잡고 있었으니까요. 그건 직접 본 것처럼 명백하게 알 수 있습니다."

홈즈가 눈썹을 치켜올렸다.

"그럼 나는 왜 불렀나요?"

"아, 다른 문제가 있어서요. 아주 사소한 일이긴 하지만 홈즈 씨의 관심을 끌 만한 겁니다. 그러니까 기묘하고 얄궂다고나 할까요. 사건 자체와는 아무 상관도 없습니다. 상관이 있을 리가 없죠. 겉으로 보기에는 말입니다."

"그게 뭐데요?"

"음, 이런 사건이 일어날 경우 우린 현장 보존을 하는 데 각별히 신경을 씁니다. 아무것도 옮겨놓지 않아요. 순경이 밤낮으로 현장을 지키고요. 오늘 아침 고인이 땅에 묻혔고 이 방에 관한 조사도 끝이 나서, 방을 좀 정리해줘야겠다고 생각했습니다. 그런데 이 양탄자 말입니다. 보시다시피 바닥에 붙어 있지 않고 그냥 깔려 있습니다. 우연히 이걸 들춰보게 되었죠. 그랬더니……."

"그래, 뭘 봤나요?"

호기심으로 홈즈의 얼굴이 긴장했다.

"음, 우리가 뭘 보았는지는 홈즈 씨가 백 년을 추리해도 알아맞히지 못할 겁니다. 저 양탄자 위의 얼룩 보이죠? 음, 분명 피가 흠뻑 배었을 겁니다, 그렇죠?"

"분명 그랬을 겁니다."

"흠, 그런데 그 밑바닥의 하얀 마루에 얼룩 하나 없다면 어떻겠습니까?"

"얼룩이 없다고? 그럴 리가……."

"그래요. 그럴 리가 없죠. 하지만 얼룩이 없었다는 게 사실입니다."

그가 한 손으로 양탄자 모서리를 잡더니 그것을 뒤집어서 자기 말이 사실이라는 것을 보여주었다.

"하지만 양탄자 바닥은 윗면처럼 얼룩이 져 있습니다. 그렇다면 마루에도 얼룩이 남았을 게 분명하죠."

레스트레이드는 유명한 전문가를 곤혹스럽게 했다는 것이 즐거워서 나지막이 껄껄 웃었다.

"자, 설명을 해드리죠. 제2의 얼룩은 분명 있습니다. 하지만 그 자리가 양탄자 자리와 달라요. 자, 직접 보세요." 그렇게 말하며 그가 양탄자의 다른 쪽을 들췄다. 그 아래 고풍의 하얀 마루에 큼직하게 진홍빛 얼룩이 져 있었다. "어떻게 생각하십니까, 홈즈 씨?"

"아, 그거야 간단합니다. 두 개의 얼룩이 일치해요. 양탄자를 돌려놓은 거죠. 양탄자가 정사각형이고 마루에 붙여놓지 않아서 돌려놓는 것은 어렵지 않은 일이죠."

"홈즈 씨, 양탄자를 돌려놓았다는 것쯤은 경찰도 압니다. 그거야 빤한 사실입니다. 이렇게 양탄자를 돌려놓으면 두 개의 얼룩이 그대로 겹치니까요. 내가 알고 싶은 것은 이겁니다. 누가, 그리고 왜 양탄자를 돌려놓았는가?"

나는 홈즈의 굳은 얼굴을 보고 그가 속으로 퍽이나 흥분했다는 것을 알 수 있었다.

"레스트레이드, 잠깐만." 그가 말했다. "복도에 있는 순경이 그동안 계속 여기서 경비를 섰나요?"

"예, 그렇습니다."

"그럼, 내 조언대로 하세요. 그를 조심스럽게 심문하십시오. 우리 앞에서는 말고요. 우리는 여기서 기다리겠습니다. 그를 뒷방으로 데리고 가세요. 단둘이 있으면 자백받기가 더 쉬울 겁니다. 어떻게 함부로 사람을 끌어들여서 이 방에 혼자 놓아두었느냐고 물어보십시오. 그런 적이 있느냐는 식으로 묻지 마세요. 당연시하는 겁니다. 누가 이곳에 있었다는 사실을 다 알고 있는 것처럼 말하세요. 다그쳐야 합니다.

용서받으려면 모든 것을 자백하는 길밖에 없다고 말하세요. 자, 내가 말한 그대로 하십시오!"

"내 맹세코 녀석에게 자백을 받고야 말겠습니다!" 레스트레이드가 외쳤다. 그가 홀로 뛰쳐나갔고, 잠시 후 뒷방에서 호통을 치는 소리가 들려왔다.

"왓슨, 지금이야!" 홈즈가 부리나케 외쳤다. 열의 없는 태도 뒤에 감춰져 있던 맹렬한 힘이 발작하듯 솟구쳐 나왔다. 그는 바닥 양탄자를 확 젖히더니 바닥에 바짝 엎드려서 네모난 마루 널을 손톱으로 하나씩 잡아당기기 시작했다. 가장자리에 손톱을 찔러 넣자 그중 하나가 옆으로 젖혀졌다. 경첩이 달린 마루 널이 상자 뚜껑처럼 열린 것이다. 그 아래 자그마한 검은 구멍이 드러났다. 홈즈는 손을 쑥 집어넣었지만, 분노와 실망에 찬 탄식만 뱉어내며 손을 빼냈다. 속이 비어 있었던 것이다.

"어서, 왓슨, 어서! 이걸 되돌려놓아야 해!" 뚜껑을 다시 닫고 양탄자를 원래대로 막 펴놓자마자 복도에서 레스트레이드의 말소리가 들려왔다. 경위가 들어왔을 때 홈즈는 나른하게 벽난로 선반에 기대고 있었다. 홈즈는 미어져 나오는 하품을 삼키며 체념한 채 기다리고 있는 척했다.

"기다리게 해서 죄송합니다, 홈즈 씨. 이 모든 게 끔찍이 지루하신 모양이군요. 아, 자백은 받아냈습니다. 맥퍼슨, 들어와. 용서받을 수 없는 자네의 소행에 대해 이 신사분들에게 말씀드리게."

거구의 순경이 잘못을 뉘우치며 빨갛게 달아오른 얼굴로 조심스레

SIDNEY PAGET

들어왔다.

“나쁜 뜻이 있었던 것은 아닙니다. 정말이에요. 엊저녁에 젊은 여자가 왔어요. 집을 잘못 찾았다고 하더군요. 그 여자랑 얘기를 좀 나누었죠. 여기서 종일 경비를 서다 보면 아주 심심하거든요.”

“흠, 그래서요?”

“그 여자가 사건 현장을 보고 싶다고 하더군요. 신문에서 봤다면서 말예요. 아주 점잖고 말도 잘하는 젊은 여자였죠. 슬쩍 둘러보게 한다고 해서 문제가 될 것 같지는 않았어요. 그런데 그 여자가 양탄자의 핏자국을 보더니 맥없이 쓰러져서 죽은 듯 나동그라지지 뭡니까. 뒤쪽 부엌으로 달려가서 물을 가져왔지만 정신이 돌아오지 않았지요. 그래서 브랜디를 좀 구하려고 길모퉁이를 돌아서 아이비 플랜트라는 가게로 달려갔습니다. 브랜디를 갖고 돌아와 보니 젊은 여자는 정신을 차리고 사라졌더군요. 보나마나 부끄러워서 차마 나를 볼 면목이 없었던 겁니다!”

“양탄자가 움직인 것은 어떻게 된 건가요?”

“아, 돌아와 보니 그게 좀 구겨져 있었어요. 그러니까 그 여자가 쓰러져서 누워 있던 양탄자는 반들반들한 바닥에 고정되어 있는 게 아니었으니까요. 나중에 내가 양탄자를 똑바로 펴놓았죠.”

“맥퍼슨 순경, 앞으로 나를 속일 수 없다는 교훈을 잘 받았을 걸세.” 레스트레이드가 위엄 있게 말했다. “자네는 근무 수칙을 위반하고도 들키지 않을 줄 안 모양인데, 나는 양탄자를 척 보기만 해도 누가 이 방에 들어왔다는 사실을 알 수 있단 말이야. 없어진 물건이 없으니

자넨 운이 좋았어. 안 그랬으면 경을 쳤을 거야. 홈즈 씨, 이렇게 시시한 일로 오시라고 해서 정말 미안합니다. 하지만 양탄자와 마룻바닥의 핏자국 위치가 다른 게 홈즈 씨에게도 흥미로울 거라고 생각했습니다."

"물론 자못 흥미로웠습니다. 맥퍼슨 순경, 그 여자는 이곳에 한 번밖에 안 왔나요?"

"예, 딱 한 번 왔습니다."

"어떤 여자였나요?"

"이름은 모릅니다. 타이피스트 일자리 광고를 보고 왔다가 주소를 잘못 찾았다고 하더군요. 아주 싹싹하고 예의바른 젊은 여자였습니다."

"키가 컸나요? 미인이고?"

"예, 키가 늘씬했어요. 미인이라고 할 수 있죠. 대단한 미인이라고 할 수도 있어요. 이렇게 말하더군요. '어머, 경찰 아저씨, 잠깐만 보여주세요!' 예쁜 데다 애교가 철철 넘쳐서, 잠깐 방을 둘러보는 거야 뭐 어쩌겠나 싶었죠."

"옷차림은 어땠나요?"

"수수했어요. 발목까지 내려오는 긴 망토를 둘렀죠."

"그게 몇 시였죠?"

"땅거미가 질 무렵이었습니다. 브랜디를 가지고 돌아오는데 가로등지기들이 막 가로등에 불을 밝히고 있었으니까요."

"알겠습니다." 홈즈가 말했다. "가자, 왓슨. 우린 다른 데서 더 중요한 볼일이 있어."

우리가 떠날 때 레스트레이드는 거실에 남고, 후회 막급한 경찰이 바깥문을 열어주기 위해 따라 나왔다. 홈즈는 계단을 내려가다 돌아서서 뭔가를 순경에게 보여주었다. 순경이 그것을 골똘히 바라보았다.

"아니, 이건!" 그가 화들짝 놀라서 외쳤다. 홈즈가 손가락을 세워 입술에 대고는 손에 쥔 것을 다시 가슴 주머니에 넣었다. 우리가 거리를 내려가는 동안 그는 너털웃음을 터트렸다.

"좋았어!" 그가 말했다. "자, 왓슨, 이제 대단원을 위한 막이 올랐어. 전쟁은 일어나지 않을 거라고 믿어도 좋아. 트렐로니 호프 장관은 빛나는 경력에 아무런 오점을 남기지 않을 테고, 경솔한 군주는 경솔했던 것에 대한 벌을 받지 않을 테고, 총리는 유럽 분쟁을 해결하느라 쩔쩔매는 일이 없을 거야. 우리가 조금만 요령 있게 처리한다면, 아주 위험했을지도 모를 이 사건 때문에 한 푼이라도 피해를 보는 사람은 없을 거야."

나는 이 비상한 인간에게 탄복해서 가슴이 뭉클했다.

"해결했구나!" 내가 외쳤다.

"그건 아냐, 왓슨. 아직 알아내지 못한 게 좀 있어. 하지만 아주 많은 것을 알아냈으니 나머지를 해결하지 못한다면 그건 우리 탓이라고 해야 할 거야. 곧장 화이트홀 테라스로 가서 끝장을 보자."

유럽 담당 장관의 저택에 도착해서 셜록 홈즈가 찾은 사람은 힐다 트렐로니 호프 부인이었다. 우리는 응접실로 안내받았다.

"홈즈 씨!" 화가 나서 얼굴이 핑크빛으로 달아오른 부인이 말했다.

"이건 정말 부당하고 야비한 행동이에요. 내가 찾아간 것은 비밀로 해 달라고 했잖아요. 내가 괜히 끼어든다고 우리 남편이 생각지 않도록 말예요. 그런데 우리 사이에 무슨 거래라도 한 것처럼 불쑥 찾아와서 나를 난처하게 하시는군요."

"안타깝게도 달리 방법이 없습니다, 부인. 나는 그지없이 중요한 서류를 찾아달라는 의뢰를 받았습니다. 그러니 부인, 부디 그것을 내게 건네주시기 바랍니다."

부인이 벌떡 일어섰다. 아름다운 얼굴에서는 일순간 핏기가 가셨다. 눈빛이 흐려지면서 몸이 휘청하는 것을 보고 나는 그녀가 기절하는 줄만 알았다. 그러다 안간힘을 다해 충격을 이겨내더니, 형언할 수 없이 놀라고 분노한 표정을 지었다.

"당신, 당신은 나를 모욕했어요, 홈즈 씨."

"자, 자, 부인, 그래봐야 소용없어요. 편지나 내놓으세요."

그녀는 초인종을 향해 달려갔다.

"집사한테 당신들을 내쫓으라고 하겠어요."

"초인종을 울리지 마십시오, 부인. 그랬다가는 한사코 스캔들을 피하려는 내 노력이 무산되고 말 겁니다. 편지를 내놓으세요. 그러면 모든 게 잘 해결될 거예요. 협조를 해주시면 뒷일은 내가 수습하겠습니다. 협조를 해주지 않으신다면 사실을 밝히는 수밖에 없어요."

그녀는 여왕 같은 자태로 당차게 버티고 서 있었다. 두 눈으로는 홈즈의 영혼을 꿰뚫어 보려는 듯이 홈즈의 눈을 응시했다. 그녀는 초인종 위에 손을 올려놓고 있었지만, 그것을 누르는 것만은 참고 있었다.

"당신은 나를 협박하고 있어요. 여기 와서 여자를 을러대는 것은 그리 남자답지 못해요, 홈즈 씨. 뭔가 알고 있다는 듯이 말씀하셨는데, 그래 뭘 아신다는 거죠?"

"부디 자리에 앉으십시오, 부인. 거기서 쓰러지면 다쳐요. 앉기 전에는 말하지 않겠습니다. 감사합니다."

"5분 드리겠어요, 홈즈 씨."

"힐다 부인, 1분이면 충분합니다. 나는 부인이 에두아르도 루카스를 만났다는 사실을 압니다. 그에게 그 편지를 건네주었고, 엊저녁에는 묘한 방법으로 그 방에 들어가 양탄자 아래에 있는 비밀 공간에서 편지를 꺼내 왔다는 것도 알고 있습니다."

부인은 백지장 같은 얼굴로 그를 노려보며 목구멍으로 치미는 말을 참더니 기어이 입을 열었다.

"미쳤군요, 홈즈 씨. 당신은 미쳤어요!" 그녀가 마침내 외쳤다.

홈즈가 주머니에서 작은 판지 한 장을 꺼냈다. 그것은 어딘가에서 오려낸 여자 얼굴 사진이었다.

"이게 유용하게 쓰일 거라고 생각해서 지참하고 다녔습니다." 그가 말했다. "경찰이 알아보더군요."

그녀는 망연자실해서 의자 등받이에 머리를 떨어뜨렸다.

"자, 힐다 부인. 부인은 편지를 갖고 있습니다. 아직은 일을 잘 무마할 수 있는 여지가 있어요. 나는 부인을 난처하게 하고 싶지 않습니다. 잃어버린 편지를 남편에게 돌려드리면 내 의무는 끝납니다. 내 충고를 받아들여서 솔직해지세요. 그 길밖에 없어요."

그녀의 용기는 탄복할 만했다. 아직도 그녀는 패배를 인정하려 들지 않았다.

"홈즈 씨, 다시 말씀드리지만, 터무니없는 착각을 하고 계시는군요."

홈즈가 자리에서 일어섰다.

"유감스럽습니다, 힐다 부인. 부인을 위해 최선을 다했는데, 다 헛일이었군요."

홈즈가 종을 울리자 집사가 나타났다.

"장관님은 집에 계시나요?"

"12시 45분에 집에 오실 예정입니다."

홈즈가 회중시계를 보았다.

"아직 15분 남았군." 그가 말했다. "좋아요, 기다리죠."

집사가 나가고 문이 닫히자마자 힐다 부인이 홈즈의 발 아래 몸을 던졌다. 그녀는 두 팔을 내밀고 아름다운 얼굴을 쳐든 채 눈물을 글썽거렸다.

"아, 용서해주세요, 홈즈 씨! 용서해주세요!" 그녀가 미친 듯이 하소연했다. "제발 그이한테 말하지 마세요! 그이를 너무나 사랑해요! 그이의 인생에 한 점의 그늘도 드리우고 싶지 않아요. 그런데 이번 일을 알게 되면 고귀한 그이는 가슴이 찢어질 거예요."

홈즈가 그녀를 일으켜 세웠다. "고맙습니다, 부인. 이렇게 마지막 순간에나마 분별을 찾아주셨으니 말입니다! 시간이 없습니다. 편지는 어디 있나요?"

그녀는 책상 앞으로 달려가서 자물쇠를 열고 기다란 푸른 봉투를 꺼냈다.

"여기 있어요, 홈즈 씨. 맹세코 뜯어보지 않았어요!"

"이걸 어떻게 돌려놓지?" 홈즈가 중얼거렸다. "어서, 어서, 방법을 찾아야 해! 서류함은 어디 있죠?"

"여전히 침실에 있어요."

"다행이군요! 빨리 그걸 가져오세요!"

잠시 후 그녀가 납작한 빨간 상자를 들고 나타났다.

"전에는 이걸 어떻게 열었죠? 복제한 열쇠는 갖고 계시죠? 아, 갖고 계시는군요. 열어주세요!"

품에서 자그마한 열쇠를 꺼낸 힐다 부인이 서류함을 열었다. 안에는 서류가 가득했다. 홈즈는 푸른 봉투를 다른 서류들 사이에 깊숙이 찔러 넣었다. 뚜껑이 닫히고 자물쇠가 채워진 상자가 다시 침실로 돌아갔다.

"이제 장관을 맞을 준비가 되었습니다." 홈즈가 말했다. "아직 10분 남았군요. 힐다 부인, 내가 부인을 잘 감싸드리겠습니다. 그 대신 부인은 기다리는 동안 기묘한 이 사건의 자초지종을 솔직히 말씀해주세요."

"홈즈 씨, 다 말씀드리겠어요." 부인이 말했다. "아, 홈즈 씨, 나는 그이에게 잠시라도 슬픔을 안겨주느니 차라리 내 오른손을 자르겠어요! 여기 런던에서 나만큼 남편을 사랑하는 여자는 없을 거예요. 하지만 내가 무슨 짓을 했는지 그이가 안다면 절대로 나를 용서하지 않을 거예요. 어쩔 수 없는 일이기는 했지만 말이에요. 그이는 워낙 명예를 중시하는 사람이라서 남들의 잘못을 잊지도, 묵과하지도 못해요. 도와주세요, 홈즈 씨! 나의 행복, 그이의 행복, 바로 우리의 인생이 걸려 있는 일이에요!"

"부인, 어서요. 시간이 없어요!"

"그것은 내 편지 때문이었어요, 홈즈 씨. 결혼 전에 쓴 경솔한 편지, 바보 같은 편지, 사랑에 빠진 여자의 충동적인 편지 한 통 때문이었어요. 나쁜 뜻은 없었지만, 그이가 알면 그것을 죄악이라고 생각했을 거예요. 그이가 내 편지를 읽었다면 그이의 믿음은 영영 깨지고 말았을 거예요. 그 편지를 쓴 것은 여러 해 전이었어요. 나는 그 모든 게 잊힌 줄만 알았죠. 그런데 결국 그 남자, 루카스가 내 편지를 가지고 있다면서, 그걸 남편한테 보여주겠다는 거예요. 나는 간절히 빌었죠. 그랬더니 남편의 서류함에서 자기가 말하는 서류를 하나 갖다 주면 내 편지를 돌려주겠다고 하더군요. 사무실에 심어둔 스파이가 그 서류의 존재에 대해 말해준 거예요. 그는 남편에게 아무런 해가 되지 않을 거라고 장담했어요. 입장을 바꿔 생각해보세요, 홈즈 씨! 내가 어쩌면 좋았을지 말예요."

"남편에게 말하지 그러셨습니까."

"그럴 수 없었어요, 홈즈 씨, 그럴 순 없었어요! 그랬다가는 결딴이 날 것만 같았어요. 한편으로는 남편의 서류를 빼돌린다는 것이 무섭기는 했지만, 그건 내가 결과를 알 수 없는 정치적인 문제였죠. 하지만 사랑과 믿음의 문제라면 그 결과가 너무나 환히 내다보였어요. 나는 시키는 대로 했어요, 홈즈 씨! 나는 그이의 열쇠 본을 떴어요. 루카스라는 남자가 열쇠를 복제해주었죠. 나는 그이의 서류함을 열고 서류를 꺼내서, 그것을 고돌핀 스트리트로 가져갔어요."

"그런 다음에는요?"

"사전에 약속한 대로 문을 두드렸죠. 루카스가 열어주었어요. 나는 그를 따라 방에 들어가며 문을 살짝 열어놓았어요. 남자와 단둘이 있는 것이 겁났거든요. 내가 들어설 때 밖에 어떤 여자가 있었던 기억이 나요. 우리는 곧 볼일을 마쳤어요. 내 편지는 그의 책상 위에 있었죠. 나는 서류를 건네주었어요. 그는 내 편지를 돌려주었죠. 바로 그 순간 입구에서 어떤 소리가 들렸어요. 그리고 복도에서 발소리가 났어요. 루카스는 재빨리 양탄자를 뒤집더니, 서류를 그곳 비밀 공간에 쑤셔 넣고 다시 양탄자를 덮더군요.

그 후의 일은 끔찍한 악몽 같아요. 나는 거무스레하고 광기가 도는 얼굴을 보았고, 그 여자가 프랑스어로 외치는 소리를 들었어요. '기다림이 헛되지 않았어. 마침내, 마침내 여자랑 같이 있는 현장을 잡고야 말았어!' 그리고 야만적인 싸움이 벌어졌죠. 그는 의자를 집어들었고, 여자 손에서는 칼날이 번뜩이는 게 보였어요. 나는 끔찍한 현장에서 달아났어요. 뛰쳐나간 거죠. 그 결말을 알게 된 것은 이튿날 아침 신문을 본 뒤예요. 하지만 그날 밤 나는 행복했어요. 내 편지는 손에 넣었고, 그 후 일이 어떻게 될지는 아직 몰랐으니까요.

이튿날 아침 결국 깨달았죠. 늑대를 피하려다 호랑이를 만난 격이라는 것을. 편지를 잃은 남편의 고뇌가 내 마음을 찢어놓았어요. 그때 나는 그이의 발 아래 무릎을 꿇고 내가 한 짓을 고백하고 싶었어요. 하지만 그러려면 과거를 고백해야 했어요. 그날 아침 내 죄가 얼마나 큰지 알아보려고 당신을 찾아갔죠. 사실을 안 순간 남편의 서류를 되찾아야겠다는 생각밖에 들지 않았어요. 서류는 루카스가 둔 곳에 그대로 있을 게 분명했어요. 그 무서운 여자가 방에 들어오기 전에 거기 숨겼으니까요. 그때 그 여자가 들어오지 않았다면 비밀 공간이 어딘지 몰랐겠죠. 하지만 그 방에 어떻게 들어가죠? 이틀 동안 그곳을 지켜보았지만, 문이 열린 적이 없었어요. 엊저녁에 마지막 시도를 했죠. 어떻게 해서 성공했는지는 이미 아시죠? 나는 서류를 챙겨가지고 나왔어요. 그걸 없애버릴 생각이었죠. 내 죄를 남편에게 고백하지 않고 돌려줄 방법을 알 수가 없었어요. 아, 계단을 올라오는 발소리가 들려요!"

유럽 담당 장관이 흥분해서 방 안으로 불쑥 들어섰다.

"새로운 소식 있습니까, 홈즈 씨? 소식이?" 그가 외쳤다.

"희망이 있습니다."

"아, 하느님 감사합니다!" 그의 얼굴에서 빛이 났다. "총리께서 나와 같이 점심 식사를 하던 중이었습니다. 그 희망을 같이 나누어도 되겠죠? 그분은 정신력이 강하시지만 내가 알기로는 이 끔찍한 사건 이후 잠을 이루지 못하셨어요. 제이콥스, 총리께 이리 올라오시라고 말씀드려 주세요. 여보, 이것은 정치 문제이니, 몇 분 후에 식당에서 봅시다."

총리는 풀이 죽어 있었지만, 두 눈이 반짝이고 여윈 손이 떨리는 것을 보니 젊은 장관처럼 흥분하고 있는 듯했다.

"홈즈 씨, 알려줄 게 있다고요?"

"아직 긍정적인 것은 아닙니다." 내 친구가 답했다. "나는 그것이 어디 있을지 모든 각도에서 헤아려보았습니다. 그리고 확신하게 되었습니다. 우려할 만한 위험 징후는 없다는 것을 말입니다."

"하지만 그것으로는 충분치 않습니다, 홈즈 씨. 언제까지나 그런 화산을 끼고 살 수는 없어요. 뭔가 확실한 게 필요합니다."

"편지를 찾을 수 있는 가망이 있습니다. 그래서 여기 온 거죠. 이 문제를 생각하면 할수록 나는 편지가 집 밖으로 흘러나갔을 리가 없다는 확신이 더욱 강해집니다."

"홈즈 씨!"

"흘러나갔다면 지금쯤 공개되었을 게 분명합니다."

"하지만 그것을 이 집 안에 두려면 왜 훔쳐간단 말입니까?"

"나는 누가 훔쳐갔다고 보지 않습니다."

"그럼 왜 서류함에서 사라졌단 말입니까?"

"나는 그게 서류함에서 사라졌다고 보지 않습니다."

"홈즈 씨, 지금 농담할 때가 아닙니다. 그건 서류함에서 사라졌어요."

"화요일 아침 이후 서류함을 살펴보신 적 있나요?"

"아니요. 그럴 필요가 없었습니다."

"장관께서 잘못 보았을 수도 있습니다."

"그럴 리가 없어요."

"하지만 아닐 겁니다. 나는 그런 일을 종종 겪어보았죠. 서류함에는 다른 서류도 있었을 겁니다. 그래서 뒤섞였을 거예요."

"그건 맨 위에 두었습니다."

"누군가 서류함을 흔들어서 자리가 바뀌었을 겁니다."

"아니요, 아니에요. 나는 다 꺼내 봤어요."

"호프, 그거야 간단히 알아볼 수 있지 않은가." 총리가 말했다. "서류함을 가져오게."

장관이 초인종을 울렸다.

"제이콥스, 내 서류함을 가져오세요. 이건 터무니없는 시간 낭비입니다만, 꼭 그래야겠다면 그래야죠. 고마워요, 제이콥스, 여기 내려놓으세요. 열쇠는 항상 내 회중시곗줄에 매달고 다닙니다. 보시다시피 서류들이 있습니다. 메로 경이 보낸 편지, 찰스 하디 경의 보고서, 베오그라드에서 보낸 외교 각서, 러시아-독일 곡물 세금에 관한 각서, 마드리스에서 온 편지, 플라워스 경이 보낸 짧은 편지. 아니, 세상에! 이게 뭐지? 총리님! 총리님!"

총리가 그의 손에서 푸른 봉투를 낚아챘다.

"그래, 이거야. 편지는 개봉되지 않았어. 호프, 축하하네!"

"감사합니다! 감사합니다! 이제 살았어요. 하지만 어이가 없어요. 이럴 리가 없는데! 홈즈 씨, 당신은 마법사로군요! 이것이 여기 있다는 것을 어떻게 아셨죠?"

"다른 곳에는 없다는 것을 알았으니까요."

“내 눈을 믿을 수가 없어요!” 그가 허둥지둥 문으로 달려갔다. “집사람 어디 있지? 일이 잘됐다는 것을 집사람에게 말해줘야 해요. 힐다! 힐다!” 복도에서 그의 목소리가 들려왔다.

총리가 두 눈을 빛내며 홈즈를 바라보았다.

“홈즈 씨.” 그가 말했다. “여기엔 눈에 띄는 것 이상의 감춰진 사연이 있습니다. 이 편지가 어떻게 서류함으로 되돌아온 겁니까?”

홈즈는 씩 웃으며 뚫어지게 바라보는 총리의 예리한 눈길을 피했다.

“우리에게도 외교상의 비밀이라는 게 있습니다.” 그가 말했다. 그러고는 모자를 집어들고 문을 향해 돌아섰다.

돌아온 셜록 홈즈

지은이 | 아서 코난 도일
옮긴이 | 승영조
펴낸이 | 양숙진

초판 1쇄 펴낸날 | 2012년 3월 5일

펴낸곳 | ㈜현대문학
등록번호 | 제1-452호
주소 | 137-905 서울시 서초구 잠원동 41-10
전화 | 02-2017-0280
팩스 | 02-516-5433
홈페이지 www.hdmh.co.kr

ISBN 978-89-7275-592-0 04840
ISBN 978-89-7275-563-0 (세트)

* 책값은 뒤표지에 있습니다.